我恋星光，亦恋你

轻舞 著

上 册

青岛出版集团 | 青岛出版社

图书在版编目（CIP）数据

我恋星光，亦恋你/轻舞著. —青岛:青岛出版社,2023.8
ISBN 978-7-5736-0110-0

Ⅰ.①我… Ⅱ.①轻… Ⅲ.①长篇小说－中国－当代 Ⅳ.①1247.5

中国国家版本馆CIP数据核字（2023）第016540号

	WO LIAN XINGGUANG，YI LIAN NI
书　　名	我恋星光，亦恋你
作　　者	轻　舞
出版发行	青岛出版社（青岛市崂山区海尔路182号）
本社网址	http://www.qdpub.com
邮购电话	18613853563　0532-68068091
责任编辑	龚雅琴
特约编辑	崔　悦
校　　对	耿道川
装帧设计	蒋　晴
照　　排	王晶璎
印　　刷	三河市良远印务有限公司
出版日期	2023年8月第1版　2023年8月第1次印刷
开　　本	32开（880mm×1230mm）
印　　张	16.5
字　　数	550千
书　　号	ISBN 978-7-5736-0110-0
定　　价	65.00元（全2册）

编校印装质量、盗版监督服务电话 4006532017　0532-68068050

目 录

上册

目 录

下册

第一章

遭遇背叛

云城，帝爵酒店。

今晚是云城名门之一的徐家在这里举办晚宴。

乔家虽然落了势，但乔绵绵凭借苏氏少东家未婚妻的身份，陪同她的未婚夫苏泽出席了这场宴会。

忽然，宴会厅门口传来一阵响动。

大厅里，所有人都停止了交谈，抬头朝同一个方向看去。

乔绵绵也好奇地看了过去。

一个外貌极为出色的男人众星拱月般被簇拥着走了进来。

男人气场极为强大，五官冷峻精致，脸上的每一个部位都是笔墨难以描绘般精致完美。

他穿着一身剪裁精致合体的手工定制西服，袖口处和胸前的铂金纽扣在水晶灯的照耀下折射出璀璨夺目的亮光。

宴会主人匆匆忙忙地跑到他身前，又是点头又是哈腰的，态度极为恭敬。

"他是谁？"乔绵绵好奇地问道。

今晚举办宴会的人的身份已经足够显赫了，可宴会主人在那个男人面前，竟然那般卑躬屈膝。

旁边的人也在看热闹，目光落到男人那张极其俊美的脸庞上，眼里闪过了惊艳之色。

"能让云城名少陆饶这般捧着的人，身份必定极为显赫。可是，这张脸以前没见过呀。难道他是什么不可说的神秘家族的人？"

那个被众人簇拥着的男人走进大厅后，只停留片刻，很快就离开了。

盛夏，楼下的栀子花开得正好，微风掠过，有阵阵花香飘来。

乔绵绵喝酒喝得有点儿多，站在大厅外的阳台上吹了好一会儿风，才感觉头没那么晕了。

返回大厅时，乔绵绵没看到苏泽，跟随他们一起过来的乔安心也不见了身影。

乔绵绵到处找了找，拿出手机拨打苏泽的电话，响了很久，苏泽也没有接听。她再打乔安心的电话，也是响了很久，没人接听。

乔绵绵低头看着手机，脸色微微一变。

她忽然想起今晚苏泽来乔家接她，她在楼上换好衣服下去，看到苏泽和乔安心坐在沙发上说话，两个人挨得很近，姿态显得很亲密。

乔安心还伸手抱了一下苏泽的手臂。

想到这里，乔绵绵脸色有点儿苍白。她找来一个服务员问："请问，你有没有看到我的未婚夫？他姓苏，这是他的照片。"

乔绵绵将手机里给苏泽拍的照片翻给服务员看。

服务员瞥了一眼，抬头看她时目光有点儿奇怪，眼里似乎还带了点儿同情之色，说："你说这位先生？我刚才看到他好像朝那边走了。"

酒店庭院里，游泳池边的一棵大树下，暖色的灯光在地面上投下浅浅一层光影，树下一对人影正缠绵地拥抱在一起。

"阿泽哥哥……"

女人声音低柔、娇媚，一双白嫩的手搂着男人的脖子，小鸟依人般靠在他的怀里。

男人似乎有所顾忌，四下看了看，伸手将她推开了一些。

女人马上又缠了上去，"阿泽哥哥，你干吗推开人家？"

在苏泽朝乔绵绵这边看过来时，乔绵绵立刻闪身躲到了一个遮挡物后面。

她听到苏泽开了口。

"安心，你刚才说要给我一个惊喜，到底是什么事？"

乔安心声音甜如蜜，似乎还含着几分娇羞之意，轻声说道："阿泽哥哥，我怀孕了。"

一瞬间，乔绵绵如被雷击。

她惊愕得睁大眼，脸色一瞬间惨白如纸。

"什么？！"苏泽也是很惊讶的样子，"你说你怎么了？"

"阿泽哥哥，我怀孕了！"乔安心扑入他怀里，伸手抱住他，一脸幸福的表情，"我怀了我们的宝宝，你很快就可以当爸爸了。高兴吗？"

苏泽低下头，满脸惊愕的表情，眉头轻轻蹙了起来："这是什么时候的事情？"

"就是一个月前。"

乔安心倚在苏泽怀里，微微抬起头，目光朝着乔绵绵藏身的那处地方看了过去。

她勾了勾唇，眼底闪过一丝凉意，唇角噙着的笑容也透出几分挑衅的意味："那天姐姐去剧组拍戏了，你叫我去你家陪你。"

一个月前，她去拍戏的那一次？

身体晃了晃，乔绵绵只觉得一阵头晕目眩。

乔安心又说了些什么话，乔绵绵却一个字都听不清了。

她大脑里一片空白。

过了一会儿，她忽然听到苏泽说道："走吧，该回去了。我们出来太久了，她会起疑心的。"

两个人温存完，转身往返回大厅的方向走去。

乔绵绵脸色苍白，心像是被撕开了一道口子。

她红着眼抬头看过去，就见苏泽搂着乔安心的腰朝她这边走了过来。

眼见着两个人越走越近，她心里一慌，转身跑开了。

乔绵绵整个人都浑浑噩噩的。不知道是不是酒的后劲起来了，她开始感到头晕。

乔绵绵再醒过来时是在床上，浴室里有水流声传出。

她揪着被子坐在床头，脑子里有那么几秒是空白的，几秒后，所有记忆都恢复了。

昨晚，她陪着苏泽去参加晚宴，然后亲耳听到苏泽出轨。

再后来……

乔绵绵思及昨夜的种种情景，心跳忽然加快了许多。

昨晚的记忆是混乱的、模糊的，她记不清那个男人到底长什么样了。

可印象中，她知道他长得很好看，身材也很好，他的声音也很好听。

乔绵绵沉思间，浴室的水声停了下来。

乔绵绵脸色微微一变，不再多想，忍着身体的不适跳下床，快速捡起地上的衣服穿上，转身悄悄离开。

她前脚刚走不久，"咔嚓"一声，浴室的门就被打开了。

墨夜司从浴室里走了出来。

他身上仅围着一条浴巾，宽厚的肩、结实的肌肉、精壮的胸膛、窄腰、两条逆天大长腿……

水珠从他的胸口的肌肉上淌下，隐入了那两条性感的人鱼线内。

一头湿润凌乱的短发，为他营造出了几分不羁的随意感。

他往房内随意扫了一眼，看到凌乱的大床上已经空无一人时愣了愣，随后目光微沉地走到了床边。

他给陆饶打了个电话，很快，一个懒洋洋的声音传了过来。

"阿司，今天吹的是什么风，你居然会主动给我打电话？"

墨夜司没理会他的调侃，直接说道："昨晚不知道谁往我的房间里送了一个女人。她在我面前又哭又闹，说她男朋友背叛了她。后来，我和她之间发生了一些比较意外的事情。"

说完，墨夜司一阵静默。

"喀喀喀。"手机另一端的男人像是被呛到了，猛咳一通，"你……你说什么？阿司，你所谓的'意外'，跟我所理解的是一个意思吗？所以那个女人昨晚一整晚都在你的房间里？你们已经……？"

墨夜司："嗯。"

"喀喀喀……"男人又是一阵猛咳，震惊程度堪比看到太阳从西边升起，"不是吧，你的病好了？"

"我也不知道。"墨夜司蹙着眉。

"要不要我帮你试一下？"陆饶说。

"怎么试？"

"叮——叮——"微信提示声响了起来。

陆饶："我发了几张图片给你，你点开看看。"

墨夜司打开微信，再点开陆饶的聊天界面，等看到陆饶发过来的图片后，瞬间就有了恶心的感觉。

陆饶发过来的，是两个身材火辣、性感的美女穿着比基尼的照片。

墨夜司忍着恶心感关掉了聊天界面。

陆饶问："看到那几张图，你有什么感觉？"

墨夜司："很恶心。"

陆饶："兄弟，你这病没好，药别停。"

墨夜司："……"

一阵静默后，墨夜司垂眸看向凌乱的白色大床："还有一件事……"

陆饶："嗯？还有什么？"

"我昨晚睡了 6 个小时，中途没有醒过，也没有再做那个噩梦。"

陆饶很是吃惊："这是什么情况？！"

墨夜司眯了眯眼睛，伸手揉着眉心，声音有些沙哑："我要是知道，就不会给你打电话了。我在想，会不会和她有关系？"

陆饶想了一下，说："你想知道是不是和她有关系，很简单，你和她再试一次不就清楚了？"

墨夜司："……"

陆饶："阿司，我没开玩笑。如果真的是因为她，那这个女人可就是你的救星了。"

墨夜司深沉的眼眸里流露出一丝复杂的神色。

救星吗？

他的世界已经晦暗了整整 20 年，他以为他已经习惯了黑暗。

如果从没感受过光明和温暖的话，他会继续习惯下去。

可是，在接触过那样的美好感受后，他再也不愿意回到黑暗中了。

如果她真的是他的救星，那么无论如何，他都要得到这个女人。

乔绵绵拖着疲惫不堪的身体走出了酒店。

刚出大门，她就接到了乔安心的电话。

"姐姐。"手机另一端，乔安心声音轻轻柔柔地说道，"我们谈谈吧。"

乔绵绵捏紧手机，深吸一口气后，冷冷地说道："我跟你没什么好谈的。"

"是吗？"乔安心柔声笑了一下，"那如果是和乔宸有关的事情，姐姐也不想谈吗？"

乔宸？

乔绵绵脸色骤变，咬牙说道："乔安心，你这话是什么意思？"

乔安心却答非所问，轻笑着说："姐姐，我在明悦酒店的餐厅等你，不见不散。"

乔绵绵到餐厅时，乔安心已经坐在包间里等着她了。

乔安心脸上化着精致的妆容，身上穿了一条很显身材的小黑裙，头发微卷，抬手间有淡淡的香水味从身上弥漫开来。

看到乔绵绵，乔安心微微一笑，声音轻柔地说道："姐姐来了？快坐下吧。"

乔绵绵站在桌边，目光冰冷地看着她。

乔安心一副不介意的样子。从容而优雅地从包里拿出了一张支票，放到桌上。

"姐姐，这是一千万元。我相信这笔钱足够你下半辈子衣食无忧了。"乔安心抬起头，眉眼间带着几分傲慢之色，还有几分高高在上的优越感："我知道，乔宸得的那病得花不少钱，你现在又只能靠在剧组跑龙套赚钱，挺辛苦的。有了这笔钱，你和乔宸都能过得轻松一点儿。"

乔绵绵看着桌上那张支票，脸上没什么表情。

"姐姐，我们就打开天窗说亮话，不拐弯抹角了吧。"乔安心勾了勾唇，伸手在肚子上摸了一下，然后说，"昨晚想必你都听到了，我怀了阿泽哥哥的孩子。这个孩子，我打算生下来。

"在这之前，你得先和阿泽哥哥解除婚约，不然，我跟他的孩子可就名不言不顺了。

"你也知道，阿泽哥哥马上要接手苏氏了，在这节骨眼儿上，他是不能出一点儿差错的，所以，我希望你能主动去苏家提出解除婚约。"

听着乔安心说出这么不要脸的话，乔绵绵竟然也不觉得特别愤怒了。

大概是因为所有的情绪，乔绵绵都在昨夜发泄过一遍了。

再听到这些话时，乔绵绵只觉得可笑和讽刺。

她嘲讽地勾起了嘴角："乔安心，你做的这些事情，苏泽知道吗？"

昨晚乔安心说自己怀孕时，苏泽并不是很喜悦。

显然，这个孩子对他来说是个意外。

他马上就要接手苏氏了，在这之前肯定不会公开他和乔安心的关系。

这件事毕竟不光彩，会影响到他的个人声誉。

乔安心私下找她这件事，苏泽必然不知情。

果然，乔安心的脸色一下子就变了，脸上流露出几分愤愤的神色。她说道："乔绵绵，你放手吧，阿泽哥哥喜欢的人是我。他早就不爱你了。要不是他必须履行两家早就定下的婚约，你以为他会选择你吗？

"乔绵绵，你霸占着一个不爱你的男人，有意思吗？"

乔绵绵神色淡淡，听乔安心说出这些无耻的话，反倒冷静了下来："我和苏泽之间的事情，还轮不到你一个第三者插手。"

乔安心脸上的表情僵了一下，随即脸色黑了下来。

乔安心咬了咬唇："这么说，你是不会主动提出解除婚约了？"

乔绵绵冷笑："如果你找我就是想跟我说这件事，我没兴趣。"

说完，乔绵绵就转过身准备离开。

"站住！"乔安心站了起来，一把抓紧她的手，"乔绵绵，你到底要多少钱才会离开阿泽哥哥？一千万元不行，一千五百万元怎么样？你别太心黑了，我给的价格已经足够……"

"啪！"

乔绵绵忍无可忍，转身甩了乔安心一巴掌。

这一巴掌落下去，乔安心那张甜美可人的小脸上瞬间浮现出了五根鲜红的手指印。

乔绵绵这一巴掌把乔安心打蒙了。

她捂着脸，一脸难以置信的表情，反应过来后，扬手就要将这一巴掌还回去。

目光忽然瞥到门外的一道熟悉身影，乔安心脸色倏然一变，瞬间收回了手，跌跌撞撞地后退了两步。

乔绵绵还没反应过来，就见她像是受到了惊吓一样，脸上露出了惊恐的神色。

她脸色惨白地大喊道："姐姐，对不起，我知道我错了！可是我真的控制不住自己的感情！真的很爱阿泽哥哥！姐姐，求求你原谅我吧，求你不要伤害我的孩子！"

眼看着她就要摔在地上了，"砰"的一声，房门被人推开，一道修长的身影快速冲了进来："安心！"

白色身影从乔绵绵眼前飞快掠过，闪电般冲到了乔安心身旁，一把将她紧紧搂住。

"安心，你没事吧？"

冲进来的人是苏泽。

乔安心柔弱无力地靠在他身上，抬起头，眼里盈满泪水，楚楚可怜地喊了一声："阿泽哥哥！

"我好害怕。刚才，我们的宝宝差一点儿就……"她说着说着，身体颤抖起来，眼泪大颗大颗地砸落，"阿泽哥哥，我知道我对不起姐姐，也不敢奢求她原谅我。她打我骂我都可以，这是我欠她的，可是，我们的宝宝是无辜的，她怎么可以……"

乔安心刚挨了那一巴掌，脸还是肿的，上面的手指印还没消退，连含着泪水的眼睛也是红肿的，脸上还带着后怕的表情，像是被吓坏了，柔弱的身体在他怀里颤抖着。

苏泽看着她这副样子，越发怜惜了。

他再看向乔绵绵时，眼神也越发阴沉，眼里甚至带着深深的失望和厌弃之色："乔绵绵，安心肚子里的孩子才一个多月，现在是最不稳定的时期。你知道你刚才推那一下，如果她真的摔在地上了，会是什么后果吗？

"我以为你一直都是善良温柔的，你现在怎么会变得这么歹毒？！"

"我歹毒？"身体晃了晃，乔绵绵难以置信地看着站在自己身前的男人。

他一身白衣白裤，容貌俊美，气质出众，宛若古时世家大族出来的翩翩公子。

这张脸，她喜欢了很多年。

可这一刻再看着这张脸，她竟然觉得前所未有的陌生。

她才是他的未婚妻。

他们认识整整十年了！

他却第一时间选择了相信乔安心。

十年的感情，他对她的信任度竟然就是这样的吗？

在他苏泽眼里，她乔绵绵原来是个心肠歹毒的女人！

她看着他维护至极地将乔安心搂在怀里，而面向她时，眼里全是阴冷的指责之意，心一寸一寸地凉了下来，眼里满是嘲弄和失望的神色，说道："苏泽，你是不是忘了你是谁的未婚夫，也忘了你怀里搂着的女人是谁？"

苏泽愣了几秒。

他对上乔绵绵嘲讽、悲凉的目光，眉头紧了紧，眼里终于流露出了一丝愧疚之色，但依然紧紧地抱着怀里的女人："对不起，绵绵。安心怀了我的孩子，我必须对她负责。"

"哈。"乔绵绵感觉自己听到了一个天大的笑话，"你必须对她负责？那我呢？苏泽，我又算什么？"

苏泽抿紧唇，低头看着怀里被吓到脸色苍白、身体依旧不停颤抖的乔安心，手臂又紧了紧，将她牢牢地搂在怀中。

乔安心也伸手抱住他，极为依恋他的样子，柔柔弱弱地喊了一声："阿泽哥哥！"

苏泽伸手摸了摸她的头，再抬起头看向乔绵绵，沉默好久后，才哑着嗓子说道："绵绵，对不起，我爱的人是安心。我没办法欺骗自己，也不想欺骗你。"

听着他这一句又一句的"对不起"，乔绵绵心冷到极致，也失望到极致。

她现在只想笑。

因为她觉得这一切就是个笑话。

当初，是他说要携手和她共度一生，决不辜负她。

是他坚持要履行他们的婚约，说他喜欢她，要将她娶回家做他苏泽的妻子。

也是他，说他苏泽这辈子只会爱她一人。

可现在呢，这一切又算什么？

他竟然说他爱上乔安心了。

嘴角讥讽地勾起，乔绵绵笑出了声，眼里却是一片悲凉之色："你说你爱上乔安心了？"

苏泽目光闪了闪，眼神愧疚，竟然不敢再和她对视，垂下眼眸说道："是。"

在他怀里，乔安心转过脸，一点点弯起嘴角，露出了属于胜利者的笑容。

乔安心动了动嘴唇，嘴里没有发出任何声音，乔绵绵却看懂了她的唇语。

她在说：姐姐，我又赢了呢。

乔绵绵看着相拥在一起的两个人，眼里的失望和悲凉神色一点点淡去。

片刻后，乔绵绵点了点头："好，苏泽。"

看着面前这张熟悉却又陌生至极的脸，乔绵绵眼里除了冷漠神色，再无任何情绪。她一字一顿地说道："如你所愿，我们解除婚约。"

苏泽猛地抬起头："绵绵！"

"住口！"乔绵绵眼神冷漠地看着他，眼里没有半点儿温度，"苏泽，从这一刻起，我们桥归桥，路归路，以后再见面就是陌生人！"

对上她那双宛若在看陌生人的冰冷眼眸，苏泽没来由地一阵心慌。

好像就在这一刻，他失去了某样很重要的东西，心口某个位置也空出了一块。

他的心钝痛起来。

乔绵绵再没看他一眼，转身朝包间外走去，她态度干脆，没有丝毫眷恋之意。

苏泽还来不及细想他为什么会心痛，身体已经先大脑一步，拔腿追了上去。

"绵绵！"

"阿泽哥哥！"

这时他听到身后传来乔安心痛苦的呻吟声。

"我的肚子忽然好痛啊。"

苏泽脸色一变，急忙转过身，快速走到她身旁扶住她："安心，你怎么了？"

乔安心一只手捂着肚子，眉头紧蹙："肚子忽然不舒服，好痛啊。阿泽哥哥，不会是我们的宝宝有事吧？"

一听宝宝有事，苏泽把全部注意力都放到了乔安心身上，再没去想乔绵绵。

他表情紧张地说道："不会的，绝对不会。安心，你别胡思乱想了，我们的宝宝一定是健健康康的。我马上就带你去医院。"

乔绵绵走到门口，听到身后的动静，脚步停顿了一下。

但很快，她便推门走了出去。

从餐厅离开后，乔绵绵站在街边，看着车水马龙的街道，神情有些恍惚。

就在一周前，苏泽带她去了苏家，苏父和苏母还在问他们什么时候结婚，还和他们商量了具体的婚期。

那个时候，谁会料到她和苏泽会这么快就分手？

被青梅竹马的恋人背叛，他劈腿勾搭的人还是她同父异母的继妹，乔绵绵觉得自己的人生真是够"狗血"的。

她以为，即便任何一个男人都有可能被乔安心抢走，那个人也不会是苏泽。

可是……

到现在，她才知道她的想法多天真、可笑。

现实在她脸上狠狠甩了俩耳光，"啪啪"两下将她彻底打醒了。

手机忽然响起，乔绵绵一看是医院那边打过来的电话，马上接了起来。

"喂。"她才说了一个字，脸色"唰"的一下就白了。

下了出租车，乔绵绵飞奔向医院。

她跑得太急，上医院阶梯的时候，差点儿摔倒在地。

不远处停着的一辆黑色劳斯莱斯上，司机目睹她匆匆忙忙跑进医院后，想了想，拿起手机拨了一个电话。

通话后，司机恭敬地唤了一声："墨总。"

"什么事？"手机另一端，男人问话的声音低沉、清冷、质感十足，像醇浓的大提琴乐声。

"我按照墨总的吩咐一直跟着那位小姐，她家里好像出了什么事，刚打车到了医院。我看她脸色不大好，她看起来很着急。这边医院我有熟人，要不要跟他们打声招呼？"

换成平时，司机肯定不敢多管闲事。

这还是墨总第一次让他跟踪别人，而且跟踪的还是一个女人。

这个女人，今天早上还是从墨总的房间里出来的。

仅凭这一点，她对墨总就有着非同一般的意义。

在这之前，他们墨总身边连个女人的影子都没有。

电话那端的男人沉默了几秒，回道："你跟过去看看。"

"是，墨总。"

医院，急救室外，乔绵绵赶到时，乔宸还在里面接受抢救。

她在手术室外失魂落魄地等了一个多小时后，手术室紧闭的大门终于被打开了。

医生陆陆续续地从里面走了出来。

乔绵绵疾步走过去，拉住第一个出来的医生急忙问道："医生，我弟弟怎么样了？"

医生摘下口罩："病人生命体征稳定下来了，暂时没有生命危险。"

眼泪一下子就流了出来，乔绵绵说道："这么说我弟弟现在安全了，对吗？"

"是这样的。"

"谢谢医生，谢谢医生！"她欣喜若狂，眼泪一颗颗地砸落。

乔宸醒了过来。

乔绵绵握着他的手，看着他苍白憔悴的脸，心疼道："宸宸，你感觉怎么样？要不要让医生过来给你看一下？"

"姐，我没事了。"乔宸声音沙哑，说话有点儿费力，"你不用担心我。"

乔绵绵抿紧了唇。

她怎么可能不担心呢？

乔宸是她在这个世界上唯一在乎的亲人了。

乔宸看出她担心，苍白的嘴唇勾起浅浅的笑意，伸手在她的手背上拍了拍，故作轻松地说道："我真的没事，你看，我现在不是好好的吗？"

"宸宸，你……"

乔绵绵眼眶一红，正想要说点儿什么，病房的门被人推开了。

一群医生和护士走了进来，为首的那个乔绵绵认识，是医院的副院长。

她看着进来的这群人，愣了一下，随后眉头轻轻蹙起："你们……"

"乔小姐，我们是来给乔先生换病房的。"

副院长态度客气得很，甚至带了一点儿恭敬之意。

乔绵绵又愣了愣，心里"咯噔"一声，脸色变了变："换病房？换去哪里？"

看来，她和苏泽分手的事情乔家人已经都知道了。

乔父本来就是不愿意给乔宸治疗的，认为乔宸的病没的治，花这么多钱住在医院里是在浪费钱。

可乔父又顾忌着她和苏泽有婚约，不敢把事情做得太难看。

现在，她和苏泽已经分手了，乔父自然也就不必再顾忌什么。

呵，这人还真是现实啊！

乔绵绵心里既愤怒又悲哀。有的时候，她真的怀疑她和乔宸是不是从外面捡回来的，乔安心才是乔父真正的女儿。

副院长客客气气地说："之前让乔先生住在这里，委屈他了。我们马上为他换 VIP 病房，然后再安排最专业的医疗团队为乔先生治疗。"

说完，副院长就指挥起来："赶紧送乔先生去 VIP 病房。"

乔绵绵没想到会是这样的情况。

她惊讶地睁大眼，愣愣地看着副院长。

躺在病床上的乔宸也是一脸疑惑的表情，小声地问道："姐，这……这是怎么回事呀？"

乔绵绵眨了眨眼，有些蒙，说道："我也不知道。"

VIP 病房的条件比普通病房好了无数倍，一人一房不说，还是整套的病房。

病房里有卧室、客厅，还有厨房和卫生间，可谓配套齐全，推开窗户，外面就是一大片养眼的绿色景致。

空气中弥漫着的不是刺鼻的消毒水味道，而是一股怡人的淡淡花香。

"乔小姐、乔先生，你们看看还满意吗？"副院长低着头，恭敬地说道，"如果有不满意的地方，我们马上修改。"

乔绵绵："很满意，谢谢！"

副院长松了一口气的样子："那就好，我们就不打扰两位休息了。有什么需要按一下服务铃，马上会有人过来为你们服务的。"

等副院长带着一群医生和护士离开后，乔宸四下看了看，惊讶得很："姐姐，他们为什么要将我换到这么好的病房？是姐夫安排的吗？"

乔宸还不知道乔绵绵和苏泽已经分手了。

"不是他。"乔绵绵困惑地皱了皱眉，也搞不清状况。

苏泽都和她分手了，不可能还这么好心。

乔父就更加不可能这样做了。

这间 VIP 病房看起来就很高级的样子，乔宸住在这里，一天什么检查都不做，也得花不少钱。

乔家没人舍得出这个钱。

那是谁安排的呢？

谁这么好心，会无缘无故地帮他们姐弟俩？

乔绵绵百思不得其解。

"咚咚咚！"敲门声忽然响起。

乔绵绵走过去将房门打开。

外面站了一个小护士，见了她，微笑着说道："乔小姐，我们院长想和你聊一下关于你弟弟的病情。请你和我走一趟吧。"

乔绵绵怔了怔，眼里流露出惊讶之色："院长找我？"

"是的。"

小护士将乔绵绵领到院长办公室门外，伸手轻轻敲了敲房门。

办公室的门半掩着，里面传出一道很好听的声音，也很年轻："进来。"

乍然听到这么年轻的声音，乔绵绵还有点儿怔。

她伸手轻轻推开房门，走进去，就看到办公桌前坐了一个看着相当年轻的男人，目测二十五岁左右。男人长相清俊温润，鼻梁上架着一副金丝眼镜，一派斯文公子的模样。

这是院长？！

乔绵绵眼里流露出了毫不掩饰的惊讶和诧异神色。

院长居然这么年轻的吗？

她还以为，当院长的人至少有五十岁了呢。

"乔小姐，你好。请坐。"

在乔绵绵惊讶地打量陆饶时，陆饶也抬起头，颇有兴致地打量了她几眼。

别的不说，小丫头这张脸倒是挺好看的。

她看着不过二十出头的模样，五官精致得很，皮肤白得发亮。

就是见过不少美人的陆饶，也觉得颇为惊艳。

他打量乔绵绵片刻后，笑眯眯地说："乔小姐不用拘束，大家都是年轻人，你就当是见平常的朋友。"

他一笑，乔绵绵顿时觉得放松了点儿。

她点了点头，也笑着坐了下来。

"院长，听说你找我是想和我谈论我弟弟的病情？"乔绵绵也没拐弯抹角，直接问道，"宸宸的病情是有什么变化吗？"

陆饶端起桌上的咖啡抿了一口："是有一点儿变化。"

乔绵绵马上紧张起来："不知道……"

"你弟弟的病是越早手术效果越好，因为这次发作，他其实已经错过了最佳手术期。"

乔绵绵顿时变了脸色，声音几乎在颤抖："错过最佳手术期是什么意思？是以后他不能做手术了吗？"

"不是不能手术，而是术后效果没那么好了。乔小姐，你弟弟的手术不能再拖下去了。"

"我知道。"乔绵绵攥紧了拳头，"我……我会想办法让他尽快做手术的。只是，你刚才说他现在做手术，术后效果不会太好？"

"那要看什么人给他做手术。"陆饶装作不经意间提起，"我认识一个人，倒是很擅长做这种手术。如果能让他出手，你弟弟的病的治愈率可以高达百分之九十。不过……"

治愈率高达百分之九十？

乔绵绵心里瞬间燃起了希望。她马上问道："不过什么？院长，你认识的那个人是这家医院的医生吗？"

"不是。"陆饶摇头，"他是个商人，已经不从医很多年了，所以我才说他未必会帮这个忙。"

乔绵绵心底刚燃起的一丝希望，又沉沉地往下坠落。

对方已经不从医很多年？

那他还会给乔宸做手术吗？

可是，哪怕只有百分之一的希望，她也不能放弃。

乔宸是她在这个世界上唯一在乎的亲人了。

不管用什么办法，她都要替宸宸去争取一下。

"院长，你……你能把那个人的联系方式给我吗？"沉思片刻后，乔绵绵眼里带着恳求之色，也有几分忐忑和紧张地看向陆饶，"我想去找他谈谈。"

陆饶眼底极快地闪过一丝精光，面上却装出一副为难的样子。

他沉默了几秒后，才点头说道："好吧，我把他的联系方式和地址都给你。不过你到时候见了他，可不要让他知道是我让你去找他的。"

乔绵绵脸上露出欣喜之色："谢谢院长！"

第二天清晨，天气很好。

望着眼前墨氏这栋高耸入云霄的大厦，乔绵绵站在旋转玻璃门外，一时间有点儿胆怯。

可一想到乔宸，她又鼓足了勇气。

深吸一口气后，乔绵绵跨步走了进去。

她刚走到前台那边，就被人拦了下来。

前台女员工是两个长得很漂亮的女人，身材也很好，脸上化着精致的妆容。

其中一个女员工见乔绵绵长得很漂亮，心里便生出了几分敌意，又见她穿着打扮很普通，更是极其傲慢地说道："这位小姐，找人需要登记。你找谁？"

乔绵绵犹豫了一下，说出陆饶给她的那个名字："你好，我想找墨夜司，他在吗？"

话音刚落，她就听到两声倒吸气的声音。

那个态度本来就不是很好的女员工眼里的敌意更盛了，她几乎是瞪着乔绵绵说道："你是谁，竟然直呼墨总的名字？找墨总可是需要预约的，你有预约吗？"

墨总？

乔绵绵愣了一下。

那个叫墨夜司的男人是这家公司的高管吗？

她看这两个前台女员工的反应，他应该职位还不低，于是实话实说道："没有预约。"

"呵。"女员工一听她说没有预约，不屑地嗤笑道，"墨总可不是随便哪个人都能见的。你没有预约，还想见到墨总？"

乔绵绵听得眉头蹙了起来。

她耐着性子解释道："我想你是误会了，我没有……"

可话还没说完，她就被女员工不耐烦地打断了。

"你怎么想的我们没兴趣听。总之，没有预约，墨总是不会见你的，你走吧。"

乔绵绵本来以为墨夜司就是一般的员工，可没想到，要见他竟然会这么难。

她都已经来了这里，没见到人，肯定是不会走的。

她没再和前台员工说什么，见一旁有个休息区，便走过去坐下，打算等墨夜司下班。

见她没有要离开的意思，那两个女员工凑在一起冷笑着嘲讽起来。

"脸皮还真厚啊，竟然赖着不肯走。"

"墨总清心寡欲，不近女色，就算她长得有几分姿色又怎么样？墨总才不会对她这种女人感兴趣。"

魏征下楼办事，经过前台处时，被一个女员工叫住了。

"魏特助，刚才来了一个奇奇怪怪的女人，说是要找墨总．我们跟她说了没有预约墨总不会见她，可她还是赖着不肯走。她已经在休息区坐了两个小时了，我们担心她这样会影响公司的形象，要不要让人将她赶走啊？"

女员工一边说，一边朝乔绵绵看过去，眼里都是忌妒之色。

那女人虽然一副穷酸样，却长了一张相当有姿色的脸，女员工看着极其不顺眼。

"有人找墨总？"魏征好奇地朝休息区那边看了一眼．

目光落到乔绵绵身上时，愣了愣，随后眼里浮出惊讶之色。

那个女人不是墨总之前让他调查的乔小姐吗？

她怎么会在这里？

前台员工见魏征变了脸色，还以为他也不满乔绵绵赖在这里不肯走，语气便越发不屑地说道："就没见过这么不要脸的人。"

魏征看了几秒，朝休息区那边走了过去，同时拿出手机打了一个电话。

电话接通后，他恭敬地说道："墨总，那位乔小姐来公司了，说是要找你。"

手机里传出男人低沉的声音："哪位乔小姐？"

"乔绵绵。"

"她？"墨夜司似乎有点儿惊讶。

"是的，墨总要见她吗？听说她已经等了两个小时了。"

沉默几秒后，男人说道："带她上来。"

"是，墨总。"

挂了电话，魏征走到了乔绵绵身前，客气地唤了一声："乔小姐。"

乔绵绵抬头，看到一个长相斯文俊秀、一身西装革履的男人站在她面前，便愣了一下："你是……？"

魏征回道："我是墨总的助理，刚才听说乔小姐要找我们墨总？"

乔绵绵立刻站了起来："是的，我想找墨夜司……不，是墨总谈一件事情。你可以带我去见他吗？"

她眼里带着请求之色，像是怕他会拒绝，她马上补充道："我只需要十分钟，不，五分钟。我不会耽误他很久的。"

魏征点头，微笑道："墨总答应见你了，请乔小姐跟我来吧。"

乔绵绵被魏征带进电梯那一刻，刚才还气焰嚣张的两个前台员工顿时变了脸色。

"怎么回事？不是要赶她走吗？"

"魏特助居然带她上去了？难不成……她真的认识墨总？"

两个人想到一万种可能性，脸上的表情都不是很好看了。

第二章
荣辱与共

电梯直达 37 层。

到了总裁办公室外，魏征敲了敲门。

乔绵绵听到里面传出一个低沉清冷的声音，磁性十足，又带了几分上位者的威严气势。

光是听着这声音，她就觉得里面的人不好接近。

她心情忐忑地跟着魏征走入了办公室内。

"墨总，乔小姐到了。"

魏征说完这句话后，便转身离开了。

房门又被人轻轻掩上，一时间，偌大的办公室里就只剩下乔绵绵和坐在办公桌前埋头看文件的男人。

这是一间充满了男性气息的办公室，里面的陈设大部分是黑色的，不然就是灰色的，颜色很单调，也有点儿沉闷，唯有放置的几盆盆栽稍微缓和了室内单调的色彩。

那个在黑色办公桌前埋首看文件的男人……乔绵绵只抬眸偷偷看了一眼，就感觉到了对方身上那股强大的气场。

他身材很好的样子，穿着一件黑色衬衣，纽扣解了两颗，露出了锁骨和若隐若现的肌肉，看着很是性感。

他低垂着头，乔绵绵只能看到大概的轮廓。

可她依然能看出来，他的五官很立体。

就在她的目光继续在他身上打量时，男人忽然抬起了头。

乔绵绵的身影撞入了一双幽冷的眸子里。

她愣了愣，目光落到男人那张俊美的脸庞上时，心脏骤然漏跳了两拍。

她从没见过长得这么好看的男人。

男人的那张脸，宛若鬼斧神工地雕琢出来的，脸上的每一个部位、每一处线条都完美到挑不出一丝缺点。

他五官轮廓很立体，有着一双寒星般冰冷的眼眸，鼻梁高挺，紧抿的薄唇弧度性感迷人。

这个男人气质尊贵无匹，浑身上下散发着凛然的气息。

他脸上没什么表情，眉眼都很冷淡。

即便是隔着一段距离，乔绵绵也能感觉到从他身上散发出来的冷气。

那双寒星般的眼眸朝她看过来时，她连呼吸都停了好几秒。

她愣愣地看着他，一时间大脑一片空白，耳边响起清冷而有磁性的声音："乔小姐。"

乔绵绵回过神来，想起她刚才竟然犯花痴般盯着他看，脸上一烫，咬了咬唇，有点儿慌乱地说道："你……你好，墨先生。"

墨夜司看着她脸上浮出的那丝红晕，想起昨晚的种种情景，再开口时声音沙哑了些："不知道乔小姐找我有什么事？"

乔绵绵听他这么一问，才想起今天来这里的目的。

她压住心底那一丝异样情绪，整理了一下思绪，开口道："墨先生，我想请你帮我一个忙。"

墨夜司挑眉。

乔绵绵也知道，自己忽然对一个陌生人开口要求帮忙是一件很奇怪的事情，但为了乔宸，也顾不得那么多了。

她沉默几秒后，说："我弟弟得了心脏病，需要马上做手术。听说墨先生以前是相关方面的权威医生，我希望……希望……"

"希望我可以帮你弟弟做这个手术？"看着她绯红的小脸，墨夜司替她将接下来那些难以启齿的话说了出来。

"是。"乔绵绵呼出一口气，神色恳求地看着他，"请墨先生帮帮我弟弟，他才十六岁，还很年轻……"

墨夜司抬手打断了她的话："乔小姐既然来找我，应该知道我不从医很多年了。"

"我知道。"乔绵绵点头，"可是我相信墨先生是个好人，不会见死不救的。"

"好人？"墨夜司像是听到了什么有趣的话，勾唇笑了起来。

他放下手里的一份文件，站了起来，慢慢朝乔绵绵走过去，一直走到她身前，停下了脚步。

乔绵绵这才发现，这个男人长得很高，目测有 188 厘米左右。

因为她有 168 厘米，这个身高在女性里不算矮了，但是站在他身前，也才勉强到他的脖子的高度。

她看他还需要仰视。

离得近了，男人身上那股清冽好闻的气息扑入她的鼻间——他浑身上下充满着诱人的雄性气息，乔绵绵和他对视了一眼后，就一阵脸红心跳。

她不禁往后退了一步，红着脸咬了咬唇，道："墨先生……"

"乔小姐，我是个商人。"墨夜司垂眸看着她，薄唇微扬，"在商言商，既然乔小姐要我帮你，那你准备给我什么好处？"

乔绵绵怔了怔。

好处？

他看起来像是什么都不缺的人，她能给他什么好处？

"墨先生，不知道你想要什么？"

墨夜司看着她那张娇柔可人的小脸，一字一顿，带着点儿志在必得的口吻说："如果我说，我想要一个妻子，乔小姐愿意给吗？"

"什么？！"乔绵绵惊愕地抬起头来。

墨夜司神色平静，淡淡地说道："天下没有免费的午餐。乔小姐，我可以答应你的要求，帮你弟弟做手术，不过，前提是你得嫁给我。"

这一次，乔绵绵确定自己真的没有听错。

她震惊到无以复加。

无论如何，乔绵绵都没想到他的要求竟然会是要她嫁给他。

这也太荒谬了吧！

她难以置信地确认道："墨先生，你是认真的？"

墨夜司挑眉，反问："你觉得我像是在开玩笑？"

"为什么？"

他条件这么好，难道还找不到老婆，竟然要一个和他第一次见面的女人嫁给他？

还是说，他有什么难言之隐？

她不由自主地朝他看了过去。

墨夜司察觉到，猜到她心里在想什么后，眉头蹙了一下，脸顿时有点儿黑。

他又是好笑，又是好气地伸手将她拉扯过来。

"啊！"乔绵绵一头撞入他的怀里，脑袋撞在他温热结实的胸膛上，感觉像是撞到了一块石头，鼻子都撞红了。

她还没反应过来，一只手已经被男人拉着往下移动。

他性感低沉的嗓音有几分玩味："乔小姐不用担心婚后守活寡，我是一个再正常不过的男人。"

乔绵绵羞得满脸通红，手忙脚乱地推开了他。

"墨先生，请……请你自重！"

她没想到这个看起来清冷禁欲的男人，竟然会对她要流氓。

墨夜司看着她满脸绯红的模样，眼神又深情了一些。

她好像很爱脸红，昨晚也是这样。再次忆起昨夜的种种情景，他看着她的目光都变得灼热起来。

乔绵绵对上他的眼睛，心跳加快，没来由地慌张了起来。

男人眼里充斥着明显的占有欲，仿佛她已经是他的囊中之物。

甚至，她有一种他早就将一切掌握在手中，也早知道她今天会来求他的错觉。

"墨先生。"她咬着唇，沉默片刻，然后看着他说道，"除了嫁给你，其他要求我都可以答应。"

"那我们没什么可谈的了。你走吧。"

乔绵绵握紧了双拳，站着没动。

墨夜司也没赶她走。

两个人都沉默着。

片刻后，乔绵绵深吸一口气，声音轻颤道："我嫁给你，你就会帮宸宸做手术吗？"

墨夜司眯了眯眼："你同意了？"

乔绵绵勾唇苦笑："这不就是墨先生的要求吗？只要你可以治好宸宸，我……我愿意嫁给你。"

看着她一脸苦涩无奈的笑容，墨夜司蹙了一下眉头，脸上露出不悦的表情。

他走至她身前，双手轻轻按在她柔弱的肩膀上，黑眸里带着少有的认真神色，一字一顿，似保证，也似承诺："嫁给我，我保证你不会后悔。我会尽我所能地给予你想要的一切，从此以后，我们荣辱与共。"

结婚手续办得很快。

他们到了民政局，不过片刻，结婚证就办好了。

从民政局里出来后，乔绵绵看着手里的红色小本子，整个人都是恍惚的，犹如在做梦一样。

她竟然就结婚了吗？

她幻想过千万次，也期待过千万次的事情，竟然会是在这种情况下完成的。

上车后，乔绵绵还像在做梦一样，一脸恍惚的表情。

她的新任老公墨夜司转过头看了她一眼："乔绵绵，别一副你吃了亏的样子。你嫁了一个有钱有颜，以后还会把一切荣宠都给你的老公，不吃亏。"

尽管这桩婚姻明明是自己蓄意促成的，可看着她这副失魂落魄的样子，他心里还是很不舒服。

乔绵绵听了他的话，转过了头。

男人的侧脸也是极其俊美的，眼眸半眯，质地上乘的黑色衬衣领口的纽扣被解了两颗，露出性感的锁骨。

逆光中，他俊美的五官显得越发立体，滚动的喉结显得性感，偏偏又是一身浓烈的禁欲气息。

不得不说，他长得的确很好看。

而且，他还很有钱。

一开始她还以为他是墨氏的某个高层，可现在才知道他的身份比她想象中显赫太多太多。

他是墨氏总裁，也是墨家唯一的继承人。

苏家也算是云城名门了，但十个苏家也比不上一个墨家。

客观地说，这场婚姻里，占了便宜的人的确是她。

他们之间的悬殊太大了，本应该是两个完全不会有接触的人，他就算找老婆，也应该是找和他门当户对的名媛，而不是像她这种家道式微的普通人。

想到这里，乔绵绵抿了抿唇，没说话。

"墨总、太太，接下来是回公司吗？"

司机已经改口，不再称呼她为乔小姐了。

"你要去医院看你弟弟？"墨夜司清冷的目光落到了她的脸上。

"嗯。"乔绵绵点头。

墨夜司便说："先去医院。"

乔绵绵怔了怔，连忙说道："我还是自己打车去吧。"

她知道他很忙。

离开墨氏那会儿，他的办公桌上还堆着很高一摞文件。

虽然两个人已经是夫妻了，但并不是因为彼此相爱在一起的。

乔绵绵也没真的将他当成老公看待，就不想太麻烦他。

墨夜司没理她，直接对司机说："去医院。"

他这样坚持，乔绵绵就不好再拒绝了。

她沉默了几秒，抿了抿唇，然后很小声地说了一句："谢谢。"

话音刚落，墨夜司那深沉的眼神就罩住了她。他皱着眉，看起来不是很高兴："跟自己老公需要这么客气？乔绵绵，我不管你是不是还没适应我们之间的关系，但以后，我不想再从你嘴里听到这两个字。"

他说这些话时，满身低气压。

车厢内的空间似乎都变得逼仄起来。

乔绵绵被这股强大的气场压得有点儿喘不过气来。

她咽了咽唾沫，不自觉地往后面缩了一下，小声回道："知道了。"

她好像忽然才意识到，她嫁的这个老公是很有钱也很帅，不过脾气似乎不是很好。

果然，人无完人哪。

到了医院，司机下车，走到后车厢拉开车门，然后恭敬地退到一旁。

乔绵绵以为墨夜司只是送她过来。

她拿起包，下了车，朝车内的人挥了挥手："那我先走了，你……你……路上小心点儿。"

她现在真的很不适应她和墨夜司之间的关系啊。

前一秒，两个人还是互不认识的陌生人，现在这个男人就已经成为她的老公了。

她说完这话就转身要离开，却听到身后传来懒洋洋的声音。

"急什么，谁跟你说我要回公司了？"

"嗯？"乔绵绵转过身，就见墨夜司也下了车。

他理着袖口上的纽扣，慢慢地朝她走了过来。

"你……"她愣了愣。

墨夜司走到她身旁，长臂一伸就将她揽入了怀里。

乔绵绵被男人身上那股温热诱人的气息包围着，他滚烫的大手还扣在她的腰上，她的脸一下子就红了。

她刚要推开他，就听到他阴恻恻地说道——

"乔绵绵，我要你嫁给我，不是和你做假夫妻的意思。既然我们已经结婚了，我也该去见见你的家人。"

乔绵绵的身体僵了一下。

她自然是知道的，在他们去领结婚证之前，他就说过要和她做真正的夫妻。

所以他们有任何身体接触，也都是正常的，她不应该推开他。

她在他怀里僵了几秒，没再挣扎。

墨夜司这才满意地勾了勾唇，揽在她的细软腰间的那只手紧了紧："走吧，我去见见小舅子。"

乔绵绵听他用了"小舅子"这个称呼，身体又僵了僵。

他搂着她走入了医院大门。

"等一下，我有话要说。"乔绵绵拽了拽他的袖子，停下了脚步。

墨夜司跟着停下，低下头，蹙眉看着她："你还有什么事？"

她咬着唇沉默了一会儿，像是在思考什么，片刻后，用商量的语气和他说道："我们结婚的事情，可以先不要公开吗？"

乔绵绵刚说完，就感觉男人身上的气压又低了下来。

乔绵绵咽了咽唾沫，都不敢抬头看他了。

"宸宸还不知道我和我前男友分手了。如果我忽然告诉他我跟你结婚了，他会被吓到的。"

其实，这只是一方面的考虑，另一方面，乔绵绵觉得她和墨夜司的婚姻肯定不会长久。

他或许就是一时心血来潮，说不定过段时间觉得没意思了，就跟她离婚了。

换成其他人，她也无所谓别人知不知道她已婚这件事。

可是乔宸……是她最在乎的人。

女孩儿年轻，有什么心思也遮掩不住，墨夜司一下子就猜到了她心里在想什么。

男人俊美的脸庞上笼罩上一层阴郁之色，身上释放出寒气："你的意思是，你要跟我隐婚？"

他墨夜司还没被人嫌弃成这样过。

别的女人但凡和他沾上一点儿关系，就恨不得宣告天下，可眼前这个女人……

她这么怕别人知道他们之间的关系，是心里还装着人吗？

她还惦记着她那个前未婚夫？

想到这里，墨夜司脸色越发阴沉，目光冷到都快要凝结出一层冰了。

"我……"乔绵绵对上他那双阴郁的眼睛，被吓得有点儿说不出话来了。

"乔绵绵。"男人目光冷锐，捏住她的下颌，一字一顿地说道，"你是我的女人，以后心里只能想着我一个人。我没打算和你隐婚，现在没这个打算，以后也不会有。"

他微微收紧手指，语气很是霸道："你也不许有这样的想法，听到没有？"

他眼里是满满的占有欲，看着她的目光，就像在看一只被他锁定的猎物。

这只猎物，是只属于他一个人的，谁也不许染指半分。

乔绵绵有点儿被吓到了。

她第一次遇到像他这么霸道又强势的男人。

他好像随时会将她吃干抹净。

走到病房外时，乔绵绵还有点儿犹豫，墨夜司却已经伸手推开房门，揽着她直接走了进去。

乔宸捧着一本书在看，听到响动，抬起头来。

看到他姐被一个又高又帅，衣品也很不凡的男人揽着腰走进来时，乔宸惊讶得睁大了眼，手里的书都掉到了地上。

他目瞪口呆地出声："姐，你……"

乔宸也是跟着苏泽和乔绵绵一起长大的。

三个人关系很好，所以很小的时候，乔宸就知道他姐以后是要嫁给苏家哥哥的。

苏泽对他一直不错，乔宸对这个未来的姐夫也是很满意的。

在他心里，苏泽已经是他姐夫了。

乍然看到其他男人和乔绵绵这般亲密，乔宸简直不敢相信自己的眼睛。

"他……他是谁？姐，你们……"

"宸宸，他……"

就在乔绵绵还在迟疑该怎么介绍墨夜司时，墨夜司揽着她走到了床边，低头看了一眼床上显然受惊不小的小舅子，直接说道："我是你姐夫。"

乔绵绵："……"

她抽了抽嘴角，都不敢去想乔宸会是什么反应了。

"什……什么？"乔宸再次目瞪口呆，眼珠子都快要瞪出来了，"你是我姐夫？"

乔宸慌乱又迷茫地看向乔绵绵，像是一个迷失在十字路口的孩子："姐，这到底是怎么回事？我姐夫不是泽哥吗？怎么换人了？"

墨夜司听他提起苏泽，脸色就沉了沉。

他一沉脸，气场就很吓人。

乔宸直接被吓到了，整个人都哆嗦了一下。

乔绵绵是最心疼他的，一看他被吓成这样，就朝着墨夜司瞪了一眼："你干吗吓宸宸？他还是病人，你吓坏他了怎么办？"

这会儿，乔绵绵倒是不那么害怕墨夜司了。

墨夜司看着她这副护犊子的模样，轻哼一声，不以为然地说道："身为男孩子，胆子这么小，你惯的？"

"是你太吓人了吧。"处于"护犊子模式"的乔绵绵胆子大了不少，回怼道，"宸宸平时胆子可没有这么小。"

病床上，乔宸慢慢从刚才的震惊状态中回过神来。

他看了看乔绵绵，又转过头看了看站在她身旁的墨夜司，还是觉得很难接受这个事实："姐，他真的是我姐夫吗？"

乔宸刚问完，乔绵绵就觉得自己的后背上落下了一道道强烈的目光。

她沉默了几秒，点了点头："嗯。"

乔宸："那你和泽哥……"

乔宸刚提起苏泽，他那个吓人的姐夫又在瞪他了。

乔宸吓得说话说到一半，不敢继续往下说了。

提及苏泽，乔绵绵脸上的神情冷淡了下来。她淡淡地说道："我和他已经分手了。"

乔宸愣住："为什么？"

他偷偷看了墨夜司一眼，忽然想到一个可能性，整个人都不大好了。

这个自称他姐夫的男人，显然和苏泽不是一个级别的。

这人比苏泽帅得多，气质更是尊贵，尤其是那一身强大无敌的气场，是苏泽绝对无法比拟的。

没对比的话，苏泽的条件也算是很好的了，可是跟这个男人一对比，就像是天上地下的差别，两个人完全没的比。

乔宸就觉得，他姐该不会是劈腿了吧？！

对劈腿这类败坏道德的事情，他是绝对鄙夷的。

可乔绵绵是他亲姐。

如果她真的做出劈腿这种事，他该咋办？

就在乔宸各种脑补，纠结着要不要选择原谅他姐时，他听到乔绵绵冷冷地说道："他和乔安心在一起了。"

乔宸安静了两秒，随后又惊又怒地睁大眼："是他劈腿了？他居然和乔安心在一起了？他们怎么可以这样对你？"

乔绵绵脸上没什么表情："总之，以后我和苏泽没什么关系了。"

"嗯，以后你姐跟他没什么关系了。和她有关系的男人是我。"墨夜司走了过来，一只手搭在乔绵绵的肩上，将她轻轻揽住。

乔绵绵："……"

乔宸："……"

在知道苏泽劈腿后，乔宸对这个忽然冒出来的姐夫也就不是那么难以接受了，甚至觉得很解气。

这个姐夫方方面面都比苏泽好无数倍——苏泽不知道珍惜他姐，总有人会珍惜。

以后，苏泽肯定会后悔的！

乔宸看着墨夜司，规规矩矩地喊了一声："姐夫！"

这一声"姐夫"让墨夜司非常满意。

墨夜司在医院并没有待太久，中途接了个电话后，便去公司处理事情了。

病房里只剩了乔绵绵和乔宸这对姐弟。

"姐，你跟姐夫是怎么认识的，交往多久了？"乔宸对这个新上任的姐夫充满了好奇心。

乔绵绵正在给他削水果。

听到这话，乔绵绵犹豫了一下，然后将削好的苹果切开一块递给他："宸宸，我跟他……我们结婚了。"

乔宸震惊地看着她："你们结婚了？！"

"嗯。"

"什么时候的事情？"

"就今天，来看你之前去领的结婚证。"

她一开始是想瞒着乔宸，可墨夜司既然没有隐婚的打算，自己也不好再瞒了。

"喀喀喀。"乔宸被自己的口水呛住了。

他觉得不可思议，这像是天方夜谭一般。

"姐，这到底是怎么回事？你们这是闪婚吧？"

他有点儿担心乔绵绵是不是被苏泽的背叛行为刺激到了，就随便找了个男人结婚。

可是，他那个姐夫看起来也不是随随便便就可以勾搭上的男人哪。

"宸宸，其他的事你都不用管，对我来说，现在最要紧的事情就是治好你的病。你姐夫是心脑血管外科的权威专家，有他给你做手术，你这个病的治愈率很高的。"

乔宸听到这里，什么都明白了。

"姐，"他一下子就红了眼睛，"你是因为我才跟他结婚的？是这样的吗？"

他没想到，为了治好他的病，他姐姐竟然会拿自己一辈子的幸福去换。

就算他的病好了，他心里也会觉得很愧疚的。

"宸宸，"乔绵绵轻轻叹了一口气，放下水果刀，拿纸巾擦了擦手，然后轻轻握住乔宸的一只手，"其实我并不觉得难过和委屈。你姐夫很优秀，想要嫁给他的女人不知道有多少。说起来，能嫁给他，我还占了便宜呢。"

"姐！"

"你觉得他和苏泽比起来，哪个条件更好？"

乔宸想了想，客观地说道："当然是姐夫。"

苏泽那个渣男，在背叛他姐的那一刻就什么都不是了。

"那不就对了？"乔绵绵抽出一张纸巾，擦了擦他眼角的泪水，笑着说，"我找了一个比苏泽更好的男人，你应该替我开心。要不然，你姐现在惨被抛弃，还孤身一人，岂不是很惨吗？"

"可是……"

"放心，我不会让自己过得不好的。"乔绵绵微微笑着，语气笃定地说道，"你姐夫是个很好的人，值得依靠。"

她是为了宽乔宸的心才这么说的，可事实上，墨夜司这个人到底靠不靠谱儿，乔绵绵并不确定。

毕竟目前的她对墨夜司还所知甚少。

可她也没什么好怕的了，现在只想尽快治好乔宸的病，至于其他的事情，对自己而言都不重要。

何况她很清楚，她和墨夜司的婚姻并不会长久。

他们不是一个世界的人，注定融入不了彼此的生活。这段婚姻于她和他而言，都不可能长久。

门外，姐弟俩并不知道，他们的对话被某人一字不改地发给了墨夜司。

墨夜司正在开一个高层会议。

开会时，手机是必须调成振动模式的，所以在听到有手机振动的声音时，会议室里的人都是你看我，我看你，纷纷在找声音的来源处。

过了几秒，众人就看到坐在总裁位置上的墨总拿起手机看起来。

一众高层："……"

墨总开会的时候，不是从不看手机信息的吗？

更诡异的事情还在后面——

他们竟然看到，一向不苟言笑的墨总好像笑了一下。

虽然那个笑容很短暂，可是，他们真的看到了呀！

墨夜司在看陆饶给他发的微信。

陆饶："阿司，我刚才听到那个小丫头说你们结婚了，你可别告诉我这是真的啊！"

　　陆饶："你拿给她弟弟做手术的事情威逼利诱人家跟你领证的？真没想到你是这样的人。"

　　陆饶："那个小丫头居然说嫁给了你，她还占便宜了。"

　　陆饶："她还说，你比她那个前任男朋友好。不对，是她问她弟弟，她弟弟说的。"

　　看完陆饶发过来的所有微信消息，墨夜司勾了勾唇，难得在开会的时候开了小差。

　　他回了陆饶一个字："嗯。"

　　陆饶秒回："'嗯'是什么意思？当真威逼利诱人家了？"

　　墨夜司："我比她的前任男朋友好。"

　　陆饶："……"

　　过了几秒，陆饶又发过来一条消息："真结婚了？"

　　墨夜司："结婚还能有假的？"

　　陆饶："你下手可真快呀！"

　　墨夜司："我要出差两天，这两天你帮我照看着他们姐弟俩。"

　　陆饶："刚新婚就要出差？你舍得丢下你的美娇娘？"

　　墨夜司："小姑娘胆子小，急不得。来日方长。"

　　陆饶看着这句"来日方长"，忍不住呸了一声："墨夜司你个闷骚男！"

　　乔绵绵在医院陪了乔宸两天，这两天，也正好遇上墨夜司出差。

　　也正是这两天的缓冲期，让忽然就闪婚却还没有适应自己已婚身份的乔绵绵不免松了一口气。

　　她还没想好接下来该怎么和墨夜司接触。

　　这个男人是她名义上的老公，可对她来说他和一个陌生人也没什么区别。

　　不过因为墨夜司，乔宸在医院倒是被照顾得很好。

　　院长陆饶来看过乔宸好几次，别的医生更是每天早、中、晚三次查房，乔宸的待遇都是别人没有的。

　　一切都挺好的，就是乔绵绵觉得陆饶每次见到她时的眼神有点儿怪怪的。

　　那眼神像是他想要和她说点儿什么，但又不好问出口，每次都是一脸欲言又止的表情。

他不开口问，乔绵绵更不会主动开口去问。

现在除了乔宸的病，她对任何人、任何事情都不关心。

　　

两天后，墨夜司出差回来，乔绵绵接到了他的电话。

"我回来了。晚上一起吃饭，我去医院接你。"

地下停车场，一辆黑色宾利打着双闪。

乔绵绵刚走过去，后车门就被打开了。

车内，男人手里捧着一台薄薄的笔记本电脑，坐姿有些慵懒，清冷的目光在电脑屏幕上扫了扫，然后抬起头，朝着乔绵绵直接看过来。

四目相对，他漆黑的眼眸如幽潭，映出了她的影子。

地下停车场光线有些暗，车内开了灯，他坐在暖色灯光里，俊美的脸庞上蒙上了一层柔和的光彩，脸部线条显得很柔和，连着他的目光，似乎也变得柔和了。

乔绵绵怔了怔，心脏骤然就漏跳了一拍。

墨夜司和她对视了几秒，将头转了回去："傻站着干什么？上来。"

"哦。"

乔绵绵深吸一口气，摸了一下有点儿发烫的脸颊，弯腰上了车。

车门被关上，空间似乎一下子就变得狭窄了。

车厢内弥漫着一股淡淡的香气，不像一般的车载香水那样刺鼻，是很好闻的淡雅香气。

乔绵绵的心跳有点儿快，因为她感觉从她上车后，就有道目光一直落在她身上。

身旁的男人毫不避讳地在看她。

　　

二人吃饭的地方在一家非常高级的旋转餐厅——68层的高楼上。

餐厅最好的位置，一直是给墨夜司保留着的。

经理出来迎接人，见到墨夜司，毕恭毕敬地喊了一声："墨总！"

"嗯。"墨夜司淡淡地点头。

经理看了看跟他一起从电梯里走出来的乔绵绵，看着她一身学生装打扮，愣了一下，疑惑地问道："墨少，这位是……？"

"我……"

乔绵绵刚开口说了一个字，男人的手臂就缠到了她的腰上，他占有欲十足地搂着她："这是我太太。"

"墨……墨太太？！"

经理目瞪口呆，一脸震惊的表情。

他难以置信地看向乔绵绵，那副震惊到极致的样子，比听到世界末日马上来临还要夸张。

几秒后，他终于回过神，忙朝乔绵绵鞠了一躬："墨太太，晚上好。"

"晚上好。"

被人这样深鞠躬问好，乔绵绵还是第一次享受这样的待遇，显得有点儿不自在。

墨夜司低头看她一眼，勾了勾唇，揽着她纤细柔软的腰朝前走去。

走了几步，乔绵绵忽然感觉到一股温热的气息洒到了耳边，男人身上那股淡雅的香气也扑入了鼻间。

他低沉撩人的声音钻入她的耳朵里："不用觉得不自在。你是我墨夜司的妻子，这份尊重和恭敬的待遇，是你应该得到的。以后你会发现，'墨太太'这个身份带给你的好处远不止于此。很快，你就会习惯被人这样对待的。"

他凑得很近，近到乔绵绵都能感觉到，他说话时，温热柔软的唇瓣会时不时摩擦到她的耳垂。

鼻间全是他身上的味道，呼吸间，全是能让人迷醉的气息。

也不知道他身上用的是什么香水，味道好闻极了。

乔绵绵呼吸着男人身上的气息，听着他低沉撩人的嗓音在耳边响起，心跳控制不住地加快，整个胸腔似都在颤抖。

他们这样的距离太亲密了，除了苏泽，她还没有和别的男人这么亲密过。

"墨夜司……"

她转过头，想让他别靠太近的，谁知道这一扭头，他柔软性感的唇瓣就擦上了她的脸颊。

一时间，两个人都愣了一下。

乔绵绵怔怔地看着他，几秒后，脸上染上了一层薄薄的红晕。

她咬紧唇，目光闪烁着，耳根子都红了起来。

墨夜司也怔了几秒。

看着她因为羞涩泛红的脸颊，男人目光沉了沉，眼底有幽暗的火光掠过。

一旁的餐厅经理将这一幕场景看入眼底，再次惊讶得嘴巴都有点儿合不拢了。

妈呀!

都说墨少清心寡欲,不近女色——不管多漂亮、多性感的女人到了他眼前,他都不会多看一眼,也不会表现出一丝兴趣。

听说,曾经有个挺火的女明星试图勾搭他,就想办法溜进了他留宿的酒店房间里。那可是个身材相当火辣,一直走性感路线的女明星。最后的结果却是女明星不只没勾搭成功,还被墨夜司的保镖从房间里丢了出去。再之后,那个女明星就被封杀了。

自此以后,很多本来还蠢蠢欲动想要勾搭他的女人,被吓得不敢轻举妄动了。

通过那件事,大家都知道了,墨少是只能远观而不可接触的。

再馋他的女人,也不敢轻易去接近他。

可是……餐厅经理想:如果刚才他没看错,主动的那个人可是墨少。

墨太太反而一副很想避开墨少,又不大敢的样子,都被墨少撩得脸红成那样了。

这还真是让人觉得稀奇极了。

一直到了座,乔绵绵脸上的红晕都还没退去,她只要一想到那个不经意的"吻",心跳就又会加快。

而墨夜司的目光一直追随着她,灼热得乔绵绵根本就不敢抬头和他对视。

但她不看,还是能感觉到那道热烈直接的目光一直没从她身上移开过。

她莫名其妙地感到心慌。

她以前和苏泽相处时,从来不会这样。

但墨夜司……她一看到这个男人就会心慌、不自在,有种手脚都不知道该往哪里放的局促感。

服务员拿来了菜单。

墨夜司翻了翻,问她:"你喜欢吃什么?"

"我都可以。"

"不挑食?"

"不挑食。"

喉结轻轻滚动,有低沉的笑声从喉间传出来,墨夜司说:"嗯,不挑食好,挺好养的。我喜欢不挑食的女人。"

乔绵绵:"……"

为什么她感觉这个男人无时无刻不在撩她？！

"墨夜司，"她深吸一口气，抬起头，脸红红的，"我可以问你一个问题吗？"

"嗯？你说。"

对面，男人那张脸真是俊美到令人窒息，她都不敢和他对视太久，只看了几秒，又是一阵脸红心跳："为什么是我？"

她眼里带着疑惑和不解之色："凭你的条件，选择有很多的。"

为什么他偏偏选择她？

乔绵绵知道她在外貌上有优势，但还没自恋到觉得墨夜司是看中了她的美色，对她一见钟情的地步。

客观点儿说，像墨夜司这种身份的男人，又长成这样，身边会缺美女吗？

什么样的绝色美人他没见过？

墨夜司轻轻挑了一下眉："很想知道？"

"嗯。"

"或许是因为，你是唯一一个不会让我排斥的女人。"墨夜司也没打算骗她，实话实说道，"除了你，其他异性接近我，我会很难受。我想着我们可以在一起生活一段时间，方便我从中找原因。"

"为什么？"乔绵绵愣了愣，好奇地问道。

"为什么我会排斥异性接近我？"墨夜司对上她闪烁着好奇和不解之色的乌黑眼眸，想了想，然后说，"准确地说，是我有异性接触过敏症。但凡和异性有肢体接触，我会产生一系列过敏反应，最严重的一次，是昏厥。"

乔绵绵：异性接触过敏症？

这是什么病？她怎么从来没有听说过？！

她知道有人对水过敏，有人对冷空气过敏，还有人对紫外线过敏。

这些都算是过敏症里比较罕见的情况了，但她也是听说过的。

可这个异性接触过敏症，她是真的闻所未闻。

"当然，"墨夜司看她像是被惊到了，眼睛都瞪圆了，控制不住地上扬嘴角道，"我对家中女眷是不会有这些反应的。这里泛指陌生女性，或者是关系普通的女性。"

男人解释得认真，看起来不像是在逗弄她。

乔绵绵也能看出来，他说的都是真的。

所以，这就是他条件那么优秀，却选择和她这个普通人闪婚最主要的原因吗？

听了他的回答，乔绵绵沉默了一会儿。

"那也不用结婚哪。"她轻轻蹙了一下眉，"你应该找个你喜欢的女人，就算现在没有，以后总会遇到的。"

"喜欢？"墨夜司眯了一下眼眸，问道，"什么是喜欢？"

"这……"乔绵绵被他问得一时间答不上话来，过了几秒后，才咬了咬唇轻声说道，"喜欢就是看不到一个人的时候，你会很想她。看到她后，你会很开心，很满足。而且你会很想亲近她，很想和她做一些亲密的事情。你开心的时候想第一时间和她分享，不开心的时候也想第一时间和她倾诉。如果喜欢一个人，你看到她就会脸红，会心跳加快，会……"

乔绵绵说着说着，声音戛然而止。

因为她忽然发现，如果按照她所说的，她似乎从没有喜欢过苏泽。

反倒是看到和她不过见了两次面的墨夜司，她竟然会脸红，会心跳加快……

难道……她喜欢墨夜司？

这怎么可能？！

就算没有喜欢过苏泽，也不可能这么快就喜欢上墨夜司了呀。

可她一抬头，看到男人那张极俊美的脸，心跳又控制不住地加快了。

再想到她刚才说的那些话，她一阵心慌："我……我也是瞎说的。"

墨夜司却若有所思地看着她，片刻后，神色认真地说道："只满足其中两个条件，算喜欢吗？"

"啊？"乔绵绵眨了眨眼。

男人勾着唇，眼眸凝视着她："我看不到你的时候，想过你；看到你，会想亲近你。比如，我现在就很想吻你。绵绵，这算喜欢吗？"

乔绵绵愣了几秒，随后脸爆红。

脸上滚烫得厉害，像是有火在烧，乔绵绵说："墨夜司，你别和我开这样的玩笑。"

"不是开玩笑。"墨夜司直视着她的双眸，眼底是少有的认真神色，"其实我第一次见到你时，就有这样的感觉了，不过并不知道原来这就叫喜欢。所以，我是对你一见钟情了吗，绵绵？"

冰凉的水在脸上冲洗了好久，乔绵绵才觉得脸没那么烫了。

她那颗快速跳动的心也慢慢平静了下来。

可她一想到男人刚才说的那些话，心跳的速度就又会加快。

低沉性感的嗓音仿佛又在耳边响了起来，乔绵绵伸手捂了捂依然有些发烫的脸，刚想从洗手间里出去，就听到身后传来一个熟悉的声音。

"姐姐？是你吗？"

乔绵绵："……"

她没出现幻听吧？她好像听到乔安心的声音了。

像是为了证明她听力并没有问题，身后，乔安心的声音又响了起来。

"姐姐，原来真的是你。"

乔绵绵转过身去。

乔安心穿着一条小白裙，长发披肩，还是那副柔柔弱弱的"小白莲"模样，嘴角微微勾起。待乔绵绵转过身来后，她又轻轻唤了一声："姐姐。

"姐姐，你怎么会在这里？你是跟朋友约在这里的吗？"

乔安心语气一如往常，像是忘了就在几天前，她如何抢走自己的姐姐的未婚夫这件事情了。

乔绵绵冷眼看着她，不想和她废话，直接伸手推开她："我为什么会来这家餐厅和你有关吗？让开，别挡着路。"

乔安心却站着没动。

她眼里带着审视之色，缓缓说道："姐姐，这家餐厅是云城最高端的西餐厅，在这里吃饭，至少得提前半个月订位置，而且单人最低消费不会低。按照姐姐现在的经济情况，你在这样的地方怕是消费不起吧。"

乔绵绵听了这话顿时觉得好笑，手上的动作停了下来："哦，是吗？所以呢？"

乔安心咬了一下唇，声音轻轻地说："姐姐，我知道阿泽哥哥和你解除婚约后，你受到了不小的打击，毕竟你们认识那么多年了，就算没有爱情了，也是有亲情在的。失去他，你肯定很痛苦。

"但是，你也不能因此自甘堕落。我们乔家在云城也是有一定地位的，如果让别人知道你傍了大款，这事情传出去多不好听？到时候，你让我们乔家人怎么面对别人？

"如果姐姐想重新找一个男朋友，阿泽哥哥的公司里也有很多未婚男青年的。

到时候，我和阿泽哥哥可以帮你挑一个靠谱儿的人……"

"乔安心，你说够了吗？"虽然知道乔安心嘴里吐不出什么好话，但乔绵绵还是被恶心到连隔夜饭都快吐出来了，忍无可忍地打断了她的话。

"姐姐，"乔安心却表情痛心地看着她，"我都是为了你好，真的不希望看到你继续堕落下去。"

"呵，堕落？"

"难道不是吗？"乔安心像是在为乔绵绵痛心，眼底却流露出不屑和得意之色。叹了一口气，语重心长地说道："虽然你现在是可以靠着年轻貌美走捷径，但你为了钱这样践踏自己的尊严，真的值得吗？而且要是被人知道你做过这些事情，你以后还怎么嫁人哪？"

乔绵绵看着乔安心虚伪的嘴脸，只觉得可笑极了。

她都搞不懂，乔安心哪里来的自信和她说这些话？

因为苏泽？

对现在的乔家来说，苏家的确算是条件非常不错了。

如果乔安心能嫁给苏泽，也算是成功了。

乔安心现在终于成功转正，自然要在她面前摆出胜利者的姿态，好好嘚瑟一番了。

但这样的嘚瑟行为，乔绵绵只当是在看笑话。

她冷眼看着乔安心表演完，漠然的目光落到乔安心那张看起来柔美可人的小脸上，停顿几秒后，忽然往前迈了一步。

"姐姐，你想干什么？"乔安心第一时间捂住了脸，急忙后退了一步。

她之前才挨过乔绵绵的一巴掌，到现在脸都还没有完全消肿。

再过几天，她就得去剧组拍戏了，脸上绝对不能再有伤。

乔绵绵身高 168 厘米，比只有 163 厘米的乔安心高出不少。

乔绵绵低头看向乔安心时，眉眼间的冷厉之色吓得乔安心又往后退了两步。

看着乔安心这副畏畏缩缩的样子，乔绵绵顿时觉得无趣，勾唇冷笑道："乔安心，你有喜欢回收垃圾的爱好，不要以为别人都跟你一样。不过是一个我不要了的男人，你捡漏儿一样捡了回去，就值得这么高兴、这么得意？傍大款？那是你的爱好，不是我的。"

"乔绵绵，你……"乔安心的脸色一下子黑了下来，脸上那一层柔弱的伪善面具，也终于被撕扯了下来。她咬了咬唇，愤恨地说道："你知道你最让人讨厌的地方是哪里吗？就是你这副自视清高——自以为了不起的样子！你还在硬撑什么？阿泽哥哥和你认识再久，感情再深厚又怎样？他现在还不是爱上了我？！

"乔绵绵，你连你身边的男人的心都拴不住，你不觉得你做人很失败吗？"

乔安心声嘶力竭地低吼着，眼里盛满了怨恨之色。

乔安心是真的很讨厌乔绵绵，从小到大都讨厌！

只要有乔绵绵在，她的光环就会被夺走。

乔绵绵这张脸，实在是太让人讨厌了，但凡男人见了都会被迷得神魂颠倒。

她花费了不少心血，才将苏泽抢过来。

可即便是这样，她现在也不敢掉以轻心。

因为她能感觉到，苏泽对乔绵绵还有感情在。

如果不是她怀孕了，又擅自将她和苏泽的关系捅破让乔绵绵知道，苏泽哪里会这么快就解除婚约？

而且，就连解除婚约这件事，也还是乔绵绵主动提出来的。

想到这里，乔安心更加怨恨了，眼里妒恨之色交加："乔绵绵，我告诉你，我不光要抢走你的男人，你所在乎的一切东西我都会抢走。我告诉你，只要有我在娱乐圈一天，你就别想有机会红。"

看着她这副状若癫狂的样子，乔绵绵只是轻轻勾了一下嘴角，情绪没有太大波动，脸上也没有太多表情，声音也是淡淡的："哦，是吗？乔安心，你当真以为你可以一手遮天吗？什么事都能你说了算？"

乔安心这么张狂，不就是倚仗着一个苏泽吗？

如果硬要拼后台，她乔绵绵会怕？

她和墨夜司可是实实在在拿了结婚证的——她是墨夜司的合法妻子。

墨夜司即便对她没有感情，也不会任由她被人欺负吧？

如果他的妻子可以任由别人拿捏欺负，他的面子往哪儿搁？

"是吗？"乔安心恨极了乔绵绵这副好像对什么事都不在乎的样子，咬牙威胁道，"那就试试看。乔绵绵，你不是很喜欢跑龙套？那你就跑一辈子的龙套吧。我倒要看看，你背后那个人能有多厉害，能不能把你捧红！"

苏家在云城不说能够一手遮天，但其能力绝对不是几个有钱的暴发户可以比的。

那个人再厉害，能厉害过阿泽哥哥吗？

乔绵绵抿了抿唇，轻描淡写地说道："好啊，我奉陪到底。我也很想看看，苏泽能把你捧上什么样的位置。"

乔绵绵不是个会主动挑事的人，但若有人挑战，自己也不惧。

说完，乔绵绵便再没看乔安心一眼，转身走出了洗手间。

乔安心看着她离开的背影，气急败坏地低吼道："乔绵绵，你会回来求我的！我等着！"

第三章

他的宠爱

乔绵绵刚走出洗手间，就看到一抹熟悉的身影倚着墙壁站立着，像是在等人。

男人身高一米八八，逆天大长腿随意交叠着，一只手揣在黑色西装裤裤兜里，站姿慵懒闲散。

他低着头，额前刘海儿垂落下一些，高挺的鼻梁和冷硬的下颌弧线都非常性感，紧抿的薄唇是淡淡的水红色，唇形饱满，泛出一层诱人的水光。

即便他低着头，令人让人无法看清他的全部面容，露出来的这部分面部轮廓也足够吸引人了。

从他身旁经过的女人都在偷偷看他。

有个胆大的女人红着脸走到了他身前，表情娇羞地仰望着他问道："帅哥，可以认识一下吗？"

墨夜司抬眸，目光冷淡，声音也很冷淡，透着拒人于千里之外的疏离感："不可以。"

乔绵绵："……"

看着那个长相不俗的女人的脸瞬间通红，乔绵绵都替她觉得难堪了。

乔绵绵知道，墨夜司这种男人走到哪里都会很吸引异性的目光。

他长得好看，身材又好，气质一流，有女人向他搭讪是很正常的事情。

但是，亲眼看着他是怎么被女人搭讪，又是怎么冷漠地拒绝别人的，乔绵绵就觉得，她这个新上任的老公斩起烂桃花来还真是一点儿都不手软。

哪怕跟他搭讪的是个大美人，他也是冷漠地直接拒绝，不给人留丝毫脸面。

这么一对比，乔绵绵忽然发现，墨夜司对她的态度实在是好太多太多了。

那个被他拒绝的女人一瞬间有些愣怔和尴尬，随后竟然还不死心地问了一句："为什么？"

乔绵绵眨了眨眼，竖起耳朵，也很想听听他会怎么回答，就见墨夜司忽然抬起头——那双魅惑、能让人沉溺其中的漆黑眼眸直勾勾地朝她看了过来。

四目相对的一瞬间，乔绵绵愣住。

俊美矜贵的男人轻轻勾起了嘴角。

笼罩在他身上的那层冰冷和疏离的气息瞬间淡去。他慢慢直起了身，迈开那双逆天大长腿，在那个女人惊愕的目光中，一步一步朝乔绵绵走了过去。

乔绵绵还没回过神，腰间就缠上了一只结实有力的手臂。

男人将她揽入了怀里，低头在她的额间轻轻吻了一下，嗓音低沉魅惑："绵绵，上个洗手间怎么上了这么久？你再不出来，我都要进去找人了。"

不远处，那个搭讪的女人看见这一幕场景，还有什么不明白的？

那个女人羡慕又有点儿不甘地看了乔绵绵一眼后，尴尬地转身离去。

乔绵绵猝不及防地被男人搂入怀中，脑袋贴着他温热结实的胸膛，能清晰地听到他的心跳声。

那么强而有力的心跳，震得他的胸腔都在轻轻颤动。

乔绵绵只觉得呼吸间全是属于他身上的气息，那股会让人迷醉、眩晕的气息。

他温热湿润的唇落下来的那一刻，乔绵绵呆住了。

她像是傻了一样，表情呆滞，眼睛睁得很大。

墨夜司低头看着怀里杏眸圆睁的少女，嘴角勾起一道魅惑的弧度，低哑的嗓音更加性感诱人了："绵绵，你再这样看着我，我就要吻你了。"

乔绵绵眼睛睁得更圆了，脸上迅速染上一层浅浅的绯色。

她像只受惊的小兔子，慌慌张张地推开了他。

"墨夜司，你……你怎么可以这样？！"乔绵绵羞恼地瞪着他。

他怎么可以吻她？！

哪怕他吻的是额头！

她真的怀疑，刚才看到的那个冷漠拒绝别人的男人，和眼前这个动不动就撩她、调戏她的男人，真的是同一个人吗？

这差别也太大了吧。

墨夜司上前，再次将她拉入怀里，骨节分明的修长手指轻轻挑起她的下颌："害羞了？可是我们是夫妻，有一些亲密举动不是很正常吗？我没想过和你做假夫妻。我会给你时间适应，但不希望这段适应时间太长。"

"墨夜司，你别这样。"乔绵绵脸上滚烫得厉害。

过往的人都在看他们，她觉得不自在极了。

墨夜司却是一副很淡然的样子，完全不受周围任何事物的影响，仿佛周遭的一切都被他自动屏蔽了。

他眼里就只看得见一个乔绵绵。

"绵绵，"男人声音暗哑地叫着她的名字，一只手轻抚上她的脸颊，掌心在她白皙的脸颊上轻轻摩挲了两下，"你脸红的样子很可爱。"

心脏霎时就漏跳了两拍，乔绵绵抬眸对上男人那双幽暗的眸子，呼吸都跟着乱了。

她被眼前这个男人撩得脸止不住地发烫，心跳一阵快过一阵，都快要心肌梗死了。

就在乔绵绵和墨夜司转身离开没一会儿，乔安心也从洗手间走了出来。

刚好，她看到乔绵绵和墨夜司的身影消失在走廊拐弯处。

虽然只是匆匆瞥了一眼，可是也足够她看清楚，搂着乔绵绵的那个男人绝对不是什么矮胖油腻的老头子。

那是一个长得很高，身材很好，穿着也很不俗的男人。

即便没看到他长什么样，仅仅是看着那个背影，乔安心竟然就有了心跳加速的感觉。

因为太过惊讶，她愣在原地，好半晌都没回过神来，直到耳边响起一个声音——

"安心，你怎么了？"乔安心这才回魂，涣散的目光重新有了焦距。她眨了眨眼，目光落到苏泽温润俊美的脸庞上，低声道："阿泽哥哥，我刚才看到姐姐了。"

"绵绵？"苏泽脸色微微一变，"你是说，绵绵也来了这里吃饭？"

苏泽自然是清楚这家餐厅的消费的。

他也很清楚，乔绵绵现在经济很紧张，是没钱来这样的地方消费的。

她会出现在这里，只有一种可能性，那就是别人带她来的。

乔安心将苏泽的每一个反应都收入眼底，沉默了几秒，眼底闪过一丝异色，轻蹙着眉头说道："嗯，我看到姐姐和一个男人走在一起，他们看起来好像很亲密的样子。

"阿泽哥哥，姐姐才和你分手不久，这么快就有新的归宿了吗？"

乔安心这番话意有所指。

果然，苏泽听了这话，脸色变得难看起来。

他捏紧了拳头："你确定你看到的那个人是她？"

"我确定。"乔安心很肯定地说，"刚刚在卫生间里碰到姐姐，我还和她打了招呼。姐姐还在怪我，还是不肯原谅我。她现在对我怨恨很深，刚才……还威胁我。"

说到这里，乔安心咬了咬唇，眼里流露出几分委屈之色。

"威胁你？她威胁你什么？"

乔安心垂下眼眸，一副楚楚可怜的模样："我看她最近经济紧张，想给她介绍点儿工作，却被她拒绝了。她说她的事情以后不用我们管，还说我喜欢回收垃圾，把她不要了的男人捡回去当成宝贝。"

苏泽脸色铁青："她真的这么说过？"

"阿泽哥哥，我骗你干什么？！我听姐姐那个语气，她好像是早就打算和你分手了……阿泽哥哥，"乔安心拉着苏泽的手臂，语气柔柔弱弱的，一副很不安、很忐忑的样子，"姐姐是不是真的认识了什么很了不得的人物？她觉得我和你背叛了她，所以想借着那个男人对付我们？"

苏泽的脸色越来越难看，眼里蒙上了一层阴影。

他眼底燃起了怒火，有一种被乔绵绵背叛了的感觉。

哪怕他和乔绵绵已经解除了婚约，可在他的心里，仍觉得乔绵绵还是他苏泽的女人。

至少，他绝对不能接受他们才分手，她就和别的男人在一起了。

他们这么多年的感情，她心里肯定还有他的。

"安心，你看清楚和绵绵在一起的那个男人长什么样了吗？"苏泽现在只想弄清楚这件事情——甚至想去找乔绵绵问个清楚。

"没有。"乔安心摇了摇头，目光闪烁了一下，想到那道修长挺拔、气质不凡的身影，恶意满满地撒了谎，"不过，看背影那人好像年龄有点儿大，穿着打扮倒是挺气派的，一看就很有钱。"

离开餐厅后，见乔绵绵要去医院看乔宸，墨夜司晚上没事，自然就陪同她一起去了。

知道乔绵绵重视乔宸，他当然得多去小舅子那里刷刷好感度。

"墨总、太太。"

等候在外的李叔见两个人走出来，恭敬地唤了一声后，伸手拉开了车门。

上车后，李叔问了地点，将车开往医院的方向。

奢华的劳斯莱斯幻影刚刚开走，从旋转玻璃门里走出来的乔安心和苏泽同时停下了脚步。

乔安心看着那辆已经驶入车流中的黑色劳斯莱斯，脸上的表情僵了一瞬，眼底闪过一丝难以置信之色。

乔绵绵坐在那辆车上？

那辆劳斯莱斯有多贵，乔安心是很清楚的。

"阿泽哥哥，那辆劳斯莱斯里面坐着的那个女人，是姐姐吗？"乔安心脸色难看地看着那辆奢华的劳斯莱斯越开越远，直至看不见。

苏泽抿紧唇没说话，但脸色很难看。

劳斯莱斯的车窗是开着的，刚才，他亲眼看到乔绵绵就坐在那辆车上。

乔绵绵和墨夜司到了医院。

乔宸吃完饭，正在看电视。

看到乔绵绵来了，他很开心，亲亲热热地喊了一声："姐！"

"嗯。"乔绵绵看他精神还可以，比刚从急救室出来那会儿好了很多，欣慰地问道，"晚上吃的什么？你现在感觉怎么样？"

"晚上是姐夫让人送的晚饭过来，比医院食堂的饭好吃多了——我全部都吃光了。姐夫还让人买了好多很贵很贵的补品给我。"

乔宸说完，目光转向墨夜司，有点儿腼腆地说道："谢谢姐夫。"

墨夜司轻轻"嗯"了一声。

乔绵绵这时才看到，一旁的茶几和沙发上堆了不少袋子，全是各种昂贵的补品。

病房里的花也被人全部被换过了，换成了最新鲜的花束。

她愣了几秒，转过头，眼里带着感激之色："墨夜司，谢谢你。"

她没想到，这个男人会在乔宸的事情上这么用心。

他说以后会照顾好他们姐弟，并不是在说空话。

墨夜司眯了眯漆黑的眼眸，垂眸看了她一眼，声音低沉地说道："跟我说'谢谢'？忘了我之前怎么对你说的？"

乔绵绵怔了怔，睫毛轻轻颤动了一下，想起了他之前对她说过的话。

他说过，不想再从她嘴里听到"谢谢"这两个字的。

可是此时此刻，除了用这两个字表达她的感激之情，她也不知道该怎么说了。

"姐、姐夫，"乔宸那双和乔绵绵几乎一模一样的乌黑眼眸看着两人，目光在两个人身上来回扫视了一番，好奇地问道，"你们在说什么悄悄话？"

"没什么。"乔绵绵避开了墨夜司的目光，快步走到病床边，随手从果篮里拿出一个橙子，"宸宸，你吃橙子吗？我给你剥一个。"

乔宸眨了眨眼，目光又朝着墨夜司看了看，若有所思几秒后，才摇着头说："我不想吃橙子。姐，我忽然很想吃医院门口那家灌汤包子店的包子，你可以去帮我买几个吗？"

"你想吃包子？"难得听乔宸说他有想吃的东西，乔绵绵当然是一口就答应了下来，"好啊，我去给你买。"

墨夜司正想开口说让他的保镖去买，忽然反应过来乔宸这是故意将乔绵绵支走的。

他这小舅子，好像有话要对他说。

等乔绵绵离开后，墨夜司随手抽了张椅子坐下，修长的双腿随意交叠着，抬眸看向表情局促不安的乔宸。

看着病床上容貌精致的少年那副紧张又忐忑的样子，墨夜司轻轻勾起嘴角："有话要跟我说？"

他这个小舅子和乔绵绵一样，都是胆小又腼腆的。

在这对姐弟面前，墨夜司的耐心和脾气都会好上很多。

墨夜司跟乔宸说话时，态度已经算是很温和了，不过对乔宸来说，并没有感觉到有多温和。

乔宸就觉得他这个姐夫气场太强大了。

跟墨夜司单独待在一个房间里，乔宸感觉压力特别大。

他鼓足了勇气，才敢抬头和墨夜司对视："姐夫，我可以问你一个问题吗？"

容貌精致漂亮的少年声音有点儿怯怯的。

墨夜司点头："嗯，你问。"

乔宸犹豫了一下，问道："姐夫，你是真的喜欢我姐吗？"

墨夜司微微一怔，没想到乔宸是问这个问题。

"你担心我对你姐不是真心的？"墨夜司反问道。

乔宸又犹豫了一下，然后吞吞吐吐地说："姐夫条件很好，喜欢你的女人肯定很多。虽然姐姐是长得很漂亮，可我觉得姐夫身边也不缺漂亮的女人。

"泽哥……苏泽和我姐认识了整整十年，可最后还是劈腿了。姐已经被他伤害过一次了，我不希望她再受到任何伤害。"

乔宸虽然有点儿怕墨夜司，但为了乔绵绵的幸福，还是硬气了一回。

他对着墨夜司捏了捏拳头，咬牙说道："如果你敢辜负我姐，我不会放过你的！"

但墨夜司也没生气。

他知道姐弟俩感情好，乔宸这样也是关心自己的姐姐，怕乔绵绵被骗了。

沉默片刻后，墨夜司勾唇说道："你想听真话吗？"

病床上的美少年紧了紧拳头："当然！"

墨夜司又笑了一下，然后说："我和你姐的确不是因为感情走到一起的，所以你问我喜不喜欢她，我没办法回答你。"

乔宸皱起了眉头，有点儿生气的样子："你……"

"喜不喜欢很重要吗？"墨夜司挑了一下眉，"你刚才也说了，她和苏泽十年的感情，不也被辜负了？

"你支开你姐，问了我这么多问题，不就是担心我也会和苏泽一样？我没办法向你保证我一定会喜欢上她，不过既然我选择了她，就不会辜负她。"

乔宸愣了愣，眼里流露出一丝困惑之色："你的意思是……？"

"感情上的东西，我没办法保证，但是，你担心的事情绝对不会发生。"

看着少年依然一脸迷茫困惑的样子，墨夜司起身走到病床边，伸出手在他羸弱的肩膀上轻轻拍了拍："乔宸，你姐对我来说很特别，也可以说，她在我这里是独一无二的。以后陪伴我余生的女人只会是她，除了她，不会再有别的女人。"

乔绵绵买了包子回来，乔宸吃了一个就说没胃口了。

姐弟俩又聊了一会儿，直到乔宸脸上露出疲态，乔绵绵才在看着他睡下后起身离开了病房。

夜晚的风吹在脸上凉凉的，很舒服。

从住院部到医院大门口要走上几分钟，四周静悄悄的，乔绵绵低头看着地面上的影子。

男人的身影更修长一些，能将她的影子完全覆盖住。

乔绵绵看得有点儿入神，一不留意，脚下踩到了一颗小石子儿，脚下一滑，身体就朝前倒去。

"啊！"

她轻呼一声，眼看着就要摔到地上了，腰间缠上一只结实有力的手臂，将她稳稳当当地拉了起来。

乔绵绵撞到了男人温热结实的胸膛上，头顶落下低沉揶揄的浅笑声——

"我的影子就那么好看？比我的人还要好看？"

乔绵绵当即被调侃得满脸通红，站稳后，急急忙忙地伸手推开了他。

她居然被他发现了，好丢人哪！

她咬着嘴角，心慌到不敢去看他，红着脸说："刚才谢谢了。"

"'谢谢'？"墨夜司停下了脚步。

男人转过身，修长挺拔的身影覆盖下来，落下一大片阴影将身前的娇小身影完全笼罩住了。

他眼眸低垂，两道好看的浓眉轻蹙着："你就这么喜欢跟我说'谢谢'？在你眼里，我依然只是一个外人？"

乔绵绵眨了眨眼："我……"

乔绵绵刚说出一个字，男人伸出手，再次将她拉扯进了怀里。

那只结实的手臂霸道又充满占有欲地紧箍在她的腰上，他用另一只手捏着她小巧的下颌，微微抬高，逼迫着她和他对视。

一眼撞进那深不见底的幽暗眼眸里，乔绵绵眼里流露出一丝慌张之色："墨夜司。"

男人修长的手指在她的下颌上捏了捏，那有些粗糙的指腹慢慢上移，在她粉嫩柔软的唇上轻轻按了一下。

他怀里，女人娇软的身体轻轻颤抖起来。

墨夜司半眯着眼，目光落到她粉嫩诱人的唇上，眼神更幽暗了。

他声音低哑地说道："乔绵绵，我是你的老公，你必须得尽快习惯我。我会给你一个月的时间去适应，一个月后，如果你还是适应不了，我会按照自己的方式处理我们之间的关系。"

话音落下，他的气息逼近，在乔绵绵惊愕的目光中，他低头吻住了她的唇。

乔绵绵在被他吻住的时候，身体僵住了，大脑也有几秒空白。

她睁大了眼，看着眼前这张近在咫尺的俊美容颜，有那么几秒，头都是晕乎乎的，她心跳快得不像话，整个胸腔都在震动，好像下一秒，心脏就会从喉咙里蹦出来。

乔绵绵还是学生，在念大四，下半年就要进入实习期了，平时都住校。

周末两天假期结束，她明天又要开始上课。

上车后，她想到刚才那个吻，心还是乱的，心情半天都平静不下来。

男人的吻太炙热，也太过霸道，像是要将她的灵魂都吸走。

乔绵绵哪里经历过这样强烈的热吻——以前苏泽吻她的时候，都是很温柔的。

她有点儿被吓到了，一时间不知道该怎么面对身旁的男人。

心慌意乱间，乔绵绵听到驾驶位上的李叔恭敬地问道——

"墨总，是直接回去吗？"

墨夜司看了一眼身旁某个还红着脸的小女人，淡淡地说道："嗯。"

李叔问清楚后，就要开车离开。

乔绵绵猛然回过神，转过头看向墨夜司："我们现在要去哪儿？"

墨夜司将笔记本打开，简短地回了两个字："回家。"

乔绵绵微微一怔："回家？回谁的家？"

"你说呢？"仿佛是觉得她这个问题很好笑，墨夜司抬眸看了看她，勾唇说道，"怎么？我们都结婚了，你就没想过以后要和我住在一起？"

乔绵绵："……"

她还真没想过这个问题。

忽然听到他说要住在一起，她整个人都有点儿慌了。

"可是……可是我还在上学。"她慌张地说道，"我得住在学校里。我们学校有规定，学生是不可以在外面租房子的。"

当初乔绵绵就是想着她还在读书，平时都要住在学校里，他们见面的时间不会很多，所以才很放心地在结婚申请书上签下了她的名字。

她想着他对她就是一时兴起，如果以后不经常见面，说不定他很快就会把她忘了。

墨夜司没说话，那双漆黑的眼眸盯着她看了几秒，性感的薄唇轻轻勾了起来。

像是看穿了她那点儿小心思，将刚打开的笔记本合上后，他长臂一伸，将身旁娇小的女人抱到了他的腿上，另一只手捏着乔绵绵的下颌，凑近她说道："我没记错的话，今天是周末，你明天才上学，嗯？"

怀里的女人小小一只，抱着软软的、香香的，墨夜司低头嗅着她发间的淡淡幽香："晚上跟我回去，明天我送你去学校。平时你可以住在学校里，放假后就去我那儿。"

对上他那双比夜色还要漆黑的眼眸，乔绵绵像是被蛊惑了一般，拒绝的话根本说不出口："可是……可是我没有带换洗的衣服。"

"呵。"墨夜司喉咙间发出低沉性感的笑声，他又在她的额头上轻轻蹭了一下，眼里像是有化不开的浓墨，低头看着她说道，"你所有的生活用品，我都让人准备好了。到时候缺什么你说一声，会有人给你准备好。"

乔绵绵："……"

他什么都准备好了？

她怎么觉得，他这是一早就琢磨着要让她去他家住呢？

车开到半路上，乔绵绵扛不住困意，在车上睡着了，头靠着车窗。

大概是因为这个姿势睡得不大舒服，睡梦中，她时不时会皱一下眉头。

有好几次，她的头都磕到玻璃窗上，发出"咚"的一声响。

墨夜司捧着笔记本在处理几封邮件，还没弄完，听到身旁的动静，转过头看了一眼。

看着酣睡中还皱着眉头的少女，墨夜司合上笔记本，伸手揉了揉眉心，低声说道："李叔，车开慢一点儿。"

"是，墨总。"

墨夜司将笔记本放到一旁，伸出手，动作轻柔地把酣睡中的少女揽了过来，调整了她的睡姿，让她躺到他的腿上。

他再拿起脱下的西装外套，轻轻搭在她的身上。

她有几缕刘海儿滑落下来，遮住了她眼睛，他伸手拂开，垂眸看了她几秒，大手落到她粉嫩的脸颊上，掌心贴着少女漂亮精致的小脸轻轻摩挲了一下。

"绵绵……"修长白皙的手指从少女如画的眉眼间滑过，清冷的眼眸里流露一丝隐隐的期待之色，他低声轻喃道，"陆饶说，你会是我的救星，你真的是我的救星吗？"

李叔正好将这温情的一幕场景看入眼里，震惊得手一抖，黑色劳斯莱斯瞬间偏移了方向，差点儿撞到一旁的栏杆上。

李叔被吓得忙扳正方向盘，额头上冷汗狂冒。

墨夜司轻抚着少女的脸颊的动作停顿了一下，他抬起头，眯了眯眼眸，沉声说道："小心点儿。"

"是……是，墨总。"

李叔擦了擦额头上的冷汗，再不敢分心。

一个小时后，黑色劳斯莱斯驶入郊区半山腰上的一座豪华庄园内。

厚重的雕花铜门缓缓打开，大门处的保安室里，保安起身朝着车内的人鞠躬敬礼。

道路两旁栽种着高大的梧桐树，面积广阔的绿化草坪被修剪得整整齐齐，劳斯莱斯往前开了一会儿，最后在一个喷泉池旁边停了下来。

车停稳，李叔下车后，绕到后边将车门打开。

墨夜司下了车。

庄园管家雷恩立即上前，弯腰九十度鞠躬，恭敬地说道："先生，晚上好。"

"嗯。"

墨夜司淡淡地点了点头，弯腰探入车内，伸手将睡得正香甜的乔绵绵抱了出来。

当他抱着乔绵绵再次从车内出来时，雷恩震惊得瞪大了眼，仿佛看到世界末日马上要来临一般，满脸不可思议的神色。

他没有眼花吧？

先生怀里抱着的是一个女人吗？

他感觉自己受到了不小的惊吓，马上转过头，用眼神询问李叔到底是怎么回事。

李叔也回了他一个眼神：嗯，就是你看到的那么回事。

雷恩顿时感觉整个人都有点儿不好了。

他今天下午是接到了先生的电话，先生吩咐他去买一些女性生活用品。

当时他也没多想，想着是不是夫人或者老太太要过来住一段时间。

可谁知道，那个女人既不是夫人，也不是老太太，而是先生怀里的这个女人！

先生不是不近女色吗？他不是接触异性就会过敏吗？

想到先生的怪毛病，雷恩第一反应就是去看先生身上有没有过敏反应，在没看到任何异常情况后，依然很不放心地问道："先生，需不需要马上叫陆先生过来一趟？"

先生这怪毛病，一直是陆医生在给他进行治疗，也只有陆医生最了解他的身体情况。

墨夜司扫了雷恩一眼，眼神有点儿冷："不用。"

"可是先生，您的身体……？"

"无妨。"

雷恩再次睁大眼，已经惊讶到不会说话了。

先生说"无妨"是什么意思？

他对怀里那个女人不会过敏吗？

天哪！如果这是真的，这岂不是值得普天同庆的一件大喜事？

可还没等雷恩从这次的震惊情绪中恢复正常，墨夜司又轻描淡写地道："这是太太，以后她就是墨宅的女主人。吩咐下去，任何人都不得对太太无礼，所有人见她如见我。如果有人不遵从，即刻将人逐出墨宅。"

说完，他抱着乔绵绵走入了前面的白色大楼里。

看着自家先生抱着那个忽然"冒出来"的太太离开了，雷恩还怔在原地风中凌乱，用怀疑人生的目光看向李叔："老李，这到底是咋回事？那真的是太太？"

李叔也是一脸难以言说的神色："嗯，她和墨总去民政局领证，还是我载着他们去的。"

雷恩："都领证了？老爷和夫人知道这件事情吗？"

李叔摇了摇头。

雷恩脸上的表情变得微妙起来，说："我看这事不简单。老爷还好说，夫人那里，只怕……"

李叔和他想到同一点上了，两个人都皱起了眉头。

墨家的门，可不是那么好进的。

乔绵绵睡得很沉。

墨夜司抱着她进了卧室，再将她放到黑色大床上，其间她都没有醒过一下。

少女娇小的身体被置于柔软宽大的床上，显得她越发娇小瘦弱了，她小小的一只，刚沾上床，身体就蜷缩成一团，像一只可爱又软萌的小猫咪。

及肩的长发披散下来，遮住了她的半边脸，她露出来的另外半张脸恬静乖巧，软萌软萌的，惹人怜爱。

墨夜司坐在床边，伸手摸了摸她柔软的小脸，静静凝视她片刻后，低头在她的唇上印下了一个轻柔的吻。

或许，这个女人真的是他的救星吧。

他抗拒所有女人，却唯独不抗拒她。

不得不说，这就像是老天爷刻意安排好的，让他无法接受其他女人，又让她成为他唯一的那个例外存在。

"乔绵绵。"男人声音低沉，在这样安静的夜里，像是带着某种蛊惑意味，"如果你是老天爷安排给我的，那就永远留在我身边，永远陪着我，不要离开我。我也不会放你离开。"

第二天醒来，乔绵绵发现她躺在一张陌生的大床上。

卧室很大很豪华，室内的任何一件装饰看起来都价格不菲。

纯黑色的大床上，床单是黑色的，被子是黑色的，就连墙壁上那盏壁灯的灯罩也是黑色的。

这是一间充满了男性气息的房间。

她身上的衣服已经被换过了，穿的是一套浅紫色的丝绸睡衣，质地柔软丝滑，一看就是很贵的那种。

她抱着被子坐了起来，靠着床头愣怔了好几秒，才骤然回过神来。

她找到手机，点开看了一下时间，脸色不由得又变了变，立刻就从床上跳了下去。

她以最快的速度洗漱收拾好后，冲出房间，朝楼下狂奔去。

刚冲到楼下，她就看到一个穿着黑色制服、年纪五十多岁的男人。

看到她，男人往后退开一步，九十度深鞠躬，毕恭毕敬地唤了一声："太太，早上好。"

乔绵绵愣了愣，睁大眼，有点儿被吓到了，也往后退了一步："你是……？"

雷恩微笑，看着面前这个小姑娘模样的太太，温和地说道："我是墨宅的管家雷恩，先生正在饭厅用餐，太太也是要现在用早餐吗？"

墨宅……

乔绵绵恍惚了一瞬，转过头四下看了看，打量着眼前这栋奢侈得不像话的豪宅。

原来这就是墨夜司的家。

一开始，她还以为是别墅什么的。

可现在……她才知道果然是贫穷限制了她的想象力。

这栋跟古堡一样大的房子，可比别墅大太多太多了。

"墨夜司还在家吗？"刚才看了一下时间，她还以为他已经去墨氏了。

听她直呼墨夜司的名字，雷恩愣了一下，但很快脸上又恢复了正常的表情，点头回道："是，先生在家。"

"哦。"乔绵绵点点头，说，"那我去找他，麻烦你带路。"

雷恩忙应道："太太客气了。"

当走了好几分钟才终于走到饭厅时，她觉得她确实需要雷恩带她过来。不然，她自己肯定会迷路。

几米长的白色雕花餐桌旁，男人穿着一身宽松休闲的家居服，端了一杯咖啡，动作优雅地抿了一口。

听到脚步声，他抬起了头。

目光落到乔绵绵身上，墨夜司看了她几秒，好看的浓眉轻轻蹙了起来。

他一蹙眉，乔绵绵就不由得紧张起来。

她总觉得，自己是不是犯了什么错？

片刻后，墨夜司抬起手臂朝她招手："过来。"

男人讲话的声音一如既往地霸道，带着长期身为上位者的威严，像是在命令她。

乔绵绵走了过去。

距离他还有一米左右时，她停下了脚步。

她低头看着男人俊美到如妖孽的脸庞，心跳又控制不住地加快，深吸一口气后，才慢慢让情绪平稳下来。

她皱着眉，着急地说道："墨夜司，我有事要和你说。"

男人却是一副不紧不慢的样子，瞥她一眼，淡淡地说道："先坐下吃饭，有什么事情一会儿再说。"

"不是……"乔绵绵着急地说道，"我没时间吃早饭了，你可不可以让人马上送我去学校？今天有一堂很重要的课，我不能缺席的。"

"什么课？几点开始？"男人声音还是淡淡的，不急不缓。

"表演课。"乔绵绵拿出手机又看了一下时间，更急了，"十点的课，还有不到一个小时了……"

"嗯。"墨夜司点了一下头，表示他都知道了，然后就没再说什么了。

他这态度，让乔绵绵急得不行。

"墨夜司，你昨晚说过会送我去学校的。你不能言而无信。"

"急什么？又不是不让你去。"墨夜司伸手在桌面上轻轻叩了一下，示意她坐下来，"先吃饭。"

乔绵绵哪里吃得下。

"我……"

"绵绵，听话。"男人声音低沉了两分，带了些温柔的味道，像是在哄小孩子，"上课的事我会帮你处理好，你不用担心。再怎么着急，早饭也要吃，我不允许你空着肚子去学校。"

说完，他拿出手机拨了一个电话出去。

很快，乔绵绵就听到他用吩咐人办事的语气对着手机另一端的人说道："云城电影学院艺术表演系上午十点有一堂表演课，把时间改了……嗯，改到下午。"

一分钟不到，他挂了电话。

放下手机，他抬眸看向乔绵绵："上课时间改到下午了，现在，你可以安心吃饭了？"

乔绵绵：还可以这样操作的？

他一个电话过去，说改时间就改时间？

她好像嫁了一个很厉害的老公。

他身份尊贵，容貌俊美，年纪轻轻就已经站到了商业帝国的顶端，成为无数人膜拜的传奇。

他更是不少女人心中的最佳另一半人选。

这样一个男人，本来和她是属于两个阶层的人，正常情况下，他们这辈子都不会有交集。

可现在……他居然成了她的老公。

就连她自己都觉得这很不可思议。

如果不是因为她对他的那点儿特殊性，以他的条件，他是看不上她的吧。

想到这里，乔绵绵觉得这场婚姻里，的确是她占了便宜。

"过来。"见她还站在那里，墨夜司朝她勾了勾手指，声音低沉，带着一丝诱惑意味："还愣在那里干什么？过来吃饭。"

"哦。"

乔绵绵推开身旁的一张椅子，还没坐下，就见墨夜司蹙了一下眉头。

男人用修长的手指叩了叩身旁的桌面："离那么远干什么，我能吃了你？坐到我身边来。"

乔绵绵看了眼他身旁的位置，犹豫几秒，坐了过去。

还没等她落座，墨夜司就长臂一伸，将她拦腰抱入了怀里。

乔绵绵坐到了他的腿上。

男人结实的手臂箍着她的腰，在她腰间的软肉上轻轻掐了一下。

少女入怀，满鼻幽香，他凑到她的发间深吸了一口气，脸上的表情有点儿沉醉："用了什么香水？"

"我……我没用什么香水呀。"被他这么亲密地抱在怀里，乔绵绵脸上发烫，有些害羞地说，"墨夜司，你放开我。"

饭厅里站了几个女佣。

她们看见这一幕场景，又是惊讶，又是羡慕。

这个身份不明的太太，好像很得先生宠爱。

虽然太太长得是很漂亮，可看着还有点儿稚嫩，听说还是个学生，真没想到先生会喜欢这种类型的小姑娘。

墨夜司不但没有松开她，还挑起她的下颌在她的唇上吻了一下，声音低沉地说道："昨晚抱着我睡了一整晚，现在就不给抱了？"

乔绵绵睁大眼："我抱着你睡了一整晚？"

"嗯。"墨夜司吻着她的嘴角，轻声呢喃道，"跟八爪鱼一样，推都推不开你，我一整晚都没睡好。"

乔绵绵的脸更红了。

她昨天太累了，在车上就睡着了。之后的事情，她什么都不记得了。

想到两个人同床共枕了一夜，乔绵绵脸上越发滚烫起来。

她现在很庆幸她提前睡着了，就不用面对和墨夜司同睡一张床的尴尬。

吃完饭，墨夜司去楼上换衣服，乔绵绵坐在客厅里等他。

十多分钟后，墨夜司换好衣服下了楼。

看到他的那一刻，乔绵绵怔了一下。

高定的手工西服合身无比，勾勒出他的宽肩窄腰和大长腿，将他本来就好到可以完爆超模的完美身材衬托得更加夺人眼球了。

那一双笔直有力的大长腿，极具视觉冲击力，西装革履的他气质冷傲无双，浑身上下都充满了浓浓的禁欲气息。

乔绵绵看着他那张俊美的脸，心跳陡然快了两拍。

"先生，车准备好了。"雷恩走过来，恭敬地说道。

"嗯。"墨夜司整理着衣袖上的纽扣，朝着乔绵绵走来："走吧，送你去上课。"

不知道墨夜司昨晚是不是真的没睡好——一路上，他都闭着眼在休息。

也只有这种时候，乔绵绵胆子才会大一点儿。

趁他睡着了，她时不时会转过头偷看他一眼。

只要一想到他之前对自己做过的那些亲密举动，她脸上就一阵阵滚烫，心跳也很快很快。

临近学校，乔绵绵让李叔在一处不那么惹眼的地方停了车。

虽然自己已经和墨夜司结婚了，但结婚的事情，她还是不想让太多人知道的。

李叔将车停好。

乔绵绵正想着要不要和墨夜司打声招呼，就见身旁的男人缓缓睁开了眼。

那双比夜色还要漆黑的眼眸看向了她。他开口，声音有点儿沙哑："到学校了？"

"嗯。"乔绵绵点头，"我要下车了。那个……改天再见。"

说完，乔绵绵拉开了车门准备下车。

"嗯？就这么走了？"

男人问话的声音淡淡的，却让乔绵绵正要下车的动作僵了一下。

她转过头："还有什么事吗？"

矜贵俊美的男人皱了皱眉，语气有点儿不满地说道："过来。"

乔绵绵犹豫了一下，还是挪动了身体。

她刚靠近，就被墨夜司一把扯入了怀里，还没反应过来，男人炙热的吻就落了下来。

下车时，乔绵绵脸红得不像话。

后车厢里，墨夜司目视着她慢慢走远，轻轻勾了勾嘴角。

"墨总，现在是去公司吗？"

"嗯，走吧。"

乔绵绵和墨夜司分开后，刚走到寝室大楼下，就接到了同寝室好友姜洛离的电话。

"绵绵，你怎么还没来学校？你赶紧回来吧。"

乔绵绵听她语气不对，愣了愣，问："我已经在寝室楼下了，怎么了？"

姜洛离气呼呼地说："沈月月说她睡不惯上铺，要跟你换床，这会儿正把你的东西往地上丢呢。"

什么？！

乔绵绵一听这话，顿时就火大了，挂了电话，朝楼上飞奔而去。

寝室在三楼，她一路狂奔上去，推开虚掩的房门走进去，就看到沈月月拿起她的被子丢到了地上。

不仅仅是被子，她床上很多东西已经被丢到了地上。

"你干什么？！你不能这么做！你凭什么乱丢绵绵的东西？！"

姜洛离正在试图阻止沈月月，但没什么用。

沈月月很不耐烦地推了姜洛离一把，怒道："让开，我丢乔绵绵的东西碍你什么事了？！你以为你现在帮着她还能有什么好处吗？苏少都跟她分手了！她没了靠山，还算个屁！"

沈月月一边说，一边将乔绵绵的其他东西也丢到了地上。

看到这一幕场景，站在门口的乔绵绵气得脸色铁青。

这时，有人发现了乔绵绵，就去扯沈月月的衣袖："月月，乔绵绵回来了。"

沈月月一点儿也不慌，不急不忙地转过身来，看到乔绵绵，嘴角露出一个轻蔑不屑的笑容，说道："乔绵绵，你可算回来了。那我现在就通知你一声，你的床位我要了，你搬到上铺去。"

看着被丢了一地的衣服、被子，还有各类书，乔绵绵气得眉心骨都在隐隐跳动。

乔绵绵抬起头，深吸一口气才压抑住了想冲过去揍沈月月一顿的冲动："我床上的东西，全都是你丢到地上的？"

"是啊。"沈月月抱起双臂，抬高下巴，根本没将她放在眼里，嚣张地说道，"谁让你回来得这么晚的？只好我来帮你把床腾出来了。

"既然你已经回来了，剩下的东西就自己搬吧。"

她话音刚落下，"啪"的一声，脸上就重重地挨了一巴掌。

她当即被打得头偏向一边，脸也马上肿了起来。

"啊！"

沈月月直接被这一巴掌打蒙了，过了好几秒才回过神来。

"乔绵绵，你敢打我？！"沈月月捂着脸，一脸难以置信的表情。

乔绵绵眼神冰冷地看着她："这一巴掌是你自找的。你敢再碰我床上的东西一下，我还要打你！"

沈月月和她是死对头。

两个人也有过关系不错的时候，可自从沈月月喜欢的一个男生公开追求了乔绵绵后，曾经的好闺密就变成仇人了。

可之前，哪怕沈月月再讨厌她，再不爽她，也绝对不敢这么做。

现在沈月月无非是知道她和苏泽分手了，觉得她没了后台，便开始新仇旧恨一起算了。

沈月月捂着脸，表情狰狞，咬牙切齿地说道："以前我处处忍让你，是因为你在和苏少交往。现在你都跟苏少分手了，还以为我会怕你吗？"

"没了苏少，你算个什么东西？！我今天就要好好教训教训你这个不要脸的狐狸精！"

说着，沈月月扬起一只手，照着乔绵绵的脸就要打下去。

乔绵绵冷笑一声，站在原地没躲，抓着她那只手用力一推，只听到沈月月惨叫一声，就重重摔倒在了地上。

她这一摔，头碰到架子床的铁杆上，额头上被碰出了一条小小的口子。

"啊，月月，你的额头出血了！"赵婉婷像是被踩到了尾巴一样惊呼起来。

沈月月摔得头晕目眩，好一会儿才回过神来，伸手摸到了额头上的血。

"乔绵绵，你竟然敢这样对我！我不会放过你的！你给我等着！"

放完狠话后，沈月月就跑出了寝室。

"绵绵，怎么办？"姜洛离担忧地说道，"沈月月最近认了一个干哥哥，家里有钱，还是个混子，她肯定是去找他了。"

虽然说乔绵绵刚才的做法很大快人心，可是她现在没了苏泽的庇护，很容易被人欺负。

沈月月那个干哥哥，姜洛离听说过，是个狠角色。

姜洛离越想越担心："绵绵，你赶紧走吧。今天就别上课了，我帮你请一天假。"

寝室里其他两个室友也跟着劝。

"沈月月那个干哥哥确实是个狠角色，你最好先躲避一下。"

"是啊，绵绵，你赶紧走吧。"

"走吧！"姜洛离一边说，一边将乔绵绵朝门外推。

被推到门口的时候，乔绵绵伸手抓住了姜洛离的手臂，朝她摇了摇头："洛洛，我不走。"

"你不走？"姜洛离操碎了心，"我知道你战斗力很强，跟人打架就没输过，可是，你战斗力再强，也强不过一群男人哪。都这种时候了，你就别逞强了，快走吧。"

乔绵绵还是摇头。

她沉默了一会儿后，拿出手机，朝着姜洛离做了个安抚的手势："怕什么？她不就是去找人帮忙了吗？洛洛，她搬救兵，我也搬。你放心，我不会让自己吃亏的。"

乔绵绵站在外面的走廊上，给墨夜司打了个电话。

电话只响了半声，那边的人就接了起来。

"才分开一会儿，就想我了？"

男人充满磁性的撩人嗓音传入耳里，像是带着电波，乔绵绵听得心尖颤了颤。

她被对方这种一言不合就撩拨的对话模式弄得脸红心跳。

"找我有事？"好在墨夜司没继续调侃她，只用那好听到让人耳朵酥掉的声音轻轻道，"是遇到什么麻烦了，需要我帮你吗？"

听他这么一说，乔绵绵不好意思了。

像是猜到了她现在在想什么，墨夜司继续说道："有什么事就直接告诉我，不用觉得不好意思。乔绵绵，我是你老公，你让我为你做任何事情都是可以的。"

男人说出的每个字，都像是一双带着暖意的手，在乔绵绵心间轻轻抚过。

她心口暖暖的。

有了他这些话，她再不犹豫，直接说道："嗯，我是需要你帮忙。你现在可以叫几个人来我这里吗？"

"怎么了？发生什么事了？"

乔绵绵想着两个人现在都是夫妻关系了，而且从某种意义上来说，墨夜司也算得上是她的亲人了，也就没有对他隐瞒。

乔绵绵将自己和沈月月的矛盾告诉他，末了，总结道："总之，她觉得我抢了她的男朋友，所以一直对我怀恨在心，现在觉得我没什么可以倚仗的人了，就想收拾我。"

乔绵绵自己都没发现，她跟墨夜司说这些话的时候，语气都是委委屈屈的，像是在跟他撒娇抱怨。

墨夜司听完，轻笑一声，低沉的嗓音带着说不出的魅力："你没告诉她，你老公比一百个苏泽还要厉害？得罪了你，她会吃不了兜着走？"

乔绵绵："……"

她当时哪里想过这些？

再说了，就算她真的这么跟沈月月说了，对方肯定也不会相信的，会觉得她在吹牛。

"放心，有我在，谁都伤不了你分毫。绵绵，我不会让任何人伤害到你的。"

男人温柔低沉的声音落入耳里，像是有根弦在乔绵绵的心口上轻轻撩拨着，撩得她心里又无法平静了。

这一刻，乔绵绵觉得有个人可以依靠的感觉真的很好。

她像是找到了一个可以避风的港湾，再不用担心会受到风吹雨淋，她一颗心前所未有地宁静和安定。

挂了电话，乔绵绵收起手机，朝寝室里走去。

她的东西被沈月月丢了一地，她得去收拾一下。

见她进来，另外两个室友面面相觑了一下。

一个室友忍不住问道："绵绵，你真的不躲避一下？"

姜洛离也是一脸担心的表情："宝宝，你现在走还来得及。"

乔绵绵蹲在地上，将东西一件件往床上拿。

她特别淡定地对姜洛离说道："洛洛，你什么时候看过我吃亏？"

姜洛离仔细想了一下，好像还真没有。

乔绵绵看起来是那种很软萌、很漂亮的美少女，给人一种性格也很软萌，很容易被人欺负的错觉，但了解她的人都知道，软萌好欺绝对只是表象而已。

不然，她刚才也不会把沈月月给弄哭了。

"可是……"

"放心吧，洛洛。"乔绵绵慢慢站起来，伸手在姜洛离的肩上拍了一下，"我又不傻，也搬了救兵。沈月月他们占不到便宜的。"

"你也搬了救兵？"姜洛离想起她刚才打的那个电话，眼里充满了好奇之意，"所以，你刚才是打电话找人帮忙了？你找的谁？靠得住吗？"

"非常靠得住，没有比他更靠得住的人了。"

姜洛离看她一点儿也不担心，很想问她刚才是不是给苏泽打了电话。

如果是苏泽，那自己确实不用再担心什么了。

沈月月那个干哥哥家里还是比不过苏家的。不管怎么说，苏家也是云城十大名门之一。

可姜洛离又觉得不大可能。

以乔绵绵的脾气，苏泽背叛了她，她是不可能再向他寻求帮助的。

那乔绵绵找的到底是谁呢？

第四章

帮她出气

乔绵绵刚将床铺整理好，就听到楼下传来吵闹的声音，动静很大，寝室里的几个人都跑出去看了。

她跟姜洛离也出去了。

她往楼下一看，见是一群穿着打扮很社会气的男人要进女生宿舍，宿管阿姨正拦着不让他们进来。

宿管阿姨已经五十多岁了，自然不是那群男人的对手，想要拦，但根本就拦不住。

其中一个男人脸上露出了不耐烦的神色，走上前推了宿管阿姨一把，直接把宿管阿姨推到了地上。

"他们也太过分了吧！这里可是学校，他们竟然敢这么嚣张！"姜洛离气得要命。

乔绵绵抿了抿唇，脸色也沉了下来："沈月月竟然把这群男人带到学校来，她的胆子也是够大的。"

这件事要是被学校查了，沈月月是肯定要被处分的。

这一点，沈月月也很清楚。

沈月月之所以敢这么做，除了那个所谓的干哥哥，背后肯定还有其他后台——不然她不敢这么有恃无恐。

乔绵绵忽然想到，和苏泽分手的事情，自己并没有告诉任何人。

可是为什么沈月月和寝室里的其他人都知道了？

"洛洛，我问你一件事。"乔绵绵的眼神冷了两分。

她心里已经有了一些猜测。

"什么事？"姜洛离看着那群社会青年进了女生宿舍，急得不行，"绵绵，你说的救兵呢？怎么还没来？"

乔绵绵沉默了一下，问："我和苏泽分手的事情，是谁告诉你们的？"

"什么？"姜洛离愣了一下，随后说，"你说这件事呀，是沈月月说的。她一回学校就特别得意地跟我们说了这件事，说你劈腿了，找了别人，所以苏少不要你了。"

乔绵绵："我没有劈腿。"

可恶！明明是她被渣男背叛了好吗？

"绵绵，我当然是相信你的。"姜洛离皱眉道，"你是什么人，我还不知道吗？沈月月的那张嘴真的太坏了，她这是故意想弄坏你的名声。当年明明是许杰凯对你一见钟情，主动追求你，又不是你故意去勾搭他。沈月月凭什么觉得你就抢了她的男人哪？！"

乔绵绵抿了抿唇，没说话，倒是觉得这件事不是沈月月做的，而是另有其人。

苏泽不可能拿他们分手的事情到处说，更不可能将这件事情告诉沈月月。

所以，唯一的可能就是分手的事情是乔安心说出去的。

乔安心故意把这件事透露给沈月月，安的是什么心，不言而喻。

乔绵绵想到这里，眼神又冷了两分。

乔安心……

忽然，有凌乱的脚步声响起。

姜洛离睁大眼，惊慌地说道："绵绵，他们上来了。"

乔绵绵慢慢抬起头，看到沈月月走在前面，后面跟了七八个社会青年。

沈月月高高昂着头和下巴，像只骄傲的孔雀，慢慢走到乔绵绵身前。

"乔绵绵，"她脸色阴沉地说道，"你如果现在就跪下给我磕三个响头，再去校园广播室郑重向我道个歉，我或许还能原谅你。"

姜洛离愤怒地说道："明明是你先欺负人，绵绵凭什么要给你道歉？！"

"姜洛离，你闭嘴！你再帮着乔绵绵，就别怪我连你一起收拾了。"

"你们……"

"洛洛，这不关你的事情。"乔绵绵伸手将姜洛离拉到身后，转头，目光冷冽地看向嚣张到极致的沈月月："给你们下跪？我只跪父母和天地，你们算什么东西？！"

"你……"沈月月气得脸都青了，咬牙说道，"乔绵绵，这么说，你是不肯道歉了？"

乔绵绵无语地看着她："我刚才不是说过了，年纪轻轻听力就这么不好？沈月月，我建议你早点儿去医院看一下，不然耳朵聋了都不知道是怎么回事。"

因为这边动静太大，所以有很多人从寝室走出来看热闹。

乔绵绵刚才那话一说完，周围的人就发出了一阵哄笑声，都是在笑沈月月。

沈月月觉得丢了面子，扬手就想甩乔绵绵耳光。

乔绵绵站在原地也不躲，只冷笑道："怎么？你还想再摔一次？"

之前摔了一跤，沈月月心里已经有了阴影。

她没想到乔绵绵看起来很好欺负，可战斗力竟然这么强。

沈月月扬在半空的手迟疑了一下，在对上乔绵绵那双充满了冷意的眼眸时，她心里不由得就生出了一丝惧意。

本能地，沈月月就想往后退。

可是一想到周围有那么多人看着她，她咬了咬牙，愤恨地怒骂了一句："既然你敬酒不吃吃罚酒，那我就给你点儿教训！"

然后沈月月便照着乔绵绵的脸上打了下去。

乔绵绵怎么可能让沈月月打？！巴掌还没落下来，乔绵绵就在半空截住了沈月月的手。

"啊，痛，你放手！"手腕被捏住的那一瞬间，沈月月痛得脸都皱成了一团，用力挣扎起来，想要将手挣脱出来。

乔绵绵的手劲很大，就是男人和她掰手腕也是掰不过她的，更何况是娇生惯养的沈月月。

她才使了一点儿力，沈月月就痛得脸都涨红了，不顾形象地大喊大叫道："乔绵绵，你放开我！我要跟你拼了！"

"哦，好吧。"乔绵绵点点头，抿唇笑了一下，还真的就松开了手。

只是她一松手，还在用力挣扎的沈月月一下没站稳，当众扑倒在了地上。

沈月月以跪趴的姿势，摔倒在了乔绵绵脚边。

"哈哈……"乔绵绵没忍住笑了出来。她摇摇头，又叹了一口气，然后低头看向沈月月："哎，沈月月，你给我行这么大的礼干什么？我可承受不起。"

围观的人看着沈月月那副狼狈的样子，再次哄笑出声。

"沈月月胆子怎么这么大啦，敢去招惹乔绵绵，就不怕苏少收拾她吗？"

"我听说苏少和乔绵绵分手了呢。"

"什么？我男神终于和乔绵绵这个小妖精分手了？消息可靠吗？苏少不是很喜欢她吗？为什么忽然分手了？"

"听说是乔绵绵劈腿了。"

"有了一个像苏少那么优秀的男朋友，她还劈腿？亏苏少对她那么好，这个女人到底有没有良心哪？"

一群人你一句我一句地议论起来。

沈月月当众出了丑，气得鼻子都歪掉了，咬牙切齿地朝那几个社会青年怒吼道："你们还愣着干什么，还不赶紧收拾她？！"

她说完，装出一副委屈极了的样子，又转过头对着身旁一个男人柔柔弱弱地说："杜泽哥哥，你都亲眼看到了吧，乔绵绵真的好过分。你一定要帮我教训她啊！"

那个叫杜泽的男人嘴里叼着一根烟，半眯着眼，目光阴郁又放肆地在乔绵绵身上打量了一番，随后嘴角勾起一丝邪笑。

"你就是乔绵绵？"他眼里带着毫不掩饰的惊艳和垂涎之色，兴趣盎然地问道。

眼前的少女穿着打扮都很普通，就是正常的学生装扮，可那张脸真是美到让人心醉，乌黑明亮的眸子比星辰还要璀璨，五官精致到挑不出一丝瑕疵，尤其是那一身白得发亮的肌肤，嫩得像是轻轻一掐就能掐出水来。

她脸上没有化妆，素颜的状态却比很多化着精致妆容的女人还要好看一百倍。

杜泽见过那么多美女，可以往见过的所有女人加在一起，也不及眼前这个美人。

杜泽看到这么一个大美人站在自己身前，只觉得魂都快被勾走了，当下就决定要得到这个美人。

乔绵绵对上杜泽垂涎的目光，皱了一下眉，眼底闪过一丝厌恶神色："我是。怎么了？你要替沈月月出气吗？"

杜泽拿掉嘴里叼着的烟，邪里邪气地笑道："月月说你欺负她了，是真的吗？"

沈月月挽住杜泽的手臂轻晃了两下："杜泽哥哥，你看到了，她太嚣张了。你一定要为我做主啊。"

杜泽没说话，那双不怀好意的眼睛一直盯着乔绵绵看，看了一会儿，勾唇笑道："月月是我妹妹。你欺负了她，我这个当哥哥的不可能坐视不理，不过……"他话锋一转，嘴角的笑容更加邪恶了，"你们都是同寝室的好朋友，我猜其中肯定有什么误会，是不是？"

"杜泽哥哥……"听他这么说，沈月月顿时就变了脸色。

杜泽看向乔绵绵的那眼神，分明就是男人对女人有了兴趣才会有的。沈月月看到这一幕场景，脸色便越发难看了，在心里将乔绵绵骂了一遍又一遍。

乔绵绵真是个狐狸精，见一个男人就勾引一个。

沈月月气得肺都要炸掉了，又急又怒道："杜泽哥哥，没有误会！她刚刚是怎么欺负我的，你都亲眼看到了！你说过要帮我的，可不能说话不算话啊！"

然而此时此刻杜泽已经对乔绵绵产生了浓烈的兴趣，哪里还顾得上沈月月？

他没理沈月月，目光直勾勾地盯着乔绵绵，眼里的企图很明显："乔同学，不如我们找个地方好好聊一下？我叫杜泽，我父亲是盛辉集团董事长杜海，我相信你应该听说过这个名字。

"你喜欢吃什么？我马上让人订好位置。"

像杜泽这样的男人，乔绵绵见多了。

在苏泽之前，也有不少人追求过她，她太清楚这些男人的心思了——他们不过是看她长得漂亮就生出了占有欲，一旦追到手，过一段时间就会丢掉。

这群人里，就没有一个是真心的。

她对这样随便的男人很反感。

"不好意思，我没时间。还有，我没兴趣和你一起吃饭。"

被当众拒绝，杜泽脸上的表情有点儿不好看。他目光沉了沉，再开口时声音冷了两分："你不知道盛辉集团？"

乔绵绵冷冷一笑，摊手道："嗯，不知道。怎么了，很出名吗？反正我没听说过。"

再次被驳了面子，杜泽的脸色阴沉了下来。

还是第一次有女人这样一次又一次地不给他面子，胆敢拒绝他。

他脸面上下不来，恼羞成怒，阴沉着脸色威胁道："臭丫头，别给脸不要脸。我再问你一次，你去不去？"

姜洛离看眼下这情况不好，乔绵绵说的救兵根本就没看到影子，心中怕乔绵绵一会儿吃亏，犹豫再三，悄悄摸出手机给苏泽发了短信。

姜洛离觉得，虽然乔绵绵和苏泽已经分手了，可是他们有那么多年的感情，苏泽不可能就不理乔绵绵了。

现在能帮到乔绵绵的人也只有苏泽了。

消息发过去后，苏泽秒回："怎么回事？绵绵现在在哪里？"

姜洛离："学校的女生宿舍。苏少，你赶紧过来吧，不然绵绵就要被人欺负了。"

苏泽："我就在学校附近，马上过去。"

看到苏泽的回复，姜洛离稍微松了一口气。

在学校附近，那苏泽很快就可以赶过来了吧。

姜洛离刚刚发完消息，就看到杜泽恼羞成怒地上来抓人。

"臭丫头，给你几分颜色，你还真把自己当回事了。今天你不想走也得走，非得逼着老子动粗是不是？"

见姜洛离上前想要帮忙，另外几个男人走上前一把抓住了她。

这些人都是社会上的混混儿，见姜洛离姿色也很不俗，有人邪笑道："这妞长得也正。杜哥，不如将她一起带走吧。"

乔绵绵在看到那几个混混儿去抓姜洛离后脸色骤变，抬手就狠狠甩了杜泽一巴掌："你们这群垃圾，离洛洛远一点儿！"

"啪！"

杜泽猝不及防地挨了一巴掌，脸色瞬间难看到极点。

"臭丫头，你敢打我？！我今天非得弄死你！"

他揪住乔绵绵的头发就将她的头往一旁的墙壁上撞。

乔绵绵吃痛地朝他手上咬了一口！

杜泽痛得叫了出来，松开手将她甩开。

乔绵绵的力气在女孩子里已经算是很大的了，可是她被杜泽这么一甩，也控制不住地往后退了两步，然后跌倒在地上。

杜泽看着手背上冒出血珠的牙印，目光越发阴鸷，竟然从包里摸出了一把刀。

围观的学生很多，可没有一个人敢上来帮忙。

忽然，一阵急促的脚步声自他们身后响起。

围观的学生骤然发出了一阵惊呼声——

"哇，那群人是谁？"

"是沈月月他们这边的人吗？看起来不大像啊。"

杜泽和沈月月他们听到动静，纷纷转过头去，在看到一群穿着黑色制服、长得高大又魁梧的肌肉男朝着他们这边走过来时，几个人都愣住了。

这些肌肉男有十来个，每个人身高都在一米八五以上，那体格，那气质，一看就是练过的，而且非常厉害，绝对不是他们这边的人可以相比的。

几个人还没反应过来这群黑衣人为什么会出现在这里，就听到为首那个黑衣人沉声说道——

"聚众闹事，全部带走。"

话音落下，一群人就迅速冲了过来。

那几个要去抓姜洛离的小混混儿最先被控制住。

其余几个小混混儿见状，冲上去帮忙，却连出手的机会都没有，就被黑衣人摁趴在地上了。

顷刻间，众人都没见黑衣人怎么出手，杜泽带来的那群小混混儿就全部趴在地上了。

看见这一幕场景，围观的学生一个个目瞪口呆，被惊吓到大气儿都不敢喘一下。

这群人是来帮乔绵绵的？

不是说乔绵绵和苏泽已经分手了吗？

难不成苏泽念旧，对她还有感情，所以不计前嫌地找了人来帮她？

姜洛离也以为他们是苏泽喊过来的人，拍着胸口松了一口气，觉得苏泽也不算太差劲，至少这一刻因为他及时帮忙，避免了一场祸事，否则后果不堪设想。

姜洛离走到乔绵绵身旁，伸手将她扶了起来，担心地看着她："绵绵，你没事吧？"

乔绵绵摇了摇头。

二人对面，沈月月和杜泽一行人一脸震惊的表情。

看着还倒在地上哀号的几个人，沈月月更是被吓得脸色苍白，嘴唇都在不住地抖动："你们……你们是谁？"

乔安心不是说苏泽和乔绵绵已经分手了，让她可以随便对付乔绵绵吗？

那这群人又是怎么回事？

杜泽也被这忽然间的变数吓到了，却强撑着做出一副凶恶的样子，咬牙狠声说道："娘的，你们是从哪里冒出来的，知道老子是谁吗？老子是盛辉集团董事长的独子！你们今天动了我，我爸不会放过你们的！"

为首的黑衣人根本没理他，而是转过头，语气很是客气地跟乔绵绵说道："乔小姐，这群人刚刚是不是威胁到你的人身安全了？"

"是，"乔绵绵知道这是墨夜司叫来的人，很配合地点了点头，"刚才还有人想拿刀捅我。"

"明白了。"黑衣人询问完，转身朝着他带过来的人挥了挥手："都带回去吧。"

沈月月一下子慌了起来："乔绵绵，你想干什么？你凭什么让人抓我？你没资格这么做！我不会让他们带走我的，除非是警察来了，不然谁也没权力带我走！"

沈月月刚嚷嚷完，黑衣人就从包里掏出了证件当众展示："我们接到举报，这里有人聚众闹事，现在所有闹事的人都得跟我们回警局接受调查。这位小姐，你还有什么疑问吗？"

看到黑衣人掏出来的证件，沈月月脸色难看极了，顿时一句话都说不出来了。

很快，沈月月连同杜泽和杜泽带来的一拨人全部被带走了。

一群人被带走后，姜洛离终于松了一口气。

如果不是苏泽支援得快，都不知道结果会是什么样的。

想到这里，姜洛离朝四周看了看，心里还有点儿疑惑。

苏泽呢？她怎么没看到他？

姜洛离正想发条短信问问苏泽，就听到围观的人群里发出了一阵惊呼，还有激动的尖叫声。

姜洛离愣了愣，顺着其他人的目光看了过去。

当看到前面不远处那道修长挺拔的黑色身影时，她瞬间愣住，惊愕得睁大了眼。

听到动静，乔绵绵也转过头看了过去，这一看，整个人就目瞪口呆了。

那个正朝她慢慢走过来的男人有着一张俊美如神祇的脸，气质尊贵显赫，眉眼很锐利，纯黑色的衬衣和西裤将他身上那股禁欲气息衬托得非常浓烈。

他身上仿佛自带闪光点，一瞬间就能吸引所有人的目光。

姜洛离眼睛都看直了，激动地抓着乔绵绵的手臂，兴奋地说道："我去！绵绵，你看到没有？前面有个超级大帅哥啊！"

乔绵绵张了张嘴，还没能说出一个字，听到姜洛离更加兴奋地尖叫起来。

"啊，绵绵，他朝我们这边走过来了！我感觉他好像在看我们啊！"

"不行了，不行，我好激动。你告诉我，这不是我的错觉，那个大帅哥真的是在看我们对不对？"

乔绵绵："……"

看着自家好姐妹那副兴奋得快要疯掉的样子，乔绵绵抽了抽嘴角，有点儿无语。

姜洛离是个十足的颜控，就是那种走在大街上，看到养眼的帅哥会朝着对方吹口哨那种资深颜控。

姜洛离犯花痴的程度，是由对方的颜值决定的。

这还是乔绵绵第一次看她花痴成这样，兴奋到都快要失去理智了。

可现场失去理智的人并不止姜洛离一个。

其他女孩子也是尖叫不止，一瞬间都化身为花痴。

男人的出现，让这层楼的女生沸腾了起来。

唯一一个看起来比较正常，没太多情绪波动的人，就是乔绵绵。

但她也就是表面平静而已。

在看到墨夜司的那一刻，她内心早就不平静了。

忽然在学校，还是在女生宿舍这种地方看到他，乔绵绵感觉恍恍惚惚的，有种不大真实的感觉。

她愣愣地看着墨夜司朝她一步步走近。

两个人的距离越来越近……

"啊，绵绵，他过来了，我好紧张啊。你说一会儿我们要不要主动和他打个招呼啊？可是，我们该说什么呢？"姜洛离花痴附身，一脸又娇羞又期待的表情。

乔绵绵也在纠结这个问题。

一会儿她要不要主动跟墨夜司打个招呼？或者是……她装不认识？

她仔细琢磨了一下，感觉如果选择后者，他肯定是会生气的。

乔绵绵还没纠结出到底该怎么做，就感觉眼前落下了一道阴影。

她一抬头就看到一张五官立体、容颜俊美的脸。

男人漆黑清冷的眼眸盯着她看了几秒，然后伸出他手。他修长微凉的手指落到了她的脸颊上，他的声音很冷，似乎还带着一丝怒气："这里怎么了？你受伤了？"

"我……"乔绵绵张了张嘴。

她还没说出什么话来，就见男人的目光又冷了两分。

墨夜司抓起她的一只手臂，冷冷地说道："这里也受伤了。"俊美的脸庞瞬间蒙上一层寒霜，他问道，"你身上这些伤口，是谁弄出来的？"

男人气场强大，那一句带着怒意的质问，让在场的每个人都不由得生出了一丝畏惧感。

就连刚才那些对他犯花痴的女生，也被吓得集体噤声。

乔绵绵也有点儿被吓到了。

她咬着嘴角沉默了几秒，才弱弱地说道："我没事的，只是一些小伤。"

墨夜司抿紧唇，瞪了她一眼，伸手将她打横抱了起来。

一阵倒抽气的声音响了起来。

"有没有搞错，这个大帅哥居然是来找乔绵绵的？"

"我去！这不会是乔绵绵新交的男朋友吧？她才跟苏泽分手，马上又找了一个这么帅的男人？"

"所以，刚才那群人并不是苏泽叫来的，而是这个男人叫过来的？"

看到墨夜司以公主抱的姿势将乔绵绵抱在怀里时，所有人都不淡定了，热烈地议论起来。

姜洛离更是目瞪口呆，看看自己的好姐妹，又看看墨夜司，表情惊愕地问道："宝宝，这……这是怎么回事？"

这个超级大帅哥和她家宝宝怎么就抱在一起了？！

被墨夜司这样当众来个公主抱，乔绵绵脸红得跟煮熟的虾子一样。

乔绵绵刚挣扎了两下，男人搂在她腰间的手便收得更紧了，他低头看她一眼，轻声道："别乱动，想让我当众吻你？"

乔绵绵："……"

亏得别人还说他是什么禁欲系大帅哥，完全名不副实好不好？！

他从头到脚哪里禁欲了？！

他时不时就要占一下她的便宜，对她动手动脚的，分明就是个流氓！

"墨夜司，你放我下来。"乔绵绵脸颊滚烫，伸手在他的胸口轻轻捶打了一下，又羞又恼地说道，"那么多人看着，你干什么呀？"

"有人看着又怎么样？"墨夜司不以为然，压低了声音，低沉性感的声音撩得乔绵绵耳朵酥麻，"你是我的太太，我不抱你抱谁？"

"可是……我自己能走。"

"可是……我比较喜欢抱着你走。"

她一时语塞。

"绵绵，听话。"男人的声音越发低沉了，带着诱哄之意，"你腿上有伤，我抱着你走，嗯？"

他眼神带着少许的温柔之意，语气也是少见的温柔。

那双魅惑的眼眸看向她时，乔绵绵一下子就晕了头。

她感觉自己像是被蛊惑了一样，不由自主地就点了点头。

墨夜司的嘴角勾起了满意的笑容："乖。"

他这一声能听出宠溺意味的"乖"，又让乔绵绵脸上滚烫了几分。

她都不知道，为什么每次在墨夜司面前，她都这么容易脸红。

他随便逗她一下，她就会脸红。

"你是绵绵的好朋友？"墨夜司将目光从乔绵绵身上收回来，转过头看向还一脸蒙地看着他们的姜洛离。

"啊？哦，我……我是。"姜洛离还在发怔，好几秒后，意识到墨夜司是在和她说话，才回过神来。

墨夜司勾了一下唇，声音温和地说道："绵绵受伤了，我要带她去医院看一下。她下午可能会迟点儿回学校。如果她来不及去上课，你帮她请个假。"

"哦，好……好的。"姜洛离看着墨夜司那张俊美到不可思议的脸，紧张得说话都结结巴巴的。

这一刻的姜洛离和平时那个大大咧咧、女汉子作风的她，完全不同。

她甚至还红了脸。

看见这一幕场景，乔绵绵不得不再次感叹墨夜司这张脸真的太具有杀伤力了。

什么时候姜洛离和别的男生说话红过脸的？

墨夜司又勾了一下唇，礼貌地说道："那就麻烦你了。"

姜洛离的脸更红了，她被他这个笑容迷得晕晕乎乎的："应……应该的，不……不用客气。"

乔绵绵被墨夜司抱下了楼——其间挣扎了好几次，墨夜司都不肯放她下来。

他抱着她，从容淡定地穿梭在校园内。

路上，他们收获了无数道好奇的目光。

乔绵绵羞得将头深深埋入他的怀里，遮住自己的脸。

男人的黑色衬衣上有很好闻的香气，乔绵绵呼吸间，她鼻腔里全是他身上的味道——充满了诱惑的气息。

耳朵贴在他的心脏的位置，她能清楚地听到他强而有力的心跳声，一下下，像是在撞击着她的胸口，她的心跳也抑制不住地加快了。

停车场里，李叔见到他们，先是恭敬地唤了一声"墨总、太太"，然后弯腰将后车门打开。

墨夜司抱着她上了车。

车门被关上，他坐下后，顺势将乔绵绵搂入怀里。

她整个人都被他圈了起来。

"墨夜司，你……"乔绵绵想让他放开她。

乔绵绵刚张开嘴，男人炙热的吻就猝不及防地落了下来。

他吻得霸道热切，她的呼吸尽数被夺走。

李叔上车，从后视镜里看见这一幕画面，老脸止不住地又发烫了一下，然后就很欣慰地将遮挡板打开了。

乔绵绵差点儿被男人这个异常炙热霸道的深吻弄得晕过去。

她姣好明艳的小脸涨得通红,白嫩的小手无力地在他的胸口轻轻捶打着:"嗯,墨……墨夜司,放开我。"

男人的吻太霸道、太强势,她觉得自己快昏厥过去了。

墨夜司睁开眼,变得幽暗的墨色眼眸看了看怀里被他吻得满脸通红且气都喘不过来的少女,不得不结束这个让他意犹未尽的吻。

他气息紊乱,捧着她滚烫的脸颊,抵在她的额头上喘息了片刻后,呼吸才慢慢平静下来。

黑色宾利在校园的小道上缓慢行驶着。

眼看着车子就要开出大门了,乔绵绵赶紧说道:"墨夜司,我不需要去医院的。你让我下车好不好?"

她摔的那一跤,根本就不严重。

她只是有一些轻微擦伤而已,随便去药店买点儿碘伏消消毒就行了,根本没必要去医院。

墨夜司低头睨了她一眼:"有没有必要,我说了算。"

乔绵绵:"……"

他怎么可以霸道成这样?!

"真的没有必要!我去药店随便买点儿药擦擦就可以了。你快去上班吧,我不想因为这点儿小事耽误你的工作。"

他可是日理万机的大老板,平时……应该挺忙的吧。

墨夜司捏着她的下颌,漆黑的眼眸和她对视,看了她一会儿,低声说道:"你的事情,不是小事。任何工作都没你重要。"

"扑通!扑通!"

这一瞬间,乔绵绵听到了自己的心脏猛烈撞击着胸腔发出的声音。

这一刻,她大脑中好像一片空白,整个人连着灵魂都被吸入了他眼底那片幽暗的深渊中。

"听话,绵绵,乖乖跟我去医院看一下。不要让我担心你,嗯?"男人温热干燥的大手轻抚上她柔嫩的脸颊,眼底闪烁着醉人的柔光。

乔绵绵像是被蛊惑了一般,呆呆傻傻地点了点头。

在去医院的路上,墨夜司给陆饶打了个电话。

电话响了好一会儿，陆饶才接起来，声音有气无力的，像是很疲惫："墨大少，如果是有关你的情感方面的咨询，咱们改天聊。或者你让我先睡几个小时，再来找我。"

墨夜司摸着怀里的少女柔软的头发："怎么？昨晚操劳过度了？"

陆饶："操劳你大爷的！我这刚从手术室里出来好吗？你试试连续做十个小时手术是什么感觉！我现在都累成一条狗了！不，不对，狗都没我这么累！"

听着好兄弟充满了幽怨语气的抱怨，墨夜司内心无任何波动。

"我不管你是累成狗，还是累成其他东西，你都得空出一个小时的时间给我。我现在带着绵绵去医院，最多十分钟就到了。她受了伤，你给她看看。"

窝在他怀里的乔绵绵："……"

她很想说，她那点儿伤，根本都不叫伤好不好！

"绵绵？"陆饶乍然听到墨夜司这么亲昵地称呼一个女孩子，一时间还没反应过来，隔了几秒后才恍然大悟道，"你是说你那个小娇妻？她受伤了？她受什么伤了？很严重吗？"

"嗯，"墨夜司看了一眼少女白嫩的胳膊上和腿上的那些擦伤，脸色沉了沉，皱眉道，"她手臂上和腿上都伤到了。一会儿你给她好好检查一下，不然我不放心。"

陆饶真以为乔绵绵是受了什么严重的伤，当下也不推辞了，马上应了下来："行，到了医院你马上通知我，那个……需要担架什么的吗？她可以自己走吗？"

墨夜司隔了几秒，才冷冷地回道："不需要，挂了，一会儿再联系。"

到了医院，停车后，乔绵绵就被墨夜司抱了起来。

虽然公主抱很浪漫，但她还是无奈地说："我可以自己走的。"

她身上只是擦伤，又不是被摔骨折了。

可男人并没有要让她自己走的意思，径直抱着她走入了医院里。

一路上，他们又收获了不少打量的目光。

乔绵绵羞得再次将头埋进他的胸口。

墨夜司抱着她，直接去了陆饶的办公室。

"来，来，来，让我看看，小丫头哪里伤到了？"刚从手术室出来，陆饶的脸上看得见明显的疲惫神色，但看到乔绵绵被墨夜司抱着进来时，他还是很重视地将她仔细打量了一遍，然后就蒙了。

他眨了眨眼，问墨夜司："阿司，小丫头到底哪里伤到了？"

乔绵绵身上并无明显的伤口，难道……是内伤？

陆饶这么想着，便又仔细将她打量了一遍，发现她脸色红润、精神饱满，一点儿也不像是受了重伤的样子。

墨夜司将乔绵绵轻轻放到了沙发上，然后才抬头回了陆饶的话："你视力不好？她身上那么多擦伤，你看不见？"

陆饶："嗯？"

可别告诉他，这人说得那么严重，还非得让他亲自给小丫头看的伤，就是这些擦伤？！

想到这个可能性，陆饶整个人都不大好了。

"所以，你说小丫头受伤了，就是指这些擦伤吗？"

墨夜司面无表情，冷冷地说道："有问题？"

陆饶："……"

所以墨夜司不顾自己连续做了十个小时的手术，非得让自己亲自给他老婆看的伤，真的是擦伤？

他还有人性吗？！

他还是个人吗？！

这个有异性没人性的家伙！

他做人这么过分，以后会没有朋友的！

陆饶抓狂道："你知道连续做十个小时的手术有多累吗？"

墨夜司瞥他一眼，淡淡地说道："连续十五个小时的手术，我都做过。我觉得没问题。"

陆饶："……"

那是你好吗？

你是铁人，不代表其他人跟你一样！

墨夜司丝毫没感到愧疚。

看着他这副理直气壮的样子，陆饶更是气得想和他就这么绝交算了。

陆饶气得直哼哼："我说墨总，墨大先生，你也当了好几年的医生，你老婆伤势严不严重，你看不出来吗？她这点儿擦伤根本就不需要来医院好不好？"

"墨夜司，我们还是回去吧。"乔绵绵表情尴尬地从沙发上跳了下来。

她走到陆饶身前，红着脸说："院长，不好意思，打扰到你了。你别理他，我没事的，不需要检查。你快回去休息吧。"

她都不知道墨夜司是怎么好意思开口的。

她就是身上擦破了点儿皮，墨夜司竟然让人家一个堂堂的院长亲自给她做检查。

这不是浪费人才吗？

而且当知道陆饶才从手术室里出来没多久后，她就更不好意思了。

连她都觉得墨夜司是真的很过分哪！

她要是有这种朋友，肯定都和对方绝交了！

乔绵绵说完，转身朝门外走去，刚走了两步就被墨夜司拉住了。

男人强势地将她拉了回去，搂抱在怀里："别乱跑，都已经来医院了，就让陆饶给你检查一下。"

在墨夜司的坚持下，乔绵绵很无奈地做了个全面又仔细的检查。

检查结果出来，她除了轻微擦伤，其他方面都没问题，陆饶给她开了一瓶碘伏，外加一瓶云南白药。

"墨总，墨大先生，你现在放心了吗？"他把药交给墨夜司的时候，咬牙切齿，一字一顿地说道。

墨夜司接过药，看了一下说明书，然后转身朝乔绵绵走过去。

他打开碘伏，用棉签蘸了一点儿，抬起乔绵绵破了皮的那只手臂："可能会有点儿痛，你忍忍。"

"我自己来吧。"感受到身旁有道幽怨的目光看着他们，乔绵绵怪不好意思的。

如果不是因为她，陆饶这会儿早就回家休息了。

"别乱动。"墨夜司按住她，用碘伏给她擦伤的地方消毒。

乔绵绵痛得"咝"了一声，小脸都皱成了一团。

墨夜司立刻停了下来："很痛？"

乔绵绵刚张了张嘴，还没说什么，就听到一旁的陆饶感叹道："小丫头，我告诉你，这可是阿司第一次伺候别人。要不是亲眼看到，我都不相信。就连跟他从小一起长大的沈大小姐可都没有过这样的待遇。"

陆饶话音刚落下，就感觉后背一凉，像是有寒气蹿入了身体里。

他冷得浑身鸡皮疙瘩都冒了起来。

他一抬头，就见墨夜司半眯着眼，目光冷冽，眼底带了几分警告意味地看着他。

陆饶愣了几秒，才反应过来他好像说错话了。

他急忙解释："小丫头，你可别误会，阿司和沈大小姐是纯洁到不能再纯洁的纯友谊关系。他们都认识那么多年了，如果真有什么，早就在一起了。"

乔绵绵一脸蒙地看向陆饶。

她刚才好像没说什么吧？

"真的，他和沈大小姐就跟亲兄妹一样，你可千万不要多心。"陆饶像是怕她不信，又添了一句。

他这两句解释让乔绵绵更加蒙了。

墨夜司则是脸色越来越黑，目光也越来越冷。

陆饶忽然发现，他好像越描越黑了。

他不解释还没什么，一解释，反而弄得墨夜司跟那个沈大小姐有什么似的。

眼看着墨夜司的脸色越来越难看，陆饶抱着小命要紧的念头，赶紧起身朝门口溜："那啥，这里应该没我什么事了。我先走了，改天空了一起吃饭哪，哈哈哈。"

说完，他一扫之前的疲惫样子，脚下像是抹了油，眨眼间人就已经冲了出去。

等陆饶离开后，院长办公室里就只剩下乔绵绵和墨夜司两个人了。

他继续帮她给伤口消毒，下手时，动作比之前温柔了很多，等将所有摔伤的地方都擦拭了一遍后，又喷了一遍云南白药。

他给她擦拭腿上的伤时，蹲坐在她脚边，轻轻抬起了她的小腿。

对方温热的呼吸时不时地洒在她的腿上，有些湿湿的、痒痒的，乔绵绵低头看着他认真给她擦药的模样，心跳骤然加快。

大概是以前就是医生的缘故，做这些事情时，他显得很熟稔。

处理好她身上的擦伤后，墨夜司按着她的肩，仔仔细细检查了一遍，确定没有遗漏后，才放开了她。

"虽然只是轻微擦伤，也要注意些。"他伸手将她额前的一缕头发别到耳后，"回去后，记得按时擦药，别忘了。"

"嗯，我知道了。"乔绵绵乖乖点头。她还惦记着早点儿回学校，便说："那我现在是不是可以回学校了？"

墨夜司点了点头。

他抬起腕表看了看时间——他也该回公司了。公司里还有很多事情，得他亲自去处理。

这一趟，他也算是忙里偷闲了。

"那我们走吧。"

乔绵绵在学校一直就是乖学生，从来不会逃课早退的那种。

下午的表演课，是她非常喜欢的一个导师讲授，她不想错过。

"等一下。"墨夜司伸手按住了她的肩，动了动嘴唇，像是有话要说。

乔绵绵眨了眨眼："还有什么事吗？"

眉头轻轻蹙了一下，眼里闪过一丝犹豫之色，他等了一会儿，开口说道："刚才陆饶说的那件事情，我可以再亲自和你解释一遍。"

乔绵绵满脸问号，愣了愣，问道："解……解释什么？"

墨夜司那双魅惑的墨色眼眸又盯着她看了一会儿，然后他神色认真地说道："陆饶所说的那个沈大小姐叫沈柔，我和她的确是从小一起长大。沈家老爷子和我爷爷是世交，所以我们两家的交情一直不错。以前，两家人是有过联姻的打算，但我和沈柔都没这方面的意思，这件事也就作罢了。"

"绵绵，沈柔比我小两岁，在我心里，她跟我妹妹是一样的。"

"所以，你不用介意她的存在。"

乔绵绵："……"

她……不介意啊。

她好像没说过她介意吧？

为什么他和陆饶都认为自己会误会什么呢？

她真的没有误会，也没有多想好吗？

何况，就算他真的和那个沈大小姐有什么，她也不会介意的。

他和她的婚姻不过是各取所需，并没有任何爱情成分。

她需要他为乔宸做手术，他选择她则是因为她是唯一不会让他排斥的女人。

如果她身上没有这样的特殊性，他是不可能选择她这样的女人结婚的。

乔绵绵很有自知之明，认得清自己的位置，也就不会随便吃醋。

不过看在墨夜司这么认真解释的分儿上，她还是回应了一下："嗯，我明白了。你放心吧，我不会介意的。"

墨夜司打量她片刻："真的不介意？"

"真的！"她重重点头，"你刚才不是已经说了吗？你当她是妹妹。我相信你。"

"嗯，不要胡思乱想。"墨夜司伸手摸了摸她的头，勾唇轻笑道，"好了，走吧，我送你回学校。"

苏泽收到姜洛离的短信后，第一时间就要去找乔绵绵。

但乔安心跟他在一起，两个人正在一家珠宝店挑选珠宝。

"阿泽哥哥，我戴这条项链好看吗？"乔安心正在试一条粉钻项链，戴上后，笑容娇媚地看向苏泽。

苏泽心不在焉地瞥了她一眼，犹豫了两秒，从包里摸出一张黑卡递给了乔安心，柔声说道："宝宝，我有点儿急事，不能再陪着你了。你看中什么东西就买，等我忙完了再来陪你，好吗？"

听他说要走，乔安心不满地说道："什么急事啊？你说了今天要陪我的。"

还没等苏泽开口，乔安心低头看了看他捏在手里的手机，怀疑道："阿泽哥哥，你刚才和谁聊天儿了？"

"我……"苏泽看了看她，犹豫了一下，还是实话实说道，"安心，刚才和绵绵同寝室的女生发短信给我，说绵绵遇到麻烦了，让我马上过去。她好像很着急的样子，我担心绵绵会受到伤害。"

听到是和乔绵绵有关的事情，乔安心顿时就变了脸色。

她目光沉了沉，抬头看向苏泽时，眼里却带着担忧之色，着急地问道："姐姐怎么了？"

"我也不知道。"苏泽皱眉道，"可是如果不是很麻烦的事情，姜洛离也不会向我求助。所以……"

"我懂你的意思了。"乔安心安抚性地在苏泽的手背上轻轻拍了拍，善解人意地说道，"如果姐姐真的遇到麻烦了，我们当然要去帮她。不过在这之前，我觉得还是先了解一下到底发生了什么事再做决定，你觉得呢？"

"你的意思是……？"

"我跟姐姐是一个学校的，我在学校里也有不少朋友。这样吧，我现在就给我朋友打个电话，让她去了解一下到底发生了什么事。如果姐姐真的遇到了麻烦，我朋友不会坐视不管。让她去帮姐姐，也比我们现在赶过去快得多，不是吗？"

苏泽想了想，觉得她的话有道理，便点头说道："好，那你赶紧打电话问问吧。"

一分钟后，乔安心挂了电话，笑着对苏泽说："了解清楚了，就是同学之间的一点儿小纠纷，不要紧的。"

苏泽愣了一下："只是同学之间的小纠纷？"

那姜洛离怎么说得好像很严重的样子？

"是啊。"乔安心挽住他的手臂，靠到他身上，语气有些无奈地说，"我骗你干什么？！那是我的亲姐姐，她如果真的被人欺负了，我能不担心她吗？"

苏泽竟然也没怀疑这话。

"那就不去了。"他搂着乔安心朝另一边的珠宝展示区走去，"只是小纠纷的话，就不需要我出面了。我陪你继续挑首饰吧。"

从医院离开后，墨夜司将乔绵绵送回了学校。

一直看着她进了校门后，他才让李叔将车开向公司。

到了公司，他叫来魏征。

"墨总。"魏征走进总裁办公室，恭敬地唤了一声。

墨夜司随手拿起一份文件，头也不抬地说："明天，你去盛辉集团谈收购事宜。"

魏征愣了愣："收购？墨总，您要收购盛辉集团？"

这也太突然了吧？！墨总之前也没透露过有这方面的想法啊。

"墨总，盛辉是知名中型企业，规模不算小，营收方面也没什么问题，我忽然去跟他们谈收购的事，只怕盛辉那边是不愿意的。"

墨夜司抬起头，那双泛着冷意的眸子看向魏征时，魏征一下子就不敢说话了。

"按你这么说，墨氏想要收购一家公司，还得看对方的意愿决定收不收购？"

魏征一听这话，被吓得心惊胆战，连忙回道："墨总，我不是这个意思。"

墨夜司半眯着眼，"啪"的一声将文件砸在桌上，一字一顿，冷冷地说道："他们不愿意，那就直接让盛辉破产。到时候，他们只会求着墨氏去收购。"

魏征眼里流露出惊讶之色。

虽然一肚子疑问，但老板都发话了，他除了听从命令，还敢再多问一句吗？

一周后，乔绵绵听说了沈月月被学校开除的事情。

这件事因为事情性质恶劣，所以全校通报。

与此同时，当天下午，各大财经新闻频道都在播报盛辉集团一夜之间破产的事情，说是盛辉的股价一夜之间暴跌，速度快到连个挽救的机会都没有。

盛辉也是当地知名企业，经营二十多年了，没出现过什么经济危机，仅仅一夜的时间就破了产，让一众"吃瓜"群众特别惊讶。

众人纷纷猜测着盛辉破产的原因。

有人说，盛辉内部早有问题，只是一直对外隐瞒着，现在是撑不下去了，终于暴露了出来。

还有人说，盛辉的老板得罪了人。

众说纷纭时，乔绵绵听说了这个消息，也吃了一惊。

她给墨夜司发短信："盛辉破产那件事情……是你做的吗？"

墨夜司回得很快："嗯。"

看到他的回复，乔绵绵愣怔了两秒。

她又问："是……因为我吗？"

墨夜司："嗯。"

乔绵绵："……"

就算她对生意上的这些事情不大懂，也明白要让一家规模不小的公司一夜之间破产，绝对不是一件简单的事情。

她没想过，墨夜司会为她做到这一步。

其实那天她也没吃什么亏，说起来，吃亏的也是沈月月他们那群人。

她以为将那群人揍一顿，再让他们进警局，惩罚也就足够了，不承想墨夜司竟然还让杜家的公司破产了！

说让人家破产就破产，墨夜司是不是也太霸道了？

隔了一会儿，墨夜司又给她发了一条短信："现在没上课？"

乔绵绵从愣怔中回过神，回复他："嗯，今天上午的课已经上完了，还有两节课在下午。"

墨夜司："下来。"

乔绵绵看着他发过来的这条短信，愣了两秒，回道："下去？什么意思？"

她这条短信刚发过去，墨夜司的电话就打过来了。

电话接通后，男人低沉而有磁性的声音传入她的耳里："我在你的宿舍楼下，下来吧。"

乔绵绵简直要惊呆了。

墨夜司又跑到他们学校来了？而且他现在就在女生宿舍楼下？！

乔绵绵推开门走出寝室，就见走廊上围了一堆人，都兴奋又激动地往楼下看。

"哇，楼下站着一个好帅好帅的男人！"

"那不就是一周前将乔绵绵带走的大帅哥吗？他又来了呀。"

"乔绵绵也太幸福了吧，才和苏泽分手没几天，又找了一个这么帅的男朋友。"

听着众人的议论，乔绵绵探头朝楼下看了一眼。

只一眼，她就看到了树下长身玉立的男人。

阳光穿过树叶的缝隙洒落下去，斑驳的光线照在他俊美立体的脸庞上，像是给他立体的五官镀上了一层淡金色的光晕。

手工剪裁的黑色西服穿在他身上，衬出了他完美的身材比例，西装裤包裹着的逆天大长腿极其抓人眼球。

而那一身清冷禁欲的气质，更显得他吸引力爆棚。

从他身边经过的女生，一个个都红了脸。

有几个女生想过去搭讪，刚朝他走了两步，就被他冷漠疏离到没有一丝温度的目光给击退了。

他身上仿佛写满了"生人勿近"这四个字。

乔绵绵再次深刻地感受到，墨夜司的"厌女症"是真实存在的。

除了她，他对其他女人真的很排斥，也很冷淡。

女人主动接近，真的会让他厌恶。

似乎是察觉到了她的目光，墨夜司忽然抬起了头，目光直直地朝她看了过来。

两个人的视线在半空中撞上，看见她的那一瞬间，男人脸上的冷漠和疏离之色散去，那双原本泛着冷意的漆黑眼眸里，有一丝柔光淡淡散开。

这一刻，乔绵绵的心"砰"的一声狠狠地跳动了一下。

乔绵绵小跑着到了楼下。

她刚走到墨夜司身前，男人就展开双臂，将她搂入怀中用力抱住。

他抱得很紧很紧，像是恨不得将她嵌入他的身体里一样。

他把头埋入她的发间，深吸了一口气，声音沙哑地问道："绵绵，想我了没有？"

在被墨夜司搂入怀里时，乔绵绵感觉到他的身体很僵硬，也很冰凉。

但很快他僵硬的身体就慢慢放松了下来，怀抱也渐渐温暖起来。

微凉的唇贴到她的耳垂上，他吻了下，继续用低沉沙哑的声音问道："想我了吗？嗯？"

"墨夜司。"想到这儿是在女生宿舍楼下，那么多人看着，乔绵绵红着脸推了推他，"好多人看着，你放开我呀。"

"绵绵，别动。"墨夜司收紧双臂，低头吻了吻她的发顶，低沉沙哑的嗓音里透出一丝疲惫之意，"我好累，你乖乖让我抱一会儿，一分钟就好。"

听出了他声音里的疲惫之意，感觉到他好像真的很累，乔绵绵犹豫了一下，便听话地窝在他的怀里，任由他抱着自己。

无数道意味不明的目光落到了两个人身上。

看着前一秒对别的女人还冷若冰霜的男人，下一秒却对怀里的少女那般温柔，围观的女生都流露出了羡慕忌妒的目光。

她们恨不能马上取代乔绵绵的位置，体验体验被这一个极品大帅哥抱在怀里是种什么样的滋味。

一分钟后，墨夜司像一只餍足的狮子，终于放开了乔绵绵。

男人立体且俊美的脸庞上，疲惫之色淡去了不少。

仿佛在那一分钟的时间里，墨夜司恢复了不少精力。

"你……你怎么来了？"乔绵绵还有点儿晕乎乎的。

最近这段时间，墨夜司说他很忙，可能会没空陪她。

然后这一周，他就真的跟消失了一样，没有给她发过短信，也没有给她打过一个电话。

乔绵绵也不是主动的人。墨夜司不联系她，她便也没主动去联系他。

这一周，两个人是没有任何联系的。

所以墨夜司忽然来学校找她，乔绵绵就挺惊讶的。

深色眼眸凝视着她，墨夜司眼底似有化不开的浓墨。他柔声说道："想见你，就来了。"

乔绵绵一不小心就被撩拨了，小心脏"扑通扑通"猛跳。

男人眸色深沉，眼下有一层黑色阴影。他轻声说道："这一周没你在我身边，我每天晚上都没睡好，每天晚上都失眠。"

乔绵绵："……"

她并不知道墨夜司睡眠不好这件事，只以为他又在撩拨她，脸上不禁一阵阵发烫，小心脏"扑通扑通"地跳得更快了。

可事实是，墨夜司这一周真的没有睡好。

他每天仅断断续续地睡两三个小时，中途还会醒好几次，即便睡着了也是噩梦连连。

那个伴随了他整整二十年的噩梦像是魔鬼般缠着他，一旦他睡着了，就会在梦里折磨他。

只有她在的时候，他才能喘一口气。

乔绵绵红着脸，抬起头看了他一眼，看到他眼里布满了红色的血丝。

看起来，他的确是没休息好。

她的眉头蹙了起来："那你怎么不在家好好休息一周？你是公司老板，又不是必须每天都得去公司上班的。"

墨夜司勾了勾唇，抬手摸了一下她的头："心疼我了？"

她没吭声。

"没必要休息。在家也睡不着，还不如去公司上班。"

"那你不困吗？"

他摇了摇头："不困。"

不管他失眠多久，都不会感到困，只是精神状态会不怎么好。

乔绵绵眼里流露出诧异之色："你失眠都不会困的吗？"

她每次失眠，第二天就会非常困。

还有人失眠也不会困的？

墨夜司又摇了摇头，抬手揉了揉眉心，声音沙哑地说道："会疲惫，但不会有困意。"

就连每晚那质量非常不好的两三个小时睡眠时间，墨夜司都是靠吃安眠药才获得的。

"你每次失眠都是这样？"

"嗯。"

"这种感觉岂不是很糟糕？"

"嗯。"墨夜司沉默几秒，像是陷入了某种回忆中，过了一会儿，才低叹了一声，"是很糟糕。"

"那你会经常失眠吗？"

"嗯，经常。"

乔绵绵顿时就有点儿同情他了。

她偶尔失眠一次，都觉得很糟糕，要花上好几天的时间才能调整回正常状态。

他这样经常失眠，还不能补回睡眠，岂不是更加糟糕？

她觉得世界上最糟糕的事情就是睡不好了。

她还以为老天爷对他格外偏爱，把一切最好的东西都给了他，却没想到……

墨夜司一低头就看到身前的少女正用一种心疼的目光看着他，一瞬间感到心底某个地方变得柔软一片。

他伸手在她的头顶上摸了摸，眼里带着他自己都没察觉的宠溺之色："以后会慢慢好起来的。"

"啊？"

"大概是老天爷可怜我，才会把你安排到我身边来。"

乔绵绵眨了眨眼，没明白他这话是什么意思。

他睡得好不好，跟她有什么关系啊？

她又不是相关方面的医生可以给他治疗。

望着她眼底的疑惑神色，墨夜司也没过多解释。

他伸出一只手，将她柔软白嫩的小手牵住，修长白皙的手指挤入她的指缝间，和她十指紧扣："马上中午了，走吧，陪我一起吃午饭。"

墨夜司今天是自己开车过来的，开的是一辆兰博基尼，停车场里，银灰色的超级跑车很是惹人注目。

上车后，乔绵绵随口问了一句："李叔怎么没在？"

墨夜司转过头看她一眼，勾了勾唇，调侃道："我告诉他，我想和我老婆单独待在一起，他在的话有些事情不方便，所以他就没来。"

"喀喀喀……"乔绵绵咳得脸上又红红的。

她就不该多嘴问这一句的！

看她被自己逗弄得小脸红通通的，墨夜司眼底浮出愉悦的浅笑，又添了一句：

"我以为你心里也是这么想的。之前我亲近你，你老是觉得不好意思，现在只有我们两个人了，我是不是可以想抱就抱、想亲就亲了？"

他说着就俯身朝她靠了过去，他那张俊美到令人窒息的脸庞距离乔绵绵越来越近，越来越近了……

他温热湿润的呼吸喷洒到她的脸上，性感诱人的薄唇压了下来，很快，他就要吻上她了。

乔绵绵心脏狂跳，睫毛一阵乱颤，慌乱地闭上了眼。

她等待的过程中，一秒过去了，两秒过去了……男人炙热滚烫的唇却并没有落到她的唇上。

乔绵绵疑惑地睁开眼，却看到墨夜司正在低头给她系安全带。

所以，刚才都是她在自作多情？

她以为人家要吻她，结果他只是帮她系安全带而已！

一时间，乔绵绵尴尬到想就地挖个地洞钻进去。

她刚才竟然还对那个吻生出了几分期待之意！

啊啊啊，她真的好糗啊。

第五章

生出忌妒

一直到了吃饭的地方，乔绵绵脸上还在发烫。

她都不敢正眼看墨夜司。

墨夜司带她来的地方，自然是各种高大上的餐厅。餐厅老板亲自出来迎接，毕恭毕敬地将两个人带入了后院的 VIP 包间里。

餐馆装修风格很有古典味，像是古时的贵族府邸。

饭后，乔绵绵瘫在沙发上，一点儿也不想动了。

墨夜司将肚子圆滚滚的少女抱入怀里，低头埋入她的发间深吸一口气，勾唇轻笑道："吃饱了？"

"嗯，"乔绵绵点头，伸手摸了摸肚子，"饱了。"

饱到不能再饱了，她都不知自己居然这么能吃。

她这一顿的饭量，都顶上平时一天的饭量了。

"既然我喂饱了你，你现在是不是也该满足我的一个要求了？"

乔绵绵愣了："什么要求？"

她第一时间就想到他是不是要索吻什么的，脸不禁红了。

没想到墨夜司抱着她往沙发上倒了下去，把头埋入她的颈间，声音含混地说道："陪我睡觉。"

"什……什么？！"

一瞬间，乔绵绵的脸爆红。

她受惊地推搡着身上的男人，又羞又恼地说道："墨夜司，你起来！我才不要在这里……"

"不在这里睡，那你想在什么地方睡？"墨夜司讲话的声音渐渐低了下去，他像是有了睡意一般，"陪我睡一个小时就行了，不会耽误你下午上课。

"绵绵，我困了，让我睡一会儿……"

男人呼吸变得绵长，埋入她颈间的头颅一动不动了。

乔绵绵这时才反应过来，原来墨夜司说的睡觉，就是单纯指字面上的意思而已。

她居然想歪了？！

想到她刚才的各种"脑补"情形，她"尴尬癌"都犯了。

还好墨夜司已经睡着了，并不知道她想歪了这件事，不然她真的是尴尬到爆了。

乔绵绵脸上滚烫到爆，每个毛孔仿佛都散发着热气。

男人像是抱大型布偶玩具一样将她抱在怀里，她的脸对着他的下颌，脑袋稍稍一挪动就会碰到他的喉结。

乔绵绵呼吸间，空气中全是他身上那股清冽的气息。

他温热的气息洒在她的颈间，乔绵绵觉得脖子上痒痒的。

室内安静到彼此的呼吸声都能清晰听见，阳光从窗外洒落下来，照在木质地板上，庭院里传来清脆悦耳的鸟啼声。

"墨夜司？"乔绵绵轻唤了一声，不敢相信他就这么睡着了。

他这入睡速度是不是也太快了？

还不到两分钟，他就睡着了吗？

他不是说他每次失眠后都不会困的吗？

男人没有出声，依然一动不动。

"墨夜司？你真的睡着了吗？"乔绵绵又轻唤了他一声。

男人还是没有什么回应。

显然，他已经睡着了，而且还睡得很沉。

也不知道是不是受了墨夜司的影响，没过几分钟，乔绵绵也有点儿昏昏欲睡了。

当再次醒过来时，她发现自己在车上。

她身上披着墨夜司的西服外套，而不久前那个压在她身上睡觉的男人正坐在驾驶位上专心地开着车。

她刚睁开眼，就听到身旁传来他的声音。

"醒了？睡好了吗？"

乔绵绵揉了揉眼："我怎么睡着了？"

自己是什么时候睡着的，又是什么时候被他弄到车上来的，她完全不清楚。

明明是她陪着他睡觉，最后却弄成她久睡不醒了。

墨夜司轻轻勾唇："那就得问你自己了。我醒过来的时候，你已经睡着了，还睡得很沉。我叫了你两声你都没醒过来，就只好将你抱上车了。"

"呃……"乔绵绵伸手摸了摸脸，有点儿不好意思。

她昨晚睡得挺好的，也不知道今天中午怎么就困成这样了。

"那你睡好了吗？"乔绵绵转过头看了看他，觉得他的精神状态好像好了不少，看起来没那么疲惫了。

"嗯，很好。"墨夜司愉悦地勾起嘴角，"绵绵，谢谢你。"

哪怕只是短暂的一个小时，对他的身体和精神上疲惫的缓解也是很有用的。

他这一个小时的睡眠质量，比此前晚上那两三个小时好多了。

墨夜司中途没有醒过，也没有做噩梦，一觉睡醒，宛若重生。

到了学校，下车后，墨夜司牵着乔绵绵的手朝她住的宿舍楼慢慢走着。

他的手掌很宽大，也很温暖，她的手被他包裹在掌心里，让她有一种很安定的感觉——好像她一旦牵住这只手，就可以牵一辈子。

两个人手牵着手漫步在校园的林荫小道上。

墨夜司西装革履，穿着打扮都是社会精英人士的风范，俊美的脸庞、尊贵显赫的气场，还有那清冷禁欲的魅惑气息，无一不引人瞩目。

更别说，他还拥有完美身材，将近一米九的身高，让他无论出现在哪里，都给人一种鹤立鸡群的感觉。

一路上，有许多女孩子在偷看他。

"你们知道那个男人是谁吗？超帅的呀。"

"他身边那个女孩子是乔绵绵吗？乔绵绵不是才跟苏泽分手，怎么又和别的男人在一起了？"

"我听说乔绵绵劈腿找了别的男人，苏泽才和她分手的，不会就是这个男人吧？"

"苏泽长得那么帅，对她一直宠爱有加，她竟然也会劈腿？我看她现在找的这个男人除了长得帅点儿，也没别的优点嘛。他能有苏泽有钱吗？"

"对啊，我还听说苏泽给了乔绵绵一大笔分手费呢。这个男的会不会是她找的小白脸儿哪？"

本来知道苏泽和乔绵绵分手后，很多人等着看她的笑话，大部分人以为她会变得惨兮兮的，可谁知道人家刚分手，马上又找了一个这么帅的男人。

不管这个男人有没有钱，光是这颜值，就让很多人心里严重忌妒了。

乔绵绵凭什么男朋友一个接着一个，还一个比一个帅啊？

这些议论，乔绵绵并没有听到。

她自然也不会知道，已经有人因为看她不顺眼而跑去学校的论坛发帖子黑她了。

墨夜司将乔绵绵送到了女生宿舍楼下。

"上去吧。"他松开牵着她的那只手，朝她仰了仰下颌，"我看着你上去。"

"哦，那……那我就上去了啊。你也快点儿回公司上班吧。"

他松手的那一瞬间，乔绵绵竟然觉得心里有点儿空落落的，不大习惯？

她也就被他牵着走了十来分钟，他不牵她了，她竟然就不习惯了吗？

她朝他挥了挥手："再见。"

"绵绵。"

乔绵绵刚走两步，就听到身后的男人轻声唤着她的名字，男人那语气竟说不出地温柔。

乔绵绵心间怦然一动，停下了脚步。

她慢慢转过身："还有什么事吗？"

墨夜司大步上前，低头看着她，勾唇轻笑道："嗯，忘了一件事。"

"什么？"

话音刚落下，她就被他搂入怀里，用力地抱住。

男人轻柔的吻不带任何欲望，轻轻落在她的额间："好好吃饭，好好上学，好好睡觉，还有，记得要想我。

"我的手机 24 小时为你开着，你想我了就给我打电话，你如果想见我，我会马上来到你身边。"

乔绵绵感觉自己的心跳在这一刻仿佛停止了。

墨夜司目送乔绵绵上楼后，才转身离开。

到了停车场，他去取车的时候，一辆红色卡宴开了过来，在他对面停下。

车门被打开，从里面走出来一个穿着白色长裙的女人。

女人长发披肩，长相柔美娇弱，看着就让人有想要保护她的欲望。

她下了车后，车上又走下来另外一个女人。

后下车的女人撑开了手里的伞，朝着白裙女人走过去，嘴里还在小声抱怨着："今天怎么这么热啊？感觉都快要被烤化了。安心，我真不明白你为什么非要在这种时候回学校。"

穿着白裙的女人正是乔安心。

她下车后，就被对面一道颀长挺拔的身影吸引住了。

男人背对着她，走到了一辆豪华的兰博基尼跑车旁，然后打开车门上了车。

那一瞬间，乔安心的心跳不受控制地加快了。

是他，那个在旋转餐厅里和乔绵绵举止亲密的男人。

即使上次见到他并没有看到他的正脸，可只是凭着这个背影，乔安心就能肯定他绝对是之前那个男人。

没有几个男人能只是凭着一个背影就让人印象深刻的。

可这个男人……她绝不会记错的。

上次她将车牌号记了下来，回去后托关系找人查了查，却什么都没查出来。

关于这个男人的一切资料都是空白的，她找的那个人根本就查不出来。

那个人说对方身份不一般，所有的资料都是加了密的。

那个时候，乔安心就已经很不淡定了。

身份、地位要显赫到什么地步，他才会做到如此程度？

乔绵绵到底傍上了什么样的大人物？

眼见着男人上了车，马上就要开车离开了，乔安心提步朝他走了过去。

"安心，你去哪里啊？"她身后的经纪人见她朝着一辆兰博基尼跑车走过去，愣了愣，疑惑地跟了上去。

乔安心走过去后，见车窗全部关着，便伸手敲了敲驾驶位旁的车窗。

"安心，你这是干什么？你认识里面的人吗？"琳达走过来，看她在敲车窗，又疑惑地问了一句。

乔安心却没理她。

车内的人似乎没什么反应，她敲了车窗后，黑漆漆的窗户依旧紧闭着。

"先生，你好，我是乔绵绵的妹妹。请问你认识我姐姐吗？"乔安心不死心地又在车窗上叩了几下。

几秒后，车窗缓缓降下。

在看到坐在车内的男人时，乔安心感觉自己呼吸都停止了，心脏也漏跳了一拍。

车停在树荫下，车窗只开了一半，可这并不妨碍她看到车内的男人。

男人侧对着她，只是侧颜，她已经能看出他的五官轮廓非常立体，脸上的每一处线条都像是雕刻出来的。

他鼻梁高挺，薄唇性感，俊美长相远远超出她的想象。

这个男人一点儿都不老，非常年轻，她目测只有 25 岁左右。

乔安心身处娱乐圈，身边不缺长得好看的男人——而且苏泽的长相也是百里挑一的，她自认她对长得好看的男人还是有一定的免疫力的。

可车内的这个男人……

苏泽的英俊长相，在这个男人面前都不值得一提了。

这是一个俊美到会令人窒息的男人。

只怕任何一个女人见了他，都无法抵挡他的魅力。

乔安心原以为乔绵绵傍上的男人即便再有钱，也不过是个又老又丑的老头子，根本就没办法和苏泽相比，可现在……

看着车内这个俊美贵气的男人，乔安心深深忌妒起来。

她想看到的是乔绵绵在和苏泽分手后过得落魄潦倒，惹人笑话。

可是，没想到那个小贱人竟然找了一个这么帅还这么有钱的男人！

要是这个男人比苏泽还有钱，那她在乔绵绵面前还有什么优越感可言？！

忌妒让她的面部表情都变得有些扭曲了，她咬紧唇，拼命地忍耐着心底的不爽情绪，从嘴角挤出一丝她自认为最好看的甜美笑容："先生，上次在丽景旋转餐厅，我看到你和我姐姐在一起，所以刚刚看到了你，就想过来打个招呼。

"先生，我没认错人吧，你是认识我姐姐的吧？"

车内的墨夜司转过头，眼神冷漠地说道："你是绵绵的妹妹？"

男人的正脸更是俊美无双，气质冷艳，带给乔安心的视觉冲击力非常大。

她睁大眼，怔怔地看着他："是。先生，不知道你……"

她还没说完，墨夜司便冷冷地打断了她的话："绵绵并没有告诉过我她还有一个妹妹。"

乔安心唇边的笑容僵了一下。

乔绵绵竟然这么有心机的吗？

乔绵绵找了个这么好的男人，还想藏着掖着，不让她知道？

"先生，我真的是她妹妹。"过了几秒，乔安心才重新找回笑容，伸手撩了撩头发，眼里有意无意地流露了几分撩拨意味，"我叫乔安心，很高兴认识你。不知道先生怎么称呼呢？"

"我没兴趣知道你叫什么，你也不配知道我的名字。如果你过来就是和我说这些话的，你可以走了。"

男人的冷漠和嫌弃之意，毫不掩饰地表现了出来。

乔安心瞬间就变了脸色。

一时间，她脸上的表情要多难看就有多难看。

她自认为她在异性中还是很受欢迎的，从小到大，但凡她看中的男人，最后都会拜倒在她的石榴裙下。

就连苏泽不也为了她和乔绵绵分手了吗？

她自恃貌美，以为她主动撩拨必然会让墨夜司上钩，以为他也会和以往那些男人一样，可以被她轻轻松松搞定。

可乔安心没想到，他不但没上钩，还表现出一副极为嫌弃她的样子。

这让在撩拨男人这件事情上就没失过手的乔安心深受打击。

她脸上露出了羞愤之色："先生，你这么说，未免太没有绅士风度了。"

"绅士风度？"墨夜司嘲讽地勾起嘴角，"你还不配让我这么对你。"

一再被扫了面子，乔安心即便心里对他有意，此时也恼羞成怒了："这位先生，你是什么了不得的大人物吗？你这口气未免也太狂妄了吧。"

话音刚落下，乔安心就感觉一道冰冷的视线落到了她身上。

男人的目光冷漠至极，没有一丝温度，仿佛泛着寒芒的锋利匕首朝她刺过来。

冷意无法控制地蔓延至全身，乔安心竟然不争气地颤抖了一下。

她心里生出了恐惧感，在男人那道压迫力十足的视线的注视下，竟不敢再说一个字了。

站在她身后的琳达也被墨夜司的气场震慑住，大气儿都不敢喘一下。

墨夜司看着车窗外唯唯诺诺的女人，眉头紧了紧，升上车窗就打算离开。

如果这个女人不是乔绵绵的妹妹，他不会在她身上浪费这些时间。

"先生，你等等，我有话要和你说，是和我姐姐有关的！"看他要走，乔安心急忙说道，"我不知道你和我姐姐认识多久了，可是她和她的未婚夫才分手没几天，这么快又和你在一起了，你就一点儿都不介意吗？

"姐姐很爱她的未婚夫的，他们认识整整十年了，感情不是一般人可以相比的。姐姐才和他分手，肯定还忘不了他，但是她又在这样的情况下跟你在一起，你就不怀疑她的动机吗？

"姐姐最近好像遇到了一点儿困难，经济上特别紧张。我和她前段时间因为一点儿小误会发生了争吵，直到现在她都还没消气。我给她打电话她也不接，所以就算我想帮她也没有办法。

"我真的担心姐姐情急之下做出什么不理智的事情。"

乔安心话里话外都是很担心乔绵绵的意思，可是只要有点儿心的人都能听出来，她这几句话里还包含着其他意思。

另一层意思就是，乔绵绵现在很缺钱，在缺钱的情况下，为了钱，什么事都愿意去做。

她所做的一切事情都只是为了钱。

乔安心说完，以为车内的男人必定会介意，可没想到男人冷下了脸。

他眼里如覆了冰霜一般看着她，开口的声音更是冷到让人浑身打战："你说完了？"

乔安心愣了愣，脸上露出一丝意外的表情。

她没想到他会是这样的反应。

"先生，你……"

"闭嘴！"墨夜司目光冰冷地说道，"不管她是什么样的人，都是我喜欢的女人。就算她接近我真的有目的，只是为了我的钱，我也心甘情愿给她花钱。

"你这种让人倒尽胃口的女人，根本就不配做她的妹妹。再让我听到你说她一句不好，别怪我不客气。"

墨夜司说完这些话，把车窗完全关上，下一秒，兰博基尼便从乔安心面前开了出去。

很快，疾驰的跑车便消失在林荫小道的转角处。

乔安心站在原地，脸色铁青，气得差点儿昏厥。

她咬紧了唇，深陷掌心的指甲在太过用力的情况下一根根折断，原本柔美娇弱的五官都变得狰狞起来。

该死！

那个男人竟然那般维护她？他还说什么即便是被利用，也心甘情愿？！

他是疯了吗？

乔安心第一次遇到这种完全不在乎她的男人。从头到尾，那个男人就没正眼看过她。

而且，他还说她让人倒尽胃口！

这对从小到大都很受异性欢迎和追捧——从来没在哪个男人那里受过冷落的乔安心来说，绝对是个很大的打击。

"安心，那个男人到底是谁？"一直到那辆兰博基尼彻底消失后，琳达才像是回魂一般低声问道。

可她的内心还是久久不能平静。

车内的那个男人绝对是她从业这么久以来，见过的外形条件最出色的男人。

对方那种颜值和气质，放眼整个娱乐圈，也是无人能及的！

可那个男人显然并不是混娱乐圈的，那样的气质和气场，是再大牌的明星也不具有的。

乔安心一肚子火，脸色铁青地说道："我也想知道他究竟是谁。"

那个男人到底是多了不起的大人物，能狂成这样？

接下来的一周，墨夜司又飞去国外谈生意了。

他工作很繁忙，每天行程都排得很满。

不过工作再繁忙，他还是没忘和他的新婚小妻子联络感情，每天都会抽空给乔绵绵发发微信，或者是打一通电话。

他会主动将他每天的行程告诉乔绵绵，比如中午去见谁，下午去见谁，晚上去参加谁的宴会之类的，还有每天都不会缺席的早安和晚安问候。

乔绵绵也会将自己每天的日常生活告诉他，比如中午吃了什么，下午上了什么课，晚上和同学一起出去聚餐之类的。

墨夜司不忙的时候会马上回复她，如果忙起来，可能早上收到的微信消息，晚上才有时间回复。

但不管忙到多晚，乔绵绵发给他的每一条微信消息，他都会回复。

有时候乔绵绵半夜醒来，会看到他在凌晨两点回复她的微信消息，有时候甚至是凌晨四五点。

乔绵绵也不知道他是真忙到那个时候，还是失眠睡不着。

很快又到了周末。

"绵绵，男神出差还没回来吗？"姜洛离自打那次见过墨夜司，被狠狠惊艳了后，就将墨夜司视为她的新男神了。

现在，墨夜司在她心里的男神排行榜榜单上都是排第一名的，就连那个让她痴迷了很久，甚至花了不少钱去追捧的流量明星，都被墨夜司从榜首的位置给挤了下去。

"他说他今天会回来，给我发了航班信息，这会儿应该落地了吧。"乔绵绵想到墨夜司早上给她发的那条微信，拿出手机看了看时间，犹豫着要不要给他发条微信消息问问。

"啧，所以说，男神还会主动给你报备行程吗？"姜洛离不无羡慕地感叹道，"像男神这么优秀还这么自觉的男人，可不多了呀。"

"绵绵，你这个闪婚老公还真不错啊。"

姜洛离又轻轻了撞乔绵绵的肩膀，促狭地朝她挤了挤眼："你知不知道你现在有多拉仇恨值啊？我走到哪儿都能听见有人议论你。张雨薇那群人更是酸得不行，到处跟人造谣说你是傍大款。她们也真是好笑，就男神那样的颜值，就算是傍大款也是赚了好吗？"

乔绵绵抿了抿唇，有点儿不好意思："你觉得他不错吗？"

"肯定啊。"姜洛离毫不犹豫地重重点头，"虽然我跟他也不是很熟，统共算起来也就见了两次，但是可以感觉出来他是真的蛮看重你的。一个男人有钱有颜还能对你这么好，难道还不好吗？

"而且……你自己也说他对宸宸很好很照顾，连宸宸都喜欢他，所以……"

姜洛离凑到乔绵绵的耳边，跟她说着掏心窝子的悄悄话："绵绵，好男人其实并不多的，像男神条件那么好的男人就更少了，你一定得好好把握住。虽然你们是闪婚，感情基础还不够牢固，可是感情是能慢慢培养的啊。"

培养感情？

她和墨夜司？

姜洛离的话让乔绵绵心里生出一丝奇异的感觉。

因为她根本就没想过要和墨夜司长久地在一起。

在和墨夜司去领结婚证那天，她就想着他们应该很快就会离婚，而且一定会是墨夜司先提出离婚。

对一个领证当天就已经做好心理准备很快会离婚的人来说，她怎么可能想着和墨夜司培养感情？

"真的，我跟你说啊……"姜洛离像是怕她不信，跟她举例道，"我小姑和姑父就是这样的，结了婚才开始谈恋爱。刚结婚那会儿他们还谁都看谁不顺眼呢，现在可恩爱了。

"我看男神对你是有意思的，只要你再主动点儿，肯定能拿下他。俗话说近水楼台先得月，这么优质的男人就放在你眼前，你不把握住机会，是想便宜别人吗？"

乔绵绵听得一愣一愣的，脸上也有点儿发热："你说他对我有意思？"

她怎么没感觉出来？

虽然墨夜司每次见了她都会对她做一些亲密举动，但也不代表他就喜欢她吧。

姜洛离肯定地说道："当然哪，难道你感觉不到吗？男神看你的眼神和看其他女人是绝对不一样的。"

乔绵绵疑惑地眨了眨眼："不一样吗？哪里不一样了？"

姜洛离朝她的脑门儿上轻轻戳了一下："我看你就是个憨憨，居然真的不知道！男神看你的时候眼神是有温度的，但看其他人哪……不管男人女人，眼神都是冷冰冰的。你说，这还不够明显吗？绵绵，我跟你打赌，墨夜司绝对是喜欢你的！"

乔绵绵编辑好了信息刚准备给墨夜司发过去，手机就振动了一下，对话框里多出了一条微信，是墨夜司发过来的。

墨夜司："我到云城了，晚上一起吃饭。我让李叔过去接你。"

连乔绵绵自己都没察觉到，在看到墨夜司发过来的信息时，她嘴角的弧度在一点点上扬。

乔绵绵将先前编辑好的信息删了，重新编辑了一条。

乔绵绵："你不先回家休息一下吗？坐了十多个小时的飞机肯定很累吧。"

墨夜司："嗯，有点儿累，所以你得给我充充电。"

乔绵绵："我给你充电？"

墨夜司："像上次那样。"

乔绵绵愣愣地看着这条消息，过了差不多一分钟后，才反应过来他说的是什么意思。

想到他所谓的充电方式，她脸上一点点烫了起来。

墨夜司这个男人，怎么总是这样不正经？

可偏偏他在别人面前又是个十足的正人君子。

难道真的像姜洛离说的那样，他对她……

乔绵绵伸手捂住了胸口，只觉得心脏忽然就跳得好快好快。

李叔开着车将乔绵绵带到了一家叫宴庭的高级餐厅。

乔绵绵刚下车，就看到门口站了好几个人。

其中一个人像是餐厅的某个负责人，见了她，立即上前恭恭敬敬地招呼道："乔小姐晚上好。"

而这些员工之所以态度这么好，是因为听说墨氏总裁墨夜司今晚要在宴庭设宴请一个女人吃饭。

他要请的女人，就是眼前这个长得非常漂亮的小姑娘。

他们听说她姓乔，还在念大学。

怪不得连清心寡欲的墨家二少爷都动心了，这个叫乔绵绵的姑娘确实长得很漂亮，还是那种挑不出任何缺点的漂亮程度。

一眼看过去，他们还以为看到了仙女呢。

要说有着"名门第一美女"之称的沈柔，他们也见过几次，确实也是个大美人，但那是在没有对比的情况下。

若要对比……

沈柔的美貌可以打八分，这个叫乔绵绵的小姑娘却是可以直接拿满分的人。

宴庭这个地方和墨夜司上次带乔绵绵去吃饭的地方是一样的风格。

但宴庭又比之前那个地方大上很多倍，内部装修风格更加大气、豪华。

墨夜司早早就订好了包间，乔绵绵跟随服务员朝包间走去，在经过前台区域时，听到一个熟悉的声音。

男人温润的声音里带了一点儿惊讶之意，也有些惊喜："绵绵？"

乔绵绵一下子就皱起了眉头，抬起头就看到了一张她最不想看到的脸。

男人穿着白衬衫、黑色西裤，打着深色领带，身材修长挺拔，俊美温润的长相很能吸引异性的目光。

前台收银员正频频看向他，眼里流露出几分爱慕之色。

"绵绵，真的是你。你怎么会在这里？"苏泽在看清了乔绵绵的脸后，眼里流露出了毫不掩饰的欣喜神色。

但这份欣喜之情没能维持几秒，他盯着乔绵绵又上下打量了一番后，眉头一点点皱了起来。

宴庭不是一般人能出入的地方，以乔绵绵的身份，她根本就来不了这里。

所以，只有可能是别人带她来的。

苏泽想到之前亲眼看到她坐在一辆劳斯莱斯里，还有乔安心说的那个有钱老男人，脸色一点点沉了下来。

"关你什么事？！"乔绵绵眼神冷漠，语气冰冷，浑身上下都透着拒人于千里之外的冷淡和疏离之意。

她这样的态度，让苏泽眉头皱得更紧了。

他用一种失望又痛心的目光看着她："绵绵，我们不是仇人。就算我们分手了，你也犯不着像对待仇人一样对我。我说过，即便我们不是恋人了，以后你要是有什么困难，依然可以来找我。只要是我帮得上忙的地方，我都会帮你的。就算你再恨我，也不该自甘堕落。"

听到他的最后一句话，乔绵绵都被气笑了，用看神经病似的眼神看着他："我自甘堕落？苏先生，我跟你很熟吗？你对我有多了解就说我堕落？"

她那一声冷淡疏离的"苏先生"，让苏泽的脸色又难看了两分。

他眼里浮出怒火："那你告诉我，你为什么会出现在这里？谁带你来的？还有，你上次坐的那辆劳斯莱斯的车主又是谁？绵绵，你真要这么倔吗？你宁可出卖自己，也不愿意开口找我帮忙？"

"啪！"

苏泽刚说完，脸上就挨了一巴掌，白皙俊美的脸庞上被打出了五根鲜红的手指印。

他捂着脸，满眼惊愕之色，似乎不敢相信乔绵绵竟然会打他。

乔绵绵已经不对苏泽这个人抱有任何希望了，在她心里，就当过去的那个苏泽已经死了。

现在站在她面前的，不过是个和她没任何关系的陌生人。

可她还是被恶心到了，被恶心到隔夜饭都快吐出来了。

"苏泽，你真让我感到恶心透了！我以前到底是有多眼瞎，才会答应和你在一起的？！你让我觉得那几年的感情哪怕是喂了狗，也比浪费在你身上好一百倍、一千倍！"

这就是曾经说过会爱她一生一世，绝不辜负她，不管发生任何事情都会保护好她，不让她受一丁点儿委屈和伤害的男人。

他承诺她的所有事情，一件都没有办到。

辜负她的人是他，伤害她，让她受尽委屈的人，也是他，她现在只恨时光不能倒流。

要不然，哪怕世界上的男人全都死光了，她也不会和这样一个渣男在一起！

被当众甩了耳光，苏泽面子上挂不住，脸色阴沉了下来。

他捂着一边脸，眼里的怒火都快要喷出来了，目光阴鸷地说道："你打我，是因为我猜对了吗？乔绵绵，你真的为了钱自甘堕落成这样？那个老男人给了你多少钱？"

乔绵绵难以置信地看着他。

这就是她认识了整整十年的男人？

她十年的感情，换来的就是他这样的侮辱言行？

"你说啊，要多少钱才可以得到你？"苏泽像是着了魔，竟然掏出钱包来，从钱包里将一张张卡都抽了出来，"告诉我，这些够不够？！"

他拿着卡就要往乔绵绵的脸上砸，只是他还没有触碰到乔绵绵，就听到身后传来冰冷危险的声音——

"苏少好大的威风！就是不知道你要完这威风，能不能承受后果。"

这个声音……

乔绵绵猛地抬起头，在看到那道由远至近，在她的视野里越来越清晰，距离她也越来越近的清冷身影时，心跳瞬间加速。

男人一步步走到她身前，停下脚步，垂眸看向她，一贯冷漠的声音里却多了几分面对别人时所没有的温柔："被人欺负了？"

乔绵绵愣愣地看着他。

她那颗超速跳动的心脏，在他走到她身前时，慢慢跳得平稳。

她愣了几秒，才终于找回自己的声音："你不是说你还要半个小时才到吗？"

墨夜司轻笑，伸手将一缕遮挡住她的眉眼的头发别到她的耳后："我感觉你需要我了，就出现了。"

随后他又伸手轻抚着她泛红的脸颊，余光有意无意地朝某个方向瞥了一眼，勾唇说道："这几天想我了没有？"

他声音不大，但是足够让站在对面的苏泽听见了。

苏泽的脸色一下子就变了。

他脸色发青地质问道："绵绵，他是谁？"

他那语气活像是捉到妻子出轨的丈夫一样，充满了质问和愤怒之意。

这一刻，苏泽的确是非常愤怒的，有一种被乔绵绵背叛了的愤怒感。

尤其是在看到对方的长相后，他那股莫名其妙的愤怒感就更强烈了。

那是一个长相和气质都非常出色的男人，哪怕自恋如苏泽，也觉得自己被对方比下去了。

男人清贵无双，气场强大到苏泽都有了压迫感。

只一眼，苏泽就知道这个男人身份必定不凡。

墨夜司伸手将乔绵绵半揽入怀里，一只手臂占有欲十足地缠到她的腰上，抬眸，目光淡淡地朝苏泽扫了一眼，语气冷冽地说道："这句话应该换我来问。宝贝，他是谁？刚才就是他欺负了你吗？"

乔绵绵也抬起头，眼神冷漠地看向苏泽："一个不重要的人，你没必要知道。"

苏泽愣了愣，脸色阴沉得似能滴出水来。他眼神充满敌意地看向墨夜司，咬牙说道："我是绵绵的未婚夫，我和她……"

"苏先生，我必须提醒你一声，我和你已经没任何关系了。"乔绵绵马上抬手打断了他的话，"我们早就解除了婚约。麻烦你弄清楚这一点，不要随便乱说话坏了我的名声。"

乔绵绵三言两语便和他撇清了关系。

苏泽对上她那双冷漠和疏离，甚至带着一丝厌恶情绪的眼眸，心口忽然就有点儿痛。

他也不知道为什么，心里一下子变得极不舒服，心口像是有什么东西堵着一样，闷得难受极了。

就算苏泽之前猜到乔绵绵身边可能有了别的男人，但没亲眼看到，心里也不像现在这么堵。

现在苏泽亲眼看到了，对方不但不是他们猜测的老头子，还是一个极其年轻俊美的男人，和乔绵绵站在一起还极为般配，苏泽感觉如鲠在喉，连呼吸都变得难受起来。

"绵绵，你和他是什么关系？上次那辆劳斯莱斯的车主就是他吗？"苏泽愤怒地问道。

她竟然真的跟了别的男人！

他不信她会变心这么快。

他们在一起那么多年，她的眼里一直都只有他一个人。

她深爱着他。为了他，她从一个十指不沾阳春水，什么都不会做的温室娇小姐，变成了一个能做出一桌好菜，还会洗衣拖地的贤惠好女人。

她亲口说过，因为爱他，所以为他做这些事情的时候是开心、幸福的。

为了他，她心甘情愿地去改变自己。

她还说过，她这辈子只会喜欢一个叫苏泽的男人，也只会嫁给苏泽当新娘子。

她说过的那些话，他都记得清清楚楚的，一句也没忘。

他绝不相信，她在那么爱他的情况下会这么快移情别恋。

她找这个男人，只是为了气他。

或者是，她想通过这个男人尽快忘记他。

不都说，人们忘记一个人最快的办法，就是迅速展开一段新恋情吗？

她越是这么做，就越是证明了她还爱着他，根本就忘不了他。

这么一想，苏泽才觉得心里舒服了一点儿。

"绵绵，你是气我的对不对？我知道你心里还有我，你不是那种贪慕虚荣的女人。我们认识这么多年了，我了解你的。我想我们之间有点儿误会，你现在跟我走，我们找个地方坐下来好好聊一聊，我和你解释清楚好不好？"

苏泽伸手过去，想要将乔绵绵拉到自己身边。

乔绵绵当然不会跟他走。在苏泽朝她伸过手来时，便立刻躲开了。

墨夜司搂着乔绵绵，眼神发冷："在我面前想要带走我的女人？苏泽，你们苏氏也想效仿一下盛辉，体验破产是什么滋味吗？"

墨夜司轻飘飘的一句话，却让苏泽瞬间变了脸色。

他惊愕地睁大眼："盛辉集团破产……是你让人……"

墨夜司漫不经心地说道："盛辉撑了一周才宣告破产，以苏氏的实力，想必你们可以多撑几天。"

苏泽整张脸都白了。

盛辉集团得罪了不该得罪的人，短短几天的时间就宣告破产这件事，他当然是知道的。

当时，这件事也算是闹得很大了。

一个经营得好好的上市企业，说没就没了。

而且盛辉还是在几天之内没的，不免让其他同行也担惊受怕起来。

就连苏氏也曾暗中调查过究竟是什么原因，但什么都没调查出来。

苏泽万万没想到，那个让盛辉忽然破产的人，竟然就站在他眼前。

"你究竟是谁？"苏泽震惊地问道。

能在一夜之间搅乱股市，又在接下来的一周内逼得盛辉宣告破产，对方的财力有多雄厚，简直令人不敢想象。

就是苏氏，也没有这样的能力。

这个男人到底是谁?

如果他真是什么了不得的人物,为什么自己看着又这么眼生?

但凡是云城的名门,苏泽多多少少是认识的。

墨夜司宛若在俯视脚边的蝼蚁,眼神漠然、不屑,语气冰冷地说:"你不必知道我是谁,但有件事你必须清楚——乔绵绵是我的女人,任何敢觊觎她的男人都是在找死。

"我不管你和她以前是什么关系,既然你们分开了,她以后的生活就跟你无关了。如果被我发现你敢暗中骚扰她,我会让苏氏凉得比盛辉还要快。"

说完这些话后,他便收回目光,不屑再多看苏泽一眼。

要不是因为这个姓苏的人是乔绵绵的前未婚夫,这种身份的人,连跟他说话的资格都没有。

苏家是旁人眼里的名门,但在墨家人眼里,苏家人连给墨家人提鞋的资格都没有。

"宝贝,我们走吧。"墨夜司警告完后,搂着乔绵绵从苏泽身旁走了过去。

苏泽不甘心就这么让乔绵绵离开,还想要拦着他们,刚有动作,就听到一阵纷乱的脚步声靠近。

宴庭的负责人带了一群保安,匆匆忙忙地跑了过来:"谁敢在这里闹事,马上轰出去!"

那个负责人看到苏泽,立刻冷着声音说:"好大的胆子,敢在宴庭闹事!不知道这儿是什么地方吗?马上把他轰出去!"

保安得了命令,马上就过去轰人。

苏泽脸都绿了:"我是苏氏企业少东家,你们谁敢轰我出去?!"

以前苏泽来宴庭,这边的人对他都是客客气气的。

可今天……即便听到他说他是苏氏少东家,那个负责人依旧没给他面子,冷冷地说道:"不管你是谁,只要敢在宴庭闹事,都得被赶走。苏先生,你是自己走,还是我们赶你走?"

其实换成平时,宴庭也不会这么做。

他们都是睁一只眼闭一只眼。

可这次这个苏少得罪的是墨家的人,就是他们的老板都得罪不起墨家的人。

那他们就只能牺牲一下这个苏少了。

苏泽没想到他都表明身份了，宴庭的人竟然还要赶走他，而且还是当着乔绵绵和那个身份不明的男人的面赶走他。

他向来好面子——宴庭这无疑是将他的脸面狠狠地踩在脚底了。

"苏少，我觉得你最好还是自己离开，不然被人赶出去面子上也无光不是？"

见他们是铁了心要赶他走，苏泽心里清楚，如果自己不离开，可能真的会被弄得更加没脸。

即便他气到快要爆炸，也不得不将这口气咽了。

"你们宴庭的所作所为，我会牢牢记住的！"苏泽脸色铁青地丢下这句话后，愤然转身离开。

他刚走到门口，就听到身后又传来了那个负责人的声音。

这次负责人不再冷言冷语，语气变得恭敬又讨好，近乎谄媚："墨先生，真是万分抱歉，因为我们处理得不及时，让乔小姐被糟糕的人影响到心情了。"

苏泽停顿了一下，转过头，就看到那个负责人点头哈腰的，态度要多恭敬就有多恭敬，全然不像之前面对他时那般咄咄逼人。

这样的差别待遇，更是让他觉得丢脸极了。

他脸上青了绿，绿了青，脸色相当难看。

这一刻，他的自信心和自尊心受到了双重打击。

他一直以为乔绵绵离开了他就不可能找到比他更好的男人。

可就算他再如何自信，也不得不承认，那个身份神秘的男人条件是极好的。

宴庭负责人对那个男人态度那般恭敬，想必那男人的身份也是极为显赫的。

刚才听到那个负责人叫他墨先生……苏泽瞬间打了一个激灵，脑子里冒出了一个念头。

那人姓墨，又那么年轻，该不会是墨氏刚回国的那个新任总裁吧？

可这个念头只在他的脑子里存留了一秒，便被否定掉了。

不可能，绝对不可能，以乔绵绵的身份，她根本就不可能接触到墨氏的总裁。

这么一想后，苏泽稍微放心了点儿。

他若惹上墨家的人，下场就是死。

放眼整个云城，就没有敢得罪墨家的人。

苏泽离开后，墨夜司见乔绵绵还一副心情不好的样子，便捏着她的下颌，低头和她对视道："还在生气？你要是觉得赶走他还不够解气，那我就让苏氏也破产，好不好？"

乔绵绵吃惊得睁大了眼。

其他人这么说，她会觉得是在开玩笑，可墨夜司这么说……

乔绵绵一点儿也不怀疑，他真的会这么做。

他有这样的实力！

"还是别了吧。"乔绵绵急忙说道，"虽然我跟苏泽分手了，而且现在也挺烦他的，但是我和他之间的恩怨不应该上升到他的家族。他的父母对我……还是不错的。"

她说的是真的。

苏父和苏母对她一直很不错，尤其是苏母，几乎将她当成亲生女儿一样对待。

苏母一直就很想要个女儿，可是生了苏泽后，便很难再受孕了。

因此，她只有苏泽一个儿子。

她生不了女儿，便将对女儿的渴望之情转移到了乔绵绵身上。

乔绵绵如今是很恶心苏泽，但并不因此连苏父和苏母也一起憎恶。

墨夜司听了这话，浓墨般漆黑的眼眸眯了起来："他的父母对你很好？"

乔绵绵："是啊。"

男人的语气听起来有些怪怪的："你很喜欢他的父母？"

乔绵绵愣了一下，才后知后觉地感觉出来他好像不大高兴。

"也……也还好吧，谈不上很喜欢，也谈不上不喜欢。"猜测到他可能在介意什么后，她没敢说实话。

她就怕一旦说了实话，他真的生气。

她现在算是有点儿了解墨夜司了——他看起来好像对什么事情都不在意，可实际上，在很多事情上很小心眼儿。

墨夜司听她这么说，脸色果然温和了点儿，伸出温热的大手，罩在她的头顶上摸了摸，沉声说道："你和苏泽已经分手了，分手就是陌生人，以后不管是和他，还是和他的家人，都尽量少接触，免得牵扯不清。"

"哦，"乔绵绵乖乖巧巧地点头应道，"我知道了。"

两个人离开宴庭时，外面的天色已经暗下来了。

墨夜司看了一下时间，走到他开过来的那辆黑色宾利前，朝乔绵绵说："要我陪你逛逛吗？这儿附近应该有商场的。"

乔绵绵："……"

在她的印象中，墨夜司每次陪她时好像都会问她要不要去逛商场买点儿东西……

他是不是觉得，女生的爱好就只有逛街购物？

不过，这也从侧面说明了墨夜司在和女孩子相处这方面的确没什么经验。

毕竟他得了那什么异性接触过敏症，一直对异性敬而远之，就连和异性正常相处都不行，更别说去了解女孩子喜欢什么和不喜欢什么了。

估计就连女生喜欢逛街购物这种事情，也是别人告诉他的。

"嗯？怎么了？"见她只是笑却不说话，墨夜司疑惑地挑了挑眉，"我说错什么了吗？"

"不是。"乔绵绵好笑地摇了摇头，"我不想去逛街，也没什么东西可买的。"

"你没有想买的东西吗？"墨夜司眼里的疑惑之色又多了一些，"包包、首饰、衣服、化妆品，这些不都是你们女孩子喜欢的东西？"

他停顿了几秒，又说道："这次出差我想过给你带礼物回来，只是这几天都太忙了没能抽出空闲时间，又不知道你究竟喜欢什么，怕我买的礼物你不喜欢。

"所以，你现在想要什么东西，我都可以陪你去买。

"就当是补给你的礼物。"

乔绵绵愣了一下，乌黑的眸子看向他。

男人容颜俊美，眉眼尤其迷人，那双漆黑的眼眸朝着她看过来的时候，乔绵绵感觉自己像是被电击中，四目相对的瞬间，她的心脏很用力、很用力地颤动了几下。

他这是在跟她解释吗？可是她并没有要求他给自己带礼物啊。

他根本就不需要向她解释什么的。

"不……不用了。"乔绵绵心跳很快，眨了眨眼，有些慌乱地将目光移到别的地方，不敢再和这个男人对视。

她怕再多对视几秒，她的心脏会受不了。

"我没有什么想要的东西。如果可以的话，你能陪我去医院看宸宸吗？"

"你真的没有想要的东西？"墨夜司皱了皱眉头，盯着她有些泛红的小脸看了看，想要分辨她话里的真假性。

因为言少卿跟他说过，女人都喜欢逛街购物，尤其爱买包包一类的东西，要是送女人礼物不知道送什么的话，买包包准没错。

墨夜司便想着一会儿去了商场，给乔绵绵买几个包。

可他没想到，乔绵绵竟然什么都不想要。

墨夜司是头一次想要送女人礼物，却送不出去，这让他多多少少有些难以言喻的郁闷感。

"嗯，真的没有，我现在只想去医院看宸宸，陪陪他。"

墨夜司也看出来她是真的对那些包包、首饰不感兴趣了，便也没再提礼物的事情，点头说道："好，那我陪你去医院。"

等回头他再找人好好研究一下礼物的事情。

第六章

青梅竹马

乔绵绵在医院陪了乔宸两个小时，墨夜司也跟着她一起在医院里待了两个小时。

他们回到麓山别院时，已经晚上十点多了。

以黑、白两色为主的纯男性风格的卧室里，乔绵绵脸红红地看着刚换好了家居服从更衣室里走出来的男人，心跳得很快。

从她跟着墨夜司走进他的卧室起，她的心跳就没办法平稳下来了。

整个卧室里都是男人身上的气息，清冽、霸道又让人迷醉。

"你怎么还没去换衣服？是不知道你的衣服在哪儿吗？雷恩之前购置了不少衣物，都是给你准备的。"墨夜司换好衣服出来，见乔绵绵还穿着回来时的那一身衣服，走到她身旁牵起她的手，带她去更衣室，"他说不知道你喜不喜欢，正好你现在去看看，要是不喜欢就重新买，或者缺了什么跟他说一声，让他马上去添置。"

他掌心温热，肌肤相贴传来的温度却是滚烫的——乔绵绵被烫得想要将手缩回去，却又被他霸道地紧紧扣住。

他低头看她一眼，薄唇向上扬了扬，喉咙间溢出低低的笑声："躲什么？我还能吃了你？"

乔绵绵还真有点儿怕。

毕竟她记得他说过，他跟她结婚就没打算只做名义上的夫妻。

这可不就是他想要和她做真正的夫妻的意思吗？

如果他们是真正的夫妻，那她……就得尽一个妻子在某些方面该尽的义务吧。

想到这里，乔绵绵不由得紧张起来。

今天晚上……

她之前跟他回来的那一次全程都在睡觉，一觉睡醒天都亮了，也就不用面对和他独处时各种不自在的局面了。

但这次，在既没有喝醉，也没有睡着，完全清醒的状态下和他独处一室，她心里就有些慌了，不淡定了。

"你的衣物都在这里了，你先看看吧。需要我留下来帮忙吗？"墨夜司推开了更衣室的门，站在门口没进去，眼里带了几分揶揄地问道。

乔绵绵仿佛受了惊吓，红着脸将他的手甩开："不……不用了。"

帮忙？他想怎么帮忙？

乔绵绵发现墨夜司在她面前好像越来越不正经了。

偏偏这个男人还只在她面前不正经，在其他人面前都是能有多高冷就有多高冷。

所以，到底哪一面才是真实的他？

"确定不需要我帮忙？"墨夜司看着身前女孩儿的脸又红了，忍不住起了逗弄的心思，实实在在地"流氓"了一次。

要是这会儿有言少卿那群人在，见他这样逗弄一个小姑娘，估计会惊讶得一个个下巴落地了。

"不用！"乔绵绵被逗得有些恼了，乌黑的眸子里也带了几分恼意，咬着唇羞恼地瞪了男人一眼。

"那好吧。"墨夜司见她是真的恼了，收起了继续逗弄她的心思，眼里压着浅笑道，"我去洗个澡，有什么事情你再叫我。"

说完，他转身从更衣室里走出去，还很绅士地将门给关上了。

乔绵绵看着房门一点点合上，将男人修长挺拔的身影完全遮住后，伸手轻轻捂住胸口发烫的位置。

乔绵绵本来以为雷恩给她买的也就是几套可以换洗的衣服，但在拉开衣柜，看到每个柜子里都挂满了衣服，而且各种品牌新款应有尽有的时候，她震惊得一动不动地站在衣柜前，足足发了好几分钟的呆。

而且更衣室里并不是只挂着衣服，鞋子、包包、首饰什么的也是一应俱全，品牌、款式多到让乔绵绵觉得眼花缭乱。

也就是在这一刻，乔绵绵清晰地认识到她和墨夜司之间的差距有多大。

他们果真不是一个世界的人。

如果不是因为乔宸的病，如果不是因为她身上的那点儿特殊性对他有用，大概……他们这辈子都不会有什么机会碰到一起吧。

乔绵绵换好衣服出来，墨夜司还在洗澡，浴室时不时有"哗啦哗啦"的水流声传出来。

那水流声像是羽毛一样轻轻抚过乔绵绵的心口，她咬着嘴角朝浴室看了一眼。想到今晚和墨夜司要独处，她又开始心跳加快了，脸上也时不时地冒热气。

忽然，一阵手机铃声响了起来，打断了她的胡思乱想。

她愣了愣，朝声音发出的方向看去，发现是墨夜司的手机在响。

手机响了四五声后，打电话的人还没挂断。乔绵绵走过去拿起手机看了一眼，见上面显示着"言少卿"三个字。

她想起墨夜司和她说过，他有个朋友就姓言，应该就是这个叫言少卿的男人了。

云城有个言家，也是数一数二的名门。

手机还在响个不停，听着浴室传出的水流声，乔绵绵犹豫几秒，还是将电话接通了，那边立刻响起哀怨的声音："二哥，你不是说这次回来就带小嫂子过来和我们见个面吗？怎么人还没到啊？

"你说小嫂子胆子小，怕我们这些不学无术的兄弟吓到她，我们为了迎接小嫂子，可是连那几个美人儿都赶走了。你能想象一群男人干坐在那里喝酒有多枯燥、无聊吗？你可不要告诉我们，你不来了。"

乔绵绵僵了一会儿，开口："那个……我不是墨夜司，我是……"

"咦？"

乔绵绵一开口，立刻就引起了手机另一端的人的注意。

言少卿像是发现了什么新大陆，语气很是兴奋："小嫂子？！"

他这一声"小嫂子"喊得乔绵绵脸上发烫。她抿了抿唇，礼貌性地和对方打了声招呼："言先生，你好。"

"哇！"言少卿又激动地叫了一声，"真的是小嫂子？！哈哈哈，小嫂子，你好，你好，我叫言少卿，是和二哥一起穿开裆裤长大的好朋友。虽然我们不是亲兄弟，但胜似亲兄弟。总之，我和二哥关系非常好。"

乔绵绵抽了抽嘴角，"是……是吗？"

"是啊！"言少卿激动地说道，"二哥之前跟我说我有嫂子了，我还以为他是在骗我，没想到他居然真的有女人了！以后，我再也不能嘲笑他是万年'单身狗'了。"

乔绵绵："……"

"小嫂子，你都不知道，我们二哥是个怪咖！在你之前，他身边连个女人的影子都没有。从小到大，不知道多少女孩子对他芳心暗许，可他硬是对人家半点儿兴趣都没有。不但没兴趣，人家碰他一下，他就跟被强迫了一样，表现得特别抗拒。小嫂子，二哥在你旁边吗？我刚才跟你说的那些话，他没听到吧？"

乔绵绵看了一眼还关着门的浴室，估摸着墨夜司应该洗完了，便转身边朝浴室走边说："没有，他不在我身边。去洗澡了。"

"洗澡去了？"言少卿沉默了一瞬，然后发出一声暧昧的低笑，"这么早，二哥就去洗澡了吗？"

乔绵绵："……"

这位言家小先生是不是误会了什么？

言少卿笑得贱兮兮的："既然小嫂子和二哥还在忙，那我就不打扰你们了。你给二哥传个话，就说沈大小姐明天回国，早上十点半到云城，他有时间就去接一下。

"一会儿我把具体航班信息发给他。

"对了，明晚我们有个聚会，是给沈大小姐接风的。小嫂子你也一起来呗，我们兄弟几个都想见见你。"

乔绵绵被他这一声声"小嫂子"叫得脸上发热，很是不自在地应了一声："嗯，一会儿我会跟他说的。"

言少卿说完事便挂了电话。

这时，浴室里的水声停了。

刚挂断电话的手机再一次响了起来，乔绵绵以为又是言少卿打过来的，可低头一看，却见屏幕上显示着"沈柔"两个字。

之前在医院被陆饶"科普"过，所以对"沈柔"这两个字，乔绵绵也不算陌生了。

铃声响到第三遍，乔绵绵刚想敲浴室的门，就听到门咔的一声被打开了。

墨夜司穿着浴袍从里面走了出来。

男人穿着纯黑色的丝质浴袍，领口微敞，露出一片结实诱人的胸肌，湿漉漉的头发还滴着水，水珠顺着他高挺的鼻梁滑到性感的薄唇上……

这幅画面让乔绵绵看得眼睛都直了。

一直到墨夜司走到她身前，挑起她的下颌，眼神揶揄地看向她时，乔绵绵才猛然回过神来。

男人声音低沉，沙哑得撩人，说道："看够了吗？好看吗？"

乔绵绵满眼都是慌乱之色，脸也红得不行，将还在响的手机往墨夜司手里一塞，眼睛都不敢看他："那个……有人打电话给你，你不接电话吗？"

墨夜司像是才听到手机在响。

他勾着嘴角，慢慢收回目光，垂眸看了一眼屏幕上显示的名字，拿起手机后按了接通键。

手机里立即响起一个轻快的声音，带了几分娇嗔之意："阿司，你怎么这么久才接电话啊？你在干什么啊？"

墨夜司擦了擦头发，语气不冷不热地说："刚才在洗澡。有事？"

"没事就不能打电话给你吗？"女人像是有点儿不满，声音却有种撒娇的意味，并不是真的抱怨，"你这家伙，我不打电话给你，你就不知道主动打个电话给我吗？"

墨夜司看了一眼站在他身旁的乔绵绵，皱了皱眉头："既然你没什么事，那就挂了。"

"等等！"女人有点儿气急败坏地说道，"别挂，我还有事和你说。"

"什么事？"没等女人开口，墨夜司伸手将还红着脸且连正眼都不敢看他一下的乔绵绵揽入怀里，低头在她的脸颊上轻轻吻了一下，温柔地说道："绵绵，帮我吹一下头发。吹风机在浴室里，你去拿出来。"

乔绵绵眼睛睁得圆圆地看着他。

他……他刚才吻她了？

"嗯？怎么了？"墨夜司觉得她睁圆眼睛、脸红红的样子很可爱，忍不住在她的脸上捏了一把，嗓音低沉又温柔，"只是一个朋友打来的电话，你要是不放心，我可以开免提。"

乔绵绵："……"

她一点儿也不关心这通电话是谁打来的好吗？

"乖，去拿吹风机帮我吹头发。"墨夜司越发温柔了，低头又做出要吻她的姿势。

乔绵绵神色慌乱地将他推开，一只手按在颤动得厉害的心口上，转身就朝浴室快步走去："我……我去拿吹风机。"

墨夜司看着她落荒而逃般的慌乱脚步，眸底溢出浅笑，嘴角勾起一丝他自己都没察觉的宠溺笑意。

乔绵绵去浴室拿吹风机的时候，手机另一端的女人带着几分疑惑和几分惊讶的声音又传了过来："阿司，你刚才是在和谁说话？你身边……有女人？"

"嗯。"墨夜司找了个地方坐下来，"沈柔，我结婚了，刚才和我说话的人是我老婆。"

静默至少一分钟后，女人的声音才再次响起。

"阿司，你什么时候也变得这么爱开玩笑了？"

墨夜司愣了一下，轻轻蹙起眉头，用少有的认真和严肃语气说："不是开玩笑，我也不会拿这种事情开玩笑。"

对面的女人又足足沉默了一分钟。

"为什么这么突然？是不是伯父和伯母逼婚了，所以……"

"不是。"墨夜司沉声打断了她的话，"我不愿意做的事情，没有人可以强迫我。是我自己的选择。"

"那你喜欢她吗？"女人说话的声音带着少许颤意，"你不是不能和异性过于亲密接触吗？你的病好了吗？"

"她是例外。"墨夜司伸手揉了揉眉心，看着拿着吹风机从浴室里走出来的女孩儿，嘴角扬起一丝弧度，"她不一样，我可以接触她。"

"所以你是因为这个才和她结婚的？"

"是，但也不全是。"

"阿司……婚姻不是儿戏，你不应该这么随便就……"

"好了。"女人的劝慰话语让墨夜司的眉眼间流露出一丝不耐烦之色，他的语气冷了两分，"我自己的事情，我知道该怎么做。你还有什么事？"

那边的女人又沉默了几秒，再开口时，女人声音变得有些干涩："我明天回国，上午十点半到云城，你能来接我吗？"

乔绵绵拿着吹风机走到墨夜司身旁。

她刚插上电，就被男人伸手扯入怀里。

她被他按着坐到了他的腿上。

男人有力的手臂缠到她的腰上，在她腰间的软肉上捏了捏，才又对着手机另一端的女人说道："明天上午有个重要会议，我让少卿和老四去接你。"

"什么会议那么重要啊？你就不能让你的助理代你开会吗？"女人不满地抱怨道。

"沈柔，你不是小孩子了，别任性。"

"哼，如果是你老婆回国，你也不去接她吗？"

老婆？

墨夜司低头看了一眼怀里小脸又变得红通通的娇软女孩儿，扬了扬唇，声音不由得就放柔了两分："当然不是。如果是她，我会放下所有事情去接她。"

过了几秒，女人再次开口，似乎带了点儿较劲的意思："阿司，她就那么好吗？"

墨夜司："嗯。"

"好，你不来接我也没什么，晚上的接风宴总有时间来吧？带上你的新婚妻子一起来？我们当初可是说好的，谁有了另一半，就带出来让大家认识认识。"

"我问问她。"墨夜司将手机拿开了一点儿，摸了摸怀里的女孩儿的脑袋，低声问："沈柔回国，少卿他们给她弄了个接风宴，就在明晚。你跟我一起去吗？他们说想见见你。"

明晚乔绵绵倒是有空的。

她想了想，说："我去方便吗？会不会影响到你们？"

"没有什么不方便的。他们都是我结交多年的朋友，听说我结婚了，对你很好奇，一直嚷着想见你。绵绵，你嫁给了我，不但要尝试着接受我，也得尝试着慢慢融入我的生活圈子。我想早点儿把你介绍给我的朋友。"

墨夜司这话的意思，他就还是希望她去的。

乔绵绵思考了几秒，轻轻点了点头："那好吧，我去。"

乔绵绵其实并不是很想去。

她一直想着，她和墨夜司肯定很快就会离婚，所以两个人之间的牵扯越少越好，故而并不是很想去认识他的那些朋友。

至于融入他的生活圈子，她更没想过。

但她怕她拒绝的话，他会生气。

他都说了他的那些朋友想见她，如果她不去的话，那岂不是扫他的面子吗？

所以思来想去，乔绵绵还是答应了下来。

反正有他陪着自己一起，她也就是去吃顿饭，应该也没什么的。

见她点头，男人勾了勾嘴角，又在她的头顶上轻轻揉了一下，然后回复手机另一端的女人："明晚我会带她去。到时候你们都收敛点儿，她胆子小，你们不要吓到她了。没什么其他的事情，那就这样吧，挂了。"

说完，墨夜司挂了电话。

他将手机丢到一旁，双手搂抱着怀里气息香甜的女孩儿，线条冷硬的下颌搁在她的头顶上蹭了蹭："沈柔性子比较安静，表面看着有些冷，但其实是个很好相处的人。至于少卿和宫四，他们平时都玩儿得比较开，名声不算好。

"少卿就是个活宝——有他在永远不用担心气氛不够好。宫四嘛……脾气不是很好，有点儿怪癖，你要是看不顺眼可以直接无视他。

"总之，你是我带去的人，还是我老婆，不管他们是什么样的人，在你面前都是不敢放肆的。这点你可以放宽心。"

墨夜司这是在给乔绵绵打预防针。

那几个小兔崽子，的确不是什么好人。

他是清楚他们的德行的，但自己怀里这只小绵羊可不知道。

乔绵绵乖乖地听着，听完又乖乖地点了点头："嗯，我知道了。明晚我就跟在你身边，哪里都不去，这样可以吗？"

墨夜司捏着她的下颌，低头在她的唇上啄了一口："乖女孩儿。"

地球另一端，圣彼得城，沈柔捏着手机，眉头紧皱。

她从通讯录里翻出言少卿的电话，拨了他的手机号码。

电话响了两声后，言少卿懒洋洋的声音传了过来："沈大小姐，怎么又给我打电话了，就这么想我？我知道你对我的思念之情如滔滔江水延绵不绝，想我已经想到无法自拔。不过再怎么想我，你也暂时忍忍吧，明天咱们就可以见上了。你要是实在想我想得紧，我先跟你视频通话，让你见见我？"

沈柔听着这吊儿郎当的声音，眉头皱得更紧，没好气儿地说："我想你个头！言少卿，我现在没心情和你扯这些。我问你件事情，你要老实交代。"

"这么严肃的吗？"言少卿还是笑嘻嘻的，"什么事情哪？"

沈柔咬紧唇，犹豫几秒后，才开口问道："阿司结婚这件事，你知不知道？"

"你说这件事？"言少卿似乎愣了一下，语气正经了点儿，"他告诉你了？"

"嗯。"沈柔眨了眨眼，眼里闪过一丝晦涩神色，"虽然是他亲口说的，可我还是不相信这是真的。你也知道他对女人是什么样的态度，他怎么会忽然就结婚了呢？他对自己的婚姻不可能这么随便。"

言少卿听她说完，沉默了一会儿后，说："这件事具体是什么情况，我还没弄清楚，不过结婚这件事肯定是真的。你了解二哥的，他不会拿这种事情乱开玩笑。听声音小嫂子挺年轻的，也挺软萌的。二哥说她还是个学生，人很单纯。至于别的，我就不了解了。"

"学生？"沈柔怔了怔。

"嗯，学生。"

"阿司疯了吗？"沈柔深吸一口气，脸色变得有点儿难看，"他竟然找了一个学生？墨姨和墨叔叔知道这件事情吗？"

"这就不清楚了，不过我觉得阿司结婚这件事，他们应该是不知情的。"

"他真的疯了吗？"沈柔气道，"结婚这么大的事情，他竟然瞒着家里所有的人。"

"柔柔，"言少卿的语气忽然变得正经起来，"阿司不像我们，他是一个对自己的人生走向规划得非常清楚的人，做任何事情都不会冲动而为，更不会随便下决定。我相信他这么做，肯定有他自己的考虑。还有……"

言少卿沉默了几秒，才再度开口说道："我能感觉到阿司很在乎那个女人，所以明晚如果见到了她，不管你喜不喜欢她，都不要当着阿司的面表现出来。"

沈柔收紧手指，抿紧唇没说话。

言少卿轻轻叹了一口气："我早就说过，如果你真的对阿司有意思，就早点儿告诉他。现在……他已经结婚了。唉，你说你到底在想什么呢？"

听着言少卿那一声叹息，沈柔心口像是被什么割了一下。

她眼里蒙上了一层水雾，咬紧唇，一句话也说不出来。

是不是一切都已经迟了？

她喜欢了他这么多年。

从看见他的第一眼起，她就喜欢上他了。

她有多喜欢他，就有多害怕失去他。

她害怕她的表白会弄得他们连朋友都没的做。

可现在……她好像彻底失去对他表白的机会了，也彻底……失去了她的爱情。

乔绵绵看着迈着大长腿朝床边走去的男人，心脏狂跳，手脚仿佛都僵住了一般，站在原地没法儿挪动。

刚才墨夜司跟她说时间不早了，该休息了。

晚上十一点，时间确实不早，换在平时，这个时候乔绵绵也早就睡了。

可是……

她咬着嘴角，长长的睫毛颤动了几下，再次抬眸看向那个双腿随意交叠着躺在大床一侧的俊美男人，这会儿不仅觉得心跳特别快，连呼吸似乎都有些乱了。

她今晚要和墨夜司躺在同一张大床上吗？

虽然之前他们已经同床共枕过一次了，可那次跟这次完全不一样……

光是两个人待在一个房间里，她就觉得自己快要喘不过气来了，要是他们再躺在同一张大床上……

"绵绵，你不困吗？还站在那里干什么？过来。"墨夜司低沉磁性的声音格外撩人，他伸手拍了拍身侧的位置，又朝着乔绵绵勾了勾手指。

他那个勾手指的动作让乔绵绵一阵心慌意乱。她紧张得揪着自己的衣服下摆，站着没动，眼神飘来飘去，就是没敢看墨夜司："那个……我觉得……我还是去睡沙发吧。"

墨夜司目光沉沉地看了她几秒，性感的薄唇勾了起来："睡沙发？乔绵绵，你觉得我是一个会让自己的妻子去睡沙发的男人？"

"不……不是。"乔绵绵的手指缠在了一起，"不是你让我去睡的，是我自己要去睡的。"

"所以你是准备在我们新婚宴尔期间就跟我分床睡？你是对我有什么不满吗？"

"不……不是。"乔绵绵马上否认道，"我对你没有什么不满，我就是……"

"那你为什么要去睡沙发？"

"我……"

看着女孩儿一张小脸红得快要滴血，连耳根也泛红了，墨夜司忽然想到什么，好笑道："你担心我会对你做什么？乔绵绵，虽然我说过要和你做真正的夫妻，但有些事情在你不是心甘情愿的情况下，我不会强迫你。"

乔绵绵抿着唇没说话。

她是担心过这个问题，不过没好意思说出口。

墨夜司这会儿主动提出来，倒是让她安心了不少。

虽然她想过墨夜司会有这方面的要求，也做好了心理准备——如果他真的提出来，她不会拒绝。可如果他这会儿真的提出来了，乔绵绵又会觉得她还没准备好，无法接受了。

好在，她担心的事情并没有发生。

墨夜司在某些方面还是一个正人君子的。

"这下你总该放心了？还愣着干什么？过来。再不过来，我就去抱你过来了。"墨夜司再次朝她勾了勾手指，语气里多了两分强势。

乔绵绵深知墨夜司绝对是说到做到的性格，赶紧挪着小碎步朝他走了过去。

走到床边，她低头看了一眼黑色浴袍微敞到露出一片结实胸肌的俊美男人，目光控制不住地就在他的胸口上多停留了几秒。

"性感"这个词多用在女人身上，可此时此刻，乔绵绵才知道原来男人性感起来也是很要命的。

她以前总笑姜洛离花痴，却没想过她也会有犯花痴的一天。

"那个……这张床挺大的。"乔绵绵抿了抿唇，感觉喉咙有些干涩。

她深吸一口气，咽了咽唾沫，几乎是拿出了全部毅力，才让自己移开了目光。

"我觉得我们一人睡一边就可以了，或者我睡床头你睡……"

她还没说完，腰间就缠上了一只结实有力的手臂，揽着她撞到一个结实滚烫的怀抱里。

大床的另一边瞬间就往下陷进去一些。

乔绵绵感觉到一股清冽的气息扑入鼻间。

墨夜司将人牢牢地抱在怀里，另一只手拉了被子盖在两个人身上。

怀里的女孩儿似乎被吓到了，挣扎了一下，细细弱弱到小奶猫般的软糯嗓音里都带上了一丝慌张之意："墨夜司，你放我……"

"别动。"墨夜司深吸一口气，搂在她腰上的手臂紧了紧，沙哑低沉的声音显得克制和隐忍，"我只是想抱着你睡，不做别的。不过你要是继续在我怀里扭来扭去，我可就忍不住了。"

忍……忍不住？

乔绵绵忽然感觉到了什么，脸瞬间飞红，被吓得立刻就缩在他怀里不敢再动弹了。

乔绵绵本以为身边多出一个人会不习惯，会睡不着，可实际上，她入睡得很快。

熄了灯，四周一片安静，黑暗中，彼此的呼吸声很清晰。

她躺在床上，听着身侧响起的另一道呼吸声，不但不觉得不习惯，反而觉得很安心。

她比平时任何时候都觉得更有安全感。

男人一个轻柔的吻，不带任何欲望，轻轻落到她的额头上。

墨夜司紧了紧手臂，闻着少女发间的淡雅幽香，缓缓闭上眼，嗓音低哑地说道："睡吧。"

怀里的女孩儿身上的气息让他整个人都彻底放松下来。

以前每次入睡前，他都觉得特别焦虑、心浮气躁，大脑里的每根神经都会绷得紧紧的，每一晚的入睡过程都像是在和体内的另一个自己打架。

不管输赢，他最终都会被拖入那个黑暗的世界里。

那是一个看不到任何光明的世界，入眼的只有一望无际的黑暗。

每次醒来，从那个黑暗的世界里回到现实，他都觉得特别疲惫，身心都很疲惫。

他不是没找医生看过——国内国外，全世界最好的心理医生都给他治疗过了，他却依然无法摆脱那个困扰了他二十多年的梦魇。

到后来，他也认命了，做好被困扰一辈子的打算了。

而乔绵绵就是在这个时候出现的。

她对他来说是意外，也是惊喜，更是沉溺水中的人好不容易寻到的一块浮木。

她是他的救星……

如果没遇到她，他这辈子也就得过且过了。

可是既然她已经出现在他的生命里，让他发现了她，这辈子无论如何，他都不可能放手了。

第二天，乔绵绵醒过来时，身旁的位置空空的。

她揉着眼睛坐起来，拿起手机看了一下，看到墨夜司给她发了几条信息。

墨夜司："我去公司了，看你睡得那么香，不舍得叫醒你。"

墨夜司："晚上和少卿他们一起吃饭，我下班后接你过去。"

墨夜司："别太贪睡了，早饭一定要吃。"

一连看完三条信息，乔绵绵心里生出一丝异样的感觉，再想到两个人昨晚搂着睡了一夜，心情就更是微妙了。

她总觉得，有些事情好像开始不受她控制了。

乔绵绵洗漱好下了楼。

雷恩见了她，上前恭敬地说道："太太，先生去上班了，一早吩咐我，太太若是醒来，一定得盯着您把早饭吃了。"

乔绵绵："……"

她又不是小孩子，墨夜司竟然还叫人盯着她吃早饭。

"太太是要现在用早餐吗？我马上吩咐厨房准备。"

"嗯。"

"好的，太太请稍等。"

雷恩叫了一个女佣过来，让女佣去通知厨房的人准备好早餐。

等乔绵绵走到饭厅时，桌上已经摆好了丰盛的早餐，中餐、西餐都有。

只有她一个人吃饭，却摆了满满一桌东西，她看着都觉得浪费。

墨夜司让雷恩盯着她吃完早饭，雷恩就真的站在一旁盯着。一直到乔绵绵吃完了，他才从饭厅走了出去。

乔绵绵的心情有点儿难以言喻。

她还是第一次被人全程盯着吃完一顿饭，弄得平时能吃两碗饭的胃今天早上就只吃了一碗。

毕竟吃饭都被人一直盯着，多少有些影响食欲，再美味的食物乔绵绵也有点儿吃不下了。

吃完饭，乔绵绵就想去医院陪乔宸。

她刚准备给乔宸打个电话，问问他有没有什么想吃的东西给他带去，手机忽地振动起来。

乔绵绵垂眸看了一眼屏幕，看到是乔家那边打过来的电话，脸色微微一变，过了几秒后才接起电话。

"大小姐，"她刚接通电话，陈妈带着哭腔的声音就传了过来，"你快回来啊。"

乔绵绵的心瞬间就提了起来，她问道："发生什么事了？"

"今天……今天二小姐说夫人的房间的采光好，又靠着小花园，空气也很好，她想搬到夫人的房间里去住。"

乔绵绵的脸色一下子就沉了下来："爸知道这件事情吗？他是怎么说的？"

陈妈哭哭啼啼地说道："老爷一开始也是反对的，可是二小姐说她怀了孩子，有个算命先生说她现在住的卧室风水不好，对肚子里的孩子不利，她必须得住到夫人的那间卧室里，才能平平安安地把孩子生下来。

"加上苏先生也帮着二小姐说话，老爷哪里敢得罪他，所以就……就答应了。

"这会儿二小姐正在让人给她收拾东西，说是今天就要搬进去呢。大小姐，你快点儿回来吧，那可是夫人的房间哪。老爷明明答应过夫人和你，夫人去世后，房间必须保持原样，除了大小姐，谁也不许住进那个房间的。

"这件事，二小姐和珍夫人都是知道的。她们这么做，未免也太欺负人了吧。"

乔绵绵挂了电话，脸色极为难看。

乔安心抢走苏泽，反正渣男不值得她留恋，她认了。

可乔安心想要再抢走母亲的房间，乔绵绵绝对不会容忍！

乔绵绵叫来了雷恩："我现在要出去一趟，能马上给我安排一辆车吗？"

雷恩恭敬地回道："当然可以。太太请稍等，我马上去安排。"

回乔家的路上，乔绵绵想了想，拿出手机给墨夜司打了个电话。

自从上次与乔父和林慧珍大吵了一架后，她就好久没回去过了。

以前她一周还回一次家的时候，乔家就已经是林慧珍母女俩的家了，加上乔父，那就是其乐融融的一家三口，都没她什么事情。

这次距离上次她回家已经有整整两个月了，只怕乔家更没她的位置了。

除了陈妈，其他人都是林慧珍母女俩的人了。

她就这么一个人回去，寡不敌众，显然是会吃亏的，也阻止不了什么事。

既然自己现在有了个厉害的老公，该让他撑腰的时候，她哪怕厚着脸皮也得让他帮忙撑腰。

她才不会傻到一个人去战斗！

电话只响了一声，那边的人就接通了。

"怎么想起给我打电话了？想我了？"男人低沉、沙哑、撩人的声音透过手机的听筒传入她的耳里，磁性十足。

"墨夜司，你现在忙吗？"乔绵绵将车窗打开，深吸一口气后，一鼓作气地说道，"抱歉，我又要给你找麻烦了，但是这次我真的很需要你的帮助。"

男人回话的声音里并没有任何不耐烦的意思，反而有些担忧："你现在在哪里，遇到什么麻烦了？"

看着车窗外飞驰而过的建筑物，乔绵绵犹豫几秒后说："我现在要回乔家一趟，可能会遇到一些麻烦，所以我想从你那里借点儿人，也不需要太多人，两三个就可以了。"

墨夜司都没问她究竟是什么事情，就答应了她："好，我马上安排人过去。不过，你确定你现在很安全？需要我过去吗？"

听出了他言语间的关心和担忧之意，乔绵绵心口顿时暖暖的，连着心里那股郁结的怒火都消散了不少。

她的嘴角轻轻上扬："我很安全，不用担心。你忙你的工作吧，不用管我。我可以自己处理好那些事情的。"

"好，别逞强就行。如果问题解决不了，你就打电话给我，我过去帮你解决。乔绵绵，你记住你现在不再是一个人了，你还有我。不管遇到什么事情，我都会和你一起面对。"

"你现在的身份是墨太太，没有任何人可以让你受委屈。谁敢有这个胆子，你就用你现在的身份好好教训他们。"

乔绵绵握紧了手机，心口又滑过一股暖流。

她眼里涌上了一丝湿意，点头说道："嗯！我知道了！"

这一刻她忽然就觉得这桩原本不在她的人生计划中的"意外婚姻"，比预想中的情况要好上太多太多了；这个原本也不在她的人生计划中的"意外老公"，也比预想中好上太多太多了。

乔绵绵觉得，有个可以无条件帮着她的老公也挺好的。

或许，她可以尝试着去接受这一段婚姻，接受他？

一个小时后，乔家别墅大门外。

乔家没有式微前，勉勉强强也算得上富裕，至少乔绵绵在 15 岁以前，过的都还是优越生活。

现在乔家虽然落魄了，远远不如从前，可瘦死的骆驼也还是比马大的。

如今的乔家人依旧住着别墅、开着豪车、养着一大堆用人。乔如海是个极为好面子的人，哪怕负债累累，也是不肯降低生活标准的。

乔绵绵刚下车，就看到了陈妈。

"大小姐，你终于回来了。"陈妈一见她就眼泪汪汪的，上前拉住她的手哭诉道，"你快进去看看吧，二小姐和珍夫人正在让人把夫人的东西挪出来呢。我只是乔家的一个用人，没办法阻止她们。你是夫人的亲生女儿，又是乔家的大小姐，只有你去阻止，她们或许还能听一听。"

乔绵绵听了陈妈的这些话，嘴角露出一丝苦笑。

陈妈还是太天真了。

如今的乔家，哪里还有她乔绵绵的位置呢？

她这个所谓的大小姐，连使唤下面的用人都困难，乔安心母女俩哪里会把她的话当回事呢？

尤其是乔安心如今可是当红的一线小花，成了乔家最赚钱的人，就连乔父也是要捧着她的。

但不管怎么样，乔绵绵都不可能让别人住进乔母的房间里。

这是她的底线。

刚走进大厅，乔绵绵就听到了楼上的动静。

她抬头看去，就见几个搬运工人正将一个梳妆台往外搬。

等看清那是乔母生前所用的梳妆台后，她瞬间气血上涌，抬腿就朝楼上跑去。

第七章

他的维护

乔绵绵一回来，就有用人去向乔安心和林慧珍汇报了。

"那个赔钱货回来了？"林慧珍一听到乔绵绵的名字，脸上就露出嫌弃之色，"肯定是陈妈那个老东西给她通风报信了。哼，赔钱货回来得还挺快，现在连自己的亲爹都不在乎了，对她那个死妈倒是挺在乎的。"

站在她身旁的乔安心讥讽道："死都死了，再在乎也是白搭。"

林慧珍皱了一下眉头："这死丫头肯定是回来阻止我们的。她妈都死了那么多年了，还霸占着位置这么好的房间不许别人进去住，老爷竟然还答应了。真不知道他是怎么想的。"

乔安心又笑了笑，声音却淡淡的、冷冷的："不管怎么说，苏姨是他的结发妻子，他可能是念着旧情吧，不过他再怎么念旧情，现在不也是答应我们将房间腾出来了吗？

"妈，她一个死人争得过我们活着的人吗？连她活着的女儿也争不过我，更何况她一个死人！我就是要让乔绵绵看到，她所有在乎的东西，我想抢就抢！她没资格，也没那个能力争得过我！

"她喜欢的男人，她妈生前住的卧室，还有她乔家大小姐的身份，这所有的一切都将属于我！"

一旁的女佣听着她们母女俩的对话，脸上并无任何惊讶的表情。

如今的乔宅里，全是她们母女俩的人了。

但凡还忠于乔母和乔绵绵的人，都被她们辞退了。

陈妈之所以能留下，是因为她是乔父的一个远房亲戚，在乔父小的时候还带过他几年。

乔父记挂着旧情，是不可能把她辞退的。

"我女儿这么优秀，当然配得上一切最好的东西。"林慧珍表情骄傲地说道，"你这不叫抢，只是拿回应该属于自己的东西而已。

"要不是因为那一纸婚约，苏家哪里看得上她乔绵绵？你和苏泽才是郎才女貌，天生一对。如今你们也算是修成正果了，你又怀了他的孩子，是时候挑个时间让两家人见见面，把你们的婚事好好说一说了。"

听到"怀了他的孩子"这几个字，乔安心眼底极快地闪过一丝异色。

她低头看了一眼还很平坦的小腹，一只手轻轻覆盖上去，垂下眼眸掩去眼里的异常情绪。

"夫人、二小姐，大小姐回来了。"母女俩说话间，女佣看到满面怒色地朝楼上跑来的乔绵绵，忙出声提醒道。

前一秒林慧珍脸上还带着笑，转头看到乔绵绵时，脸上的笑容顿时消失得干干净净。

"哟，我当是谁呢，原来是咱们的乔家大小姐呀。你可算是想起自己还有一个家，舍得回来一趟了。"林慧珍一开口便阴阳怪气地讽刺起来。

乔绵绵走到两个人身前，停下了脚步。

她无视林慧珍的刻薄讽刺话语，眼神冰冷地看向站在一旁的乔安心："乔安心，我确实低估了你不要脸的能力。抢走了苏泽还不够，你现在还想抢走我妈的房间吗？"

乔安心瞥见站在楼梯口的乔如海，眨了眨眼，脸上露出委屈的表情："姐姐，你对我是不是有什么误会？我从来就没想过介入你和阿泽哥哥之间的感情。你们会分手，还不是你一手造成的？阿泽哥哥说你老是去外面拍戏，他和你一个月也就能见上三四次，你的心思完全不在他身上。他是忍受不了继续和你这样相处下去，才跟你分手的。

"我能理解你失恋的痛苦，但是你有没有想过，你和阿泽哥哥认识那么多年了，都已经到谈婚论嫁这一步了，为什么他还是跟你分手了？

"姐姐，不爱了就是不爱了，你要认清现实。"

乔安心表面一副柔弱无辜的样子，眼里却带了几分挑衅的笑意。

这时，有一个搬运工人又将一件家具从乔母的房间里抬了出来。

乔绵绵转过头一看，脸色瞬间就沉了下来。

那是乔母生前最喜欢的一件屏风。

"你们给我住手！"乔绵绵冲到搬运工人身前，咬牙克制住想要动手的冲动，"把这件屏风放回去。没有我的允许，谁都不许再动这个房间里的东西！"

搬运工人愣了愣，为难地看向林慧珍和乔安心："林夫人，这……"

"别听她的。"林慧珍冷笑，"她一个长期住校不在家的人，有什么资格决定这个家的事情？这家里，我说了算！你们给我继续搬！"

"你们敢？！"乔绵绵拦在门口，眼神极冷地说道，"这是我妈的房间，除了她自己，谁也没资格动这房间里的东西一下。"

"呵。"林慧珍鄙夷地看向她，不屑地说道，"现在的房主是我和你爸，别说是搬个卧室里的东西了，这里的所有东西我都有权决定该怎么处理。而且你爸也同意了让安心搬进去住，你要是不满，就去找你爸说。"

说完，林慧珍就挥手朝那个搬运工人说道："你们继续。"

得到了她的允许，搬运工人伸手将乔绵绵推开，抬着屏风继续朝外走去。

乔绵绵抓住搬运工人的手臂，强硬地说道："站住，你们不许把我妈的东西搬出去！"

她刚才给墨夜司打了电话，也不知道他的人到底什么时候才能到。

此时此刻，乔绵绵很庆幸她之前打了那个电话。如果就只是她一个人回来，结果可想而知。

"乔绵绵，你未免也太任性了吧。"林慧珍表情厌恶地说道，"安心怀了阿泽的孩子。算命先生说了，她要住进这个房间里才能平平安安地生下孩子，否则就会有滑胎的危险。

"她可是你妹妹，就算不是一个妈生下来的，也跟你有血缘关系吧。你一次两次地拦着，是想害她肚子里的孩子流产吗？"

乔绵绵怒视着林慧珍："她流产跟我有什么关系？靠不正当手段怀上的孩子，

不要也罢！"

话音刚落下，乔绵绵就听到一阵暴怒的呵斥声——

"绵绵，你太过分了！你怎么可以这样诅咒你妹妹？！"

乔如海从楼梯口走上来，沉着脸，满脸失望和愤怒的神色，说："就算你们大人之间有什么矛盾，可那个孩子是无辜的。那可是你的亲侄子，诅咒一个刚满两个月的胎儿，是不是太狠心了？

"我原以为你离开家里这么久了，也该认识到自己的错误了，没想到你居然一点儿都没改，比起以前还变本加厉了。你现在怎么变成这样了？"

乔如海仿佛极为生气，说着说着咳了起来，一只手按到胸口上，一副喘不过气来的样子。

"老爷，你消消气。"林慧珍马上伸手给他拍打后背，一边拍，一边劝道，"你的病才稍微好一点儿，你可一定得注意着身体呀。你要是气坏了身体，我和安心会心疼的。"

"是呀，爸，你一定得好好养着身体，不然我和妈会担心你的。"

乔如海看着上前关心他的母女俩，再看看表情冷漠的乔绵绵，气得冷笑出声："还好我身边有你和安心，除了你们，还有谁会关心我？看来我这是养了一只白眼儿狼，早知道是个喂不熟的，还不如趁早送人。狗都知道报答主人的恩情，这从小疼到大的女儿还不如动物懂事！"

乔安心听得暗爽不已，面上却好言相劝道："爸，你别生气。其实姐姐也是关心你的，只是不善于表达罢了。你看，她这不是回来看你了吗？"

乔安心刚才是看到乔父后，故意说那些话刺激乔绵绵的，为的就是让乔绵绵发火。

乔绵绵表现得越强势，越不懂事，就越能衬托得她懂事、乖巧。

乔安心当然知道，乔父疼了乔绵绵这么多年，父女之间的感情不是她一朝一夕可以完全破坏掉的。

但只要乔父对乔绵绵的厌恶情绪每次增加一点儿，时间久了，乔父就会彻底厌恶和失望了。

到那时候，乔父也就不会再记挂着什么父女之情了。

她这样一劝，乔如海五分的怒意都变成了八分："她这哪里是回来看我的？！我看她眼里除了她妈，是谁都没有的。"

"可不是，"林慧珍也冷笑着说道，"老爷，我看你这女儿是白疼了。你一直拿她当心肝宝贝疼着，可是她呢？她眼里有你这个当爹的吗？

"前段时间你生病了，我打电话给她让她回家一趟，她回来了吗？当时安心可还在到处赶通告，一听说你病了，不是第二天就从国外飞回来看你了？

"这两个女儿谁才是真心对你好的，你自己琢磨琢磨吧。"

乔如海的脸色本来就不怎么好，听林慧珍提起这件事情，脸色又阴沉了两分，他看向乔绵绵时，眼里的失望之色也浓了几分："你整整两个月都没回家了，一回家就要弄得这个家鸡犬不宁吗？"

乔绵绵早就知道这个家没她的位置了，也早就知道，现在的乔如海不是昔日的乔如海。

现在的他心里只有乔安心母女俩。

她们才是他的妻子和女儿，才是他的家人。

而她……只是一个不懂知恩图报的白眼儿狼。

可尽管如此，心还是被刺痛了一下，她还是不可避免地感到难过。

这一刻，她深切又真实地体会到，这个家是真的没有她的位置了。

她姓乔，可是乔家的人没有谁会将她当回事了，包括曾经最疼爱她的乔父。

乔如海的话语中充满了指责和嫌弃的意思，就好像她是个瘟神，一回家这个家就会鸡犬不宁。

乔绵绵看了看表情得意的乔安心和林慧珍，再看向乔父时，嘴角讥讽地勾了起来："原来我竟然有这么大的本事，可以弄得这个家鸡犬不宁。看来我的存在还真是一个错误。我就不该回来打扰你们幸福的一家三口。"

"乔绵绵！"乔如海眉头紧皱，"你这是说的什么混账话？！"

乔绵绵又勾了勾嘴角，笑得更加嘲讽："我说得不对吗？我一回来，这个家就鸡犬不宁了——我的确是不该回来呀。不过你们以为我愿意回来，喜欢回来吗？"

她说着说着，语气渐渐冷了下来，冰冷的目光看向一旁的乔安心和林慧珍，"要不是有人打妈的房间的主意，这个家，我还真没什么兴趣回来。

"爸，我不管你是怎么答应她们的，我是绝对不允许乔安心搬进去住的！

"妈的房间必须保持原样，谁也不许搬进去住，这是你亲口答应她的！你现在是要反悔吗？"

乔如海脸色猛然一变，比之前还要难看。

他有些恼羞成怒："安心这是特殊情况！她也就住一年的时间，等孩子生下来就会搬回去。你妈生前就是个善解人意的女人——如果她还在，肯定也能理解我的做法。倒是你，绵绵，你什么时候变得这么咄咄逼人了？安心不是外人，是你的亲妹妹！"

"呵。"乔绵绵觉得可笑极了，"我妈再善解人意，想必也不愿意将房间腾给一个'小三'的女儿。至于亲妹妹……"

她冷眼看向乔安心，一字一顿地说道："我可没有这种当'小三'破坏自己的亲姐姐的感情的妹妹。"

"啪"的一声，乔绵绵刚说完，脸上就挨了一巴掌。

乔如海这一巴掌力道很大，直接将她打得头偏向了一边，唇齿间也有血腥味弥漫出来，她被打得耳朵嗡嗡作响，出现了短时间的耳鸣症状，脸上更是迅速浮现五根鲜红的手指印。

她白嫩的脸颊瞬间就肿了起来。

乔如海还觉得不够解气，指着她的鼻子痛骂道："你这个逆女！你林姨可是你的长辈，是你的后母，你居然说出这么大逆不道的话来！我乔如海怎么就养出个这么没心没肺的女儿？！"

乔如海这一巴掌打下去，林慧珍和乔安心都蒙了好几秒。

两个人都没想到乔父竟然会动手。

毕竟他对乔绵绵还是很疼爱的。乔绵绵从小到大都没被他打过。

这应该还是乔如海第一次动手。

愣怔片刻后，乔安心脸上露出了痛快不已的笑容。

看到乔绵绵被打，她心里要多痛快就有多痛快。

乔如海这一巴掌直接把乔绵绵打蒙了。

好几秒后，她才回过神来。

耳边还在嗡嗡作响，眼前还有金星浮动，她捂着已经肿起来的半边脸慢慢转过头来，眼里一开始是难以置信和受伤的神色，过了一会儿，全转为冰冷的嘲讽和冷漠之色。

乔父打了那一巴掌下去后，是有几分后悔的。

他刚才也是气昏了头，等打完后，脑子就清醒了很多。

乔绵绵从小到大，他都没有打过她。

虽然现在有了林慧珍母女俩，他对这个女儿不如从前那样疼爱，但这么多年的父女感情也不是说没就没的。

乔如海心里刚生出几分懊恼情绪，在对上乔绵绵那双冷漠的乌黑眼眸时，才平息下去一点儿的怒火又被激了起来。

"逆女！"他气得指着乔绵绵的鼻子又骂了起来，"你那是什么表情？你还觉得我委屈了你不成？对长辈连最基本的尊重都没有，你没家教成这样，真是丢我乔家的脸！你看看你妹妹，再看看你自己！你这个姐姐当得简直失败！"

"爸，你消消气，消消气！"乔安心站在乔如海身后，眼里全是得意和挑衅之色。

她走上前伸手扶住乔如海，装出乖巧懂事的模样，轻声细语道："医生说了让你好好养身体的，你要是再把自己气坏了，可怎么办哪？"

"姐姐，你也真是的。"她皱了皱眉，抬起头，轻声指责道，"明知道爸身体不好，不能生太大气，还这样气他！你就不能少说两句吗？

"你非得让他再气出什么毛病来才甘心吗？"

"我知道你现在心情不好，你骂我打我都没关系，可是你不要再让爸生气了。姐姐，算我求你了，你就不要再闹了好不好？"

"还是我们家安心懂事呀。"林慧珍意有所指地对乔如海说道，"老爷，这可都是你的女儿。谁对你才是真心真意的，你心里应该清楚了吧？"

乔如海欣慰地看了乔安心一眼，目光再转向乔绵绵时，只剩失望和厌恶："你一回来，这个家就乌烟瘴气的，以后你还是少回来比较好。

"你林姨和安心大度，不跟你计较刚才的事情，我也懒得再说你什么。行了，你走吧，我现在不想看到你。"

乔绵绵捂着脸，面无表情地看向站在她对面的三个人。

对面是其乐融融的一家三口，他们才是真正的一家人，而她不过是多余的。

这个画面还真是讽刺极了。

她早就应该清楚，这里早已经不是她的家了。

其实她一直都是清楚的，只是这次感受比任何时候都要深刻而已。

"姐姐，你先回学校吧。"乔安心像是为她好，"爸现在正在气头上，说的都是气话，你也别太较真儿了。等他消了气，你还是可以回……"

"乔安心，你给我闭嘴！收起你那副虚伪的嘴脸，看了就让人恶心反胃。"

乔绵绵看着她那副故作乖巧懂事的模样，被恶心到不行。

"姐姐，你……"乔安心马上装出受伤的表情，眼睛一眨，眼圈瞬间就红了。

"老爷，你看看她都成什么样了？当着你的面，她都能把我们母女欺负成这样，你不在的时候，她还不知道要张狂成什么样呢！

"你现在总相信我之前和你说的那些事情了吧？我和安心刚搬过来那几年，可没少受她欺负。你再不好好管管你这个女儿，只怕她连你也不会放在眼里了。"林慧珍伸手在眼角擦了擦，表现出一副颇为委屈心酸的样子。

乔父气得脸色铁青："你林姨说的都是真的？你以前欺负她和安心了？"

人一旦失望到一定程度，也就不会再感到失望了。

同理，人一旦伤心难过到一定程度，也就不会再觉得难过和伤心了。

乔绵绵轻轻扯了一下嘴角："爸，你何必再多问这一句呢？你心里其实已经相信她的话了，不是吗？既然这样，那你就当我做过那些事情吧。"

乔绵绵想想，还真觉得讽刺极了。

她和苏泽认识了十年，关键时刻，他却选择相信和他认识还不到两年的乔安心。

而现在，乔父也做出了同样的事情。

他刚才那句问话，并不是真的在询问她，或在等她解释，而是已经认定她的确做过那些事情。

他无条件地相信了林慧珍，也无条件地相信了乔绵绵会做出那么恶劣的事情。

乔安心说她做人失败，这一刻乔绵绵不得不承认，她做人的确挺失败的。

要不然，她怎么连身边最亲近的人的信任都获取不了？

"你！"乔父看着她那副无所谓的样子，怒火又冲上头顶，扬手又想甩她耳光。

手才刚刚举起来，他忽然听到楼下传来一阵吵闹声。

"你们是谁？"

"站住，你们这是擅闯民宅！"

"快来人，拦住他们！"

"啊，你们要做什么？站住！快去禀告老爷和夫人，有陌生人闯进来了。"

纷乱的脚步声、女人的尖叫声，还有其他人呵斥阻止的声音混合在一起，在楼下发出很大的动静。

乔如海愣了愣，眉头皱了起来，问道："楼下发生什么事了？"

乔安心也微微变了脸色，快步走到扶栏旁，探头朝楼下客厅看了一眼。

当她看到客厅里竟然多出几十个穿着黑衣黑裤、身材高大魁梧的男人时，脸色不禁又变了变。

"老爷、夫人，不好了……"这时，一个用人气喘吁吁地跑了上来，脸上还带着受惊的表情，喘息着说道，"忽然来了三十个黑衣人，他们直接开车闯进了别墅里。我们的人根本就拦不住他们……他们现在正要往楼上闯，说是……说是……"

用人一边说，一边小心翼翼地瞥了乔绵绵一眼。

乔如海在听说有三十个人闯入家里时，脸色也是猛然一变："说是什么？"

用人又瞄了乔绵绵一眼，才开口说道："说是来找大小姐的。"

他刚说完，楼梯口就有纷乱的脚步声响起。

乔如海转过头看去，就看到一群黑衣人朝楼上走了过来。

林慧珍也看到了那群黑衣人，脸上流露出了错愕又疑惑不解的表情。

这群黑衣人是来找乔绵绵的？

难不成乔绵绵这在外面乱来，惹了什么麻烦回家？

林慧珍觉得事情就是自己猜测的那样——绝对就是赔钱货惹了麻烦回家。

她正要出声训斥乔绵绵，却见那群黑衣人走到了乔绵绵的身前。为首的一个黑衣人竟然朝着乔绵绵鞠了一躬，然后颇为恭敬地说道："乔小姐，很抱歉我们来迟了。请问这里有什么需要我们为你做的事情吗？"

黑衣人这个举动一出来，除了乔绵绵，在场的其他人都惊呆了。

林慧珍瞪大眼，一脸惊愕的表情。

乔如海也是极为惊讶的样子。

乔安心就更不用说了，先是惊讶，然后脸色就变得难看起来。

这群黑衣人是谁？他们怎么会对乔绵绵这么恭敬？

难道……他们是那个尊贵显赫的男人喊过来给乔绵绵撑腰的？

乔安心忽然就想起来，之前沈月月叫了杜泽去学校找乔绵绵的麻烦，也是有群人出现，给乔绵绵撑腰，最后的结果就是杜泽和沈月月都被教训得很惨，听说两个人至今还被关在警局里。

"你们……你们是谁？"原本以为是乔绵绵惹了麻烦回家，谁知道这群人竟然对乔绵绵那般恭恭敬敬，倒像是乔绵绵喊来的帮手，林慧珍整个人一下子就炸了。她怒气冲冲地大喊大叫道："这里是私人住宅，未经允许擅自闯进来，这是违法的！

"我要报警，让警察来抓走你们！"

她转头时乔如海道："老爷，你快叫人来赶走他们！"

乔如海愣了几秒，回过神来，眉头深深皱了起来，脸色阴沉地问道："你们是谁？绵绵，你认识他们？"

"当然是认识的。"乔绵绵还没说什么，林慧珍就咬牙冷笑着说道，"老爷，你这女儿可真是越来越出息了。她这是什么意思啊？回趟家她还叫了这么多人过来，这是向我们示威呢，还是想威胁我们呢？"

几十个黑衣人，楼上楼下地站着，一眼看去黑压压一片。

而且他们每个人身高至少都有一米八，长得彪悍又健壮，看着就是狠角色。

别说乔宅的一帮子用人会害怕了，就连乔如海见了，心里也有几分畏惧。

"这是真的？"乔如海也不敢去看为首的那个黑衣人，只冷着脸朝乔绵绵说道，"这些人都是你叫过来的？你这是想干什么？拆家，还是想让这群人对你老子动手？"

乔绵绵目光平静地看着他，声音也很平静："我不想干什么，但是如果有人非要逼我，那也别怪我翻脸不认人。"

"逆女！你威胁你老子？！"乔如海气得额头上的青筋都暴了出来。

乔绵绵脸上神情很淡，语气一如既往地平静，只是这份平静之中又多了一丝强硬态度："妈的房间维持原样，谁也不许搬进去住。

"我不管算命先生说了什么，那都是你们的事情，跟我和我妈没有关系！

"你们非要把事情做绝，就别怪我也把事情做绝。"

"乔绵绵，你这是什么意思？！"林慧珍提高了音量，像是被人掐住了脖子的老母鸡一样，尖声嚷嚷道，"你这是要对你的长辈、你的亲人使用暴力吗？

"如果安心一定要搬进去住，你预备怎么样？你要叫这些人打她吗？啊？！"

乔绵绵冷眼看着她像个跳梁小丑一样跳脚嚷嚷，缓缓勾起嘴角："打她？当然不，我只会让人将她丢出去。"

林慧珍愣了愣："你……你敢！"

"敢不敢，你们可以试试。"乔绵绵说完，转过头吩咐一旁的保镖，"你们就守在这里，如果那两个女人踏入这间卧室一步，就把她们扔出来。"

为首的保镖恭敬地应道："是。"

然后他马上指挥几个保镖站到乔母的卧室门口守了起来。

林慧珍和乔安心见状，脸色都难看极了。

"还有……"乔绵绵伸手指了指放置在卧室里的一个化妆台，一字一顿地说道，"把那个化妆台抬出来丢掉，堆在门口的这几件东西，也全部抬走扔掉！"

这些家具，全部都是乔安心的。

"是，乔小姐。"

保镖办事效率很高，马上就指挥人进去抬家具了。

几个保镖抬起那个化妆台走到窗边，直接就将其丢到了楼下。

"住手，你们给我住手！"乔安心看到这一幕场景都气炸了，连"柔弱胆小"的人设都忘记伪装了。她转过身，咬牙切齿地看向乔绵绵，怒气冲冲地说道："姐姐，你也太过分了！你有什么权力这样做？！"

"呵。"乔绵绵冷笑道，"我过分？我再过分也不会盯着自己的姐姐的男人抢，更不会恶意侵占这间对自己的姐姐来说有特殊意义的卧室。乔安心，你做尽坏事，有什么资格说别人过分？"

这时，保镖已经将乔安心的家具都丢到了楼下。

做完这一切后，几个保镖走到乔绵绵身前。为首那人先是朝她鞠了一躬，然后恭敬地回道："乔小姐，家具都被扔出去了，还有其他吩咐吗？"

乔绵绵眯了眯眼，冰冷的目光落到乔安心那张已经被气到变形的脸上："乔安心，你现在就让人把从我妈的卧室里搬出的家具一件一件放回原位。这件事，我就不再和你计较了。"

乔安心气得要死，咬牙朝她低吼道："你以为你是谁？！我凭什么听你的？！"

乔绵绵也不生气，勾着嘴角，慢悠悠地说道："既然这样，那我就只好让人再砸掉你的卧室了。"

她说着就吩咐保镖："乔家二小姐的卧室就在二楼走廊上第三个房间，你们多带几个人去帮她免费收拾一下吧。"

保镖立刻应下："是。"

"你们给我站住！来人哪，拦住他们！"林慧珍气得脸都绿了，扯着嗓子愤怒地尖叫道："乔绵绵，你未免也太嚣张了！乔家可不是你可以嚣张的地方，我今天就要尽尽当长辈的责任，好好教训你一下！"

她说着就扬起手朝乔绵绵冲了过去。

只是这一巴掌还没落下，她就被人从半空中截住了。

一个保镖挡在了乔绵绵身前，捏住林慧珍的手腕，用力将她甩开。

林慧珍直接被甩开了好几米，脚步踉跄了几下，尖叫了一声后就摔到了地上。

林慧珍当众摔了个四仰八叉。

"哎哟，我的腰，我的腰断了！"她仰卧在地上痛苦地叫嚷起来。

"妈！"乔安心瞪大眼，脸都青了，急忙走过去，伸手将她从地上扶起来。

林慧珍一只手按在腰上，五官都皱成了一团，神色痛苦地哭喊道："老爷，你可一定要为我做主啊！这个家我是待不下去了啊！我竟然被一个小辈欺负成这样，我还有什么脸面继续留下来啊！"

有几个想要挡住保镖的用人也被打翻在地。

其他人一看这阵仗，哪里还敢上前？

"乔绵绵，你欺人太甚！我妈是你的继母，不管怎么样，她都是你的长辈，你怎么可以对她这样？！你真以为你现在有了个靠山，就可以为所欲为了吗？"

"混账东西！简直是大逆不道！"乔如海气得浑身发抖，扬起手就又想朝乔绵绵的脸上甩耳光。

这一次，乔绵绵没再站着不动傻傻地接下他那一巴掌，而是面无表情地侧身避开，乔如海这一巴掌就落了空。

见乔绵绵竟然敢躲避，一副根本就没将他这个父亲放在眼里的傲慢姿态，乔如海越发愤怒了，恼羞成怒道："孽障，你还敢躲？！你连欺负自己母亲的事情都做得出来，我今天非得好好教训你这个孽障！"

说着，乔如海又扬起了手。

乔如海是个好面子的人，当众被自己的女儿弄得如此难堪，现在只想通过教训乔绵绵把他身为一家之主的威严找回来。

"乔老先生，我劝你还是不要冲动的好。这一巴掌打下去，你未必承担得起后果。"

刚刚扬起手来，乔如海就听到一阵清冷威严的声音自身后响起。

男人的声音并不大，可在他开口的那一瞬间，四周忽然就变得安静下来。

站在乔如海身旁的乔安心，脸色一下子就变了。

她睁大眼，惊讶地转过头，在看到那个一步一步走上台阶，浑身气场强大无比的尊贵男人时，她的眼睛睁得更大了，眼底更是极快地闪过一丝惊喜之色。

是他，是那个身份神秘的男人！

即便乔安心之前被他嫌恶奚落过，事后却发现她对这个男人依然念念不忘。

她还做梦梦到过他。

乔安心毫不掩饰她眼里的喜悦和激动神色，松开了挽住林慧珍的那只手，上前招呼道："先生，我们又见面了。你还记得我吗？我们上次在学校的停车场见过的。我是……"

她还没有自我介绍完，就见那个尊贵显赫的男人目不斜视地走到了乔绵绵身前。男人伸手在乔绵绵的脸上轻轻抚摸了一下，然后用冰冷得让人浑身打战的危险语气问道："你被打了？谁打的？"

乔绵绵愣愣地看着已经走到她身前的男人，眼睛睁得很大，眼神惊诧："你……你怎么来了？"

墨夜司的手落到她被打的半边脸上时，她痛得缩了一下脖子。

男人立刻就将手收了回去，目光更加冰冷了。

他周身都散发出凛冽的寒气，抿紧唇，缓缓转过身，冰冷的目光从乔如海、林慧珍和乔安心的脸上一一掠过，声音没有一丝温度："你们谁打了她？"

但凡是和他目光对视过的人，只觉得一股寒气钻入了身体里，冷得发起抖来。

林慧珍那么咋咋呼呼的人，都不敢再大喊大叫了。

乔如海混迹商场多年，在商界也算是个老人了，练就了一双很会识人的眼睛。

只一眼，他就看出了眼前这个容貌极为出色的年轻人身份很不简单。

眼前的年轻人身上那种强大又唯我独尊的气场，不是一般的富家子弟能有的，那得是从小就生长在极为显赫之家里的人才会拥有的。

"这位先生，你是谁？你和我女儿乔绵绵又是什么关系？"乔父开口和墨夜司说话时，语气都客气了很多。

在还不知道对方的具体身份时，他不敢随意把人得罪了。

墨夜司冰冷的目光扫到他的脸上："你还没有回答我刚才的问题，是你打的她？"

乔如海皱起了眉头，感觉这个年轻人太过目中无人了。

这个男人明明和他女儿举止那般亲密，看着像是恋人，对待他这个长辈却连点儿应有的尊重都没有。

这也太不给他面子了！

这个男人要真是他女儿的恋人，那就该尊称他一声"乔伯父"才是，怎么能用这样的态度对他？！

恼怒之下，他便强势起来："是又怎么样？她是我女儿，我是她老子！我这个做父亲的还不能教训自己的女儿了？你是谁？你是什么身份就来质问我？这是我们自己家里的事情，跟你一个外人没关系！"

墨夜司一开始脸上没什么表情——在乔如海承认打过乔绵绵后，就见他脸上的神情以肉眼可见的速度一点儿一点儿冷了下来。

男人半眯起眼眸，浑身散发出的危险气息令人胆战心惊，只冷冷地说了两个字："很好。"

但就是这两个字，让对面的三个人都变了脸色。

"先生，我爸并不是无缘无故打姐姐的。"乔安心急着解释道，"是姐姐让人对我妈动了手，爸气不过才打了她一巴掌。姐姐刚才真的很过分，爸教训她也是应该的。"

"没错，她目无尊长，连继母都不放在眼里，打她一巴掌怎么了？你是谁呀？我们乔家的事情跟你有什么关系？怎么着？你这是想'英雄救美'吗？你以为你说几句硬气的话，我们就会怕你？

"我林慧珍可不是被吓大的。小伙子，我奉劝你别多管闲事，不然一会儿可别怪我不客气了。"

林慧珍刚说完，就感觉浑身如坠冰窖，整个人都像是被一股寒气包裹了起来，冷得禁不住打了个冷战。

林慧珍一抬头，就对上一双冰冷到极致的寒眸。

男人眼神没有半点儿温度，凝视着她的时候，像是一把锋利的刀子。

她心里瞬间就生出了一丝恐惧。

墨夜司看了她几秒，移开了目光。

男人性感的薄唇缓缓勾起，嘴角挑起一丝危险的弧度："乔老先生，既然是教训女儿，岂能只教训一个？你二女儿不顾礼义廉耻，做出了勾引自己未来姐夫的事情。这都不好好教训一下，说不过去吧？"

墨夜司说完，在其他几个人还没反应过来时，吩咐保镖："你们帮乔老先生好好教训一下乔二小姐，下手不要轻了，免得乔老先生不满意。"

"是，墨总。"

保镖们动作迅速，在乔安心刚想要转身逃走时已经抓住了她。

保镖们一左一右押着她，限制住她的行动，然后左右开弓，"啪啪"两个耳光就甩到了她那张白嫩柔美的脸蛋儿上。

这些保镖都是经过专业训练的，自然知道怎么使力才能打出最好的效果。

两巴掌下去，乔安心嘴里马上就被打出血了，眼前更是一阵金星乱冒，天旋地转。

乔安心两眼一翻，晕了过去。

"安心，安心，你怎么了？"林慧珍看到自己的女儿被打晕了，呼天抢地地扑了过去："你们放开安心！我的宝贝要是有什么三长两短，我要你们偿命！"

她还没扑过去，就被另外两个保镖抓住了。

"放开我，放开我！"林慧珍像个疯子一样大喊大叫道，"你们这群土匪、强盗！啊，我跟你们拼了！"

她说着，就想拿头去撞开保镖。

结果这一撞，她被撞晕了过去。

一时间，母女俩都晕倒了。

"孽障！"乔如海看到老婆、女儿都晕了过去，暴怒之下，浑身发抖地指着乔绵绵怒骂道，"你是要把这个家毁了才甘心吗？早知道会养出你这么一个孽障，在你出生那一天，我就该把你掐死的！你林姨和安心要是有什么不测，我饶不了你！"

乔绵绵的脸色"唰"的一下就白了，垂落在身侧的一只手用力攥紧。

乔如海的这些话，像是一把锋利的匕首，往她的心脏上狠狠捅了两下。

尽管她对乔如海这个所谓的父亲已经没抱什么期望了，父女之间的感情也淡了很多，可听到这些话，她心里还是会痛、会难受。

"来人，叫救护车！快把太太和二小姐送去医院！"

乔如海骂完了乔绵绵，焦急地看着倒在地上的林慧珍和乔安心。

和刚才面对乔绵绵时的满心厌恶相比，此时的他，倒像是一个在为自己的妻子和女儿担忧的好丈夫、好父亲。

这鲜明的对比显得嘲讽无比。

乔绵绵垂下眼眸，嘴角扯起一丝讥讽的弧度，明明早就该看透一切的，可眼里竟然还是泛起了一股湿润的酸意。

周围的用人都被吓坏了。

直到乔如海气急败坏的声音再次响起，这些人才像是回过神来，急忙上前将晕倒在地的母女二人扶了起来。

乔安心刚被扶起来，眼皮动了动，缓缓睁开了眼。

短暂昏厥后，她清醒了过来。

"安心，你醒了。"乔如海马上关心地问道，"有没有哪里不舒服的？我们马上就去医院。"

乔安心被那两巴掌打得头都还是晕的，脸上更是火辣辣地疼了起来，她的脸肿得像个猪头一样，痛得五官都扭成了一团。

乔安心晕晕乎乎地睁开眼，第一眼就看到了刚才打过她的那两个保镖，吓得浑身哆嗦了一下，立即就抱紧了乔如海的手臂，委屈地哭道："爸，我好害怕。我到底做错了什么？姐姐为什么要这样对我？她抬起一双泪盈盈的眼睛，一脸楚楚可怜的表情，眼神畏惧地哭道："姐姐，对不起，我错了，我知道错了。我以为苏姨都离开那么多年了，为了宝宝，我只是暂时住一下她的房间，你不会有什么意见的。"

"如果早知道你这么在意，给我十个胆子我也不敢搬进去的。

"提出要搬进去的人是我，与爸和妈都没有关系。姐姐你如果还在生气，就将所有的气都撒到我一个人身上好了，求你不要再牵连其他无辜的人了。"

眼泪不断地从她的眼眶里滑落，打湿了她还浮着十根鲜红指印的脸。

她整张脸肿得很厉害，嘴角又在流血，眼泪像断线的珠子一样流淌到脸上，整个人看起来很柔弱可怜。

她越是这般楚楚可怜的模样，就越显得乔绵绵心狠手辣，不顾姐妹之情。

尤其是她刚才说的那些话，还有从脸上表现出来的恐惧神色，都给人一种她以前经常这样被乔绵绵欺负的感觉。

乔绵绵冷眼看着她表演，脸上没有一丝表情。

乔安心的这些套路，她早就熟悉到不能再熟悉了。

除了扮柔弱、装可怜，乔安心还会什么？

明明乔安心表演痕迹这么重、这么明显，可偏偏没有人看得出来。

乔如海正在气头上，听到乔安心的哭诉，更是气不打一处来。

他脸色铁青地抬起头，像是在看一件让他厌恶至极的东西那般看向乔绵绵，咬牙切齿地朝她怒吼道："孽障，你还不走，还站在那里干什么？！

"你林姨和安心被你害成这样，你还不满意，是不是还要让人也对我动手？

"你走吧，马上走，我再也不想看见你了！以后你都不要再回来了，我就当没有你这个女儿！"

乔绵绵垂落在身侧的手又紧了紧。

她抿紧唇，深吸一口气，抬起有些苍白的脸庞，张了张嘴刚要说话，一只手轻轻搭在了她的肩上。

她愣了一下，转过头，就被身旁的男人轻轻揽入了怀里。

墨夜司抱着她，另一只大手落到她的头顶上轻抚了两下，声音低柔地说道："绵绵，我们的确该离开了，这种糟糕透顶的地方，没必要继续待着。"

男人的怀抱很温暖，他那只在她的头顶上不断轻抚的大手也很温暖。

这一股股暖意像是渗透进她的身体，一点儿一点儿暖到了她的心里。

被他搂入怀里那一刻，乔绵绵像是瞬间被治愈了。

虽然她还会觉得难过，却比之前好上太多太多了。

墨夜司和她说完，便转过头，前一秒还温柔和宠溺的眼神瞬间变得冰冷无比。

那双墨色眼眸周围像是聚起了一层寒气，凝结成了冰霜。

寒眸凌厉地看向乔如海和乔安心，墨夜司轻轻勾起薄唇，声音不大，却能清晰地落入每个人的耳里："乔如海，我是看在你是绵绵的父亲这层关系上，才对你客气几分。

"但你现在既然让我的宝贝受了委屈，这份面子，你也就不配再得到了。你听好了，乔伯母的卧室以前是什么样的，现在就还是什么样。我家宝贝说其他人不能进去住，那就不许有人搬进去。

"招呼我已经打了，你们要是执意跟我作对，相信我，后果绝对不是你们承担得起的。

"这次就当是个警告，再有下一次，就不是这么简单的事情了。

"还有……"

他伸手摸了摸怀里的小女人的脑袋，低头看向她时，目光一下子就温柔了许多："我家宝贝有我宠、有我疼就行了。她这么好，你的确不配做她的父亲。既然你都说出了当没有她这个女儿这种话，断绝关系的事情，就要做得明明白白。"

说到这里，墨夜司又勾了勾嘴角，缓缓抬起头，对上乔如海那双被愤怒烧得快要喷火的眼睛，不紧不慢地说道："具体的断绝关系协议，我明天让律师送过来。"

乔如海又惊又怒："你到底是谁？！这是我们家的事情，跟你一个外人没关系！你没资格插手！"

墨夜司轻笑一声，眼里却无半点儿笑意："我的身份，你还是不要知道比较好。以后但凡是和乔绵绵有关的事情，我不但要插手，而且会管到底。以后你们谁敢再让她受委屈，不管是谁，我都不会放过。"

男人声音不大，可说出口的每一个字都让人不敢轻视。

尤其是最后一句话，饶是乔如海这种活了大半辈子，见惯了各种场面的人，听了心里也为之一颤。

乔如海内心不受控制地就生出了一丝惧意。

"我们走。"放完威胁的话，墨夜司揽着乔绵绵转过身，在一众保镖的簇拥下离开了。

两个人出了乔家，外面停着一辆黑色劳斯莱斯。

李叔一直在车外等待着，看到墨夜司和乔绵绵走出来，马上上前迎接："墨总！太太！"

李叔一眼就看到乔绵绵脸颊上还没消退的指印，愣了愣，惊讶地问道："太太，您的脸……？"

"没事。"乔绵绵扯了下嘴角，牵动到脸上的伤，痛得眉头都皱在了一起。

墨夜司马上就皱起了眉头，捧起她的脸看了看："很疼？"

男人眼里的心疼和关心之色看得乔绵绵鼻子酸酸的，眼睛也酸酸的。

刚才受了那么多委屈，她都没有流眼泪，这一刻却有点儿忍不住了。

她眼里那股湿意控制不住地汇集到了眼角，就要从她的眼眶里滑落。

她伸手将他推开，背过身去，不想让他看到她哭鼻子。

"我……我没事。"她抽噎的声音却泄露了端倪。

墨夜司听出她哭了，眉头蹙得更紧了。

男人自身后拥住了她："你哭了？"

"没……没有……"

"那转过来让我看看。"

"我真的没有哭。"

还是抽抽噎噎的声音，说没哭的人，哭到肩膀都一抽一抽的。

墨夜司又心疼，又好笑。

他不顾她的挣扎，强硬地将她的身体扳向自己。

看到少女那双已经哭到红肿的眼睛，他眼里的心疼之意又添了两分。

他轻轻按着她的肩，蹙着眉头看了她一会儿，片刻后，发出一声低低的叹息："哭吧，想哭就哭吧，就哭这一次，以后不要再为不值得的人流眼泪了。"

说完，他伸手将她轻轻揽入怀里，修长洁净的手指轻轻拂开她脸上那些被眼泪粘住的头发，墨夜司捧起她哭得梨花带雨的小脸，低头在她湿漉漉的脸颊上轻轻吻了一下："绵绵，难过不要憋着，想哭就哭，没人会笑话你。

"我是你老公，是会陪在你身边一辈子的人。在我面前，你不需要坚强，也不需要有任何顾忌。"

乔绵绵趴在男人温暖结实的胸口，听他用低沉温柔的声音在她耳边说着那些话，越来越控制不住，哭得稀里哗啦的。

她想起乔母还在世的种种情景，想起乔如海过去宠她的种种情景，越回忆，越难过……

那些在心里积累了很久的负面情绪，她一瞬间全部发泄了出来。

她抱着墨夜司，哭得昏天暗地。

最后，乔绵绵是被墨夜司抱上车的。

她哭得太久太久，浑身都没了力气，感觉人痛痛快快地哭一场，比一口气跑上几千米还要累。

上了车，墨夜司也没松开她，就将她抱在怀里，让她坐在他的腿上。

乔绵绵整个人软绵绵的，无力地靠在他的身上。

墨夜司伸手给她理着头发，拿出手帕将她脸上的泪痕一点儿一点儿地擦拭干净。

趴在他怀里一动不动，任由他给她擦泪、理头发的乔绵绵就像一只软萌的小猫咪，微微眯着眼睛，温顺地享受着主人给自己服务。

"墨总，是要回公司吗？"

墨夜司抬起手腕看了看时间，点头："嗯，回公司。"

公司里还有很多事情没处理完，其实他今天很忙，有很多事情要做，而且是一些重要的事情。

连他自己都不知道，他怎么会放下那么多重要的公事过来这一趟。

尽管她说了自己可以处理此事，让他不用担心，可如果他不来这一趟，心里始终是不放心的。

他担心她会受委屈，担心她会被人欺负，担心她……会担心很多很多事。

明明一开始只是因为她和别的女人不同，可以治他的病，他才和她结婚的，可才结婚没几天，竟对她真的有了在意的感觉。

听到他说要回公司，乔绵绵才抬头问："你还要回公司吗？"

墨夜司低头看向她，声音很温柔："嗯，还有一些事情没处理完，得再过去一趟。"

"既然你这么忙，为什么还……"

"不放心你。"墨夜司看着她还有点儿红肿的半边脸，眸色有些发冷，轻轻叹息一声，"怕我不在，你会被人欺负。没想到我去得还是晚了点儿。"

他没想到，还是让她挨了一巴掌。

男人说得直接，那一句"不放心你"让乔绵绵心跳加速。

尤其是当他那双漆黑的眼眸看向她的时候，她觉得自己像是被拽入了他眼底那片深渊，仿佛一不小心，她就再也出不来了。

明明他们认识的时间并不久，感情也还没有到很深厚的地步，可他对她好到让她都有点儿心慌了。

第八章

对他心动

之前哭了那一场，消耗了太多力气，上车后没多久，乔绵绵就趴在墨夜司的怀里睡着了。

迷迷糊糊间，乔绵绵感觉到了他的手机在振动，然后听到他接起了电话。

隐约间，乔绵绵听到他的声音——

"现在没空。

"嗯，她跟我在一起，得陪她。

"你们安排了就行，只要不是乱七八糟的地方都可以。

"嗯，就这样，挂了。"

片刻后，墨夜司挂了电话。

他看着趴在他怀里睡得香甜的少女，低声吩咐李叔："把空调调高两摄氏度。"

"是，墨总。"

李叔将车开出去一会儿，在经过一个分岔路口的时候，出声询问道："墨总，是要先送太太回麓山那边吗？"

墨夜司沉吟了一下，说："直接去公司。"

她现在这种情况，他怎么能放心让她去学校？

前面红灯亮起，李叔将车开往通向墨氏大厦的街道。

嗡嗡——墨夜司刚挂断的手机又振动了两下。

墨夜司低头看了一眼，见是沈柔给他发了一条微信。

"阿司，我回国了。我现在和少卿他们在一块儿，他说刚才打电话给你，你说没空过来和我们一起吃饭。那你下午有空吗？"

他看完，回复道："没空。"

沈柔回得很快："那我下午去你的公司找你？我都整整一年没见过你了，好想早点儿见到你。"

墨夜司看着酣睡中脸颊都变得红通通的乔绵绵，犹豫了一下，拿起手机回道："我下午很忙，没空招待你。"

沈柔："你不用管我啦。你忙你的，我可以在你的办公室里打游戏。以前不都是这样的吗？"

沈柔这话，让墨夜司想起了以前的一些事情。

以前，他和沈柔的确是这样的相处模式。

他忙碌起来的时候就没空招呼她，沈柔也不介意，会自己找事情做，打发时间。

可是……就算恋爱经历为零，墨夜司也知道有些事情现在不方便做了。

他现在有了乔绵绵，跟别的女人就得保持一定的距离，哪怕自己对那个女人没有任何心思。

思索片刻，他回复道："她也在，你来不方便。晚上再见吧。"

墨夜司把这条信息回复过去后，沈柔并没有秒回他消息。

好几分钟后，她的信息才又发了过来。

沈柔："你没跟她说我们的关系？她不会那么小气的吧？"

墨夜司："不是她介意，是我介意。"

沈柔："你介意？你介意什么？"

墨夜司："沈柔，我结婚了。她对我没任何要求，但是我已婚就要有已婚的自觉性。不管我们以前是什么关系，以后都要保持点儿距离。如果是你先结婚，我也会这么做。"

这次沈柔没再回复他了。

墨夜司也不在意，将手机锁了屏就丢到了一边。

经过一家药店的时候，墨夜司让李叔将车停下，去药店买了一些擦的药膏回来。

乔绵绵脸上的指痕已经消了，可脸还是红肿的。

墨夜司拿了药膏挤在手指上，动作轻柔地涂到她被打的那半张脸上。

乔绵绵皮肤白皙，所以脸上的伤就很明显。

擦药的时候，看着她红肿的脸，墨夜司周身气息冷了下来。

到了墨氏，停好车后，李叔走到后面将车门拉开。

乔绵绵还没睡醒。李叔看着趴在墨总怀里睡得香甜的太太，正想着要不要叫醒她，就见他家墨总动作小心翼翼地将人从车上抱了下来。

墨夜司乘坐的是总裁专用电梯，从停车场直达总裁办公楼层。

尽管避过了一楼大厅那些员工，可总裁办公楼层还是有几个员工的。

当几个女性员工看着从不近女色的墨总竟然抱着一个女人走出电梯时，全都惊呆了，震惊到都忘了和他打招呼。

直到墨夜司抱着乔绵绵从她们身旁走过去时，几个人才像是忽然回过神来，忙不迭地恭敬唤道："墨总好。"

刚招呼完，几个人就见墨夜司蹙了一下眉头。

几个女员工一看他蹙眉，吓得脸色都变了，以为是因为刚才没及时打招呼，所以墨总生气了。

她们正要道歉，就见墨夜司回过头，有几分不满地扫了她们一眼。

他压低声音说道："小声点儿，不要吵醒她了。"

女员工们一脸诧异。

墨总不是因为她们没及时招呼生气，是觉得她们打招呼的声音太大了，担心她们会吵醒他怀里那个"神秘女人"？

几个人再次震惊到目瞪口呆。

到底是什么样的仙女级人物，能让清心寡欲多年的墨总宝贝成这样？

有两个女秘书偷偷抬起头往墨夜司怀里瞄了一眼，想要看看他抱着的女人究竟长什么样。

只可惜除了看到一头乌黑的长发，她们什么都没看到。

女人的脸是朝里埋在墨夜司怀里的。

她们只能看到她的皮肤很白很白，是白到发亮的那种。

没等她们再看得仔细点儿，墨总就抱着那个女人走进了总裁办公室。

办公室的门刚一被关上，被震惊到无以复加的一群人立刻迫不及待地讨论起来。

"我没眼花吧，墨总怀里抱着的是个女人？"

"没眼花，确实是个女人，我们也看到了。"

"我们墨总不是不近女色的吗？那个女人到底是从哪里冒出来的啊？！"

"我一直以为墨总唯一的缺陷就是性取向有问题，可现在你告诉我他是正常的，他喜欢的是女人？！天哪，一想到这么完美的男人会成为某个女人的老公，我的心就好痛好痛。"

"心痛 +1。"

"心痛 +2。"

"心痛 +3。"

墨夜司将乔绵绵抱进了总裁办公室里的休息间。

这里是他平时办公累了暂时休息的地方，里面有个小卧室，还有个卫生间。

他将她轻轻放到床上，拿了一条小毯子给她盖在身上，又将室内的空调温度调了调，然后才转身出去。

医院，林慧珍从昏迷中醒过来后就一直在哭。

"妈，你不要再哭了。"乔安心都被她哭得有点儿心烦意乱了，"一直哭哭啼啼的有什么用吗？我已经够烦的了，你可不可以让我安静一会儿？"

乔安心的助理正拿着一个冰袋在给她敷脸。

还有半个月她的新剧就要开拍了，到时候她自然不能肿着脸去拍戏。

而且再过两天她还有一个通告——她必须在上通告前，把脸上的瘀伤消掉。

林慧珍红着眼抬起头："你这死丫头！你这是什么意思？！你妈被人欺负成这样，你不心疼，还嫌我烦？这是你当女儿的该有的态度吗？"

乔安心听了她的抱怨，越发火大地说道："你以为就你一个人被欺负了吗？这种时候哭有什么用，能解决什么问题？我现在只想让乔绵绵付出惨痛的代价。"

林慧珍听她提起乔绵绵，眼里就流露出了愤恨之色，脸上的表情都变得扭曲起来，咬牙切齿地说道："那个赔钱货真是可恶，我恨不得扒了她的皮。

"也不知道她从哪里勾搭的野男人，竟然把我们母女俩欺负成这样，简直可恨！现在竟然还让她骑到我们头上耀武扬威了，这口恶气，我实在咽不下去！

"对了，你给苏泽打电话了没有？"

乔安心听着她的抱怨声，心思却早已经飞到其他地方去了。

乔绵绵勾搭上的那个男人，哪里是什么野男人，那是一个比苏泽还要优质很多的男人。

在没有遇到那个男人之前，乔安心觉得苏泽方方面面的条件都挺不错的。

她也很满意——像苏泽那样的男人，带去哪里都很给她长面子。

可现在……她开始不满足了。

只要一把那个神秘男人拿出来和苏泽对比，她就发现苏泽身上那些她原本觉得是优点、闪光点的地方，根本就不值得一提了。

苏泽和那个神秘男人之间的差距，就像是一个地，一个天，完全没的比。

她好胜心一直就强，怎么能容忍乔绵绵找的男人比她的好？！

"安心，你在听我说话没有？！"

林慧珍带着怒意的声音在乔安心的耳边响起，这才将她从神游的状态中拉回了现实里。

林慧珍皱眉看着她："我问你给苏泽打电话没有？他什么时候来医院？你现在肚子里可怀着他的孩子！你让他赶紧过来！还有，跟乔绵绵一起的那个野男人到底是谁？你是不是认识他？"

乔安心心里正烦着，没好气儿地回道："他说他在谈一个很重要的合约，晚点儿再过来。"

"什么？！"林慧珍一脸不满的表情，"发生了这样的事情，他竟然还有心思谈什么鬼合约。你没跟他说，我们现在在医院里？"

"说了。"说起这件事情，乔安心也有点儿不舒服，"他觉得情况不是很严重。"

想到那个神秘男人是如何为乔绵绵出头的，再想想苏泽那并不是特别在乎的态度，乔安心就一肚子火。

她还以为知道她被打了，苏泽会第一时间赶过来的，可是他并没有。

他只是在电话里表示了心疼，就又去忙他的生意了。

"他女朋友和未来岳母都被人打进医院了，还不严重？"林慧珍气得差点儿从床上跳起来，"他这也太不把咱们母女俩放在眼里了吧！你不是说他很在乎你，很喜欢你吗？你现在还怀着他的孩子，他就是这种态度，以后还怎么得了？！该不是……"

林慧珍忽地变了脸色，抓住乔安心的手，紧张地问道："他是不是在外面有人了？"

林慧珍想到自己的女儿如今怀孕了，在那方面肯定是满足不了苏泽的。

苏泽又是星辉娱乐的老板，旗下美女如云，少不了会有一些狐媚子想勾引他上位，而现在正是最好的时机。

林慧珍想到这里，脸色难看了许多："安心，你赶紧打个电话问问苏泽在哪里，过去看一下。我怀疑他是被哪个狐媚子拖着才走不开身的。

"他条件那么好，想打他的主意的狐媚子肯定很多。你可千万要防着点儿，别让人有机可乘。"

乔安心变了变脸色："妈，阿泽哥哥不是那种人。"

林慧珍冷笑了一声："男人就没几个好东西，有几个能拒绝主动送上门的女人？他要不是那种人，你能把他从乔绵绵手里抢过来？！"

林慧珍这话像是朝乔安心的脸上甩了一巴掌，打得她脸上火辣辣地痛。

她恼怒地喊了一声："妈！"

林慧珍这才发现自己说错了话，把她的女儿也骂进去了。

她急忙赔出笑脸，解释道："安心哪，妈可没有说你呀，妈说的是那些不要脸的狐媚子。你还是把苏泽盯紧点儿，真要让他被哪个狐媚子勾走了，你要后悔的。"

乔安心不耐烦地说道："好了，妈，该怎么做我心里有数。

"妈，你好好休息一下吧，我要出去一趟，晚点儿再来看你。"

乔安心从包里拿出硕大的墨镜戴上，拎着包，转身就从病房离开了。

林慧珍住在第二住院部。

乔安心走出第二住院部的大门后，拐了个弯走上一条小道，朝着第三住院部走去。

她记得，乔宸是住在第三住院部大楼里的。

可当她凭着记忆找到乔宸以前住的房间后，却发现病房里换了人。

她找来一个护士问。

护士看了她一眼，问："这位小姐，请问您和乔先生是什么关系呢？"

乔安心想了一下，忍着厌恶情绪说道："我是他姐姐。"

护士愣了愣，盯着她上下打量了几眼，疑惑地说道："乔先生是有个姐姐来医院看过他，不过……"

"我是他二姐。"乔安心脸上露出一丝不耐烦的神色，"难道他没和你说过，他有两个姐姐吗？你就告诉我，他是不是已经出院了？"

护士看她穿着打扮不凡，又自称是乔宸的二姐，想着应该不是骗人的，便说："啊，不好意思。乔小姐，乔先生还没出院呢。不过他换了个病房，现在不住这边了。"

"不住这边了？那他换去了哪里？"

护士奇怪地瞥了她一眼，心想着既然是姐弟，怎么她会连这个都不知道？

但护士还是客气地回道："乔先生早就搬去了特区的 VIP 病房。"

乔安心在听到"特区的 VIP 病房"这几个字时，脸上流露出难以置信的神色："你确定乔宸搬去了那里？"

既然是特区的 VIP 病房，那就不是一般人可以住的地方——哪怕是有钱，也不行。

能住在那片区域的，都是身份极为显赫的人物。

想当年苏家老爷子生病住院，苏泽他爸爸找了那么多关系，也没能将老爷子弄进特区的 VIP 病房里。

乔宸那个一穷二白的短命鬼竟然能住进去？

但她很快就猜测到，肯定是那个神秘男人将乔宸安排过去的。

她心里越发忌妒起来。

连苏家都不能办到的事情，那个男人却可以办到。

他到底是谁？

他究竟是什么身份？

乔安心自问这云城的大多数公子，自己都是见过的，可竟对那个男人真的没什么印象。

难不成他以前并没有在云城生活过？

"我要去见我弟弟，你带我过去吧。"乔安心深吸一口气，忍着心底的各种不甘和忌妒情绪，用命令的口气吩咐护士。

此时，护士已对她的身份怀疑起来："乔小姐，你可以打电话给乔先生的，他会告诉你他住在哪间病房。"

"你什么意思?"乔安心皱起了眉头,"你怀疑我骗你?"

"乔小姐,不是的……"

"我是乔安心。"乔安心伸手将墨镜摘了下来,露出被遮挡住的脸,不耐烦地说道,"现在你还觉得我在骗你吗?"

护士乍一看到她那张还没消肿的脸,顿时被吓了一跳。

护士再仔细辨认,眼前这个脸部红肿的女人好像的确是当红一线小花乔安心。

可是,乔安心的脸怎么肿成这样了?

乔安心的脸像是被人狠狠打过一样。

而且,她居然是乔宸的另一个姐姐?

这可就让人惊讶了。

乔宸住院这么久,乔安心也没来探望过一次啊。

以前乔安心接受各种采访时,也没说过她还有一个姐姐和一个弟弟。

护士隐隐猜测到了什么,只怕这家人的关系有点儿复杂了。

护士想起以前总有人说乔安心如何有亲和力,如何接地气,看来都是虚假人设了。

她刚才那不耐烦的样子,哪里有半点儿亲和力了?!

果然,明星对外的公众形象是不能太过相信的!

乔安心被带到了乔宸住的 VIP 病房外。

当看到病房外竟然还站着几个保镖时,她愣住了。

护士上前,和那几个保镖说明了她的身份。

保镖用审视的目光打量了她几秒,声音冷硬地对她说道:"稍等片刻。"

说完,保镖转身走进了病房。

乔安心站在门口,见房门没关,见房门没关,想直接进去,却被另外几个守在外面的保镖拦住了。

一人说:"要探望乔宸先生,需要得到他的允许才能进去。"

乔安心气得要死。

乔宸那个短命鬼居然敢对她摆这么大的架子?

他算什么东西?!

"你们让开，我是乔宸的姐姐。我见自己的弟弟还需要得到他的同意吗？"

保镖依然拦着她，冷冷地说道："抱歉，乔宸先生的姐姐，我们只知道一个乔绵绵小姐，你又是谁？"

"该死，我是……"乔安心正要自报门户，就听到病房里传出了乔宸的声音。

"我不认识这个女人，你们把她赶走吧。"

听到乔宸说不认识她，乔安心气得差点儿跳脚，但想到来这一趟的目的，又忍住怒火，换上了温柔的语气："宸宸，我是你二姐呀，你怎么会不认识我呢？

"你是不是在气二姐没来看望你？二姐前段时间真的太忙了。

"这不，我一空了就马上过来了。你别再跟我置气了，让二姐进去和你说说话，好吗？"

病房里的少年眉目精致，面无表情地看着她，说："二姐？我只有一个姐姐。你是谁？我不认识你。"

一再被扫面子，乔安心怄到快要吐血。

她伪装出来的温柔样子，也开始僵化。

她深吸一口气，攥了攥拳头，扯开嘴角挤出一丝僵硬的笑："宸宸，我找你是有很重要的事情，是和姐姐有关的，你真的不想知道吗？"

乔宸蹙了一下眉，盯着她看了几秒。

乔安心看他脸上的表情有所松动，马上又说道："我知道你最关心姐姐了，其实我也很关心她，所以这件事我必须让你知道。姐姐向来看重你，也只有你才能劝劝她了。"

"你说的是什么事？"

"你先让我进去，这些事情不方便让外人知道。"

少年漂亮精致的脸庞上浮出一丝犹豫。片刻后，他对着外面的保镖说道："让她进来吧。"

等乔安心进了病房，关上房门后，乔宸就马上问道："说吧，到底是什么事情？"

乔宸自小儿就只跟乔绵绵关系好，姐弟俩都和乔安心不怎么对盘。

长大后，他们就更是相互看不顺眼了。

在知道乔安心还和苏泽搞在一起后，乔宸对她的态度简直是厌恶。

要不是她说的事情和乔绵绵有关，他是绝对不会见她的。

乔安心走进病房后四下打量了一番，心想怪不得有点儿钱的人都想住进这里，这边的病房和其他地方的病房，差别太大了。

她看到床头柜和茶几上摆着名贵的鲜花，各种昂贵的补品更是多到都看不过来。

她越看，心里就越不舒服。

她看得出来，那个男人对乔宸也是很重视的。

这说明他很在意乔绵绵。

乔安心光是想到这里，心里就酸溜溜的，特别不是滋味。

她慢慢走到床边，低头看向乔宸，假惺惺地问了两句："宸宸，你现在怎么样了？好一点儿了吗？"

乔宸都懒得和她搞这虚伪的一套，很不客气地回道："死不了。"

乔安心："……"

这该死的臭小子！

现在他和他姐姐一样，仗着有了依靠就跩上天了！

"有什么事情你就直接说吧。"乔宸看见她就心烦，不耐烦地说，一点儿也不给她面子，"你说的和姐姐有关的事情，到底是什么事？"

换成平时，乔安心哪里用得着看他的脸色？

可此时，她只有忍着。

她心里气得要命，咬咬牙压着怒火，装出一副担忧的样子，唉声叹气地说道："还不是姐姐的个人问题。你知道她最近认识了一个男人吗？宸宸，你见过那个男人吗？"

乔宸眯了一下眼睛："你说姐夫？"

乔安心猛地变了脸色，问："你叫他什么？"

"姐夫啊。"乔宸冷笑一声，语气带了点儿炫耀地说道，"我当然见过了。第一次见面，姐夫就送了我一块好几百万的手表呢。姐夫长得好，又有钱，对姐姐还那么好——他和姐姐真是天生一对。

"哎呀，我姐那么好的女人，也只有姐夫才配得上了。"

乔宸神气极了。

乔安心整个人都呆掉了。

乔宸那一声"姐夫"，像是一道炸雷，炸得她半晌说不出话来。

乔宸看着她那副目瞪口呆的样子，心里很是痛快："你要和我说的就是这件事情？那你可以不用说了。"

"宸宸，你叫他姐夫？你知道这个称呼意味着什么吗？"乔安心声音都有点儿发抖地问道。

"当然知道。我姐都跟他结婚了，我不叫姐夫叫什么？"

哼，他要让这对渣男贱女知道，他姐姐才不是被人抛弃了就没人要的可怜虫。

他姐现在幸福着呢，比跟着苏泽那个渣男时幸福一百倍、一千倍！

结婚？！

听乔宸说出这两个字的时候，乔安心惊讶得往后退了一步。

不可能的，绝对不可能的。

她脸上流露出难以置信的神色，说："宸宸，你是不是听错了？你说他们结婚了？这是谁跟你说的？"

乔绵绵才和苏泽分手没多久，怎么可能就和别的男人结婚了？

乔安心绝不相信这件事情是真的。

"是姐姐亲口告诉我的。"乔宸看了一眼乔安心的反应，俊秀的眉皱了起来，眼里带了点儿防备之色，说道，"乔安心，你是不是又想打姐夫的主意？我告诉你，你别做梦了，姐夫才不像苏泽那个经不起诱惑的浑蛋。他眼里只有姐姐一个人。你就别妄想了！"

乔安心的那点儿心思就这么直接被戳破了，她顿时有点儿恼羞成怒："乔绵绵说什么，你就信什么？她和那个男人根本就没有结婚！

"我今天就是为了这件事情来的。宸宸，姐姐和那个男人的关系根本就不是她说的那样。她现在是给人当情人。她做这种事情完全就是丢了我们乔家的脸面！

"我想，你也不愿意看到她继续堕落下去吧？我们说什么她都不肯听，你的话她还能听几句。你最好劝劝她，让她赶紧和那个男人断了。"

即便乔宸这么说了，乔安心还是不相信乔绵绵和那个男人结婚了。

怎么可能呢？

"你放屁！"乔宸听了她说的这些话后勃然大怒，道，"姐姐才不是你说的那种人！乔安心，你别以为谁都跟你一样无耻、没底线！

"你滚，马上滚！你再敢在我面前说姐姐的一句坏话，就别怪我不客气了。"

乔宸挥起拳头，咬牙切齿地看向她。

乔安心气得脸都绿了，她没想到乔宸对乔绵绵会维护到这般地步。

她被骂得一肚子火，伪装出来的温柔样子都快维持不下去了。

她深吸一口气，忍着发火的冲动，还想再劝："宸宸，我说的都是真的，姐姐就是被那个男人包……"

"滚！"乔宸脸色铁青，拿起床头柜上的一个水杯就朝她砸了过去，"你给我滚出去！"

乔安心话还没说完，就看到一个玻璃杯朝她飞了过来，脸色一变，马上偏过头躲开。

杯子啪的一声砸落到地上，里面的水溅了一地。

"乔宸，你疯了吗？！"乔安心终于忍无可忍，爆发出来，咬牙怒道。

"还不滚？"乔宸顺手又拿起了一个花瓶。

"你……你这个疯子！"眼看着他又要将那个花瓶砸过来，乔安心马上转身朝门口跑去。

乔安心跑到门口，又停下脚步，不甘地说道："宸宸，我说的可都是真的。姐姐知道你接受不了这件事情，才撒谎说是结婚。你做手术需要用不少钱，她又不肯接受我和阿泽哥哥的帮助，说起来，她也是为了你，可是……"说到这里，她又叹了一口气，"这毕竟不是光彩的事情。该说的我都已经说了，信不信随便你吧。"

说完，乔安心跑出了病房。

乔绵绵睡醒后，发现自己待在一个陌生的地方。

她从休息间里走出去，推开门，就看到坐在办公桌前专心办公的墨夜司。

男人的衣袖挽起一截，黑色衬衣胸前的纽扣也解了两颗，露出来的手臂肌肉线条很优美。

他低垂着头，下颌弧线也显得很性感、很迷人。

办公室里静悄悄的，偶尔有他翻阅文件时发出的沙沙声。

百叶窗帘卷了一半，有斑驳的阳光从窗外洒进来，落在深灰色的地板上。

都说男人认真做事的时候是最迷人的，乔绵绵觉得一点儿也没错。

墨夜司那全神贯注工作的样子，真的很迷人。

他不说话，脸上没什么表情的时候，真是浑身上下充满了浓浓的禁欲气息。

乔绵绵很难将此时的他和那个在她面前各种热情撩拨她的人联系起来。

她总觉得不是同一个人。

她不想打扰他工作，便轻手轻脚地走出去，刚迈开步子，就看到前一秒还在认真翻阅文件的男人慢慢抬起了头，目光直直地朝她看了过来。

他声音温柔又性感："醒了，睡好了吗？"

乔绵绵："……"

她还是打扰到他了吗？

她有点儿不好意思地朝他走过去："我是不是打扰到你了？"

"没有。"墨夜司放下手里的钢笔，朝她勾了勾手指。

乔绵绵刚走到他身前，他就伸手将她拽入了怀里，结实的手臂缠到她的腰上，搂着她娇软的身子，让她坐在他的大腿上。

温热的气息喷到她的耳边，男人几乎是贴着她的耳朵在说话："你比工作重要多了。"

乔绵绵的脸一下子就红了。

因为她刚刚睡醒，脸本来就还是红的，所以也不大明显。

前一秒还散发着禁欲气息的男人，下一秒就抱着她花式撩拨了，撩拨得她的小心脏怦怦乱跳。

"你……你怎么将我带到你的公司来了？"他的呼吸不断洒在她的耳边，像是羽毛轻轻抚过她的耳垂，乔绵绵觉得耳朵痒痒的，偏了偏头想要躲开。

男人低笑一声，说："你在车上睡着了，看你睡得那么香，我不忍心叫醒你，就直接将你带到公司来了。"

"你能放开我吗？"乔绵绵感觉呼吸间全是他身上的气息，贴着他温热结实的胸膛，她的心脏跳得特别特别快，快到……让她都有点儿害怕了。

这种感觉对她来说很陌生——陌生到让她有点儿心慌。

她和苏泽相处时，并不会这样。

或许是因为她和苏泽认识的时间太久了吧，而她和墨夜司，对彼此的了解都还很少很少。

所以，她才会这么不习惯他和自己太过亲密。

"不能。"墨夜司又低笑了一声，伸手摸她的头，眼里浮出一丝她没看见的宠溺之色，"绵绵，我喜欢这样抱着你。难道……你不喜欢我抱你吗？"

乔绵绵："……"

"嗯？喜不喜欢？"见她不出声，男人便伸手挑起她的下颌，眼神魅惑地凝视着她，"回答我。"

乔绵绵的脸滚烫如火，不断有热气从毛孔里钻出来，她回道："墨夜司，我……"

这时，敲门声响了起来。

门外响起魏征的声音——

"墨总，有份文件需要您亲自过目一下。"

乔绵绵马上就伸手要将墨夜司推开。

男人却像是早察觉她会这么做，手臂紧了紧，将她牢牢抱住，低头就在她的耳朵上轻轻咬了一下，柔声说道："坐好，别乱动。"

乔绵绵浑身一僵，连着耳朵也开始冒热气了。

看着她娇羞脸红的模样，墨夜司愉悦地勾了勾唇，抬头对着门外的人说道："进来。"

魏征推开门，就看到了"虐单身狗"的场景。

他家墨总抱着太太坐在办公桌后，一只手拿着一份文件，一只手搂在太太的腰上。

魏征："……"

他真没想到他家墨总竟然是这样的！

平时那么正经的墨总，居然在上班时间和老婆卿卿我我的，而且还一点儿也不避讳他们这些下属！

魏征全身都散发着"单身狗"的幽怨气息，拿着文件走进了办公室里。

"墨总，"他双手呈上文件，"这是这个季度的最新财务报表。"

"嗯。"墨夜司接过文件，随意瞄了一眼，就丢到桌上了，"通知下去，今天提前一个小时下班。"

魏征生怕自己听错了，小心地确认道，"提前一个小时下班？"

他不是在做梦吧？！

"怎么，不愿意？"墨夜司扫了他一眼，脸上的表情和平时还是没什么变化，眼底却多了几分平时没有的愉悦之色。

魏征看了看墨总，又看了看被他抱在怀里的乔绵绵，顿时就明白过来了。

果然，恋爱使人变得美好，就连陷入热恋中的墨总也不例外。

墨总自打结婚后就变得比平时有亲和力多了，也有人性多了。

生平第一次可以提前下班，哪怕只是提前一个小时，魏征也觉得特别满足。

他马上回道："愿意，愿意，我马上就去通知。"

"嗯，去吧。"墨夜司朝他挥挥手，示意他可以离开了。

魏征也不敢多留，立刻转身迅速离开，将空间留给他们夫妻俩。

等他离开后，办公室里又只剩下墨夜司和乔绵绵两个人了。

墨夜司抱着乔绵绵，拿起那份财务报表看了起来。

乔绵绵趴在他怀里等了一会儿，见男人还是没有要将她放开的意思，便抬起头，小声问道："你现在可不可以放开我了？"

男人低下头，魅惑的眼看向她："嗯？"

"你不是还要工作吗？"乔绵绵瞄了一眼他手里的财务报表，"我会打扰到你的。"

"不会。"墨夜司轻轻勾唇，唇边的那丝笑容迷得乔绵绵的小心脏又怦怦乱跳起来，"抱着你工作，效率能快很多。你乖乖让我抱一会儿，等我早点儿下班，就可以好好陪你了。"

乔绵绵："……"

谁……谁稀罕他陪啊。

墨夜司说完，伸手摸了摸她的头，又低头看报表了。

他迅速进入工作状态，又是那副让乔绵绵有点儿心动和着迷的认真工作状态。

其间，他也没有再逗弄过她。

他不肯放开她，乔绵绵也没办法，只能趴在他的怀里看他工作。

工作毕竟是很枯燥的，而且财务报表上那一串串数字都是乔绵绵看不懂的。看着看着，她便又有了睡意。

等乔绵绵再次醒来，发现又换了个地方。

她依然趴在墨夜司的怀里，却被他转移到了车上。

她伸手揉了揉眼睛，看着车窗外不断飞驰而过的建筑物，迷糊了一会儿才软绵绵地出声问道："墨夜司，我们要去哪里呀？"

她的声音本来就很软糯甜美，刚睡醒时声音中更是带着点儿迷糊的奶气，墨夜司就这么被她的声音萌了一下。

男人低下头，修长白皙的手指扣住她的下颌，抬起她的头就吻了下去。

此刻的乔绵绵还有些迷糊："嗯……"

她被男人这个猝不及防的吻给吻到差点儿再次昏睡过去时，将她的唇蹂躏得红肿的男人才眸色深沉地松开了她。

他抵着她的额头，一贯平稳的呼吸有些紊乱，揽在她腰上的手臂紧了紧，声音喑哑地说道："教了你那么多次，还没学会怎么换气？看来以后还得再勤加练习。"

乔绵绵："……"

现在他们已经练习得够频繁了好不好？！

他一看到她就吻她，都成接吻狂魔了！

前排的李叔从后视镜里看到这一幕场景，抿着唇偷笑起来。

真好啊，看来墨总的毛病是彻底被治好了。

现在墨总不但可以接触异性，而且做一些亲密举动也没问题了。

这还多亏了太太。

墨总这闪婚哪，还真闪对了。

黑色劳斯莱斯在一家私人酒店外停下。

墨夜司下车后，伸手牵住了乔绵绵的手。

乔绵绵刚刚有一点儿抗拒的动作，就感觉到他将她的手握得更紧了。

在经理的带领下，他牵着她走进酒店内。

一边走，墨夜司一边对她说："少卿和沈柔他们已经到了，在包间里等着我们。"

乔绵绵有点儿紧张。

他们一群人都是认识的，就她一个人算是这次聚会的陌生人。

她也不知道自己来这一趟到底好不好，会不会影响到他们……

还有他的那几个朋友……虽然他说不用太在意，可她哪儿能做到真的不在意？

"那个……"她咬了咬唇，扯了一下他的衣袖。

"嗯？"墨夜司低头看向她。

"你说这次是给你朋友接风，那我们要不要买点儿礼物送给她啊？"

就这么空着手来，她有点儿不好意思。

"不用。"墨夜司淡淡地说道，"又不是外人，不需要这么见外。"

引领他们走到一个包间外面后，经理停下了脚步。

房门是虚掩着的。

刚走到门外，乔绵绵就听到里面传出一个女人的娇笑声。

"言小二，你要死啊！皮痒了是不是？"

"别，沈大小姐，你这铁砂掌打下来，我可承受不住！"

"去你的，你才铁砂掌呢。"

"二哥怎么还没来？打个电话问问。"

"我刚才给他发了微信，他应该就快到了吧。对了，二哥再三交代过，等小嫂子过来，让我们都收敛着点儿，不要第一次见面就把小嫂子吓到了。"

"呵。"

一个带了点儿嘲讽意味的轻哼声响起，是个年轻男人的声音，这声音很好听，但也很冷漠。

"说得我们好像多吓人一样，既然她胆子这么小，就不要过来了。我可不喜欢胆小的女人。

"阿司什么时候竟然喜欢这种柔弱无用的女人了？"

"老四，这些话你在我们面前说说就得了，可千万别在二哥和小嫂子面前说。二哥那个人你知道的——他最护短了。你这样说他老婆，他没准儿就跟你翻脸了。"

"呵。"那个声音好听的男人又冷哼了一声，"他要是为了个认识没几天的女人就连兄弟都不要了，翻脸就翻脸吧，我无所谓。"

"泽离。"刚才那个娇笑的女人又开口了，"你这样做，不也是为了一个不重要的人放弃重要的人吗？

"不管那个女人是什么样的人，既然阿司……喜欢她，她也嫁给了阿司，我们……就迁就着点儿吧。"

"哼。"

"行了，行了，你们小声点儿，别一会儿阿司来了听见了。"

此时此刻，站在门外将几个人的对话悉数听入耳里的乔绵绵僵住了。

她是不是应该安静地离开？

这也太尴尬了吧，好巧不巧她就听到了这些话。

听起来，包间里的几个人对她似乎很有意见哪，言语间都表现出了对她不是那么喜欢。

尤其是那个声音听起来很好听的男人，意见似乎最大，刚才乔绵绵听人喊他老四……

所以，他就是墨夜司之前说过的那个有点儿怪癖的男人？

虽然还没见到人，乔绵绵却已经预感到这个男人怕不是那么好相处。

里面的对话她都听见了，身旁的男人自然也听见了。

乔绵绵转过头，就看到墨夜司浓黑的眉紧紧蹙了起来，脸色也沉了下来，薄唇紧抿，隐隐有动怒的前兆。

她赶紧拉扯了一下他的衣袖，在男人低头朝她看过来时，对着他轻轻摇了摇头，低声说道："我没关系的，你别生气。我相信你的朋友都没有恶意，他们只是还没见过我，不了解我而已。"

乔绵绵可不希望墨夜司为了她跟他的朋友们闹矛盾。

本来里面那群人对她的印象已经不怎么好了，要是他再因为她和他们闹矛盾，估计他们真的会讨厌她的。

墨夜司蹙眉盯着她看了一会儿，眯了眯漆黑的眼眸，估计也是考虑到了她担心的事情，脸上的表情这才缓和了点儿，但整体依然谈不上好。

握住她的那只手紧了紧，和她十指紧扣，对视片刻后，他轻轻嗯了一声，伸手推开了房门。

房门刚被推开，包间里的声音就一下子消失了，里面的人齐齐转过头朝他们看过来。

一瞬间，乔绵绵感觉自己像只被关在动物园里的猴子，数道或好奇或打探的目光同时落到了她身上。

她一下子就感觉有点儿拘谨了。

还好，墨夜司陪同她一起，多多少少让她不那么尴尬。

乔绵绵正对面坐了一个穿着深紫色衬衣的男人。

男人一只耳朵上戴着黑钻耳钉，略长的头发扎了起来，额前留着细碎的刘海儿，遮住了一半眉眼。

他长了一张很张扬的桃花脸，五官称得上漂亮，比很多女人还要精致。

他那双细长的桃花眼里透着几分不正经和邪魅气息，给人一种花花公子的既视感。

紫衣男人旁边还坐着一个一身白衣白裤的男人。

这也是一个长相非常俊美出色的男人，比起紫衣男人，多了几分阴柔暗黑的妖孽感。

白衣男人浑身上下都散发着冰冷的气息。看到他的第一眼，乔绵绵不禁打了个寒战，连带着起了一身鸡皮疙瘩。

她想到了一种让她会害怕的动物——蛇！

白衣男人给她的感觉，就像一条没有温度的冷血毒蛇。

乔绵绵还没来得及去打量白衣男人身旁坐着的女人，就见那个紫衣男人瞪大了眼睛，猛地站了起来。

那双细长的桃花眼直勾勾地看着她和墨夜司紧紧握在一起的手，男人不可思议地打招呼："二哥，这是小……小嫂子？！"

此时此刻，言少卿感觉自己的内心受到了巨大的冲击。

他知道他这个小嫂子还是个学生，年纪不大，可是……

言少卿盯完了两个人牵着的手，目光落到乔绵绵那张还透着些许青涩感的白皙脸庞上时，内心再次受到强烈冲击。

他这个小嫂子看着未免也太小了吧！

看着言少卿那双还在打量乔绵绵的细长桃花眼，墨夜司微微蹙眉，伸出手，占有欲十足地搂住了身旁的小女人。

冷飕飕的目光看向言少卿，男人语气警告地说："看够了吗？见到你嫂子打过招呼了吗？没点儿家教。"

言少卿："……"

他怎么就没家教了？！

还有，他怎么觉得他二哥刚才看他那眼神有点儿危险哪，就好像……把他当情敌了一样。

再看看他二哥那一脸占有欲十足的表情，言少卿抽了抽嘴角，保小命要紧，赶紧将目光移开了。

"喀喀喀，小嫂子，你好啊。"言少卿勾起嘴角，朝乔绵绵伸出一只手，"我叫言少卿，是二哥的……好兄弟。我俩是从小一起长大的发小儿。"

"你好，我叫乔绵绵。"

言少卿看起来很友好，很有亲和力，乔绵绵对他的第一印象挺不错的。

她也朝他伸出了一只手。

言少卿还没能完全碰到乔绵绵的手，一只修长白皙的大手横了过来，将他挡开了。

言少卿："……"

他二哥要不要这样？！他不就是跟小嫂子握一下手吗？！

二哥竟然还给他挡开了？！

二哥这占有欲未免也太变态了吧！

墨夜司直接无视言少卿充满控诉和不满意思的目光，将乔绵绵柔嫩的小手握在掌心里，牵着她给她介绍包间里的其他人："少卿，你已经认识了吧。来，我给你介绍一下其他人。"他指了指穿白色衣服，脸色看着不怎么好的那个男人，说，"那是老四宫泽离，在我们几个人里排行第四，你可以叫他小四。"

宫泽离蹙了一下眉头，脸上露出几分不满之色。

阿司让一个看着还没成年的黄毛丫头叫他小四？

他可接受不了。

他皱着眉正想说点儿什么，身旁的沈柔轻轻扯了一下他的手臂。

宫泽离便抿紧唇，将头扭到了一边。

"绵绵，你好，我叫沈柔。"没等墨夜司介绍，坐在宫泽离身旁的女人站了起来，主动和乔绵绵打招呼，"很高兴认识你。我们这群人和阿司都是很好的朋友，我和阿司小时候也是在一个院子里长大的。听说你们结婚了，祝你们新婚愉快呀。"

沈柔说话的时候，暗暗打量着乔绵绵，看着看着，心里就有点儿不是滋味了。

言少卿告诉她对方是个学生，可没告诉她这个女孩子竟然长得这么漂亮。

哪怕眼前的这张脸看着还有点儿稚嫩，可精致、漂亮的五官非常吸人眼球。

更别说，这个女孩子的皮肤还白得跟雪一样，整个人都在发光。

沈柔待的那个地方日照强烈，紫外线特别强，哪怕她每天都涂了防晒霜，没被晒黑多少，可跟眼前这个如雪球般白的女孩子一比，就显得黑很多。

女孩儿脸小小的，巴掌大，一头乌黑亮丽的披肩长发，气质干净又灵气。

沈柔长得好，出身好，学历也高，她周围的圈子里，没有哪个女孩子比得过她。

这导致她心高气傲，很少将谁放入眼里。

可是眼前这个叫乔绵绵的女孩子……生平第一次，沈柔有了危机感，也有些忌妒。

沈柔不得不承认，不管对方出身如何，长相上是不输给她的。

女孩子之间的各种情绪非常微妙，乔绵绵几乎是马上就感觉到了沈柔对她的敌意。

她不禁愣了一下。

沈柔对她有敌意？这敌意……是从哪里来的？

"你好，沈小姐。"乔绵绵暂时撇下心中的疑惑，礼貌性地和她握了一下手。

她伸出手的时候，感觉沈柔朝她的手上看了一眼，下一秒，沈柔眼里的敌意就消退了很多。

"不用这么见外的，"沈柔勾起嘴角，语气亲昵地说道，"你是阿司的妻子，也是我们的好朋友。可以叫我的名字，也可以叫我柔柔。"

沈柔说话间又朝她的另一只手瞄了一眼，随后嘴角的笑意更深了。

乔绵绵也顺着她的目光低头看了看，眼里流露出一丝疑惑神色。

她不知道沈柔在看什么。

他们入座后，服务员拿来了菜单。

众人今天是给沈柔接风，所以沈柔先看了一下菜单，然后点了几个菜。

她点完后，将菜单递还给服务员，转过头朝着墨夜司笑了笑，说："阿司，你的菜我帮你点了。我们才一年没见，你的口味应该没变吧？"

不知道是不是乔绵绵的错觉，她总觉得沈柔言语之间都故意表现出和墨夜司关系很亲密的样子。

女人的直觉都是很准的。

墨夜司眯了一下漆黑的眼眸，抬眸看了沈柔一眼。

沈柔唇边带着妩媚的笑意，一只手托着下颌，像是很随意地说起一样："我还记得你以前去我家时，我妈每次都要做一道剁椒鱼头，她说你就爱吃这个。

"本来我一开始不爱吃这道菜，后来跟着你吃了那么多次，竟然也觉得味道不错了。

"在国外，我居然很怀念这道菜，想着要是回国了，必须拉着你一起出来吃一顿。"

说到这里，她微微一笑，继续说："也不知道这家的剁椒鱼头做得怎么样。"

坐在她身旁的言少卿脸色微微一变，蹙了一下眉头。

沈柔这是在做什么？

宫泽离抿紧唇，砰的一声将酒杯放下，起身冷冷地说道："我去一下洗手间。"

说完，宫泽离就转身快步走出了包间。

言少卿看看沈柔，再看看墨夜司和乔绵绵，眉头蹙得更紧了。

如果说刚才还只是乔绵绵的猜测的话，在沈柔说完这些话后，乔绵绵现在确定她的猜测肯定没错了。

沈柔果然是故意的。

乔绵绵慢慢意识到沈柔一开始对她散发出来的那点儿敌意是怎么回事了。

沈柔……喜欢墨夜司？

除了这个原因，乔绵绵也想不出别的了。

但墨夜司好像不知情的样子。

乔绵绵下意识地就朝身旁的人看了一眼，却见墨夜司也转过头在看她。

四目相对，他唇边勾起一丝温柔的笑意，拉着她的手柔声问道："饿了没？有没有什么想吃的东西？"

"我……"

不等乔绵绵回答，他便让服务员拿来菜单。

"点几个你自己喜欢吃的菜。"墨夜司将菜单塞到她的手里，"今晚是少卿请客，别跟他客气，挑贵的菜点。"

言少卿："……"

墨夜司果然是有了媳妇忘了兄弟，重色轻友的家伙！

乔绵绵："……"

墨夜司看她一副呆呆愣愣的模样，又伸手在她的头顶上揉了一下，用带着宠溺的语气说道："帮我也一起点了。"

乔绵绵瞄了一眼对面脸色有点儿发青的沈柔，小声说："沈小姐不是帮你点了吗？我……我也不知道你喜欢吃什么。"

她怎么觉得墨夜司也是故意的呢？

沈柔说了那么多，他一句没回就算了，现在还让她帮忙点菜。

他这不是故意打沈柔的脸吗？

墨夜司笑了笑："你点什么，我就吃什么。你点的菜我都喜欢。"

她感觉墨夜司这话一说出口，沈柔的脸更青了。

这还没完，墨夜司跟她说完后，才转过头跟沈柔说了一句："人都是会变的，我现在不爱吃剁椒鱼头了。"

乔绵绵："……"

他这是想气死沈柔吗？

他也太不给人家面子了吧。

他们不是从小一起玩儿到大的好朋友吗？他这样做真的好吗？

"是……是吗？我以为……你还爱吃的。"沈柔指甲用力抠着掌心，嘴角的笑容变得要多僵硬就有多僵硬。

她怎么会感觉不出来墨夜司对乔绵绵的刻意维护？

这一刻，沈柔觉得特别委屈，也特别心酸。

她了解墨夜司。

他从来就不是一个会考虑别人的感受，或会刻意去维护谁的人。

他生性冷漠，就连对待他们这些朋友也不会太过亲密。

她和他认识二十多年了，也只是比旁的女人多了一点点所谓的特权。

可这点儿特权跟他身旁的女人一比，还算什么？！

他不喜女人触碰，会对女人的接近产生生理性厌恶感。

可是，乔绵绵能触碰他。

他从不刻意维护谁，可刚才维护乔绵绵了。

他甚至为了那个和他认识不久的女人，当众让她难堪。

以前他从不会这样。

为什么一结婚，他整个人就变了？

"喀喀，那个……小嫂子，二哥说得没错，你喜欢吃什么尽管点，我请客！"眼见着桌上的气氛有点儿僵硬，言少卿立刻出来活跃气氛，笑哈哈地说道，"都点贵的，别去看那些便宜的东西。你要是点便宜了，那就是不给我言少卿面子。"

乔绵绵也知道言少卿这是在打圆场，便很配合地点了点头："嗯，哈哈哈，那我就不客气了。"

说完，乔绵绵拿过菜单，埋下头默默开始点菜。

见她随便点了几个菜，墨夜司拿过来看了一下，又加了一个冰激凌上去，还笑着对她说："你不是喜欢吃冰激凌，每次饭后都要吃一个吗？草莓味的可以吗？"

乔绵绵："可以。"

坐在两个人对面的沈柔脸都白了，心像是被刀子割着似的疼，眼里涌起了一丝酸意。

"抱歉，"她深吸一口气，猛地站起来，"我去一下洗手间。"

说完她便推开餐椅，步伐匆匆地走了出去。

言少卿看着她匆匆离开的背影，心底暗暗叹了一口气。

只怕以后有些事情会变质了。

以前墨夜司对哪个女人都是冷冰冰的——哪怕不会喜欢沈柔，沈柔也不至于太难过。

可现在……他结了婚，有了老婆。貌似还很宠他老婆，这对暗恋了他多年的沈柔来说，无疑是的心口上被捅了刀子。

言少卿觉得，以后沈柔和墨夜司最好还是少见面，否则，沈柔心里只会越来越难受。

第九章

不甘放弃

沈柔走出包间，眼泪就流了下来。

在这之前，她本来还寄希望于墨夜司并不是很喜欢那个女孩子，以为他只是因为一些特殊情况才跟那个叫乔绵绵的女孩子在一起的。

刚才，她在看到乔绵绵手上连戒指都没有的时候，更是确定了自己的这个想法，为此还欣喜了一会儿。

只要墨夜司不喜欢那个女人，就算他们结婚了……也没关系。

她以后说不定也会嫁一个她不喜欢的男人。

他不喜欢乔绵绵，就不会碰她，和她的婚姻也不会长久。

只要他不喜欢乔绵绵，一切……都还不算太迟。

可刚才，他的种种维护行为，还有他看向乔绵绵时眼里流露出来的温柔和宠溺之色，都不像是不喜欢她的表现。

恰恰相反，墨夜司只有在喜欢一个人、在乎一个人的时候，才会那样做。

沈柔无法接受这样的事实。

她可以接受墨夜司和别的女人结婚，但接受不了他的心也属于别的女人。

怎么可以这样？！

她守在他身边这么多年，他如果要喜欢谁，喜欢的那个人也应该是她啊！

一个和他认识没多久的女人，算什么？！

"柔柔？"

一个有点儿诧异的声音在她耳边响起。

沈柔抬起头，眼里含泪地看向叫她的男人。

看到她哭了，不远处的男人又怔了怔，脸色瞬间阴沉下来。

他快步朝沈柔走了过去，走到她身前，眉头紧皱道："你怎么了？"

"我没事，"沈柔伸手擦了擦眼泪，强颜欢笑道，"不小心弄了点儿东西到眼睛里，有点儿难受。"

宫泽离脸色沉沉地盯着她看了一会儿。

"谁欺负你了？是阿司，还是他带来的那个女人？他们对你做了什么？"

"跟他们没关系。"沈柔红着眼摇了摇头，"你不要瞎猜，我真的没事。你别管我了，快进去和阿司他们说说话吧。"

"你跟我一起进去。"宫泽离伸手拉住了她，那双阴柔的眸子眯了起来，唇间发出一声冷笑，"我要问问阿司，是不是那个女人比我们这些朋友还要重要！"

说完，他就拉着沈柔要进包间。

沈柔脸色一变，急忙挣扎起来："泽离，你放开我！你听我说，事情真的不是你想的那样。你不要闹事好不好？！"

"你都被欺负哭了，还帮着他说话？"宫泽离低头看向她，脸色极为阴沉，"你就这么喜欢他？"

沈柔愣愣地盯着他看了几秒，眼泪"吧嗒"一声就掉了出来。

"柔柔，你……"宫泽离停下脚步。

"泽离，算我求你。"沈柔红着眼求他，"我刚回国，不想一回来就闹出这么多事情。我只想大家坐在一起高高兴兴地吃顿饭。你就当看在我的面子上，不要去闹好不好？"

沈柔刚说完，又有一颗眼泪砸落。

宫泽离脸色阴沉，抿紧唇，浑身散发着戾气。

沈柔又伸手轻轻拉扯了一下他的手臂，声音也轻轻的，说："泽离，求你了……"

半晌，宫泽离才不情不愿地点了点头。

他冷冷地说道："我可以答应你，不过你得告诉我你为什么哭了。"

"是谁把你惹哭的？"

"这……"沈柔目光闪了闪，咬着嘴角没说话，一副为难的样子。

宫泽离等了一会儿，没等到她的答案，冷笑着说："好了，你不用说了，我心里都清楚了。"

"泽离，你不要乱想，其实没人欺负我，是我自己想到一些不开心的事情，所以才会……"沈柔勾起嘴角，笑容却是苦涩的，"跟任何人都没有关系。"

"你进去吧，我去一下洗手间。"

说完这句话后，沈柔就转过身快步离开了。

宫泽离站在原地，脸色极为阴沉。

作为一群人里唯一一个和其他人都不熟的人，乔绵绵大部分时候在埋头吃饭。

不需要自己说话的时候，她绝对不会主动和谁说话。

一群从小一起长大的朋友聚在一起，自然有聊不完的话题，大部分时候是言少卿在找话题，其他人跟着聊上几句。

言少卿是个性子很活跃、很奔放的人——有他在，就不必担心会冷场。

他基本上可以从早说到晚，而且说的话题还能不重样，所以饭桌上的气氛一直很活跃。

一群人里，墨夜司和宫泽离算是话少的。别人说上十句，他们偶尔回一句那种。

但墨夜司也只是跟其他人话少，跟乔绵绵还是有不少话说的。

他时不时会主动找她说上几句话，很会照顾她的情绪。

墨夜司知道，她本来就是容易害羞的性格，今天第一次和他的朋友见面会有点儿不自在。所以基本上隔几分钟就会给她夹点儿菜，或倒点儿饮料，又或是和她说上几句话。

乔绵绵吃的差不多是他夹到碗里的菜。

他这细心体贴的举动，看得言少卿又是一阵感慨："啧啧，要不是亲眼看见，我都不敢相信。你们说说，二哥什么时候对谁这般体贴照顾过？"

他转过头问宫泽离："老四，你跟二哥这么多年的好兄弟，他给你夹过菜吗？"

宫泽离冷冷地瞥他一眼。

也没等宫泽离回答，言少卿伸手摸了摸鼻子，笑眯眯地说："反正我是没有过这样的待遇。小嫂子，你这可是独一份的待遇啊。你是不知道我们二哥是个多自负的男人，除了他自己，估计他是谁也不放在眼里的。

"不过现在嘛，他眼里多了一个你。小嫂子，我们这些当兄弟的人都可羡慕你了。沈大小姐，你说是不是呀？你小时候也没有过这样的待遇吧，二哥给你夹过菜吗？"

言少卿这是故意的。

他想让沈柔看清事实，不要再抱着那些不该有的想法了。

因为他太了解墨夜司了。

如果沈柔能及时调整好心态，把墨夜司当成真正的朋友或者哥哥看待，彼此间的友情就还能维持下去。

如果她还是抱着那些心思，只怕……

大家做了这么多年的朋友，言少卿不想看到不好的事情发生。

沈柔捏着酒杯的手指紧了紧。

她抬起头看向言少卿，眼底流露出了一丝怒意。

言少卿直视着她，勾唇笑道："对吧，你也没有得到过这样的待遇。亏得二哥总说什么你就跟他的亲妹妹一样，可对自己的亲妹妹都没这么好过。唉，二哥这是典型的重色轻友啊。"

"对……对呀。"沈柔咬紧了牙，笑容僵硬地说道。

她怎么会不知道言少卿是什么心思？

可是她喜欢了墨夜司这么多年，这份感情怎么可能是说放下就能放下的？

她又凭什么要放下？！

是她先认识墨夜司的！论感情，也是她和墨夜司的感情更加深厚。

除了他，她眼里再也容不下任何人了。

她曾经都想过，如果墨夜司一辈子不结婚，那她也一辈子不结婚。

她会用这样的方式默默陪伴他一生。

她心底很清楚，她不可能再喜欢上其他人了。

她把所有时间、所有感情、所有真心，全都给了他。

这样的情况下，她如何甘心退出？

一直在默默吃饭，忽然就被点到名的乔绵绵抬起头，对着言少卿露出一丝尴尬又不失礼貌的微笑："是吗？"

"当然了！"言少卿笑眯眯地说，"小嫂子，你该不会以为二哥对谁都这么体贴吧？我跟你说，除了你，我真的没见过二哥对谁这么细心温柔过，真的！"

他最后还加重音量，特地强调了一下："他对墨姨都没这么体贴过。今天是墨姨不在，不然她看到他这样肯定会吃醋的！"

言少卿刚说完，就挨了一脚。

"吃你的饭。这么多东西还堵不住你的嘴。"

墨夜司一脚踢到他的小腿上，力道丝毫不含糊。

"哇，二哥，你对自己的女人百般温柔，对兄弟就这么狠的吗？你这区别对待得太明显了吧！"言少卿痛得"哇哇"叫，他那龇牙咧嘴的样子，还真是一点儿形象都没有了。

乔绵绵"扑哧"一声就笑了出来。

她这一笑，把言少卿看得眼睛都直了。

刚才还龇牙咧嘴地喊痛的人，这会儿目光直愣愣地盯着乔绵绵，像是呆住了一样。

言少卿忽然就觉得好像有点儿能理解二哥为什么会喜欢上这个年轻的小嫂子了。

哇，小嫂子笑起来真好看！她居然还有酒窝！

天知道他多喜欢有酒窝的女孩子，如果再加上两颗小虎牙，简直不要太可爱了好吗？

这一瞬间，言少卿仿佛看到了他的初恋，有了怦然心动的感觉。

"哇，二哥，你干吗又踢我？！好痛啊！"

他看得正入迷，差点儿因小腿处传来的疼痛感而跳起来。

这一次，墨夜司踢得更狠，这一脚差点儿没把他踢趴在地上。

言少卿揉着小腿，眼泪汪汪地转过头去。

墨夜司面无表情地看着他："你那双眼睛再到处乱看，就给你挖出来。"

言少卿："……"

就因为他刚才盯着小嫂子多看了几眼，所以他家二哥这是……吃醋了？

他以前怎么就没发现，他家二哥是个醋坛子？！

他们对面，沈柔都快把手里的酒杯捏碎了。

"阿司，"她骤然深吸一口气，脸上保持着得体的笑容，语气很随意地问道，"你和绵绵打算什么时候举办婚礼啊？我可以提前把时间腾出来。"

"喀喀喀。"乔绵绵刚喝下一口果汁，被呛得咳个不停。

好好的，沈柔提什么婚礼啊？

她压根儿就没想过要举办什么婚礼好吗？

要是他们举办了婚礼，岂不是就彻底公开了？

"慢点儿喝，怎么就呛着了？"墨夜司用手在她的后背上轻轻拍打着，等她稍微好点儿了，才回了沈柔一句："看绵绵，她说什么时候就什么时候，我都听她的。"

这样的回答让沈柔瞬见变了脸色。

她咬了咬牙又问道："墨姨和墨叔叔就没催你们吗？"

墨夜司抬了一下眼眸，看向沈柔时，沈柔瞬间有了一种被他看穿的恐慌感。

还没等他说什么，她就有些慌张地解释起来："我的意思是，你们都已经结婚了，墨叔叔和墨姨肯定希望你们早点儿把婚礼办了吧？"

墨夜司看了她几秒，勾了勾唇，说道："结婚的事情，他们还不知道。"

"什么？"沈柔故作惊讶地问，"你没告诉他们吗？这么大的事情，你怎么……"

"绵绵还没做好心理准备。"墨夜司转过头，看了一眼坐在他身旁的女孩儿，伸手摸了摸乔绵绵的头，继续说着，"她什么时候准备好了，我就什么时候带她回家。

"在这之前，她如果不想去我家，我们就不去。"

他说话的语气并不是特别温柔，可就是能让人从中听出一丝不易察觉的宠溺和纵容之意。

他的意思很明显，所有的一切，他都尊重乔绵绵的决定。

她要怎么样，那就怎么样。

对墨夜司这样的男人来说，要多喜欢一个人，才会把她宠成这样？

尤其是，他一直都是个我行我素惯了的人，从来都是别人迁就他，哪里有他去迁就别人的？

别说是沈柔了，就是言少卿和宫泽离听了他说的这些话，脸上都露出了惊讶、意外的表情。

沈柔会这么问，是以为墨夜司还不想带乔绵绵回沈家，是想让乔绵绵知道这一点，可墨夜司的回答，无疑往她脸上甩了两耳光，还是狠狠地甩了两耳光。

"是……是吗？"沈柔咬紧了唇，垂在身侧的手都在发抖。

"嗯。"墨夜司只是淡淡地应了一声。

这时，服务员送来了一份餐后的冰激凌。

这是他给乔绵绵点的。

墨夜司伸手接过冰激凌，递给乔绵绵："别吃太多了，小心一会儿肚子不舒服。"

乔绵绵："……"

她很想说：墨总你不要这么照顾我好吗？我的压力真的好大啊！

自从看出沈柔是喜欢墨夜司的后，她就觉得压力很大。

跟一个把她当情敌的女人同桌吃饭，她压力能不大吗？

偏偏墨夜司还表现得对她格外照顾，乔绵绵都能感觉到沈柔看她的目光里带着刀子。

就如现在，她又感觉到沈柔刀子般锋利的目光射过来了。

她接过冰激凌，刚吃了一口，就听到身旁的男人笑着问道——

"好吃吗？"

"嗯，"乔绵绵咽下冰激凌，舔了舔唇，"挺好吃的。"

这么高级的地方，做出来的东西能不好吃吗？

"嗯，"墨夜司点头，"我也尝点儿。"

"你……你要尝？"她抬起头看向他。

墨夜司挑了挑眉，说："不可以？"

"当然可以。"

只是，之前他不是说他不爱吃这些东西吗？

她也没见他吃过。

"那让我尝尝。"墨夜司又说。

"哦。"乔绵绵虽然不知道他为啥心血来潮，但还是把勺子递给了他。

谁知道墨夜司却不接勺子，性感的薄唇轻轻勾起，目光勾人地凝视着她，说："你喂我。"

"喀喀喀。"言少卿把刚喝进嘴里的红酒喷了出来。

宫泽离就坐在他的旁边，被他喷了一身，白色衬衣立刻就染上了点点紫红色痕迹。

宫泽离瞬间黑下脸来，杀气腾腾地看向言少卿。

"喀喀，老四，我……我不是故意的。"言少卿脸都呛红了，咳得眼里也泪汪汪的，喘着气说，"可是，你不觉得惊悚吗？你看二哥那个鬼样子，真就跟中了邪一样。

"你敢相信他还是我们认识的那个二哥吗？

"冰激凌是什么鬼东西？！从他穿开裆裤那会儿，我就跟他玩儿在一起了，可从没见他吃过这玩意儿。他明明说过他不喜欢吃甜品的！"

言少卿每说一句话，沈柔的脸色就难看上一分。

等他说完，沈柔唇上都被自己咬出了一道血印子，就连一开始维持着的笑容也绷不住了。

是啊，墨夜司从来不吃甜食的。

她以前亲手做过甜品送给他，他一口也没尝。他直接告诉她他不喜欢，还让她以后不要再做了。

可刚才，他说他要吃冰激凌。

就因为乔绵绵喜欢吃冰激凌，他就爱屋及乌，也要吃了？

浓浓的忌妒情绪像潮水一样猛地涌上了沈柔的心间，她将手里的酒杯砰的一声放到桌上，猛地站了起来。

她这个举动让其他人都有点儿诧异。

言少卿蹙眉看了过去，脸上浮现担忧之色，怕她受到刺激会做出不理智的事情。

他语气带着提醒："柔柔。"

墨夜司眯了眯眼，也抬起头看向她。

"我有点儿不舒服。"沈柔深吸一口气，压抑住内心的暴躁情绪，拼命找回自己的理智，费力从嘴角挤出一丝很不自然的笑容，说，"我想先回家了，改天再好好请你们。"

"不舒服？"言少卿转了转眼珠，马上就说，"是不是时差还没倒过来？那你早点儿回去休息吧。反正大家都不是外人，改天挑个时间再聚就行了。"

这种情况下，沈柔走了会比较好。

不然万一她一会儿绷不住，闹出什么事情来怎么办？

就在沈柔说要回去的时候，宫泽离也站了起来。

他双手插进裤兜，淡淡地说道："我送柔柔回去。"

"老四，你也要走？"言少卿皱起了眉头，"你们都走了，我一个人留在这里岂不是成电灯泡了？"

墨夜司看了沈柔一会儿，点头道："既然不舒服，那就早点儿回去吧。"

沈柔忽然就觉得鼻子有点儿酸。

他都不问她究竟哪里不舒服吗？

现在他眼里就只看得到一个乔绵绵吗？

"那……那我走了。"她忍住眼里那股酸涩的泪意，慢慢转过了身，"对了。"像是想到什么，她又停下了脚步，从包里拿出一个小盒子。

她将盒子递给墨夜司："这是我带给你的礼物。泽离和少卿的礼物，我已经给他们了。"

墨夜司犹豫了一下，伸手接过盒子："谢谢。"

他这一声"谢谢"，让沈柔的鼻子更酸了。

她嘴角勾起一丝自嘲的笑意："阿司，我们都认识多少年了，你跟我还这么见外吗？"

说完，她又转过头，抱歉地对乔绵绵说道："抱歉，绵绵，买礼物的时候我还不知道你和阿司结婚了，所以就没准备你的礼物，回头我给你补上吧。"

乔绵绵愣了一下，马上说："不用，不用，没关系的！"

她还是很有自知之明的。

人家都是认识多年的好朋友，她虽然嫁给了墨夜司，可也是第一次和他们见面，对他们来说，她还是个陌生人罢了。

"那下次再见了。"

沈柔说完便快步从包间里走了出去。

宫泽离也跟着她一起离开了，走的时候连个招呼都没打。

乔绵绵感觉身旁的气压越来越低……

她转过头看去，墨夜司的脸色沉了下来，眉眼间隐隐有动怒的迹象。

沈柔和宫泽离走到了门口。

"站住。"墨夜司忽然出声，声音很冷，也很凌厉，"宫四，你如果下次不想出来，那就不要出来了。还有，从你嫂子来到现在，你和她打过一声招呼没有？她是我的妻子，那就是你们的嫂子。

"如果你觉得你不想认下这个嫂子，那以后也不用再叫我二哥了。

"我没你这样的兄弟。"

墨夜司这些话让现场的气氛瞬间降到冰点。

一时间，没有任何人说话，现场安静得像是所有人都消失了一样。

宫泽离已经走到门口，背影僵硬地站在那儿，身侧的一只手用力收紧。

言少卿眉头紧紧皱在一起，一脸极为无语的表情。

这还真是怕什么来什么，他就知道宫泽离今晚这鬼样子是肯定要惹二哥生气的。

不管宫泽离这么做是不是在维护沈柔，那都是做错了。

二哥是个什么样的人哪？

二哥可是超级护短的！

一顿饭吃下来，连言少卿都看明白了墨夜司对乔绵绵那是真的稀罕。

那种稀罕，是一个男人对一个女人的稀罕，无关其他。

二哥这么稀罕的人，能容忍别人轻视对待吗？

哪怕那个人是他的好兄弟，也不行！

"二哥，老四他……"生怕两个人就此闹僵的言少卿试图说好话劝慰。

只是他才刚刚开口，墨夜司冰冷到没有一丝温度的声音就落入了他的耳里："没你的事，把嘴闭好。"

言少卿："……"

他转过头看着墨夜司那张没有表情的脸，被吓得打了个哆嗦，顿时就不敢再说什么了。

二哥脾气不好，众所周知，但他很少真正动怒，少有的那几次，让人印象非常深刻。

他如果真正在气头上，言少卿是不敢去惹他的。

看着宫泽离僵硬的背影，言少卿只能在心里默默为他祈祷，希望他可别一根筋犟到底把事情闹到不可回转的余地，那可就糟糕了。

墨夜司的这番举动让乔绵绵惊讶极了，也意外极了，她根本就没想到他会这么做。

其实宫泽离不喜欢她，甚至没有开口和她打招呼，她都不在意的。

他们是墨夜司的朋友，但不是她的朋友，不喜欢自己也很正常。

而且她看出来了，宫泽离和沈柔关系很要好，他对她态度冷漠，可能也有沈柔的关系。

"墨夜司，没关系的，我……"乔绵绵想说她并不在乎。

她觉得墨夜司没必要因为她而把兄弟之间的关系弄僵了。

可乔绵绵话还没说完，就被他冷冷地打断了。

"你也别说话。这是我和他之间的事情。"

乔绵绵："……"

男人的声音不像之前那么温柔，听起来冷冰冰的。

尽管他和她说话时比跟言少卿说话那会儿语气好了不少，但乔绵绵还是觉得好冷好冷。

习惯了他在她面前的各种温柔样子，他乍然态度这么冷，她都有点儿被吓到了。

本来还想劝两句的乔绵绵，看着他那张阴沉的脸，也不得不打消念头了。

沉默片刻后，沈柔见墨夜司一点儿退让的意思都没有，心里酸涩不已，咬了咬唇低声劝宫泽离："泽离，就跟阿司认个错吧。你难道要为了这么小一件事情就和他闹僵吗？"

宫泽离阴柔俊美的脸庞蒙上了一层阴郁之色，他抿紧唇，沉默半晌后才转过了身。

冷漠的目光落到乔绵绵的脸上，他盯着她看了几秒，缓缓勾起嘴角，说："乔小姐真是好本事。你一来，我们这么多年感情的兄弟都能为你闹成这样，你是不是觉得很有成就感？"

乔绵绵睁大眼，错愕地看向他。

这……跟她有什么关系？

她可什么都没做啊。

"听说乔小姐还是学生？呵，年纪不大，本事倒是挺大的。"

他刚说完，就看到一个酒杯朝他飞了过来，遂急忙躲开。

那原本要砸到他身上的酒杯，砸到了一旁的墙壁上。

啪的一声，水晶杯应声碎裂，掉到地上。

"啊！"沈柔被吓得花容失色，捂着嘴尖叫了一声。

宫泽离缓缓转过头，难以置信地看向墨夜司。

"滚。"墨夜司声音又冷又沉，仿佛能凝出一层冰，"马上滚出我的视线，别逼我亲自动手。"

"阿司，你……"沈柔满脸惊愕的表情，仿佛不敢相信他真的会拿酒杯砸宫泽离。

他就为了一个乔绵绵？！

那个女人就这么重要吗？

乔绵绵难道比他认识了这么多年的兄弟还要重要？

这一刻，沈柔觉得她好像不认识墨夜司了。

他和她从前认识的那个人不一样了。

墨夜司却没看她，只冷冷地看着宫泽离说道："没听到？还不滚？"

宫泽离脸色极为阴沉，忽地冷笑一声："好，很好。墨夜司，我算是看透你了，你就是个重色轻友的浑蛋！行，这个女人比谁都重要是吧？好，那就当我们以前都白认识了！兄弟你也不需要了，就抱着你的女人过一辈子吧。"

他愤怒地转身离开。

"泽离，你等一下……"

沈柔目光深深地看了墨夜司一眼，叹了一口气，赶紧追了出去。

言少卿也默默地叹了一口气，感觉心很累。

好吧，他担心的事情终于还是发生了。

从酒店离开后，言少卿解释着，"二哥，我也不知道老四今天是哪根筋搭错了。你也知道他脾气一直就很古怪，经常莫名其妙就生气了。你就当他是更年期到了，不要和他一般见识吧。

"等冷静下来，他肯定会意识到自己的错误，主动向你道歉认错的。

"我也会劝劝他。还有，小嫂子，我替老四跟你说句'对不起'。

"其实老四这人就是脾气怪了点儿，人并不坏的，对你应该没什么恶意。只是他今天心情不怎么好，所以……"

真正的原因是什么，言少卿是知道的，只是这话他不能跟乔绵绵说呀，否则二哥知道了还不得扒了他的皮？

"没关系的，"乔绵绵朝他笑了笑，很大度地说，"我不介意。"

听她说不介意，言少卿愣了一下："小嫂子真的不介意？"

乔绵绵点头："嗯，谁都会有心情不好的时候嘛，我能理解。"

她表面大度，内心却想着反正以后她和那个宫泽离也见不到几次面了，他喜不喜欢她，对她来说一点儿都不重要。

"谢谢小嫂子理解。"之前看到乔绵绵那两个小酒窝的时候，言少卿对她的印象就不错了，现在更是觉得她挺可爱的，不但长得好看，性格也好。

如果不是因为沈柔，宫泽离大概……也会觉得她不错吧。

"那我就先走一步了，不打扰二哥和小嫂子的二人世界了。"言少卿极快地瞥了墨夜司一眼，见他还是阴沉着脸，不由得在心里叹了一口气。

看来老四这次是真的把二哥给气着了。

这件事……不好办哪。

言少卿的车就停在对面，是一辆颜色很惹眼的兰博基尼跑车。

没过多久，一辆绿色超跑就从停车位里开了出来，迅速开出了停车场。

与此同时，李叔也开着那辆黑色劳斯莱斯过来了。

他停好车，拉开车门下车，再绕到车子后面将车门打开："墨总、太太，请上车。"

"走吧。"墨夜司伸手牵住乔绵绵的手上了车。

车上，墨夜司交代李叔："直接回麓山别苑。"

交代完，墨夜司便闭上眼，伸手揉了揉眉心，一副很疲惫的样子。

"那个，墨夜司……"

刚才有言少卿在，有些话乔绵绵也不好说，现在车里没外人了，她觉得有必要和他谈一谈。

她心里多多少少有点儿内疚。

虽然她觉得其实她也挺冤枉的，但不管怎么样，墨夜司的确是为了她才和他的朋友闹成那样的。

墨夜司缓缓睁开眼，幽深的墨色眼眸凝视着她："嗯？"

男人声音有些沙哑，听起来格外性感。

乔绵绵咬了咬唇，纤长浓密的睫毛颤了颤，有些不安地抬起眼眸说："那个……对不起啊。"

墨夜司怔了怔，眯了一下眼："你对不起我什么？"

"今晚发生的事情，都是因为我，你才会和你朋友……"

"跟你没关系。"他打断她的话，"你不用说对不起，你也没有任何对不起我的地方。"

"可是……"乔绵绵轻轻叹了一口气，"如果不是因为我，你们也不会发生争吵。真的很抱歉，如果早知道他不喜欢我，我不应该……"

"不应该怎么样？不应该跟我一起来？"墨夜司皱起了眉头，握着她的那只手紧了紧，片刻后，伸手将她轻轻揽入怀里，"绵绵，你是我的妻子，他们是我最好的朋友，我不要求他们必须喜欢你，但如果他们对我的妻子连最起码的尊重都做不到，你觉得我心里会怎么想？

"如果这次不让他们知道我有多生气，以后他们只会对你更加不尊重。

"我说过不会再让你受任何委屈，就会说到做到。老四明知道我在乎你、看重你，还敢给你脸色看，这是不给你面子，也是不给我面子。

"不给他点儿教训，怎么能行？"

乔绵绵有点儿说不出话来，心脏忽然就跳动得好快好快。

刚刚他说在乎她、看重她……就算不知道他说的这些话究竟是不是真心的，这一刻，她承认她的确有点儿心动了。

当你切切实实地感受到一个男人真的很在乎你，很看重你，还处处维护你……而且这个男人又是像墨夜司这样容貌俊美、气质尊贵，还对你温柔体贴、呵护宠爱……哪个女人会不心动呢？

在这样的情况下，乔绵绵要是还能做到完全无动于衷——她就不是人，而是神了！

可惜，她不是神。

这一刻，她不可避免地对墨夜司心动了。

临近毕业，乔绵绵也不需要每天都待在学校里了。

大部分时候，她住在麓山别苑那边，算是正式和墨夜司开始了同居生活。

刚开始她还以为她会不习惯，可正式住在一起后，才发现所谓的同居生活并非如她想的那样糟糕。

比如之前她以为住在一起后自己会没自由，没隐私，没自己的空间，但事实上并非如此。

　　她虽然天天和墨夜司生活在同一个屋檐下，可她的生活和以前并无太多变化。

　　墨夜司很尊重她。即便两个人天天同床共枕，可他说过不会强迫她，就真的一次也没有强迫过她。

　　他对她的亲密行为，最多仅限于亲吻。

　　即便偶尔有其他方面的试探行为，只要乔绵绵表现出不愿意，他就不会有进一步动作。

　　事实上，两个人每天的相处时间并不多。

　　墨夜司是个大忙人，每天大部分时间待在公司里。他作息规律又严格，早上六点半准时起床，起床后会去锻炼一个小时，再花半个小时阅读，然后才是吃早饭，吃完早饭便去公司上班。

　　每天他都是如此，雷打不动。

　　所以乔绵绵在一整天的时间里，基本上只有晚上才能见到他。

　　至于早上，等她睡醒后，墨夜司早已经去公司了。

　　虽然他也说过，她随时可以去墨氏找他，可没什么特别的事情，乔绵绵是不会去打扰他的。

　　这段时间空闲，乔绵绵白天都会去医院陪乔宸。墨夜司下班后会去医院接她，两个人再找个地方吃晚饭，吃完晚饭再看一下电影、逛逛街什么的。

　　日子过得宛若细水长流，虽然平淡，却是乔绵绵喜欢的平静生活。

　　最让乔绵绵高兴的是，乔宸的手术日期定下来了。

　　这让她对接下来的每一天都期待了起来。

　　等乔宸做了手术，恢复健康，乔绵绵就觉得她这辈子再也没有别的奢求了。

　　乔宸做手术那天，乔绵绵放下了所有事情，在医院全天陪护。

　　乔绵绵知道墨夜司以前当过医生，但从没有想象过，穿上了白大褂的墨夜司会是什么样的。

　　她看到的墨夜司从来都是西装革履，衣冠楚楚，高冷又矜贵的翩翩公子形象。

　　所以当墨夜司换上白大褂，和陆饶一起出现在她面前那一刻，乔绵绵看得眼睛都直了。

这是墨夜司？

她直愣愣地看着眼前这个明明看起来很熟悉，却又让她有一丝陌生感的男人。

眼前的男人穿着宽松的白大褂，戴着金丝框眼镜，再配上那张俊美得会让人失神的脸，怎么看都给人一种斯文败类的感觉。

她想，如果墨夜司一直做医生的话，不知道有多少女病人会被他迷得晕头转向。

还好他不是医生，乔绵绵心里这么想着。

"怎么了？有什么问题吗？"墨夜司被自己的小妻子这么直勾勾地盯着看，以为是哪里不妥，勾唇朝她走过去，"怎么用这样的眼神看着我？"

距离近了，乔绵绵觉得眼前的男人真是好看得无可挑剔。

他这张脸每一个部位都完美到无可挑剔。

隔着一层薄薄的镜片，他看向她，眼底那片浓得化不开的墨色仿佛能将人吞噬。

乔绵绵的心跳越来越快。

她又很没骨气地犯花痴了，被眼前这个已经是自己老公的男人给迷住了。

墨夜司穿上白大褂，怎么能这么好看呢？

他好看得……都有点儿犯规了。

她脸颊微烫，支支吾吾地说道："没……没什么。就是觉得你这样穿很……很……"

"嗯？很什么？"墨夜司挑眉。

乔绵绵白皙的脸庞上透出一层薄薄的红晕，目光落在他俊美的脸庞上看了看，心跳又快了那么几秒："很好看。"

"嗯？"墨夜司愣了愣，随后薄唇轻轻挑了起来，"你觉得好看？"

"嗯，"乔绵绵点了点头，"好看。"

"好。"墨夜司点了一下头。

乔绵绵：好什么？

男人低头，凑到她的耳边，声音有些低哑，说道："你喜欢的话，我让陆饶给我准备一套新的，等回去我穿给你看。"

乔绵绵："……"

温热的呼吸像是吹进了她的耳朵里，有些痒，男人低笑了一声，又说了一句："等回去，只有我们两个人的时候，我穿给你看。"

乔绵绵：这个男人又在对她耍流氓了！

她脸上越发滚烫了，伸手轻轻推了他一下，抬起头瞪了他一眼："墨夜司，你正经点儿好吗？"

墨夜司笑着退开："好，那这件事情等回去我们慢慢再说。"

乔绵绵："……"

"姐夫，你刚才在和姐说什么悄悄话啊？"检查完回来的乔宸推开了病房的门，一走进来就看到他姐夫凑在他姐耳边说悄悄话。

也不知道他姐夫说了什么，他姐脸红红的，还瞪了他姐夫一眼。

墨夜司直起身，勾着唇，心情很好的样子："夫妻之间的私房话，你不适合听。"

乔宸："……"

"好了，你们夫妻之间的悄悄话留着以后慢慢说吧。"陆饶走过来，伸手拍了一下墨夜司的肩膀，"你小舅子刚刚检查完了。他现在的身体状况挺好的，适合做手术。我们是不是该去准备一下了？"

乔宸的这场手术是墨夜司和陆饶一起给他做。

这是两个站在医学界顶端的人，一般人能够请到其中一个都非常不容易了。

而这次，代表着最高水平的两个人给同一个人做手术。

这样高规格的待遇，除了乔宸，别人还没享受过。

关键是，这次的手术陆饶还是友情参与，一分钱都不收。

"嗯，那就让人去准备吧。"墨夜司怕一会儿就要做手术的乔宸太过紧张，安抚了他几句："有我和陆医生给你做这次手术，手术会很顺利地完成的。

"你不用太紧张。到时候打了麻药你就睡过去了，什么都感觉不到。等你一觉睡醒，手术就结束了。

"以后，一切都会好起来的。"

"嗯。"乔宸感激地看着他，"姐夫，谢谢你。"

说完，乔宸又对陆饶道谢："陆医生，这次辛苦你了，谢谢你为我做手术。"

"谢什么？你姐夫跟我可是多年的好朋友。"陆饶一副很仗义的样子，"他难得开口让我帮一次忙，我肯定是要帮忙的。你姐夫说得没错，你不用担心，这就是很简单的手术，很快就做完了。你姐夫可是心脏科最权威的医生，有他给你做手术，你就放一百个心吧。"

术前准备很快就做好了，乔宸换了衣服，被推进了手术室。

乔绵绵看着他进去，尽管知道没什么可担心的，可看着手术室的门被关上那一刻，她的心还是揪紧了。

心脏手术，也不是简单的手术，这关系到乔宸后面能不能恢复正常——对乔宸来说至关重要，对她来说也至关重要。

墨夜司也换上了手术服，准备进手术室了。

走到门口时，他转过头看了一眼一脸紧张表情的乔绵绵，想了想，转身走到了她身前。

"绵绵，别担心。"他伸手在乔绵绵的头上轻轻摸了一下，温柔地说道，"手术会很顺利的。你放心，我答应过你一定会让宸宸变成一个正常、健康的人。等这场手术结束，他就变得和我们一样了。"

"嗯，"乔绵绵握紧了他的手，"那一切就拜托你了。"

墨夜司握了握她的手，对着她的脑门儿轻轻弹了一下："傻不傻啊，跟自己的老公客气什么？！我要进去了，你就在外面安心等着。"

墨夜司安抚了她，转身进了手术室。

一个小时后，手术室紧闭的大门被打开了，乔绵绵第一时间冲了过去。

陆饶跟着几个助手走了出来，一边走，一边摘口罩。

他看到站在门外的乔绵绵，朝她露出宽心的笑容，走到她身前停下脚步说道："手术很顺利，安心吧。"

乔绵绵骤然松了一口气，眼里一下子就有了热意，眨了眨眼，红着眼眶说道："陆院长，太感谢你了。"

"小嫂子，你还是叫我的名字吧。"陆饶笑着说，"你太客气了。何况这次主刀的人是阿司——他才是功劳最大的人。"

陆饶刚刚说起墨夜司，乔绵绵就看到墨夜司也从手术室里走了出来。

墨夜司摘下口罩，露出一张俊美若天神的脸，径直走到了乔绵绵身前。

"手术很成功，宸宸现在情况也很好，等麻药过了就能醒过来。绵绵，以后你不用再担心宸宸了。"

乔绵绵看到墨夜司额头上有汗，拿出了纸巾给他擦拭。

手术时间比她想象中短很多。

她还以为要好几个小时的，可没想到居然一个小时就做完了。

墨夜司很自然地将头低下去，方便她擦汗。他看到她微微泛红的眼睛，眉头蹙了一下，低声问道："怎么哭了？"

"没什么，我就是高兴。"乔绵绵吸了吸鼻子，感觉眼睛还有点儿热热的，"想到宸宸很快就可以成为一个健健康康的正常人了，心里就很高兴。我这是……喜极而泣。"

她一直担心乔宸的身体。

在还没有遇到墨夜司之前，她有几个晚上做梦，梦到乔宸因为心脏病发作离开了。

她伤心欲绝，哭着醒了过来，噩梦之后，就是铺天盖地的恐惧感席卷了她。

那个时候，她特别特别害怕她的梦会变成真的。

现在，她终于不用再害怕了。

她在想，如果没有遇到墨夜司，她和乔宸的命运会是什么样的？

是老天爷对他们姐弟仁慈，让他们姐弟得以遇见他。

他改变了她的命运，也改变了乔宸的命运。

乔绵绵心口涌起一股暖流，她情不自禁地扑进了墨夜司的怀里，伸手将他紧紧抱住。

"墨夜司，谢谢你。"她将脸贴在他的胸口上，听着他有力的心跳声，心底泛起一丝异样的情愫。

墨夜司愣了一下，很快也伸手抱住了她。

这一刻，他好像也感受到了她的心情，想伸手摸摸她的头，但他的手上还戴着手套。

"绵绵，"墨夜司的声音特别特别温柔，"让我先换下衣服，嗯？到时候你想怎么抱就怎么抱，想抱多久就抱多久。"

他身上的手术服还没有脱下来。虽然她不嫌弃，他自己却觉得脏。

乔绵绵这才看到他身上还穿着手术服。

从手术室陆陆续续走出来的人看到抱在一起的两个人，无论男女，脸上都流露出了羡慕之色。

这可真是恩爱的一对夫妻啊。

几个女护士看了看墨夜司那张俊美的脸，心跳加快的同时，对乔绵绵羡慕不已。

她们听说这次主刀的墨医生可是墨氏总裁——墨夜司。

谁能想到这个被誉为商界神话的男人，在医学界竟然也是一个大佬级别的人物呢？

最主要的是，他还长得这么好看。

墨夜司这张脸，轻易秒杀娱乐圈那些明星，本来是可以靠脸吃饭的人，他却又偏偏实力超群。

这样一个男人，简直堪称极品中的极品，完美到极点！

就是他多看她们一眼，她们都觉得心脏快要爆炸了。

此时此刻被他抱在怀里，让他用那么温柔又宠溺的目光凝视着的女人，该是何其幸运又幸福啊！

乔宸在医院里养了一段时间，出院时精神看着好了不少。

乔宸出院那天，墨夜司陪着乔绵绵一起去医院接他。再看到墨夜司时，乔宸一口一声"姐夫"已经叫得很顺口了。

住院这段时间，乔宸得到的照顾可谓无微不至。

他住着最好的病房，每天都有最好的医疗团队来给他检查身体，住院时的一日三餐全都是营养师精心搭配好的，还有随时把守在门口的保镖。

乔宸心里很清楚，他能被这么好地照顾，全都是因为自己这个身份不凡的姐夫。

就算是因为乔绵绵，那也说明他这个姐夫真的很在乎他姐姐。

不管怎么样，目前在他看来，这个姐夫比苏泽要靠谱儿很多。

苏泽和他姐姐认识那么多年了，却迟迟没有跟他姐姐结婚，闹到最后还出轨了。

而现在这个姐夫很快就和姐姐结婚了。

仅在这一点上，这个姐夫就比苏泽靠谱儿多了。

乔宸心底真正认下了墨夜司这个姐夫后，对墨夜司的态度也亲切了很多，俨然将他当成一家人了。

乔宸、乔绵绵和墨夜司走在前面，后面跟了两个帮乔宸提行李的保镖。

"姐夫，"乔宸闲话家常一样和墨夜司聊了起来，"你跟姐都领结婚证了，你们什么时候办婚礼呀？"

之前乔安心去医院闹过一次，说乔绵绵和墨夜司是情人的关系，这些话，乔宸自然是不会相信的，只当乔安心在放屁。

乔绵绵是什么样的人，乔宸比谁都清楚。

之前乔宸一直担心乔绵绵会吃亏，会受委屈，会过得很不开心……可这次见面后，乔宸觉得他多虑了。

他姐在姐夫面前那副小鸟依人的娇羞模样，怎么看都像是刚陷入热恋中的状态。

两个人看起来感情很好。

乔绵绵一点儿也不像是不开心的样子。

相反，她看起来过得很好，身上穿戴的那一套一看就很贵，那肯定是他姐夫给她买的了。

看着乔绵绵过得这么好，乔宸很高兴。

这一刻，他希望乔绵绵和墨夜司的婚姻里不掺杂任何外在因素。他很怕他们是出于某些原因才在一起的，等达到目的后又分开……

所以，他觉得他们光是领证还不行，还得再举办一场婚礼，让更多人知道他们结婚的事情。

这样一来，他们的婚姻才能更加稳固。

"办婚礼？"墨夜司重复了一下他的话，勾了勾唇，转过头去看乔绵绵："你弟问我们什么时候办婚礼，你觉得呢？"

"呃……"

"我也觉得应该早点儿把婚礼办了。结婚证都领了，迟迟不办婚礼，好像有点儿说不过去。

"这件事，你可以好好考虑一下了。你想好了时间就告诉我，我随时可以配合你。"

乔绵绵有点儿抓狂。

怎么他们说着说着又说到办婚礼这件事情上了呢?

她一点儿准备都没有。

"喀喀喀，这件事还是等回去再说吧。"乔绵绵赶紧转移话题，伸手拍了一下乔宸的肩膀，笑着说: "宸宸，为了庆祝你出院，中午我们去吃大餐。你姐夫说他请客的，你想吃什么尽管跟他说。"

乔宸: "……"

好吧，他算是看出来了，并不是他姐夫不想办婚礼，敢情这不想办婚礼的人是他姐啊。

乔宸是不能理解他姐的做法的。

他姐夫长得这么帅，又有钱，带去哪里都是很有面子的吧。

他姐这样藏着掖着干什么呢?

难道……他姐还惦记着苏泽那个浑蛋，所以才迟迟不肯跟他姐夫办婚礼?

医院大门外，李叔站在一辆黑色劳斯莱斯旁。

见墨夜司一行人走出来，李叔马上上前迎接，恭敬地唤道: "墨总、太太。"

李叔又看了一眼站在乔绵绵身旁的身材挺拔修长、眉目精致漂亮的少年，客气地唤道: "乔先生好。"

"这是李叔。"乔绵绵给乔宸介绍。

"李叔好。"乔宸很有礼貌地跟李叔打了声招呼。

李叔又打量了他一眼，心里生出几分好感。

太太这个弟弟和她一样，性格都还挺讨人喜欢的。

姐弟俩长得也好。

乔宸也就是稍微瘦了点儿，其他方面都是无可挑剔的。

李叔觉得眼前这个小伙子比电视上很多男明星还要好看。

虽然乔宸穿着看起来很普通，可气质很好，就是一个干净清爽的阳光大男孩，想必在学校里是很受女孩子喜欢的。

就是太太这弟弟和她长得一点儿也不像，估计一个像母亲，一个像父亲吧。

李叔将车门拉开后，乔宸看了看，很自觉地朝副驾驶的位置走去。

上车后，乔宸压抑住心里的各种震惊情绪，强装镇定地坐好，但一双充满好奇之意的眼忍不住四处打量着。

这车……是他姐夫的？而且他姐夫还有专属司机？

乔家以前也有钱过，乔宸对这些豪车还是有一定了解的。

他知道他现在坐的这辆限量版劳斯莱斯非常非常贵。

在墨夜司第一次探望他的时候，乔宸就知道他这个姐夫很有钱了，可是男人具体有钱到什么程度，他也不大清楚。

此时此刻，坐在这辆几千万元的豪车里，乔宸心里才算是有了点儿概念。

"姐夫，"他朝后视镜里看了一眼，佯装很随意地问墨夜司，"你这辆车很贵吧？"

后座上，墨夜司回得一本正经："还好。"

乔宸："……"

几千万元的车，他说"还好"？

乔宸嘴角抽搐了一下，又问："姐夫，你有几辆车啊？这辆车是不是最贵的啊？"

对小舅子的问题，墨夜司都是回答得很认真的。

他先是认真地想了一下，然后才说："没数过，具体多少辆我也不清楚，一会儿回去可以让人统计一下。这辆车不是最贵的，最贵的那辆在车库里，你想看的话，回去我带你去看。"

乔宸："……"

他感觉胸口又被射了一箭。

嗷嗷，好痛！

具体有多少辆车姐夫都不知道？是因为车太多，多到姐夫都数不清吗？

这么一想，乔宸感觉胸口更痛了。

他姐夫到底得多有钱哪？！

"我可以去看吗？"不过乔宸对那辆最贵的豪车还是很有兴致的。

准确地说，是男人对豪车都挺感兴趣的，这种感兴趣的程度，不亚于女人对包包、化妆品的热爱程度。

乔宸虽然没钱，但平时还是很喜欢研究这些豪车的。

"当然可以。"墨夜司勾唇说道，"你有驾照的话，想开出去都可以。"

估计这会儿言少卿要是在的话，肯定会被气得吐血。

墨夜司那辆最贵的车，言少卿一直就想开出去试试手感。他跟墨夜司提了好几次，好话说尽，墨夜司也没答应他。

现在，他家二哥却主动提出要把车让出来给人家开。

乔宸一听这话，眼睛都在放光："我有驾照。姐夫，你那辆最贵的车，我真的可以开出去吗？"

乔宸虽然没满 16 岁，但在国外考了驾照，他觉得，就让他开开这辆劳斯莱斯，他都满足了。

这些车，他可就在杂志或电视上看过，要能让他摸一摸，开一下，自己就此生无憾了。

"我说可以，当然就可以。"墨夜司对自己的小舅子还是很大方的，"一会儿你去车库看看有没有喜欢的，喜欢哪一辆，我送给你。"

"喀喀喀——"乔宸睁大眼，惊讶得猛咳起来，难以置信地问道，"送……送送我？"

"嗯。你不喜欢？"

"喜……喜欢……"

可是……豪车是可以随随便便送的吗？

以他现在对他这个姐夫的了解，姐夫车库里那些车只怕就没有便宜的。

乔绵绵也听得吃了一惊，转过头看向墨夜司："你要送宸宸车？"

墨夜司点头。

乔绵绵："可是宸宸用不上啊。"

"怎么会用不上？"墨夜司笑了笑，"有辆车，做什么事都方便很多。再说，就算他现在用不上，也不妨碍我送给他，以后他总会有用得上的时候。"

乔绵绵："……"

有个太有钱的老公是一种什么样的体验？

"可是……可是这样的礼物也太贵重了吧。"

"只是一辆车而已，不算贵重。"

穷人乔绵绵："……"

穷人乔宸："……"

一行人先回到了麓山别苑。

墨夜司昨天就交代过，所以用人们早早地将乔宸的房间收拾了出来。

黑色劳斯莱斯缓慢地驶入面积广阔的豪宅内。

用人们早早就接到了通知，跟随雷恩管家一起在白色大楼外等候着。

即便乔宸已经知道他姐夫很有钱了，可当看到这座耸立在半山腰且面积堪比公园的超级豪宅时，还是被震惊到了。

他张着嘴，震惊地看向车窗外的景致。

道路两旁是一眼看不到尽头的绿色草坪，还有修剪成各种动物造型的绿色植物，路边的各种名贵花卉更是数都数不清。

正前方是一栋堪比城堡的白色大楼，白色大楼前，有个很大很大的喷泉池，喷泉池旁站了一群穿着统一服装的人。

靠近喷泉池时，李叔将车慢慢停了下来。

李叔先下车后，绕到乔宸那边，伸手将车门打开，侧立于一旁："乔宸先生，请下车。"

乔宸很不习惯地摸了摸鼻子，从车上跳了下去："喀，谢谢李叔。"

李叔又走到车子后面，给乔绵绵和墨夜司开了车门。

看到乔绵绵下车后，乔宸马上走到她身旁，摸着鼻子压低声音问："姐，这儿是……姐夫的家吗？"

乔绵绵点了点头："嗯。"

乔宸深吸一口气："姐夫家这么大啊？这里的房子很贵吧？"

乔绵绵想了想，摇头："我也不知道。"

她就知道这片区域是富人区。至于这片地方要花多少钱，她也不清楚。

她没问过墨夜司。

墨夜司走了过来，动作很自然地伸手揽住乔绵绵的腰，带着她往前走去。

"恭迎先生、太太回家，恭迎乔先生。"

雷恩率领一众保镖、用人上前行礼。

众人齐刷刷的声音，把乔宸又吓了一跳。

哪怕乔家以前也有钱过，可也没有过这样的排场哪。

雷恩看了乔宸一眼，笑着说："先生、太太，乔先生的房间已经准备好了。是要现在就带乔先生过去看看吗？"

"嗯，"墨夜司点了点头，"先带他过去看看吧。"

说完，墨夜司又转过头对乔宸说道："你先去看看你的房间，有什么不满意的地方或者是缺什么东西可以告诉雷恩，他是这里的管家。"

雷恩看着乔宸，微笑着说道："乔先生，请随我来吧。"

乔宸有点儿无措地看向乔绵绵："姐。"

"去吧。"乔绵绵伸手拍了拍他的肩膀，"一会儿我去找你。你有什么事情就直接找雷恩管家。"

第十章
培养感情

乔绵绵和墨夜司也回了卧室。

"你对宸宸不要太惯着了。"乔绵绵还想着送车那件事，眉头轻轻蹙着，不赞同地说，"他现在还是学生，平时也是住在学校里的。你送他一辆车，他根本就用不上，而且……这也太招摇了。"

墨夜司的那些车全都是好车，他送乔宸的车自然也差不到哪里去。

乔宸就读的高中，并不是贵族学校，如果他开太好的车去上学，就太引人注目了。

最关键的一点是乔宸年纪还小，此时墨夜司就送他这些名表、豪车的，会让乔宸的价值观发生变化的。

"你还惦记着这件事情？"墨夜司轻笑一声，伸手关上房门时顺手将她搂入了怀里。他将头搁在她的头顶上，亲昵地蹭了蹭："他是你弟弟，也是你在乎的人，所以我才想对他好一点儿。只是一辆车而已，哪里就招摇了？"

"我知道，可是……"

"绵绵，"墨夜司像是知道她要说什么，修长的手指抵到她的唇上，"如果你担心太招摇了，那我就送一辆便宜点儿的？我想给自己的小舅子送点儿礼物博取一下他的好感，让他可以在他姐面前帮我多说几句好话。这都不行吗？"

乔绵绵眼里带了点儿困惑之色："我们都已经结婚了，其实你用不着……"

"嘘，听我说。"墨夜司修长白皙的手指在她的唇上轻轻按了按，眼眸里带着宠溺的浅笑，说道，"绵绵，你知道吗？我想得到的不仅仅是你的人，更想得到你的心。"

男人目光赤诚，在她面前毫无保留地敞开了心扉："虽然我们不是因为爱情结的婚，但以后我希望我们的婚姻里能有爱情。绵绵，我希望你能爱上我。"

"墨夜司……"

"我知道这有个过程，是急不来的，所以，我得想办法让你先对我产生好感，等你对我的好感积累得足够多的时候，你或许就会爱上我了。"

"要让你对我有好感，最快的办法就是对你好，对你在乎的人好。因为知道你和乔宸感情很好，所以，我现在是为了博取你的好感而讨好他，你就不要阻止我了，嗯？"

乔绵绵："……"

她还是第一次遇到像墨夜司这样的男人。

他想让一个女人爱上他，竟然会当着那个女人的面，将他的想法和做法老老实实地告诉对方。

这是什么操作？

还有……他的意思是，他在追求她吗？

乔绵绵心里这么想，也就当面问了："墨夜司，你这是……在追求我吗？"

"嗯。"男人很直接地点头，"绵绵，我在追求你，所以希望你能给我一个机会。我也希望有一天，你跟我在一起的原因只有一个，那就是你爱我。"

乔绵绵愣愣地看着他："你想让我给你什么机会？"

男人魅惑的眼眸里饱含宠溺的笑意，迷人到让人眩晕，声音轻轻地说："给我一个了解你、对你好的机会。你也尝试着慢慢接受我、了解我，慢慢试着将我当成你真正的老公看待，好不好？"

面对这样的温柔攻势，乔绵绵根本就抵挡不住。

她心跳快得像擂鼓一样，好像下一秒，心脏就会从胸腔里蹦出来。

这种无法控制自己的感觉让她有点儿惶恐和慌张，也有点儿迷茫。

他到底想要什么？

他之前说他需要一个妻子，所以他们结婚了。

可现在，他又说他还要得到她的心。

他们都已经是夫妻关系了，他还在乎她的心里有没有他吗？

"绵绵？"见她沉默得太久，男人捏着她的下颌轻轻摩挲了一下，声音越发低沉、轻柔地问，"你考虑好了吗？"

乔绵绵咬了咬唇，很小声地问了一句："如果……我不愿意呢？"

"我还是会继续追求你，继续对你好，一直到你爱上我为止。"

乔绵绵的心情久久平静不下来，满脑子都是墨夜司跟她说过的那些话。

闭上眼是墨夜司，睁开眼还是墨夜司，她自己都觉得她不正常了。

手机铃声忽然响了起来，将正在失神想着墨夜司的乔绵绵扯回了现实中。

她伸手揉了揉有些涨痛的太阳穴，拿起手机看了看。当看到手机屏幕上显示的名字时，脸色微微一变。

手机铃声还在响着，乔绵绵却迟疑着没接电话。

这时，虚掩的房门被人推开了。还没看到人，乔绵绵就听到乔宸兴奋又激动的声音了。

"姐，姐夫刚才带我去看了他的车库，姐夫的车库里有好多好多车啊。那些车我以前只在网上看过，好多是绝版的，没想到姐夫竟然都买下来了。"

乔宸特兴奋地推开门走了进来，却见乔绵绵拿着手机眼神有些不对劲，手机还一直响个不停。

乔宸瞧出不对劲了，三两步走到她身旁，疑惑地问道："姐，谁打过来的电话？你怎么不接啊？"

乔绵绵又看了一眼手机屏幕，说："苏姨。"

乔宸皱了皱眉："苏姨？姐，你不是已经和苏泽分手了吗？苏姨还打电话给你干什么？"

"我和苏泽分手的事情，还没有告诉他们。"乔绵绵想了想，说，"或许她是因为这件事给我打电话的。"

手机铃声又响了两三声，乔绵绵犹豫了一下，还是接通了电话。

"喂，苏姨。"

"绵绵，"那边传来一个中年女人的声音，像是情绪有点儿激动，声音高昂地说道，"阿泽告诉我，你和他已经分手了，这是不是真的？"

乔绵绵平静地说道："苏姨，是真的。"

"什么？你们真的分手了？这是什么时候的事情？为什么我和你苏伯父一点儿也不知情？绵绵，你为什么要和苏泽分手？你们不是好好的吗？不是还说要结婚的吗？"中年女人似乎很伤心，"绵绵，好好的为什么要分手？你和苏泽认识那么多年了，苏姨也早就将你当成亲生女儿一样看待了！你们怎么就分手了呢？

"是不是苏泽做了对不起你的事情？你告诉苏姨，苏姨帮你收拾他。

"绵绵，有什么问题你可以说出来，我和你苏伯父肯定是站在你这边的。分手不是小事，你可千万别冲动啊。"

乔绵绵虽然有点儿不忍心，但还是直接说道："苏姨，我不是冲动，是认真考虑后做出的决定。我和苏泽不可能再和好了。"

她并不知道在她说出这句话时，刚要走进卧室的墨夜司脚步一顿，然后站在了门口。

又过了一会儿，乔绵绵的声音软了下来，她说道："苏姨，你别难过。虽然我和苏泽分手了，可是如果你想我了，我们还是可以见面的……好，我知道了。我会过去的。"

一分钟后，乔绵绵挂了电话。

她收起手机，跟乔宸说："宸宸，我现在要去一趟苏家。我和苏泽有过婚约，分手这件事的确应该正式和他的父母说一声。"

她这话一说出口，站在门口的墨夜司脸色便有些不好看了。

乔宸发现了墨夜司，急忙朝她使眼色。

乔绵绵看他这挤眉弄眼的样子，关心地问道："宸宸，你的眼睛抽筋了？"

"姐，姐夫来了。"乔宸伸出一根手指，朝她身后的方向指了指。

乔绵绵这才反应过来，转过身见墨夜司就站在她身后。

她瞥了一眼男人此刻的脸色，猜测他应该是听到她刚才说的那些话了。

知道她要去苏家，所以他这是不高兴了？

墨夜司这个男人本来占有欲就很强——她和苏泽分手后，他就希望她不要再和苏家沾上任何关系了。

可是，她可以不再见苏泽，不再和苏泽扯上关系，但是要彻底和苏家划清界限，再也不来往，这也不大现实。

背叛她的人是苏泽，苏父和苏母并没有什么错。

她也只是无法原谅苏泽，但对苏父和苏母并没有什么怨言。

刚才苏母打电话给她，让她去苏家一趟，说是要和她当面谈谈解除婚约这件事。

想着她和苏泽的婚约是自小就定下来的，真要解除的话，确实应该有个正式的仪式，所以她就答应了。

"刚才那些话，你都听到了？"乔绵绵和他对视了几秒，直接问道。

哪怕墨夜司不高兴，她还是得去苏家的。

她得把解除婚约的事情彻底解决了，免得以后再发生什么牵扯不清的事。

所以即便看出墨夜司不高兴，乔绵绵还是顶着压力继续说道："我和苏泽分手的事情，他的父母之前并不知道。刚才他妈妈打电话给我，说要当面和我谈这件事，所以，我现在得去苏家一趟。"

男人的脸色似乎又阴沉了一些，他皱了一下眉头，说："苏泽也在家？"

"应该在的吧。"

刚才她也没问苏母苏泽在不在家，不过猜测应该是在的。

乔绵绵猜测苏泽刚把他们分手的事情说了，苏母就马上打电话给她求证了。

墨夜司抿紧唇，片刻后说："好，那我陪你一起去。"

"不用了吧，我还是自己过去吧。"

他那么介意苏泽，她怕他们见了面，一不小心就打起来。

墨夜司眸色深沉地盯着她看了几秒，勾起嘴角说："绵绵，你觉得我会让你一个人过去？"

乔绵绵："呃……"

"这件事没的商量，"男人还是勾着唇，笑意温柔，语气却很强势，"我送你过去。"

"姐，我也陪你过去！"乔宸听到了两个人的谈话，举起手说道，"我和姐夫一起送你过去，我们给你撑腰。苏家的人要是敢欺负你，我就揍他们。"

乔宸一边说，一边挥舞着拳头。

他倒是不担心苏父和苏母会欺负他姐——担心的是苏泽那个浑蛋。

"嗯。"墨夜司赞同道，"你也跟你姐一起过去，我们给她撑腰。"

"对！"乔宸紧了紧拳头，笑眯眯地说："姐，这种时候我和姐夫怎么可能让你单枪匹马地过去呢？万一你被人欺负了，我们想帮你都来不及。

你就让我和姐夫陪你一起去苏家吧。"

乔绵绵看了看身旁的男人，又转头看向乔宸，犹豫几秒后，有点儿无奈地点了点头："好吧。"

她看这两个人的架势，就算她不同意也没用了。

苏家这边，苏母挂了电话，抹着眼泪说道："阿泽，你和绵绵究竟为什么要分手？是不是你做了什么对不起她的事情？你跟我老实交代！"

苏泽温润俊美的脸庞上浮现一丝心虚神色，他撒谎道："妈，我和绵绵是因为彼此之间都没感情了，所以才选择和平分手。

"你也知道，感情这种事是不能勉强的。我知道你和爸很喜欢她，你们也希望我们能结婚，可是我们真的对彼此没什么感情了。"

"没感情了？"苏母瞪着眼睛，气道，"你们前不久还在说结婚的事情，现在就跟我说没感情了？阿泽，我是你妈，是将你从小养大的人！对自己的儿子还能不了解吗？你觉得我会相信你的这些话？

"你老老实实地告诉我，你究竟做了什么对不起绵绵的事情，让她气到和你分手的？"

在苏母看来，肯定是自己的儿子做了犯浑的事情，分手的原因绝对不可能出在乔绵绵身上。

"妈，我……苏泽正想解释，一个女佣走了过来："夫人、先生，乔家二小姐来了。"

苏母皱起了眉头："乔家二小姐？她来干什么？"

苏母不是很喜欢乔安心，当然，也不讨厌就是了，只是和乔绵绵对比起来，乔安心在她这里的待遇就很一般了。

如果是乔绵绵来苏家，她肯定很高兴。

没过几分钟，乔安心跟随着女佣走进了大厅。

她穿了一条黑色小洋裙，脸上化着精致的妆容，一只手里捧着一束鲜花，另一只手里拎着某品牌的袋子，脸上带着甜美可人的笑容，慢慢走到苏母身前。

"伯母，我听阿泽哥哥说再过几天就是您的生日了。我到时候要去外地拍戏，不能回来给您庆祝，所以提前买了礼物给您，希望您会喜欢。"

她说着将手里拎着的袋子递向苏母。

她又将鲜花递给一旁的女佣，微笑道："我还买了您最喜欢的百合花。这是从国外空运过来的新品种，比一般的百合好看很多，您喜欢吗？"

苏母愣住。

俗话说，伸手不打笑脸人，何况苏母对乔安心并没有什么偏见，谈不上喜欢，也谈不上不喜欢。

她犹豫了一下，还是伸手将袋子接了过来，笑着说："安心，你也太客气了，我们苏家和乔家可是世交，你用不着跟伯母这么见外的。"

乔安心抿唇笑了笑，说："伯母，我也不知道您喜欢什么东西，就凭着自己的猜测给您挑了个礼物，您看看喜不喜欢？"

苏泽也说："是啊，妈，这可是安心花了很多心思给你挑的礼物，你看一下喜欢吗？"

他们俩一唱一和的，虽然他们说的都是很平常的话，苏母却从中听出了一丝不寻常的亲昵感。

她狐疑地看了两个人一眼，虽然心里有点儿疑惑，但也没多想。

她从袋子里拿出一个檀香木的盒子，打开盒子后，见里面装了一只水色极好的翡翠镯子。

苏母对翡翠也是有点儿研究的，一看这镯子的水色就知道价值好几百万元了。

她眼里流露出一丝惊讶之色，将盒子慢慢合上，说："安心，这份礼物太贵重了吧。"

乔家现在经济不如从前，即便乔安心当明星能赚钱，买只几百万元的镯子送给她，苏母也是挺惊讶的。

毕竟她跟乔家这个二女儿的关系一直很一般，乔安心怎么会送这么贵重的礼物？

"只要伯母喜欢就好。"乔安心一副乖巧懂事的样子，"何况伯母身份尊贵，佩戴在身上的东西自然得挑好一点儿的，否则怎么配得上您高贵的身份呢？"

乔安心送了这么贵重的礼物，还买了她最喜欢的百合花，一看就是花了心思的。再加上乔安心嘴这么甜，哪怕苏母不可能马上就喜欢上她，对她也不免有了点儿好感。

苏母对乔安心的态度比刚才好了很多，笑盈盈地说道："孩子，你费心了。别一直站着呀，快坐下。你们快去给乔小姐倒杯茶过来。"

乔安心嘴角微微上扬，眼里闪过一丝得意之色。

她走到苏母对面坐下，乖巧地说了一句："谢谢伯母。"

苏泽等乔安心坐下后，挑了个她旁边的位置也坐了下来。

这两个位置挨得很近，虽然是一人坐一张沙发，看着却像是两个人并排坐在同一张沙发上。

苏母看着这一幕场景，刚才那股怪异的感觉又冒了出来。

明明旁边还有其他位置的，苏泽挑的那个位置，是不是距离乔安心太近了？

乔安心坐下后就转过头朝苏泽使了个眼色，催促他赶紧把他们的事情告诉苏母。她这次来苏家，就是为了挑明她和苏泽的关系的。

苏泽接收到她的目光，犹豫了一下，试探着开口道："妈，虽然我和绵绵分手了，但是我和她的婚约是自小就定下来的，如果就这么把两家的婚约解除了，会不会显得我们苏家不守信用？"

提及这件事情，苏母脸上的笑容顿时就淡了不少。

她瞪了苏泽一眼："你还会考虑这些事？"

苏泽讪讪笑道："分手的事情是绵绵主动提的。她坚持要和我分手，我能有什么办法？"

听他说得这么无奈，苏母心里一喜，又感觉看到了希望，马上说："这么说，你并不想和她分手？"

苏泽张了张嘴："我……"

他本来想否认的，可是不知道为什么竟然犹豫了。

有那么一刻，他觉得他并不是很想和乔绵绵分手。

如果乔安心没有忽然怀孕，如果乔绵绵没有发现他和乔安心在一起的事情，他是不会和乔绵绵分手的吧。

从一开始，他就没想过要真正和乔安心在一起。

他想要的妻子一直都是乔绵绵，他是真的喜欢过乔绵绵。

第一次心动和少年时期最纯真的那段感情，都是乔绵绵给他的，他和乔安心在一起，更多的是寻求刺激。

他的沉默让一旁的乔安心差点儿就炸毛了。

"喀喀喀。"乔安心捂着唇猛咳几声，搁在茶几下的一只脚踢了他一下。

苏泽这才回过神来。

抬眸对上乔安心那双快要喷火的眼睛，他马上补救道："妈，我不是这个意思。我的意思是，虽然我和她已经分手了，可是我们两家的婚约还是可以继续作数的。"

苏母愣了愣："怎么作数？"

苏泽把心一横，说："当初定的婚约是如果乔家生的是女儿，我就和乔家的女儿结婚。妈，安心也是乔家的女儿。"

苏母再次愣住。

过了几秒，她震惊地睁大了眼，难以置信地站了起来，伸手指向苏泽和乔安心，声音都在打战："你……你们……"

话已经挑明，苏泽也不再避讳他和乔安心的关系，牵着乔安心站了起来，说："妈，我已经和安心在一起了。"

乔安心抿了抿唇，小鸟依人地靠向苏泽，情真意切地说："伯母，我和阿泽哥哥是真心相爱的，请您成全我们。"

乔安心话音刚落下，就看到一个茶杯朝她飞了过来。

她脸色猛地一变，马上缩进了苏泽的怀里，抱着他惊呼道："阿泽哥哥！"

苏泽也看到那个飞过来的茶杯了，抱紧乔安心急忙闪到一边躲开了。

啪的一声，青花瓷茶杯摔到地上，砸了个粉碎，里面滚烫的茶水飞溅到了乔安心的小腿上。

"你做梦！"苏母气极了，浑身都在发抖，连眼睛都是红的，"你这个不要脸的女人！绵绵可是你的亲姐姐，你居然抢自己的亲姐姐的男人！你怎么可以这么恶心？！

"原来绵绵会和阿泽分手，就是因为你这个不要脸的女人。

"你勾引谁不好，为什么要勾引我儿子？他和绵绵马上都要结婚了，你这么做就不会良心不安吗？"

苏母万万没想到，乔绵绵和苏泽分手竟然是因为这件事情。

她儿子……竟然和乔家二女儿搞在一起了。

苏母感觉脸上像是被人甩了一耳光，火辣辣的。

原本她还想想办法让苏泽和乔绵绵复合，她是真的很喜欢乔绵绵，很想让这个女孩子嫁入他们苏家，当她的儿媳妇，可是……在知道真相的这一刻，苏母很清楚，两个人是不可能复合了。

她了解乔绵绵。

那个女孩子看起来软软的，说话也是轻声细语的，好像脾气很好，也很好说话一样，可其实她的性格并不像表面看着那么软。

对原则性的问题，她是不会退步的。

这一刻，苏母又是惋惜，又是失望，又是愤怒。

她没想到她最引以为傲的儿子会做出这么不可原谅的事情！

出轨已经很过分了，他竟然还勾搭了乔家的另一个女儿。

乔安心窝在苏泽的怀里，被苏母骂得脸都青了。

她咬紧牙，脸色阴郁，抬起头时却又马上换了另外一张脸，委屈又可怜地喊了一声："阿泽哥哥！"

苏泽低头看着她这副楚楚可怜的模样，心里顿时就生出了几分怜惜之情。

苏泽紧了紧搂在她腰上的手，以维护的姿势将乔安心抱在怀里："妈，你说话不要这么难听。不管怎么样，我和绵绵已经分手了，我们也不可能再复合了。安心为我付出了很多，也牺牲了很多，我会对她负责跟她结婚的。"

"你说什么？！"苏母难以置信地看着他。

苏泽深吸一口气，说："我说我会对安心负责。"

"你这个混账，我怎么会生出你这么混账的儿子？！"苏母怒不可遏，冲过去就是一巴掌甩到苏泽的脸上，"绵绵那么好的女孩子，你不知道好好珍惜，竟然做出这么过分的事情伤害她。我今天就要好好教训你，让你知道什么是对，什么是错！"

她说着又扬起了手。

"伯母，你不要打阿泽哥哥！"乔安心哭着抓住苏母的手，从苏泽怀里挣脱出来，挡在他身前，哭道，"阿泽哥哥没有错，是我故意勾引他的，是我不要脸，是我无耻，是我没能控制住自己的心爱上了他。

"他是个正常男人，只是没经受住女人的主动诱惑。

"也是我逼着他和姐姐分手的。

"所有的事情都是我一个人做的，你要打就打我吧，不要再打阿泽哥哥了。"

苏母正在气头上，被她这么一拦，又听了她这些话，更是气到手脚都在发抖："好啊，你个狐狸精！"

苏母反手捏住乔安心的手腕，举起手就要朝她的脸上打下去，"你这个不要脸的女人，还我儿媳妇！你勾引自己的姐姐的男人，害得我损失了绵绵那么好的儿媳妇！你还给我，还给我！"

"妈，你不能打安心。"苏母那一巴掌落下去前，苏泽忙上前拦住了她。

"你给我让开，让我打死这个不要脸的狐狸精！"

他越阻拦，苏母越气得很，伸手想要将他推开。

苏泽纹丝不动地挡在乔安心身前，不让苏母伤害到她半分。

"妈，"他隐忍地抿了抿唇，对着情绪还很激动的苏母说道，"安心怀孕了，怀了我们苏家的孩子，你不能对她动手。"

"什么？你说什么？！"苏母当即愣住，满眼惊愕之色。

苏泽闭了闭眼，深吸一口气后，将刚才的话重复了一遍："安心怀孕了——肚子里有你的孙子。"

"她怀了我的孙子？"

苏泽这句话像是一枚投入湖里的炸弹，炸得苏母彻底惊住了。

"伯母，宝宝刚刚两个月，我前几天才去做了检查，是个很健康的宝宝。"看着苏母那一脸震惊的表情，乔安心慢慢从苏泽身后走了出来。她眼底有一丝得意之色闪过，脸上却是乖巧又柔顺的表情，哽咽道："因为这个宝宝，我和阿泽哥哥才决定早点儿结婚。伯母，你也不希望你未来的孙子出生后却没有完整的家庭吧？

"伯母，我是真的很爱阿泽哥哥，不然我也不会在事业上升期怀上他的孩子。怀上这个宝宝，对我的事业影响也很大，所以，我希望您可以成全我们。"

苏泽伸手将乔安心揽入怀里，想到她刚才宁可把所有罪名揽在她身上也要维护他，内心不由得一阵感动。

对她，苏泽也就越发怜惜了。

他低头看了怀里的女人一眼，声音坚定地说道："妈，安心都有我的孩子了，我必须和她结婚。"

黑色劳斯莱斯停靠在苏家别墅的大门外。

车停稳后，乔绵绵伸手解开安全带，看了一眼身旁的男人，想了一下，开口道："你和宸宸在车里等我一会儿吧，我会尽快把事情处理好的。如果有什么突发情况，我再打电话给你。"

她今天过来主要是想把她和苏泽解除婚约的事情解决掉，不是带着人过来示威的。

要是她现在就带着墨夜司和乔宸一起去苏家，搞不好苏家的人还会以为是她先出轨了。

到时候，犯错的那个人反而成了她。

她可不希望这样的事情发生。

墨夜司能把生意场上那些复杂的事情处理好，思维自然是优于普通人的。

乔绵绵考虑到的那些情况，他也想到了。

他沉吟几秒后，点头答应道："好。"

乔绵绵拿起放在旁边的挎包，一只手拉开了车门，准备下车。

"等一下。"身后，男人低沉又有磁性的嗓音轻轻响起。

她转过头："还有什么事吗？"

墨夜司勾了勾唇，凑过去，伸手摸了摸她柔顺的披肩长发："你要答应我一件事，我才放心让你去。"

乔绵绵眨了眨眼，疑惑地问道："什么事？"

墨夜司眸色深沉地凝视着她，好一会儿后才沉声说道："不管苏泽的父母对你有多好，不管他们一会儿对你说什么，你都不许心软。乔绵绵，你已经嫁给我，是我的妻子了，你的心不许再动摇。我也不会允许这样的事情发生。"

乔绵绵很快明白过来，他这是怕她会因为苏泽的父母说的话而心软，然后又和苏泽复合吗？

她觉得他完全是想多了。

就算他们没结婚，她也不可能再和苏泽复合。

一个出轨，和她妹妹勾搭上的男人，她怎么可能再吃回头草？

就算苏泽跪在地上求她，她也不可能原谅他。

她对苏父和苏母是有一点儿感情，但这和原不原谅苏泽是两回事。

再说了，她现在有了他这么优秀、出色的老公，对吃回头草这种事情一点儿都不感兴趣好吗？

不过一想到这个男人是因为在乎她才会这么忧虑，才会变得这么不自信，乔绵绵心里不由得弥漫出一丝甜甜的滋味。

她嘴角一点点上扬起来，也顾不得乔宸以后会不会笑话她了，在墨夜司错愕的表情中伸手搂住他的脖子，抬头吻上他性感柔软的薄唇。

这个吻只持续了一秒。

她飞快地吻了上去，还没等他反应过来，又飞快地撤开了。

"嗯，我答应你，会和苏泽断得干干净净的。"

说完这句话后，趁着墨夜司还没反应过来，乔绵绵打开车门跳了下去。

砰——车门被关上的声音混合着她的心脏狂跳的声音，在她耳边回响。

乔绵绵脸上滚烫似火，好像脸部的每一个毛孔都在冒热气，心脏还在狂跳着，一下一下猛烈地颤动，敲击得她整个胸腔都在震动，力道强烈得像是要把她的胸腔震开。

她急忙伸手捂住胸口，想到刚才那个蜻蜓点水般的浅吻，脸上越发滚烫了。

这还是她第一次主动吻一个男人。

她以前没做过这么大胆的事情。

在她和苏泽的那段恋爱关系里，也一直都是苏泽主动的。

刚才也不知道怎么回事，她忽然就想那么做了。

现在回想起来，她又觉得好羞涩啊。

她胆子大也就是那么一瞬间的事情，冲动也是那么一瞬间的事情，如果再回到刚才那个时间点，她觉得她肯定不好意思再主动去吻墨夜司了。

车外，乔绵绵脸红心跳，心口小鹿乱撞。

车内，被吻了的某人还在发愣。

墨夜司还保持着被乔绵绵亲吻的那个姿势和表情一动不动。

只不过是一个连搔痒痒都算不上的浅吻，甚至准确定义的话，刚才那个吻都称不上是真正的"吻"，二人就是彼此嘴唇碰了一下，就没了。

可就是这样一个所谓的"吻"，竟然让墨夜司愣了好一会儿。

他像是一个没见过世面的毛头小子，半天都没回过神来，脑海中反复出现刚才乔绵绵吻他的那个画面。

少女柔软馨香的唇，像是水蜜桃一样甜美，墨夜司鼻息间依然萦绕着那股淡淡的甜美气息。

她本来就是个害羞胆小的女人，能做出刚才那样的举动，想必也是鼓足了勇气。

这是乔绵绵第一次主动吻她。

这个吻对墨夜司来说，意义很不一样。

足足一分钟后，他才转过头，勾着唇，眸色幽深地看向车窗外的人，修长如玉的手指按到唇上，摸了摸刚被吻过的那个位置，眼里溢出愉悦的浅笑。

坐在副驾驶座上的乔宸从后视镜里看到了刚才那一幕场景，惊讶地张了张嘴，都有点儿怀疑刚才看到的那个人是不是他姐了。

他姐什么时候变得这么热情主动了？

主动献吻这种事情，她对苏泽也没做过吧？

不过这么一想，乔宸又觉得很欣慰。

看来他姐这是终于开窍了，对喜欢的男人也会主动一点儿了。

嗯，这是好事。

女人偶尔主动点儿，男人也是很喜欢的。

瞧他姐夫这一脸荡漾的笑容，不就是喜欢得紧吗？

"姐夫，"乔宸也扭头看向车窗外的人，见乔绵绵敲开了苏宅的大门走进去后，有点儿不放心地问：“我们真的不用跟姐一起进去吗？”

“嗯，就在车里等着吧。”因为刚才那个吻，墨夜司心情愉悦了不少，低沉清冷的嗓音里都带着笑意，“等你姐把这件事情处理好了，回去后我带你去看车。有喜欢的车你就告诉我，我送给你。不过这件事你别告诉你姐，她不是很赞同我送车给你。”

乔宸本来还以为墨夜司说要送他车就是随口说出的场面话，并不是真的要送给他。

可现在，当发现墨夜司是真打算送车给他后，他有点儿不淡定了，激动地确认道：“姐夫，你……你真要送车给我啊？”

墨夜司笑了笑：“我像是在开玩笑？”

“姐夫，你真好！”乔宸再次激动起来，面对如此大方慷慨的姐夫，毫不吝啬地拍起马屁来，“怪不得姐会嫁给你！像姐夫这么好的男人，真是打着灯笼都难找了。我姐也是福气好，能嫁给你这么好的老公。”

这马屁，墨夜司欣然接受了。

他觉得这个小舅子很识时务，也很会说话。

李叔忽然发现，自从墨总结婚后，这段时间露出的笑容比过去十年里的笑容都要多，以前的墨总一年到头都很难笑一次的。

即便太太的家世背景差了点儿，和墨家匹配不上，可是就凭着她可以让墨总开心这一点，其他的不足之处也是可以忽略的吧，只要墨总过得好就行了。

不过，这也只是他一个人的想法而已。

只怕对注重门第的夫人来说，会对太太的家世不太满意。

出来接乔绵绵的是苏家的一个阿姨。

这个阿姨和苏母一样，很喜欢乔绵绵，也早就将乔绵绵当成苏家的太太看待了。知道乔绵绵和苏泽分手的事情后，她觉得很可惜。

“乔小姐，你真的和先生分手了吗？”她语气不无失落和惋惜，“你和先生认识那么多年了，感情一直很好，怎么忽然就分手了呢？”

乔绵绵没解释太多，只是淡淡地说道：“不合适就分了。宋姨，苏泽在家吗？”

“先生在的。”宋姨说完像是忽然想起什么，又说了一句，“对了，乔小姐，你妹妹也在的。"

宋姨还不知道客厅里发生的事情，对乔安心忽然造访的事还觉得有点儿奇怪。

这个乔家二小姐很少单独来苏家，也不知道这次过来是做什么的。

乔绵绵听到乔安心也在，脚步停顿了一下："乔安心在？"

宋姨点头："是啊。这会儿她和先生正在客厅里陪夫人说话呢。刚才也不知道发生了什么事，夫人摔了个杯子，发了好大的脾气呢，我听人说乔二小姐好像都被吓哭了。夫人脾气一向很好的，真是难得见她发一次火呢。不知道是谁惹到了她。"

乔绵绵抿了抿唇，沉默不语。

估计是知道苏泽和乔安心搞在一起了，苏母才会发那么大的火。

苏母虽然宠苏泽，但绝对不是个是非不分的人。知道苏泽出轨了，苏母肯定很生气。

到了客厅，乔绵绵一眼就看到了苏泽和乔安心——两个人跟连体婴似的紧紧靠在一起。

乔安心好像在哭，眼睛红红的。

苏泽表情温柔地拿着手帕在给她擦拭眼泪。

苏泽那副温柔体贴的好男人模样，看得乔绵绵一阵恶心。

二人对面，苏母冷着脸，眼里还带着怒火，脸色很难看。

"夫人、先生，乔小姐来了。"宋姨出声提醒道。

苏母马上抬起头来，在看到乔绵绵时，眼睛先是亮了下，随后就红了眼。

"绵绵。"她起身朝乔绵绵走过去，走到乔绵绵身前后，一把将乔绵绵抱住，然后哭着说，"是我们苏家对不起你，我生的混账儿子辜负了你。"

乔绵绵愣了一下，见苏母哭得很伤心，于心不忍地伸手在她的后背上轻轻拍打着："苏姨，你别哭啊，我没有怪你。"

"我知道你不会怪我。"苏母止不住眼泪，哭得很伤心，"只是我们家苏泽做出了那种对不起你的事情，苏姨脸上无光哪。"

苏母会这么难过，除了苏泽出轨这个原因，更是因为其内心很清楚，出了这样的事情，自己这辈子是不能指望乔绵绵做她的儿媳妇了。

她有多喜欢乔绵绵，现在就有多难过。

在乔绵绵走进大厅那一刻，苏泽就注意到她了，然后他的目光就粘在了她身上，无法再移开了。

一段时间没见，乔绵绵又长漂亮不少。

以前她不怎么爱打扮自己，穿着打扮一直都很朴素简单，但也架不住她的那张脸确实很好看。

现在的她会打扮了，比起从前更是美了一倍不止。

她今天穿了一条黑色长裙，衬得本就白皙的皮肤更是如雪一般白亮。

裙子的款式很简单，却非常显气质。

比之从前，此刻的乔绵绵多了几分小女人的妩媚风情。

她脸上的妆容也很淡，几乎是不施粉黛，却比化着精致妆容的乔安心漂亮好几倍。

如果没有对比，乔安心这样的颜值也算是养眼的美人了。可一跟白得像雪一样的乔绵绵比起来，乔安心瞬间就被打回了普通人行例。

前者是高贵优雅的白天鹅，后者充其量就是只毛色好看一点儿的野鸭。

但乔安心再好看，也是野鸭，比不得生来就高贵的白天鹅。

苏泽看着乔绵绵那张越来越美的脸，心里忽然就有些后悔了。

他忽然就在想，他不该和乔绵绵分手的。

他喜欢的人一直都是她，想要的妻子也一直都是她。

可现在为什么就成了这样的局面？

当初和乔绵绵在一起时，苏泽还不觉得她有多好；现在分开了，又知道她身边有了其他男人以后，心里就开始痒痒了。

他越想越觉得后悔。

一旦心里开始后悔，开始拿乔安心和乔绵绵对比了，他就觉得乔绵绵哪里都好，乔安心哪里都不如他的意了。

苏泽的目光太过炙热和专注，乔安心一抬头就看到他盯着乔绵绵，眼睛都没眨过一下。

他看得很出神，还流露出了痴迷的目光。

这一幕让乔安心火冒三丈，气得直咬牙。

乔绵绵这个狐狸精！

她一来就把苏泽勾引得神魂颠倒的，苏泽的目光就跟粘在她身上似的，都没转过一下。

乔绵绵怎么就那么喜欢勾引男人呢？

她今天故意穿成这样，就是知道苏泽在家，存了勾引的心思吗？不然明明是过来谈解除婚约的事情，她穿成这样干什么？

"阿泽哥哥，姐姐现在跟的那个男人对她还不错嘛，她身上穿的那条裙子要十几万元一条呢。姐姐以前哪里穿过这么贵的裙子呀？她现在傍上了个有钱的男人，她还真是不一样了啊。"

苏泽看乔绵绵的眼神，让乔安心有了一丝危机感。

虽然在见过那个身份神秘、显赫的男人后，她对苏泽已经没那么热衷了，可在她还没把那个男人勾搭成功之前，苏泽这边也还是得稳住的，以防万一。

再不济，只要把苏泽稳住了，她也还能嫁入苏家。

这一点，乔安心还是很清楚的。

她不会让自己面临两边都是竹篮打水一场空的糟糕结果。

再则骄傲如她，也受不了她的裙下之臣用那般痴迷的目光看别的女人。

而且那个女人还是苏泽的前女友！

她这番不"经意的"话成功让苏泽一秒变了脸色。

男人将痴迷的目光收了回来，脸色沉了沉，问："你说她身上那条裙子是那个男人买的？"

乔安心眨了眨眼，摆出一副无辜又单纯的样子，说："我也不能肯定。不过那条裙子一条呢，姐姐自己是没能力买的吧？而且她脚上穿的那双鞋子也要一双。阿泽哥哥，姐姐当初和你在一起时，也没穿过这么贵的衣服和鞋子吧？那个男人对她倒是挺大方的，看起来他好像很喜欢姐姐呢。"

苏泽抿紧唇，脸色有点儿难看，想起了在会所那次见面的场景。

那个他以为的油腻老男人、土大款，竟然是一个年轻俊美、气质非凡的男人。

他一直很自信——和他分手后，乔绵绵迟早会后悔，会哭着求他复合，因为她不可能再找到比他更好的男人。

但那个男人……乔绵绵会不会爱上他？她会不会变心？

想到这里，苏泽感到一阵恐慌，就像是一件原本应该一直属于他的东西，忽然就要被别人抢走了。

哪怕这件东西已经被他丢掉了，也不希望别人捡走。

"我之前还以为那个男人是个老男人，不过后来见了一次，才发现对方长得还挺年轻的。你说，那个男人长得也不错，对姐姐又这么大方，姐姐会不会爱上他啊？"

乔安心每说一句话，苏泽的脸色就难看一分。

等她说完，苏泽的脸已经彻底黑了下来，他像是气得不行："你见过那个男人？"

"是呀。"乔安心语气很随意似的说，"看着像是个富家子弟呢，上次姐姐回家闹事，那个男人还过来帮她撑腰了。就是因为那个男人，姐姐很是耀武扬威呢，把我和妈都打了。"

乔安心说起这件事情，语气幽怨了不少。

之前她和林慧珍被打了，打电话给苏泽，苏泽竟然觉得不是什么严重的事情。

一直到第二天，苏泽才去乔家找她。

见了面，他也就是不痛不痒地安慰了她几句，又买了一些礼物哄她。

虽然他出手很大方，买的礼物也都是名贵的东西，可乔安心还是意难平。

比起那些礼物，她宁可他也像那个神秘男人一般，及时赶到她身边给她撑腰，为她出头。

"我看那个男人对姐姐还挺重视的，姐姐对他应该也挺满意的吧。之前我还说让你帮忙给姐姐介绍对象，现在看来是用不着了。那个男人条件那么好，姐姐哪里还看得上杨经理呀？"

听到这里，苏泽心里堵得不行。

他宁可乔绵绵和杨经理在一起，也不想她和那个男人在一起。

前者是他可以掌控的人，他知道乔绵绵无论如何都不可能爱上杨经理。

而后者……他心里没底。

他害怕乔绵绵会变心，害怕她心里没了他。

另一边，乔绵绵安慰了苏母一会儿，感觉她的情绪慢慢稳定下来后，从她怀里退了出来。

"伯母，既然你都知道事情的原委了，那我也不多说了。我过来就是通知你们一声，我和苏泽的婚约就此解除，以后，我和他就不再有什么关系了。"

乔绵绵不想在苏家多逗留，乔宸和墨夜司还在外面等她。

再说了，有苏泽和乔安心这对硌硬人的渣男贱女在，她是分分钟都想离开。

苏母自知她的儿子犯下的错误不可原谅，即便再舍不得，也没再想过劝和了。

她眼睛红红的，还在难过，拉着乔绵绵的手泪眼盈盈地说道："是我们家苏泽没这个福分，你要跟他解除婚约，我们做父母的也没什么好说的。绵绵，以后苏姨想你了，还能再见你吗？"

对上苏母那双充满了不舍之情的眼睛，乔绵绵心里也有点儿难过。

她也是喜欢苏母的。

不管苏泽做的事情有多过分，苏母对她一直是很好的。

只是她和苏泽既然已经分手了，以后和苏家还是得保持一点儿距离，否则某个醋坛子肯定又要不乐意了。

她沉默了一下，也拉起苏母的手，浅浅地笑了一下，说道："以后伯母如果想我了，我们可以约个地方见面的。

"伯母，该说的我都已经说了，我还有点儿事，就不留下来打扰你了。如果没什么其他的事情，那我就走了。"

苏母再不舍得也没挽留，点了点头，眼泪汪汪地说："既然你还有事，我就不留你了。我让老陈送你回去吧。"

"不用了。"乔绵绵摇了摇头，"我有朋友跟我一起来的，我坐他的车回去。"

"好吧，那我送你出去总可以吧？"

苏母擦了擦眼角的泪，拉着她的手，要送她出去。

乔绵绵也不好再推辞，点了一下头，转身和苏母一起朝外走去。

二人身后的乔安心看见这一幕场景，嘴都气歪了。

乔绵绵到底有什么好的，苏母怎么就那么喜欢她？

看了苏母对乔绵绵的态度，再反观她自己得到的待遇，乔安心感觉一口血堵在心头，气得喉咙间血气翻涌。

她都把怀孕的事情说出来了，原以为她肚子里怀着苏家的骨血，苏母肯定会妥协，可没想到那个该死的老东西居然还是不同意她和苏泽结婚，还说什么只认定乔绵绵当儿媳妇。

"阿泽哥哥,我是不是做错了?"乔安心捏紧手指,垂下眼睫,迅速掩去眼底的那一丝阴郁神色,再抬起头时,又是那副娇弱可人的模样。

苏泽眼见着乔绵绵要走了,心里不免有点儿着急,敷衍道:"你做错什么了?"

乔安心眼里聚起了一层水雾,说:"伯母很喜欢姐姐,只想让姐姐做她的儿媳妇。我是不是不应该介入你和姐姐之间的感情?要不是因为我,你和姐姐很快就会结婚了。只有你和她结婚,伯母才会满意。"

"别多想,妈只是一时间还不能接受我们的事情。你肚子里怀着她的孙子,她迟早会接受你的。"

乔绵绵已经越走越远,马上就要走出大厅了。

苏泽再也按捺不住,猛地站了起来。

"阿泽哥哥,你……"乔安心惊讶地看着他。

"你在这里等我,我出去看看。"

没有任何解释,苏泽丢下这句话后便追了出去。

乔安心坐在沙发上愣了几秒,等意识到苏泽是去找乔绵绵后,脸色一下子难看到了极点。

"绵绵,你放心,我不会同意阿泽和你妹妹在一起的。"苏母将乔绵绵送到了大门口,依依不舍地看着她,拉着她的手不想放开。苏母眼里充满了遗憾之色,红着眼说:"我家那个混账小子,我真想敲开他的脑袋看看他的脑子里到底装着什么。你这么好,他为什么……"

"伯母,你就别难过了。"看着苏母这样,乔绵绵都不知道说什么好了。

说话间,她扭头朝大门外望了一眼,看见那辆黑色劳斯莱斯停在马路对面的一棵梧桐树下。

想到车内等待着她的两个男人,她沉默了一会儿,轻轻叹了一口气:"伯母,我要走了。"

苏母再不舍得也不好留她了,红着眼点了点头,哽咽道:"你要照顾好自己,有什么困难的地方就告诉伯母。虽然你和阿泽分手了,但在伯母这里,你永远都不是外人。"

乔绵绵蓦地红了眼眶:"嗯,我知道。"

苏母对她是真的好。

如果苏泽没有劈腿，如果他们能顺利结婚，有个像苏母这样的婆婆，她不知道有多幸福。

只可惜……她和苏母之间是不可能再有婆媳缘分了。

乔绵绵又叮嘱了苏母几句注意身体之类的话，便转身准备离开。

"绵绵。"

乔绵绵刚迈开步子，就听到身后传来让她很不喜欢的声音。

她蹙了蹙眉头，本来不想理会的，却不想身后的人三步并作两步地朝她疾步而来。她刚走出苏家大门，苏泽便追上了她，挡在她身前。

"绵绵，我们谈谈吧。"

乔绵绵抬起头，神情冷漠地看向他："让开。"

苏泽站着没动，低头看着站在他身前的少女，声音有些干涩地说道："绵绵，我们谈谈好吗？我有话想对你说。"

"我跟你没什么好说的。"乔绵绵眼神厌恶，声音冰冷地回道。

她的冷漠态度和她眼里的厌恶之色，都让苏泽觉得很受伤。

现在的乔绵绵就像一只浑身长满了刺的刺猬，一见到他，乔绵绵浑身的刺就竖了起来。

她拒绝和他交流，对他比对陌生人还要冷漠疏离。这让苏泽很不习惯，也很难接受。

他开始想念曾经那个软萌少女了。

"绵绵，你不要这样。"苏泽脸上露出了受伤的表情，"我知道是我对不起你，也想过弥补，可是，你不愿意给我弥补的机会。你告诉我，你要怎样才肯原谅我？"

乔绵绵是真的没想到，苏泽竟然还有脸说出这样的话。

他竟然还想得到她的原谅？

一个人要厚脸皮到什么程度，才能说出这么不要脸的话？

他无耻到就连苏母都看不下去了。

苏母走上前，一巴掌拍到他的头上："你这个混账东西！你做了对不起绵绵的事情，居然还有脸求她原谅你？！你赶紧给我滚回去，不要再出来丢人现眼了！"

"妈！"苏泽躲着苏母的巴掌，有点儿气急败坏地说道，"我真的有话要和绵绵说，你什么都不了解，就不要给我添乱了好吗？"

苏母又是一巴掌打到他的身上，气得浑身颤抖："我不了解？你跟那个不要脸的狐狸精把孩子都弄出来了，我还能冤枉你不成？我告诉你，别以为有了孩子她就可以进我苏家的门，我只要一天没死，她就别想得逞。"

"妈，那可是你的亲孙子！"

"什么亲孙子？！我不认！那么随便的女人，能不顾廉耻地勾引你，就也能去勾引别的男人。谁知道她肚子里怀的究竟是谁的种？你就那么相信她？"

"妈，你这是什么话？！安心除了我，就没跟过别的男人。那不是你的孙子，是谁的？"

母子俩吵了起来。

乔绵绵站在一旁看了几秒，放弃了劝架的念头，转身离开了。

像苏泽那样的渣子，让苏母教训教训他也好，她没道理去阻止苏母的。

她快步穿过马路，朝那辆静静停在梧桐树下的黑色劳斯莱斯走去，刚走到车门旁，就听到咔一声，车门被打开了。

坐在后座里的男人抬起头，露出一张俊美清贵的脸庞，漆黑的眼眸温柔地看着她。

乔绵绵对上他的目光，嘴角不由得上扬起来，弯腰钻进了车内。

刚上车，她就被男人结实有力的手臂扯到了怀里。他修长的手臂缠到了她的腰上，占有欲十足地圈住了她。

"事情都解决好了？"

车门关上后，男人低沉且有磁性的嗓音也同时响起。

乔绵绵有点儿不好意思地挣扎了一下。感觉到搂在她腰间的手臂更用力地缠住她时，她很快就放弃了抵抗，然后乖乖地任由墨夜司抱着。

虽然没看到乔宸此时的表情是什么样的，但乔绵绵也猜得出来。

她脸上有点儿烫，白皙的脸颊上浮出一层浅浅的红晕，抿了抿唇，轻声回道："嗯，解决好了。"

男人温热的大手捏着怀里少女腰间的软肉，转过头朝车窗外看了一眼，淡淡吩咐李叔："可以走了。"

李叔发动了车子，也朝车窗外看了一眼，只见苏家别墅大门口，一个穿着白色西服的年轻男人看着他们这边。

男人的长相虽然不及他们家先生，但也算得上俊美，在普通人里也算是出色的。

温润的五官本该给人温柔的感觉，却不知道为什么，那张俊美的脸庞上蒙上了一层阴影，眼神也带了几分狠厉之色，给人一种很不舒服的感觉。

李叔猜测，那应该就是太太的前未婚夫了。

那个男人看着人模狗样的，干出的事情却让人不齿，居然勾搭上自己的未婚妻的妹妹。

李叔只看了一眼便收回目光，很快就发动车子，将劳斯莱斯驶出了这片别墅区。

第十一章

他吃醋了

　　车厢内，墨夜司伸手轻抚着怀里的女孩儿柔软的长发，似不经意地问了一句：
"苏泽刚才和你说了些什么？

　　"刚才你和他在门口说话，我看到了。

　　"我知道你不想理他，是他缠着你。

　　"他是不是后悔了，不想跟你分手了？"

　　隔着一条马路，墨夜司自然听不到苏泽说了些什么，但会这样担忧。

　　乔绵绵的好，连他都无法抗拒，何况苏泽？

　　情侣分手后再后悔，想复合这样的事情并不少见。

　　和苏泽比起来，他当然有足够的自信比苏泽优秀，可自身再优秀，他和乔绵
绵也没有一段超过十年的感情。

　　这是他唯一输给苏泽的地方——偏偏又是他很在意的地方。

　　一想到她和苏泽早在十年前就认识了，墨夜司心里就不可避免地会有不舒服

的感觉。

乔绵绵被他问得怔了一下，马上就撇清道："没有！他说想跟我谈谈，我没同意。"

"他想跟你谈？"

这个答案显然并未让墨夜司觉得满意，也没让他放松警惕，男人反而皱起了好看的眉，问："你跟他有什么好谈的？"

"对啊，我也觉得我跟他没什么好谈的，所以让他滚了。"

"你让他滚了？"男人紧皱的眉头舒展开了一点儿，脸色也缓和了一点儿。

"嗯，"乔绵绵重重点头，"让他滚了。"

"很好，你做得对。"墨夜司嘴角终于露出一丝满意的笑容，连带着声音都愉悦了不少，"以后你就这么做。如果他再缠着你，你就让他滚。要是他死皮赖脸地缠着你不肯走，你告诉我，我让人打断他的腿。"

乔绵绵："……"

打断腿什么的，是不是太暴力了？

不过她觉得他是多虑了，苏泽怎么可能对她死缠烂打呢？

苏泽现在跟乔安心黏糊着，对她这个前女友肯定是没什么兴趣的。

坐在前面的乔宸听到两个人的对话，都想大喊一声"姐夫威武霸气"了。

乔宸觉得自己以后可以放心了，再也不用担心姐姐会被谁欺负了。

姐姐有个这么给力的姐夫罩着，他还有什么可担心的？

他姐夫这么宠他姐，又有能力，肯定能把他姐照顾得好好的。

乔宸马上临近高考，身体恢复得差不多了，便回学校上课了。

乔宸的手术做完后，乔绵绵也算了却了一桩心事，再无什么担心的事情了，终于可以放下心好好做自己的事情了，便让姜洛离帮她留意最近有没有新剧要试镜演员。姜洛离入圈比她早，认识的人比她多。

虽然两个人都是表演专业的，但姜洛离以后并不打算走演员这条路，所以手里一有试镜的机会，就给乔绵绵了。

过了几天，姜洛离就打电话告诉乔绵绵有一部新剧公开招募演员试镜的事情。

"绵绵，这次机会难得，你可千万不要错过了。我一会儿将具体信息发到你的微信上。"

姜洛离让她去试镜的角色是一部新剧的女配角，据说女主角已经定下来了，是个当红的一线小花。

很快，姜洛离便将试镜的具体时间和地点发到她的微信上了。

看到姜洛离发过来的剧名后，乔绵绵有点儿吃惊。

因为剧名和她曾经看过的一部网络小说一模一样，而且还是一部她非常喜欢的小说——她至少看过三遍了。

她还是原著作者的书粉。

乔绵绵也不确定这部剧是不是就是她看过的那部小说改编的，便马上向姜洛离求证。

乔绵绵："洛洛，这部剧是根据网络小说改编的吗？"

姜洛离很快就回了她："是呀，原著作者挺有名气的，微博书粉都有好几百万人呢。这本小说的书粉也很多，好好拍的话，收视率肯定不会低。而且我听说原著作者话语权很大呢，还能参与选角，男主角涂一磊就是她钦定的呢。"

求证完，乔绵绵内心不免一阵激动，这还真是她看过的那部小说。

不得不说，原著作者眼光还挺好的，涂一磊的外在形象和气质和原著中的男主角还挺像的。

原著中的男主角就是"小狼狗"的人设，涂一磊入圈后立的一直也是"小狼狗"的人设。

可以说，原著中的那个角色就像是为涂一磊量身打造的。

乔绵绵看过原著，所以知道女配角和男主角之间有哪些对手戏。

如果原著改动不大的话，女配角的戏份还挺多的，而且也确实是个很讨喜的角色。

这种容易获取路人缘的角色，对新人人气的积攒是很有帮助的。

如果她可以拿到女配角这个角色……

姜洛离又给她发过来一条微信："我打探了一下，这部剧的导演是白玉笙。白玉笙可是最赏识新人的，只要你能入他的眼，哪怕是刚出道的小新人，也能得到他的重用。"

白玉笙？

乔绵绵看完这条微信消息有些意外和惊讶。

她没想到她要去试镜的新剧，导演竟然是白玉笙。

白玉笙是他们这个圈子里非常知名的导演，才华出众不说，还非常年轻，今年刚刚拿下金球奖最佳导演奖。

而他导演过的电影和电视剧，也荣获了不少奖项。

也因此，但凡白玉笙有新剧要拍，别说是演他导演的剧里的主角了，就是演个配角都有一大堆人争抢名额。

毕竟一个演员只要谁能参演他的剧，拿奖基本上就是十拿九稳的事情了。

白玉笙赏识新人是真的，可对演员要求特别高也是真的。

到了试镜那天，乔绵绵早早就起了床。

姜洛离怕她忘了试镜的事情，还特意打电话过来提醒她。

吃早饭的时候，乔绵绵将试镜的事情告诉了墨夜司。

墨夜司听完，将切好的牛排放到她面前："你刚才说那部剧的导演叫什么？"

乔绵绵喝完牛奶，抹了抹嘴，说："白玉笙，白导，在我们圈内还挺有名气的，是个很有才华的导演。"

墨夜司目光闪了一下，勾了勾唇，表示知道了。

之后，他也没再问她什么。

吃完饭后，他本来说送乔绵绵过去，却临时接了个电话——有急事要他亲自去处理。

"你不用管我了。"乔绵绵很体贴懂事地说，"你去忙你的事情吧。家里这么多车呢，有司机送我就可以了。"

听她那么自然地用了"家里"这两个字，墨夜司愣了一下，随后眼底漾开愉悦的浅笑。

两个人走到客厅，雷恩拿了一条领带过来。

之前给墨夜司系领带的事情都是他在做，他拿着领带上前，准备像以前那样给墨夜司打领带时，却见墨夜司朝他伸了伸手。

"领带给我。"

雷恩纳闷儿：先生这是要自己系吗？可是他会系吗？

雷恩就见墨夜司接过领带后，将领带递给了一旁的乔绵绵。

"墨太太，"墨夜司薄唇轻扬，用性感且魅惑人的声音说，"帮墨先生系一下领带，嗯？"

墨夜司这一声"墨太太"喊得乔绵绵的小心脏怦怦乱跳。

她红着脸将领带接过来，小声嘀咕道："我也不是很会系，要是系得不好，你可别嫌弃。"

"你把头低一低，我够不到你的脖子。"

她举着手要给他系上领带。无奈他太高了，她踮起脚都还有点儿够不到他的脖子。

墨夜司喉咙间溢出低沉的笑声，配合地低下了头。

乔绵绵踮起脚，拿着领带在他的脖子上缠了一圈。

两个人一个低头，一个抬头，彼此距离拉近。

墨夜司闻到她发间有股淡淡的幽香，还有她身上也有股很好闻的香气。

他不喜欢女人往身上喷香水，一闻到那些价格昂贵的香水，总觉得味道很刺鼻。

可她身上没有那些刺鼻难闻的味道，而是总有一股淡淡的甜甜香气，像熟透的水蜜桃散发出来的气息又混入了一点儿很淡的花香，那味道让人怎么闻都闻不够。

晚上将她香香软软的身体抱在怀里，闻着她身上的幽香，他很快就能进入睡眠状态。

"好了，系好了。"乔绵绵理了理系好的领带，往后退了小半步，微微仰着头看自己的成果，露出了满意的目光。

她在欣赏自己的成果时，不由得在心里暗自感叹眼前这个已经是她的老公的男人，真是万里挑一都难得找出来的绝品。

接近一米九的身高显得他身材极为挺拔修长，尤其是那一双逆天的大长腿，使他走到哪里都是被人瞩目的焦点，更别说他还颜值超高。

他有一副天生的衣架子身材，穿什么都很好看。

说得夸张一点儿，像他这样的人，估计穿块破布在身上，也会被人说成是新时尚。

但乔绵绵还是觉得，他穿正装的时候是最好看、最迷人的，黑衬衫搭配黑西裤，男人从头到脚都是冷色调，禁欲气息极浓。

笔挺的西裤裹着那双逆天长腿，显得他越发身长玉立、气质尊贵，他随意地往那里一站，便气场全开。

在她痴痴地盯着墨夜司看的时候，墨夜司垂眸看到她为自己痴迷的模样，心情极为愉悦。

他长臂一伸便将人搂入怀里，低头吻上她那比水蜜桃还要甜美诱人的樱唇。

"嗯。"乔绵绵瞪大眼，脸瞬间通红。

大厅里还有其他人，他竟然当着这么多人的面吻她。

乔绵绵脸皮薄。即便已经在尝试着慢慢接受墨夜司的亲近举动了，可是这样当众秀恩爱的方式，她还是有点儿不习惯。

还好墨夜司也知道分寸，只是在她的唇上轻轻啄了一下，很快就松开了她。

男人幽深迷人的黑眸里有火光闪烁，他看着她红蔷薇般绯红娇艳的脸庞，声音有些低哑地说："谢谢墨太太。"

乔绵绵感觉周围有好几道目光落在她身上，有点儿害羞地将头埋入他的怀里。她一想到刚才那个吻，心跳得就很快很快。

虽然只是一个蜻蜓点水般的浅吻，却是他第一次当着这么多人的面吻她，而且他还叫她墨太太。

她觉得她好喜欢他这么称呼她。

雷恩毕竟是老江湖了，还不至于太失态，对他们家先生这种当众秀恩爱的举动虽然惊讶，但也没太表现出来，表面上看，雷恩还是很淡定的。

可其他几个女佣还年轻，又正处于爱幻想的年纪，看到刚刚那一幕场景，一个个都脸红心跳得像自己被吻了一样。

对乔绵绵，她们一个个女佣都羡慕不已。

是谁说的先生娶太太根本就不是因为喜欢她？

她们看先生这样子，明明就很喜欢好吗？不然先生能情不自禁地当众吻太太吗？

哎哟，太太真是好命哟。

像先生这么完美又这么宠老婆的男人，打着灯笼都难找了。

女人如果能嫁给一个这样的男人，这辈子也就圆满了吧。

墨夜司让李叔送乔绵绵去试镜，自己则开车去了公司。

四十分钟后，乔绵绵提前到了试镜的地方。

姜洛离在大厅等她，一见到她就立即朝她走过来。

乔绵绵留意到大厅里还有很多其他公司的演员来试镜，其中不乏最近刚红起来的几个二三线女演员。

论资历、知名度，她连别人的手指头都比不上。

乔绵绵顿时感觉到了巨大的压力。

不过压力归压力，她对这次的试镜还是有点儿信心的。

那毕竟是她看了好几遍的小说——她对书中的各个角色还是很了解的。

姜洛离让她试镜的那个角色，人设和她本身极像，这一点，她是占据优势的。

姜洛离拉着她走到一处没什么人的地方后，才低声对她说道："宝宝，我提前搞到了剧本，研究了一下，你的外在形象和本身性格都非常符合剧中的女配角。你不用担心名气的问题，白玉笙挑演员从来就不看重名气，他的名字本身就是极大的流量。他之前拍的好多部电视剧起用了新人演员，收视率一样爆表。"

乔绵绵点头："嗯，我知道。"

姜洛离这么一说，她的心理压力就减轻了很多。

"怎么样，有把握吗？"姜洛离这个陪同她一起来试镜的人，看起来比她还紧张一些。

乔绵绵拍了拍她的手背，朝她眨了一下眼睛，回道："放心，我还是有点儿把握的，会尽全力去争取。"

另一边，乔安心接到了一个电话，接完电话后，就沉下了脸色。

"白玉笙的新剧在甄选演员，这件事你知道吗？"乔安心捏紧手机问她的经纪人琳达。

"知道啊。"琳达点头，"之前我不是跟你说过这件事吗？你说你对这种爱情文艺片不感兴趣的。"

乔安心抿紧唇，片刻后，说："我要去试镜，你马上给我安排一下。"

琳达愣了一下，问："你不是已经确定要出演《帝宫》的女主角了吗？你现在根本就没档期接其他戏的。"

"《帝宫》那边先不要签约，找个借口拖延一下。"

琳达皱眉道："这样不好吧？当初这部剧也是我们花费很多心思才争取到的，这可是一部大 IP 的古装剧，你的那个角色不知道多少人挤破头想争取到呢。欢娱那边都还惦记着呢，想让程一琳拿到你的那个角色。要不是苏总承诺给《帝宫》投资两亿元，没准儿程一琳就是女主角了。"

乔安心虽然也称得上一线小花，可是小花里还分上、中、下。

乔安心也就是刚刚迈入小花的级别。

程一琳有颜值、有实力，论名气，是比乔安心高出一截的，唯一不如乔安心的，就是她那个投资人的家世不如苏家。

"有阿泽哥哥的那笔投资，女主角就不可能给别人。"乔安心一点儿也不担心这些问题。

看着她那副不以为然的样子，琳达暗暗担忧。

她知道乔安心有苏泽捧，前途肯定一片大好，毕竟各种各样的资源，乔安心都可以拿到。

只是……苏家是很厉害，但这个圈子里也不乏比苏家更厉害的人。

她这样太过任性，肯定不是什么好事。

"你怎么忽然想起去试白玉笙的新剧？"琳达觉得这肯定和乔安心刚接的那个电话有关。

也不知道谁打的电话，说了些什么，让她忽然就这么不管不顾地非要去试白玉笙的新剧。

白玉笙那部剧的女主角都定下来了，乔安心就算能试镜成功，最多也只能拿到女配角这个角色。

但她现在不是非女主角的戏不接吗？

"我哪里知道乔绵绵那个小贱人竟然会去试白玉笙的新剧？！"乔安心说起这事就生气，沉着脸说道，"就她一个跑龙套的人，也敢想演白玉笙的剧？她也不掂量掂量自己几斤几两。"

乔安心是不喜欢文艺剧，但对白玉笙这个人有多厉害还是知道的。

乔安心就是因为了解白玉笙，知道他喜欢捧新人，才会在接到电话知道乔绵绵去试镜后产生了危机感。

如果白玉笙不看重名气，乔绵绵未必就没有机会，毕竟乔绵绵长了一张狐媚子的脸，还是挺能迷惑男人的。

一旦乔绵绵有了露头的机会……

不行，她必须得想办法阻止。

无论如何，她都不会让乔绵绵有机会红起来的。

"你姐姐要去试白玉笙的戏？"对这件事，琳达倒是有点儿意外。

"她不是我姐姐！"乔安心像是被踩到了尾巴的猫，情绪忽然间变得很激动，"那个狐狸精怎么可能是我姐姐？我和她没有任何关系。"

琳达以为她是厌恶乔绵绵才这么说，却听到她又愤恨地说了一句——

"她不过是儿童福利院里的一个野种，连爹妈都没有的野种，配做我姐姐吗？"

琳达听得怔了怔，脸色暗暗变了。乔安心还是第一次跟她说起这件事情。

乔绵绵竟然不是乔家亲生的孩子？

惊讶片刻后，琳达又释然了。

怪不得她老觉得乔家这两姐妹一点儿也不像，从头到脚，一点儿相似的地方都没有。

她暗暗压住心里的震惊情绪："那你那个弟弟……？"

做了乔安心两年的经纪人，琳达对她的家庭还是有点儿了解的。

琳达知道乔安心和乔绵绵、乔宸的关系都不怎么好。

"你说乔宸那个病死鬼？"乔安心言语里带着满满的厌恶感，态度绝对不像对待自己的亲弟弟那般，"他跟乔绵绵那个狐狸精一样，都是儿童福利院的野种。"

琳达已经猜到了，所以听乔安心说出实情，也不是很惊讶。

她想了一下，又问了一句："乔绵绵和乔宸也不是亲生姐弟吧？"

这两个人长得也不像。

"不是。"乔安心一时口快把憋了很多年的秘密说了出来，也不觉得有多不妥，索性一吐为快，把什么事都对琳达说了，"他们都是儿童福利院的，在一岁多的年纪被领养到了乔家。"

"可是，你爸为什么不养个自己亲生的孩子而要去儿童福利院领养？"

"哼，我爸那个前妻就是只不会下蛋的母鸡。不然，他犯得着去领养孩子吗？本来我爸只想领养个儿子回家的，不过一时半会儿领养不到合适的，就只好先领养个女儿。第二年有了合适的人选，他们才又把乔宸领回家。"

"这件事，乔绵绵和乔宸并不知道？"

"嗯。"乔安心冷笑，神色不屑地说，"也不知道我爸为什么非要瞒着他们，还不许我和我妈把这件事情说出去。可能是他对那两个野种还是有点儿感情吧，尤其是乔绵绵，以前也是他的宝贝女儿。"

"他怕将实情说出去了，会伤他们的自尊。

"可是野种就是野种，纸是包不住火的，我不信这件事还能瞒一辈子。哈，等有一天那个小贱人知道了她是个野种，不知道会有什么反应。"

看着乔安心流露出的怨毒眼神，琳达都有点儿被吓到了。

琳达不能理解，乔安心都把苏泽抢到手了，为什么还会对乔绵绵有这么大的敌意？

乔绵绵现在对乔安心还能有什么威胁？

乔安心现在可是方方面面都碾压乔绵绵了呀。

"一个野种还想跟我争，还想过得比我好，她做梦！"乔安心半眯着那双充满怨毒之色的眼睛，咬牙切齿地说道，"我决不会让她得逞的！"

云城酒店，试镜正式开始。

轮到乔绵绵的时候，她一走进表演大厅，坐在面试席位正中间的那个男人眼睛便亮了起来，目光直勾勾地落到了她身上。

乔绵绵落落大方地朝几个面试人员鞠了一躬，不亢不卑地说道："几位老师好，我叫乔绵绵，目前还是云城电影学院的在校生，暂时还没有签约公司，是来面试女配角江雨薇这个角色的。"

乔绵绵说完，微微抬起头，其他几个面试的工作人员顿时觉得眼前一亮。

站在他们面前的这个女孩儿长了一张很让人惊艳的脸。

她五官精致柔美，气质清纯，眉眼间却又带了几分妩媚风情，披肩的长发像是自带洗发水广告里的特效，乌黑又柔亮。

她穿着一件款式很简单的白色长裙，身上并无过多装饰，整个人显得仙气飘飘，像是不慎跌落凡尘的精灵仙子。

　　即便是在俊男美女无数的娱乐圈里，她这样的长相也是很出众的了。

　　他们面试演员已经快一个小时了，也没看到一个让他们太满意的人选。

　　乔绵绵的出现，像是闷热季节里忽然刮来的一缕清风，几个人不由得精神一振，来了点儿兴趣，精神状态跟刚才都不一样了。

　　"云城电影学院乔绵绵？"

　　坐在面试席最中间的人，就是导演白玉笙。

　　他的戏中大部分重要角色是他亲自挑选的。

　　要不要定下某个演员，也是由他最终决定。

　　可以说，他是整部剧里话语权最大的那个人。

　　除了他确实很有才华和名气以外，更重要的一点是——他不缺钱。

　　谁若想花钱塞人到他的剧组，那是找错地方了。

　　这也是让乔绵绵对白玉笙颇为欣赏的一点。

　　终于看到这位传闻中的大才子导演，乔绵绵克制着紧张的情绪，与他对视。

　　看到白玉笙时，她眼里流露出了一丝诧异。

　　白玉笙比电视上看着年轻很多，也要帅气很多。

　　哪怕他现在胡子拉碴，看着一副不修边幅的样子，但她也能看出来他的五官还是很俊美的。尤其是他那双细细长长的丹凤眼，微微眯着的时候，带了一股勾人的味道。

　　乔绵绵听人说他今年也才三十岁。

　　他是知名导演，长得又好，据说家世还很显赫，圈内不知道有多少女明星想要勾搭他。只是他好像有感情洁癖，所以至今还是单身，被列为云城女人最想嫁的三大"钻石王老五"之一。

　　对上那双勾人的凤眸，乔绵绵怔了几秒，随后垂下眼眸，礼貌之中又有几分恭敬地回道："是。"

　　白玉笙虽然年轻，但在圈内很有声望，乔绵绵不敢随便对待。

　　乔绵绵能感觉到，白玉笙一直在打量她——目光在她身上停留了很久。

　　半响后，白玉笙懒洋洋地问："你要试镜女配角？"

乔绵绵："是。"

白玉笙轻轻勾起嘴角，问："哦？那你之前对这个角色有了解吗？"

乔绵绵准备充分，微笑着点了点头回道："我是原著的书迷，原著我看了不下五遍。白导，说句比较自负的话，我觉得我非常适合江雨薇这个角色。如果我能演江雨薇的话，一定不会让你失望的。"

她刚说完就感觉面试的人员里有人皱了皱眉头，那个人像是不满她的自大。

乔绵绵没理会那个人，只看着白玉笙。

即便内心其实已经紧张得快要死掉了，在对方神色不明地注视着她时，乔绵绵依然保持着自信和从容淡定的样子。

白玉笙似笑非笑地注视着她。

在乔绵绵紧张忐忑地等待片刻后，他终于出声："嗯，回去等签约通知吧。"

乔绵绵先是愣了愣，随后有点儿难以置信地睁大了眼。

这就成了？！

她还没开始表演呢。

她不是在做梦吧？

其他几个面试的工作人员也是愣了愣，像是被白玉笙这样的做法惊到了。

好吧，他们也承认这个来试镜的小姑娘确实挺漂亮的，看着就很有灵气，长了一张很适合做演员的脸，可是演员光长得漂亮也不行哪，还得看她有没有演技才行。

跟演技比起来，漂亮只是次要的，一个演员如果只有一张漂亮的脸蛋儿，却没什么实力，那不就是个花瓶吗？

白玉笙的剧里，可不能有花瓶。

何况这个女配角戏份也挺重的，是个重要角色，白导怎么能这么随随便便地就定下来呢？

有人不赞同地喊了一声："白导……"

白玉笙却朝那人挥了挥手，示意他不必再说。

"你们记一下，女配角就定她了，一会儿不用再让其他人试这个角色了。"

他都这么说了，其他人还敢再说什么呢？他们又不是不知道白玉笙的脾气，要是再敢多说两句，他一会儿就要发脾气了。

他发起脾气来可不管你是谁，能把人弄得半点儿面子都没有。

一时间，无人敢再反对。

白玉笙对他们的识相行为颇感满意，转过头看了看还目瞪口呆的乔绵绵，笑得挺温柔地说："回去等签约通知，好好表现，不要让我失望。"

见乔绵绵从试镜大厅里走出来，等候在外的姜洛离马上凑上前问："怎么样？怎么样？"

乔绵绵神情有点儿恍惚，眸子却亮晶晶的，声音里有着压抑不住的激动情绪："你猜？"

"成功了？"姜洛离一看她这副表情就知道肯定是成功了。

乔绵绵那满眼的笑意都快溢出来了："嗯！洛洛，我终于成功了！白导说女配角就定我了，让我回去等签约通知。"

"哇，太好了！宝宝，你终于时来运转，要开始走红了呀！"姜洛离也激动起来，伸手将她一把抱住，"我就知道，你肯定能成功的！白导是最赏识新人的！你条件这么好，他不可能看不中你。

"他能在试镜现场就敲定你，说明对你非常满意呀。太好了，太好了，我们宝宝终于要红了！嗷呜，我真的好替你开心呀！"

姜洛离是真的为她感到高兴。

乔绵绵的条件在娱乐圈里是真的好，她是真的适合吃这口饭的，却一直红不起来，到如今连个十八线艺人都算不上。

样样都不如她的乔安心却能混成一线小花。

这岂不是太不公平了？

她家绵绵各项条件不知道比乔安心好多少倍，同样的资源如果给了乔绵绵，绵绵早就红得发紫了。

姜洛离就是看不惯乔安心那个不要脸的女人过得比她家绵绵好，这会让她心里觉得很憋屈。

一个靠卑鄙无耻的手段抢走别人的未婚夫的"小三"，凭什么还能过得那么滋润？

"小三"就该像过街老鼠那样人人喊打才好！

乔绵绵抱紧姜洛离，喜极而泣："嗯，我也好开心。洛洛，谢谢你一直以来的帮助，这次能够面试成功也多亏了你。能够拥有你这么好的朋友，我上辈子肯定是拯救了银河系吧。"

乔绵绵真觉得她何德何能可以认识姜洛离这么好的朋友？

亲姐妹也不过如此了。

如果遇到像乔安心那样的亲姐妹，还不如普通朋友呢。

所以，老天爷对她其实还是很不错的。

虽然她被渣男背叛了，又遇上了乔安心和林慧珍这对恶心的母女，可是老天爷安排了很多可爱的人在她身边，乔宸、姜洛离，还有墨夜司……

这也算是老天爷对她的弥补了吧。

有了他们，她的人生一样能过得很美好。

至于那些恶心到她的人，她就当作垃圾处理掉好了。

"亲爱的，你跟我客气什么呀？咱们是什么样的情谊啊？！我们不是说好了，等你以后红了，有钱了，你就养我的？我这也是在为自己谋福利呀。

"我可期盼着你早点儿大红大紫！这样的话，我就可以心安理得地当条吃穿不愁有人供养的米虫了。这可是我这辈子最大的心愿。"

"没问题！"乔绵绵眼角弯弯，拥有雄心斗志，豪气地放话道，"宝贝，等我红。到时候你想要的车子、房子都满足你，我养你一辈子。"

"哈哈哈，我养你一辈子——真是我听过的最动人的情话。"

两个人在大厅兴奋了一会儿，慢慢也平静下来了。

乔绵绵说要请客，而且非常豪气地说要请姜洛离去那家人均消费最少一万元的旋转餐厅吃饭，姜洛离自然乐意。

"对了，你要不要给男神打个电话？"两个人手牵手地走到酒店门口，姜洛离提议道，"我觉得吧，自从你和男神在一起后，就开始转运了。你是不是也该请他吃顿饭，也感谢感谢他？"

乔绵绵脚步一顿，说："对啊，他知道我今天来试镜了，我还没打电话给他报喜呢。"

乔绵绵刚说完这句话，就感觉手机振动了一下。

她拿出手机一看，是墨夜司发了一条微信给她。

墨夜司："试镜完了吗？"

"哈哈哈，我们刚刚在说男神，他就给你发信息过来了。"姜洛离看到了这条微信消息，笑嘻嘻地说，"你快跟男神约一下呀，我们中午一起吃饭嘛。

"我都好几天没看到男神了！一天没看到他那张盛世美颜，我这心里就不是滋味呀。"

乔绵绵："哼，'颜狗'！"

乔绵绵想到以前放长假那会儿，她们可是一两个月都没见面，怎么就没听姜洛离说过这样的话？

在"颜狗"心里，姐妹算什么？！

被说成是"颜狗"，姜洛离一点儿也不介意，还笑嘻嘻地说道："这个世界上谁还不是'颜狗'了？谁不看脸了？只不过程度轻重不一样而已。再说了，男神长成那样，我就不信其他女人见了他还能心如止水！

"她们没准儿比我更狂热呢。你看我们学校，一个韩夏就让她们疯狂成那样了，男神可比韩夏高出好多个档次。如果男神是我们学校的学生，她们一个个都得疯掉！像我这种程度，已经很矜持了好吧。"

乔绵绵："……"

姜洛离想要说服一个人的时候，说辞还真是一套一套的，关键是她还觉得姜洛离说得很有道理。

不过乔绵绵好像确实应该请墨夜司吃饭，不为别的，就为他治好了乔宸的心脏病，她也应该好好请他吃顿饭。

更何况……他还帮过她好几次。

"那我问他中午要不要和我们一起吃饭？你真的不介意吗？"

女生约饭都是默认不带男伴的，她要请墨夜司吃饭，也可以改天再请。

"问啊，你赶紧问。"姜洛离表示自己一点儿都不介意，"我是不介意跟你们一起吃饭的，只要你们不介意有我这么一个电灯泡就行了。"

"好吧，那我问问他。"

乔绵绵给墨夜司回了一条微信消息："嗯，刚刚试镜完。你中午有空吗，要不要一起吃午饭呀？"

她刚把微信消息发出去，忽然听到姜洛离咦了一声。

姜洛离语气一下子就不好了："绵绵，外面那个穿白色裙子的女人是不是乔安心哪？"

乔安心？

乔绵绵抬起头，皱眉朝酒店大门口看去，一眼就看到了刚走上阶梯的乔安心。

乔安心一旁还跟着经纪人。她穿了条仙气飘飘的白色长裙，柔顺的头发披散着，再加上那张化着淡淡裸妆的脸，整个人看起来像一朵出淤泥而不染的白莲花。

"她怎么会来这里？"姜洛离眉头紧皱，感觉原本的好心情都被影响了。

姜洛离对乔安心非常厌恶。以前乔绵绵还没和乔安心撕破脸的时候，姜洛离就很讨厌乔安心了。

以姜洛离火眼金睛，一眼就看出乔安心是个不安分且有心机的女人。

那时候，姜洛离也提醒过乔绵绵几次，让她防着点儿，让苏泽和乔安心少接触。可乔绵绵太相信苏泽了，说什么"全天下的男人都劈腿，苏泽也不会干出那样的事情。"

结果……

乔绵绵抿紧唇，没说话。

她也很好奇，乔安心怎么会来这里？

"她不会也是来试镜的吧？"姜洛离想到这个可能性，瞪大了眼睛，"可是，她不是已经确定要出演《帝宫》了吗？她还能有档期接其他剧？"

乔安心和经纪人走进了酒店大厅。

很快，她们也看到了乔绵绵。乔安心先是皱了一下眉，随后就微笑着朝乔绵绵走了过去。

"姐姐！"她走到乔绵绵身前，面带甜美的微笑，甜甜地喊了一声。

看着乔安心带着一脸"和善美"的虚伪笑容走到身前，乔绵绵没给她什么好脸色："乔安心，你以后还是不要喊我姐姐了。

"你一喊我姐姐，我就有种吞了苍蝇一样的恶心感——你喊得恶心，我听得更恶心。现在苏泽不在这里，你也没必要演戏给旁人看。

"我倒是无所谓，反正被你硌硬惯了，但你硌硬到我朋友就不好了。"

乔绵绵字字句句都带着讽刺之意，可以说相当不给乔安心面子了。

一旁的姜洛离表示这些话让她感到极为舒适，她都想给乔绵绵竖两根大拇指了。

她家宝宝简直不要太赞了好吗？

她家宝宝一句脏话都没说，就能把乔安心这朵"黑心莲"骂得脸色铁青。

对待乔安心这种"黑心莲"，乔绵绵就该这样。

"姐姐，你……"乔安心气得脸色发青，但又不好当场发作。

大厅里还站着这么多人，她现在又是知名艺人，一举一动都有无数双眼睛看着，稍不注意就容易被人黑。

"不，不，不。"乔绵绵伸出一根手指在她眼前晃了晃，无视她眼里即将喷发出来的怒火，勾起嘴角，"乔安心，我刚刚才说了你这么叫我会让我很恶心，请你不要继续恶心我了好吗？"

"麻烦你直接称呼我的名字，毕竟我可没有像你这么不要脸的妹妹呀。"

"你……你！"乔安心恼羞成怒，脸上的五官都扭曲成了一团，眼看着怒火就要憋不住了。

她伸出手，做出了一个要甩乔绵绵的耳光的手势。

"安心，"琳达赶紧小声提醒道，"注意形象。有人看着你呢，你可不要中计。"

乔安心愣了愣，扭头一看，果然发现有人在朝她这边张望，而且其中一人还是她的一个死对头。

她赶紧缩回了手，可眼里的怒火还没消去。

她恨恨地瞪向乔绵绵，咬牙小声说道："乔绵绵，你太过分了。"

"哎呀，不容易呀。"乔绵绵转过头，像是闲话家常一般跟姜洛离说，"你看，她终于听得懂人话了，不然她再恶心我，没准儿隔夜饭都要被我吐出来了。"

姜洛离向来厌恶乔安心，这种时候自然是极力配合。她先是看了乔安心一眼，然后才点了点头，说："嗯，别说你了，我也被恶心到了。怪不得我刚才老远就闻到一股狐臊味，原来是某只不要脸的狐狸精来了啊。"

乔安心现在是当红明星，又成了苏泽正式的女朋友，正是要风得风、要雨得雨的时候，不知道多得意，身边跪舔她的人都有一大堆呢，何时被人这么羞辱过？

乔绵绵羞辱她也就算了，就连姜洛离这种乱七八糟的货色也敢羞辱她？

她快气疯了。

偏偏这样的场合，哪怕她再愤怒也得忍着。

她一张脸憋气憋得都涨成了猪肝色，目光阴鸷地瞪着姜洛离，表情狰狞得活像恨不得把姜洛离扒掉一层皮。

饶是姜洛离胆子再大，看到她这副样子也有点儿被吓到了。

平时乔安心都是一副岁月静好的"白莲花"形象，看着温温和和的，一副不争不抢的样子，这还是姜洛离第一次看到她的另外一面。

乔安心第一次露出真面目就怪吓人的。

"安心，我们走吧。你不是还要去试镜吗？就快到你了，可别耽误了时间。白导最不喜欢迟到的艺人了。"琳达就怕乔安心忍不住脾气，冲动之下做出让她不好解决的事情。

乔安心也是她费心思找来不少资源捧红的。

乔安心深吸一口气，捏紧了拳头，放了狠话："乔绵绵，我们走着瞧。"

乔绵绵完全不在乎她，无所谓地笑了笑："好啊，我等着你。"

"你会后悔的。"咬牙切齿地丢下这句话后，乔安心沉着脸从她们身旁走了过去。

当电梯门关上后，乔安心的脸色瞬间就阴沉了下来，她流露出阴鸷和愤怒的目光，咬牙恨声骂道："她乔绵绵算什么东西？！竟然在我面前那么嚣张！还有那个姜洛离，简直可恨！我真是恨不得扒掉她们的皮！"

她像是提及杀父仇人，眼里恨意浓烈。

琳达看着她那张狰狞的脸都有点儿怕，但该劝还是得劝："你何必跟她们一般见识？她们之所以那么做，不就是为了激起你的怒火，想让你当众做出打人的事情吗？

"一旦你这么做了，就中了她们的奸计。到时候，她肯定会拿打人这件事情去黑你的。她现在半点儿名气都没有，你却是正当红的时候——跟她闹，肯定只有你吃亏的。

"光脚的向来不怕穿鞋的，这个道理你应该明白的。"

乔安心捏紧拳头说道："我当然知道，不然会一直忍着吗？可我就是觉得咽不下这口气。她乔绵绵不过是我的手下败将，在我面前只有她自卑的份儿！她有什么资本在我面前张狂？！"

是因为那个开劳斯莱斯的男人，乔绵绵才敢如此嚣张跋扈？

那个男人到底是什么身份？

为什么她查了又查，几乎动用了所有能动用的关系都查不出信息？

难道……他的身份当真是显赫尊贵到了极点，所以她才会无法调查他的信息？

她花钱找了最厉害的私家侦探，已经调查了好几天，却连一点儿蛛丝马迹都查不到。

可是如果他当真身份极为显赫，乔绵绵又怎么可能认识他？

他们又是通过什么渠道认识的？

一大团疑云压在她的心里，让她对那个神秘男人的真实身份越来越好奇了。

"你有什么可气的？！"琳达耐着性子安抚着她，专拣她喜欢的话说给她听，"她现在样样不如你，就连跟你相提并论的资格都没有！我要是你呀，根本就不会在这种小角色身上浪费自己的时间和精力，根本就没这个必要。"

乔安心听了琳达的这一番奉承话语，脸色好看了点儿，眼里不禁带了点儿得意之色。

是呀，她现在事业、爱情双丰收，圈内不知道多少人羡慕她呢。

尤其是在知道她即将嫁入苏家后，她那帮姐妹一个个都羡慕得要命，说她以后就是豪门太太了，以苏家的财富和地位，即便她退出娱乐圈，也能过一辈子吃喝不愁的优越生活。

这一行赚的是辛苦钱，好多女明星这辈子的梦想就是赚够嫁妆后嫁入豪门当阔太太，然后过着相夫教子的悠闲生活。

乔安心对自己目前所拥有的一切东西也相当满意。

"也不知道她试的是哪个角色。你说她有没有可能被选上？"乔安心还是有点儿担心。

毕竟乔绵绵那张脸太引人注目了。

以前乔绵绵只是跑跑龙套，也没露脸的机会，乔安心还没什么可担心的，要真让乔绵绵拿到还不错的角色，对乔安心来说，并不是什么好事。

琳达想了一下，说："我打听过了，女主角好像已经定下来了，今天试镜的是女配角和一些小配角的角色。女配角的戏份还是很重的，以她如今的名气她肯定是拿不下来的，估计试的是没几个镜头的小角色吧。"

"是吗？"乔安心的嘴角一点点勾起，"就算是小角色，也还轮不到她。她没被选上最好，要是被选上了，我也有的是办法让她被刷下来。"

乔绵绵试完镜，刚离开没多久，坐镇试镜厅的白玉笙便也离开了。

跟白玉笙一起离开的助理不解地问道："白导，你今天明明可以不用亲自来这一趟的，怎么……？"

白玉笙笑了笑，却答非所问："你觉得那个乔绵绵怎么样？"

"啊？"助理愣了一下，虽然不知道白玉笙为什么忽然这样问，但还是实话实说道，"很漂亮，很惊艳。剧中女配角本来就是个仙女级别的大美人，乔绵绵的外形还是很符合的。"

白玉笙点了点头："我也这么觉得，看到她的第一眼，就觉得女配角非她莫属了。

"今天原本是受人所托还一个人情，倒没想到这一趟竟然会有这样的意外之喜。"

说到这里，白玉笙满意地勾起了嘴角。

助理又愣了一下，眼神有些困惑："白导，您的意思是您选乔绵绵是受人所托，偿还人情？"

"原本是这样。"白玉笙伸手摸了摸下巴，凤眸里闪过精芒，"现在嘛，我觉得我赚了。哈哈哈……"

助理："……"

他怎么觉得白导笑得像拐骗了良家妇女的人贩子，怪瘆人的？

墨氏总裁办公室。

魏征敲开房门，汇报刚得到的消息："墨总，太太那边试镜成功了。白导说让您放心，您的人，他肯定会多加关照的。他还说他对太太非常满意，很感谢您给他推荐了一个这么合他心意的女演员。"

黑色办公桌后，正在翻阅文件的男人停止了手上的动作，缓缓抬起头，露出一张俊美、轮廓立体的迷人脸庞："他说他很满意？"

"是的。"魏征如实回道，"他说乔小姐就是他一直在寻找的女配角。"

墨夜司沉默了一下，淡淡地说道："这么说起来，倒不是他偿还我人情，而是我又帮了他一次？"

魏征："这……"

"行了，出去吧。"墨夜司揉了揉眉心，挥手道。

"是，墨总。"

魏征转身离开，将房门轻轻带上。

墨夜司将手里的文件放到一边，拿起搁在旁边的手机，想了想，给乔绵绵发了一条微信消息过去："试镜完了吗？"

很快，手机就振动起来，乔绵绵回了信息过来。

墨夜司看着消息嘴角缓缓上扬，按了内线电话，将刚出去还不到一分钟时间的魏征又叫进了总裁办。

他修长白皙、骨节分明的手指在手机屏幕上轻轻滑动着，抬眸淡淡地扫了魏征一眼："把我今天的行程汇报给我。"

"是，墨总。"魏征略一想，马上回道，"墨总，接下来的时间里，您中午和银行的张行长有个饭局，下午是和恒通公司董事长约好了一起打高尔夫、骑马，晚上的话，暂时还没什么安排。"

墨夜司想了想，说："把中午的饭局取消了。"

"您要取消和张行长的饭局？"魏征愣了一下，提醒道，"墨总，张行长提前一个月约了这次的饭局，就这么推掉不大好吧？接下来有笔合作，还得在银行那边拿贷款呢。"

"把饭局改到明天。"墨夜司又看了看乔绵绵发过来的那条微信消息，眉眼间带着愉悦之色，"跟张行长说，我今天中午有重要的事情，抽不开时间。"

"是，墨总。"

魏征见自家老板已经决定好了，也不好再说什么。

反正吧，他觉得他家墨总自从结婚后就变得任性起来了。

以前墨总可是个非常有原则的人，如果是早就约好的饭局，绝对不会忽然就说改时间的。

至少魏征跟在他身边的这些年，没见他做过这样的事情。

回国后的墨总，还真是放飞自我……不，应该说是结婚后的墨总。

魏征基本上也猜测出来了，墨总这次忽然爽约，八成又是为了太太。

也只有在和太太有关的事情上，墨总才会变成这样。

"好了，你出去吧。"墨夜司挥挥手，示意魏征可以离开了。

"是，墨总。"

魏征转过身，刚刚走到门口，又听到他家老板叫他站住。

魏征将推门的手收了回来，问："墨总还有什么吩咐吗？"

墨夜司垂眸看着手机屏幕，手指在屏幕上点了点："送礼物给对方庆贺，一般送什么比较好？"

送礼？

魏征大胆猜测了一下，小心翼翼地问道："墨总是想送礼物给太太吗？"

能让他家墨总费这心思的人，也只有太太了。

以前先生送人礼物，可都是直接交给秘书去办的，什么时候亲自过问过这样的事情了？

墨夜司轻轻地嗯了一声。

"墨总是想庆贺太太试镜成功吗？"

"嗯。"

"一般送女人东西无外乎鲜花、珠宝首饰之类的东西。当然了，最主要的还是得看太太喜欢什么，这样也好投其所好。"

墨夜司蹙了一下眉头："看她喜欢什么？"

"是。墨总不如试探着问一下？"

乔绵绵和姜洛离走出酒店，叫了一辆出租车。

那家旋转餐厅，墨夜司之前带她去吃过一次。

她刚上车，就收到了墨夜司的微信消息。

墨夜司："嗯，有空。地址给我，我过去找你。"

乔绵绵看着这条消息，嘴角轻扬，手指在屏幕上点了点，很快回了信息过去："就是我们之前去过的那家旋转餐厅。和你分享一个好消息，我试镜通过啦！我现在和洛洛在一起，今天中午请你们吃大餐！"

墨夜司："姜洛离也在？"

乔绵绵似乎从他这条信息里嗅出了一丝不满之意，有些好笑："你这是什么语气呀？洛洛又不是外人。而且，我这次的试镜机会还是洛洛帮我找来的。我最该好好感谢的人就是她了。"

墨夜司："我以为是我们两个人单独约会。"

乔绵绵就知道他是在介意这个，忍着笑回复："我们天天见面的，以后有的是单独约会的时间，你就不要这么小气了好不好？"

这次，墨夜司没有秒回消息，而是隔了差不多一分钟的时间才给她回了一个字："好。"

经过一家花店的时候，墨夜司让魏征将车停下。

魏征停好车，朝外看了一眼，看到对面是家花店后，就猜到墨夜司想做什么了。

"墨总，您要买什么花告诉我，我下去买吧。"

魏征觉得，买花这种事情哪儿能让他们家墨总亲自去买呢？尤其是有他这个助理在的时候。

墨夜司直接打开车门："车里等着，我去看看。"

说完，墨夜司下了车。

男人修长挺拔的身影在哪儿都给人鹤立鸡群的出众感，他刚下车，从他身旁经过的两个女孩子就捂着嘴小声尖叫起来了。

两个女孩子叽叽喳喳地讨论着，兴奋得不得了，脸都是红红的。

又有几个经过的女孩子也在偷看他，看到这种级别的大帅哥，都很兴奋激动。

"您好，欢迎光临。"

墨夜司走进花店，店员马上迎了上来。

目光落到他身上时，店员很明显地怔了一下。

男人一身黑衣黑裤，笔挺修长的一双腿格外引人注目，立体的五官更是俊美到仿若雕刻出来的一般。即便穿搭简单，却也难掩其由内而外散发出的一身清贵之气。

他如此出众的外貌，令店员看得都恍惚了几秒。

墨夜司四下看了看，说："挑一些女孩子喜欢的花，我送人。"

店员心跳有点儿加速，脸上发烫地问："先生，请问您是送给谁的呢？是同事、朋友，还是……"

"我老婆。"

男人说出"我老婆"这三个字时，语调都变得温柔了不少，透着宠溺之意。

"哦，哦，先生，那您请稍等一下，我马上去为您挑选花。"

店员转身时忍不住又偷瞄了墨夜司两眼。

这位客人真的很帅很帅啊！

这个男人的样貌、身材、气质、穿衣品位都堪称一流。

他长得这么帅，看穿衣打扮应该也挺有钱的，还对老婆这么上心，他老婆上辈子是拯救了银河系吧，才能嫁给这么优秀的男人。

第十二章

你最重要

　　和姜洛离到了餐厅后，乔绵绵又给墨夜司发了一条微信消息，告诉他她们已经到了。

　　墨夜司很快回复，说再过几分钟，他差不多也要到了。

　　两个人入了座，服务员走过来递上菜单。

　　乔绵绵随手翻了一下，没点菜，将菜单递给姜洛离："洛洛你来点吧。"

　　"这就点菜了？"姜洛离将菜单接过来，"不等男神了吗？还是等他到了再点菜吧。"

　　"他马上就到了，你先点几个自己喜欢的菜吧。"乔绵绵很豪气地拍了一下胸口，说道，"随便点，不用考虑价格。"

　　"亲爱的，你真决定请我在这里吃饭？"姜洛离翻了翻菜单，看到上面的价格的瞬间，眼睛都瞪圆了。

　　"当然，我像是在开玩笑吗？"

"可是，这里的东西很贵……"姜洛离拿起菜单挡着半边脸，压低了声音说，"如果是男神请客，更贵的地方我都不会说什么。你确定是你请客？你带够钱了吗？咦。"

姜洛离忽然看到一道熟悉的身影，脸上露出了诧异的表情，眼睛瞪大了一些，摇了摇乔绵绵的手臂问："绵绵，你看那个人是不是宸宸呀？"

"宸宸？"听到姜洛离提起的人是乔宸，乔绵绵马上转过头顺着她的目光看了过去。

几秒后，乔绵绵也睁大了眼，一脸惊愕的表情。

在她们前方不远的位置，迎面走过来一对男女，这对男女年纪看着都不大，不过十六七岁的模样。

男孩一身白衣白裤，身材高挑清瘦，容貌精致俊美，虽然穿着打扮很普通，外形却是相当出众的。

男孩比时下娱乐圈正当红的一些男明星还要帅气很多。

他旁边的女孩儿穿着时尚，从头到脚一身都是名牌，微卷的茶色长发披散着，发间还别了一个镶钻的粉色发卡。

女孩儿长相娇俏可人，正是满脸胶原蛋白的年纪，皮肤粉粉嫩嫩的，一笑脸颊两边的苹果肌就凸了出来，看着很是青春貌美。

两个人可以说是外形非常般配。

乔绵绵瞪圆眼睛，看着服务员领着男孩和女孩儿走到一处餐桌旁。

服务员态度极其恭敬地拉开了一张餐椅。

女孩儿对这样的服务似乎已经习以为常，一只手提着裙摆，动作优雅地坐了下去。

服务员又到另一边，为男孩拉开餐椅。

男孩却站着没动，低着头，脸色不是很好看地看着那个女孩儿。

"我去！什么情况？！"姜洛离满脸好奇的表情，死死盯着乔宸那边，眼睛都在发光，"宸宸是在和那个女孩子约会吗？绵绵，宸宸什么时候交女朋友了，你知道吗？"

乔绵绵一头雾水，哪里知道是什么情况？

她也是第一次看到乔宸身边有女孩子好吗？

她现在也是惊呆了好吗？

她脑子里也有一百个疑问，也很想知道乔宸和那个女孩子到底是什么关系。

"据我目测，跟宸宸一起的那个女孩子绝对是家里超级有钱的那种。她头上戴的那个发卡是 C 家刚出的新款发饰，上面镶嵌的全是粉钻，价格至少得六位数。她身上那条粉色公主裙也是 C 家刚出的新款，价格也是六位数起步，还有她的手链、鞋子以及背着的那个卡通包包，全部是奢侈品牌。

"啧啧，她这一身装扮，至少价值七十万元了吧。而且服务员在她面前态度特别恭敬，肯定是知道她的身份的。一般的有钱人，是享受不到这样的待遇的。

"宸宸可以呀，不声不响地就认识了个这样的富家小姐，还藏着掖着没让我们知道。他才刚出院吧，这就带女孩儿出来约会了？不过宸宸好像不大高兴，两个人该不是吵架了吧？

"绵绵，你说我们要不要过去打个招呼？"

乔绵绵抿着唇，没出声，也在打量那个女孩子。

就如姜洛离所说，女孩儿一身名牌，不管是穿着打扮还是举手投足间的气质，都能看出来家境是很优越的。

乔绵绵一眼就能看出来，女孩儿是那种有钱人家的大小姐，盯着那个女孩儿看了一会儿，眉心微微蹙起。

她怎么觉得那个女孩儿看着有点儿眼熟？

对面的乔宸还不知道他姐就坐在他身后的某一桌位子上正盯着他。

他脸色微沉，垂眸看着眼前的娇俏少女，眉眼间流露出了几分不耐烦之色："沈馨，你不是说还有其他同学一起吗？他们人呢？"

少女微微一笑："乔宸，你还装什么傻呢？这里没有其他同学，只有我和你。"

"什么？"乔宸愣了愣，"你不是说……"

"我骗你的啦。"少女又娇俏地笑了一下，声音软糯地说，"我不这么说，你会来吗？

"好了，你别跟我瞪眼睛了。我这么做还不是为了能和你好好约会。之前约了你那么多次，你都不理我，我只好撒谎把你骗过来啦。"

乔宸恼怒道："你……"

"别'你你你'的了。"女孩儿微微抬起下巴，说，"你来都来了，就陪我好好把这顿饭吃完吧。你别站着了，周围的人都在看我们了。"

乔宸气极了。

沈馨这个骗子，竟然骗了他。

乔绵绵有点儿坐不住了。

她想去找乔宸问清楚，又怕她过去不合适。

想了想，她拿出手机给乔宸发了一条微信消息："宸宸，你在哪里？"

微信消息刚发出去几秒，她就看到乔宸拿出了手机。

一分钟不到，她收到了回复。

宸宸："姐，我和同学一起吃饭呢。"

乔绵绵不动声色地发消息问："同学？男同学还是女同学？"

她一抬头，就看到乔宸拿着手机发了一会儿愣。

乔绵绵又等了一会儿，才等到他的回复。

"女同学。"

乔绵绵看着这条消息，还算满意地笑了笑。

乔宸还算老实，没有骗她是男同学。

她正想再发条信息问一下，余光却瞥到一道熟悉的身影，不由得皱起眉头来。

她今天这是什么运气？

她去试镜，碰到乔安心；来餐厅吃饭，又碰到了沈柔。

她出门前就该看看皇历的，怎么就这么倒霉呢？

姜洛离注意到乔绵绵的脸色变化，顺着她的目光看了一眼，好奇地问道："那个穿黑裙子的女人你认识？她是谁呀？"

乔绵绵抿了一下唇，淡淡地说道："嗯，认识，她是墨夜司的朋友。"

"男神的朋友？"姜洛离多看了沈柔两眼，然后评价道，"男神的这个朋友还挺漂亮的。"

论颜值，当然还是乔绵绵更胜一筹，不过姜洛离清楚对面那个女人和她家绵绵是不同类型的，她家绵绵还是青涩了点儿，不如穿黑裙的那个女人有女人味。

那个穿黑裙的女人是很多男人喜欢的类型。

男神有个这么漂亮的异性朋友，实在是让人有点儿不放心。

"嗯，是挺漂亮的。"乔绵绵也很客观地承认了这一点。

她虽然不怎么喜欢沈柔这个人，但也不否认沈柔的确长得很漂亮。

"沈小姐，这边请。"服务员态度恭敬地领着沈柔走向她预订的位置。

沈柔走着走着，脚步一顿，转过头朝着旁边的一桌看了看，惊讶地叫了一声："小馨？"

正在和乔宸说话的沈馨抬起头看到沈柔那一刻，脸色微微一变，显然没料到会在这里遇到沈柔——她的姐姐。

沈馨愣了几秒才反应过来，喊道："姐！"

沈柔狐疑地看了看她，又看了看坐在她对面的乔宸，眉头立即皱了起来，语气也变得严厉起来："小馨，你在这里干什么？你旁边这个男孩子是谁？"

沈馨一瞬间有些慌乱，但很快就淡定下来。

她弯了弯嘴角，起身大大方方地给沈柔介绍道："姐，我来这里吃饭呀。这位是我的同班同学，他叫乔宸。乔宸，这是我姐姐。"

乔宸见沈馨站了起来，也不好再坐着，跟着一起站了起来。

他朝沈柔点了一下头，不卑不亢地招呼道："沈小姐，你好。"

沈柔用凌厉的目光盯着他有点儿苍白的俊秀脸庞打量起来，在听到沈馨说出"乔宸"这个名字的时候，脸上的表情变了一下。

她现在对"乔"这个姓真是一点儿好感都没有。

哪怕眼前这个长相俊秀的少年并没有做出任何让她不快的事情，她的脸色依然有些不好，语气也谈不上友善，她像是审问般问道："乔宸？你是家里的独子吗？"

沈柔这个问题问得很莫名其妙，就连沈馨都没搞懂她姐怎么问这个。

但乔宸还是礼貌地回答道："不是，我家里还有个姐姐。"

"你有个姐姐？"

"是的。"

"你姐姐叫什么名字？"

对方这刨根儿问底儿的问法，让乔宸有点儿反感，但出于礼貌，他还是回答了："我姐叫乔绵绵。"

乔家有两个女儿，所以乔宸有两个姐姐，但在乔宸心里，他的姐姐只有乔绵绵一个。至于乔安心，乔宸早就不认她了。

沈柔问完后，脸上的表情更是一言难尽了。

她目光复杂地盯着乔宸看了几秒，忽然转过头怒声呵斥沈馨："小馨，你现在马上给我回家！"

"姐，"沈馨皱起了眉头，粉嫩的唇也嘟了起来，"我还在跟同学吃饭呢。你这是怎么了？怪吓人的。"

"我叫你回去就回去，别跟我顶嘴！"沈柔态度强硬地说道，"你马上回去，不然我就让爸扣掉你这个月的零花钱。你听到没有？"

沈馨在家里也是被娇宠到不行的小公主，而且因为她是最小的那一个，所以平日里沈父和沈母还会更惯着她一些。

沈柔也挺宠爱这个妹妹的。

沈馨是被全家人宠大的，没吃过一点儿苦，也没受过一点儿委屈，忽然就被宠爱她的姐姐吼了，姐姐语气还这么凶，沈馨一下子就委屈得红了眼："姐，你都可以来这里吃饭，我为什么不可以？我就不回去。好好的，你对我发什么脾气呀？哼，莫名其妙。"

沈柔见她不听话，脸色难看起来："你不回去是不是？"

沈馨其实还是有点儿怵这个姐姐的，但还是昂着下巴倔强地回道："对，我不回去。"

沈馨转过头冲乔宸笑了笑，无视满脸怒色的沈柔，笑着说："乔同学，别管我姐姐，我们坐下点菜吧，我跟你说，这家的……"

她还在跟乔宸介绍这里的招牌菜，刚说几个字，就感觉手腕上传来一阵剧烈的疼痛。

沈柔眼里喷着怒火，抓着她的手腕将她朝外拉扯："沈馨，我告诉你，你今天必须跟我回去！"

沈馨皮肤娇嫩，被她这么一拉扯，手腕都红了一圈，痛得喊了出来："姐，好痛啊！你放开我！"

沈柔脸色难看，对她的话充耳不闻，越发用力地将她从用餐区域拖拽出来。

"姐，你放开我！好痛，我真的好痛……"沈馨挣扎着，痛得眼泪都流出来了。

沈柔却像是没看见，拽着她转过身，想要带她离开。

刚走出两步，沈柔就感觉手臂被人拉住了。

"沈小姐，请留步。"

乔宸也不知道为什么，看到沈馨落泪，自己心里很不舒服，做出了一个他自己都没想到的举动。

沈柔的背影似乎僵了一下。

过了一会儿，她才慢慢转过身来。

乔宸也在她停下脚步后松开了手。

"这位乔同学，你有什么事情吗？"沈柔目光冷冽地问道。

乔宸看她还拽着沈馨的手腕不放，犹豫了一下，语气客气地说道："沈小姐，沈馨的手腕都红了。她刚刚在喊痛，你是不是应该放开她？"

沈馨猛地抬起头，诧异又意外地看向他，似乎没想到他会帮她。

毕竟她在乔宸眼里就是一个很烦人的女孩子，他对她向来没什么好感。

"那又关你什么事？"沈柔冷冷地说道，"这是我和我妹妹之间的事情。你不觉得你有点儿多管闲事吗？"

沈馨错愕地看向沈柔。

她这个姐姐是最在乎社交礼仪的，在外面的形象一向是很优雅随和的，不管对方是谁，沈柔都会很礼貌、很温柔地对待。

这还是沈馨第一次见她姐用这么不礼貌的态度对待别人，而且这个人还是她的同学。

她以前也带同学回过家，但沈柔从来不会这样的。

为什么沈柔对乔宸态度这么恶劣？

乔宸愣了愣，也感受到了沈柔的敌意。

虽然他知道沈柔不会将沈馨怎么样，这也的确是她们姐妹之间的事情，自己一个外人没什么好插手的，但还是鬼使神差地说道："沈馨是我的同学，我不觉得我是在多管闲事。就算她是你的亲妹妹，你也不能这么对她的。沈小姐，请你放开她。"

沈柔抿了抿唇，凌厉的目光再次落在少年那张精致好看的脸上，忽然勾唇冷笑道："你们乔家的人是不是都这么不要脸？"

"你说什么？"乔宸愣了愣，没反应过来。

沈柔眼底流露出憎恶之色。

乔绵绵抢走了她深爱的男人还不够，现在还想让弟弟勾引她妹妹，再攀上沈家的高枝儿吗？

他们乔家的人怎么就这么不要脸？

一个个人都想攀高枝儿，他们是穷疯了吗？

攀上云城数一数二的名门墨家和沈家，他们这是想一网打尽吗？

墨夜司认识乔绵绵那会儿，沈柔还在国外，没来得及阻止这件事，可现在她既然已经看到了乔宸和沈馨在一起，就不可能再让乔家的人得逞。

沈馨从小就被养在温室里，从没接触过外面的人心险恶，认为每个人都是善良的、美好的，思想太过单纯，很容易被有心之人利用。

乔绵绵能成功攀上墨夜司，可见其心机极其深，她弟弟又能好到哪里去？

沈馨也被自己姐姐的言论震惊到了。

听起来，她姐似乎认识乔家的人，而且还和乔家的人积怨了。

这到底是怎么回事？

"沈小姐，你刚才的话是什么意思？什么叫我们乔家的人都这么不要脸？"乔宸反应过来后被气坏了，语气也不再客气，脸上的表情冷了下来。

沈柔眼底流露出鄙夷之色："就是字面上的意思。乔宸，我警告你，以后离小馨远一点儿。我们沈家的女儿不是你能够肖想的。小馨单纯，不知道你那点儿心思，我可是清楚得很。

"你看小馨好骗，就想靠着你这张脸诱惑她，进而攀上我们沈家的高枝儿，轻轻松松改变你原有的阶层？

"你别做梦了！小馨将来的丈夫只会是和她门当户对的人，而不是像你这样的穷人。"

沈柔看着乔宸苍白却俊美精致的脸庞，心里生出一股强烈的怨恨情绪。

乔绵绵就是靠着一张脸迷惑了墨夜司，现在乔绵绵的弟弟也想靠着这张脸迷惑她妹妹。

他们姐弟俩还真是够无耻的。

"姐，不是你想的那样！"沈馨见乔宸沉下了脸，慌忙解释道，"乔宸没有诱惑我，是我主动找的他，你误会他了。"

沈馨简直不敢相信，这些尖酸刻薄的话会是她最注重礼仪形象的姐姐说出来的。她都不敢想象，乔宸听了这些话有多生气、多愤怒。

"就算是你主动的，也是他勾着你主动的。"

沈柔看到乔宸就想到了乔绵绵。

那天墨夜司和她说过的那些话，字字句句她都记得很清楚。

就为了一个乔绵绵，他竟然当真连他们二十多年的交情都不顾了。

那个女人就是个狐狸精，把他迷得死死的。

现在的他心里除了一个乔绵绵，其他人都变得不重要了。

可在乔绵绵出现之前，她才是他身边唯一的女人。那份特权，明明是属于她的。

现在，一切都变了。

她爱了这么多年的男人，被一个样样不如她的女人抢走了，这令她如何能甘心？

沈柔将所有对乔绵绵的怨恨和不满情绪都发泄到了乔宸身上，说出口的话也越来越难听："你年纪不大，心思倒是挺多。你们乔家的家教就是从小教导你们怎么利用自身优势攀龙附凤？这一点，你姐姐倒是做得挺好的。"

乔宸脸色铁青，捏紧了拳头。

如果不是从来不打女人，他已经一拳挥到沈柔脸上了。

"姓沈的，我姐是怎么你了，你要这样诋毁她？！我告诉你，你羞辱我我忍了，你敢骂我姐，就算你是女人我也照样揍你！还有……"他深吸一口气，将指关节捏得"咯咯"作响，愤怒地瞪着沈柔，"我对你们沈家一点儿兴趣都没有。你所谓的名门，在我眼里就是个狗屁。

"既然你妹妹要找门当户对的人，那你就告诉她，让她以后安分点儿，别一天到晚缠着我，我都快烦死她了。别说什么我想攀上你们沈家的高枝，就算全世界的女人都死光了，我也不会多看你们沈家的女人一眼。"

乔宸也是气疯了。

他对沈馨压根儿就不感兴趣，是这个烦人的女人一天到晚缠着他不放。

现在还被她这优越感十足的姐姐当乞丐一样侮辱，乔宸心里头窝火得很，气头上就容易口不择言。

他刚说完就看到沈馨眼里盈满了泪水，受伤地看着他，眼神难以置信，似乎不敢相信乔宸会说这些话。

乔宸一看她又哭了，心里无端生出了一丝烦躁和懊恼情绪，有点儿后悔刚才口不择言了。

他虽然拒绝过沈馨很多次，但还是第一次把话说得这么难听。

她那样一个娇小姐，肯定受不了这些话吧。

乔宸也知道，他这么说很伤人，可是转念一想，这样也好，就趁着这次机会把话都说清楚好了。

既然他之前委婉拒绝她她不当回事，那还不如把话说得难听点儿。

她毕竟是娇贵惯了的千金大小姐——总不可能他都这么说了，她还连自尊都不要了，继续缠着他吧？

"沈馨，麻烦你放过我吧，不要再缠着我了，我不想背上攀附你们'高贵沈家'的罪名。"

沈馨泪流满面。

她看出来了，这次乔宸是真的烦了她、厌了她，以后他真的不会再理她了。

乔宸冷漠地继续说道："以后你如果再缠着我，我不会给你面子。"

沈柔的脸色可谓难看极了。

她一直以为是乔宸勾搭沈馨在先，她妹妹眼高于顶，身边围了那么多优秀的男生，也没有看得上眼的，怎么会喜欢上一个瘦瘦弱弱的穷小子？

可是听到乔宸刚刚说的那些话，再看看沈馨此刻的反应，沈柔渐渐也明白过来了，还真是沈馨主动去招惹乔宸的，而且乔宸看起来并不喜欢沈馨。

沈柔顿时觉得很丢脸，气愤地瞪了沈馨一眼，刚想说点儿什么，就听到了一个熟悉的声音。

"沈小姐，原来这就是你们沈家的家教，所谓的名门的礼仪教养，我见识到了。"

沈柔蓦然变了脸色，一转头，就看到乔绵绵站在乔宸身后，面无表情地看着她。

乔宸惊讶地转过身："姐，你……你怎么会在这里的？"

他瞪大眼看着站在他身后的乔绵绵，像是受到了惊吓。

再看到姜洛离，他又愣了愣："洛洛姐，你也来啦。"

"是呀，小宸宸，好久不见，有没有想我啊？"姜洛离笑眯眯地说着。

和乔宸打完招呼，姜洛离收起了脸上的笑意，冷笑了一声："沈家，该不是云城超级有钱的那个沈家吧？这位就是沈家的大小姐咯？听闻沈家大小姐知书达礼、温柔端庄，是人人称赞的名门淑女，怎么我们刚才看到的却是一个尖酸刻薄，没半点儿家教的疯婆子呢？"

在怼人这方面，姜洛离就没输给谁过。

她可是怼人小能手。

刚才沈柔对着乔宸说的那些话，她也听到了一部分，气得都想冲出去往沈柔脸上甩俩耳光了。

沈柔毕竟是墨夜司的朋友，乔绵绵没想过要和沈柔闹出什么不愉快的矛盾，可是她放在心尖上疼爱的弟弟被沈柔侮辱成那样，是可忍孰不可忍，怒火瞬间就冲上了头顶。

"我以为沈家好歹也是有一些文化底蕴的名门，教出来的后代不至于差到哪里去，不过刚才沈小姐的素质和涵养，算是打破了我的认知。"姜洛离马上接话道，"有些人哪，以为自己出身比谁都高贵，觉得自己了不起得很，这天下间的人哪，但凡多看了她一眼，那都是对她心怀不轨，想要勾搭她攀附她家。对了，我刚才好像听说是沈大小姐的妹妹主动招惹我们宸宸的？"姜洛离学着沈柔刚才那样，眼底露出一丝鄙夷和不屑之色，冷冷地嘲讽道，"有些人是耳朵聋了，心也瞎了，非得颠倒黑白，也不知道是哪只眼睛看到我们宸宸缠着她妹妹了？"

沈柔脸都黑了。

姜洛离的声音不小，她这样一骂，很多人看了过来。

沈柔因自身身份，哪怕被她们骂了，也不能说出同样难听的话反击回去，只能压着满腔怒火说道："乔小姐，刚才的事情是有误会，确实是我没弄清楚前因后果，冤枉了你弟弟，很抱歉。"

周围人投来的目光越来越多，沈柔不得不忍着怒火道了歉。

她得维持她的形象——沈家大小姐优雅高贵、知书达理，不会是在外面和人吵架的人。

只是她这敷衍的道歉话语，乔绵绵压根儿没打算接受。

乔绵绵冷笑道："沈小姐刚才说了那么多侮辱我弟弟的话，一句误会就想算了吗？"

沈柔见她咄咄逼人不肯给台阶下，也有点儿恼了，皱眉道："那你想怎么样？"

乔绵绵直视着她说道："刚才沈小姐侮辱我弟弟的那些话，相信在场的很多人也听到了，所以，我要沈小姐公开道歉。"她伸手指了指放置钢琴的小舞台，一字一顿地说道，"那里有话筒，沈小姐如果诚心道歉，就去台上道歉吧。"

沈柔像是听到了什么极其震惊的事情，眼睛都瞪圆了："你要我去台上道歉？"

"没错。你去台上向我弟弟道歉，说你冤枉他了，对他说对不起。这样道歉才显得你有诚意。"

沈柔差一点儿就压抑不住怒火，脸都青了，说道："乔绵绵，你别太过分了。"

乔绵绵冷冷地说道："过分？要说过分，还是没沈小姐你过分吧？！你刚才用那些无礼又刻薄的话羞辱我弟弟的时候，怎么不说自己过分？

"沈小姐维护自己的妹妹的心我可以理解，但是你要维护你妹妹，就非得踩在我弟弟头上？你是姐姐，我也是姐姐！你侮辱了我弟弟，那就得给他道歉。"

沈柔脸色铁青地盯着她看了一会儿，忽然勾起嘴角笑了："如果我拒绝呢？"

"那我只能去找沈伯父和沈伯母，把他们的女儿今天做的事情原原本本地告诉他们了。"

男人低沉冷漠的声音响起的那一刻，沈柔整个人都僵住了。

乔宸扭头看去，看到手捧一大束鲜花朝他们慢慢走过来的墨夜司，眼睛一下子就亮了，立即亲切地喊了一声："姐夫！"

他这一声"姐夫"一喊出来，姜洛离都对他刮目相看了。

她还不知道墨夜司和乔绵绵已经结婚的事情，就觉得乔宸这小子嘴真甜，这就把姐夫都喊上了。

墨夜司捧着那束非常显眼的红玫瑰慢慢走到了乔绵绵身前。

姜洛离很识相地让开了位置，站到了乔绵绵身后。

"绵绵，恭喜你试镜成功。"墨夜司像是没看到一旁的沈柔，将手里捧着的那束玫瑰递向乔绵绵，声音低沉又温柔。

扑鼻而来的花香和满眼的红色玫瑰让乔绵绵怔了一下，她眨了眨眼，看着玫瑰花瓣上滚动的露珠，有些惊讶："送我的？"

"嗯。"墨夜司勾了勾唇，"我去花店挑的，喜欢吗？"

他没亲自送过女孩子鲜花，这还是生平第一次送。

他其实也不知道她喜欢什么花，但花店的店员说女孩子一般都喜欢红玫瑰，因为红玫瑰是爱情的象征，所以他就买了这束红玫瑰。

"你还去了花店？"乔绵绵很是意外，随后感到惊喜，嘴角轻轻上扬，甜滋滋地将花接了过来。很大一束红玫瑰，她抱了个满怀。她低下头，闻着淡淡的花香，心情瞬间好了不少："谢谢，我很喜欢。"

看着她笑，墨夜司眼里也流露出愉悦的浅笑，性感的薄唇微扬。

果然，女孩子都是喜欢鲜花的。

沈柔就站在他们身后。乔绵绵和墨夜司对话的声音并不小，她全部听到了。她看着那束红得刺眼的玫瑰花，满眼透露出难以置信之色。

墨夜司不但买花送女人，还亲自去花店挑选？！

这根本就不像是他会做出来的事情。

以前他倒是也派人送过花给她，可沈柔很清楚，送花的事情肯定不是他自己的意思，他不过是交代他的助理去办的，自己根本不会把时间浪费在这些小事情上，更别说亲自去花店挑花了。

他没有为任何人做过这些事情，可现在，为了一个乔绵绵一再破例。

沈柔细想一下他这段时间的所有异常行为，发现全都和乔绵绵有关，一时间，强烈的不平衡感和忌妒情绪涌上她的心头，被墨夜司忽略和漠视的感觉更让她觉得心口像被什么东西扎着一样难受极了。

墨夜司一只手揽着乔绵绵的腰，慢慢转过了身，目光锐利地看向沈柔："你还站在这里干什么？去台上道歉。"

沈柔脸色一白，唤道："阿司，"她语气有些酸涩地说，"刚才的事情是有误会，我也已经说清楚了。我做错了事情愿意道歉，可是去台上道歉，是不是太过分了？"

他们这是将她的自尊踩在地上，她决不会答应。

何况她并不觉得她冤枉了乔宸。

就算真的是沈馨不争气地主动去招惹乔宸，难道乔宸就完全是无辜的吗？

他如果对沈馨一点儿兴趣都没有，怎么会跟她来餐厅约会？

他的那些拒绝行为，不过是欲擒故纵的手段而已，是沈馨太单纯了，才会上他的当。

墨夜司丝毫不顾两个人多年的交情，用公事公办的冷漠语气说："你现在觉得过分了？那你刚才做的那些事情就不过分？沈柔，做人不要双重标准，你做错了事情，就得给人赔礼道歉。

"而怎么赔礼道歉，是由对方说了算。

"刚才绵绵已经说出了解决方式，我希望你能勇于承认自己的错误，去台上给乔宸好好道歉。"

其实具体发生了什么事情，墨夜司并不清楚。

他到餐厅时，只听到乔绵绵说了个大概情况。

可他相信自己的老婆，他老婆肯定是没有错的，所以错的人只能是沈柔。

沈柔难以置信地看着他："阿司，你明知道去台上道歉是多丢人的事情，还要让我去？我们认识这么多年了，你对我的信任，还不如一个你刚认识不久的女人吗？她说什么就是什么？！

"你这样……是不是也太偏心了？"

沈柔委屈得眼眶都红了。

沈馨虽然还在气沈柔刚才的行为，但也觉得去台上道歉太丢人了。

她姐这么心高气傲的人，怎么接受得了这种方式？而且她姐和夜司哥哥不是多年的好朋友吗？

可夜司哥哥为什么会帮着别人？还有，乔宸刚才为什么会叫夜司哥哥"姐夫"？

"夜司哥哥，这件事都是我的错。"沈馨眼里含着泪，哽咽着说，"要道歉，就让我去台上道歉吧。姐姐也是担心我，才会误会我和乔宸之间的事情。"

墨夜司却没理会沈馨，只目光冰冷地看着沈柔，说："绵绵对我而言不是一个'刚认识不久的女人'——她是我的妻子，是在我心里占据了很重要的位置的女人。

"沈柔，看来我之前和你说了那么多话，都是白说了。

"你可以选择不上去，但就如我刚才所说，这件事我会如实告诉沈伯父和沈伯母，相信他们会给我一个交代。"

沈柔见他态度冷漠又强势，当真是半点儿商量的余地都没有，他这是铁了心要帮着乔绵绵他们了。

之前她一直仗着两个人从小就认识，有着多年的深厚感情，觉得即便他结了婚，那个和他认识不久的女人也比不上她在他心里的位置，所以，她并不太把乔绵绵当回事。

她始终认为，她才是最终会留在他身边的那个女人。

可现在看着墨夜司如此维护乔绵绵，她有些不确定了……

"阿司，你一定要这么做吗？"

墨夜司抿着唇没说话，眼里的意思却很明显。

沈柔被逼到眼里泛出了泪光。她伸手抹了抹眼角的泪，笑容凄楚地说道："好，我去台上道歉。如果这是你希望看到的局面，我去，马上去。"

她这话说得像是在跟墨夜司赌气。说完后，她转身朝表演台的方向走去。

看沈柔真的打算去台上道歉，乔绵绵还是挺意外的。

乔绵绵以为沈柔可能会气得一走了之，要心高气傲的沈大小姐去做这种事，可能比杀了她还让她难受吧。

"阿司，你真的太过分了。我真没想到，你为了这个女人连你所有的朋友都不要了。这么多年来，柔柔对你怎么样你心里很清楚！你现在竟然把她逼到这样的地步！"

沈柔刚往前走了两步，就被人拉住了。

她看到身后的人，诧异地问道："泽离，你怎么会在这里？"

宫泽离那双本就阴柔的眸子里怒气沉沉，脸色阴沉："我约了朋友在这里吃饭，没想到会看到阿司再次为了那个女人欺负你。"

沈柔哽咽道："泽离，你放开我吧。刚才的事情的确是我没做好，我误会了绵绵的弟弟，现在去台上给他道歉也是应该的。"

宫泽离没有松手，转过头，阴鸷的目光落到乔绵绵的脸上，说："就算你做错了，当面道歉不行吗，非得去台上？这不是道歉，是羞辱你。我想知道，是谁提出让你去台上道歉的？"

沈柔朝乔绵绵看了一眼，抿紧唇没出声。

"原来是你。"宫泽离看着乔绵绵的目光越发冰冷、阴鸷，眼底流露出毫不掩饰的厌恶之色，"我就知道，你这个女人不简单。你先是耍心机迷惑阿司跟你闪婚，现在又挑拨他和我们这群朋友的关系。你到底有什么目的？乔绵绵，你当真以为有阿司护着你，我就不敢动你？"

他刚说完，墨夜司的拳头就挥到了他的脸上。

墨夜司狠狠地一拳砸下去，将宫泽离打趴在了地上。

"啊！"沈柔被吓得尖叫了起来，急忙蹲下身去扶宫泽离。在看到宫泽离被打肿的眼睛时，瞪大了眼，抬起头愤怒地说道："阿司，你居然对泽离动手？！你怎么可以这样？！"

墨夜司神情冷漠地说："乔绵绵是我的妻子，想动她，先废了你。"

他这句话是对宫泽离说的。

宫泽离一只手捂着被打肿的眼睛，忍着眩晕的感觉慢慢站了起来。

他长相很俊美，是那种带了点儿邪气和冷艳感的俊美样子。

可此时，他那张阴柔俊美的脸显得有点儿滑稽，也有点儿狼狈。

此刻的宫泽离完全没了之前那副翩翩公子的形象。

墨夜司那一拳，下手就没留情。

在宫泽离当着他的面一次又一次不尊重乔绵绵，说出那些无礼又过分的话时，墨夜司就没再将他当兄弟了。

他的兄弟，不会做出这么混账的事情。

就算他们有十多年的交情又怎么样？他墨夜司放在心尖上疼爱，舍不得让她受一点儿委屈的宝贝，谁也不能欺负。

哪怕是亲兄弟，他也会翻脸。

何况宫泽离这样一次次当着他的面都能欺负乔绵绵，可想而知，以后如果他不在的时候，宫泽离是不是会变本加厉？

墨夜司如果不教训他，只会让他更加肆无忌惮。

这一拳打下去，墨夜司一点儿都不后悔，甚至想再往宫泽离的脸上揍几拳，教教他做人的道理。

宫泽离也是一脸震惊之色。

墨夜司那一拳打得他有点儿蒙。他从地上爬起来后，好一会儿才慢慢回过神来。

眼睛上的疼痛感在提醒他，墨夜司刚才真的对他动手了。

他们兄弟四个打小儿就认识，细算起来，他和墨夜司也认识足足十五年了。

十五年的交情，也是相当过硬了，他和墨夜司不是亲兄弟，但也到了差不多的程度。

几个人从小打打闹闹一起长大，这也不是他和墨夜司第一次动手，但这次的情况跟以往任何一次都不一样。

他们之前他动手，只是兄弟间嬉闹，是打着玩儿的。

这次墨夜司却真的动了怒，带着狠意地揍了他一拳。

墨夜司为了那个认识不久就跟他闪婚的女人，揍了关系最铁的哥们。

宫泽离捂着肿起来的眼睛，慢慢抬起了头，愤怒又失望地盯着墨夜司看了片刻，又移开目光看向站在墨夜司身旁的乔绵绵，忽然勾着嘴角笑了起来，笑意却瘆人："墨夜司，你要为了这个女人废了你的兄弟？"

墨夜司平静地说道："你做出来的事情，我的兄弟不会做。"

"所以，你的意思是你现在不拿我当兄弟了？你要跟我划清界限？"宫泽离咬牙切齿地问道。

"这是你自己的选择。"墨夜司脸上神情淡漠，声音也淡了，"这次是警告，再有下一次，就不是这么简单的事情了。"

宫泽离难以置信地又问道："我们十多年的交情在你眼里就是个屁？"

"如果不是因为这十多年的交情，你以为你现在还站得起来？"墨夜司的声音依然很淡，却添了几分冷意，"宫泽离，这是我最后一次警告你，对我的妻子客气点儿。"

墨夜司眼里流露出的冷意让宫泽离看明白了他是真的要和自己划清界限，是真的不管他们十多年的交情了。

他已经被那个叫乔绵绵的女人迷晕了头，兄弟在他眼里都算不得什么了。

事情已成定局，宫泽离的心一点点冷了下来，他看着墨夜司的目光也一点点冷了下来。

片刻后，他冷笑出声道："很好。墨夜司，我今天算是见识了什么叫作真正的重色轻友，认识十多年，我竟然才了解你是这么一个人。

"以前都是我眼瞎了，才会跟你这种没心没肺的人称兄道弟这么多年。

"行，既然你觉得我们没有做兄弟的必要了，那以后大家就不再是兄弟。"

"泽离，你不要冲动……"沈柔变了脸色，急忙劝道。

宫泽离冷笑道："我一点儿都不冲动。柔柔，你还没看出来吗？他已经不是我们之前认识的那个阿司了，现在他的心里除了他身边那个女人，还有谁？

"我们这些自认为跟他交情深厚的好兄弟、好朋友，在他眼里就是个屁。

"为了那个女人，他可以践踏你的自尊，可以对我动手——你觉得跟这样的人还有深交的必要？"

沈柔眼睛泛红，泪水在眼里打着转，咬紧唇没说话。

是啊，现在的墨夜司，不再是以前的那个他了。

现在的他，让她觉得非常陌生。

她特别生气、特别难过的时候，也想过不要再理他了，可是，她怎么可能真的不理他？

他是她喜欢了这么多年的男人哪！

他早就已经成为她生命里最重要的那个人——她怎么可能说放弃就放弃？

何况她决不甘心就这么退出！她还没有极力争取过，就这么放弃，也太便宜乔绵绵了。

"阿司，你一定要这样吗？"沈柔神情凄楚，"以前我们几个人一直好好的，为什么这次回来会变成这样？"

墨夜司看着她没说话，但眼神也是透着疏离之意的。

"柔柔，我们走。"宫泽离抓着沈柔的手，嘲讽地勾起嘴角，"你问他，能问出什么？答案是什么，你心里还不清楚？他都已经做出他的选择了，你对他难道还抱有什么希望吗？"

　　沈柔泪盈盈地看着墨夜司："阿司，我知道刚才那些话都不是你的真心话。我不会当真的，泽离也不会当真的。你现在还在气头上，我们说什么你也听不进去。过段时间，我们再好好谈一下吧。"

　　宫泽离冷笑一声，动了动嘴唇，还想说点儿什么。

　　沈柔扯了扯他的手臂，眼里露出恳求之色，朝着他轻轻摇了摇头。

　　对上她的目光，宫泽离捏紧拳头，深吸了一口气将怒火硬生生地压了下去，到嘴边的话也压了下去。

　　"泽离，我们走吧。"沈柔又轻轻扯了一下宫泽离的手臂，低声恳求道。

　　宫泽离离开前，目光凶狠地瞪了乔绵绵一眼。

　　沈馨并没有跟着沈柔一起离开，而是在原地停留了几分钟，眼睛哭得红肿，眼角还噙着泪，看着乔宸，问："乔宸，你真的觉得我很烦人吗？你真的很讨厌我吗？"

　　乔宸垂在身侧的手一点点握紧，看着沈馨哭，他心里忽然觉得有点儿堵。

　　沈馨安静地等待着他的答案，乔宸却一点儿也不想回答她的这个问题。

　　他沉默了很久，最终，目光平静地看着她，回答了她："是，所以我希望你以后不要再缠着我了。沈馨，你是女孩子，应该矜持点儿，这样缠着一个男生……不好。

　　沈馨看到乔宸那副冷淡的样子，觉得心里像是有小刀子割着一样，好痛好痛。

　　在高一那年的开学典礼上，看到站在台上代表新生发言的乔宸，她对他就一见钟情了。

　　然后，她一直缠着他，乔宸拒绝了她很多次，也不止一次说过她烦，沈馨都不觉得他是真的讨厌她。

　　但这次不一样了……她看出来了，乔宸是真的不喜欢她。

　　她就算再喜欢一个人，也是有自尊的。

　　她之前一直坚持，是觉得只要她努力坚持下去，总有一天会打动他。毕竟乔宸对她也一直都是容忍的态度，不是吗？

　　她就以为她还有希望。

　　直到今天……他大概真的是被她缠得烦了，所以不想再容忍她，把心里的话都说了出来。

　　他都说讨厌她了，那她还有什么坚持的理由？

她纠缠他这么久，今天她终于可以画上句号了。

在决定放弃那一刻，沈馨眼里热意翻腾，泪水一颗颗砸落。

"沈馨，你……"乔宸感觉心里越来越堵了。

"乔宸，你放心，以后我不会再缠着你了。"沈馨一边哭，一边微笑，"抱歉，打扰了你这么久，给你带去了很多困扰。我也知道我挺烦人的……明明你早就说过了不喜欢我，我还一直缠着你不放。但以后，我真的不会这样了。"

"真的真的很对不起。"

她说完，弯腰给乔宸深深鞠了一躬。

"还有刚才的事情，也真的真的很抱歉，我替我姐向你道歉。"

她又深深鞠了一躬。

乔宸愣愣地看着她，身体逐渐僵硬。

沈馨做完这一切后，仿佛真的什么都放下了，也没再看他一眼，转过身，头也不回地走了。

乔宸一动不动，神情僵硬地看着她慢慢离去的背影。

沈馨刚才对他说以后不会再缠着他时的那个眼神像是真的放下了。

不知道为什么，乔宸觉得心里忽然就空落落的，心脏也有微微的刺痛感。

缠了他这么久的人，终于愿意放过他了，他应该高兴的，可是他并不感到喜悦，也不感觉轻松，心里反而越发沉甸甸的，眼里流露出迷茫和困惑之色。

他不懂自己这是怎么了。

最了解乔宸的人莫过于乔绵绵了。

看着她弟弟那副失魂落魄的样子，乔绵绵若有所思地看了一眼已经走远的沈馨，心里有了一些大概的猜测。

只怕她这个傻弟弟并不是真的讨厌人家、厌烦人家吧。

这顿饭，每个人都吃得各怀心思。

吃饭期间，乔宸会时不时地拿出手机看一看，也不知道在看什么，反正是一副心不在焉的样子。

姜洛离更是恨不得马上拉着乔绵绵问个清楚，问她到底什么时候和墨夜司结婚的！

刚才在宫泽离说出墨夜司和乔绵绵闪婚这件事时，姜洛离震惊得差点儿下巴落地！

她整个人都不大好了。

天哪，她家绵绵已经结婚了！可是为什么她都不知道这件事？！

乔绵绵对她说的明明是在和墨夜司谈恋爱！

谈恋爱和结婚就区别太大了——姜洛离心里是有点儿气的，因为从没想过乔绵绵会瞒着她。

她们可是最要好的姐妹，结婚这么大的事情，乔绵绵居然瞒着自己？

乔绵绵也看出姜洛离不爽了，想了一下，拿出手机编辑了一条微信消息，给姜洛离发了过去。

手机铃声响了一声后，姜洛离也拿出了手机。

她点开微信，就看到她备注"宝宝"的人给她发了一条微信消息。

乔绵绵："洛洛，结婚的事情我不是有意瞒你的。"

姜洛离抬起头瞪了她一眼，回复了一个字："哼。"

乔绵绵马上又打了一行字："我真的不是故意瞒你的。洛洛，好洛洛，全世界最可爱、最漂亮的小仙女，你就不要跟我生气了好不好？生气会影响你的美貌的。"

收到这条充满了"马屁味"的消息后，姜洛离心里纵然还有点儿气，但也消得差不多了。

毕竟乔绵绵认错态度还是很好的。

姜洛离也不是不讲道理的人，既然乔绵绵选择瞒着她，可能是真有什么不方便说的地方吧。

再好的闺密，也有自己的秘密，不可能什么事都拿出来和对方说。

姜洛离："你有些事情不方便说我可以理解，不过你总可以告诉我，你跟男神是不是真的闪婚了？"

乔绵绵："嗯。"

姜洛离："是领了证那种结婚？"

乔绵绵："嗯。"

姜洛离："你跟我说过，你 28 岁之前都不考虑谈婚论嫁的。"

乔绵绵："是有一些原因的。我都没想过我会这么早就结婚。"

姜洛离："好吧。那宸宸是怎么回事啊？我看他心不在焉的，好像受了什么打击一样，他不会是喜欢上那个女孩子了吧？"

乔绵绵看了看这条信息，又抬眸看了一眼坐在她对面的乔宸，从沈馨离开那会儿开始，乔宸的心思就不在这里了。

他平时也不是沉默寡言的人，在熟人面前还是很健谈的，今天却沉默得出奇，胃口也不怎么好，都没吃什么东西，看起来不像是他拒绝了别人，而像是别人拒绝了他。

他现在整个人是一种失恋的颓废状态。

乔绵绵心里也有很多疑问，但当着这么多人的面不好问出来，只能等吃完饭找个时间，单独找乔宸问一下了。

吃过饭，姜洛离就和他们分道扬镳了。

乔宸依然保持着沉默，回到麓山别苑后就一声不吭地回了房间。

乔绵绵看着少年清瘦的背影消失在楼梯转角处后，轻轻叹了一口气，有些担忧地说道："宸宸情绪很低落，我要不要去跟他谈谈？"

如果像她猜测的那样，乔宸其实是有点儿喜欢沈馨的……那今天发生的事情，肯定会让乔宸心里很难过。

他现在虽然是个正常人了，但也才出院不久，身体还没完全恢复——乔绵绵很担心他的身体。

墨夜司走到她身旁，伸手轻轻揽着她的肩："宸宸快十八岁了，过了十八岁就是成年人了。我想，他可以自己调节好情绪的。这种时候，他最需要一个人静一静，你去找他反而不好。"

乔绵绵也是这么想的，所以才在犹豫。

她幽幽地叹了一口气："宸宸从来都没有和我说过这件事情。那个沈馨……她和沈柔是亲姐妹吗？"

"嗯。"墨夜司点头。

乔绵绵："……"

这都是什么乱七八糟的关系？

沈柔喜欢她老公，沈馨又喜欢上了她弟弟。

她们姐妹俩喜欢的男人，都和她身边的男人有关。

"今天是因为沈柔先说了不好听的话侮辱宸宸，我才会那么生气的。"想到在餐厅里发生的事情，乔绵绵觉得她有必要解释一下。

"不用跟我解释，我相信你。"墨夜司摸了摸她的头，温柔地说道，"你不是会无理取闹的人。如果不是沈柔真的做了很过分的事情，你不会提出那样的要求。”

乔绵绵怔了怔。

他对她……就这么信任吗？

他就不怕她真的是无理取闹？

她心里这么想着，也就问了出来："如果……我就是无理取闹呢？我就是看她不顺眼，所以想为难她呢？"

"嗯？"男人挑了挑眉，"如果你看她不顺眼，是因为你吃醋了，我会很高兴。"

乔绵绵："……"

好吧，不得不说，他选择无条件地站在她这边，这个态度让她很满意。

"抱歉，"乔绵绵想到他又为了自己和宫泽离闹得那般不愉快，有些过意不去地说，"这次又是因为我，让你和朋友闹得那么不愉快。"

虽然她并不认为自己做错了什么，但也确实是因为她，才会让墨夜司和他相交多年的朋友闹得那么僵，这次他们闹得比上次还要严重。

如果不是为了维护她，他不至于对自己的兄弟动手。

他动了手，必然很伤兄弟感情。

不管宫泽离说了什么、做了什么，他们毕竟是那么多年的朋友了，这次闹成这样，只怕墨夜司心里也是不好过的吧。

墨夜司摇头："跟你没关系，不要胡思乱想。如果在那种时候都不出面维护你，那我成什么人了？你会想找一个这样的人当你的老公吗？"

乔绵绵认真想了一下，摇了摇头。

如果墨夜司当时没有站出来维护她，她虽然不会说什么，心里肯定是会不舒服的吧。

可是他要维护她，就必然会得罪他的朋友。

一边是老婆，一边是相交多年的兄弟，他也挺为难的吧。

如果他的那些朋友都喜欢她就好了，那他就不用这么为难了。

可乔绵绵心里清楚，这是不可能的。

沈柔已经将她当成情敌，各种看她不顺眼了，至于宫泽离……

乔绵绵至今也没分析出来，他怎么就看自己不顺眼了？

他对她的敌意来得莫名其妙。

我恋星光,亦恋你

轻舞 著

下 册

青岛出版集团 | 青岛出版社

第十三章

情敌见面

　　另一边，乔安心脸色极为难看地从试镜大厅里走了出来。

　　进了电梯，她就憋不住怒火了："那个贱人竟然试镜上了！琳达，你听到没有？！他们说那个角色已经确定下来了。

　　"怎么办？我该怎么办？"

　　她抓住琳达的手臂，充满了怒色的眼眸里流露出了一丝慌张情绪："你帮我想办法，快帮我想办法，绝对不能让乔绵绵有露头的机会。你快想想有没有什么办法可以阻止她。

　　"女配角的角色怎么可以给她呢？！

　　"她如果演了女配角,岂不是就有红起来的可能了？那个角色有很多镜头的,怎么能给她呢？！"

　　"安心，你冷静一点儿。"琳达看着她这副激动的样子，皱了皱眉，忍着脾气说道,"这又不是天塌下来的大事,你先别慌,冷静下来,我们再慢慢想办法。"

　　"怎么就不是天塌下来的大事了？"乔安心对她这个态度很不满，"一旦给了那个贱人露头的机会，你知道会有什么后果吗？"

"我当然知道。"看着乔安心如临大敌般防着乔绵绵，琳达心底其实是有点儿不屑的。

她知道乔安心在担心什么。

乔绵绵条件好，外形非常出色，属于只要有人肯捧，就肯定能被捧红的那种人，而且还拥有就算当个花瓶也能红的条件。

可偏偏，乔绵绵不仅长得好，还有一定的实力，这就更让乔安心忌惮了。

这些年如果不是乔安心一直在暗中打压，乔绵绵现在就算没大红大紫，混成个三线明星也是没问题的。

当年，琳达看到乔绵绵的第一眼，就想把人签了的。

如果不是苏泽把乔安心交给了她，她还真会把乔绵绵签下来。

同样的资源如果给了乔绵绵，现在她肯定是比乔安心红很多的。

乔安心就是也明白这一点，才会有这么大的反应。

"你知道？那你赶紧想办法啊。"乔安心不满地瞪着她，"反正我不管你用什么办法，必须得把乔绵绵的角色抢过来。"

琳达有点儿无语，头痛地说道："如果我把她的角色抢过来了，你要出演？别忘了，你是签约了《帝宫》女主角的，要是毁约，不仅要赔偿一大笔毁约费，还会得罪不少人。

"安心，你想想清楚，不要冲动行事。

"你为了一个女配角舍弃掉女主角，这是亏本到死的买卖。"

何况琳达刚才找人打探过了，乔绵绵的角色是白玉笙亲自定的。

如果真是如此，即使是她，也是没办法将乔绵绵的角色抢给乔安心的。

换成其他导演，她还能打点打点，走走关系，可定下乔绵绵的是白玉笙。

白玉笙什么都不缺。除非是他自己想换人了，否则其他人是不可能改变他的决定的。

乔安心咬紧唇，一副下定决心的样子："只要可以阻止乔绵绵，亏本就亏本。想拿到女主角又不难，以我如今的名气，再加上阿泽哥哥的投资，以后我不愁找不到其他好资源。

"可是，如果这次不阻止她，给了她露脸的机会，让她翻身了怎么办？"

琳达显然是不赞同她这么做的。

《帝宫》是琳达为乔安心争取了好久才争取来的一个资源，不出意外，乔安心是可以凭借这部剧让人气再上一级台阶的。

而且如果乔安心好好演，运气好的话没准儿还可以拿奖。

一旦她成了最佳女主角，身价又不一样了。

虽说以后乔安心还可以再找到好的资源，可有些时候，很多事情是讲究机缘的。何况她这样不讲诚信，对她的事业肯定也会有影响。

"安心，我不同意你毁约。你想过没有，如果你跟《帝宫》解约了，那他们肯定要签黄一琳。你如今已经被黄一琳压了一头，要是她凭着《帝宫》再火一把，你以后想超越她几乎就不大可能了。

"黄一琳的名气如果再上一级台阶，你们就不是一个等级的了。现在你勉强还可以和她平分资源，以后可就难了。"

黄一琳是星辉的对手公司力捧的艺人，而乔安心是星辉力捧的艺人。

黄一琳抢过乔安心的代言，乔安心也抢过她的，因为两个人都属于一线小花，实力相差也不是很多，所以抢来抢去，资源基本上差不多。

可如果黄一琳再上一级台阶，那乔安心和她就不再是一个等级的艺人了。

以后黄一琳的资源，乔安心基本上就抢不到了。

乔安心却是不管不顾的样子，坚持道："我不管，我就要乔绵绵的那个角色。"

"你……"琳达气得脸都青了。

这么不把自己的前途当回事的艺人，琳达还是第一次遇到。

可乔安心马上就要嫁入苏家了，就算以后不演戏，也还是苏家的少夫人。

有着这一层身份的乔安心，确实不需要顾忌那么多事，也确实有资本任性。

可琳达最不喜欢的就是这种艺人。

这种艺人仗着有退路，肆无忌惮，根本就不会全心全意地对待自己的事业，注定不可能走得太远。

看着乔安心如此任性，琳达第一次开始为自己的未来考虑，心里有了动摇的念头。

她是个有宏图大志的人，手底下捧红的艺人不少，可捧到最佳女主角、最佳男主角级别的，还一个都没有。

乔安心的外形条件勉勉强强，不好不差，演技也是勉勉强强，就算有各种资源往她身上砸，她最多也只能拿到一个影响力不是很大的最佳女主角奖项。

真正靠实力选出来的最佳女主角奖项，她肯定是拿不到的。

何况，乔安心并不听话，根本就不会乖乖地按照琳达的规划安排去做事，捧起来就更难了。

琳达如果继续留在星辉，肯定还是只捧乔安心一个人。

可她在乔安心身上已经看不到什么希望了。

"琳达，你听到我的话没有？！"

耳边响起尖锐的声音，琳达被从沉思中唤回来。她一抬头，就看到乔安心表情凶狠地瞪着她，像是支使一个用人般，语气很恶劣地说道："如果你连这么简单的事情都办不好，那就别当我的经纪人了，我不需要这么没用的经纪人。"

乔安心平时态度不算好，但也没有这么恶劣过，这次是被乔绵绵的事情给气着了，有些失去理智了，可以说是一点儿面子都不给琳达了。

琳达怎么说也是一个金牌经纪人。苏泽让她专捧乔安心一个人的时候，也是说了几句好话，她才答应的。可她竟然被乔安心说成是"没用的经纪人"。

因为苏泽，琳达即便对乔安心有点儿意见，也一直忍着，可到了今天，觉得有点儿忍无可忍了。

话音刚落下，乔安心就看到琳达沉下了脸。琳达态度不再像之前那么客气地说："乔安心，我是你的经纪人，不是你的下属，注意你说话的语气。"

"你……你说什么？"乔安心愣愣地看了她几秒，脸色难看地说道，"你干吗啊，忽然这么凶？需要注意语气的人是你，不是我，我可是你的老板娘。

"你这是什么态度？有你这样跟老板娘说话的吗？"

"老板娘？"琳达现在算是明白了，乔安心为什么没拿她当经纪人看。

乔安心对待她的态度，不就是老板娘对待下属的态度吗？

琳达都气笑了："乔安心，我没记错的话，你还没嫁给苏总吧？怎么就成我的老板娘了呢？"

话都说到这种程度了，琳达也不想继续再带乔安心了。

她确实无法忍受乔安心的脾气。

哪怕苏泽对她不满，她也要撂挑子不干了。

她好好一个受艺人尊敬的金牌经纪人，干吗要在乔安心这里受气？

"琳达，你这是什么意思？"乔安心也看出来了，琳达这是想和她散伙的意思，不然态度不至于如此。

琳达直视着她，直接说道："乔小姐这脾气，我带不了。既然你觉得我没用，那就让苏总给你找个有用的经纪人。我们的合作关系就到此为止吧。

"这件事，我会亲自去跟苏总说的。我相信苏总很快就会找到一个能力卓越的人，帮乔小姐把所有事情解决得妥妥帖帖的。不过我们毕竟也合作了这么多年，有些话我还是要奉劝乔小姐，至于听不听得进去，那就由你了。"

乔安心难以置信地看着琳达。

她没想到琳达竟然敢这么做。

她可是苏泽的女人，是星辉未来的老板娘。琳达身为一个小小的员工，这样跟她呛声，就不怕被苏泽解雇吗？

琳达能猜出乔安心在想什么，不过此时此刻也不是很在意了。

她既然敢这么做，就做好了承担后果的准备。

以她在业内的名气和能力，就算离开星辉，她也不愁找不到下家，没什么可怕的。

何况，她本来也有离开星辉的意思。

自从苏泽接手星辉后，她的话语权就越来越弱了。

以前星辉挑艺人，大多是她说了算，可现在，星辉所有的权力都在苏泽一个人手里。苏泽又是一个很自我的人，对琳达提出的那些意见，一个都没采用。

她心里早就不满了。

她不过是因为在星辉待了这么多年，有了感情，一时舍不得离开而已。

"乔安心，你如果真想在娱乐圈混出一片天地，就必须得努力，得认真，得把这份工作当回事。不然苏总再肯捧你，再愿意给你好的资源，没有相应的实力的话，即使你拿到了好资源也烫手。

"还有，你其实不大适合影视圈，你的长相没有观众缘。我建议你还是多接点儿综艺节目，当个'综艺女王'什么的也不错，比你去演戏强。"

这些都是琳达的真心话。

乔安心的演技，演点儿狗血偶像剧还行，考验演技的大戏，只会暴露她的短板。

其实之前她也给苏泽这样建议过，但是苏泽说乔安心喜欢演戏，让她朝演员的方向捧乔安心。

她想着反正乔安心的演技也还勉勉强强，又有苏泽帮忙拿资源，就算乔安心成不了真正的实力派演员，当个偶像派小花也可以，也就没再说什么了。

现在，既然她都决定辞职了，还是要实话实说的。

乔安心脸都气青了，连名带姓地说道："谢琳达，你是不想干了吗？你知不知道你说这些话，会有什么后果？只要我一句话，你以为你还能继续在星辉待下去？"

乔安心这是在威胁她吗？

琳达勾唇笑了笑，摊了摊手，一脸无所谓的表情，说："随便啊。我刚才说的可都是肺腑之言，你好好考虑一下。"

电梯到了一楼，"叮"的一声，电梯门打开，琳达没再看乔安心那张已经气到狰狞的脸，转身走了出去。

看着她就那么走了，脚步都没有停一下，乔安心简直不敢相信她真的敢这么做。

"谢琳达，你别后悔！"她朝那道已经渐渐走远的身影怒吼道。

一楼大厅还站着一些来试镜的人，乔安心如今好歹也是一线小花了，认识她的人自然不少，琳达又是圈内公认的金牌经纪人，认识她的人也不少。

看着两个人一个站在电梯里，一个都快要走出酒店了，脸色都很难看的样子，有些人忍不住议论起来。

"那不是乔安心吗？她和她的经纪人闹矛盾了？"

"看着像是闹矛盾了。她胆子可真大啊，把她的经纪人气成那样，就不担心被雪藏吗？"

"雪藏什么？我听说星辉总裁就是她的男朋友，她有什么好怕的？"

"星辉总裁是她的男朋友？你们说的是苏少吗？可是我怎么听说苏少是有未婚妻的啊？他的未婚妻不是乔安心吧？"

"我也听说苏少是有个未婚妻的，之前他出席一些场合还带出去过。"

"那他怎么又成乔安心的男朋友了？她该不是当了小三破坏人家的感情吧？"

几个人议论的声音不小，乔安心全都听到了。

在听到有人说她是"小三"的时候，她气得捏着拳头就朝说话那人走了过去。

"你说谁是'小三'？我是苏泽名正言顺的女朋友，你们在这里胡说八道什么？！"

她正在气头上，脸色铁青地瞪着那个说她是小三的女艺人，语气恶劣地说道："你这叫诬陷毁谤，我可以去告你的。"

女艺人被吓了一跳。

她本来就是随便议论一下，没想到乔安心竟然听到了。

女艺人自觉理亏，本来想道歉的，可见乔安心态度这么恶劣，顿时也不爽起来，朝她冷笑一声，说道："不是就不是，你这么激动干什么？！弄得跟做贼心虚一样。"

乔安心黑了脸："你说谁做贼心虚？"

女艺人也不是什么好脾气的人，就算知道乔安心是苏泽的女朋友，也没什么好怕的。

她又不是星辉的女艺人，苏泽雪藏不了她，苏家的能力也还没大到可以封杀她的程度。

她对乔安心也就一点儿都不客气，眼神挑衅地看着乔安心，勾唇嘲讽道："谁最激动，我就说谁。没干过的事情，你至于反应这么大吗？我就说有些人的资源怎么忽然就好起来了，原来是靠勾搭自己的老板换来的资源啊。只可惜，资源再好，实力不够也是白搭。"

"你说什么？！你有胆子再说一遍？"

乔安心在星辉那就是一姐的待遇，公司的一些老艺人见了她，也是客客气气的，新人见了她，更是各种恭维。

圈内其他艺人也都跟她交好，没有人明着对她不客气的。

现在被一个二线都算不上的新人当众这般挑衅，她哪里还能忍？

这种时候，她已经被气昏头了，又没有琳达跟在她身边约束她的行为——她扬起手就照着那个女艺人的脸甩了一巴掌。

"啪"的一声，那个女艺人都被打蒙了。

周围的几个艺人也蒙了，纷纷震惊地看向她。

乔安心竟然敢当众打人？

她疯了吗？

她不要形象了吗？

乔安心看着女艺人被打肿的脸，觉得很解气，咬牙冷笑着说："让你再胡说八道！一个新人还敢这么狂妄，今天就教教你做人的道理。"

被打的女艺人还很年轻，在家也是被宠坏的小公主，忽然挨了乔安心这一巴掌，哪里忍得住？

她也扬起手，照着乔安心的脸要打下去。

乔安心连忙躲开了。

女艺人又挥着手朝她扑了过去，一下子将她扑倒在了地上，两个人扭打成一团。

周围的几个艺人伸手去拉她们，却拉不开。

大厅顿时闹成一团，经过的人全都停下了脚步，看起热闹来。

两个女明星当众打架，这热闹还是挺有看头的，尤其其中一个还是最近风头正盛的影视小花乔安心。

有人拿出手机，将这"精彩"的场景录了下来。

郦湖高尔夫球场，黑色劳斯莱斯车门打开，通身贵气的年轻男人从车上走了下来。

他一下车，所有人的目光都落到了他身上。

"陈董，这是我们墨总。"

魏征走过来，对着站在最前面的一个年长的男人介绍道。

年长的男人盯着墨夜司打量了几秒，脸上露出一个客套又带着几分敬意的笑容，随后伸出了手，说："原来这位就是墨氏新上任的总裁，没想到竟然这么年轻，真是后生可畏啊。

"多谢墨总赏脸，愿意给我们恒通一个合作的机会。"

说话的人是恒通的董事长，今年五十多岁了，在商界打拼了大半辈子，身份、地位也不是一般人可以比拟的。

这位董事长走到哪里都是被人恭维着的，这次却换成了他恭维别人，还是恭维一个比他小了足足三十岁的晚辈。

原本他对这个才回国不久、年纪又轻的墨氏新任总裁是不太当回事的。

墨夜司年纪轻轻就接手了墨氏这么大的企业，没有足够的阅历和经验去支撑，哪里胜任得了？

可这样的偏见，从他看到墨夜司那一刻起，已经消了大半。

眼前这个面容极其俊美、气质 的年轻人，和他想象中的完全不一样。

墨夜司不但不是他想象中的奶油小生，气场反而强大得让他都感觉到了压力。

生平第一次，他竟然被一个小辈的气场震慑住了。

这下，他哪里还敢再有半分轻视心态？

都是商界的老江湖了，只一眼，他就看出了这个小辈不简单。

墨夜司垂眸看了他一眼，伸出手和他虚虚地握了一下，就将手收了回来："陈董客气了。墨氏选择和恒通合作，自然是因为恒通的实力。"

陈董又客套地说了几句恭维的话，墨夜司再回几句客套的话，两个人客套了一会儿，被人引着走进了高尔夫球场。

另一边，长相温润俊美的年轻男人换上了运动服，和一个四十多岁的中年男人一起从更衣室里走了出来。

"早就听说张董高尔夫打得特别好，鲜少有对手，今天终于可以好好见识一下了。"

两个人走进一处球场，年轻俊美的男人从工作人员手里接过一根高尔夫球杆，弯下腰，做出一个打球的动作，挥动着球杆在试手感。

他旁边的中年男人也接过了球杆，笑呵呵地说："都一年多没打了，手生了，今天怕是要输给苏总。"

"张董谦虚了。"苏泽笑得温润谦和，说着场面话，"最多打上两三杆，张董的手感就回来了，还请张董一会儿手下留情，不要让我输得太难看了。"

"哈哈哈。"张董挥出一杆，高尔夫球准确无误地落入前方的球洞里。

苏泽马上击掌叫好，笑着感叹道："张董还说手生，您手生都打成这样，要是不手生，那岂不是无人可敌？"

"天外有天，人外有人，比我打得好的大有人在。"

"哦？"苏泽像是有点儿诧异，"业内还有比张董打得好的？不知道张董说的是……？"

张董又挥了一杆出去，看着球落入洞内，才转身将球杆交给一旁的工作人员，拿起桌上的水喝了一口，笑着说："是个年轻人，相当厉害。我和他打过一次，要不是他让着我，我不知道会输得多难看。唉，后生可畏啊。"

苏泽和张董合作多年，还是第一次听张董这么夸赞一个人，顿时生出了好奇心："张董说的这个后生是……？我认识吗？"

"是墨氏刚上任的总裁。苏总和他打过交道吗？"

苏泽愣了一下。

苏家和墨氏是有一些合作项目的，但对墨氏而言，苏家的那点儿单子都是可有可无的。所以，他哪里来的机会和墨氏总裁当面打交道？

他倒是想有这么一个机会，可是苏家和墨家差距毕竟有点儿大，墨氏总裁哪里是他想认识就可以认识的？

"张董说笑了。"苏泽很有自知之明地说道，"墨氏总裁身份尊贵，一般人哪有机会认识他？我听说那位刚上任不久的新总裁极年轻，才二十多岁，不知道是不是真的？"

"嗯，他是很年轻，"张董颇为感慨，"长得也一表人才、气质非凡，不愧是当年的第一美人生出来的儿子。我看这一群后生里，就数他最出色。

"外貌、能力都是没的挑的，他虽然年轻，却镇得住墨氏那些自命不凡的老家伙。"

苏泽默默地听了一会儿，眼底闪过一丝异色。

听到张董嘴里形容的这个人，他忽然就想起了之前在宴庭见过的那个男人。

那个男人也姓墨，外貌也极为出色，看着也很年轻，还开了一辆车牌号相当神秘的劳斯莱斯，那是苏泽用尽了所有关系都没办法查出户主是谁的车牌号。

那个男人还有能力让盛辉集团一夜之间破产。

苏泽越想越心惊，想到某种可能性的时候，感觉浑身一软，额头上都冒出了一层冷汗。

"苏总这是怎么了？哪里不舒服吗？"张董又打了一球，转过身，看见苏泽忽然变得脸色苍白，关心地问道。

苏泽一阵心惊肉跳，整个人都有点儿恍惚，被自己刚才那个念头吓到了。

可仔细一想，他又觉得不可能。

众所周知，墨氏新上任的那位总裁身边是没有女人的，唯一在他身边出现过的女人只有那位沈家的大小姐。

所以，乔绵绵怎么可能和他在一起？

想到这一层关系后，苏泽才觉得松了一口气，脸上慢慢恢复正常之色，伸手擦了擦额头上冒出来的冷汗，拿起球杆走到张董身旁说："没什么，就是胃里的老毛病，这会儿已经没事了。"

苏泽陪完张董，谈完合同，已经是两个小时后的事情了。

他站在球场大门外，目送张董那辆路虎越野车开走后，才转身朝停车场走去，准备离开，结果刚转过身就看到一道黑色身影迎面朝他走来。

在看清对面的人的长相后，他不禁脸色一变，停下了脚步。

是他！

上次自己在宴庭见过的那个男人。

苏泽惊愕地看着那个他约了很多次也没能约出来的陈董态度很恭敬地跟在那个男人身旁，两个人一个像主子，一个像仆役，像仆役的那个还是陈董。

可以说，这一幕场景让苏泽很震撼。

· 280 ·

陈氏在云城也是赫赫有名的，苏家也有求着陈氏做事的时候，他见了陈董都要客客气气地喊一声"陈叔叔"。

"咦，这不是苏董家的公子吗？"陈董一抬头就看到了苏泽，主动和他打了声招呼。

苏泽这才回过神，将打探的目光收了回来，客客气气地喊了声："陈叔叔。"

"小苏啊，你也是在这里谈事？"

陈董和苏泽的爸爸有几分交情，见了小辈自然是要过问几句的。

看着站在陈董身旁、目光有点儿冷的墨夜司，苏泽面无表情地点了点头："嗯。陈叔叔也是来这边谈事的？不知道陈叔叔身边这位是……？"

陈董怕他说久了耽误时间，会引得身旁的人不高兴，正打算随便敷衍一句就离开的，却听到身旁身份尊贵的男人竟然主动开口介绍道："墨氏企业，墨夜司。"

苏泽猛地抬起头："你是墨氏企业的？"

墨夜司勾了勾唇，说："是。"

他站得笔直，身姿挺拔如松，周身的气场强得让人想要跪地膜拜，年轻的脸极其俊美，却一点儿也不显得青涩，神色沉稳，目光有点儿冷，也有点儿锐利，整个人的气场都和他本身年纪很不相符。

要说苏泽也是一众青年才俊里的佼佼者了，可是跟墨夜司站在一起，瞬间就被比下去了，直接就降低了好几个档次。

苏泽目光惊愕地看着他，耳边回响着张董刚才说过的那些话。

张董口中的那个男人年纪很轻，长相很出众，能力超群，高尔夫球打得特别好。

而他们现在所在的地方，就是一家高尔夫球场。

苏泽再想到陈董刚才那副毕恭毕敬的样子，那个已经被他否定的念头又冒了出来。

他像是受到了惊吓，脸一下子就白了："不知道墨先生在墨氏哪个部门工作？担任的又是什么职位？"

他始终不肯相信，眼前这个姓墨的男人会是墨氏新上任的总裁。

哪怕这个男人各方面条件都很符合张董刚才的那些形容。

乔绵绵是没机会认识墨氏新上任的总裁的，更不可能和他举止那么亲密地在一起。

陈董一直在旁边观察两个人，看到墨夜司竟然主动开口介绍身份，还以为他是有心和苏泽结交，便想着帮两个人相互介绍认识一下。

苏家这孩子，他看着也挺不错的。

他对喜欢的后生还是愿意扶一把的。

想了想，陈董便笑着说："小苏，这位可是墨总。"

苏泽脸色又白了些："墨总？"

"是啊，墨总可是……"

陈董还想具体介绍一下，却听到身旁的人淡淡地说道："不过是墨氏的一个小部门而已，没什么可提的。陈董，就送到这里好了，我先走一步。"

墨夜司说完这话后越过两个人，朝一旁的停车场走去。

苏泽愣在原地，见墨夜司已经走到一辆停得不远的兰博基尼旁边，忽然追了过去。

在墨夜司上车前，苏泽叫住了他："墨总，请留步。"

墨夜司一只手扶着车门，转过头，目光冷漠地问道："苏先生还有什么事？"

苏泽看着面前这个容貌出色、气质出众的男人，语气不是很好地说道："墨总，我们谈谈。"

墨夜司眯了一下眼眸："谈？苏先生想跟我谈什么？"

苏泽也不拐弯抹角："墨总是聪明人，应该猜得到。虽然不知道墨总是怎么和绵绵认识的，也不知道你许诺过她什么条件，才会让她愿意和你在一起，可是我想告诉墨总，如果你只是贪图新鲜，觉得绵绵长得漂亮想和她玩儿玩儿，我希望墨总能高抬贵手放过她。你给了她多少钱，我可以帮她还给你。

"绵绵这样的女孩子，不适合你。"

苏泽猜测墨夜司的身份估计是墨氏某个部门的经理或者副总什么的，应该是掌管着墨氏比较重要的一个部门，所以陈董才会对他这么客气。

虽然能在墨氏担任高层的职位也很优秀了，但他再优秀，也只是一个给企业打工的高级打工仔，手里掌握再多权力，也并非自己的。

这样的人，对苏泽的威胁并不是很大。

也因为如此，苏泽才敢找过来和墨夜司说这些话。

苏氏企业一年盈利十几亿元，他的收入远超墨氏高层。

墨夜司给乔绵绵再多钱，他也还得起。

听完苏泽的一席话，墨夜司笑了笑："苏先生认为我之所以和绵绵在一起，是因为贪图她的美色，觉得她新鲜？"

纵然苏泽觉得墨氏高层威胁不了他，但也不想把人得罪了。苏家和墨氏还有合作项目呢，他把人得罪了没什么好处。

默然片刻后，他也笑着说："墨先生，刚才是我一时情急说错了话，望见谅。其实不瞒你说，我之所以会有那样的请求，是因为我和乔绵绵有非同一般的关系。"

墨夜司捏着车门的那只手紧了一下，目光有些沉，唇边却噙着笑："哦？苏先生所谓的'非同一般的关系'是指什么？"

苏泽眼里像是带了一丝挑衅之色，一字一顿地说："她是我的前任女朋友，我和她差一点儿就结婚了。

"我们认识十年，是最了解彼此的人，所以，我很清楚她和你在一起并不是真心的。墨总条件这么好，身边肯定不缺女人，将一个心不在你身上的女人放在身边，有意思吗？

"我想墨总也是很骄傲的人，是不愿意强迫人的吧。说实话，绵绵除了长得漂亮点儿，也没其他方面的优点。她性格沉闷，一点儿也不讨喜，那方面更是木讷到不解风情。

"墨总想找解语花，哪里都能找到，何必花钱找一个不解风情的榆木疙瘩呢？"

苏泽刚说完，就感觉周围的气压都变低了。

"墨总，你……"

"苏先生，"墨夜司声音低沉，裹着寒意，"刚才你说你和绵绵认识十年了，是最了解彼此的人，你们还差一点儿就结婚了？"

苏泽犹豫了一下，回道："是。"

"呵。"墨夜司冷笑了一声，"这么说起来，你们感情很好了？那我想问一下，你们为什么又分手了？"

苏泽的脸色变了一下，仿佛墨夜司的这个问题冒犯了他一样，他语气不大好地说："抱歉，这是我和她之间的事情，不方便对外人说。"

"是不方便说，还是没脸说？苏先生一面和她妹妹情意绵绵，一面又想当好人拯救她于水深火热之中，苏先生的这颗心到底有多大，又想要装几个人进去？"

苏泽惊讶地看向他，脸色难看地说道："你……"

墨夜司忽然间变了脸色，往前一步，伸手揪住了苏泽的衣领，目光阴冷地看着他："苏泽，你把绵绵欺负成那样，我没弄死你，你就应该烧高香感恩我对你还有那么几分仁慈。是谁给你的胆子，让你敢在我面前提出这些要求？

"要不是为了绵绵，你以为你现在还能好好地站在这儿？捏死你，比捏死一只蚂蚁还容易。我最后一次警告你，乔绵绵现在是我的女人，你再敢觊觎她，我会让你死得很难看。"

车门被关上，兰博基尼驶了出去。

苏泽被吹了满脸尾气，身体仿佛僵硬了一般，站在原地一动不动，浑身的血液都是凉的。

刚才墨夜司说出那句"我会让你死得很难看"的话时，苏泽看到了对方眼底一闪而过的杀气。

那一刻，苏泽清楚地感受到，墨夜司是真的对他起了杀心。

"小苏，你这是怎么回事？你和墨总怎么了？"站在不远处的陈董看到刚才那一幕场景，等墨夜司的车开走后，忙走过来询问。

苏泽脸色苍白，声音都有点儿发颤："陈叔叔，他到底是谁？"

一开始他猜测墨夜司的身份是墨氏新上任的总裁，可后来又找出原因否定了。

再后来，他猜测墨夜司是墨氏高层，但现在又觉得自己猜错了。

如果墨夜司只是墨氏的一个高层，不会狂妄成那样。

"他并不是什么小部门的人，对不对？陈叔叔，你是认识他的，你告诉我他到底是谁？"

陈董皱眉看着他，摇了摇头："小苏啊，加上这次，我和墨总统共也才见了两次面，我对他实在是不了解啊。他在墨氏是什么职位，我也不知道。"

陈董当然是知道墨夜司的真实身份的。只是既然墨夜司刚才都那样说了，说明他并不想让苏泽知道他的真实身份，陈董自然也不敢透露出来。

不过想到墨夜司刚才离开时脸色似乎不大好，陈董犹豫了一下，还是觉得应该提醒一下眼前这个小辈。

毕竟苏泽的父亲和他也是有交情的，而且两家也有合作项目，如果苏泽把墨夜司给得罪了，那就糟糕了。

"小苏啊，虽然我不知道墨总在墨氏到底担任什么职位，可是他姓墨，说不准就是墨家的什么旁支亲戚。他既然能到墨氏做事，说明也是受墨家重视的。

"你可千万不要把他得罪了。墨家可是我们得罪不起的啊。"

陈董也是看在和苏家的交情上，才会好心提醒苏泽一下，换成别人，都懒得说。

哪知苏泽却并不是很领情，对他的话也不太当一回事。

听陈董这么说，苏泽反而有种松了一口气的感觉。

"原来只是旁支亲戚。"苏泽看着陈董这副很忌惮的样子，不屑地扯了一下唇，觉得陈董也太把这个墨氏旁支亲戚当回事了，"陈叔叔，你也太紧张了吧。墨氏家大业大，旁支亲戚多到数不清，你何须如此忌惮？"

怪不得墨夜司气焰那么嚣张，原来是仗着墨家在耀武扬威。

只可惜，他只是墨家旁支的族人，并非墨家真正掌权的那个墨氏总裁。

就算有人得罪了他，墨家也不可能为了一个亲戚大动干戈。

陈董见他没有将自己刚才那些话听进心里，皱了皱眉头，却没有再说什么了。

该说的他都说了，至于苏泽听不听得进去，那就和他无关了。

以他和苏家的那点儿交情，他也只能做到如此了。

如果苏家的这个儿子非要自己作死，他是不会去阻拦的。

"行吧，我还有点儿事，回去见到你爸告诉他，改天有空了我找他一起钓鱼去。"

"好，我会转达给我爸的。陈叔叔，您慢走。"

苏泽目送着陈董上了车后，才转身走向停车场的另一个区域。

苏泽走过去，打开车门上了车。

他刚坐下，手机就响了起来。

他拿出手机看了一眼，见是公司的人打过来的，马上接了起来："喂。"

"苏总，"那边传过来一个恭敬的声音，"您现在能马上来警局一趟吗？"

"警局？"苏泽皱了皱眉，疑惑地问道，"发生什么事了？"

那边的人犹豫了一会儿，才开口说道："乔……乔小姐现在在警局。"

"安心在警局？"苏泽皱眉问道，"怎么回事？好好的，她为什么会在警局？"

那边的人又犹豫了几秒，才吞吞吐吐地说："乔小姐和盛娱传媒的一个女艺人发生了点儿口舌，后来……后来她们就打起来了。有人报了警，现在她和那个女艺人都在警局里做笔录。"

"她和别人打架了？"苏泽满眼惊愕神色，不敢相信这件事。

在他心里，乔安心是那么温柔柔弱的一个女人，她怎么会和别人打架呢？

想到她如今还怀着孩子，苏泽不禁脸色一变，紧张地问道："她有没有受伤？"

"乔小姐脸上被抓伤了，手臂上也有点儿抓伤的痕迹，其他地方……好像没什么大碍。"

苏泽稍微松了一口气，看来安心应该没什么事情。她如今是怀着孩子的准妈妈，肯定更在意肚子里的孩子。

苏泽赶到警局时，乔安心刚刚做完笔录出来。

一看到他，乔安心就小跑到他跟前，扑入了他的怀里，将他紧紧抱住。

她眼里泛着泪，眼神委屈到了极点，埋在苏泽的胸口小声啜泣道："阿泽哥哥，你终于来了。我好害怕啊。"

她好像真的很害怕，身体一直在颤抖。

苏泽一低头就看到了她惊恐、害怕的眼神。

她的脸被人抓伤了，原本白皙的脸颊上有两条长长的红痕，很是触目惊心。

苏泽看得心疼，放柔了声音安抚道："安心，别怕，我来了。有我在，没有人敢再伤害你了，别怕……"

乔安心抱着他痛哭："阿泽哥哥，你一定要给我出气啊。我的脸都被抓伤了，我接下来的工作可怎么办哪？"

乔安心是靠脸吃饭的，脸被抓成了这样，没一周左右的时间是恢复不好的，但接下来的行程又排得很满，根本就没有休息的时间。

尤其是后天她还要上一个通告，上通告的钱不多，但对她的人气提升很有帮助。

苏泽也想到了这一层。

看着乔安心脸上那两条长长的红色抓痕，他目光沉了沉，寒声道："这些事你不用担心，就当给自己放个假，我会给你安排好的。你告诉我，到底是怎么回事？盛娱的女艺人怎么会和你打起来的？"

在苏泽看来，肯定是盛娱的女艺人欺负了乔安心。

乔安心这么柔弱善良又性格温柔的女人，是不可能主动挑事的。

他虽然管不了盛娱的艺人，可也不能放任别人这样欺负他的女人。

乔安心刚要说话，就见苏泽皱了一下眉："琳达呢？她怎么没跟你在一起？"

说起这个，乔安心委屈得眼睛一眨，眼泪就掉出来了。

她眼泪汪汪地看着苏泽："我今天因为一点儿误会和琳达争吵了一下，她一气之下就说她不干了。"

苏泽惊讶极了："琳达说她不干了？"

琳达是星辉的老员工了，已经在星辉做了差不多十年,怎么会忽然就不干了？

"嗯。"乔安心瞥了一眼苏泽的脸色，委屈地说，"我们之前偶尔也会因为意见不合争吵一下，可很快就没什么事了呀。这次也不知道是怎么回事，她忽然就对我大发脾气，然后说她不做我的经纪人了。"

乔安心是真的有点儿委屈，到现在也没想通琳达怎么忽然就跟她翻脸了。

就因为她想毁约不演《帝宫》的女主角吗？

她可是苏泽的女朋友，星辉未来的老板娘，弃演一部剧算什么？！

她以后想要什么好的资源都能拿到，就算她弃演《帝宫》的女主角，对她的事业也不会有多大的影响。

苏泽有点儿怀疑："你确定就是争吵一下，她就闹着说不干了？"

"阿泽哥哥，你觉得我在骗你吗？"乔安心抹了抹眼角的泪，委屈得不行，"她想让我以后不要演戏了，只接综艺节目。就因为我没答应她，反驳了她的话，她就生气说不干了。

"她是不是觉得她在星辉做了十多年，带红了那么多艺人，别人都是乖乖听她的话，我却没有，所以才不愿意当我的经纪人了？"

看着哭得梨花带雨的乔安心，又想到她本来就是一个柔弱善良的女人，能哭成这样，可见是真的受了不少委屈，苏泽顿时就打消了所有疑虑。

他心疼地将乔安心搂在怀里，安抚道："安心，我没有不相信你，你不要乱想。琳达她……的确是公司的老人了，也带红了不少艺人，在星辉有一定的地位，艺人们都很敬畏她。

"大概是因为她以前带的艺人都很听话的话，而你没那么听话，所以她不高兴了。"

乔安心一副可怜的样子，说："可是我真的很喜欢演戏啊。她可以给我安排综艺节目，但是完全不让我演戏，我真的接受不了。其他事情都可以答应她，这件事我没办法听她的。

"我一直以为她是个好相处的人，没想到就因为这么点儿小事，她就说出要辞职离开星辉的话。阿泽哥哥，她明知道我和你的关系还这么做，这不但是不把我当回事，也是不把你当回事。

"她是不是认定了她功劳大，你不敢拿她怎么样？"

乔安心表情无害地说出了这些话，刚说完，就看到苏泽的脸色好像不那么好看了。

乔安心转了转眼珠，继续说："你刚接手苏氏，恐怕在她这样的老员工眼里是没有什么威信的，她自然也是不怕你的。我看她并不是真的想辞职，只是拿乔发脾气而已。

"反正她料定了你是不可能真的让她离开星辉的。"

既然琳达不愿意再做她的经纪人了，那就从星辉滚走吧。

她需要的是一个听她的话的经纪人，而不是一个想让她听话的经纪人。

她很了解苏泽，新官上任三把火，苏泽最忌讳的就是员工不把他当回事。

哪怕是琳达这样的老员工，只要敢挑战他的威信，他也是绝对不忍的。

"既然她想离职，那就成全她。不过是一个经纪人，离了她，我就不信对星辉还能有什么影响。她明知道你是我的女人，还敢这么对你，实在是太过狂妄。"

苏泽果然黑了脸，气到马上就给星辉人事部那边打了个电话，让他们通知琳达去办离职手续。

接到他的通知时，人事部的经理很惊讶，还以为自己听错了，又问了一遍确认。

人事部经理的反应，让苏泽的心里更为恼火，更加坚定了他要把琳达炒掉的念头。

"你没听错，我说的就是谢琳达，立刻通知她回公司办离职手续。还有，告诉她不用再来找我了，这就是我的意思。"

靠在他的胸口的乔安心脸上露出得意又解恨的笑容。

苏泽挂了电话，搂着她走到一旁坐下，看了看乔安心身上的抓痕，担心地朝她的小腹看了一眼，问："安心，你有没有哪里不舒服的？"

乔安心摇了摇头："我没事的。阿泽哥哥，你不用担心我。"

"你的肚子没有不舒服吗？"苏泽刚刚赶过来的时候找一个警察了解了一下情况，警察说乔安心当时和那个女艺人打得很激烈，两个人滚在地上扭打，旁边的人去拉都没能拉开。

这和他以为的动手出入很大。

乔安心怀孕还不到三个月，前三个月肚子里的孩子是最不稳定的时候，也是最容易出事的时候。她如果真如那个警察所说，和人打得那么激烈，那是很危险的，肚子里的孩子很容易流掉。

苏泽刚才忙着安抚她和处理琳达的事情，一时间还没想到这点。

现在看她一副没事人的样子，苏泽心里不禁就生出了一丝疑虑。

"你真的没事？"他眯了眯眼，"真的不用去医院检查一下吗？"

乔安心心里"咯噔"一声。

她一抬头就看到苏泽眼里的怀疑和试探之色，心又猛地颤了一下，这才察觉出来他是在怀疑她肚子里的孩子有问题。

乔安心身体变得僵硬，被他这样看着，一瞬间手脚都有点儿冰凉。

好半晌，嘴角挤出一丝笑，她垂下眼眸躲避着苏泽的目光："应该……应该没事吧。我一直护着肚子的，好好保护着宝宝的。再说了，我觉得我们的宝宝很坚强的，没有你想的那么脆弱。"

"是吗？"苏泽感觉到了她的躲避行为，还有她忽然变得僵硬的身体，心里的疑虑越来越多了……

他和乔安心在一起的那两年一直做了安全措施，所以，乔安心能怀上孩子的概率非常小，但也不是完全没有可能。

再加上他从来就没想过乔安心会欺骗他，也认定她不敢欺骗他，所以才会在乔安心说怀了他们的宝宝时没有怀疑过她。

当然，后来乔安心还拿了孕检报告给他看，上面确实显示她已经怀孕了。

但此时此刻，苏泽心里却忽然开始怀疑了。

乔安心怀孕，怀得太及时了。

就在他开始和乔绵绵商量结婚的事情没多久，乔安心就怀上了孩子。

然后，乔绵绵就知道了他们的事情。

再然后，他和乔绵绵分手，再因为孩子和乔安心正式在一起了。

苏泽心里想到某个可能性，脸色变得难看起来。

"阿泽哥哥，你……你怎么了？"乔安心打量了一下他的脸色，心里忐忑起来。

苏泽这是……发现什么了吗？

"没什么，我只是觉得还是应该去医院检查一下才放心。"苏泽的脸色一下子又恢复了正常，他伸手摸了摸她的头，和平时没什么区别，仿佛刚刚的一切只是她的错觉。

他语气温柔地说道："不然，我会担心你的。"

苏泽现在想想，发现怀孕的事情一直都是乔安心在说，她当初也就给了他一张孕检报告看。

然后，他就对这件事情深信不疑。

他都不知道他当初怎么就那么轻易相信乔安心了。

苏泽现在心里既然开始怀疑了，就想借机带着乔安心去医院查一查。

如果乔安心骗了他……

他垂在身侧的手紧握成拳，眼底闪过了一丝狠色。

乔安心也猜出来苏泽是在怀疑她了，这是想带她去医院检查看看她有没有真的怀孕。

如果是这样，那她倒是没什么好怕的了。

她在医院那边有关系，要想弄一张怀孕的检查报告一点儿也不难。

苏泽想让她去检查，那她就去检查好了。

只要检查报告出来，他自然就不会再怀疑她了。

说起来，这还是证明她的一个好机会。

这么一想，乔安心马上就痛痛快快地点头答应了，一副乖巧听话的样子："好，我听阿泽哥哥的。那我们现在就去医院检查好不好？"

苏泽愣了愣。

乔安心答应得这么快，反倒让他对刚才冒出来的那个想法产生怀疑了。

会不会是他多心了？

可心里既然怀疑了，不管是不是多心，他都得带着乔安心去医院检查一下。

如果真是他误会了，大不了再买礼物送给她，当是赔罪好了。

很快，两个人就在警察的掩护下，从警局的另一扇门离开了，避开了一直等候在警局正门处的一群记者。

第十四章

发现被骗

乔绵绵还是从姜洛离那里知道乔安心打人的负面新闻的。

她有微博，却不常用，通常三四天才会登录一次。

姜洛离给她发微信的时候，她在洗澡，洗完澡出来才看到微信。

姜洛离："我去！绵绵，你刷微博没有？看到乔安心的最新爆料没有？！"

姜洛离这语气，明显就很激动，好像是遇到了什么了不得的事情。

乔绵绵马上就被调动起了好奇心，回她："乔安心怎么了？"

姜洛离："你快上微博看看，微博上现在热闹着呢。"

乔绵绵也很好奇乔安心到底怎么了，没再回复姜洛离，退出微信界面登录了微博。

乔绵绵刚打开微博，刷新了一下，就看到了有关乔安心的爆料。

微博标题起得很吸引眼球——

《当红小花乔安心竟然当众动手打人！》

然后，是一大段文字描述乔安心和人打架的各种情形。

再下面放了九张图，画面拍摄得很清晰，能清楚地看到乔安心和一个女人扭打成一团，两个人在地上滚来滚去的，打得很是激烈。

乔安心那张脸，被镜头清晰地拍了出来。

至于另外一个女人，倒是拍得不是很清晰，让人看不清究竟长什么样。

像这种有图有真相的新闻，基本上没什么可反转的余地，而且乔安心被那么清楚地拍到了脸，想说认错人了都不可能。

乔绵绵看完这则新闻后，又点开微信回复姜洛离："我看到新闻了。"

姜洛离马上回她："是不是很大快人心？有没有觉得很爽？呵呵，像这种不要脸的女人，早就该糊掉的。估计星辉那边要气死了，好不容易才把乔安心捧起来，结果却出了这样的新闻。"

不可否认，看到那则新闻的时候，乔绵绵心里确实挺爽的。

这种爆料对艺人来说，绝对是很致命的。

乔安心走的是校园初恋的人设，公司给她包装的形象是很清纯美好的，是照着每个男人的初恋的形象包装的。

男人心里的初恋，绝对不可能是一个会当众打人的女人。

这是泼妇才会做出来的事情。

可以说，这则新闻对乔安心的人设影响非常大。

即便乔安心不可能因为这件事情彻底糊掉，这对她的事业影响也很大，毕竟明星打人的影响很恶劣。

身为公众人物，需要对公众传输正能量的一面，而非负能量。

乔绵绵："嗯，是挺爽的。不过乔安心怎么会忽然做出这种事情？她的经纪人没阻止她吗？"

姜洛离："我也觉得奇怪啊，她那个经纪人挺精明的一个人，会放任自己的艺人做出这样的事情？反正不管怎么样，她确实打人了，好多人拍到证据了。这次，我看苏渣渣怎么给她洗。"

姜洛离："呵呵，苏渣渣不是觉得乔安心温柔善良、柔弱可怜吗？不知道他看到这则新闻会是什么感想，会不会还觉得乔安心是他心里那个柔弱善良的小可怜？"

乔绵绵陷入了沉思中。

她也挺好奇，苏泽看到这则新闻会怎么想？

但是她并不是好奇苏泽对乔安心的看法，而是好奇苏泽如果看到乔安心和人滚到地上扭打成一团，会对乔安心肚子里那个孩子有什么看法。

乔绵绵默默地想，乔安心的肚子里真的怀着孩子吗？

如果是真的，孕期还不到三个月吧，现在还是很危险的时期吧，一个怀孕不到三个月的孕妇，竟然敢去和人打架？

乔安心就不怕伤到肚子里的宝宝，流产什么的吗？

"在想什么？"

耳边响起性感且有磁性的声音，乔绵绵就见墨夜司推开卧室的门走了进来。她点了一下乔安心的新闻，将手机递给墨夜司看。

墨夜司接过手机看了一会儿，又还给了她。

乔绵绵："乔安心跟人打架了，都闹到警局去了，性质还挺严重的。"

"嗯，我看到了。"墨夜司点了点头，"打架这种事情是不是对艺人影响很大？"

"嗯，影响挺大的。"

"需要我为你做点儿什么事吗？"墨夜司勾起嘴角，"要不要把这件事情的影响力扩大？"

这对他来说，是很简单的事情。

"不用。"

乔绵绵觉得墨夜司是误会她了。

她刚才拿手机给他看，并不是要让他在背后推波助澜的意思。

乔安心是很可恶没错，但是乔绵绵并不想做落井下石的那个人。

不然，她岂不是成了和乔安心一样可恶的人？

墨夜司挑眉："真的不用？"

"真的！"乔绵绵眨了眨眼，认真地说道，"我相信恶人自有天收。你看，她这不是已经来报应了吗？"

"好。"墨夜司也没再说什么，尊重她的决定，"你说不用，那就不用。不过，任何时候，你有需要我出力的地方，一定要告诉我，不许逞强，什么事都一个人去扛。"

他说的是出力，而不是帮忙，前者表明两个人之间的关系更为亲密。

乔绵绵心里顿时甜甜的："嗯，我知道了。"

拿回手机后，乔绵绵又点开新闻看了一会儿。

因为乔安心是在云城酒店大厅打的人，所以当时的目击者还挺多的，有人还拍了视频发到网上。

乔绵绵点开相关视频看完，心里越发疑惑了。

视频中，乔安心那身手、那打人的架势，可一点儿都不像一个孕妇。

苏家。

苏母"啪"的一声将手机丢到了桌上，气势汹汹地问："你跟我说说，这到底是怎么回事？乔安心怎么跟人打上架了？你看她在外面都成什么样子了？她简直是一点儿形象也不顾及。

"就这样的女人，你还想让我点头让她进苏家的门？"

"妈。"苏泽揉了揉额头，很头痛的样子，"事情不是你看到的那样，安心平时性格很好的，从没有跟人打过架，这也是她第一次跟人动手。我了解过了，是对方先骂她，她才会忍不住的。"

苏母冷笑："她从没有跟人打过架？我看她这架势可不像是第一次这样。阿泽，看人不能只看表面，现在的人只要想演，什么演不出来？你确定你了解的她是真实的？"

苏泽抬起头直视苏母，眉心微蹙："妈，我和安心认识好几年了，她是个什么样的人我很清楚。你儿子还不至于笨到被别人骗了都看不出来。"

"呵。"苏母又冷笑一声，"我看你就是笨，没心眼儿，就是被人骗了还不自知。我这么精明的人，怎么就生出你这么一个笨儿子？！"

"妈……"

"你说她没骗你，那我问你，她之前是不是说她怀孕了，宝宝还不到三个月？"

苏泽愣了愣，脸色微微一变。

关于这件事，他本来也有点儿怀疑，所以从警局离开后，带着乔安心去医院做了检查。

检查单上显示乔安心确实怀孕了。

在看到检查单后，他就什么怀疑之心都没有了。

想到这里，苏泽慢慢走到沙发旁，在苏母身旁坐下，沉了沉声音，说："我昨天亲自带着她去做过检查，她的确怀孕了。妈，安心肚子里怀着的是你的孙子，就算不喜欢她，看在她怀了你的孙子的分儿上，你就答应让她进门吧。

"宝宝出生后要是连个完整家庭都没有，岂不是很可怜？"

苏母有点儿惊讶："你昨天带她去医院检查了？"

"是。"苏泽想了一下，实话实说，"其实，我昨天也有点儿怀疑的，所以才会带她去医院，但是她真的没有骗我，怀了我的孩子。

"妈，我不能不给她名分的。"

"安心愿意在她的事业上升期为我怀孩子，说明对我是真心的。放眼现在的娱乐圈，有几个女明星能做到如此地步？她为我付出这么多，我不能辜负她的一番情意。

"算我求你了，你就让我娶她吧。你不喜欢她的话，以后我就少带她回家。"

苏母静静地看着身旁的儿子，脸上的表情难辨喜怒，片刻后，长长地叹了一口气："阿泽，妈问你一句，你一定要老实回答我。"

"妈，您说。"

"你对绵绵是不是真的一点儿感情都没有了？"

苏泽愣住。

"你和绵绵分手，真的是因为你不喜欢她了，还是因为乔安心怀了你的孩子，你必须负责，所以逼不得已才和绵绵分手？"

苏泽没说话。

这个问题，夜深人静时他也想过，还想过不止一次。

尤其是在知道乔绵绵和那个叫墨夜司的男人在一起后，他心里莫名其妙地恐慌起来。

哪怕当初乔绵绵和他提分手，他虽然也有点儿难以接受，也慌过，可也不像现在这么害怕和慌乱。

因为他一直觉得，就算分手了，乔绵绵还是爱着他的。

他们认识十年了，她对他的感情肯定很深。

一时半会儿，乔绵绵是不可能移情别恋的。

何况，他当时也有绝对自信，认为乔绵绵不可能再遇上比他更优秀的男人。

他甚至想过，要不了多久乔绵绵就会后悔，然后会来找他求复合的。

他都想好了，如果她真的来找他，他自然不可能再和她复合了，但是只要她不要求苏家太太的名分，其他的东西，他都可以给她。

他还是会宠着她、疼着她，对她一如既往，只除了不能给她名分。

他想过很多很多，还在等她找他复合。

谁知道，她身边忽然就冒出一个叫墨夜司的男人。

即便那个男人只是墨家的旁支亲戚，但是既然能在墨氏担任高层，想必收入是不菲的，家世也不会差到哪里去，更重要的一点是那个男人的外貌还极为出色。

就算同样身为男人，苏泽也不得不承认，墨夜司的外形条件在同行里是极好的。

墨夜司那张脸很讨女人喜欢，也有让女人移情别恋的资本。

现在，苏泽无法再确定乔绵绵是不是还喜欢他了。

他不再像最初那么自信了。

如果乔绵绵真的喜欢上了那个叫墨夜司的男人，那他该怎么办？

因为他发现，他还是喜欢乔绵绵的。

他对乔安心不过是一时新鲜，只因乔安心怀上了他的孩子，便必须得负责。

除开这些，他发现他并不是多喜欢乔安心。

他沉默的时间有点儿长，苏母一看他这样，心里就有答案了。

自己的孩子，她能不了解吗？

"阿泽，其实你当时并不想和绵绵分手的，对不对？"苏母叹了一口气，语气里是满满的惋惜之意，也有些难过，"你现在后悔了？可是现在后悔又有什么用？绵绵那个孩子我是了解的。你背叛了她，而且还是因为她的继妹和她分手的，她是不可能再原谅你了。"

"妈。"苏泽有些浮躁地抓了抓头发，"既然你知道我和她不可能了，还问这些干什么？！有意义吗？"

他何尝不了解乔绵绵的性格？

苏母看他这副样子，又想到自己那么喜欢的儿媳妇就这么被这个不成器的儿子作没了，心里顿时气不打一处来，说："要不是你管不住自己的欲望，和那个不知廉耻的女人搅在一起，我好好的儿媳妇能没了吗？"

"妈，你说话能不能别这么难听？"苏泽在外也是挺风光的一个人物，受人尊崇，被人捧习惯了，现在被苏母这样不给情面地训斥，面子上就觉得有点儿过不去。

苏母依然是半点儿面子都不给他留："你嫌我说得难听，那你做的时候，就没觉得自己做得难看？兔子还不吃窝边草呢，你说你当时到底是怎么想的？你做这些事情的时候有没有想过绵绵？"

苏母正在气头上，可不惯着他的脾气。

哪怕知道儿子和乔绵绵已经不可能复合了，可每次想起这件事情，她心里都是一肚子火，也就更加厌恶乔安心了。

要不是那个不知羞耻的女人勾引她儿子，她家阿泽和绵绵现在还好好的呢，说不定今年他们都可以结婚的。

等他们结婚了，顺利的话，再过一年她还能抱上孙子。

苏泽头痛地说道："现在再说这些有什么用？！你再怎么怨安心，她肚子里的孩子是无辜的。总之，不管你同不同意我娶她，我都是要对她和孩子负责的。"

苏母忽然改口道："你想负责，我不会拦着你。"

"妈，你……"苏泽惊讶地看向她，"你同意我和安心结婚了？"

苏母："你不是小孩子了，我能管着你？你想娶就娶，我拦不住，也不想拦。不过，你娶她如果只是为了对她肚子里的孩子负责，至少也该把这件事查清楚，可别被人算计了，还觉得对方为你做了多大的牺牲。"

苏泽马上就听出苏母话里有话，似乎在暗指什么，眼里带上一丝深思之色，问："妈，你觉得安心骗了我？可是我昨天带她去医院了，我……"

"她打人的那段视频，你看过没有？"苏母答非所问，眯起眼睛问道。

苏泽点头："看过了。"

"你觉得她一个怀孕还不到三个月的孕妇，能那样跟人打架？"苏母眼里是满满的讥讽之色，声音冷飕飕的，"我当年怀着你的时候，要是也那么跟人打上一架，你小子现在还能坐在这里跟我说话？

"阿泽，如果一个怀着孩子的女人，一点儿也不顾及肚子里的孩子，随意做出那么危险的事情，这说明她是极其没有责任感的。这样的女人，根本就不是一名合格的母亲。

"我当年怀着你，不知道有多谨慎小心，哪怕在外面受了气，也不敢随便和人争吵，就怕争吵中会不小心伤了你。

"更何况，任何一个孕妇在那样的情况下，都不大可能还保得住肚子里的孩子，就算保住了，也是要见血的。你当时去找她，是什么情况？"

苏母直接问道："她见血了吗？去医院做检查的时候，医生有没有说过她胎象不稳之类的话？"

苏泽被问得愣了好一会儿，十几秒的时间里，脸色一变再变。

苏母怀疑的事，也是他当时怀疑的。所以，他才会提出带乔安心去医院做检查，因为看过那段视频。

可是，他也是一个字一个字看过检查结果的。

"但医院的检查报告显示她是怀孕了……"片刻后，苏泽脸色难看地说。

苏母冷哼："检查报告？那玩意儿我现在也能给你弄一张出来。

"阿泽，当年我还没怀上你的时候，差点儿被一个你爸外面的小三逼宫上位了。当时，那个小三就是凭着怀孕逼宫，你爸对她怀孕这事也是深信不疑。

"可后来我们才发现她是买通了那家医院的医生。想上位的女人，什么手段都使得出来，这些事对她们来说不过是小儿科。

"我不是说乔安心一定就是骗你的，但是她撒谎的可能性很大。就算你和绵绵不可能再复合了，你也不能被这种无耻的女人骗婚。阿泽，如果你想弄清楚这件事，最好是去医院好好查一下。

"或者，我帮你查？"

苏泽本就脸色不大好，在听完苏母说的这些话后，脸色已然阴沉下来。

他收紧手指，捏紧了双拳。

苏母看着他："阿泽？"

苏泽抿紧唇，蓦然起身，再开口时声音又冷又沉："这件事，我会调查清楚。"

苏母听他说要查，脸色缓和了点儿，想了想，又问："如果调查出来她没有怀孕，你打算怎么办？"

乔安心没有怀孕？

想到乔绵绵，苏泽眼里犹如蒙上了一层冰霜，手指攥得更紧，眼底闪过一丝阴寒和狠厉之色："她如果敢骗我，我会让她付出代价。"

过了几天，乔绵绵回了趟学校办点儿事情。

姜洛离就住在学校附近，乔绵绵早早地便和她约好中午一起吃饭。

乔绵绵到了学校后，姜洛离发信息给她，说是在图书馆等她。

乔绵绵不知道是不是自己的错觉，从走进学校那一刻起，发现好多人在看她，三两个人还凑在一起压着声音在说些什么。

乔绵绵在学校里本来也算是知名人物了，认识她的人有很多，平时也不是没有被人行过注目礼。

可是，今天这些人看她的眼神明显和之前不一样。

乔绵绵心里狐疑，到图书馆后，找了一圈找到姜洛离，快步朝她走了过去。

"绵绵，我在这里。"

姜洛离也看到了她，朝她挥了挥手。

乔绵绵走过去，姜洛离将放在旁边位子上的一个包拿了下来，腾出给乔绵绵占的位子。

等乔绵绵坐下，姜洛离马上就拉着她的手，压低声音说："绵绵，你被人黑了。你看到论坛上的帖子了吗？"

乔绵绵一脸蒙地问："什么帖子？"

姜洛离说："校园论坛里有人发了你的黑料，现在那个帖子跟帖都有一千多条了。我严重怀疑黑你的人是不是被雇来的，里面全是骂你的评论。"

说到这里，姜洛离气愤地说道："浑蛋！也不知道是哪个王八蛋想要毁了你，那些黑料简直不堪入目，摆明了要把你往死里黑。"

校园论坛？她的黑料？

乔绵绵一下子想起刚才一路上接触的那些奇奇怪怪的目光了。

怪不得她觉得那些人都怪怪的，原来……是有人黑她？

乔绵绵拿出手机，刚登录校园论坛，就看到了那条黑她的帖子。

因为顶帖的人很多，所以帖子热度排到了第一位，乔绵绵一下子就看到了。

帖子标题起得很吸引眼球——

《惊爆！！你们的清纯女神乔绵绵原来是个打过胎的"社会"姐？你敢相信？！》

乔绵绵看到这个标题的时候，感觉一口气哽在了心头。

姜洛离伸手拍了拍她的肩膀："冷静，冷静。你确定要点进去吗？我怕你承受不住。"

里面的内容可比标题可恨多了。

姜洛离当时看到这条爆料时，都气得想抢刀去砍背后那个所谓的爆料人了，更别说乔绵绵本人看到这些内容会被气成什么样了。

可这件事，她是必须告诉乔绵绵的。

帖子现在越来越火了，里面骂乔绵绵的人也越来越多。

如果继续让这则爆料的热度持续下去，不管不顾的话，这对乔绵绵的影响肯定很大。

谣言，从来就是会让人轻易相信的东西。

即便证据不足，可是一传十十传百，最后假的事也能被传成真的了，到时候他们再阻止就迟了。

所以，她必须得将此事告诉乔绵绵。

乔绵绵深吸一口气，让自己淡定下来："嗯，看，我挺想看看这人是怎么黑我的。"

"那你看吧。"姜洛离给她打预防针，"反正淡定一点儿，别太当真。"

不然，她担心乔绵绵会被气死。

乔绵绵点了点头："我知道。"

她将帖子点开，花了两分钟的时间将所谓的爆料看完了。

尽管一开始已经做好了心理准备，但是看完帖子后，她还是被气得差点儿呕血。

发帖的人有模有样地以高中时期同一个学校的校友身份爆料，说她和很多个男人交往过，交往的都是富家子弟，还为一个富家子弟打过胎。

帖子下面有人问，她打胎这么私密的事情，爆料者是怎么知道的？

爆料者就说，他们班一个同学的妈妈是医生，那个同学去医院找她妈妈时，看到乔绵绵去了妇产科，一个小时后，眼见乔绵绵捂着肚子且脸色苍白地从妇产科室走了出来。

帖子中还说乔绵绵把自己炒作成清纯女神的目的就是钓富家子弟。

苏泽就是她勾引的一个对象。

前些日子在学校里出现过几次的墨夜司，是她新勾搭的一个有钱男人。

爆料者还说，乔绵绵之所以和苏泽分手，是因为刚勾引成功的男人比苏泽更有钱，所以，是她踹了苏泽。

女人的忌妒心本来就是很强的，之前乔绵绵和苏泽交往，就引得很多女生忌妒，当初知道她和苏泽分手了，不少女生还暗爽不已。

可她们还没高兴多久，墨夜司就出现了。

墨夜司比苏泽更帅，更有气质，更迷人，一群人更是忌妒得不行。

这个帖子出现，她们兴奋了。

帖子中踩乔绵绵的人多了很多，而且从回复的语气和文字来看，全部是女生。

偶尔有那么一两个帮她说话的人，都被其他人骂到生活不能自理了。

"绵绵，你冷静点儿，就当他是在放屁。"姜洛离小心翼翼地瞥了一眼身旁的闺密，感觉她现在这状态有点儿像暴风雨前的宁静。

乔绵绵并没有表现得很愤怒，脸上的表情甚至可以称得上平静。

她将手机放到桌上，转过头问："你觉得这个帖子是谁发的？"

姜洛离认真想了想，说："明着和你有过节儿的人并不多，沈月月还被关着，肯定是发不了帖子的。

"发帖子的人很明显是想毁掉你的名声，让人觉得你是一个有着不堪过往经历的女人。我本来想着会不会是乔安心，可又觉得她现在没必要这么做。

"她已经成功上位了，犯不着再这样。

"剩下的，我觉得嫌疑最大的人……应该是那位沈大小姐。你前不久才和她闹了矛盾，而且我能感觉出来她对男神是有意思的。男神跟你结了婚，她肯定对你有意见。

"帖子八成是她找人发的，先败坏你的名声，闹大了后，这件事情就会传到男神耳里。如果男神相信了论坛里爆料的那些事，那么你们的感情……

"要是你和男神离了婚，她就又有机会了。

"绵绵，你打算怎么办？"

姜洛离皱眉道："这个帖子看的人越来越多了，好事不出门，坏事传千里，到时候传的人越来越多，会有人真的以为你……"

虽然她知道这是诬蔑、造谣，可是"吃瓜"群众不知道啊，会有人真的以为乔绵绵以前私生活混乱，是个不检点的女孩子。

尤其是乔绵绵和墨夜司还处在感情建立期，如果被墨夜司看到这个帖子，就算他不会怀疑乔绵绵，总归也是不大好的。

换作一些疑心重的男人，说不定会因为这件事情和自己的女朋友吵架分手。

乔绵绵眯了一下眼，说："当然得把幕后造谣的人揪出来。"

姜洛离点头道："我也是这么想的。那你打算怎么揪出这个人？要找男神帮忙吗？"

"不用。"乔绵绵愤怒到极点，整个人反而平静不少，没刚才那么情绪激动了，"这件事还不需要去麻烦他，宸宸就可以帮我搞定。"

"宸宸？"姜洛离怔了怔，"你打算……？"

"洛洛，我有没有告诉过你，宸宸除了打游戏很厉害，玩儿电脑也很厉害？"

"没有！你该不会要告诉我，宸宸是黑客什么的吧？"

"那倒不是。"乔绵绵笑了笑，打开手机又将帖子点开看了看，眼底闪过一丝冷意，"不过想要查到发帖人的真实资料，还是很容易的。"

她倒是很想看看，幕后黑她的人究竟是谁。

星辉传媒。

苏泽的助理将刚刚打探到的消息如实汇报了，刚说完，就感觉一股寒气朝他扑了过来。

他抬起头看去，见坐在黑色皮椅上的苏泽脸色极为阴沉，心下一惊，只看了一眼，就低下了头。

苏总这是被气到不行了吧？

他跟在苏泽身边也有四五年了。身为贴身助理，苏泽的很多私事他自然也是知道的。

比如，苏泽还没和乔绵绵分手就出轨了这件事，他一早就知情。

老实说，他没想过苏泽会和乔绵绵分手。

因为他知道苏泽是真的喜欢乔绵绵，也是准备和乔绵绵结婚的。

至于乔安心……苏泽从一开始就是抱着玩儿玩儿而已的心态。

只不过乔安心是个很聪明的女人，知道无法靠感情上位，就想办法怀上了孩子。可以说，苏泽会正式和她在一起的绝大部分原因，就是她肚子里有了孩子，不然她根本就上不了位。

在这样的情况下，忽然查出来她根本就没有怀孕，别说是苏总了，就连他都觉得很过分。

当初如果不是因为这个孩子，苏总哪里犯得着跟自己喜欢的女人分手？

在听到助理清晰地说出"没有怀孕"这几个字时，苏泽攥紧了双拳，怒气值瞬间到达了顶点。

"你确定你都查清楚了？"

助理恭敬地回道："是。这是给乔小姐做过检查的医生亲口说的，他说乔小姐并没有怀孕，那两份检查报告都是别人的。"

"砰！"

助理刚说完，苏泽就挥手将办公桌上的东西都扫到了地上。

一阵"噼里啪啦"的声响过后，办公室里顿时满地狼藉。

助理被吓了一跳："苏总，你……你还好吧？"

"你问我还好不好？！"像是被这句话刺激到了，他眼眸猩红地朝助理看过去，脸部表情都变得有些狰狞了，咬牙切齿地低吼道，"你如果被一个女人这样骗了，你说好不好？"

助理一脸惶恐的表情："苏总……"

"你知道当初我为什么会接受和绵绵分手吗？如果不是因为乔安心说怀孕了，我怎么会……？"说到这里，苏泽眼里流露出了后悔和痛苦之色。

他还爱着乔绵绵。

其实在分手那一刻，他就已经意识到这一点了，只是那时候以为他还有办法让乔绵绵回到他身边。

他以为乔绵绵是不会真的离开他的，可现在，老天爷是在用这样的方式惩罚他，告诉他他选错了吗？

为了所谓的负责任，他放弃了真正爱的女人，可从头到尾，孩子根本就没有存在过。

还有比这更好笑、更可悲的事情吗？

助理看着他这副悔不当初的样子，顿时反应过来，苏总这分明是旧情难忘。

他还惦记着以前那位乔小姐。

助理想了一下，犹豫着说道："苏总，你和乔小姐只是在交往，还没结婚，其实现在一切都还来得及。当初苏总是想对孩子负责，所以才选择了乔小姐。既然孩子的事情是假的，苏总也不必再对乔小姐负责了。"

毕竟是跟在苏泽身边几年的人，这名助理对苏泽的心思还是有几分了解的。

他说出这话，就见苏泽眼里生出了一丝希望。

"现在还不迟吗？"

助理见自己猜对了老板的心思，马上点头："不迟，一点儿都不迟。"

"可是……"苏泽想起乔绵绵面对他时的冷漠样子，还有她眼里的厌恶之色，迟疑了一下，说，"我伤害了她，她或许……不会原谅我了。"

"不会的。"助理很肯定地说，"绵绵小姐和苏总有十年的感情，对苏总肯定余情未了。只要苏总好好向她认错，再好好哄一下她，她肯定会原谅你的。说不定她一直等着苏总去找她呢。"

苏泽有些不确定地问："是这样的吗？可是她好像很讨厌我。"

她一见到他就表现得很排斥，好像对他深恶痛绝一般。

"肯定是这样的。"助理一副过来人的口气，"我和我老婆当初也闹过分手，她当时也表现得很讨厌我。其实女人都是口是心非的，心里真正的想法和表现出来的意思不一样。苏总，乔大小姐应该是还在生你的气，如果你想挽回她，就多点儿耐心哄哄她。女人嘛，心都很软的。苏总多说几句好话，再多送点儿礼物，她肯定会原谅你的。"

说完，助理又趁机拍了一句马屁："苏总你这么优秀，还愁追不回乔大小姐吗？"

苏泽眼里有亮光闪烁。

对呀，他和乔绵绵是有十年感情的，她怎么可能这么容易就对自己没感情了呢？她肯定还爱着他的，只是还在生他的气，所以自然不会给他好脸色。

她是在等他去找她，说好话哄她，并不是真的就不喜欢他了。

"苏总，乔小姐回来了。"

助理敲开办公室的门，穿着白色连衣裙的乔安心从外面走了进来。

助理伸手将房门轻轻带上了。

"阿泽哥哥……"乔安心走到苏泽身旁轻轻唤了一声。

听到这声柔弱又充满了依赖性的"阿泽哥哥"，苏泽抬起头，目光不似平时那样温和，也没了平时的温柔和怜爱之意。

这让乔安心顿时有种不好的预感。

她忐忑地问道："阿泽哥哥，你……你怎么用这样的眼神看着我啊？"

苏泽的眼神很冷漠，还是从来没在乔安心面前露出过的那种冷漠样子。

乔安心第一时间就想着，苏泽肯定是因为她被爆出了负面新闻的事情才这样。

她急忙说道："阿泽哥哥，我也没想到那些媒体记者会一直揪着我不放。公司不是会让公关部的人去处理这些事吗？为什么都过去好几天了，我的话题还被挂在热搜上？那些热搜话题要是再不撤下去，对我的影响会很大的。"

乔安心想到以前不管她做了什么，只要在苏泽面前哭一哭，他总会站在她这边，便故技重施道："阿泽哥哥，肯定是琳达在幕后操纵，想要通过这次的事情往死里黑我。

"要不然，我的话题怎么会一直挂在热搜上？

"谢琳达真的太过分了，怎么可以这样？！好歹她也在星辉待了这么多年。星辉没亏待过她，我也没亏待过她，她现在却想毁了我。"

乔安心说着说着，眼泪就落了下来。

乔安心以往在苏泽面前摆出这副柔柔弱弱的样子，苏泽就会很温柔地安抚她、哄着她，可这一次，苏泽没再这么做了。

他一脸无动于衷的样子，眼神依然很冷漠。

一想到这都是乔安心的伪装，这个可恨的女人又在欺骗他，他便怒不可遏。

曾经他觉得乔安心很娇弱，很需要人保护和疼爱，可现在心里只有厌恶和愤怒的情绪。

一想到竟然被这么个女人耍得团团转，自己甚至为了她和他爱着的女人分了手，苏泽心里便有了恨意。

这个贱人，竟然还试图蒙骗他！

这次他不会再上当了。

乔安心将苏泽眼里那冷冷的恨意看得一清二楚，心里越发忐忑起来，感到一阵心惊肉跳。

苏泽到底是怎么了？

放在平时，他早就温柔地哄着她，将她抱入怀里柔声安慰了。

但今天，苏泽一直无动于衷。

她感觉强烈不安："阿泽哥哥，你今天到底怎么了？难道……你在怪我让琳达离开星辉吗？"

乔安心想来想去，觉得只有这个原因了。

琳达毕竟在星辉待了很多年，带红了很多艺人，离开对星辉也是有一定的影响的。

或许苏泽当时觉得没什么，事后又发现了琳达的重要性，然后便将琳达离开的事算在了她头上。

乔安心在苏泽面前就是靠着做小伏低这一套让苏泽觉得她是个柔弱的女人，

是个需要依靠别人才能活下去的女人的。

分析出苏泽反常的原因后，她马上就放低了姿态，声音怯怯地说道："如果你不希望琳达离开星辉，我可以去找她，劝她回来的。"

苏泽以前是很吃乔安心这一套的，可现在，在知道这个女人有可能又在欺骗他后，再也不会相信她了。

人一旦心里的信任有了缺口，就会开始怀疑其他事情了。

乔安心能在怀孕的事情上骗他，在其他事情上一样可以骗他。

她或许并不像他想象中的那么柔弱。她在他面前表现出来的，也不是真实的一面。

"你不是说琳达让你受了委屈吗？你还愿意去劝她回来？"苏泽半眯着眼眸，看她表演。

"只要阿泽哥哥不生气了，什么事我都可以去做。我只想让阿泽哥哥开心。"乔安心咬着唇，眼眸低垂，眼角有泪光闪动，此刻看起来就是一副楚楚可怜的模样。

"我在你心里就这么重要？"

以前苏泽听到她这么说会觉得感动、满足，可现在只觉得恶心。

乔安心这个女人太虚伪，是他识人不清犯蠢，才会被她骗了。

他不会再上她的当了。

"阿泽哥哥在我心里一直是最重要的啊。"乔安心抬起头，情真意切地说着，"阿泽哥哥，如果你想琳达回来，我现在就去找她。我什么都可以忍受，只求你不要再这样对我了。"

苏泽明知故问："我怎么对你了？"

乔安心眼眶发红，委屈地说道："你今天好冷漠，我好害怕。阿泽哥哥，你打我骂我都可以，但是不要对我这么冷漠，我会受不了的。"

"呵。"苏泽忽地冷笑了一声。

"阿泽哥哥……"

"既然我对你这么重要，你为什么要骗我？"

"什……什么？"乔安心愣了一下。

苏泽眼神发冷，"啪"的一声将办公桌上的一个杯子扫到了地上："乔安心，你竟敢拿假怀孕的事情来骗我。"

"什么假……"乔安心脸色猛然一变，震惊得睁大了眼。

苏泽脸上布满冰霜，上前一步，伸手掐住了她的脖子："你好大的胆子，竟然敢骗我！乔安心，你知道欺骗我的后果是什么吗？"

想他自认为是个很精明的人，却被身边的女人耍得团团转，这让他无法容忍。

"喀喀喀……"乔安心被掐住脖子，呼吸不上来，脸色涨得通红，剧烈地咳了起来。

她伸出一只手，想要将苏泽的手掰开。

她的反抗行为更加激怒了苏泽。

苏泽收紧手上的力道："贱人，要不是因为你，我和绵绵就不会分手。"

"喀喀，放……放开我……"乔安心的眼睛越睁越大，她快要喘不过气了。

她拼命挣扎起来，发出恐惧的尖叫声，拿脚猛踹苏泽。

挣扎中，乔安心用膝盖猛地一下顶到了苏泽的裆部。苏泽脸色一白，感受到剧烈疼痛，用力将她推开了。

一阵"噼里啪啦"的声响后，乔安心撞到了旁边的茶几，狠狠地摔到了地上。

乔安心倒地的瞬间，肚子先着地，然后就感觉到了一股撕扯般的疼痛。

外面的员工听到办公室里传出的动静，打开门冲了进来。

进了办公室，看到倒在地上的乔安心和脸色苍白地捂着裆部的苏泽，员工愣住了。

好几秒后，员工才反应过来，马上朝着苏泽走了过去："苏总，您没事吧？"

天哪！

苏总这是和乔小姐打架了吗？

而且从现场情况来看，他们打得还挺激烈的。

这让员工震惊极了。

因为整个星辉的人都知道，苏泽和乔安心感情很好，他也很宠乔安心。

别说打架了，苏泽平时就连一句重话都舍不得说她。

苏泽不想他这么丢人的一面被员工看到，恼羞成怒地对着朝他走过来的员工怒吼道："谁让你进来的？！滚出去！"

员工被吓了一跳，看苏泽像是要吃人似的，马上就转过身朝外走去。

刚走了两步，员工忽然惊愕地睁大眼，目光落到躺在地上的乔安心身上，颤声道："乔……乔小姐，你怎么了？"

苏泽听出他语气不对，忍着疼痛和怒火慢慢转过头，脸色霎时也变了。

只见乔安心蜷缩成一团，脸色痛苦，一只手捂着肚子，身上那条雪白的裙子染上了点点血迹。

她痛苦地叫喊道："阿泽哥哥，我好痛，肚子好痛好痛啊！"

她身下有越来越多的血涌出，那刺目的红色触目惊心。

苏泽愣了几秒，不知道想到了什么，脸色再次变得阴郁。

"乔安心，事到如今，你以为我还会相信你？"苏泽眼里满是厌恶之色，"你还真是死性不改，到了这种时候，都还想着在我面前演戏。"

乔安心额头上冒出冷汗，脸色惨白如纸，伸手去抓苏泽的裤脚："阿泽哥哥，我……我没有骗你，肚子真的好……好痛。"

员工看到她身下的血，犹豫了一下，小声地说："苏……苏总，我看乔小姐好像真的不舒服。"

"阿泽哥哥，救……救我……"

痛到极点，乔安心声音越来越弱，头一偏，直接痛晕了过去。

乔绵绵本以为星辉会很快出动公关团队帮乔安心洗白。

之前乔安心但凡被爆出什么负面新闻，星辉那边马上就出动公关团队帮她处理好，绝对不会让她的负面新闻留到第二天。

可这次，乔安心的话题都挂在热搜上好几天了，星辉那边也没有什么动静。

乔安心的工作室、星辉官方微博、乔安心自己的工作账号，全都安静如鸡，就好像他们根本没看到新闻一样。

但这不可能，新闻出来的第一时间，记者就去星辉蹲点了。

这件事无论是星辉还是乔安心本人，肯定都是知情的。

但是……

姜洛离都在"啧啧"称奇："你说乔安心那边是怎么回事？都过去这么久了，她还没出来回应，该不会想着一直不回应，等这件事情的热度慢慢过去吧？"

乔绵绵摇头："不可能。如果她不出来澄清，就会坐实打人的事情。这对她来说没什么好处。"

"那是怎么回事？难道他们是还没想出应对方案？"

乔绵绵和姜洛离在电话上聊完，点进微博看了看，距离爆料出来已经过去三天了。

一般情况下，当红艺人被爆黑料，经纪公司都会尽快想出方案应对的。

时间拖得越久，新闻热度就越高。

同一时间，医院里，乔安心还处于昏迷中，脸色惨白地躺在雪白的病床上。

病房外，苏泽难以置信地看着医生，脸上的神情要多复杂就有多复杂。

"你说什么？她……流产了？"

"苏先生，很抱歉，我们已经尽力了。只是乔小姐被送过来的时间有点儿晚，加上她肚子里的宝宝月份还很小，所以没能保住孩子。"

医生见苏泽脸色特别难看，想了想，又说："苏先生也不要太难过了，乔小姐还年轻，以后再想要孩子也很容易。"

苏泽像是没听见医生在说什么，耳边一直回响着"流产"这两个字。

乔安心怎么会流产？！

赵凯不是说她的那些孕检报告都是假的吗？

她根本就没怀孕。

可是，既然她没怀孕的话，为什么又流产了？

"医生，你确定……她真的是流产了吗？"

"苏先生，这种事情我们怎么可能乱说？！"医生对这种质疑他的医术的话有点儿不满，但顾忌着苏泽的身份，态度还是客客气气的。

苏泽闭了闭眼，一拳砸在了雪白的墙壁上。

医生被吓了一跳："苏先生……"

苏泽睁开眼，眼里满是自责和内疚之色："这件事你们医院是签了保密协议的，绝对不能透露出去，否则……"

"苏先生请放心，我们是有职业道德的。"

医生很快就离开了。

苏泽一个人在走廊上站了十多分钟，然后给苏母打了个电话。

电话被接通后，他声音沙哑地喊了一声："妈。"

苏母一听他这声音，马上察觉不对劲，关心地问道："阿泽，是出了什么事吗？"

苏泽痛苦地说道："安心进医院了。"

苏母沉默了几秒，才疑惑地问道："好好的，她怎么进医院了？"

"你不是说她可能是骗我的吗？"苏泽还沉浸在丧子之痛中，将所有怒火和怨气都发泄到了苏母身上，"所以，我让人去调查了。"

苏母迟疑地问道："阿泽……到底发生什么事了？"

苏泽怨气很深地说道："妈，你是不是事先和医院打过招呼，让他们撒谎骗我派去调查的人？

"就因为你不想让安心过门，所以就安排了这一出戏陷害她？现在你满意了吧，安心流产了，她肚子里是真的没有孩子了。你的目的终于达到了。"

"阿泽，你说什么？！"苏母很震惊，"你说乔安心流产了？"

"是啊，她流产了，你高兴了？"

"你……你这说的是什么话？！她流产，我有什么可高兴的？怎么说她的肚子里怀着的也是我的孙子。真没想到她居然真的怀孕了。怎么可能呢？！"

"你现在愿意承认她肚子里怀的是你的孙子了？妈，我告诉你，这个孩子的死，你也有不可推卸的责任。"

"我能有什么责任？！"苏母被他这样的语气弄得有点儿生气了，"阿泽，你这是什么态度？！你这是在怪我了？！乔安心流产跟我有什么关系，是我让她流产的吗？！

"就算你现在心情不好，也不该这么不分青红皂白。我承认我是不喜欢她，也不赞同你们在一起，但是你听清楚，她流产跟我没有任何关系。

"既然你之前就是为了孩子跟她在一起的，现在孩子没了，你也不用再为了承担责任和她结婚了。依我看，她流产未必就不是一件好事。虽然孩子是无辜的，可是那个孩子在她的肚子里还不到两个月，你也别跟我说你对那孩子有多深的感情。"

苏母说话很直，一点儿也不给苏泽面子："你是我生的，我还能不了解你？这女人一点儿都不安分，不是什么好东西。之前你和绵绵还在一起时，她就费尽心思勾引你，丝毫不顾及她和绵绵的姐妹之情，可谓无耻到极点。怀孕这事我看她是早有预谋，想借着孩子上位。事实上，她也确实成功了。

"阿泽，你听妈一句劝，这种心机深的女人不适合你，你正好可以趁着这个机会和她分开。你陈叔叔的二女儿从国外回来了，妈见过那孩子一次，长得又漂亮又有气质，而且还是个画家，可比你身边那个女人强多了。

"你赶紧把那个女人处理掉，周末回家一趟，我叫你陈叔叔带着他女儿到我们家吃个饭。"

苏泽气得不行："妈，我现在没心情跟别的女人相亲。"

"又不是相亲，只是一起吃顿饭，见个面。妈跟你说，那女孩儿长得真的漂亮，虽然比不上绵绵那么水灵，但也很不错，你肯定会喜欢的。"

苏泽乍然听到苏母提起乔绵绵，脸色变了变。

苏母还在那边絮叨："总之，你周末必须回家一趟。我和你爸……"

片刻后，苏泽挂了电话。

他打这通电话过去本意是质问苏母的，因为觉得他让赵凯去医院查到的那些假资料都是苏母安排的。

苏母这么做，无非是想让他和乔安心分开。

苏泽猜到这一点的时候很气愤。

哪怕他对乔安心没太多感情，可乔安心的肚子里怀的毕竟是他的亲骨肉。

他的孩子就这么没了，他不可能一点儿感觉都没有。

但苏母又的确很了解他。

怀孕的人是乔安心，肚子里的宝宝又还不到两个月，苏泽这个所谓的父亲对那个还未出世的孩子其实并没有太多感情，有的只是责任而已。

现在乔安心的肚子里的孩子没了，他那份责任感自然也就淡了很多，剩下的多是内疚和自责情绪。

第十五章
正式退婚

苏泽在外面站了一会儿，看见他给乔安心安排的新经纪人走了过来。

新经纪人叫霍琳。

霍琳走到苏泽面前，恭敬地喊了一声："苏总。"

苏泽点头回应。

霍琳朝房门半掩的病房看了一眼，犹豫地问道："乔小姐她……？"

苏泽脸上带着一丝倦色，揉着眉心说道："还没醒过来。说吧，什么事？"

他没说流产的事情。

可是，当时星辉有好几个人看到乔安心身下染了血，多多少少也猜到了一些内情。

霍琳见苏泽不愿意提起这件事情，也就没再问什么。本来她来这里也是因为其他事情，不是来探望乔安心的。

"苏总，微博上关于乔小姐的爆料还不处理吗？现在话题都上第一位了，如果再这么下去，恐怕对乔小姐的声誉影响会很大的。她之前还签了好几个广告约，如果对这件事情不及时澄清，只怕品牌方那边会要求解约的，到时候赔偿解约费的还是我们。"

因为签约条例里写明了，如果在签约期间艺人被爆出什么黑料影响到品牌方的形象的话，品牌方是可以解约的，而且艺人所在的公司还得赔偿品牌方一笔形象损失费。

乔安心签约的那几个广告也不算多大牌，但解约费加在一起，还是很大一笔费用。

苏泽一开始没打算处理这件事，是因为觉得乔安心骗了他，自然也就不想帮乔安心洗白，甚至打算让乔安心就这么糊掉。

可现在出了这样的事情，他满心内疚，很想做点儿什么事补偿补偿乔安心。

他沉吟片刻，看向霍琳："去发一则声明，就说打人那件事情是琳达一手策划的。琳达要跳槽到星辉的对手公司，临走前故意设计了这么一出戏，想让星辉的艺人糊掉。公司在知道这件事情后，已经第一时间辞退了她。"

霍琳愣了愣。

她跟琳达平时关系还不错，两个人都是公司的金牌经纪人。

她知道苏泽为了乔安心把琳达开除了，却没想到现在他还想为了乔安心让琳达背黑锅。

他这样做也太过分了。

再怎么说琳达也是星辉的老员工，为星辉做出了不少贡献。苏泽这样过河拆桥，太过卑鄙无耻了，也太过冷漠无情。

一时间，她不免有点儿心寒。

就连琳达这样的元老级员工也是说被开除就被开除，说背锅就背锅，更何况别人？

这位刚上任不久的苏总心挺狠的。

霍琳心里暗自想着她或许得重新找条出路了，面上却不显半分："是，苏总，我明白了。我马上回公司处理这件事。乔小姐后天有个广告要拍，我们这边就通知广告商她身体不舒服暂时去不了，得休息几天？"

"嗯，"苏泽点头，"就这么说吧。"

霍琳询问完，转身准备离开，却见苏泽也像是要离开的样子。

她有点儿惊讶地问了一句："苏总，您要走吗？"

苏泽声音沉沉地"嗯"了一声。

霍琳顿了顿，转过头朝乔安心的病房看了一眼，犹豫了几秒，小心询问道："您不等乔小姐醒过来吗？"

星辉的人都知道，苏泽是很在乎乔安心的，否则也不会为了她把琳达这样的金牌经纪人都辞退了。

可他现在这样的做法又确实让人有点儿看不明白。

女朋友出了事，至今昏迷不醒，他不陪伴在病床边，却要走？

苏泽脚步一顿，很快又迈开步子朝前走去："不用了。"

等乔安心醒了，知道自己流产了，一定会和他闹。

他不想去面对她。

他更害怕到时候乔安心用流产这件事道德绑架他，逼他马上跟她结婚。

刚才和苏母通过电话后，他脑子里已经有了一些想法。

苏母说得没错，他是因为孩子才和乔安心在一起的。

现在孩子没了，他也不用再对乔安心负责了。

他的确应该好好想一想他和乔安心未来的关系了。

乔安心昏睡了很久，醒过来的时候，看到林慧珍坐在床边抹眼泪，跟林慧珍一起的还有坐在一旁的乔父。

"别哭了。"乔父不耐烦地说道，"还嫌家里的麻烦事情不够多吗？哭哭啼啼个不停让人心烦。"

林慧珍哭得眼睛都红肿了，伤心欲绝道："乔如海，你还当安心是你亲女儿吗？安心至今昏迷不醒，你就一点儿都不担心她吗？"

乔父皱眉，表情并不是很伤心，倒是一副很不耐烦的样子："医生都说了她今天肯定能醒过来，我有什么可担心的？我现在还有一大堆烦心事呢，哪里顾得上她？"

"乔如海，有你这么说话的吗？！你到底还是不是安心的亲生父亲？！在你眼里，就只有乔绵绵才是你女儿是不是？我和安心对你来说什么都不是。

"可安心才是你的亲生女儿，乔绵绵不过是你从儿童福利院抱回来的孤儿。对一个孤儿比对自己的亲生女儿还用心，你是不是脑子有问题啊？！"

"你给我闭嘴。"乔如海一下子就变了脸色，眼神变得可怕起来，"我和你说过多少次了，不许再提这件事情。"

林慧珍见他这般维护乔绵绵，气得口不择言："乔如海，你可真是个忠心的好仆人哪。你只在你主子家里干了五年，就对他们这么忠心耿耿了？

"五年的主仆情，就能让你心甘情愿地养大别人的孩子？只是，你这么忠心，你那早不知道是死是活的主子能知道吗？你想报答恩情，那是你的事情，我和安心凭什么也要惯着那个野丫头？！

"你对她是好，比对自己的亲生女儿还要看重。可她呢？她之前带着一帮人把家里闹成那样，顾及过你是她爸吗？但凡她有一点点顾及，能干出那样的事情？

"她前脚刚和那个野男人离开，第二天你做生意亏了钱，就有人要你拿别墅抵债。你就没想过或许这事就是她让人干的？也不知道她傍上了哪个野男人，竟然联合野男人对付自己的家人。

"要不是因为她，安心和苏泽能吵架？如果他们没有吵架，我可怜的安心也就不会流产了。我那个可怜的小外孙，还没看过这个世界一眼，就这么没了。"

林慧珍说着说着，眼泪又流了出来。

乔安心刚醒来那会儿头还很痛，身上也很痛，意识还不是很清楚。对林慧珍和乔如海的对话，她听到了一些，但听得也不是很清楚。

直到她听到"流产"这两个字，才像是大梦初醒，脸色一下子就变了。

她着急地想要坐起来，只是刚动一下，身下就传来一股无法忍受的疼痛感，痛得马上又倒回了床上。

听到身后传来的动静，林慧珍马上转过头，看到醒过来的乔安心，欣喜道："安心，你终于醒了。"

"妈。"乔安心一把攥住林慧珍的手，情绪激动地问，"谁流产了？你和爸刚才在说谁流产了？"

林慧珍脸色有些僵："安心哪……"

昏迷前的画面涌入脑海中，血，很多很多的血从她的身下流了出来，然后她昏了过去。

乔安心本就没几分血色的脸一瞬间变得更加惨白了。她控制不住地抖动着嘴唇："妈，是我的孩子流掉了吗？是我流产了，对吗？"

林慧珍看她这副模样，哪里忍心告诉她真相？

只是心知有些事情是瞒不住的，即便再不忍心，林慧珍还是硬起心肠点了点头。

乔安心眼前骤然一黑，差点儿再次晕过去。

"我怀孕了？"嘴唇抖动得厉害，她难以置信道，"我真的怀孕了吗？"

她不是假怀孕吗?

为什么她还会流产?

林慧珍听她这话说得奇怪,忍不住问:"安心,你怎么了?是不是哪里不舒服?你怀孕这件事,你不是知道的吗?"

林慧珍没有多想,以为乔安心是受打击太大,所以说话才会有点儿糊涂。

想到这里,她更心疼了。

"安心哪,你也别太难过了。既然这个孩子流掉了,那说明他和你们没缘分。你还年轻,阿泽也年轻,你们想要孩子以后有的是机会。等你养好了身子,再给阿泽怀一个就是了。"

"阿泽……"乔安心像是才想起什么事似的,四下看了看,脸上的表情越发不好看了,"妈,阿泽哥哥怎么没在?他在哪儿?"

"这……"林慧珍脸上的表情也有点儿不好看了,沉默了一会儿,才沉着脸说,"他不在,说是公司有很着急的事情需要他亲自去处理,等他处理完事情,他再来医院看你。"

未来女婿这样的行为,当然是让林慧珍很不满意的。

什么事情能重要得过她女儿?

她女儿都流产了,苏泽竟然也不知道在安心身边照顾着。

何况,她家安心之所以会流产,和苏泽是有极大关系的。

林慧珍打听过这件事情,多多少少知道一些真相,虽然心里气得很,但也无可奈何。

乔家现在已经不行了,越来越落魄,仅靠着乔安心一个人当明星赚钱是维持不了乔家目前的风光生活的。

但她女儿如果能嫁入苏家,成为苏家的太太,那就不一样了。

所以哪怕林慧珍再替自己的女儿委屈和抱不平,对苏泽有再多不满情绪,也不可能让乔安心和苏泽分手。

她劝慰道:"你也别难过,阿泽刚接手苏氏不久,工作上是很忙,一时间抽不开身也是很正常的事情。

"他也是刚走不久,之前一直在医院守着你的。"

林慧珍怕乔安心太难过,撒了个谎。

事实则是苏泽那天将乔安心送到医院离开后,就没再来过了。

林慧珍给他打过电话,他只说忙,有时间再过来。

但他再忙又能忙到哪里去呢？

苏氏企业和医院隔得并不远，他哪怕抽出一个小时过来也是可以的。

他难道连这一个小时的时间都没有吗？

说到底，他就是不愿意过来。

林慧珍猜测苏泽这样和那天吵架的事情有关。这会儿乔安心刚醒过来，她心里有再多疑问，也不好在这个时候问。

"妈，你别骗我了。"乔安心咬牙恨声说道，"他根本就没来过医院是不是？他本来就是因为这个孩子才和我在一起的，现在孩子没了，就想跟我分手了。"

"你说他要跟你分手？"一直没说话的乔父骤然变了脸色，有点儿急了，"安心，这到底是怎么回事？苏泽和你提分手了吗？"

林慧珍也变了脸色："是啊，安心，苏泽跟你提分手了？他不是很喜欢你，还打算跟你结婚吗？"

夫妻俩都盼着乔安心能早点儿嫁入苏家改变乔家目前的局势，可以说，苏泽就是能让乔家翻身的唯一希望。

要是苏泽跟乔安心分手了，乔家还怎么翻身？

乔安心短时间内经历了流产的打击，又预感到苏泽想要和她分手，心里又慌又气愤又难过，本想着从家人这边汲取一点儿安慰和温暖，可没想到，比起关心和安慰她，她的家人似乎更关心苏泽会不会和她分手这件事。

他们害怕苏泽会和她分手，这样一来，乔家就不能倚仗苏家了。

利益面前，她这个亲生女儿的死活仿佛都不重要了。

乔安心气得浑身都在发抖，一把甩开了林慧珍的手："爸、妈，我的孩子没了，你们的外孙子是被苏泽弄掉的，你们难道不怪他吗？他这么欺负你们的女儿，你们难道不想帮我讨回公道吗？"

"安心，我相信阿泽肯定不是故意的。"林慧珍就怕女儿一冲动做出不理智的事情，急忙帮苏泽说话，"你肚子里怀的是他的孩子，虎毒尚且不食子，他怎么可能真的想伤害自己的孩子呢？！

"他愿意为了孩子和你在一起，就说明他是重视这个孩子的。"

"你告诉妈，你们之间到底发生了什么事情？谁对谁错，妈帮你分析。"

乔安心眼里蓄着委屈的泪水，张了张嘴刚想说话，可一想到昏迷前发生的那些事情，刚张开的嘴又慢慢闭上了。

她不能说。

说出那些事来，她是不占理的。

而且，苏泽当时确实不是故意的。

他不知道她的肚子里真的有个宝宝。

就连她自己也不知道……

当初她为了上位，拿假怀孕的事骗了苏泽，原本想着只要等她嫁给苏泽后，就想个办法把这个孩子"流掉"，可哪里料到还没等到那一天，苏泽就发现了这件事情。

她更没想到，假怀孕变成了真怀孕，原本计划的假流产也变成了真的流产。

她心里很清楚，苏泽当初会和她在一起，甚至愿意跟她结婚，都是因为她怀孕了。

现在孩子是真没了，他又是这样的态度。她是靠着星辉力捧才走到今天的，而星辉之所以愿意力捧她，是因为她和苏泽的特殊关系。

如果苏泽真的和她分手，以后她还能想要什么资源就得到什么资源吗？

到时候，她只会成为所有人尤其是乔绵绵眼里的笑话。

她已经能够想象到，等到那一天，乔绵绵会如何嘲讽、挖苦她了。

只是想一想，她就快疯掉了，完全无法忍受。

不，她决不能让自己陷入那么悲惨的地步，决不能沦为别人眼里的笑话。

"安心，你怎么不说话了？告诉妈，你们之间到底发生了什么矛盾啊？"林慧珍着急地说道，"情侣之间争吵是很正常的事情，我和你爸也经常吵架呢。你可不能因为一点儿小矛盾就闹分手啊。

"你要是跟阿泽分手了，去哪里再找一个比他更优秀的男人哪？

"妈告诉你，像苏泽这么好的男人是可遇不可求的，你可千万别犯傻，把这么好的男人给作没了。"

乔父想到那笔欠款，也着急地说："你妈说得没错，你千万不能跟他分手。我还有事情求他，你们要是分手了，我怎么办？"

"爸，"乔安心脸色惨白地看向他，"就算苏泽害我流产，害你失去外孙，你也不在乎？

"如果今天躺在这里的人是乔绵绵，你也会这么劝她吗？"

提起这个名字，乔安心就抑制不住心底疯狂滋生的恨意，面部表情都狰狞了几分："你和妈刚才说的那些话，我都听到了。乔绵绵的真实身份到底是什么？她究竟是谁的女儿？爸，刚才妈说她是你的主子的女儿，所以她的真实身份难道是什么名门望族的千金小姐吗？

"她都不是你亲生的，你还对她这么好，是因为她的真实身份吗？"

"爸，你告诉我，她到底是谁的女儿？"

乔安心之前只知道乔绵绵和乔宸都是乔父从儿童福利院里抱回来的，也打心底瞧不起乔绵绵。

她从没有想过，乔绵绵的亲生父母或许是身份很显赫的人。

这怎么可能呢？！

被丢到儿童福利院的孩子，要么来自穷到养不起孩子的贫困家庭，要么就是身有残疾。大富大贵之家养多少孩子都养得起，怎么会将自己的亲生骨肉送到儿童福利院那种地方？

可她刚醒来那会儿，听到了乔父和林慧珍的对话，听林慧珍的意思，乔父似乎是知道乔绵绵的真实身份的。

乔父怒道："这跟你没有关系。不管你听到了什么，都给我马上忘了，以后你也不许再提起来。"

他越是这样维护乔绵绵，乔安心就越恨越忌妒。她咬了咬唇，恨声道："为什么不许提起来？她的亲生父母难道是什么杀人犯，所以她的真实身份才这么见不得人？"

"你给我闭嘴！她是你姐，是我们乔家的孩子。以后再让我听到这样的混账话，我饶不了你。"

"你们别再吵了。"林慧珍心疼女儿，伸手将乔安心搂入怀里，"老爷，安心刚从昏迷中醒过来，又流了产身上还不舒服，你就不能心疼心疼女儿，少说两句吗？"

"安心，你也少说两句。"林慧珍劝完了丈夫，又轻声细语地劝女儿，"你爸遇上事情了，心情不好，所以说话才不好听。他是你爸，你也别真跟他计较。"

乔父没待多久，便说有事离开了。

他刚走，乔安心就攥紧了林慧珍的手，咬牙问道："妈，你刚才和爸说的那件事到底是怎么回事？乔绵绵她……难道不是儿童福利院里的孩子吗？"

林慧珍一听她问起这件事情，马上就紧张得四下张望，起身去将病房的门关上了。

然后她才返回床边，压低了声音说："你可小声点儿，别让你爸听到了。

"具体是怎么回事我也不大清楚，说是从儿童福利院将人抱回来的，但实际上她没在儿童福利院待过。"

"什么？！"乔安心震惊地问道，"她没在儿童福利院里待过？那爸为什么……？"

"不过是为了隐藏一些秘密而已。"

乔安心攥紧手指，心跳忽然变得很快："什么秘密？"

林慧珍却摇了摇头："你爸藏得深，很多事情就连我也不清楚。早些年他给人打工，那家老板对他很好，说是还救过他一命。后来他的老板出了点儿事情，要出去避难，在出国之前将一个孩子托付给了你爸。"

"那个孩子……就是乔绵绵吗？"

"嗯，"林慧珍点头，"就是她。"

"怎么会这样？"乔安心不能接受这个事实，"那这么说……乔宸也不是从儿童福利院抱回来的吗？"

"乔宸是。"林慧珍皱眉道，"你爸有重男轻女的思想，将乔宸抱养回来，是为了给乔家传宗接代。"

"那乔绵绵的亲生父母再也没来找过她吗？"不知道为什么，乔安心隐隐有种预感，乔绵绵的身份或许很不普通。只这么一想，她心里就觉得特别不舒服。

"应该没有吧。"林慧珍神色淡淡地说，"他们当年是遇到很棘手的事情才出国避难的。或许，他们根本就没避过那场劫难，不然不可能将亲生女儿扔在国内这么多年都不闻不问。"

没避过劫难？那他们不就是死了？

想到这个可能性，乔安心内心一阵窃喜，又觉得心里舒服了很多。

就算乔绵绵的亲生父母真的是什么了不得的大人物又怎么样？人都死了，她还不就是孤女一个？

乔安心脸上终于有了点儿笑容。

林慧珍不知道她那些心思，眼下只愁乔安心和苏泽之间的事情，拉着乔安心的手犹豫了一会儿，才问："安心，你和阿泽之间到底是怎么回事？他是真的想跟你分手吗？"

说到苏泽，乔安心脸上刚露出来的一丝笑容立刻消失得干干净净。

林慧珍打量着她的脸色，小心地说道："安心哪，妈知道你受委屈了，可是如今家里的情况是什么样的你也清楚，你要是跟苏泽分手了，以后可就很难再找到他这种条件的男人了。你要考虑清楚啊。"

"妈，不是我想跟他分手。"乔安心眼眶泛红，恨恨地说，"是他想跟我分手。他心里还惦记着乔绵绵那个小贱人呢，现在巴不得跟我分手，早点儿去找那个小贱人和好。"

林慧珍心里一惊："那个小贱人不是傍上了一个野男人吗？苏泽不知道吗？"

"他知道。"说起这事，乔安心更气了，"可能他觉得乔绵绵是被逼的吧，想要将她从水深火热的处境中拯救出来。"

"那可怎么办哪？"林慧珍急了，"你现在可是签在他的公司里的，你们要是分手了，那你……"

"妈，你就别说了好吗？"乔安心烦躁地躺回床上，语气极差，"我已经够烦的了。你出去吧，我想一个人静静。"

"安心……"

乔安心直接拉上被子盖住了头，拒绝再和林慧珍交流。

林慧珍在床边站了一会儿，无可奈何地离开了。

等她走后，乔安心拿出手机给苏泽拨了一个电话过去，响了很久，也没人接听。

她脸色阴沉地挂断电话，很快又打过去，依然没有人接听。

"砰"的一声，乔安心气得将手机砸到了地上。

苏泽果然想和她分手吗？

他是不是恨不得马上和她分手，好去找乔绵绵那个小贱人？

他想得美。

她是不会轻易和他分手的。

乔绵绵之前试镜的角色通知她去正式签约了。

签约的过程很顺利，负责签约的工作人员在她离开前提醒道："乔小姐，开机时间定在一周后，去宁城取景拍摄，你可千万不要忘了。"

"嗯，我知道。您放心，我一定会准时进入剧组的。"

乔绵绵拿着签好的合约，心情极好地走出了办公室，结果刚走出去就"砰"的一下迎面撞到了一个人。

鼻端飘过来一股淡淡的男式香水味，她一头撞到对方的胸口上，感觉像是撞到了石头上一样，痛得捂着鼻子倒退了一步。

被撞的那个人也被她撞得往后退了一步。

乔绵绵还没抬起头看清楚对方是谁，就听到夸张的惊呼声："哎呀，小涂涂，你没事吧？你这个小丫头是怎么回事呀？你走路都不看路的吗？你把我们小涂涂撞坏了可怎么办呀？

"小涂涂，你有没有觉得哪里不舒服的？要不要去医院看一下？这小丫头看着瘦瘦小小的，力气还蛮大嘛。你是不是故意往我们小涂涂身上撞的啊？我跟你说，你这样的套路已经行不通了。"

"这年头儿还真是谁都想蹭我们小涂涂的热度。唉，也不能怪你们，怪只怪我们家小涂涂太红了。"

乔绵绵："……"

什么鬼？！

"喀喀，迈克，你闭嘴，别再说了！"又有另外一个男人讲话的声音响起。

这个声音很好听，给人一种很阳光、很有活力的感觉。

"小姐，你没事吧？"男人很好听的声音又响了起来。

乔绵绵揉着被撞红的鼻子慢慢抬起头来，看到正在弯腰打量她的男人时，愣了愣，随后惊讶地睁大了眼。

"你是……涂一磊？"

乔绵绵知道她签的这部剧的男主角是涂一磊，姜洛离早就向她透露过，所以在这里看到涂一磊其实很正常。

可尽管如此，第一次看到本人，而且还是在这么近距离的情况下看到，她整个人还是有点儿不淡定了。

涂一磊不是乔绵绵的偶像，但绝对是万千少女心中的不二男神。

作为时下最当红的偶像，哪怕乔绵绵不是他的粉丝，对这个人还是关注过的。

她愣愣地看着面前这张精致漂亮得有点儿晃眼的脸，心情抑制不住地有点儿激动。此时此刻，真真实实的涂一磊就站在她面前，本人比电视上看着要好看好多倍。

尤其是他的脸，怎么会这么小呢？

乔绵绵感觉涂一磊的脸比她的脸还要小，五官跟雕琢出来的一样，完美到挑不出一丝瑕疵。

近距离观看下，她居然没看到涂一磊脸上有毛孔显现出来，他的皮肤细腻得像剥了壳的鸡蛋一样，又白又嫩。

他作为一个男人，皮肤好成这样，真是让很多女人自愧不如。

涂一磊年纪不大，虽然是顶级流量明星，穿得却很普通。一件宽宽松松的黑色T恤搭配同色短裤和运动鞋，头上扣着一顶鸭舌帽，最简单、大众的衣服，他却穿出了不一样的味道，看着很潮。

果然，还是看脸的吧，同样的衣服穿在一个普通人身上，绝对是不一样的效果。

"你好，我是涂一磊。"涂一磊一点儿架子都没有，主动跟她打了招呼，笑容很阳光，也很迷人，"抱歉刚刚撞到了你，你没事吧？"

乔绵绵回过神，揉着鼻子摇了摇头，不好意思地说："应该是我跟你说抱歉，是我先撞到你的。你还好吧？"

虽然乔绵绵觉得他不可能被撞伤，但出于礼貌还是问了一下。

"我没事。"涂一磊笑了笑，伸手摸摸鼻尖，站直了身体。

他看了一下乔绵绵，再朝办公室看了一眼，了然地说道："你是过来签约的？"

"嗯。"乔绵绵看着面前这个一点儿架子都没有的当红明星，当下就觉得很有好感。

很多对外看起来很有亲和力的明星，私下其实不那么好接近，很多人表里不一。

她不由得胆子大了些，问道："涂先生，你也是过来签约的吗？"

"我们年纪应该差不多吧。"涂一磊弯了弯嘴角，"你还是叫我的名字吧。"

"可以这样吗？"乔绵绵不确定地问道。

虽然她和涂一磊年纪差不多，但是他入圈比她早，成名也比她早，算是她的前辈了，自己直呼其名会不会有点儿不礼貌？

涂一磊却一副并不介意的样子，点头道："当然可以。"

"小涂涂，你一会儿可还有个通告呢，赶紧去把合约签了就走吧，别耽误时间了。"涂一磊身边站着的男人看着相谈甚欢的两个人，蹙了蹙眉头，眼神不是很友善地瞪了乔绵绵一眼，活像是在防备什么一样。

接触到他的目光的乔绵绵："……"

那应该是涂一磊的经纪人吧。

他是担心她蹭涂一磊的热度吗？

乔绵绵可不想让人误会，虽然觉得涂一磊不错，但也没了继续交谈下去的意思。为了避免被人误会成她别有用心，她很自觉地说道："那个……我还有点儿事，就先走了啊。我们……剧组再见！"

涂一磊轻轻"嗯"了一声，笑着说："好，到剧组再见。"

"那我走了，再见！"

乔绵绵朝他挥了挥手后，转身朝电梯口走去。

"小姐，等一下。"

她快要走进电梯时，涂一磊叫住了她。

乔绵绵转过头："嗯？"

涂一磊伸手指了指她："名字？我还不知道你叫什么。"

"乔绵绵。"乔绵绵弯了弯嘴角，露出一丝甜美的笑容，"我叫乔绵绵。"

她笑了笑，涂一磊呆了一瞬间。

直到乔绵绵走进了电梯里，涂一磊还朝电梯的方向看着。

他的经纪人迈克见状心里顿时就生出了一丝危机感，等电梯门一关上，就摆出严肃脸，语气很是严肃地说道："小涂涂，我告诉你，你现在可是事业上升期，千万不许给我有谈恋爱的想法！"

换成别的女艺人，迈克也没什么好担心的，但是刚才那个叫乔绵绵的小新人长得太漂亮了。哪怕迈克在娱乐圈待了这么多年，也鲜少见到那么漂亮，气质还那么干净纯粹的女孩子。

一看到她，迈克就情不自禁地想起了自己的初恋对象。

不得不说，在看到乔绵绵那张脸的时候，就连他都有那么一瞬间心动了，更别说涂一磊这种年纪不大的小屁孩儿了。

虽然是明星，但涂一磊以前也没有过什么恋爱经历，实际上在感情上还是一张白纸，纯情得要命。

忽然看到一个这么清纯漂亮的小姑娘，他不动心都难。

娱乐圈不缺漂亮的女人，但是气质干净清新成那样的女人确实少见。

身为涂一磊的经纪人，迈克自然知道身边这个小兔崽子喜欢什么类型的女孩子。乔绵绵那样的，就是涂一磊喜欢的类型！

刚才人家对他一笑，他看得眼睛都直了。

"迈克，你想到哪里去了？！"涂一磊伸手摘下头上的鸭舌帽，用手指随意地梳了一下头发，淡淡地说道，"我现在对这些事不感兴趣，什么时候想谈恋爱了，肯定会告诉你，但现在肯定没这方面的想法。"

迈克眯了眯眼睛，眼神精明地盯着涂一磊看了一会儿，怀疑地问道："真没有这样的想法？"

"真没有。"涂一磊转过头，神色淡定地看着他。

"刚才那个什么绵，你不喜欢？"

涂一磊愣了愣，很快脸色又恢复自然："喜欢啊。"

迈克马上就变了脸色，刚要训斥他，又听到他压着笑意低声说了一句："那么漂亮的女孩子，谁不喜欢哪？难道你不喜欢吗？"

"你说的喜欢……"

"纯欣赏，没别的意思。"身高足足186厘米的涂一磊低下头，伸手在迈克的肩膀上按了按，挑眉说道，"我知道你在担心什么，放心，我不会那么做。好了，你别再纠结这件事情了，我们进去吧。"

乔绵绵进了电梯后，给姜洛离发了一条微信消息："洛洛，我刚才看到涂一磊了。哇，本人好帅好帅，脸超级小，五官超级精致，皮肤超级好，性格也超级好，特别亲民，一点儿架子都没有。"

姜洛离秒回："真的吗？你快拍张照片给我看哪。找个好点儿的角度拍呀，我要拿来舔屏！"

乔绵绵："（摊手）没有照片，我已经离开了。"

姜洛离："（锤子）我爆捶你一顿。"

乔绵绵："过几天我就要去剧组了，到时候给你拍？或者你来剧组探班也可以呀。我跟你说，他本人绝对比照片好看一百倍。我终于知道他为什么会成为顶级流量明星了，他那张脸天生就是吃这碗饭的，真的。"

姜洛离："这么帅吗？嘿嘿，那你说，是他帅还是我男神帅呀？反正男神也看不到我们的对话，你就实话实说好了。"

乔绵绵看着这个问题怔了一下。

涂一磊和墨夜司谁更帅？

这不好对比呀，毕竟两个人都不是同一类型的。

涂一磊看着就是一个阳光大男孩儿，墨夜司则是商业精英，外表成熟、高冷稳重。

她想了一下，认真回道："都挺帅的，不同类型，不好比较。"

姜洛离："那你喜欢哪种类型的？不许撒谎。"

乔绵绵都没怎么想，直接秒回："我还是比较喜欢墨夜司这一类型的吧。"

先不说墨夜司是她的老公，她就按照自己的审美，也还是觉得墨夜司更养眼。

出了唐艺影视公司的大门，乔绵绵径直朝停在街边的一辆黑色宾利走过去。

黑色宾利车门是开着的，乔绵绵拉开车门上了车。

"签约还顺利吗？"车厢内，男人侧脸的线条特别完美，有着饱满的额头、高挺的鼻梁，以及微微翘起的薄唇。

合体的银灰色衬衣包裹着他线条流畅的完美身材，微敞的胸口露出一段性感的锁骨，修长的双腿以一种优雅的姿势交叠着。

乔绵绵多看了墨夜司几眼后才在男人身旁坐下，喜滋滋地点头："嗯，很顺利。"

墨夜司看着面前女孩儿嘴角轻扬时露出的明媚笑容，怔了几秒，抿了抿唇，朝她伸出一只手："合同给我看看。"

虽然知道白玉笙不可能也不敢让他老婆签一份坑人的合约，不过不亲自把关看看，他还是不放心。

"哦。"乔绵绵乖乖地从包里将合同拿出来递给了他。

她看过合约了。其实里面的有些条款，她有看不懂的地方，当时也没好问，直接就把合约签了。

这个角色对她来说来得不容易，她只想尽快确定下来。

有墨夜司帮她审核的话，那就再好不过了。

在看合约这方面，他肯定很专业。

墨夜司接过合约，一目十行地迅速浏览完，确定没什么问题后，将合约还给了她。

"我看过了，没什么问题，不过一周后这部戏就要开拍了？"

他刚才看到了开机的时间。

"嗯。"乔绵绵小心翼翼地将合约放回去，笑着点头道，"要去宁城拍摄。"

想到一周后就要去另外一座城市拍戏，在剧组待上三四个月，乔绵绵对未来几个月的生活隐隐有点儿期待起来。

墨夜司抿着唇，看着她那副雀跃的样子，眯了一下眼眸，问："你好像很高兴？"

"是啊。"乔绵绵还没察觉到身旁的男人骤然降低的气压，乌黑明亮的眸子亮晶晶的，有点儿激动地说道，"以前我去剧组基本上都是打酱油的，这还是第一次可以在剧组待上好几个月呢。

"而且这次跟我一起拍戏的有好多实力派前辈，跟他们在一起，我能学到不少东西。白导也是非常厉害、非常有才华的人，能在他手底下拍戏，我真的太幸运啦。"

在看到身旁的少女说起白玉笙那一脸崇拜的表情时，墨夜司抿紧唇，周身的气压更低了。

在她眼里，白玉笙是很厉害、很有才华的人。

那他呢？

他是墨氏史上最年轻的总裁。那些连他爸都管理不下来的老骨头，现在被他收拾得服服帖帖的，公司的每个人都对他敬畏有加。

业内谁不说墨氏新上任的总裁杀伐决断、能力卓越，是不可多得的商业天才？

可他身旁这个小女人……似乎并没有意识到她的丈夫也是很厉害、很有能力，很值得她崇拜的对象。

她当着他的面如此夸赞其他男人，是当他不存在吗？

"而且我刚才看到我们剧组的男主角涂一磊了。他好有亲和力的，一点儿架子都没有。你知道吗？他是娱乐圈现在最当红的青春偶像，本人真的超级好。本来是我撞到了他，他还跟我道歉，问我有没有事。

"怪不得他有那么多女粉丝，真的是非常让人有好感的一个男艺人哪。"

乔绵绵自顾自地说了一会儿，才后知后觉墨夜司好像没有任何回应。

她狐疑地抬起头，冷不丁对上了一双沉沉的眸子，还有男人那张毫无表情的脸。

"墨夜司，你怎么了？"乔绵绵终于感觉出来身旁的男人好像不高兴了，可猜不出来他是怎么了。

难道是她说错了什么话吗？

她将刚刚那些话回忆了一遍，还是没找到原因。

"涂一磊是谁？"

车内气氛僵硬，足足沉默一分钟后，墨夜司才冷着声音开口问道。

一个白玉笙还不够，又冒出来一个涂一磊。

她身边的异性怎么就那么多？！

她刚才说起那个涂一磊的时候，眼睛都在发光，赞不绝口地夸了那么久。

他猛地抓住乔绵绵柔软娇嫩的小手，眼里带着强势、霸道的占有欲，不顾身旁小人儿的惊愕表情，用力将她扯入了怀里。

双臂收紧抱住她，他低头就在她的唇上咬了一口："以后不许在我面前说其他男人好。

"他们只是和你没什么关系的外人,你对他们的了解能有几分?可在你眼里,他们浑身都是优点。你就不能多注意注意你的老公?我不比他们差。"

"如果你肯多花点儿时间在我身上,你会发现你老公比他们之中的任何一个人都优秀。"

"嗯。"乔绵绵捂着被咬的嘴唇,睁大眼抬起头看向他,在对上男人那双略显幽怨的眼眸时,忽然就反应过来了,"扑哧"一声笑了出来。

墨夜司深吸一口气,心里堵得厉害,看着某个没心没肺的小东西问:"你笑什么?"

看他难受,她就这么高兴?

这个小没良心的,居然还笑得出来。

"墨夜司,你吃醋啦?"乔绵绵眼角弯起一个弧度,"因为我夸了其他人,没夸你,所以你不高兴了吗?"

男人抿紧唇,没说话。

乔绵绵:"……"

他还真吃醋了啊。

她看着男人紧蹙的眉头和那双写满"我这么优秀,你怎么也不夸夸我"之意的幽怨黑眸,瞬间觉得面前这个别人眼里的高冷男神就像一只盼着主人抚摸和夸奖的小狗狗。

不,是大狗,他还是那种看起来很凶猛实际上却温良忠诚的德国牧羊犬。

醋坛子生气了,她必须得好好哄一下了。

乔绵绵知道怎么哄他最有用,嘴角一弯,便主动伸手勾住他的脖子,将他的头压低,仰起小脸在他的唇上轻轻啄了一口。

"好啦,别生气了。我当然知道你很优秀啊,你可是墨氏史上最年轻、最有才能的总裁。你把那么大的公司管理得那么好,如果不是特别优秀的话,根本就做不到这点。

"虽然我不懂公司经营方面的事情,但是小时候也当过班干部的。老师让我管理好一个小组,我都觉得好麻烦。墨氏上上下下那么多人,要管理好他们,在我看来无疑是比登天还难的事情。

"所以,我觉得你非常非常棒!超级无敌厉害的!你就是我的偶像!"

既然他介意的是她夸别的男人,那她就好好夸他一下。

这样的话，他就不会那么介意了吧。

乔绵绵夸完后，眨了眨眼，打量着男人的脸色。

果然，她看到前一秒还乌云罩顶、面无表情的男人脸色瞬间就缓和了很多。

男人的目光落在怀里的少女娇嫩精致的小脸上，他问道："我是你的偶像？"

乔绵绵见这招管用，拼命点头说道："是呀，是呀，你是我的偶像，我超级崇拜你的。"

男人眼里的冰霜在快速融化，身上的气息也在渐渐回暖。他紧了紧搂在少女纤细的腰上的手臂，继续问："比起你说的那个白导呢？"

"白导？"乔绵绵愣了一下，然后才想起来她刚才也夸了白玉笙，于是在心底暗暗吐槽墨夜司的醋坛子性格，面上笑容甜美地回道，"我当然最崇拜你了。"白导确实是挺有才华的，不过跟你比的话，还是比不上你的。"

反正白玉笙也不在这里，她这么说……没问题的吧？

她现在就想哄好眼前这个男人。

"你刚才说的那个涂一磊呢？"男人眼里已经有了浅浅的笑意，薄唇也一点点勾了起来。

感觉到眼前这座"冰山"终于回暖后，乔绵绵暗暗松了一口气。

她这是哄好他了吧？

果然，墨夜司虽然是个醋坛子，但是哄起来还是挺容易的。她只需要跟他撒撒娇，说几句甜言蜜语，就能把他哄好了。

"涂一磊？我今天跟他才第一次见面，相处时间还不到一分钟，只是觉得他性格还不错而已。"眼见男人的眉头又轻轻蹙了起来，她马上补道，"当然了，就像你说的，他们对我而言都是外人，我看到的也只是表面上的样子。他们究竟是什么样的人，我也不知道，或许，涂一磊的友好姿态只是装出来的。"

说完这句话，乔绵绵看到男人紧蹙的眉头松开了。

墨夜司伸手摸了摸她的头："嗯，所以你一定要跟他们保持距离，知人知面不知心，多点儿防备心总没错。尤其是你们圈子里的男演员，大部分对待感情很随便，今天可以喜欢上这个女人，明天就可以喜欢上另一个女人。你年纪小又单纯，还没进入社会，最容易成为他们欺骗的对象。"

乔绵绵："……"

他这是真的担心她被骗了呢，还是因为害怕她和其他男人走得过近故意说这些话来吓唬她呢？

不管是哪种吧，她顺着他就行了。

"嗯，我知道了！"乔绵绵一副虚心受教的表情，重重点头应道，"我会和他们保持距离的。"

墨夜司对她的回答表示满意，大手又在她的头顶上揉了揉："记住了，除了你老公，其他任何试图接近你的陌生男人都是有企图的，你不要理他们。"

"如果有人敢缠着你不放，你就告诉我，我来替你收拾他。"

乔绵绵："哦，我知道了。"

隔天，乔绵绵庆祝自己顺利签约，请了姜洛离出来吃饭。两个人在商场里逛了两个多小时，找了一家奶茶店坐下休息。

两个人刚点好奶茶找了位子坐下，乔绵绵的手机就响了。

来电是一组陌生号码，她本来以为是骚扰电话不想接的，可同样的电话号码连着给她打了两次电话。

第二次，乔绵绵接听了。

她刚接起电话，手机里就传来一个听着有些熟悉的声音。

"乔小姐，你好，我是你妹妹的前任经纪人谢琳达。你现在有时间吗？我们能见个面吗？"

知道这通电话是谢琳达给她打的后，乔绵绵诧异极了："你是谢琳达？"

听到这个名字，此时正坐在她旁边的姜洛离脸上也流露出了惊讶之色。

"是，我找乔小姐有点儿事情，我们可以见面谈吗？"

乔绵绵蹙了蹙眉，眼里带着深深的疑问，转过头看了姜洛离一眼。

谢琳达不是乔安心的经纪人吗？对方给她打电话干什么？

琳达又说："如果乔小姐现在不方便，可以等你改天有空了我们再约。"

过了一会儿，乔绵绵挂了电话。

姜洛离马上问她："是乔安心的经纪人给你打的电话吗？"

"嗯。"

"她给你打电话干什么？"

"我也不知道。她说想和我见上一面，有点儿事情和我谈。"

姜洛离皱了一下眉："她和你能有什么好谈的？她又不是不知道你和乔安心是什么关系。"

"对啊，我也很好奇。"乔绵绵低头看了一眼手机，眼里还带着疑惑之色，也觉得想不通，"所以我答应她了。"

"你答应和她见面了？"

"嗯。"

"我去！你就不怕她和乔安心挖了什么陷阱等你去跳？"

乔绵绵认真思索了片刻，摇了摇头："应该不是。她的语气还挺诚恳的，好像真的有什么事情要找我谈。我跟她说在学校外面的一家咖啡厅见面，在我们的地盘上，她应该不敢乱来。"

姜洛离还是不放心，总觉得对方有什么阴谋。

好好的，乔安心的经纪人给乔绵绵打电话干什么，还约了见面？

这绝对是黄鼠狼给鸡拜年，没安好心。

"那我陪你一起去。"想了想，姜洛离说，"我不放心你一个人去。而且，我也挺想知道她找你到底有什么事的。"

第十六章
莫名熟悉

半个小时后，乔绵绵和姜洛离走进咖啡厅，见琳达已经坐在一个比较隐蔽的位置了。

两个人走过去，琳达像是有所感应般抬起了头，见姜洛离跟着一起来了，挑了一下眉，笑着说："姜小姐和乔小姐的关系真的很好啊。"

"那是当然了。"

姜洛离一点儿也不客气，走过去坐下，叫来服务员要了一杯咖啡。

她看着琳达说道："我可不放心我家宝宝一个人过来。"

琳达也不介意她这么说，勾唇笑了笑："姜小姐的担心是对的，毕竟我们之前的几次见面的确不是很愉快。不过姜小姐可以放心，我这次找乔小姐只为了谈事，绝没有其他目的。"

"哦，是吗？"姜洛离饶有兴致地看着她说道，"不知道谢小姐找我们宝宝是要谈什么事呢？"

琳达勾了勾唇，将目光转向乔绵绵，沉默了一会儿，才开口说道："乔小姐，据我所知，你目前是没有经纪人的吧？"

乔绵绵愣了愣，随后点头："是。"

她连个十八线艺人都算不上，哪里来的经纪人呢？

都没公司和她这种小角色签约的。

琳达笑着说："乔小姐的外形条件很好，老实说，我带过那么多艺人，都没有一个比得上你的。你天生就是吃演员这碗饭的，要不是拿不到好点儿的资源，早就红了。"

乔绵绵轻轻蹙起了眉头，疑惑地问道："谢小姐，你到底想说什么？"

她最不喜欢和人拐弯抹角。

琳达也不想继续拐弯抹角，沉思了几秒后，直接说出自己的目的："我在星辉做了十年，从一个最开始什么都不懂的新人做成了现在的金牌经纪人。

"这十年间，我带红了数十个一线艺人。但凡是我手底下的艺人，混得最差的也能混到三线。我想说，乔小姐如果愿意让我做你的经纪人，两年内，我绝对把你捧成一线明星。

"当然了，以你的资本，如果运气好拿到特别好的资源，别说两年了，半年你都能大红大紫。只要你愿意签给我，我会利用我的人脉，为你争取到我能拿到的最好资源。

"我会尽最大努力去捧你。"

琳达说完这番话，乔绵绵和姜洛离都是一脸错愕的表情。

片刻后，乔绵绵才难以置信地说："你的意思是你想给我做经纪人？"

"是。"

乔绵绵："……"

她没听错？！

这个谢琳达到底想搞什么？！

"谢小姐，我记得你是乔安心的经纪人吧。而且，你接手她以后，应该不能同时带别的艺人了吧？"

不得不说，苏泽为了捧乔安心还真是够用心，像琳达这种金牌经纪人，都舍得腾出来只给乔安心一个人用。

琳达抿了一口咖啡，缓缓说道："之前是，现在已经不是了。"

乔绵绵又是一惊，特别意外："你不是她的经纪人了？"

"嗯。"琳达说起这件事情，语气很平静，"我和她之间……发生了一点儿事情，所以我已经离开星辉了，昨天就办理好了离职手续。乔小姐，我在星辉待了十年，一旦离开，以后也不可能再回去了。

"所以，你不用担心我还会回去继续带乔安心。我之前是带过她，但那不是我本人的意思。老板这么安排，我也没办法。

"你可以好好考虑一下，我是诚心想签你。对了，我现在就职于欢娱，乔小姐肯定听说过这家公司。我跟欢娱的老总有点儿交情，所以公司的很多资源我能拿到。你跟了我，不愁没有资源捧你。

"你如果还是不放心，我们可以签个正式协议。在协议期限内，我如果没捧红你，你可以向我索取一笔耽误费，费用多少由你来定。"

乔绵绵："……"

琳达这条件，还真是诚意十足，也非常诱人。

乔绵绵能看出来，琳达是真的想签她。

乔绵绵对琳达这个人也没什么特别不好的印象。跟她有冲突的人，一直都是乔安心，和琳达无关。

但对乔安心的前经纪人要来签她这件事情，一时间她还是无法接受的。

而且，她也无法确定琳达这些话是不是真的，所以尽管有点儿心动，但也不可能马上答复。

琳达也没想过要乔绵绵马上回答她，微笑着说："不急，你慢慢考虑，什么时候想好了再打电话给我。"

乔绵绵盯着她看了一会儿，点头："嗯，谢小姐，我想问你一件事情。"

"你说。"

"为什么想签我？我现在没什么名气，连个像样的代表作都没有。你签下我这样的纯新人，是有风险的吧？"

琳达端起印了卡通图案的杯子，眼眸半眯，不紧不慢地说："想听真话？实际上，我看到你的第一眼起就想签你了，只是当时苏泽不同意你进娱乐圈，就不许我签你。

"虽然那个时候他还没接手星辉，但也是我的顶头上司，又是苏氏少东，他的话我不敢不听。

"乔安心条件远不如你，但有人肯捧她，不也将她捧成了一线明星吗？所以我并不觉得我在冒险。相反，其实我还挺喜欢冒险的。有挑战的事情做起来才更刺激，不是吗？

"我对你绝对有信心。

"当然了，其实还有一个原因，那就是我想捧红你打压乔安心。我想让苏泽那个浑蛋知道，他为了他的女人把我开除，绝对是他的损失！"

说起这事，琳达就特别生气。

苏泽那个浑蛋，竟然把她开除了。

虽然她早就做好了离开星辉的准备，可主动离职和被炒鱿鱼绝对是两码事。

她在星辉做了十年，没有功劳也有苦劳，何况她还帮星辉捧红了那么多艺人，没想到苏泽就是这么对她这种元老级别的员工的。

她对星辉不再抱有任何顾念。

只要苏泽和乔安心在一天，她是绝不可能再回星辉了。

琳达待的时间不久，将该说的事情都说完就走了。

姜洛离帮乔绵绵分析道："琳达和乔安心闹僵的事情肯定是真的。怪不得乔安心出事的时候，琳达都不在她身边。看来是琳达和乔安心因为什么事争吵过，乔安心气不过就让苏泽把琳达开除了。

"琳达可是星辉的老员工，在星辉是有着一定地位的。就这么被苏泽开掉了，她肯定要气死了。

"她找你，一方面是为了报复苏泽和乔安心，另一方面是看中了你的条件，想把你签到欢娱，在新公司做出点儿成绩来。

"毕竟，她想要在欢娱巩固地位，还是需要带一点儿自己的人过去的。而捧红你这种没半点儿名气的小新人，可以很好地向她的新老板证明她的能力，所以，她肯定会尽力捧红你的。

"我觉得吧，她开出的条件还是不错的。你觉得呢？"

乔绵绵一只手撑着下巴，沉思片刻后，点了点头："我也觉得不错。"

"绵绵，我觉得这是一个契机。你看白玉笙新剧的女配角你刚试镜成功，这边谢琳达就找上来了，你不觉得你可能真的要走运了吗？我今天本来就想和你谈谈经纪人的事情，结果谢琳达就主动找上门了。

"欢娱现在应该是国内最大、最好的经纪公司了，很多大腕儿签在了欢娱。老实说，星辉这两年虽然发展得不错，可还是比不上欢娱的。"

"嗯，我知道。"乔绵绵点头说道，"能签在欢娱的话，的确挺好的。"

"那你……"

"先不急，过几天再说吧，如果她真的有诚意，我相信她不在乎多等几天的。"

有些事情，她得调查清楚了再做决定。

签约不是一件小事情，她必须得慎重。

"也对，谨慎点儿比较好。总之，如果她没有其他目的，单纯就是想签你捧红你，我觉得对你来讲是个很不错的选择。"

琳达离开后，乔绵绵和姜洛离又去商场逛了逛。

逛了一会儿，姜洛离肚子痛去了洗手间。乔绵绵走进旁边一家店里逛了起来，打发时间。

她们逛的这家商场挺高级的，有国际奢侈品牌入驻，整整十多层楼，越往上的楼层消费就越高。

乔绵绵和姜洛离逛的是五楼，五楼整层楼都是卖包包的。

她想要给姜洛离买个包。被姜洛离帮了这么多年，这次自己能拿到白玉笙的新剧的女配角的角色也多亏了姜洛离，乔绵绵想好好感谢一下她。

店里的包款式都不错，乔绵绵同时看中了好几款，刚拿起一款包，一个店员就走过来热情地介绍道："小姐，您眼光真好，您看中的这款包可是我们店里最畅销的。这款包一共有三个颜色，您要是有心购买，我可以把其他两个颜色拿出来让您挑选。"

奢侈品牌的店员在入这行前就会接受相关培训，不但要对自家品牌了如指掌，对其他奢侈品牌也会有最基本的了解。这位店员一眼就看出乔绵绵一身品牌货，还都是当季刚上新不久的新款，态度就很热情。

乔绵绵也觉得手里的包挺好看的。本来她以为就只有一个颜色，既然还有其他颜色可以选择，当然是要看一看的。

她朝店员点头："好的，那麻烦你拿出来看一下吧。"

"小姐，请稍等，我马上去为您拿过来。"

店员去拿包的时候，乔绵绵打开相机，对着手里的包拍了张照片。

拍好后，她点开微信，准备发给姜洛离看看。

还没发出去，她忽然听到一个娇滴滴的声音："哎呀，那个包好看，我喜欢那个包。"

高跟鞋的声音渐渐朝她靠近。

乔绵绵闻到身后飘过来一股很腻人的甜香，那个娇滴滴的声音又在她的耳边响了起来："宫少，我喜欢这个包，你给我买这个包包嘛。"

女人伸手指着乔绵绵手里的那个包，对着她身旁的男人撒娇。

宫少？

乔绵绵听到这个称呼，眉头蹙了一下。

"宫"这个姓不是常见的，听到这声"宫少"，乔绵绵脑海中马上就浮现了宫泽离那张阴柔可恶的脸。

她刚转过身，想要看看这个"宫少"长什么样，就听到一个熟悉的声音也在身后响了起来："把那个包给她包起来。"

"哇，宫少，你太好了，爱你爱你。"

女人欢呼了一声，声音越发腻了。

乔绵绵在听到身后的男人的声音后，脸色顿时不大好了。

这个宫少，居然还真是她认识的那个人。

她抿紧唇抬起头，目光和宫泽离朝她看过来的目光撞到了一起。

四目相对的瞬间，两个人脸上的表情都沉了沉。

宫泽离本来脸色就不怎么好看，在看到乔绵绵后，越发阴沉了。

他看向乔绵绵的目光没有一丝善意，很冷，也很凌厉，十分不善。

他长相本来就偏阴柔，属于看起来就很不好接近、脾气很不好的那种人。乔绵绵被他盯得后背上冒出了一层冷汗，感觉像是被一条吐着芯子的毒蛇给盯上了。

她感到浑身毛骨悚然，有点儿佩服宫泽离旁边的那个女人。

对着这样可怕的一张脸，那个女人居然还能撒娇，这功力还真不是一般人能有的。

其实，单纯从长相来说，宫泽离绝对是个大帅哥。

他的五官是标准的帅哥长相，浓眉英气，双眸狭长勾人，鼻梁很高很挺，嘴唇性感又饱满，他有一米八几，和墨夜司看着差不多高，四肢很修长，身材比例也是极好的。

物以类聚，人以群分，墨夜司的这几个朋友，颜值和身材都是无可挑剔的。

他们中的随便哪个，放到娱乐圈里都是能大红大紫的。

乔绵绵也是颜控，对长得好看的人会自动生出几分亲近之心。但对着宫泽离，哪怕他长得再好看，她也一点儿都不想亲近。

"这位小姐，这个包您要吗？"这时，店员走过来，微笑着说，"如果您还没决定好要不要，这个包我们就包起来给林小姐了。"

乔绵绵还没开口说什么，宫泽离身旁的那个女人就用充满了敌意的目光看着她，凶巴巴地说道："你问她干什么？！她肯定买不起呀！你们赶紧把这个包给我包起来，一会儿我还要去其他店逛呢。"

宫泽离身旁那个女人是娱乐圈的新人，叫林菲儿，也是好不容易才搭上宫泽离。这会儿她还没将这条"金大腿"抱稳呢，见宫泽离一直盯着乔绵绵看，又见乔绵绵长得这么漂亮，顿时就生出了危机感。

女人将充满了敌意的目光落在乔绵绵的脸上。

看了几秒，林菲儿越看心里越忌妒。

林菲儿自恃年轻，胶原蛋白满满，皮肤粉粉嫩嫩，自觉没几个人及得上她。

可是看到乔绵绵那张白嫩细腻到连毛孔都看不见的脸，她觉得自己的优势仿佛一下子就没了。

女人看女人是最准的。

她能看出来，乔绵绵脸上居然连粉底液都没擦，却比她涂了隔离、粉底液和散粉的脸还要白嫩细腻很多。

而且乔绵绵脸上的肌肤和脖子、手上的肌肤都是一样的。乔绵绵不仅仅是脸上白，浑身上下都很白，一眼看去，她的皮肤仿佛白到发光。

娱乐圈里皮肤好的女明星不少，但好到像乔绵绵这种程度的，林菲儿没看到几个。

面对一个各方面条件都比她占据优势的女人，林菲儿危机感很重，很怕宫泽离会被对面那个小妖精勾走。所以，她想尽快离开。

乔绵绵在感觉到林菲儿眼里的敌意后，只觉得莫名其妙。

她没去想林菲儿为什么会对她有敌意，拿着手里的包对一旁的店员说道："这个包只有一个吗？"

店员点头："是的，这款包每个颜色只剩下最后一个了。因为这款包是限量的，所以卖完后也不会再上架了。"

这时，另外一个店员将其他颜色的包拿了出来。

乔绵绵手里拿的是一款黑色的包，店员拿了一个酒红色和一个墨绿色的包出来。乔绵绵一眼看中了那款酒红色的，看了一眼站在她对面目光不善地瞪着她的男女，将手里的包放下，笑着对店员说："行吧，我把这款包让给这位小姐，你们帮我把那个酒红色的包起来。"

此时此刻，乔绵绵只想尽快离开。

她知道宫泽离还在看她，但只当没看见。

"好的，小姐。"

店员听她这么说，不免松了一口气。

还好这款包有其他颜色，不然一会儿这两位顾客要是为了一个包争吵起来，那就让人头痛了。

宫少这边，他们是肯定不能得罪的。

现在这样的解决方法是最完美的。

"林小姐、宫少，两位请稍等，我马上把这个包装起来。"店员拿起乔绵绵放下的那个黑色包包，准备去收银台打包开票。

林菲儿对此没什么异议。

她的心思已经不在买包上面了，强烈的危机感让她想要尽快离开。

因为她发现自从宫泽离看到对面那个小妖精后，目光就一直没移开过。

男人这样盯着一个女人意味着什么，她很清楚。

她再不走，对面的小妖精可就把宫少勾走了。

"快去，快去。"林菲儿催促着店员，"动作快点儿，我们赶时间呢。"

"是，林小姐。"

店员哪里敢怠慢，拿了包马上就朝收银台那边走去。

另一个店员也拿着那款酒红色的包去收银台那边包装了。

"等一下。"这时宫泽离忽然出声道，"我觉得那款酒红色的包不错，你们给我把酒红色的包装起来。"

店员愣了愣："酒红色的包？宫少，这个颜色的包，那位小姐要了。"

林菲儿也愣了一下，抬起头看向身旁的男人："宫少，我要的是黑色的包。"

宫泽离像是没听见她的话一样："酒红色的更适合你。"

林菲儿："可是……"

林菲儿刚说了两个字就感觉身旁的男人气息冷了下来。

他那双阴郁凌厉的眼眸看向她，目光沉沉地问："怎么？你不喜欢酒红色的？"

林菲儿被他这个眼神吓到了，张了张嘴，声音哽在喉咙口："不是，我……我……"

宫泽离冷冷地看她一眼，对着店员说道："你们还愣着干什么？没听到我的话？"

宫泽离是云城四大家族排名第三的宫家的独生子。这家商场，宫家有股份，这里的店员都是认识他的，绝不敢得罪这位大少爷。

店员看了看他，又为难地看向乔绵绵："这位小姐，您看……要不您换个其他颜色的？黑色和墨绿色也很好看的，您……"

店员不敢得罪宫泽离，当然只有劝乔绵绵让出酒红色的包。

但这次，乔绵绵不打算让了。

她算是看出来了，宫泽离就是故意的。

想到他之前的各种冷嘲热讽，还有那些莫名其妙的敌意，乔绵绵一股怒火瞬间冲上头顶，忍无可忍地说道："宫泽离，我们以前认识吗？"

听她直呼宫泽离的名字，林菲儿顿时就变了脸色。

好啊，她就知道，这个小妖精肯定是故意跑来勾引宫少的，果然是这样。

还没等宫泽离开口，林菲儿就紧张地挽上宫泽离的手臂，像看情敌一样看向乔绵绵，满脸防备和警惕之色，说："你是谁啊？你居然敢直呼宫少的名字，宫少的名字也是你能叫的吗？"

林菲儿说完又轻轻地扯了一下宫泽离的手臂，声音软软地跟他撒娇："宫少，人家还想去珠宝店逛逛。我们快点儿买完离开这里好不好？"

女人挽上他的手臂那一刻，宫泽离皱了一下眉头。

"宫少……"林菲儿看他站着没动，又摇了摇他的手臂，声音更软了，"人家忽然就觉得那个包不好看了，我们不买了好不好？我想换一家店逛嘛。"

"闭嘴。"

林菲儿刚撒完娇，下一秒就被身旁的男人甩开了。

她猝不及防地被甩开了好几步，脚上踩着十几厘米的高跟鞋，要不是被店员及时扶住了，就摔在地上了。

林菲儿被吓得脸都白了，站稳后，抬起一张惊慌失措的小脸，嘴唇上下抖动："宫少……"

"滚。"宫泽离看都没看她一眼，声音冷得像是凝了冰。

林菲儿傻眼了，看着宫泽离那张忽然间生疏冰冷到令人胆战的脸，犹豫了一下，压抑住内心的恐惧，还试图上前挽留："宫少……"

她刚出声就对上一双阴鸷可怕的眼睛。

宫泽离咬牙说道："我让你滚，听不到？"

这一刻，男人宛若恶魔上身，浑身上下都散发着让人畏惧的危险气息。

仿佛下一秒，男人就会掐断她的脖子。

林菲儿惊恐地睁大眼，一瞬间什么心思都没了，只想逃命。

她既然想抱宫泽离的大腿，自然是打听过宫泽离这个人的。

宫家先生长得好，还是宫家独子，以后是肯定要继承宫氏集团的。可是，真正敢打他的主意的女人并不多。

因为谁都知道宫家先生脾气很不好，据说还有什么暴怒症。

少年时期，他就因为和人争吵时暴怒症发作，把对方打得进了医院，据说直到现在，这病也没被治好。

林菲儿看到他这副样子，直觉他马上要发病了，哪里还敢再说什么，转身就逃命般跑了出去。

几个店员也是心惊胆战，吓得大气儿都不敢喘一下。

宫泽离看也没看跑出去的林菲儿一眼，阴鸷的目光一直盯着乔绵绵："以你的身份，你觉得你以前能认识我？乔绵绵，我可不是墨夜司，没那么容易被你糊弄。墨夜司现在着了你的道，我们说什么他都听不进去，不过你别以为这样你就吃定他了。我会一直盯着你，你最好安分一点儿。如果你敢做出对他不好的事情，我饶不了你。"

乔绵绵觉得宫泽离的脑子可能有坑。

从第一次见面，他就怀疑她别有用心，觉得是她用了什么不可告人的手段，才把墨夜司哄骗到手的。

可是，她和墨夜司结婚，明明就是墨夜司以给乔宸做手术做筹码，逼着她去跟他领结婚证的，她才是被强迫的一方。

但为什么墨夜司这群所谓的朋友都觉得是她设计勾引了墨夜司？

就因为她家世普通，而他们出身都比她好，所以在他们的眼里，她这种出身的女人能嫁给墨夜司，就必须是用了不正常、不光彩的手段？

一时间，乔绵绵气得都笑了起来。

她自问也没得罪过他，难道就因为自己出身不如他们，就活该被他这样鄙夷、讽刺吗？

凭什么？！

她又不欠他什么。

"宫泽离，既然我们以前不认识，那你对我应该也不了解吧？"乔绵绵眼里怒火浮动，握紧拳头瞪着身前的男人，"我想了又想，也没想到我什么时候得罪过你。毕竟，加上这次见面，我们也才见了三次。你不觉得你很莫名其妙吗？"

"什么？"宫泽离愣了一下。

乔绵绵冷笑了一声："听不懂？那我换个说法吧，你不觉得你有病吗？"

旁边站着的几个店员倒吸一口气，惊讶又佩服地看了乔绵绵一眼。

宫少的脾气是出了名的不好，还是一言不发就要发火揍人的那种暴脾气，被他揍过的人可不少。

因为他不愁没人给他兜底，所以即便惹出一堆麻烦，也不怕什么。

旁人也知道，惹到了宫家先生的话，被他骂了或揍了也只能忍了、认了，所以没几个人敢惹他。

敢当面骂他的人，更是没有。

这位看着柔柔弱弱的年轻女孩儿，还真是……胆量过人。

刚才那位林小姐可都被吓跑了呢。

看着宫泽离迅速黑下来的脸，正在气头上的乔绵绵也不怕，冷笑着继续说："你很讨厌我是吗？为什么？

"讨厌一个人总得有理由吧。麻烦宫少说说我到底哪里惹到你了，才会让你对我厌恶至此？"

宫泽离眼里流露出暴戾之色。在乔绵绵说他有病的时候，他握紧了拳头，体内的怒火有点儿控制不住，想要吞噬他的理智。

忽然，鼻端飘来一股若有似无的甜香，一瞬间，就像是在极热的天气里飘过来一股凉风，将他体内那股怒火吹散了不少。

他怔了怔，有点儿惊愕地抬起头来。

乔绵绵朝他走近了一步，因为生气，乌黑的眸子被眼里燃起来的怒火照得很亮，像是在发光。

少女仰着脸，精致无瑕的五官在近距离注视下，美得让人心惊。

她脸上妆容极淡，几乎是素颜，却比很多化着精致妆容的女人还要漂亮很多、自然很多。

以宫泽离这样的身份，他自然是接触过不少美女的。

环肥燕瘦，他都见识了不少，遑论其身边还有一个跟他从小一起长大的沈柔。

可乔绵绵这么骤然往他眼前靠近，他还是愣了几秒，有点儿被惊艳到了。

乔绵绵的美，和沈柔是不一样的。

沈柔的美过于咄咄逼人，不够柔和，视觉冲击力虽然很强，却给人一种稍显强势的感觉。

乔绵绵却不是这样。在她的身上看不到什么太具有攻击性的表现，她整个人从头到脚都给人一种很舒服的感觉，一看就是学校里那种好学生的长相，会让人想到自己的初恋。而且她气质也很纯净，毕竟还没正式进入社会，身上还保留着很多美好的特质。

宫泽离接触过不少美女，但像乔绵绵这种类型的，还是第一次见。

她与他离得更近了，他又闻到了那股淡淡的甜香。

少女身上的气息很干净，很纯粹，也很清新。

"你说啊。"乔绵绵也是气得不行了，就想问个清楚，捏了捏拳头，咬牙说道，"我到底哪里得罪你了？我们无冤无仇，你不觉得你这些行为很莫名其妙吗？

"就因为你觉得我配不上墨夜司？还是说，因为沈柔？你在替你的朋友打抱不平？"

他们那群朋友，可能都希望沈柔和墨夜司能走到一起，结果墨夜司却和她结婚了。

宫泽离是在为沈柔打抱不平吗？

乔绵绵想了想，觉得这个可能性挺大的，不然真想不明白宫泽离为什么会对她抱有敌意。

听她说起沈柔，宫泽离脸色猛地一变，像是忽然回过神，还有些迷茫和疑惑的眼神瞬间又变得凌厉起来。

他看了一眼距离他还不到半米的女人，心里忽然就生出一丝很奇怪的感觉。

就在刚才那一瞬间，他忽然对乔绵绵生出一种熟悉感。

他也说不清为什么，也就那么一瞬间，那种感觉就消失了。

他的目光变得复杂起来，盯着乔绵绵看了一会儿，他往后退了两步。

"讨厌一个人不需要理由。"想到刚才那股莫名其妙的熟悉感，他蹙了蹙眉头，脑海中浮现一些残缺画面。

那是在他十岁那一年的生日宴会上，他和沈柔因为一件小事吵了架。他很生气，跑到后院躲了起来，不想见任何人。

后来也不知道为什么，他不小心跌落到了游泳池里。

他呼救了很久，也没人听到。

就在他的身体一点点往下沉，再也喊不出声音，眼看着就要溺亡的时候，他看到一道白色的影子朝他游了过来。

那个时候，他觉得朝他游过来的那个人就是天使。

再然后，他得救了。

当再次睁开眼时，他看到一群人围在他身边哭着喊着，还看到一身白裙的沈柔浑身湿漉漉地站在他身边。

也就是在那一刻，他喜欢上了沈柔。

沈柔救了他的命。

在他最无助、最恐惧、最绝望的时候，沈柔出现了。

再后来，无论沈柔做了多少让他不高兴的事情，或者是她的性格变得不再像小时候那么讨喜了，他都一如既往地包容她。

因为沈柔救过他。

救命之恩，他一辈子都不会忘记。

他当时沉在水里，意识已经模糊了，隐隐约约只看到一双很黑很亮的眼睛。还有那白色身影朝他靠近时，他闻到了一股很淡很淡的甜香。

而刚才，当乔绵绵靠近时，他闻到了她身上的气息，感觉有些熟悉。

乔绵绵对他这个回答竟然有点儿无言以对，觉得她就是遇到了一个神经病患者。

而她刚才，竟然试图和一个神经病患者讲道理。

她的脑子也坏掉了吗？

既然他都这么说了，乔绵绵还有什么可说的？

她冷笑着点了点头："好，随便你。讨厌我的人那么多，也不缺你一个，你爱怎么样就怎么样吧。"

说完，乔绵绵转身朝外走去，不想再和宫泽离多说一句话。

她怕再说上几句，会控制不住自己的脾气。

"小姐，这个包您不要了吗？"店员见她要离开，急忙拿着包上前问道。

"不要了。有人不是想要吗？那就全都卖给他好了。反正他看上的东西，我也没兴趣了。"

乔绵绵丢下这几句话后，就从店里走了出去。

她现在只想离宫泽离远远的。

宫泽离神色不明地站在原地，看着她渐渐远去的背影，狭长的凤眸里闪过了一丝迷茫和困惑之色。

姜洛离从洗手间里出来，找到乔绵绵时，见她脸色不大对，便盯着她问道："绵绵，你怎么了？我刚才不在的时候，是发生了什么事情吗？"

乔绵绵根本不想提宫泽离，说起都有点儿来气："没什么，遇到一个有病的人。"

"你说的是真的有病，还是……？"

"就是上次我们一起吃饭时你看到的那个宫少。你知道吗？他真的跟有病一样，我……"

乔绵绵将刚才遇到的事情给姜洛离说了一遍："你说，他是不是有病？我就没遇见过这么讨厌的男人。"

"你说的是上次出来护着沈柔的那个男的？原来他就是宫家少爷啊，果然长得挺好看的。"

"洛洛，你是不是关注错重点了？"乔绵绵对姜洛离这种资深颜控实在有点儿无语。

"喀喀，抱歉。"姜洛离这才正经起来，"听了你说的事，我也觉得他有病。不过吧，我觉得他这么针对你不是没有原因的。你自己都说了，你又没得罪过他，他却在第一次跟你见面的时候就对你抱有敌意，再加上之前那次和今天这次的事，我觉得吧，他这么针对你应该是为了那个沈大小姐。"

"为了沈柔？"

"对啊，你难道没看出来？他好像喜欢那个沈大小姐。"姜洛离回想了一下上次的事情，很肯定地说道，"凭我的判断，我觉得他肯定对那个沈大小姐有意思。"

"沈大小姐喜欢男神，但男神现在跟你结婚——沈大小姐肯定就很不喜欢你了。搞不好啊，她在宫家少爷面前说了不少你的坏话。"

"反正不管是什么原因，你当他真的有病，不要和他一般计较就行了，更不要为了这种人不开心，不值得。"

"嗯，你说得没错。"跟姜洛离吐槽过之后，乔绵绵心情好多了，一扫之前的郁闷样子，笑眯眯地说道，"我才不要跟他一般计较。不管他是因为什么事针对我，他又不是我在意的人，我才不要去在乎呢。"

乔绵绵提议道："洛洛，晚上我们去唱歌吧。我们去最大最好的那家KTV，听说那里的音响效果堪比录音棚的。"

"最大最好的那家KTV？"姜洛离眼睛一下子就亮了起来，有点儿兴奋地说道，"你说的是暗夜流光吗？"

"对，就是这家。"

"绵绵，你真要请我去暗夜流光唱歌啊？我听说那里消费可高了，不是一般人能去消遣的地方。"

"去啊。"乔绵绵拍了拍胸脯，一副财大气粗的样子，"偶尔去一次，我还是请得起的。再说了，到时候如果钱不够，不是还有你的男神吗？让他过来买单就行了。"

"对呀。"姜洛离马上就不替乔绵绵心疼钱了，笑嘻嘻地说道，"我都忘了，你现在嫁了一个有钱的老公。那我今晚就跟着你一起去见识见识咱们云城最高级的娱乐场所到底是什么样的。"

暗夜流光，豪华的娱乐场所里，一间包间房门虚掩着。

言少卿搂着一个小模特儿推开门走进去，看到宫泽离正在柔声安慰低头哭泣的沈柔。

宫泽离拿着手帕，动作很温柔地在给沈柔擦拭眼泪，那副小心翼翼的样子，真的闪瞎了言少卿的眼睛。

言少卿怀里搂着的那个小模特儿也是一副有点儿惊讶的样子。

宫泽离在云城的知名度还是挺高的，尤其是娱乐圈里的这些女明星、模特儿之类的，基本上都知道他和言少卿。

这两个男人长得好不说，出手也大方，圈子里不少女明星想攀上他们。

小模特儿听说过宫泽离这个人脾气很怪，绝对不是什么温柔情人，可这会儿看见的这一幕场景，让她有点儿怀疑了。

这真的是传闻中那个一言不合就能让人滚蛋的宫少吗？

他看起来……好温柔啊。

似乎猜到了怀里的小模特儿在想什么，言少卿勾了勾唇，修长的手指挑起小模特儿尖尖的下颌："小东西，可不要被假象迷惑了。"

"可是，宫少对那个女人……"

"那可不是一般的女人。"言少卿若有所思地眯了一下眼，搂着小模特儿走过去，"沈家大小姐可是和我们从小一起长大的，这情分，别人比得了？也就只有她有这待遇罢了。"

"那是沈家大小姐？"小模特儿惊讶地睁大了眼。

"来，哥哥带你过去打个招呼。"

言少卿在小模特儿细软的腰上掐了一下，搂着她走到宫泽离和沈柔身前，语调有几分不正经："柔柔小姐姐这是怎么了？难道是老四趁我不在欺负你了？"

听到他的声音，沈柔止住哭声，慢慢抬起了头。

她应该是哭过一会儿了，眼睛都是红肿的，平日里那么要强的一个人，此时脸上全是湿漉漉的泪痕，看着还真是有几分惹人怜惜。

她手里捏着宫泽离的手帕，擦了擦眼角的泪，看了一眼言少卿怀里抱着的那个小模特儿，眼底闪过一丝鄙夷之色，没什么好气儿地回道："你以为泽离是你，就会惹我生气？不是说好了就我们几个人，你带人过来干什么？"

沈柔骨子里是高傲的，对言少卿身边这些女人，内心是很瞧不起的，也就不愿意和这些女人打交道。

在她眼里，这些女人不过是身份卑微的戏子，根本就不配和他们玩儿在一起。

小模特儿身体一僵，感觉到了她对自己的鄙夷态度，咬了咬嘴角，委屈地喊了一声："言少……"

她软绵绵的声音，听着很是娇媚。

沈柔眼底的不屑之色越发明显了。

她完全就没给小模特儿面子，冷冷地说道："少卿，你让她走吧。你想找女人陪你，什么时候不能找，非要在这种时候把人带来吗？我们几个人说事情，让一个不相干的人留在这里干什么？"

沈柔这话一说出口，除了她自己，当场的几个人都愣了一下。

小模特儿委屈得眼睛都红了，偏生还不敢回嘴。

沈大小姐绝对不是她能得罪的人。

小模特儿早知道他们这群人瞧不上她，可没想到沈柔如此不给面子，这么直接地表现出对她的鄙夷态度。她到底年轻，还是无法控制好情绪，眼眶一红，眼泪差点儿就掉出来了。

宫泽离和言少卿则是惊讶沈柔此刻的态度。

他们以前组局玩儿，言少卿也经常带女人一起玩儿的。沈柔虽然不喜欢那些女人，但也没有像今天这样这么直接地表现出不喜欢的样子，可谓半点儿面子都不给。

宫泽离是最惊讶的那个人，有点儿诧异地看了沈柔一眼，眼底闪过一丝深思之色。

在他眼里，沈柔一直是个性格很温和，也很会替别人着想的女孩子，而且她涵养很好，哪怕再不喜欢一个人，也不会当面给人难堪。

可她刚才……

有那么一瞬间，宫泽离觉得刚才的沈柔让他有了一丝陌生感。

沉默片刻后，言少卿勾起嘴角，又恢复成了往日里那副嬉皮笑脸的模样："柔柔，你今天这是怎么了，火气很大啊？以前我们一起玩儿，我又不是没带过人，怎么今天就不行了？

"我怀里这小丫头胆子小，你这样可是会吓到她的。"

言少卿说完，低头看了一眼正怯懦地望着他的小模特儿，伸手在小模特儿的脸上掐了一下，勾唇道："别怕，你柔柔姐姐平时不是这样的，今天是心情不好。这样，你刚才不是说想买点儿东西吗？你现在去商场逛逛，晚一点儿我再联系你，嗯？"

说着，言少卿掏出钱包，从里面拿出一张他的附属卡递给小模特儿："喜欢什么东西你直接买下来，就当是我提前送你的生日礼物。"

小模特儿原本满心委屈，在看到他递过来的卡时，顿时破涕为笑。

她接过言少卿的卡，踮起脚在他的唇上吻了一下，声音娇软地说道："谢谢言少，你最好了。那我就去逛商场啦。"

言少卿又在她的脸上捏了一下，笑眯眯地点头："嗯，去吧，多买点儿，别给我节约钱。"

小模特儿拿着卡，高高兴兴地离开了。

因为太过满足和开心，小模特儿走之前，还很大气地跟沈柔打了声招呼，弄得沈柔脸色又难看了几分。

等小模特儿离开后，言少卿伸手扯开衬衣的纽扣，露出了锁骨上还没完全消退的吻痕。

沈柔看了一眼，忍不住讽刺了一句："什么人都敢往你家带，你就不怕染上病？"

"沈大小姐，我好像没惹你吧？"言少卿走到宫泽离身旁坐下，摊开双手，歪着头，坐姿懒散地说道，"你今天说话怎么跟带着刺儿似的？到底是谁惹到你了？"

他说完，转过头，懒洋洋地问宫泽离："老四，你惹她了？"

宫泽离抿紧唇，面无表情地瞪了他一眼。

"不是你？"言少卿挑了挑眉，"也不是我，那会是谁？"

其实言少卿心里清楚着呢。

能让沈柔落泪的人，除了墨夜司，还能有谁？

他们可没有这样的本事。

"柔柔，你心里当真有什么委屈可以告诉我和老四。我们这么多年的朋友，如果真有人欺负你了，让你受委屈，你说出是谁，我们给你做主。"

沈柔抿紧唇，紧紧地抓着身侧的一个抱枕，沉默了好一会儿，才沙哑着声音说道："不是什么要紧的事情，没什么好说的。"

"那你就别再哭了。"言少卿看着她说，"出来玩儿还是开心一点儿，何必把自己弄得这么不开心？"

"还有你……"言少卿看向身旁的宫泽离，皱着眉头说道，"你和二哥又闹矛盾了？老四，不是我说你，你心里到底怎么想的？你真打算和二哥彻底闹僵，不要这个兄弟了？"

宫泽离和言少卿私下联系比较多，很多事情，言少卿自然是知道的。

墨夜司性子冷，话少，也不够有耐心。平常宫泽离有什么事，都是找言少卿说的。

在知道宫泽离之后又有两次和墨夜司闹不愉快后，言少卿都对宫泽离无语了，不知道宫泽离到底在干什么。

宫泽离抿了抿唇，脸色有点儿僵："当然不是。"

十多年的兄弟情分，他怎么可能真的说舍弃就舍弃？

之前宫泽离说的那些不过是气话而已。

"那你……"言少卿叹了一口气，"你既然不想大家兄弟没的做，那你的态度也要改改了。"

言少卿没有明说改什么，可是在场的几个人心里都清楚，他指的是对乔绵绵的态度。

不知道怎么的，想起乔绵绵，宫泽离心里不由得又生出了一丝很奇怪的感觉。

他又想起在商场碰到她那次，对她生出的那些熟悉感，还有她身上那股若有似无的甜香。

"老四，老四？！"言少卿说了几句，见旁边的人没任何回应，抬起头来，就看到宫泽离在发怔，也不知道他在想什么，想得很出神的样子。

言少卿无语地伸出手在他眼前晃了晃："老四，回神了，你在想什么呢？"

宫泽离这才回过神来，眼神还有点儿茫然和困惑，然后转过头看了沈柔一眼。

十岁那一年的记忆，有很多事情都记不清楚了，可唯独那股甜香，深刻地印入了他的嗅觉里，这么多年过去了，他还记得。

可之后的那么多年里，沈柔再也没用过那款香水了。

他也问过她，她轻描淡写地说她现在不喜欢那个香味了，而且那款香水也停产了。

可是，那天他在乔绵绵身上闻到了记忆中的那股香气，心里有很多很多疑问。

或许，他应该找乔绵绵问清楚。

不知道是不是因为乔绵绵让他有了别样的熟悉感，他发现他好像不再像之前那么讨厌她了，但还是不喜欢她。

"没什么。"

宫泽离将目光从沈柔身上收回来，起身说道："我去一下卫生间，你们聊。"

说完，他起身从包间里走了出去。

言少卿看着他走出包间，想了想，也站了起来，笑嘻嘻地对沈柔说："柔柔，我也内急，得去一下洗手间。你想吃什么、想喝什么自己点，今晚你二哥请客。"

出了包间，宫泽离并没有去洗手间，而是斜靠着走廊上的墙壁，双手插入裤兜，半眯着眼仰视着头顶的白炽灯。

灯光刺眼，他不得不闭上眼睛，过了好一会儿才又慢慢睁开。

包间的门再次被推开，言少卿走出来，看到他就站在门外。

"怎么，不是要去洗手间？"

宫泽离瞥了他一眼，声音淡淡地说："里面太闷了，出来透透气。"

"我也是。"言少卿也将一只手插入西裤裤兜里，和他并排站着，沉默了一会儿后，开口说道，"柔柔跟你说什么了？"

宫泽离抿了一下唇："没什么。"

"是和二哥有关的事情？"他不说，言少卿自己也能猜到，"她到底怎么想的，还不肯放下？二哥都结婚了，你也亲眼看到他有多在乎小嫂子。老四，你们继续这样下去，以后大家真的就成陌生人了。"

言少卿平时嬉皮笑脸的，没个正经样子，此时此刻脸上的神情却认真到不能再认真："柔柔不喜欢小嫂子，我还能理解，可你呢，你的理由是什么？小嫂子以前也没得罪过你吧，你怎么就讨厌上人家了？"

宫泽离将薄唇抿得更紧了。

头顶的灯光照在他那张有些妖冶和邪气的俊美脸庞上，更显得他的双眼里阴沉沉一片，看着有几分瘆人。

要不是生了一副好皮囊，长得足够俊美，他此刻的神情绝对可以把人吓哭。

"是因为柔柔？"他不肯说，言少卿就帮他说了出来，"你知道柔柔喜欢二哥，因为二哥和小嫂子结婚这件事，柔柔心里很难过，所以你就讨厌上了小嫂子？"

宫泽离身侧的一只手越握越紧。

言少卿看着他脸上的神情，摇了摇头，用极为不赞同的语气劝道："老四，你这样可不厚道啊。小嫂子又没做错什么事情，就因为嫁给了二哥，就要被你这样对待，你觉得这公平吗？

"要跟她结婚的人是二哥，而且二哥也是心甘情愿的，你就算替柔柔打抱不平，也要讲点儿道理吧。难道因为柔柔喜欢二哥，所以二哥就不能喜欢别的女人了？

"你我心里都很清楚，二哥对柔柔从来没有男女方面的感情。嫁给他的人即便不是小嫂子，也永远不可能是柔柔。"

宫泽离没说话，眼里却闪过了一丝动摇之色。

言少卿说的这些道理，他何尝不懂？

只是沈柔对他来说太重要、太特别了，他见不得她伤心难过。

如果谁害她伤心难过了，那个人就是他宫泽离的敌人。

"老四，你跟我说实话。如果不是因为柔柔，你会讨厌小嫂子吗？老四，你说话啊。"说了半天，身旁的人一点儿反应都没有，言少卿不免有点儿不耐烦起来，语气也不那么好了，"你别想其他的，直接回答我的问题。"

宫泽离心里烦躁不已，觉得言少卿就跟麻雀一样，在他耳边"叽叽喳喳"个不停。

他已经够烦了，压根儿不想回答言少卿那些无聊的问题。

他讨厌乔绵绵吗？

他没认真想过这个问题。

如果不是因为沈柔，他对这个女人应该是无感的吧，谈不上讨厌，也谈不上喜欢。

反正又不是他的女人，对方长什么样，家世背景如何，性格怎么样，都跟他无关。

"好了，好了，你不说我也知道你的答案了。"言少卿了然地在他的肩上重重拍了一下，语重心长地说道，"既然你不讨厌，为什么非要弄成现在这样？你是你，沈柔是沈柔，你没必要因为她改变自己的喜好。

"再说了，老四啊，我实在是理解不了你的脑回路，你有把自己喜欢的女人往别的男人怀里送的嗜好？"

宫泽离瞬间黑了脸："言少卿！"

"难道不是？"言少卿挑眉，"阿司结婚对你而言本来是一件好事，至少他结婚了，柔柔就可以对他死心了，说不定回过头发现还有你这么一个痴心守护者，感动之下，没准儿就和你在一起了。

"这么说起来，你还得感谢小嫂子。

"可你都做了些什么？你这么不满二哥娶了小嫂子，难不成还希望他们离婚后，二哥跟柔柔在一起？"

宫泽离的脸色越发难看了。

他当然不想……

他就是见不得沈柔难过。

"你自己好好想想吧，我觉得二哥没做错什么。换成是我，我也会那么做。我捧在手心里的女人，容不得谁轻视鄙夷。哪怕你真的不喜欢小嫂子，看在二哥的面子上，也不应该表现出来。

"换成是柔柔被人这么对待，你心里怎么想？"

宫泽离再次抿紧唇不说话了。

言少卿正打算离开，让他一个人好好想一下，忽然听到某个包间里传出了极为好听的歌声。

那是非常甜美、非常空灵的声音，说是出谷黄莺也一点儿都不夸张。

言少卿听得眼神都直了。

歌声似乎是从对面的一个包间里传出来的，在一片嘈杂吵闹的声响里，像是一股清流涌入心间，瞬间就抚平了他心里的浮躁情绪。

歌声甜而不腻，又有点儿软绵绵的，像小猫的爪子在心上挠着，一下一下，挠得他心里痒痒的。

"我去！老四，你听到没有？这是哪个仙女在唱歌，声音也太好听了吧？"言少卿激动得不行，"不行，我得去认识一下这个小仙女。这声音太对我的胃口了，如果本人和声音一样甜，我一定要把她追到手！"

宫泽离心情不爽，自然也不想让言少卿舒坦，在旁边阴恻恻地说道："声音好听的,不管男女都是丑八怪。你去找吧,一会儿你看到的会是一个抠脚女汉子。"

言少卿:"我不听,我不听。我说是小仙女,就肯定是小仙女。我相信我的直觉!"

"呵,不然我们打赌?"

"打赌?赌什么?"

"如果那人如我所说是个丑八怪,你就输我一辆车,把最近刚入手的那辆超跑给我。如果那人很漂亮,算我输,我送你一辆车。"

言少卿顿时来了兴趣:"当真?"

宫泽离冷哼了一声:"一辆车而已,谁跟你开玩笑?!"

"好!"言少卿一口答应下来,眼里闪烁着兴奋的光芒,信心十足地说道,"你肯定输。老四啊,我就先跟你说声谢谢了,又要让你破费了,真不好意思。"

宫泽离:"呵呵。"

第十七章
渣男后悔

另一边的包间里，乔绵绵奢侈了一回，订了一间豪华包间。

偌大的包间里就她和姜洛离两个人。

乔绵绵点了一首她以前经常唱的歌，刚唱了两句，姜洛离就激动地拍手道："哇，超好听的！比原唱还要好听！"

盘腿窝在沙发上的姜洛离像是一个小粉丝，双手托着下巴，眼里亮闪闪的。

乔绵绵被她说得有点儿不好意思了："哪里，原唱比我唱得好听多了。"

"我说真的，绵绵，真的比原唱还好听。"姜洛离听得如痴如醉，忍不住感叹道，"你嗓音条件这么好，不去唱歌真的可惜了。就你这嗓子，去参加什么歌唱比赛，绝对可以拿第一名。当然，我指的是没有黑幕的情况下。"

姜洛离第一次听乔绵绵开口唱歌的时候就觉得惊为天人了。

她觉得乔绵绵的声音不仅好听，而且特别干净、空灵，属于辨识度非常高的独特嗓音，但凡是听过一次的人，就能记住她的歌声。

这在歌坛可是得天独厚的优越条件。

唱歌唱得好的人很多，声音辨识度高的却没几个。

就跟演员一样，长得好看的人很多，但长得有辨识度、合观众眼缘的演员并不多。

一旦有人占据了上面的条件，是肯定能被捧红的。

只可惜，乔绵绵嗓音条件很好，却志不在唱歌，而在演戏。

姜洛离觉得挺可惜的，有种暴殄天物的感觉。

唱完一首歌，乔绵绵将话筒放到了茶几上。

"绵绵，你真的没想过去参加类似的比赛吗？其实就算你以后想当演员，也可以先去参加个比赛什么的，等有了一定的知名度，再转做演员也很不错啊。"

乔绵绵摇头："算了吧，我不是这块料，只想安安静静地演戏。"

姜洛离："……"

乔绵绵唱歌唱得这么好听，还说不是这块料？她是故意气自己这种没多少音乐细胞的人吗？

自己要是有这嗓音条件，能把自己美死。

伴奏响了起来，是姜洛离点的歌。她拿起话筒刚要开唱，敲门声响了起来，随后包间的门被人打开。

服务员捧着一大束红玫瑰走了进来："两位小姐你们好，不知道刚才唱歌的是哪一位？"

服务员在看到包间里的两个女孩子时，眼里闪过惊艳之色。

姜洛离和乔绵绵疑惑地对视了一眼。

乔绵绵起身说道："是我，有什么事吗？"

服务员走上前，将手里那束红玫瑰递给了她，微笑着说："小姐，有位先生听到了你的歌声，觉得惊为天人，托我送一束花给你，以表他的欣赏之情。请小姐收下这束花。"

服务员说话时，又抬起头看了乔绵绵几眼，心想：这个年轻漂亮的女孩子马上就要走运了。

这女孩儿光是凭着这副嗓音，已经让言少对她这么欣赏了。如果一会儿言少再见到她本人，肯定更喜欢吧。

她长得这么漂亮，哪个男人见了会不喜欢呢？

众所周知，言少出手阔绰，对自己看上眼的女人只会更加大方。

乔绵绵愣了愣："有人托你给我送花？"

"是的。"服务员想了想，好心地提醒了一下，"那位先生是我们这里的贵客，就在对面的包间里，希望能有机会当面跟小姐聊几句。小姐如果愿意，我这就带你过去。"

乔绵绵："……"

她这是遇上所谓的搭讪了？

贵客？

她狐疑地看向服务员："你知道那位先生姓什么，叫什么名字吗？"

服务员微微一笑，点头回道："言家小先生言少卿，小姐应该听说过的吧？"

服务员满以为他说出这个名字后，对面的女孩子肯定会显得很震惊，然后会很惊喜、很激动，结果却和他想象的不大一样。

对面的女孩子在听到"言少卿"这个名字时，的确惊讶了几秒，随后脸上露出的却不是惊喜之色，而是……很诡异的笑容。

"言少卿？你确定？"

"是……是的。"

"嗯，很好，花我收下了，麻烦你帮我带一句话给他。"

几分钟后，服务员面色奇怪地从包间里走了出来。

他走到 888 包间门前，伸手轻轻叩了一下房门。

很快，里面就有人应道："进来。"

服务员推开门走进去，一眼看到跷着二郎腿，端着一杯红酒在喝的言少卿。

他慢慢走过去，恭敬地喊道："言少。"

服务员一进来，包间里的几个人都朝他看了过去。

宫泽离手里也端着一杯酒，嗤笑道："怎么样，看到人了吗？是丑八怪还是美女啊？"

服务员朝宫泽离那边看了一眼，低下头恭敬地回道："宫先生，见到人了，是个很漂亮的小姑娘。"

准确地说，是特别特别漂亮吧，反正他在会所工作了这么多年，没见过长得那么漂亮的小姑娘。

她比好多明星还要好看呢。

宫泽离脸上的神情僵了一下，眉头蹙了起来："你确定长得很漂亮？"

"真的很漂亮。"服务员回想起刚刚那一眼看到的那张脸，还觉得惊艳，"跟仙女似的，特别好看。"

"哈哈哈——"言少卿一边笑一边拍手，心情大好地说道，"我就知道，我的直觉肯定没错。老四，你输了，可别忘记你说过什么。"

宫泽离脸上的表情有点儿臭。

他猛然起身，冷哼一声："漂不漂亮，要亲眼看到才算。你当时说的可是仙女，如果只是普通级别的美女，那可不算。"

"行啊，看就看。"言少卿也站了起来，嬉笑着说，"让你死得明明白白的。不过这可是你兄弟看上的女人，你可不许跟我抢。"

沈柔也在。

宫泽离转过头去看沈柔，像是为了表明什么似的，马上说了一句："对外面那些身份不明的女人我没兴趣，不要以为人人都跟你一样随便。"

"啧啧啧——"言少卿将他的举动看在眼里，打趣道，"外面的女人你不感兴趣，那对哪里的女人感兴趣？身边的？"

"喀喀。"一直沉默着的沈柔捂着嘴轻咳一声，瞪了言少卿一眼后，也缓缓站了起来。

她抿了抿唇，笑容优雅地说道："我和你们一起去吧。我也想去看看你们说的那个女孩子到底长什么样。"

沈柔刚才听到言少卿和宫泽离一直在谈论那个女孩子，心里难免就有点儿不舒服了。

他们四个人里，就她是唯一的女孩子。所以无论在什么时候，她都是最受宠爱的那个，也是最受关注的那个。可现在，她身边这两个男人一直讨论着一个陌生女人，将她晾到了一边。

尤其是言少卿还一口一个"小仙女"地喊着，就好像对方真的是仙女一样。

她倒要去看看，那个女人到底有多美。

言少卿不知道沈柔心里那么多弯弯绕绕，见她想去，便点头说道："好，柔柔跟我们一起去，免得我们都走了，你一个人待着无聊。正好，可以让你和我的新女朋友认识认识。"

沈柔怔了怔，笑了出来："新女朋友？你都还没见着人，就想着让人家当你的女朋友了？"

言少卿眯了眯眼，狭长的桃花眼里流露出对爱情的期待和渴望之色："我有预感，我这次遇到真爱了。如果她的长相也是我的理想型的话，以后我一定收心不再多看其他女人一眼，只一心一意对她。"

沈柔："……"

宫泽离："……"

这家伙戏真多。

"言少……"眼看着几个人就要走出包间了，服务员想起乔绵绵要他转达的话，快步走到言少卿身旁说道，"言少，那位小姐要我转达一句话给你。"

"哦？"言少卿止住脚步，伸手摸了摸下巴，颇有兴趣的样子，"我女朋友跟你说什么了？是不是知道是我送花给她，她特别高兴、特别激动，想马上见到我？"

服务员："不是……"

"那是什么？"

"那位小姐说……说：'言小二你是不是想挨揍了？'"

几个人同时愣住。

言少卿瞪大了眼睛："她叫我'言小二'？"

"是。"

"什么鬼？！"言少卿额头上马上冒出了冷汗，一副受到了惊吓的样子，差点儿就跳了起来，"不会是我姐吧？！"

可是，他姐唱歌能有这么好听？他姐的声音能这么甜美、娇软？

他以前怎么没发现？

言少卿为什么第一时间猜他姐呢？

因为喊他'言小二'的就那么几个人，排除他的几个兄弟，他认识的异性里就只有沈柔和他姐了。

服务员没见过言家大小姐长什么样，但也能猜出来，刚才那个女孩子绝对不可能是言家大小姐，年纪、长相、气质看着都不像。

"言先生，那是一个很年轻的小姑娘，应该不是言大小姐吧。"

"不是我姐？"言少卿更疑惑了，"那会是谁？"

这会儿，就连宫泽离和沈柔都好奇起来了。

服务员领着他们走到包间外，敲了敲门后，里面传出一个女孩子娇软的声音："进来。"

房门半掩，而且里面还放着歌，那娇软的声音听着便有点儿不清楚，但是言少卿已经隐隐有了一种不大好的预感。

他觉得……这个声音好像有点儿熟悉，是在哪里听过的。

等服务员将房门推开，他带着满腹的好奇心第一个走进包间，在看到乔绵绵那一刻，整个人都僵住了。

"小……小……小嫂子？！"

跟着走进来的宫泽离和沈柔也愣了一瞬。

沈柔目光复杂地朝乔绵绵看过去，咬了咬唇，从唇缝里挤出一句："原来是你们在这里。"

沈柔想到在旋转餐厅里发生的事情，脸色又冷了两分。

宫泽离在碰上乔绵绵那双乌黑明亮的眸子时，心底那股怪异的感觉又冒了出来："原来是你。"

姜洛离看到沈柔，黑着脸站了起来，没好气儿地说道："这云城还真是太小了，出来唱歌都能遇到讨厌的人，早知道就不来这里了。"

因为旋转餐厅发生的事情，姜洛离对沈柔自然是没什么好感的，加上从乔绵绵那里了解到了沈柔和墨夜司的关系后，对这种想撬自己闺密的墙脚的女人就更没有什么好感了。

男神和这个女人认识再久又怎么样？现在男神还不是娶了她家绵绵？

如果他们真的是好朋友，沈柔就应该知道避嫌。不管以前关系多好，自己的好朋友结婚了，沈柔多少还是得避着点儿，有什么心思也该放下了，要不然就完全藏在心里，别表现出来。

可那天在旋转餐厅里，她分明看出这个叫沈柔的女人对她家男神是抱有别的心思的。

沈柔对男神的感情绝对不是友情！对江洛离来说，闺密的情敌就是自己的敌人！

沈柔是养尊处优地长大的娇小姐，从小到大都是被人捧着的，再加上言少卿他们也都很照顾她，可以说，从没有在别人那里受过气，也不敢有人给她气受。

她捏紧拳头，眼神一下子就冷了下来，压下怒火看向乔绵绵："绵绵，这是你的朋友吗？我好像没得罪过她吧，她这么说话是不是太过分了？"

宫泽离和言少卿在，沈柔再生气，也不会当场发泄出来。

乔绵绵一开始还想着和沈柔维持表面关系，即便她们成不了真正的朋友，当普通的朋友也行，毕竟沈柔和墨夜司有着多年的交情。

她不希望因为自己，弄得他们朋友关系不和睦。

可现在她改变想法了。

在沈柔用言语羞辱了乔宸后，乔绵绵就没想过要维持表面关系了。

她看了看走进来的三个人，然后将目光转向沈柔，对视几秒后，勾唇笑了笑："沈小姐，我们也不是很熟，你还是称呼我乔小姐吧。至于洛洛刚才的话，不好意思，我不觉得哪里过分。"

沈柔愣了愣，脸色难看地说道："你……"

"每个人都有喜欢别人和讨厌别人的权利，沈小姐不能因为洛洛不喜欢你就觉得她过分呀。"

沈柔听完这话，脸都青了，委屈地说："看来这里不欢迎我，我……我还是离开吧。"

以往如果她这么说，宫泽离和言少卿肯定会拦着她，帮她说话的，可这次，在说完这话后，却见言少卿和宫泽离都没有要阻拦她的意思，更没有人帮她说话。

言少卿一听她说要走，甚至点了点头，赞同道："嗯，柔柔你先走吧。我有几句话想和小嫂子说说，一会儿再过去找你。泽离，你陪柔柔一起？"

言少卿询问宫泽离时，却见宫泽离一双眼直愣愣地盯着乔绵绵，那眼神有点儿怪怪的。

宫泽离像是没听见他在说什么，没有回应他。

言少卿看得眉头都皱了起来，觉得宫泽离这会儿的表现实在是太不正常了。

老四这家伙在干什么？他眼睛都不眨一下地盯着小嫂子看什么呢，眼神还那么怪异？

这家伙……不会是忽然发现小嫂子长得很美，看上小嫂子了吧？

这个念头从脑海中闪过的时候，言少卿把自己给吓了一跳，觉得如果他真的猜中了的话，那也太惊悚了。

沈柔也注意到了宫泽离的异常表现，转过头，就见宫泽离的目光落在乔绵绵的身上。

宫泽离看得很出神，出神到言少卿刚才和他说话他都没反应。

沈柔的脸色一下子就变了。

宫泽离之前哪里这样看过乔绵绵？

沈柔看得清清楚楚，宫泽离眼里分明没有丝毫厌恶之色，和之前他看到乔绵绵时的态度完全不一样。

她心里没来由地一阵慌乱。

怎么会这样？

因为她，宫泽离不是很讨厌乔绵绵吗？

目前为止，就只有宫泽离是和她站在同一战线上，愿意帮着她、护着她的。如果连他也……

"泽离。"慌乱之下，她忍不住叫了宫泽离一声。

宫泽离却像是没听到，仍没什么反应，依然直勾勾地盯着乔绵绵。

沈柔脸色难看起来，心里像是有一把火在烧，愤怒和忌妒的情绪同时涌上心头。她气恼地瞪了宫泽离一眼，又转过头狠狠地瞪着言少卿："好，你们都不想走是不是？那我自己走！"

说完，沈柔气冲冲地跑出了包间。

"柔柔，你等等啊！"言少卿看着已经跑出包间的沈柔，伸手用力拍了宫泽离一下："老四，你发什么呆呢？柔柔生气走了，你赶紧去追啊。"

宫泽离这副样子真的让言少卿有点儿不安。

这家伙，整个人都透着不正常的感觉。

放在平时，只要有沈柔在，宫泽离所有的注意力都会放到沈柔身上。

可刚才，就连沈柔也没能让他回过神来，怪不得会气到直接离开。

这家伙该不会真的被乔绵绵的美貌给迷倒了吧？

言少卿拍的这一下，终于让宫泽离回神了。

宫泽离将目光从乔绵绵身上收了回来。

"柔柔走了？"宫泽离后知后觉，发现沈柔没在。

言少卿嘴角抽搐了一下："我刚才和你说话你没听到？柔柔被你气走了，你还不去追？"

宫泽离怔了怔，惊讶地问道："被我气走了？"

"不是你还能是谁？她刚才和你说话，你都没理她。她一生气就离开了。"

言少卿刚说完，就见宫泽离转过身大步朝外走去，去追沈柔了。

宫泽离走到门口时，脚步停顿了一下。

他转过头，目光又直勾勾地朝乔绵绵看了过去，阴柔狭长的眸子里闪过一丝犹豫之色："乔小姐，我可以问你一个问题吗？"

被点名的乔绵绵惊讶地看向他。

不是吧？

她刚才没出现幻听？

宫泽离竟然叫她"乔小姐"，而且语气还很客气？

他之前可都是连名带姓地称呼她，语气也非常恶劣。

他今天怎么像换了一个人似的，也没有像之前那样一见她就给她摆脸色，恶言恶语相对了。

太阳是打西边升起来了吗？

鉴于他态度还算不错，乔绵绵压下心底的疑惑情绪，点了点头："可以，你说。"

宫泽离看着她又犹豫了几秒，才出声问道："你能告诉我，你用的是什么牌子的香水吗？"

乔绵绵："……"

言少卿："……"

这家伙到底想干吗？！

宫泽离问完这个问题后就没再说话，静静地等着乔绵绵回复他。

乔绵绵先是有点儿惊讶，随后想到宫泽离是不是想买香水送给别人，所以才会这么问，想了一下，认真回道："我没擦香水。这个问题我没办法回答你。"

"你没擦香水？那你身上怎么有股香味？"

他这句话一说出来，所有人都安静了几秒。

言少卿更是瞪大眼，三步并作两步地走到他身前，扯着他的手臂压低了声音说道："老四，你怎么回事？！乔绵绵可是我们的嫂子，你刚才在说什么呢？！"

一个男性对女性说出这样的话，在某种意义上是有点儿暧昧的。

一个男性对一个已经有老公或男朋友的女性说出这样的话，更是不妥。

宫泽离却像是不知道这一点，将言少卿推开，抬起头，目光再次落到乔绵绵的脸上，固执地问道："你真的没用香水？那你身上的香味是怎么来的？"

他迫切地想知道答案。

乔绵绵脸色有点儿不好看了："我已经回答过你了。"

"那你身上为什么会有香味？"

言少卿想制止宫泽离的追问："老四，你疯魔了吗？你在干什么？！"

宫泽离很固执："你只需要回答我，你身上为什么会有香味就行了。如果不是香水的味道，那是什么？"

乔绵绵被他弄得有点儿火大，语气冷了下来："宫先生，你这样很没礼貌。"

"我知道，但我真的很想知道答案，你的回答对我来说很重要。乔小姐，就算是我求你帮我一个忙，请你告诉我答案好吗？"

男人语气非常客气，客气到乔绵绵都觉得眼前这个人不是宫泽离了。他那双阴柔狭长的眸子里像是带着迷茫之色，仿佛因什么事情感到困惑。

乔绵绵看出他对这件事情似乎真的很困惑，而不是故意在言语上轻薄她，看在他态度这么客气的分儿上，便当了一回好人："或许，是我的洗发水的味道吧。"

墨夜司也说过她身上香喷喷的，问她用的是什么香水，可她自己不怎么能闻出来。

她想了想，也只有可能是她用的洗发水残留的香气了。

宫泽离："洗发水？什么牌子的洗发水？"

乔绵绵："……"

宫泽离："你说的这个洗发水，现在还在生产吗？"

乔绵绵："……"

宫泽离在问完一堆奇奇怪怪的问题后就沉着脸离开了。

言少卿站在门口，看着他渐渐走远的身影，整个人还是蒙的。

等人走远了，他才终于忍不住嚷嚷起来："什么东西？！老四这是唱的哪一出？"

言少卿走回包间，满肚子疑问，狐疑地看向乔绵绵，"小嫂子，你和老四之间不会有什么秘密是我不知道的吧？"

乔绵绵："你觉得我和他像是会有秘密的样子？"

言少卿："不像……"

"言先生，宫先生的事情我们暂时就不聊了，不如来聊聊另外一件有趣的事情？"乔绵绵弯腰拿起桌上那一束红玫瑰，弯唇笑了笑，笑容甜美地说道，"比如，这束玫瑰花？"

言少卿脸上的表情顿时就僵住了。

乔安心的话题终于被撤下来了。

星辉的官方微博和乔安心的工作室官方微博同时发了一则澄清声明。

澄清声明中承认了乔安心打人这件事，但将所有原因归到了琳达身上。

总的来说，就是琳达想跳槽到星辉的对手公司去，为了表现，故意设计陷阱陷害星辉的艺人。

乔安心是星辉力捧的艺人，如果因为打人的事情糊掉了，她的很多资源就会落到其他艺人身上。

星辉在声明中严厉谴责了琳达的所作所为，说公司绝对不会容忍她那样的卑鄙行为，所以已经将她从星辉开除了。

所有的错，都是琳达造成的，乔安心是无辜的。

因为她单纯善良、心思简单，所以才上了琳达的当。

这则声明洗白意图太明显，可星辉的一套洗白流程弄下来，竟然也有不少人相信了他们的说辞。

即便有那么一部分人提出怀疑，也会因为被乔安心的粉丝攻击要么删了质疑的微博，要么不敢再在微博上讨论这件事情。

乔安心打人的事情，就这么被洗白了，微博上的言论铺天盖地地改为骂琳达了。

去宁城的前一天，乔绵绵考虑好后给琳达打了电话。

两个人约好在市区的一家咖啡店见面。乔绵绵吃完饭，就让司机将她送到了约好的地方。

她下车的时候，正好碰到琳达也从一辆宝马车上下来。

看到她，琳达愣了一下，随后又若有所思地看了一眼她身后的那辆劳斯莱斯。

在还当着乔安心的经纪人那会儿，琳达就知道乔绵绵交往了一个很有钱的男人，这一度还让乔安心特别不爽。

那次，琳达看到的那个男人开着一辆限量版兰博基尼，这次乔绵绵又是从一辆限量版劳斯莱斯上下来的。

这些车琳达买不起，但是她的心里很清楚，拥有这些限量版豪车的人身份是何等尊贵。

更何况……那天她还看到了那个男人的长相，至今回想起来，仍觉得很惊艳。

她在娱乐圈也算混了十年了，手底下带的艺人不计其数，见了不知道多少长得好看的艺人，可自己带过的颜值最高的男艺人，也不及那个男人的十分之一。

其实那个男人更多的是气质不俗。有那种尊贵显赫、唯我独尊的强大气场的男人，再难找到第二个。

如果他不是从小就生长在家境特别优渥的环境里，是培养不出那样的气势的。

苏泽也算是出身良好的富家子弟了，长相和能力在同年纪的一众富家子弟里算是不错的，但再不错，也经不起对比。

苏泽跟那天她见过的那个男人一比，真真实实地将"云泥之别"这四个字诠释得形象又透彻。

琳达若有所思看了那辆劳斯莱斯几秒，勾了勾唇，眼底极快地闪过一丝异色，将目光慢慢收了回来。

她笑着迈开步子，高跟鞋踩在地面上发出"噔噔"的声响，慢慢走到了乔绵绵身前。

"真巧。"琳达伸手拨了拨垂落在胸前的大波浪鬈发，在乔绵绵身前站定，笑着说道，"我们居然是同一时间到的。"

乔绵绵也朝她笑了笑："是啊，真巧。那一起上去？"

"嗯。"

尽管内心有很多疑问，但琳达能拿捏好尺度，所以即便对一些事情很好奇，也只当什么都不知道。

到了咖啡馆，两个人各自叫了一杯咖啡。她们都是不喜欢拐弯抹角的人，所以谈事情都很直接。

琳达将打印好的合约拿了出来，递给乔绵绵："这是合约，你好好看一下，如果没什么问题的话，我们就把合约签了。"

"好。"

乔绵绵拿到合约，一张一张慢慢地看了起来。

服务员将两个人的咖啡送过来，琳达端起喝了一口，见乔绵绵的目光半天都没从第一页纸张上挪开，也不催促，笑着说道："你慢慢看，看仔细点儿。

"我觉得公司方面的诚意已经很足了，不过你要是有什么不满意的地方，或者是有什么疑问，可以直接告诉我。"

"嗯。"这是乔绵绵入圈这两年里拿到的第一份经纪合约，当然要慢慢看仔细了。

看了几分钟，她觉得合约上开出的各项条件确实不错。

她作为一个没任何名气的龙套小新人，能有合约上所列的各种待遇，对方已经算是非常厚待她了。

她也不知道琳达对她怎么就这么有信心——琳达好像觉得她一定会红一样，要不然也不会开出这么好的条件吧。

就算以前没签过相关的经纪约，乔绵绵也清楚，如果按照她本身的名气，是签不到这样的合约的。

娱乐圈的合约分好几种，是根据艺人的不同名气和潜力决定签哪一种合约的。

乔绵绵这一类的，正常情况下就是签末尾的合约。等她有了一定的名气，再转签其他合约。

但琳达……直接给她跳到了 A 级合约。

这就意味着她这个合约，只比超一线的艺人低一级了。

让一个没任何作品的新人签 A 级约，其实琳达也是要冒风险的。

半个小时后，乔绵绵几乎是逐字逐句地将所有条约看了一遍。

看完后，她更觉得琳达是在冒险。

这份合约里开出的各种条件，比她想象中的还要好很多，可以说是诚意十足了。

"看完了？"琳达见她放下合约，又端起杯子抿了一口咖啡，勾唇说道，"你觉得怎么样？有哪里需要改动的吗？"

乔绵绵摇了摇头："没有，合约里开出的条件非常好，我没有什么不满意的地方。"

"那……"

"不过……"乔绵绵犹豫了一下，想了想，还是决定说出来，"我刚才看了一下，合约里要求艺人在签约前三年都不能谈恋爱，对吧？"

其实她也理解这项规定，真正要将一个谁都不认识的纯新人培养成一二线艺人，三年的时间都算短的。

公司花费几年的时间悉心培养，当然是希望艺人能够全心全意地扑在事业上的。公司这样规定，也只是不想投入的心血被浪费而已。

"嗯。"琳达见她这样问，基本上猜到乔绵绵接下来想说什么了，于是按捺住好奇心，假装什么也不知道地问，"有什么问题吗？"

"我觉得既然你都拿出了诚意，我也应该坦诚一点儿。"乔绵绵直接说，"这条我可能没办法办到了。不瞒你说，我现在有个男朋友，也没打算和他分手，所以……"

为了签约和墨夜司分手？她可不敢这样尝试。

她的意思就是琳达能接受，那她们可以继续谈；琳达如果不能接受，那她们就没必要再谈签约的事情了。

本来她以为琳达会再考虑一下，或者直接就不和她签约了。

谁知道听到她这么说，琳达却并没有表现出任何不高兴的样子。

乔绵绵甚至看到她的眼睛亮了一下，这跟姜洛离平时听到有趣的八卦消息时是一个反应。

乔绵绵："……"

所以琳达这副想要听八卦的反应是怎么回事？

难道对方不应该介意她交往了男朋友，劝她和男朋友分手吗？

要知道，在签约前交了男女朋友的艺人，为了自己的前途提出分手的例子可不少。

"你男朋友……是今天开劳斯莱斯送你过来的那个男人吗？"

乔绵绵说："不是，那是他的司机。"

琳达点头，表示了解。

有钱人嘛，有司机什么的很正常。

"你男朋友……不是圈内人吧？"琳达其实也就是随便问问，当然知道那个男人不是圈内人了。

圈内要是有那种条件的男艺人，她早就挖掘出来了，不可能一点儿印象都没有。而且外形条件好成那样的男艺人，公司随便捧捧，早就红了。

"嗯，他不是圈内人。"乔绵绵一半真话一半假话地说，"他开了家公司，自己在做一点儿小生意。我和他……我们感情很好，我没打算因为自己的前程就和他分开。所以，如果你接受不了我有男朋友的话，签约的事情就……"

琳达："……"

限量版的千万级豪车随随便便就开了两辆出来，有钱成这样，是做点儿小生意的人能办到的？

不过琳达也知道，乔绵绵没义务必须告诉她真话。

她也就装作相信的样子，点头说道："这样啊，既然你们是在签约前就认识的，如果因为签约这件事情就棒打鸳鸯的话，也显得我太不近人情了。我并没有想过让你们分手。"

乔绵绵愣了愣："你可以接受这件事情吗？"

琳达笑了笑，笑容有些无奈："老实说，不是很能接受，不过，我若不接受，你也不会跟我签约，所以也只能妥协了。"琳达坐直身体，脸上换了一副认真的表情，"我可以不要求你们分手，但是有件事情我希望你能答应我。"

"你说。"

"你们可以继续交往，但是我不希望你恋爱的事情被公开。你现在一点儿名气都没有，就是个纯新人。如果在事业还没有任何起色的时候就公开恋情，对你未来的事业发展很不利。"

琳达是真的很看好乔绵绵。因乔绵绵身上有各种红的潜质，所以，琳达也是真的很想签下乔绵绵。

换成其他艺人如果在签约前就谈了男朋友，又不肯分手的话，她是不愿意这样妥协的，因为这样的情况会产生很多风险。

但她真的舍不得放掉乔绵绵这样一棵好苗子。

"好，我答应你。"乔绵绵考虑了还不到一分钟，就给出了回复，"可以不公开恋情。"

反正她和墨夜司至今也没公开，她想墨夜司是能理解她的吧。

所以，在没和他商量的情况下，乔绵绵自己就先答应了下来。

琳达脸上露出喜色，松了一口气。

还好，乔绵绵答应了，不然舍弃这么一棵好苗子，她是真的心痛。

"既然我们彼此都没什么意见了，那就把合约签下来？"琳达做事效率一向很高，能当场解决的事情绝不拖到第二天。

她从包里摸出一支钢笔："早点儿把合约签了，接下来我也好给你安排行程。我听说你刚签了一部白玉笙导演的都市剧？"

"嗯，"乔绵绵点头，"后天就要去剧组报到了。"

"那在这之前，还得给你安排一个助理。"琳达想了想，又说，"因为你现在还没有任何成绩，所以保姆车什么的可能没办法帮你申请，最多只能申请到一个助理。"

乔绵绵压根儿没想过保姆车这件事。

她是什么段位她心里清楚，至少也得混成三线艺人才敢提保姆车的事。

就算琳达不跟她解释，她也不可能去提要求的。

"谢姐，其实助理都可以不用给我申请的，我……"

既然决定让琳达当自己的经纪人了，乔绵绵对她的称呼自然也要改一改。琳达姓谢，她叫谢姐比较合适。

这一声"谢姐"让琳达觉得特别舒坦。

她觉得乔绵绵是个挺会来事的小姑娘，不像乔安心……

她还在星辉的时候，星辉哪个艺人不客客气气地叫她一声"谢姐"？就只有乔安心，仗着是苏泽的女人，对她直呼其名。

在她面前，乔安心从来没客气过。

想想她竟然忍了乔安心那么久，也是够能忍了。

"助理是一定要有的。"琳达讲话的语气都温和了不少，"很多事情有个助理帮你打理会方便很多，你一个人的话忙不过来。何况，你是我好不容易签下的艺人，我不能亏待你。"

乔绵绵也不矫情，推辞了一下，也就点头答应了："好，那就谢谢了。"

"白玉笙的戏一向不错，你第一部戏签给他，而且还是戏份比较重的女配角的角色，这起点也算很好了。"琳达沉思片刻后分析道，"你先凭着这部戏赚点儿人气，之后的路也能好走很多。

"他很会捧新人，很多演过他导演的剧的艺人红了。所以你一定要好好把握这次机会，用心点儿。"

琳达早就知道乔绵绵的实力了，并不意外乔绵绵能签下女配角的角色。

这些年要不是乔安心一直从中作梗，乔绵绵就算不一定能红，也会比现在好得多，混成个三线艺人肯定没问题。

"我知道。谢姐你放心吧，我一定会好好演的。"

从咖啡馆出来，乔绵绵刚想着是去学校看乔宸呢，还是去墨氏看看墨夜司，还没决定好，就看到了一个她并不想看到的人。

咖啡馆旁边就是一家高级西餐厅，一男一女从旋转玻璃门内走了出来。

前面的男人一身白衬衣、白西裤，长得一副温润如玉的俊美模样，修长挺拔的身材和出众的长相引得好几个异性行注目礼，也包括他身边那位穿着名牌套装的漂亮女人。

两个人说说笑笑，看起来聊得很开心。

下阶梯的时候，女人那双细细的高跟鞋忽然崴了一下，凹凸有致的身体朝前倾倒，眼看着就要摔到地上。

还好，身旁的男人及时英雄救美，伸手将她一把搂住，顺势将人带入了怀里。

女人倒入他的怀中，一下子就红了脸，抬起头殷殷地看向他，那副娇羞的表情，一看就是动了芳心。

陡然看见这一幕场景，乔绵绵有种吞了苍蝇一般的不适感。

虽然她早就知道苏泽不是什么好东西，可是苏泽现在不是和乔安心在一起吗？而且乔安心还怀着他的孩子，他在光天化日之下跟别的女人眉来眼去的是怎么回事？

苏泽就算渣，也不至于这么迫不及待吧？他这么快又有了新目标？

乔绵绵真觉得这个男人在不断地刷新她的认知下限。

在她觉得他已经很无耻的情况下，他还能做出更无耻、更恶心的事情来。

那女人倒入苏泽怀里后，就没有再动过了。

当然，苏泽也没有将她推开。

两个人含情脉脉地对视了一会儿后，苏泽像是忽然感觉到了什么，猛地回过了头。

乔绵绵想要将目光撤回都来不及了。

一瞬间，两个人四目相对。

在看到她的那一刻，苏泽显然很震惊。

她盯着苏泽看了几秒，嘴角扯开一道讥讽的弧度，随即便将目光收回，拿了手机出来叫了一辆专车。

李叔送她过来后，原本是要等着她的，但乔绵绵怕他等太久，所以就让他先走了。

刚才被苏泽硌硬了一下，她决定去找墨夜司洗洗眼睛，调节调节心情。

只是她叫的车还没到，身后就响起了令人讨厌的声音。

"绵绵，你听我解释，不是你看到的那样，我和那个女人没什么关系……"苏泽慌乱地追了过来。

刚看到乔绵绵的时候，他着实惊讶了一下，也惊喜了一下，没想到会在这样的地方碰到他日思夜想的女人。

看到乔绵绵毫不犹豫地转身离开，他心里一慌，顾不得什么就追了过来。

跟他一起的女人被他伸手推开，差点儿又摔倒在地上，气得直跺脚。

可苏泽无暇顾及她了，满心都是乔绵绵。

苏泽原以为跟他分手后会变得憔悴、颓废、就此一蹶不振的女人，不但没有变成他预想中那样不堪的模样，反而美得让他心动。

刚才看到她的时候，苏泽连呼吸都乱了好几拍。

她还是和以前一样，不怎么喜欢化妆，穿着打扮也很素净简单，但是，再简单的打扮也掩饰不了她本来的美貌。

她这样随随便便穿，都比他身旁那个妆容精致、穿着也很精致的女人好看无数倍，轻易地就能吸引他的目光。

她以前就很美，现在……更美了。而且现在的她看着和以前还有些不一样了。

以前乔绵绵身上是一种少女感，现在似乎多了几分妩媚的女人味。

想到她有这样的变化是因为别的男人，苏泽心里又酸又忌妒，还很不甘心。

那感觉就好像一件原本应该属于他、被他珍藏了好久都没舍得动一下的珍品，现在却变成别人的了。

他伸出手想要抓住她，就看到站在他身前的女人厌恶地躲开了。

苏泽愣了愣，脸上的表情僵了一下。

"苏泽，你是不是搞错了什么？你和那个女人是什么关系，我没兴趣知道，也跟我没有任何关系，你要解释也找错人了。"

如果说乔绵绵之前对苏泽只是有一点儿厌恶的话，那现在对他可以说是非常厌恶了。

她再次深深地怀疑：她以前到底是什么眼光？！她怎么就没看出眼前这个男人渣成这样呢？

亏得她以前居然还眼瞎地觉得苏泽是难得一见的好男人，认为他身为一个富家子弟，难得没有沾染上那些有钱男人的恶习。

她甚至觉得他跟那些喜欢随意玩弄女人的感情的渣男不一样。

她以前可能真的是眼瞎了吧。

"我知道你还在生我的气。"苏泽目光有些痴迷地看着眼前的女人，"我知道我错了。我做了对不起你的事情，就算说再多、做再多，也弥补不了我犯下的错误……可是我还是希望你能给我一个机会。"

他现在已经想得很清楚了。他还爱着乔绵绵，他唯一动过真心的人只有她。

这辈子，他可能再也遇不到第二个能让他这么喜欢的女人了。

所以，他不想就这么放弃，想要努力挽回她。

他都决定好了，等乔安心出院后，就和她谈分手的事情。

分手后，他就恢复单身了，可以正大光明地重新追求乔绵绵了。

曾经他因为一时糊涂做错了事情，对她造成了很大的伤害。以后他会尽力对她好，弥补他犯下的错误。

"刚才那个女人真的跟我没什么关系。她是我一个叔叔的女儿，刚从国外回来，妈让我带她出来熟悉熟悉环境。我们只是一起吃了顿饭，别的就什么都没做过了。

"你刚才看到我们的时候，是她不小心崴了脚，我只是礼貌性地搀扶她一下而已。"

尽管乔绵绵一副不愿意搭理他的样子，但苏泽还是想把刚才的事情解释清楚，不想让她误会自己。

他说的基本都是实话。

他对刚才那个女人没什么兴趣，只是架不住苏母再三要求才勉强答应了这次相亲活动，也就是走个形式而已。

他一心想着乔绵绵，哪里还会对别的女人感兴趣？

更何况，刚才那个女人虽然也算是个美女，但是跟乔绵绵一比那就差多了。

乔绵绵简直不敢相信她所听到的话："你说什么？你要我给你一个机会？"

这还是人说出来的话吗？

他到底有没有脸了？！

"是。"苏泽深情地看向她，"绵绵，我知道你心里其实还有我的，我心里也一直有你。我们这么多年的感情，我唯一真心喜欢过的女人只有你。我忘不了你，更忘不了我们曾经在一起的日子。

"我相信，不只是我一个人怀念那些日子，你也怀念的，对吗？"

十年的感情，她对他不可能一点儿感觉都没有了。

她对他这么冷淡，表现得处处厌恶他、排斥他，不过是气他之前伤害她而已。

"绵绵，我们和好吧。"苏泽激动地上前，手又伸了过去，想抓住她的手，"我和安心已经分手了，我现在单身。你给我一个机会，让我弥补我之前犯下的那些错误，好吗？

"我发誓，往后余生，我一定会好好对你，再也不会做出任何对不起你的事情了。"

这次，乔绵绵听清楚了。

在听到苏泽说他已经和乔安心分手后，乔绵绵眼里流露出惊讶之色，再听到他厚颜无耻地说想跟她复合后，乔绵绵的脸色沉了下来。

她看着他伸过来的手，身体自动产生了排斥和恶心的感觉，快速闪到一旁，表情厌恶地避开了。

苏泽再次抓空，一时间脸色有点儿难看。

乔绵绵的脸色比他的更加难看，她恶心到隔夜饭都差点儿吐出来了。

她觉得，她确实低估了苏泽不要脸的程度。

"苏泽，你能别这么恶心人吗？"乔绵绵忍无可忍地说道，"你和乔安心有没有分手跟我无关，你单不单身更是跟我一点儿关系都没有。从分手那一刻起，我们就没任何关系了，我也当你死了。你让我给你一个机会？呵，你觉得我会给一个死人什么样的机会？

"我现在就明明白白地告诉你。"

无视苏泽阴沉下来的脸色，乔绵绵实在是不想在分手后还被这个极品前任男朋友纠缠、恶心，用冰冷的声音一字一顿地说道："就算全世界的雄性都死光了，只剩下你和一头猪，我宁可选择那头猪，也不可能和你复合。"

苏泽的自尊心一再被打击，在听到乔绵绵说出那句宁可选择一头猪也不和他复合的话时，脸色骤然一变，恼羞成怒地说道："乔绵绵，你就这么自甘堕落吗？你宁可当别人的情人，也不愿意做我苏泽堂堂正正的女朋友？

"那个男人有什么好的，能让你对他这么死心塌地？你以为他那样的人会真心对你？你不过是他的一个玩物罢了。"

"啪。"

话音刚落，苏泽的脸上就重重地挨了一巴掌，他被打得头都偏到了一边。

尽管乔绵绵对苏泽是渣男这件事情已经很清楚了，但这个男人每次都能刷新她的认知下限。

在她觉得他已经够无耻的时候，他马上就做出了一件更无耻的事情。

有那么一刻，乔绵绵都想自戳双眼了。

她气得笑了出来："苏泽，我现在还真要好好感谢一下乔安心。要不是她，我都不知道我过去竟然那么瞎。"

苏泽捂着被打的半边脸，缓缓转过头来。

刚才乔绵绵那一巴掌丝毫没留情，一巴掌下去，苏泽白皙俊美的脸庞上立刻就浮现五个鲜红的手指印，嘴角也挂上了一丝血迹。

他眼睛有点儿红，眼里带着愤怒和受伤的神色。

乔绵绵的眼神很冷漠，看着他的时候，比看着一个陌生人还要冷淡、疏离，她冷冷地说道："我选择谁都跟你没关系。你算什么东西？！我的事情跟你有一毛钱的关系吗？

"以后，我真的不想再看到你。

"因为你真的很让我倒胃口！"

说完最后一句话后，乔绵绵再不想看他一眼。

她这一走，背影都透着决绝之意，就好像他们以后再也不会见到了。

苏泽在刚刚说出那些话后，其实就已经后悔了，只是说出口的话也收不回去了。在乔绵绵转身离开那一刻，他一下子就慌了，什么都没来得及想就追了上去，伸手将她一把拉住。

"绵绵，你别走。对不起，刚才是我说错话了。"苏泽紧紧抓着她的手臂，不让她离开，"对不起，我不是故意的。我只是很忌妒那个男人，才会口不择言。

"绵绵，你原谅我吧。

"我真的很爱你，不能没有你。你给我一次机会好不好？我以后一定会好好对你，一心一意地爱你一辈子。只要你愿意，我们现在就可以去领结婚证。

"我们现在就去领结婚证，好吗？

"我马上和你结婚。

"你喜欢拍戏的话，以后就签在星辉，我可以用星辉所有的资源捧红你。

"绵绵，只要你能原谅我，和我在一起，我什么条件都可以答应你。

"你告诉我，你想要什么？那个男人能给你的东西，我都可以给你。"

他能给她的东西，不会比那个男人差。

那个男人给得起她的东西，他也能给她。

而那个男人给不起的一些东西，他照样可以给她。

他就不信她当真宁可做别人的情人，也不愿意做风风光光、体体面面的苏太太。

"苏泽，你放手。"乔绵绵脸色铁青。

苏泽力气很大，将她的手臂抓得紧紧的，她怎么甩都甩不开他的手。

她越是想将他的手甩开，他就将她的手臂攥得越紧："绵绵，你原谅我好不好？你再给我一次机会，让我好好弥补你。"

两个人在大街上拉拉扯扯起来。

他们都是颜值很高的人，很快就吸引到了路人的目光。已经有好几个路人朝他们看过来了，以为是情侣在吵架。

苏泽看到有人在关注他们，不但不觉得丢脸，反而提高了音量，对着路人说道："绵绵，我真的错了，以后我再也不会做对不起你的事情了。你要是不相信，我可以当着所有人的面发誓。

"请大家为我见证，我以后要是做不到一心一意地对我女朋友好，我就遭天打雷劈。"

路人猜测出两个人是在吵架，而且能看出来，是男人犯了错。

不过看苏泽长相、气质都不凡，认错态度又好，路人便纷纷帮他劝着乔绵绵。

"这位小姐，你男朋友也挺有诚意的，看得出来他是真的在乎你，你就原谅他吧。"

"是啊，小情侣哪有不吵架的，打是情骂是爱，吵吵闹闹感情才好嘛。"

"小姑娘，你就原谅你男朋友吧。我看他都快哭了。"

"是啊，小姑娘，你……"

路人都是劝和不劝分，你一句我一句地说了起来。

苏泽看到路人都在帮他说话，而且围观的人越来越多，便想趁机复合，犹豫了一下，"扑通"一声就单膝跪到了地上。

"绵绵，原谅我吧。"苏泽伸手在西装裤兜里摸了摸，竟然摸出了一个红色的小盒子。

他在众人的起哄声中将盒子递到乔绵绵身前，抬起头，深情又温柔地凝视着她："嫁给我好吗？余生让我来守护你、疼爱你、照顾你。"

他将盒子打开，硕大的一枚钻戒在阳光下闪闪发光，晃得人眼睛都快瞎了。

路人看到盒子里的钻戒，起哄得更厉害了。

"嫁给他，嫁给他。"

"嫁给他！！！"

这枚钻戒是苏泽昨天买的。

在决定找乔绵绵复合时，他就买下了这枚钻戒。

鸽子蛋般大小的钻石，上千万元一颗，这是苏泽买的最贵的一份礼物。

但如果用这枚钻戒能够挽回他喜欢的女人，他觉得也值得。

他本来不想这么早求婚的，而是安排了更加浪漫、更加有情调的复合求婚仪式。可现在气氛刚刚好，他得抓住这次机会。

听着周围的起哄声，再看着跪在她身前的男人，乔绵绵气得浑身发抖。

她正想扬手朝苏泽脸上打去，就听到一个阴冷的声音由远至近地传了过来："没想到苏氏少东竟然是这么不要脸的人，大庭广众下，连逼婚这么无耻的事情都做得出来。没看到人家不愿意吗？苏少还自我感动地做出这么可笑的事情。"

这个声音……

乔绵绵错愕地抬起头看去。

不知道什么时候，人群自动站成了两排，让出了一条所谓的路，一道修长的身影从那条让出来的路上走了过来。

乔绵绵看清对方的脸后，眼睛又睁大了一些。

她张了张嘴，惊讶又意外："宫……"

来人竟然是宫泽离！

宫泽离一出现，刚才还在起哄的声音就渐渐消下去了。

这是一个自带冷峻气场的男人，满脸"我不好惹。谁惹我，我就弄死谁"的表情。

围观群众都被他的气场震慑住了，居然集体很默契地安静了下来。

苏泽在看到宫泽离的那一刻也愣住了，脸上流露出了很惊讶的表情，慢慢地站了起来。

苏泽自然是认识宫泽离的。

这是云城出了名的暴脾气先生，没人敢去惹他。

苏泽在别人面前还能被尊称一声"苏少"，可在宫泽离面前就什么都不是了。

想到宫泽离刚才竟然帮乔绵绵说话，苏泽变了变脸色，目光复杂地朝乔绵绵看去。

她和宫泽离是认识的吗？

但这怎么可能？

以乔绵绵的身份，她怎么可能认识宫泽离，还能让宫泽离帮她说话？

这得是什么样的关系？

"原来是宫少。"苏泽知道眼前这个人是他惹不起的，态度非常客气，好脾气地解释道，"宫少可能误会了，我是在向我女朋友求婚，不是骚扰陌生人。"

"女朋友？"宫泽离嗤笑了一声。

也亏得今天在这里的人是他，如果是墨夜司来了，只怕这个姓苏的男人要吃不了兜着走了。

"乔小姐，他说你是他的女朋友，你是吗？"宫泽离没理苏泽，而是转过头去问乔绵绵。

乔绵绵皱眉看了他几秒，虽然还没猜出他到底想干什么，但还是冷着脸摇了摇头："不是。"

宫泽离点了点头："苏先生，人家说不是呢。"

他那双阴柔的眸子里含着笑意，却让苏泽感觉到一阵毛骨悚然，浑身的汗毛都立起来了。

苏泽脸上的表情僵了一下，他从嘴角挤出一丝不自然的笑容："我做错了一些事情惹她生气了，她在跟我闹别扭呢。原来宫少和绵绵竟然是认识的吗？"

宫泽离眯了一下狭长的凤眸，正要说话，乔绵绵上前一步，"啪"的一巴掌甩到了苏泽另一边的脸庞上。

周围响起一片倒吸气的声音。

苏泽也被这一巴掌打蒙了，捂着脸，难以置信地看向乔绵绵，看他的表情，应该是没想到她还会给他一耳光。

乔绵绵眼神极冷地看着他，一字一顿地说道："苏泽，你要再敢在别人面前乱造谣我们的关系，下次就不只是一巴掌的事情了。你和乔安心一个是我未婚夫，一个是我妹妹，却在我们还没分手时就搞在一起了。

"兔子还不吃窝边草呢，你做出这么恶心的事情，还想让我原谅你？

"这是我最后一次警告你，不要再来骚扰我！否则，我不会再对你客气！"

说完这些话后，乔绵绵就转身从人群中走了出去。

安静了片刻的围观群众在听了乔绵绵刚才说的那些话后，又纷纷议论起来。

这次，没有人再帮苏泽说话了，而是全都用嫌恶的目光看着他。

一群人对着苏泽指指点点起来。

他的脸色一变再变，难看到不行。

眼见乔绵绵已经走远了，他想追过去，刚迈开步子就对上了一双冰冷又瘆人的眼睛。

苏泽愣了愣："宫少……"

宫泽离眼里带着警告之色，深深看了他一眼后就转身离开了。

就这一眼，让苏泽不敢再追过去了。

他脸色僵硬地站在原地，缓缓低下头，看着手中那枚还没送出去的钻戒，脸色又沉了沉，手指一点点收紧。

他……不会放弃的。

第十八章
帮她澄清

乔绵绵刚往前走了一会儿，就听到宫泽离在身后叫她。

"乔小姐，请留步。"

她停下来，转过身去。

宫泽离也停下脚步，站在她身后，垂下眼眸看向她。

也不知道是不是乔绵绵的错觉，她觉得从上次在 KTV 见过面后，宫泽离的态度就没以前那么讨人嫌了。

至少他不会一见她就摆出一副她好像欠了他不少钱的姿态。

她的态度是随着对方的态度变化的，既然对方没那么讨人嫌了，她也就好声好气地问道："宫先生，你有什么事吗？"

宫泽离脸上的表情凝固了一秒。

因为他竟然觉得"宫先生"这个称呼有点儿刺耳。

而且，他对乔绵绵的这个态度也不是很满意。

他能感觉出来，她对他有点儿疏离，和她跟言少卿待在一起的时候完全不是一个态度。

宫泽离也知道，这都是他自己的原因。他先前对乔绵绵的态度太差劲了，这种时候要求她不计前嫌，不大可能。

但让他觉得有点儿别扭的是，他先前也没觉得她这样的态度有什么问题，怎么现在却觉得不舒服了呢？

"刚才那个男人是你的前男友？"宫泽离自己都不知道他叫住乔绵绵是想干什么。

他并没有什么事情找她，可……就是很莫名其妙地追了上来。

乔绵绵犹豫了一下，点了点头："是。"

问完后，宫泽离就不知道该说什么了。

乔绵绵盯着他看了几秒，狐疑地问道："宫先生，你找我就是问这件事情吗？"

她觉得……自己应该猜出宫泽离到底想干什么了。

他这是怕她和前男友纠缠，对不起他的兄弟，所以过来确认一下？

毕竟他和墨夜司可是关系很好的兄弟，他担心自己的兄弟被背叛也是很正常的事。

宫泽离被她问得蒙住了。

他哪里有什么事？他就是……单纯想过来和她说说话。

午时阳光有点儿刺眼，像白炽灯一样的光照在他身前的女孩儿身上。

她皮肤本来就很白，被阳光一照，更是白到反光，整个人从头到脚好像都在闪闪发光。

精致漂亮到让人挑不出一丝缺点的五官，绸缎一样乌黑柔亮的长发，还有她身上那条仙气飘飘的白色长裙……这是宫泽离第一次认认真真地打量一个女人。

他之前就没好好看过乔绵绵到底长什么样。

对她，宫泽离大概只有一些粗略印象，知道她是个长得不错的女人。

但这次不一样了，他忽然发现这个被他忽略了一次又一次的女孩儿竟然长得这么漂亮。

"宫先生，你到底有什么事？"这时，乔绵绵叫的车到了。她看了一眼手机，打算离开："你要是没什么事的话，那我就走了，司机还在等我。"

乔绵绵看到她叫的那辆车就停在宫泽离站的地方的前侧，便从宫泽离身旁走了过去。

一阵风吹过来，宫泽离闻到空气中飘过来一丝丝甜甜的香气，像是花香，又像是混合着一点儿水蜜桃的果香。

他又闻到了那股熟悉的香气，和十年前那个夜晚跳入水中奋力朝他游过来的那个女孩子身上的香气一样。

宫泽离看着从他身旁走过去的女孩儿，眼底闪过一丝茫然和困惑之色。

那晚救他的人是沈柔，可为什么他能一次又一次地在另一个女人身上找到熟悉感？

"乔小姐，等一下，我有话想问你。"见乔绵绵走远了，宫泽离疾步追了过去，"十年前，你有没有……"

他想问问她，十年前她有没有参加过他的生日晚宴。

这时，他的手机忽然响了起来，将他想要问的话打断了。

宫泽离拿出手机看了一下，脸色微微一变，迅速接听起来。

"喂。好，我马上回去。"

挂了电话，他像是遇到了什么急事，朝乔绵绵离去的背影深深看了一眼，随后匆忙离开。

宫泽离的跑车刚开出去一会儿，停在他那辆布加迪后面的一辆红色法拉利内，沈柔咬紧唇，脸色阴沉地看着乔绵绵拉开车门上了一辆看起来很普通的车。

"乔绵绵。"沈柔握紧方向盘，眼里流露出一丝厉色，脸上的表情有些狰狞，"就连宫泽离，你也要和我抢吗？你不要逼我。"

乔绵绵到墨氏后，魏征下来接的人。

一看到她，魏征便快步上前，恭敬地打招呼道："太太。"

"小声点儿。"乔绵绵左右看了看，轻咳一声后，小声说道，"以后在公司，你还是叫我乔小姐吧。"

"太太，放心吧，别人听不见。"魏征也转过头四下看了看，抿唇笑了一下，压低声音说道，"墨总在开会，跟我说太太到了的话就先去办公室等他。

"零食已经准备好了，如果太太饿了可以先吃点儿零食。等开完会，他再陪您出去吃饭。

"如果太太觉得待在公司无聊，也可以去隔壁商场逛逛的，我可以陪您一起去。"

"我还是去办公室等他吧。"乔绵绵想了想，笑着说，"我也没什么想买的东西，就懒得去逛了。"

魏征："……"

他还是第一次见到像他家太太这样的女人，居然不喜欢逛街购物，换成别的女人，肯定早就乐呵呵地去买什么包包啊，鞋子啊，珠宝首饰啊之类的东西……能买多少是多少。反正墨总有钱，她们往死里买，也不怕会刷爆卡。

但太太……还真是很替墨总省钱哪。

普通男人找到这样的老婆，肯定偷着乐，但是他们墨总嘛……估计会觉得很挫败，很没有成就感。

魏征还想再劝一下，埋着头默默想了想，抛出各种诱惑："太太，您真的不去逛逛吗？听说各大品牌上了很多换季的新品，而且我有隔壁商场的高级 VIP 卡，很多商品可以打七折，甚至是五折，能省很多钱的。"

乔绵绵都快要走进电梯了，听到这话心动了一下，停下脚步，眨了眨眼："还能打五折？你确定吗？"

魏征看到她终于有了一丝兴趣，马上点头说道："我确定，我确定。太太还是去逛逛吧。会议才刚开始没多久，至少要等一个小时后才能结束，您一个人待在办公室里太无聊了，还不如去人多的地方逛一逛。"

乔绵绵确实被这五折的诱惑说得心动了，犹豫了一会儿，点头说道："好吧，那我就去商场逛逛。"

她是没有什么想买的东西，不过想给乔宸买点儿衣服、鞋子什么的，还要挑个包送给姜洛离。

再想一想，她好像还没给墨夜司买过什么东西，是应该去商场逛一逛。

乔绵绵到商场后，就直奔男装专场楼层。

她知道墨夜司平时穿的那些衣服都是专门定制的，虽然没有品牌，但比那些奢侈品牌的男装贵多了，所以没想过拿便宜的东西敷衍他。

她进了几家奢侈品牌男装店，挑了大半个小时后，挑了一条领带和一件他惯常穿的黑色衬衣。

之前为了给乔宸看病，她凑了一些钱，跟墨夜司结婚后，那些钱也就没用上，虽然不多，但买一两件奢侈品还是没问题的。

墨夜司帮了她很多忙，她早就应该买点儿礼物感谢他的。

给墨夜司挑完了礼物后，她又去运动商场买了一些比较休闲的衣服，都是乔宸很喜欢的风格。

最后，她给姜洛离买了个包。

魏征全程陪同。等乔绵绵把所有东西都买好了，准备离开商场时，魏征瞅着他手里的几个袋子有点儿傻眼，这几乎全是……男生用的东西。

女生用的东西就只买了个包，她还是给朋友买的。

他忍不住问道："太太，您不给自己买点儿东西吗？"

乔绵绵进电梯后按下了楼层，直接按的一楼，是不打算继续逛下去了。

"我没什么想买的东西。"她认真想了想，将手一摊，有点儿无奈的样子："家里什么都有，真没什么想买的。你们墨总太夸张了，什么东西都是一大堆一大堆地买，那些衣服鞋子、珠宝首饰，我估计我一年都换不完。"

她忽然发现，跟墨夜司在一起后，居然戒掉了喜欢逛街购物的爱好。

她想买点儿衣服吧，忽然想起衣柜里那一大堆还没拆掉标签的各大奢侈品牌的衣服。

她想买双鞋子吧，又想起了鞋柜里满满一柜子还没穿过的鞋子。

她想买个包吧，又想起了……

总之，无论她打算买什么东西，都会想起她根本不缺。

然后，她就没购物的欲望了。

魏征："……"

他这是忽然被喂了一口"狗粮"吗？

"对了，魏特助，"乔绵绵指了指他手里的一个袋子，有点儿拿不准地问道，"我给你们墨总挑的领带和衬衣，你觉得他会喜欢吗？"

她刚才买的时候，用魏征当模特儿试了一下，觉得还挺不错的，但不知道墨夜司喜不喜欢。

毕竟这个男人衣品水准太高，对这些穿戴在外面的东西要求肯定很高。

魏征想都没想地回道："肯定喜欢。只要是太太买的东西，墨总都会喜欢的。"

"真的吗？"

"太太，您就放心吧。"魏征就差拍着胸口打包票了，"那可是您精心挑选的礼物，墨总知道您给他买了礼物肯定会特别开心的。"

乔绵绵刚出商场就接到了墨夜司打过来的电话。

"绵绵，你在哪儿？"

乔绵绵听到了开门的声音，估计着时间，轻声问了一句："你开完会了？"

"嗯。"另一边，墨夜司推开办公室的门，没有如预想中那般看到他的小妻子窝在沙发上等他，感到有一丝不满，语气竟然有点儿幽怨，"你没在办公室？去哪里了？不是说好了在办公室里等我的吗？"

"我刚刚去商场买东西啦。"乔绵绵听出了男人语气里的不满之意，立刻哄道，"我给你买了礼物。你等我几分钟，我马上就回去了。"

"你给我买了礼物？"墨夜司语调稍稍上扬，话音变得有些愉悦。

乔绵绵知道，这是哄好他了。

她忍着想笑出来的冲动回道："嗯，不过也不知道你会不会喜……"

"我喜欢。"还没等她说完，男人嗓音温柔愉悦地说道，"你送我的东西，我都喜欢。宝贝，你给我买了什么？"

那句"你送我的东西，我都喜欢"让乔绵绵心里生出了一丝甜蜜的滋味。

她嘴角轻轻上扬地回道："先保密，等会儿再给你看。"

"好，我等你。"

回到墨氏，乔绵绵刚走进办公室就被扯入了一个温热结实的怀抱里。

还没等她反应过来，男人捏着她的下颌，滚烫湿润的唇就压了下来。

"嗯。"她举起双手在半空中挥舞了一下，余光瞄到还没关上的房门和拎着几个袋子站在门口瞪大眼、脸红红地看着他们的魏征，脸也一下子就红了，在半空中挥舞的小手按到他的胸口上，轻轻推了一下。

这个吻持续的时间并不长，只几秒，墨夜司就将她松开了。

但他吻得很用力，哪怕就是短短几秒的时间，乔绵绵的嘴唇也被吻得又红又肿。

她伸手抹了抹被吻得发麻的唇，抬起头羞恼地瞪了他一眼，都不好意思去看魏征了。

墨夜司却心情愉悦地勾了勾唇。他抱着怀里香香软软的女孩儿，目光落到还站在门口走也不是进也不是的魏征身上，一扫前一刻的柔情样子："你还戳在那里干什么，脚上生根了？"

魏征一脸委屈的表情，提起手里的袋子："墨总，我可以进去把东西放下再走吗？"

墨夜司这才看到他手里拎着的东西，嫌弃地皱了一下眉，搂着乔绵绵转身朝办公室内走去："放到茶几上就出去。"

感觉到自己被嫌弃的魏征脸上的表情越发委屈了，幽怨地走进办公室，将东西放下后，又幽怨地离开了。

他真的觉得好心酸，作为跟在墨总身边多年的特别助理，一直都觉得自己的存在感很强，可是……

自从墨总结了婚，有了太太，但凡太太在的时候，魏征就觉得自己是多余的。

办公室的门刚被关上，墨夜司就低下头又要去吻乔绵绵，滚烫的唇压下去，却吻到了怀里女孩儿的手背上。

他不满地蹙眉。

乔绵绵抬起头瞪了他一眼，推开他凑近的脸："你就不想先看看我给你买了什么礼物？"

墨夜司将目光落在她还有点儿红肿的樱花色唇瓣上，看着她的唇上泛着的诱人水光，眸色沉了下来。

他压抑住想吻她的冲动，声音低哑地问道："嗯，你给我买了什么？"

乔绵绵没说话，拉着他的一只手走到沙发旁，从一个袋子里拿出了衬衣和领带。

"喏。"乔绵绵眼里带了点儿期待之色，留意着他脸上的表情，"魏征的身材和你差不多，我让他试过的，尺寸应该是合适的。你再试试看，不合适我好拿去换。"

墨夜司垂眸看了一眼。

乔绵绵给他买了一件黑色衬衣和一条同色领带。

他伸手接过来，看了看，心思却不在衣服和领带上，一边拆着，一边假装不经意地问道："你觉得魏征和我身材差不多？"

"对啊。"乔绵绵还没听出他话里不对劲的地方，点头说道，"你们都差不多瘦，就是他比你矮了一点点。不过也没什么关系吧，这个尺码的衣服，你们这种身高的人都可以穿的。"

墨夜司点了点头，脸上看不出什么异常情绪。

他将衣服拆开，骨节分明的修长手指轻轻抚过衬衣上的暗色纽扣，语气很随意地又问了一句："你和魏征好像关系不错？"

到这个时候，乔绵绵还没发现不对之处，老老实实地点了点头："还不错吧。魏征性格挺好的，也挺有耐心的，刚才陪着我逛了那么久，一点儿怨言都没有。而且刚才买东西的时候，他还给出了好多意见，我真的觉得他人很不错呀！"

某人的脸色终于有点儿绷不住了。

在听到最后那句"我真的觉得他人很不错呀"时，男人深沉的眸底闪过一丝冷色，从鼻子里发出了一声冷哼。

看来，是时候安排魏征去 F 国挖煤了。

办公室外，内心还战战兢兢的魏征刚回到自己的工作岗位上，鼻子忽然就痒了，一连打了好几个喷嚏。

同时，他感觉有一股寒意蹿上他的后背，瞬间全身就冒出了一层鸡皮疙瘩。

办公室内，墨夜司都已经决定派魏征去 F 国挖煤的具体日子了，忽然，脖子上缠上了一条软软香香的手臂。

他怔了怔，低头就对上了一双乌黑明亮的眸子。女孩儿眼神柔情似水，璀璨如星的眸子凝视着他，声音也娇娇软软的："墨夜司，这衣服……你还是不要试了吧，我忽然觉得，可能尺码不大适合你。"

墨夜司看着她，声音不由得低了下去："为什么？"

乔绵绵眨了眨眼："我刚才想了想，魏征的身材比你差远了，和你根本就没法儿比，他能穿的衣服，你穿着不一定合适。还是等你下班后，我们去商场重新买一件吧。"

墨夜司愣怔了几秒，心里瞬间就舒坦了，薄唇上扬，狭长的眼尾也愉悦地上扬起来。

"不用重新买。"他终于正眼看了看手里的黑色衬衣，怎么看怎么顺眼，"我看这件就不错，你给我挑的，肯定适合我。"

乔绵绵暗暗松了一口气。

还好，她把他哄好了。

她现在发现，墨夜司真的是个不折不扣的醋坛子。

男人占有欲强烈，不许她说别的男人半句好话。乔绵绵以为自己应该很讨厌这种大男子主义太过严重的男人，可墨夜司这样对她……她一点儿都不反感。

她内心甚至……有那么一丝喜悦之情。

她惊觉，她对墨夜司的感情好像和之前不一样了。

不知道从什么时候起，她没再想过离婚的事情了，觉得和他就这么过下去也挺不错的。

乔绵绵隐隐意识到她或许喜欢上墨夜司了，内心有些慌，有些茫然，也有那么一些期待。

乔绵绵没想到苏泽在大街上向她求婚的事情会上微博。

不常上微博的她又是通过姜洛离才知道这件事情的。

"绵绵，你上微博没有？又有你的黑料了。"姜洛离打电话给她。

接到电话时，乔绵绵还有点儿蒙："什么？又有我的黑料了？什么黑料啊？"

姜洛离气得不行，咬牙切齿地说："你昨天是不是见到苏泽了？"

苏泽？

乔绵绵皱了一下眉头："是。"

现在，她听到"苏泽"这个名字就会产生一种叫"厌恶"的本能反应。

"那就对了。"姜洛离愤怒地说道，"网上有人黑你当第三者，插足他和乔安心之间的感情。有人拍下了你和苏泽在街边拉扯，包括他跪地向你求婚的视频。

"总之，现在网友都在骂你。我去看了一下那些骂你的评论，敢肯定几乎都是花钱请的，而且找来的人还不少。

"就连一些公众大 V 也转发了相关新闻，而且话里话外都在抨击你。我觉得这些大 V 肯定是收了钱转发的微博，不然你又不是什么知名艺人，他们犯得着去转发吗？

"我觉得那群人和之前在校园论坛上黑你的人很像，这两件事情极有可能是同一个人做的。

"苏泽昨天向你求婚的时候，还有其他认识你的人在吗？"

"没有。"乔绵绵回想了一下，"就是一些路人。"

像她这种还在跑龙套的小新人，压根儿不会有人认识她的。

至于苏泽……

他和乔安心正式在一起后，倒是陪着乔安心出席过一些场合。所以大概有人认识苏泽，那个人搞不好还是乔安心的粉丝，才会将事情发到微博上？

挂了电话后，乔绵绵就马上登录了微博。

和她猜想的情况一样，原微博是一个所谓的"路人"发出来的，说是乔安心的粉丝，看到自己的偶像被破坏感情，心疼又愤怒，忍不住就曝光了此事。

原微博还发了九宫格的图，图片中，乔绵绵和苏泽的确在拉拉扯扯，看起来关系不一般的样子。

另外几张都是苏泽跪下拿着钻戒求她原谅的图。

乔绵绵将原微博看了一遍后，确定了确实是有人想黑她。

如果当时乔安心的这名粉丝真的在现场，那应该知道她是拒绝了苏泽的，而且是苏泽单方面缠着她不放。

可现在，微博上的内容完全黑白颠倒，只字不提她拒绝了苏泽的事情，刻意将她黑成了一个勾引别人的男朋友的第三者。

她再点进评论区一看，果然也如姜洛离所说的那样，有很多人控评。

评论区全是骂她的话。

就连她的微博也被人找出来。

乔绵绵当初注册微博的时候是没认证过的，再加上自身没半点儿名气，就是一个跑龙套的小演员，所以她的微博号根本就没几个人知道。

可现在，有人把她的号找出来了。因为她发现，她最近发的一条微博评论忽然从几十条变成了上千条。

她点进去一看，发现都是骂她"当第三者，破坏别人的感情"之类的话。

乔绵绵看了一会儿，退出了评论区。

她正在想着该怎么解决这件事情时，手机铃声响了起来。

她拿起手机一看，电话是琳达打过来的。

琳达现在是她的经纪人了。乔绵绵猜测琳达肯定是也看到了那些黑料，所以才打电话过来问的。

琳达刚签下她，就闹出这样的新闻，乔绵绵都觉得有点儿不好意思。

虽然她是被人整了，但闹出这样的新闻，对艺人肯定是有影响的。

乔绵绵叹了一口气，接了电话。

"绵绵，网上那个新闻是怎么回事？"琳达没有拐弯抹角，开门见山地问道，"你和苏泽……你们不是真的……？"

琳达知道乔绵绵和苏泽以前是什么关系，所以在看到网上那条爆料微博的时候被吓了一跳，马上就电话过来了。

乔绵绵听她这么问，就知道她心里在想什么。

"没有，谢姐，网上那些消息都是不真实的。"乔绵绵马上澄清道，"关于这件事，我可以和你解释的。我是遇到了苏泽，但我和他不是网上所说的那样。"

"好，我相信你。"手机另一端的琳达松了一口气，顿了顿又说，"那你告诉我究竟是怎么回事？他真的向你求婚了？"

乔绵绵沉默了一下，随后将当时的大致情况说了说。

"所以说，你是被人整了，有人故意黑你？"

"应该是吧。"乔绵绵扯了扯唇，有点儿无奈。

"既然是苏泽单方面纠缠你，那这件事情说起来也好反转。"琳达沉思了一下，说，"当时既然有很多人围观，找个目击者出来澄清一下就可以了。不过这件事情说起来简单，操作起来还是有一定难度的。目击者都是一堆不认识你的人，未必会帮你做证。"

乔绵绵怔了怔，脑海中忽然浮现一个人的身影。

她犹豫了几秒，迟疑地说道："其实，有一个目击者是认识的人。"

但刚一说出这话，她就有点儿后悔了。

宫泽离是不会出面给她做证的吧，他们的交情还没到那个份儿上。

虽然他现在对她的态度比之前好了不少，可跟朋友还是有一定差距的。

"谁？"另一边，琳达马上问道，"你可以让他帮你做证吗？"

"我觉得……他可能不会帮我做证。"乔绵绵又犹豫了一下，叹了一口气，"他好像不怎么喜欢我。我们虽然认识，但关系不怎么好。"

听她这么说，琳达好像有点儿失望："那还有其他目击者是你认识的吗？"

"没了。"

"行吧。"琳达也叹了一口气，"我这边会让公司给你处理一下这件事。晚点儿你发条微博澄清一下，我会帮你，当然了，最快、最好的解决方式还是让那个目击者出面帮忙澄清事实。这样公司这边能省不少事。"

"对不起，谢姐。"乔绵绵觉得很过意不去，"才签约第一天，我就给你添麻烦了。"

她也不知道琳达这会儿会不会后悔签了她，签约第一天就惹出事情的艺人，估计没几个吧。

"也不是你的错。"琳达语气温和地说道，"有人故意要黑你，这也不是你能预测到的事。其实说起来，这件事对你是有影响，但也不是一点儿好处都没有，至少帮你刷了知名度，现在又多了些人知道你。"

乔绵绵："……"

她都不知道，琳达是真的这么想，还是只为了安慰她。

"真的很抱歉。"乔绵绵深吸一口气，再次道歉。

"也不是多大的事情，你放宽心，我会帮你处理好的。"琳达反过来安慰她，"这些都算是小事，以后等你红了，不知道还有多少黑料呢。对了，还有件事想问一下你，虽然这是你的私事，但你现在毕竟是我签下来的艺人，你的个人感情问题我还是需要了解一下的。"

乔绵绵表示理解："嗯，谢姐，你问吧。"

"你和苏泽……你是怎么想的？"琳达沉默了一会儿才问出来。

乔绵绵愣了愣："谢姐，你的意思是……？"

"你不会和他复合吧？"

"不会。"

"那就好。"琳达又顿了顿，说道，"绵绵，我知道你们认识的时间挺久的，你对他或许……"

"谢姐，你想多了。"乔绵绵不等她说完就冷下声音说道，"我还不至于犯贱到这种程度。"

"抱歉，是我想多了。绵绵，我就是想说苏泽真的是一个渣男，你知道他把乔安心弄流产了吗？就算当初是乔安心不对，介入了你和他之间，但他在乔安心刚流产后就去找你复合，这也太渣了。

"苏泽真不是个东西，看着人模人样的，可干出来的都不是人事。

"不过乔安心也是活该，这或许就叫报应吧。当初她做第三者抢人家的未婚夫，现在落到流产惨被抛弃的地步。"

乔绵绵震惊地睁大了眼："你说什么？！乔安心流产了？！"

"嗯。"琳达跟她说道，"我虽然离开星辉了，但和那边的人还是一直有联系的。我听人说乔安心和苏泽不知道为什么吵了起来，外面有人听到苏泽的办公室里传出她的尖叫声，员工进去后就看到她躺在地上，然后身下流血了。苏泽抱着她去了医院，医生说是流产了。"

乔绵绵再次被震惊到了。

如果琳达说的事都是真的，苏泽在乔安心刚流产就来找她复合，那确实渣到了一定境界，也恶心到了一定境界。

乔绵绵想起他今天深情款款地说的那些话，胃里忍不住一阵翻腾。

这一刻，她对苏泽是恶心到了极点。

和琳达聊了十多分钟后，乔绵绵挂了电话，走出了休息室。

她最近这几天都陪墨夜司一起上下班。因为她马上要去拍戏了，去宁城之前，墨夜司要求她将所有时间都给他。

乔宸已经去学校了，平时住校，只有周末会回来。

乔绵绵闲来无事，便陪着墨夜司一起上班。

乔绵绵出去时，看到魏征也在办公室里。

他好像在和墨夜司说什么。

黑色办公桌后面，男人俊美的脸庞上仿佛蒙了一层冰霜，脸色阴沉。

魏征瞥到乔绵绵走出来，转过身恭敬地唤了一声："太太。"

乔绵绵点了一下头，朝墨夜司走过去。

墨夜司转过头看向她，脸色不大好，眼神也有些冷，不像平时那般温柔。

对上他有些冰冷的目光，乔绵绵停顿了一下，疑惑地问道："怎么了？"

她又低头看了看他："你好像不大高兴？"

墨夜司没说话，抿紧唇，眸色沉沉地盯着她看了一会儿。

一股说不出来的压迫感迎面扑来，乔绵绵不大舒服地蹙了蹙眉。

她习惯了他的温柔样子。此时的他让她觉得有些陌生，也有些害怕。

魏征离开时有些担心地看了乔绵绵一眼。

墨总看着很生气，待会儿可千万别和太太吵起来。

不过，太太和前任男朋友闹出那样的新闻，墨总会生气也是很正常的。

换成任何一个男人，都不会大度到在看到那样的新闻后还无动于衷吧，尤其墨总这么在乎太太。

虽然刚把这件事情告诉墨总的时候，墨总脸上没什么表情，也没发火，看起来好像很平静，但是魏征跟在墨总身边多年，太清楚在这样的情况下，墨总越是沉默，后面爆发得就越恐怖。

魏征离开时将办公室的房门轻轻带上了。

等他走了，墨夜司才朝乔绵绵勾了勾手指，示意她再靠近一点儿。

他身上的气压太低，神色也太冷。一时间乔绵绵有点儿不敢靠近他了，站在原地愣了几秒。

就是这几秒的时间，男人眼底的神色更冷了。

见她还站在那儿没动，男人伸出手，强行地一把将她拽入了怀里。

乔绵绵"啊"地叫了一声，头撞到他结实精壮的胸膛上，被他强行按着坐到了他的大腿上。

头顶落下他低沉的声音："你昨天去哪儿了？在来找我之前，你在干什么？"

男人听似平静的声音里，暗藏了一丝危险气息。

乔绵绵听出来了，挣扎了两下，蹙着眉头轻轻喊道："墨夜司，你放开我。"

男人的手臂像是烙铁般，紧紧箍在她的腰上，力气大到像是要把她拦腰截断似的，弄得她很不舒服。

"绵绵，你还没回答我。"墨夜司捏着她的下颌，用了点儿力，迫使她抬起头和他对视，冷漠的声音里听不出什么情绪，"来找我之前，你去哪里了？做了什么事？"

"墨夜司。"尽管他没使太大的力气，但乔绵绵还是痛得小脸皱成了一团。她委屈得红了眼："墨夜司，你松手，你弄痛我了。"

男人平时对她百般温柔，乔绵绵就没在他这儿受过什么委屈。

熟悉的人忽然变得陌生，还莫名其妙地就对她这么凶，她一下子就委屈得不行，眼泪差点儿没忍住掉下来。

看到她乌黑的眸子泛红，墨夜司像是忽然惊醒了一般，满腔的怒火瞬间就消掉了一大半。

他马上松开了手。

看着她的下颌上被他捏出来的指印，墨夜司眼里流露出一丝自责之色。

他刚才居然没控制住自己的情绪，差一点儿伤到她。

"墨夜司，你是不是看到我的黑料了？"乔绵绵心底闪过一个念头，直接问了出来。

他如此反常，还一直反复地问她之前去哪里了，八成是看到微博上那则关于她的黑料了。

她叹了一口气，看着眼前还冷着脸的男人，有点儿无奈地说道："微博上发的那些图是真的，但是发出来的文字内容都是假的。

"在来这儿之前，我去找谢姐谈签约的事情了。签完约后，我碰巧遇到了苏泽。他一直缠着我不放，我也没有办法。

"他跪在地上不是在向我求婚，是求我和他复合。"

鉴于某个男人是醋坛子，不解释清楚可能会引发一些不好的情况，乔绵绵交代得特别清楚，没丝毫隐瞒。

"我拒绝他了。当时现场有很多人，都看见了的，只是不知道微博上那个人为什么要故意扭曲事实。当时宫泽离也在场的，你不信的话可以去问他。"

乔绵绵心想着，还好当时宫泽离也在。

"老四也在？"墨夜司目光闪了闪，终于肯说话了。

"对，他当时也是碰巧经过那里，应该清楚事情的经过的。而且，难道你还不相信我吗？我说了不可能和苏泽复合，就这辈子都不可能了。墨夜司，你别疑神疑鬼的好不好？我既然嫁给了你，就不可能做任何对不起你的事情。"

墨夜司其实就没怀疑过乔绵绵和苏泽会旧情复燃，心情不好只是因为苏泽和乔绵绵有着十年的感情。

他再怎么瞧不上苏泽，这个男人也是乔绵绵的前任男朋友。

所以在魏征和他说了这件事情后，他没办法不去介意，甚至可笑地害怕了。

他很怕她心一软就答应和苏泽复合。

他的自信，一到她面前就会荡然无存。

"绵绵，我没怀疑你，只是不喜欢看到你和他在一起。"不可否认，在听了乔绵绵的解释后，墨夜司心里舒服了很多，身上那股极具压迫感的低气压悄无声息地消失了，漆黑的眼眸又有了温度。

他看着她的目光不再是冷冰冰的了，而是带着她熟悉的温柔和宠溺的感觉。

乔绵绵松了一大口气，感觉她熟悉的那个墨夜司终于又回来了。

刚才墨夜司的样子可吓死她了。

她咬了咬嘴角，伸手勾住他的脖子，娇软的嗓音里带着被冤枉了的委屈感，眼神控诉地看向他："墨夜司，你刚才好凶，我都害怕了，以后你不许再对我这么凶了。你再这么凶的话，我就不理你了。"

"对不起。"墨夜司这会儿消气了，恢复了正常，也知道自己刚才吓到她了。

"绵绵，原谅我好吗？"墨夜司抱紧她，"我也想让自己做到完全不介意，但是真的办不到。

"看到他和你在一起，我心里就会很不舒服。

"他是除了我之外唯一一个曾经拥有你的男人。我也告诉过自己，那都是你的过去经历了，我不应该太在意，可是我真的……"

"好了，我知道了。"乔绵绵趴在他的胸口处，声音闷闷地说，"我也没有生气，只是不喜欢你刚才那个样子。那会让我觉得……有点儿陌生，我会害怕。所以，以后不管发生什么事，你都不要再对我板着脸了，好不好？"

"好。"墨夜司捧着她的脸，低头在她的额头上轻轻吻了一下，"我答应你，以后再也不会这样了。"

他们把事情说开后，短暂的不愉快情绪很快就过去了。

墨夜司抱着乔绵绵，处理完最后两份文件后，伸手揉了揉眉心，将电脑关上，打电话叫魏征进办公室。

魏征一推开门就看到他家墨总怀里抱着个女人坐在办公桌后。他先是脚步停顿了一下，随后心塞地走了进去。

墨总再也不是以前那个正正经经的墨总了。

墨总变了，现在变得沉迷于女色不能自拔了，就连工作期间都这么腻腻歪歪的。

爱情还真是个可怕的东西，竟然会将人变成这样。

魏征要不是亲眼看到，打死他他也不敢相信，他那个曾经清冷禁欲、视女人为毒物的老板，会变成如今这样……

"墨总、太太。"魏征埋着头，都不敢正眼去看他们。

他一个单身小伙子看着这么腻歪的画面怪害羞的。

墨夜司看着他这副扭扭捏捏的样子，想一脚把他踹出办公室。

"去调查点儿事情。"墨夜司低头瞥了一眼怀里的小女人，想到网上那些抹黑她的料，俊美的脸庞上泛出一层冷意，声音沉了沉，"把最早爆料的那个微博号好好调查一下。

"还有，通知公关部，一个小时内把那些乱七八糟的东西都清理掉。再让我看到那些影响心情的东西，就让他们自己打辞职报告走人。"

魏征："是，墨总。"

"好了，去办吧。"墨夜司交代完事情挥了挥手，示意他可以离开了。

魏征知道他家墨总现在很嫌弃他。只要有太太在，他在办公室里多待一秒都是多余的。

他心酸又自觉地转身离开了。

乔绵绵从墨夜司怀里抬起头，眼睛亮亮地看着他："你要帮我调查出背后黑我的人？"

"当然。"墨夜司冷冷地说道，"有人故意黑我墨夜司的老婆，我能坐视不理？我可不想让你觉得自己找了个没用的老公。

"我说过，你现在是墨太太了，能行使的权利有很多。墨家的所有资源，你都可以用，而吩咐你老公帮你做事，更是你理所当然享有的权利。

"任何事情，你都可以吩咐我去为你解决。"

男人伸手摸了摸她的头，眼里带着浓浓的宠溺之色。

这一瞬间，乔绵绵被感动到了，心里暖暖的，张了张嘴，正要开口说点儿什么，手机铃声就响了起来，屏幕上显示来电的人是琳达。

"是我的经纪人打过来的，我接个电话。"乔绵绵靠着墨夜司的胸口，按了通话键。

"喂，谢姐。"

"绵绵，你之前说的那个目击者是宫少？"琳达显然很诧异，语气里是满满的惊讶之意。

乔绵绵更惊讶了："谢姐，你怎么知道的？"

她记得自己没和琳达说过啊。

"难道你还不知道？"琳达反问道，"宫少在微博上转发了你的那条黑料微博，帮你澄清了啊。绵绵，原来你跟宫少是朋友啊，你怎么没跟我说呢？

"你有宫少这么厉害的朋友帮你澄清，现在那些大 V 都怕惹事，把转发你的黑料的微博删掉了。这下公司这边也不用再帮你澄清了。

"宫少的澄清微博真是比什么都管用啊。"

乔绵绵听得整个人都有点儿蒙了。

宫泽离在微博上帮她澄清这件事了？

这怎么可能？！

乔绵绵特别惊讶，也特别意外。

挂了电话后，她还是一脸惊讶的表情，还有点儿没回过神来。

"怎么了？"墨夜司看着她这副呆呆的样子，伸手在她的脸上轻轻捏了一下，"发生什么事情了？"

"刚才谢姐打电话告诉我，宫泽离在微博上帮我澄清那件事情了。"乔绵绵满肚子疑问，忍不住说道，"可是，我觉得他不大喜欢我啊。

"之前每次见面，他都是一副我欠他钱的样子。

"你说……他为什么会帮我澄清这件事啊？"

"老四帮你在微博上澄清这件事了？"墨夜司也怔了怔，显然对这件事情也是很意外的。

宫泽离对乔绵绵是什么态度，他再清楚不过了。

"嗯。"乔绵绵一边说，一边点开手机。

登进微博后，她搜索了一下，很快就搜到了宫泽离的微博。

宫泽离所用的微博竟然是加过"V"的，认证是宫氏企业CEO，自我介绍是："一个平凡的人。"

作为顶级富家子弟，他的受关注度本来就很高，加上他还是一个有颜值、身材好的富家子弟，所以微博粉丝竟然有一千多万，能比得上一些一线艺人了。

宫泽离自己关注的人只有五个，而此前发过的微博更是少之又少，加上帮她澄清的那条微博，一共就四条。

他的微博也就注册了一年：注册当天，他发了一条微博。

隔了几个月，他又发了一条和旅行有关的微博。

再过了几个月，他发的是一条和足球有关的微博。

他最近的一条微博，就是帮她澄清这一条了。

在看到他一共就发了四条微博，其中一条还是和她有关的后，乔绵绵不觉得高兴，也不觉得感激，内心反而有一种莫名其妙的惶恐感。

宫泽离想干吗？

他这么一弄，不就让所有人都知道她和他认识了吗？

这条微博足以说明他们不但认识，而且交情还不错，不然堂堂宫少怎么会帮她一个十八线都算不上的龙套演员澄清？

乔绵绵没忍住好奇心，点开宫泽离的评论区看了一下，然后就看到网友果然都在猜测他们到底是什么关系。

宫少家的小娇妻："我没看错吧？宫少，你这是什么情况？你不是从来不喜欢管别人的闲事的吗？你为什么会帮这个演员澄清？你和她是什么关系？"

宫家小可爱："对呀，对呀，宫少，你和那个女人是什么关系呀？你居然会特地上微博帮她澄清，该不会是喜欢她吧？虽然她长得是还不错啦，可是根本就配不上你呀。"

我只是一个路人："刚才看了一下，宫少注册微博以来一共就发了四条微博，他的关注栏里也没有这个女人，却特地上微博帮这个女人澄清，只怕……他们的关系很不一般。"

琪琪琪琪："这不会是宫少的女朋友吧？"

阿罗："是不是女朋友不知道，但他们肯定是认识的。宫家小霸王可不是热心肠的人。如果是不认识的人，他是不可能帮忙澄清的。"

乔绵绵看着看着就感觉头顶的那道视线越来越冷了。

她一抬头，就看到墨夜司正目光沉沉地盯着她的手机看，他的脸色又有点儿不好看了。

她赶紧将手机锁屏："宫泽离怎么会帮我澄清啊？是不是你给他打了招呼？"

她想来想去只有这个可能性了。

虽然宫泽离不喜欢她，但和墨夜司还是很好的朋友。这个面子，宫泽离估计还是要给的。

"不是。"谁知道男人却不爽地否认了。

"不是你让他帮忙澄清的？"乔绵绵又好奇起来，"那他怎么会帮我的忙？"

墨夜司眯了眯眼，眼底掠过一丝异色："我没有让他这么做。你和老四的关系忽然变好了？"

"没有。"乔绵绵否认得极快，"我以为是你给他打了招呼。"

墨夜司抿紧唇沉默片刻，拿出了手机："我问问他是怎么回事。"

另一边，在看到宫泽离帮乔绵绵澄清的那条微博时，沈柔气得折断了刚做好的指甲。

她担忧的事成真了吗？

就连宫泽离也迷上乔绵绵了？

她再了解宫泽离不过，他从来不是一个喜欢多管闲事的人。

除了他们这几个从小一起玩儿到大的朋友，他什么时候会去管一个外人的事情了？而且，他用的还是发微博帮忙澄清这么高调的形式……

如果不是因为他喜欢上乔绵绵了，她真的想不出还有什么其他理由。

他说过，会和她站在同一战线上的。

明明知道她不喜欢乔绵绵的，他这么做，有没有考虑过她的心情？

还是说，他现在压根儿不在乎她了？

越是往这方面想，沈柔心里就越恐慌，同时也十分愤怒，更有一种被背叛了的感觉。

宫泽离怎么可以这样对她？！

他这样是要将她置于何地？

"乔绵绵……"她咬牙切齿，一字一顿地念出这个名字，眼里翻涌着强烈的恨意。

她身边最重要的两个男人，都被同一个女人抢走了。

她真的……好恨。

她是人人羡慕的天之骄女，从来都是想要什么就有什么，现在却一连两次输给了一个不如她的女人。

手机铃声响了起来，沈柔看了是谁打过来的电话后，冷着脸接了起来。

那边传过来一个有点儿惊慌的声音："沈小姐，刚才宫少发微博帮那个女人澄清了，那条微博一发，现在局势迅速反转。

"而且就在刚才，同时还有一批人霸占了所有评论区，把我们的评论全部刷下去了。你说那些人是不是宫少找来的啊？

"那我们……还要继续下去吗？"

手机那端的人似乎有点儿忌惮："沈小姐，你怎么没告诉我们她认识宫少啊？"

沈柔咬紧牙，脸色极为难看。

那边的人沉默了一会儿，没等到她的回应，又小心翼翼地问了一句："沈小姐，我们还要继续吗？如果继续的话，那就……得加钱，我们这边才好继续操作。"

"不用了。"沈柔不甘地说道，"全部停下来。记住我们签的保密协议，无论发生什么事情，你们都不可以将我透露出来，否则……"

既然墨夜司出手了，那她请再多人也没用，继续下去的话，反而容易暴露自己。

她原本以为微博上的爆料一出来，墨夜司肯定会生气，即便他不会完全相信那些爆料，心里也会介意，会对乔绵绵不那么信任了。

他是个极其骄傲的男人，怎么可能容忍自己的老婆和前任男朋友纠缠在一起呢？

所以，昨天她看到苏泽去纠缠乔绵绵时，就拍下了那些照片和视频，然后找了人全网攻击乔绵绵。

本来一切都很顺利的，如果不是宫泽离跑出来澄清。

她无论如何都没想到，最后扰乱她的计划的人会是宫泽离。

这个一直陪伴在她身边，从来都是以她为主，也从来不会拒绝她的任何要求的男人，这一次去帮了一个她讨厌的女人。

他明知道她不喜欢乔绵绵，可还是帮了乔绵绵。

他这么做，是一点儿都不把她当回事了。

呵，多年的感情又怎么样？！终究还是靠不住。

墨夜司、宫泽离，这些和她从小一起长大，原本应该和她交情最好的男人都为了那个叫乔绵绵的女人而深深地伤害了她。

她喜欢了墨夜司这么多年，最后他却选了一个和他才认识几天的女人结婚。

宫泽离说过会一直陪在她身边对她好的，现在却出手帮了一个她讨厌的人。

沈柔越想越心凉，心里又愤怒又难过，忍不住给宫泽离打了个电话。

电话响了几声，刚被接通，她就冷冷地质问道："泽离，你发的那条微博是怎么回事？"

宫泽离声音淡淡地说："就是你看到的那么回事，怎么了？"

沈柔怔了怔，眼底的失望和愤怒之色更浓了。

她没想到，宫泽离居然就这么承认了，他一点儿要向她解释的意思都没有。

以前他从来不会这样的。只要她问了，他就会和她解释清楚的。

她越发有一种被背叛的感觉。愤怒让她失去了理智，声音变得尖锐起来，有些咄咄逼人："你为什么要帮乔绵绵？你明知道我不喜欢她。

"泽离，你也被她迷住了吗？你不是说过会帮我的吗？你答应了我会帮我，可为什么要去帮乔绵绵？为什么？"

她以为就算全世界的人都背叛了她，宫泽离也不会背叛她的。

他是宫泽离啊，是那个承诺过会一辈子对她好的男人，怎么可以这样？！

如果连他也离开她了，她会受不了的。

她现在……只剩下他了啊。

"柔柔，你冷静点儿。我是答应过你会帮你，可这跟现在这件事是两码事。

还有，你不要瞎猜，她是阿司的女人，我对她不可能有什么想法。

"当时我在场，不过是顺手帮忙澄清了一下。"

这样的解释，不是沈柔想要的。她冷笑出声："是阿司让你帮忙的吗？"

"不是，"宫泽离回答得很快，"阿司没找过我。"

"你还说你没喜欢上她？"沈柔声音更加尖锐了，"你不喜欢她，那为什么要帮她？你从来就不是一个喜欢多管闲事的人。宫泽离，你这么做的时候，有没有想过我是什么感受？"

"柔柔……"

"你明知道我会不高兴，会生气，你还是去做了。在你心里，乔绵绵已经比我重要了吗？"

"你别无理取闹，沈柔。"声音沉了沉，宫泽离说道，"她现在是阿司的妻子，如果被闹得名声不好，你觉得这对阿司来说会是一件好事？这不会影响到阿司？"

"所以，你想说你是为了阿司才帮忙的？"沈柔冷笑起来，"你不觉得这个借口太蹩脚了吗？她和阿司可是隐婚，谁知道他们结婚了？"

"现在不知道，以后总会知道。何况阿司并没有要隐婚的意思，他们为什么不公布，也只有他们自己知道。"

"宫泽离，你觉得我会相信你的话？"沈柔声音越发冷了，"是不是为了阿司，你心里清楚。如果你后悔之前答应我的那些事情，现在还可以反悔，我不喜欢勉强别人。"

宫泽离沉默了好一会儿才开口："我没什么好解释的。你不相信，我也没什么可说的。"

"柔柔，"宫泽离再度开口，声音听着有些疲惫，"除了阿司，你还在乎过谁吗？你介意我对别人好，那你呢？

"你一次次在我面前告诉我你有多喜欢阿司，他对你有多重要……你觉得我是很喜欢听这些话吗？

"沈柔，这么多年了，你难道就没有一点儿感觉？"

"泽离，你……"

"以前我是拿你当妹妹看待，但早在十年前，你就不再是我妹妹了。我喜欢了你这么多年，你真的一点儿感觉都没有？"

有些话一旦说出口，就没有再收回去的可能，也没有再遮遮掩掩的必要。

"沈柔，我喜欢你。"宫泽离声音很平静，"我知道你喜欢阿司，所以这些年即便我的心里有什么想法，也一直没告诉你。我也知道，你并不是一点儿都没感觉到，只是……不想让我说出来。

"既然你不想，那我就不说。

"如果你和阿司真能在一起，我会祝福你们。可现在阿司已经结婚了，你却还不肯死心。我真的不想再从你嘴里听到你有多爱他、多在乎他的话了。

"你当我没有感觉，不会难受吗？"

说完后，宫泽离沉默了。

沈柔也沉默了很久。

这么多年，她一直回避的事情终于被他戳破了。

"算了，当我什么都没说。"宫泽离讥讽地笑了一声，我收回之前的话，你就当没听到。"

可已经说出口的话，她怎么可能当作没听到？

何况这次沈柔是故意让他有机会说出来的。

"可是……为什么？"

"什么为什么？"

"你刚才说……你以前拿我当妹妹看待的。"

"是，十年前，我是拿你当妹妹对待的。"

十年前……沈柔忽然想起了那个夜晚的事，目光闪了闪，捏紧了手机。

"那为什么……"她几乎已经猜到是什么原因了。

"柔柔，还记得十年前那个夜晚吗？那天是我的生日，因为一件事情，我们吵了起来，还吵得很厉害。后来我心情不好一个人去了后院，不小心跌落到了游泳池里。

"那时候，我还不会游泳。

"我在水里挣扎、呼救，却没有一个人来救我。就在我以为我会那么死去时，你出现了，把我救上了岸。当我睁开眼后，第一个看到的人是你。知道是你救了我后，你知道我当时心里是怎么想的吗？"

沈柔变了变脸色，握着手机的手指越收越紧："怎么想的？"

"我当时就在想，我要一辈子对你好。等长大了，我就娶你当我的老婆，然后一辈子宠着你、疼着你，不让你受一丝一毫的委屈。

"自从有了这样的想法后，我就尝试着不再拿你当妹妹看待了。"

"所以……"听了他的这些话，沈柔脸上却并无任何喜色。

回忆起那一晚的事情，她攥紧了拳头："你是因为我救了你，所以才喜欢上我的？"

"算是吧。"

宫泽离承认的话，像是一记拳头砸在她的脸上，将她多年来的自信砸了个稀烂。

她从来不知道，宫泽离喜欢上她竟然是因为那一晚的事情。

所以，如果那天晚上救他的人并不是她，他……根本就不会喜欢她吗？

那一晚……

尽管已经过去整整十年，但她一直没忘记那件事。

有好多次，她都梦见她又回到了那一晚，重新将那件事情经历了一遍。

但和现实不一样的是，梦里她被人揭穿了。

那个救了宫泽离的小女孩儿不知道从哪里跑了出来，当众揭穿了她，说她在撒谎。

她的谎言被揭穿那一刻，所有人都在嘲笑她，说她不要脸，是个可恶的骗子。

宫泽离和言少卿他们对她深感失望，纷纷要和她绝交。

她身边所有的亲人、朋友都对她感到失望。在他们眼里，她成了一个无耻又可恶的骗子。

沈家大小姐的所有光环，在那一瞬间从她身上消失得干干净净。

她不再是别人眼里羡慕、追捧的对象，而是沦为了一个笑话。

她听到很多人在嘲笑她——

"还沈家大小姐、名门千金呢，居然做出这么不要脸的事情，连顶替别人的功劳这种事情都做出来了。"

"是啊，真是知人知面不知心，真不要脸呢。"

"什么沈家大小姐啊，以后就叫她沈家大骗子好了。"

那些声音一遍又一遍地在她的耳边循环，吵得她的脑袋都快要爆炸了。

当她从梦中醒来时，耳边似乎还能听到那些嘲讽声。

那段时间，她都快要崩溃了。

她很害怕她的梦境会变成现实，害怕那个真正救了宫泽离的小女孩儿会如梦境中那般忽然出现，然后当众揭穿她的谎言。

回想起那段忐忑不安的日子，她绷紧了身体，无法抑制地紧张起来："那一晚……对你来说就那么重要？如果……我是说如果……当时救你的人不是我，你还会喜欢我、对我好吗？你还会像现在这样处处维护我、帮着我吗？"

说到后面，她不知道为什么忽然就觉得很害怕，那是一种预感到某样重要的东西要失去了，忽然出现的恐惧感和慌乱感。

可是，她为什么要害怕呢？

那晚的那个女孩儿早就不知道去哪里了，就算某一天遇见，都过去整整十年了，人也早就变了，谁又会认得谁呢？

何况当时宫泽离处于昏迷状态，根本就不知道那个女孩儿是谁、长什么样，否则也不会相信她就是他的救命恩人了。

这么多年了，他都从没怀疑过，她根本就没什么好担心的。

这件事，除了她和那个小女孩儿知道，再不会有第三个人知道了。

而那个小女孩儿不会再出现了。

这个秘密，她会藏在心里一辈子。

宫泽离……永远不会知道真相。

手机里，好长一段时间都没再传出什么声音，两个人能听到的只有对方的呼吸声。

沈柔那种心慌和恐惧的感觉越来越强烈了。

沈柔咬紧唇。长长的指甲陷入了掌心里，都掐出了一道血痕，她却没感觉到痛："泽离，你怎么不说话？我刚才说的那些话你听到了吗？"

"柔柔，你为什么会忽然这么问？"长久沉默后，宫泽离终于开口了。

他的语气和之前没什么区别，沈柔却觉得哪里好像不一样了。

她将涌上来的那股慌乱感压了下去，深吸一口气，竭力让自己保持平静地说道："就是好奇，随便问一下。你还没回答我的问题呢，如果那晚救你的人不是我，而是别人，你会怎么做？你会因此喜欢上救你的那个女孩子吗？"

"那晚的人不就是你吗？"宫泽离答非所问，"不成立的假设，我不想去分析。"

"可是……"

"柔柔，那晚救我的人就是你，我睁开眼看到的第一个人就是你。你浑身湿漉漉地站在我面前，眼睛红红的，一直在叫我的名字。

"你刚才问的那些问题，我不知道该怎么回答，但是如果那晚救我的人不是你，我会觉得很失望，非常非常失望。柔柔，我最痛恨别人骗我。

"如果被亲近的人骗了，我会觉得是在往我的心口上捅刀子。所以，你千万不要骗我，否则我也不知道我会做出什么事情来。"

沈柔脸上的表情顿时僵住。

哪怕看不见人，就在刚才那一瞬间，她也能感觉到从手机里传过来的那股冷意。

第十九章
调查真相

宫家，游泳池旁。

用人立于一旁，递上一杯加了冰的矿泉水，宫泽离接过来喝了两口，低头看着屏幕上已经挂断的电话，沉思了一会儿，将手机丢到了桌上。

女佣又将一颗剥了皮的冰镇葡萄递过去："宫少。"

宫泽离抬起头，阴柔狭长的眼眸里闪过一丝深色，修长如白玉般的手指沿着冰冷的杯沿缓慢滑动了一圈，沉声说道："放下，这里不需要人了，出去吧。"

"是，宫少。"

他身上披着一条白色毛巾，姿态慵懒地躺在游泳池旁的沙发上，袒露出来的胸膛和那双笔直有力的大长腿极具视觉冲击力。

他皮肤白皙，像极了电影里的吸血鬼，和那些成天沉溺女色，疏于锻炼，身体一看就很虚的普通富家子弟不同，他们这群人玩儿归玩儿，对自己的身体管理还是很严格的。

女佣离开前，偷偷瞥了一眼身旁的男人，禁不住一阵脸红心跳。

先生的身材……可真好。

先生不仅长得好、身材好，又是名牌大学毕业，还是宫家唯一的继承人，可以说是天之骄子了。

她都觉得放眼这云城就没几个女人配得上如此优秀的先生。

如果先生没有那什么狂躁症，就堪称完美了。

但即便他有这病，他的条件也是极其优秀的。

就冲着宫家继承人这层身份，想要嫁给他的女人就数都数不清。

不过，先生虽然在感情上看似有点儿荒唐，时常在换女伴，可了解先生的人都知道，他挑着呢。

他经常换的那些女人，就没一个是让他走心的。

先生眼高于顶，能让他真正当回事、用心的女人，大概就只有那位沈家大小姐吧。

论家世，论外貌，论学历等，沈家大小姐倒是配得上先生。只是，沈大小姐好像不喜欢先生。

唉，女佣也好奇先生以后的另一半会是个什么样的女人。

等女佣离开后，宫泽离轻晃着杯子里还没融化掉的冰块，想起刚才那通电话的内容，阴柔狭长的眼眸眯了眯，拿起桌上的手机拨了一通电话出去。

电话被接通后，那边传过来一个极其恭敬的声音："宫少。"

"帮我调查一件事情。"宫泽离将杯子放到桌上，修长白皙的手指在桌面上轻轻叩了两下，半眯着眼沉思片刻后，淡淡地说道，"我要调查一件十年前的事情。"

乔绵绵的黑料撤下去得很快，墨夜司出动了墨氏公关部，还不到半个小时，先是所有大V纷纷删除了转发的黑料微博，紧接着，热搜话题被撤掉，再然后，很多网友发现自己被封号了。

闹得沸沸扬扬的黑料很快消失得无影无踪，速度快到像是之前闹出来的那些事情根本就没发生过，都只是网友们臆想出来的，就连相关话题都被禁止了。

也不知道哪个多事的网友翻了乔绵绵近两年的相册，找出一张没修过图，也没化过妆，直接原相机拍出来的照片。

照片中，乔绵绵的皮肤细腻，近距离拍摄下都能看到她脸上的细绒毛，众人从她脸上却找不到一丝瑕疵。

网友一眼就能看出来，照片里的她是真正素颜。

她的五官精致得不得了，唇红齿白，素颜状态下的她比起化妆后的她，还多了几分仙气。

乔绵绵很少在微博上发自拍，几百张照片里，自拍的只有三四张。

这几张自拍照，都被网友找到了。

每条微博从几条、十几条评论，变成了几百上千条。

虽然这点儿评论量对有点儿名气的演员来说不算什么，可对乔绵绵来说，已经相当多了，差不多算是一个人气颇高的网红的评论数了。

另一边，乔绵绵看着"噌噌"上涨的粉丝数，瞪大了眼，有点儿难以置信。

半个小时前，她还被人骂得狗血淋头呢，现在她的微博居然在疯狂涨粉？

这是怎么回事？

她用力揉了揉眼睛，都怀疑自己是不是看错了，出现了幻觉。

"怎么了？"见她睁大眼盯着手机屏幕一脸惊奇的样子，墨夜司伸手摸了摸她的头，垂下眼眸朝她的手机上看了一眼。

"我……我涨粉了，涨了……好多粉。"

她涨了四十多万粉丝！

对她这种跑龙套的新人演员来说，这是相当惊人的数字了，第一次感受六位数涨粉量的乔绵绵惊呆了。

墨夜司很配合地又看了一眼手机，点了点头，修长的手指穿过她的发梢，一下一下地给她梳理着头发："涨粉就能让你这么高兴？要不要我给你买一千万粉丝？"

"不要。"乔绵绵被他这个提议吓到了，生怕他下一秒就让人去执行此事，马上说，"你千万别给我买粉丝，我不需要。我现在半点儿名气都没有，你给我买一千万粉丝，人家一看就知道是买的了。

"我想要的，是真真实实的粉丝，而不是买来的。

"我相信我以后肯定能凭自己的实力收获上千万粉丝。"

墨夜司低垂的眼眸里溢满宠溺之色，勾了勾唇说道："嗯，我也相信我的宝贝有这个实力。"

乔绵绵刷了一会儿微博，发现关于她的黑料全都看不到了。

她刷了半天也没刷出来一条，可在半个小时前，她的黑料还满天飞呢。

她不得不在心里感叹，墨氏的公关部果然很强大。

而此时的乔家也不平静。

"安心，这是怎么回事？新闻上说的事都是真的吗？乔绵绵那个小贱人真的把苏泽给抢回去了？他们真的复合了？！"

隔着一道房门，乔安心都能听到林慧珍尖锐刺耳的声音。

她满脸怒火地将房门推开，一走进卧室便又焦急地嚷嚷起来："可不能让那个小贱人得手，要是她跟苏泽复合了，以后我们母女俩可怎么办哪？那个小贱人对我们恨之入骨！要是她嫁入了苏家，当了苏家的少奶奶，以后还不想着法子折腾我们？还有，她如果成了星辉的老板娘，以后你还怎么在星辉待下去啊？

"真没想到，那个小贱人竟然会这么不要脸，趁着你住院的那几天将苏泽勾引走了！

"她怎么就那么贱哪，连自己妹妹的男人都要抢？！"

林慧珍说这些话的时候，完全没想过她女儿是抢过别人的男人的。

她说了一会儿，见乔安心没半点儿反应，依然坐在床边捧着手机在看，像是没听到她说话一样。

她又急又气，一把将乔安心手里的手机抢了过来，有点儿怒其不争地说道："都什么时候了，你还在看手机？！再看手机，你男人就被那个小贱人抢走了！

"我刚才说的那些话，你到底听到没有？

"要是苏泽被那个小贱人抢走了，不但你嫁不进苏家，成不了苏家的少奶奶，就连你的事业也会受到影响。如果离开星辉，你以后还能发展得像现在这么好吗？

"以后等那个小贱人骑到我们头上了，还能有我们的好日子过吗？"

林慧珍说完一会儿，见乔安心还是没什么反应，更气了，怒道："我跟你说了这么多，你怎么就……"

话说到一半，乔安心慢慢抬起头，面无表情地看向她时，她愣住了。

乔安心伸出手："妈，把手机给我。"

"安心，那些新闻……"

"我说把手机给我！"乔安心忽然大叫一声，起身便从被她吓到的林慧珍手里将手机夺了回来。

她点开手机，垂下眼眸，盯着刚才看到的那则微博。

她看了几秒，忽然又大叫一声，扬手将手机重重地砸到了地上。

"啪"的一声，手机的玻璃屏幕摔了个粉碎。

林慧珍被这一幕场景吓到了，睁大眼惊恐地看着她，好一会儿都不敢说话。

"她凭什么？！"乔安心咬紧牙，一双眼被妒火烧得通红，脸上表情狰狞，咬牙怒吼道，"宫少怎么会帮她说话？她怎么可能会认识宫少，怎么可能？！"

"她有什么资格让宫少帮她说话？！她算什么东西？！"

"她不可能认识宫少的，绝对不可能。"

"宫少那样的人物，她不可能认识。"

乔安心像是受了什么刺激，嘴里反反复复说着同样的话。

林慧珍听得一头雾水，担心她是被刺激得不正常了，走过去扶住她的肩膀，担心地问道："安心，你这是怎么了？你别吓妈啊。你刚才说的那个宫少是谁啊？他和那个小贱人有什么关系吗？"

乔安心对林慧珍的话依然置若罔闻，还在想那则微博。

宫家太子爷，那是什么样的人物？

如果说苏家已经足够好，乔家攀附苏家都算高攀的话，那么宫家比苏家还要好十倍、百倍。

而身为宫家唯一继承人的宫泽离，身份更是贵不可言。

他是云城不知多少女人想要攀附却又无法攀附的高枝儿，身边女人不少，换女人如换衣服，不是个专一的男人。

但他换了那么多女人，也没有谁能让他真正放在心上的。

曾有那么几个女艺人在跟着他的时候耍心机，故意说一些会让人误会的话，让别人以为她们是他的女朋友，结果就是马上被分手。

可现在，他如此高调地在微博上帮乔绵绵澄清。

与此同时，乔绵绵的所有黑料，在还不到一个小时的时间里全部被删掉了。

一些大 V 还纷纷发了道歉信，向乔绵绵道歉。

宫泽离那条微博一出来，所有人都在猜测他和乔绵绵的关系。

这是他第一次在微博上如此高调地维护一个女人，不管这个女人和他是什么关系，都不是别人可以轻易得罪的。

谁也不想惹上宫家，结果会很糟糕。

即便还没人知道乔绵绵和宫泽离究竟是什么关系，可是宫泽离这么一出面，没有谁再敢轻易去惹乔绵绵了。

前一秒，乔安心刚看到苏泽在大街上跪地向乔绵绵求复合的事情，下一秒又看到了宫泽离那条澄清的微博，这对她来说无疑是双重打击。

她费尽心机地抢过来的男人，现在又回去找乔绵绵了；她这辈子都不可能接触到的男人，高调地发微博维护乔绵绵。

还有那个身份神秘的俊美男人……

为什么这么多优秀的男人都围着乔绵绵那个贱人转？

老天爷竟然如此偏袒那个贱人，把一个又一个条件如此优秀的男人送到那个贱人跟前。

而她呢？

她连一个苏泽也挽留不住！

强烈的恨意自她心底生出，伴随着这股恨意的，还有强烈的不甘和忌妒情绪。

她并不比乔绵绵差。

这些男人眼睛都瞎了吗？一个个居然都去喜欢一个父母不详的女人！不，乔绵绵的亲生父母或许早就死了，她就是一个没爹没妈的孤儿。

"我不会让她得逞的！"

乔安心忽然转过身，那双被恨意和忌妒之色充满的眼眸看向林慧珍，脸上的表情狰狞到连林慧珍都觉得有点儿可怕了："妈，你说乔绵绵的亲生父母会不会是犯了什么事，所以逃到国外去了？如果……他的亲生父母是罪犯呢？"

一想到这个可能性，乔安心就兴奋起来："没错，她的亲生父母肯定是罪犯，犯了很严重的罪，才会逃到国外去。所以，她是罪犯的女儿。

"如果宫少和那个男人知道她是罪犯的女儿，肯定不会再帮着她了。

"谁会喜欢一个罪犯的女儿呢？

"妈，我们得马上去查清楚这件事情。"

乔安心抓住林慧珍的手臂，像是又看到了希望似的，显得有点儿激动："如果查出来乔绵绵的亲生父母是潜逃在外的罪犯的话，我看她还拿什么去勾引人。

"到时候，我要让所有人都知道，她是罪犯的女儿！

"我要让所有人都像避苍蝇蚊虫一样避着她。"

林慧珍被她吓得好一会儿才回过神："你……你要去查她的亲生父母？"

"没错。"乔安心咬牙冷笑，"妈，你想想，他们到底犯了什么样的事情，才会连孩子都不要，就逃去国外了呢？如果不是犯了很重大的罪，那就是得罪了不该得罪的人。

"不管是哪一种情况，查出来，都能让乔绵绵不好受。"

林慧珍听她说完这话，想了想，眼睛亮了起来："你说得没错，如果她的父母真是潜逃在外的罪犯，谁会要一个罪犯的女儿呢？这样一来，就可以阻止她嫁进苏家了，苏泽也就不会和你分手了。"

"哼，妈，你错了。"乔安心沉下脸来，冷冷地说道，"我这么做，可不是为了阻止她嫁进苏家。"

一个苏家算什么？！

乔安心现在已经看不上苏家了。

以前她是觉得苏家很好，苏泽条件也很优秀，可没有对比就没有伤害。

苏泽怎么能跟宫家先生比？一百个苏泽也比不上一个宫泽离。

就连乔绵绵都可以勾搭上宫少，她一样可以。

以前她能从乔绵绵手里抢走苏泽，就不信这次会抢不过。

林慧珍愣了一下："你不是为了阻止她嫁进苏家，那是为了什么？安心哪，你可千万不能让她嫁进苏家啊，不然以后我们母女俩就完蛋了。苏泽是做了对不起你的事情，可你要是跟他分了，以后可就找不到条件这么好的男人了。

"妈跟你说，你冷静一点儿，可千万不要为了一时之气做出冲动的决定。"

"妈，你想多了，不用我阻止，乔绵绵也不会跟苏泽在一起的。"

都傍上宫少这样的大树了，乔绵绵怎么可能还看得上苏泽？

她现在要做的不是阻止乔绵绵和苏泽复合，而是阻止乔绵绵和宫泽离在一起。

如果乔绵绵真勾搭宫泽离成功，成了宫泽离的女人，以后才真的会骑到她头上来。

"为什么？"林慧珍一脸疑惑的表情，"那个小贱人怎么可能会不答应？她只怕恨不得马上嫁进苏家呢。"

"你太小看乔绵绵了。她现在已经勾搭上更厉害的男人了。区区一个苏泽，她早就不放在眼里了。妈，你知道她现在勾搭上的男人是谁吗？"

"是谁？难不成还能比苏家的人更厉害？"

"呵，苏家算什么？！"乔安心不屑地说道，"那个男人的家世，一百个苏家也比不上，苏泽就连给人家擦鞋的资格都没有。"

林慧珍震惊了："有这么厉害？她居然能认识这样的男人？你确定吗？"

"妈，宫家你知道吗？"

"宫家？就是云城四大名门排名第二的宫家？这跟那个小贱人有什么关系？你可别告诉我……"林慧珍说着说着眼睛睁得更大了，一副不可思议的表情。

"宫家的宫泽离，是宫家唯一的继承人，那个小贱人现在勾搭上的男人，就是这位。你说，她还能看上苏泽吗？"

"怎么可能……？"林慧珍难以置信地问道，"她怎么可能认识这种层次的男人？！"

"我也觉得不可能。"乔安心咬紧牙，眼里的恨意和忌妒之色又流露了出来，"可是，宫少亲自在微博上帮她澄清，如果不是和她关系不错，又怎么可能做到如此？！

"他从来就没发过和其他人有关的微博，更别说是和一个女人有关的微博。虽然还不知道乔绵绵和他究竟是什么关系，但她攀上了宫少这件事情肯定是真的。

"妈，我得阻止她和宫少在一起。如果她以后跟了宫少，我们才真的要倒霉了。"

林慧珍想到宫家的财力，再想到那个名声不怎么好的宫家继承人，心里也开始害怕了。

只是一个苏家，都是他们得罪不起的，如果那个小贱人真的攀上了宫家，那以后岂不是……？

想到种种可能性，林慧珍吓得脸色都白了。

"可是……要怎么阻止她？"

"妈，这件事能不能成功主要就靠你了。"

"靠我？"

"只有爸才知道那个小贱人的亲生父母是谁。如果你能从爸那里套到一些有用的消息，我们查起来就方便多了。"

"可是你爸不会告诉我的。他的嘴巴紧得很，我之前问过他好几次，他都没说。"

"那就换一种方式问他。如果……你告诉他，你想帮乔绵绵找回她的亲生父母呢？"

林慧珍很快反应了过来："你的意思是……？"

乔安心点头，抿唇笑了笑，眼里却一片阴沉："这件事，必须尽快调查清楚。"

一周时间过得很快，乔绵绵临行前一晚，墨夜司推掉了所有应酬，早早地便回家了。

吃过晚饭，乔绵绵拿出行李箱，准备开始收拾行李。

她这次要去外地差不多三个月的时间，所以需要收拾的行李不少。

在她取出衣服叠好往行李箱里放的时候，墨夜司站在一旁看了一会儿，心里有点儿不是滋味，闷声问道："明天早上什么时候去机场？"

"谢姐刚才给我发了行程时间，是九点的机票，七点多就得往机场赶了吧。"乔绵绵将一条叠好的裙子放进行李箱里，又从衣柜里拿了几件衣服出来。

"要去三个月？"墨夜司停顿几秒，声音更闷地问道。

"嗯。"乔绵绵蹲在地上叠了一会儿衣服，听出他语气不对，抬起头看了他一眼，然后慢慢站了起来。

她双手背在身后，弯下腰，偏着头又朝他看过去："你不高兴啦？"

墨夜司板着脸："我们才结婚多久，你就要去另一座城市待好几个月，你觉得我能高兴起来？"

"好了，好了，我又不是不回来了。"对上男人幽怨的目光，乔绵绵忍不住笑出了声，踮起脚抱住他的脖子，"而且，你空了也可以过去看我的。

"或者如果我放假了，也可以回来看你的。"

她嗓音娇软，像是在哄小孩子一样："我们只是暂时分开。你不觉得有的时候夫妻之间保持点儿适当的距离，也挺好的吗？"

"不好。"墨夜司眯了眯眼，满脸都写着不满意的表情，"我不想和你保持距离，只想天天跟你在一起。"

"那你想怎么样？"乔绵绵有点儿无奈地叹了一口气，心里却满是甜蜜滋味，"要不……你把生意弄到那边去做算了。这样的话，你就可以过去住了，我们也就能天天在一起了。"

她这说的是开玩笑的话，哪儿知道墨夜司竟然很认真地考虑了一下，然后点头说道："你这个提议不错，我现在就打电话给魏征……"

见他要拿手机，乔绵绵愣了几秒，被他逗笑了，忙伸手去按住他掏手机的那只手："好了，墨夜司，你不要闹了。我刚才只是开玩笑而已。"

"我觉得这个办法很好。"

"那你不管这边的公司啦？"

"公司？"男人挑眉，俊美的五官在近距离对视下，英俊得令人怦然心动。

他凑近她，一只手捏着她的下颌，声音低沉而蛊惑人地说道："生意哪有我老婆重要？天大地大，我老婆最大。"

乔绵绵的心跳瞬间变得紊乱。

墨夜司这个男人……又在撩拨她。

偏偏每次她都经不起撩拨，他随随便便一句话，她的心脏就不听她的话了，一会儿跳很慢，一会儿跳很快，一会儿仿佛都没在跳动。

"喀喀，好了，不开玩笑了。宁城离云城也不远，我答应你，只要一有时间，我就回来看你好不好？"其实乔绵绵也舍不得离开这么久。

两个人正处于感情上升期，在这种时候要分开这么久，谁都舍不得。

但爱情重要，事业同样重要。

其实嫁给墨夜司后，乔绵绵很有压力，比她单身的时候压力大多了。

这份压力，不是来自经济上的，而是她和墨夜司之间的差距。

他越优秀，她的压力就越大。

她会觉得自己配不上这么优秀的他。

所以，她很希望能早点儿做出点儿成绩来。哪怕那些成绩在他面前根本不值得一提，至少她能看到自己在进步。

女孩儿软绵绵、白嫩嫩的手臂吊在他的脖子上，乌黑水润的眸子软软地看着他，声音也娇娇软软的。

面对这样的她，墨夜司哪里说得出"不好"两个字。

尽管心里不是很乐意，但叹了一口气后，他还是点头应道："好。"

"我就知道你最好了。"

乔绵绵乘胜追击，踮了踮脚，抬起头凑到他的唇边亲了一下。

她轻轻啄了一口，刚想退开，墨夜司揽着她的腰将她压向他，低头就用力地吻了下来。

"嗯……"乔绵绵挣扎了几下，声音断断续续地说道，"墨夜司，我……我还要收拾行李。"

"不用管，一会儿我帮你收拾。"男人的声音低哑了下去，贴在她的腰上的手臂越收越紧，他捏着她的下颌，又深深吻了下去。

第二天，乔绵绵在闹钟声中醒来。

"早安，老婆。"

她刚睁开眼就看到一张俊美得不像真人的脸。

男人五官俊美，绯色薄唇微微上扬，一只手撑着脑袋，笑容迷人地看着她，微敞的胸口露出肌理分明的肌肉，线条流畅性感得让人想摸上一把。

一大清早，刚睁开眼就面对这样的美色冲击，乔绵绵表示有点儿扛不住。

等乔绵绵洗漱完下楼时，墨夜司直接抱着乔绵绵走了下去。

正在打扫卫生的女佣看到先生抱着太太下楼了，一个个都羡慕不已，只恨为什么自己没有这样的好运。

女人被像先生这样的老公疼着、宠着，肯定会幸福死吧。

真没想到，像先生这样的男人，平时看着清心寡欲的，对自己喜欢的女人竟然能宠成这样。

"墨夜司，你放我下来啊。"看着几个女佣捂着嘴在偷笑，乔绵绵脸上有点儿发烫，想要从墨夜司身上跳下去，"我自己能走，你放我下来。"

墨夜司压根儿没理她，直接抱着她走进餐厅。

到了餐厅后，墨夜司也没松开手，抱着她一起坐下。

桌上摆着丰富的早餐。

他端起温好的牛奶，喂到乔绵绵嘴边。

饭厅里也站着几个女佣。

尽管她们已经不是第一次看到先生喂太太，但还是觉得羡慕得要命。

先生真会疼人，真喜欢一个人的时候，能将那人宠上天。

要不是亲眼看到，谁会相信一向对女人敬而远之的先生，也会有对一个女人这么好的时候呢？

"我自己来吧……"乔绵绵觉得怪不好意思的，伸手要去拿杯子。

墨夜司勾了勾唇，不紧不慢地说道："宝贝，是你自己乖乖喝了，还是我换个方式喂你？你要是喜欢嘴对嘴的话，我也挺乐意。"

乔绵绵："我自己喝。"

这顿早饭，乔绵绵自己就没怎么动过手，基本上都是墨夜司喂她。

乔绵绵吃过早饭后，琳达那边打了个电话过来，告诉她，她的助理找好了，到时候会在机场和她会合。

琳达将助理的照片和联系方式给了她，是个看起来长得挺可爱的女孩子，叫娜娜，年纪比乔绵绵大两岁。

乔绵绵先给娜娜打了个电话，娜娜的声音和她的长相一样，听起来是那种很可爱的"萝莉音"。

两个人聊了几分钟，乔绵绵挂了电话。

"谢姐给我找了一个助理。"

作为一个一直跑龙套的小演员，乔绵绵就没奢望过助理什么的。

她那点儿片酬，养自己都够呛，哪里有钱再养个助理？

忽然有了个助理，她有点儿激动，也有点儿兴奋。

她马上就和墨夜司分享她的喜悦心情："我都没想过，我还会有助理。刚才我给我的助理打电话了，她超可爱的，声音好甜好甜的，人长得也很甜。"

她一边说，一边点开手机，将娜娜的照片翻出来给墨夜司看："你看，这就是我的助理。她叫娜娜，是不是长得超可爱的？她眼睛好大好圆哪，鼻子小小的，嘴巴也小小的。

"她比我大两岁，不过我觉得她看起来比我还小，长了一张娃娃脸。

"她这个颜值都可以混娱乐圈了，当助理有点儿可惜。"

她说得兴致勃勃，说完后，却见身旁的男人没半点儿反应。

乔绵绵蹙了一下眉头，伸手戳了戳身旁的男人："你怎么都不说话？我刚才和你说了那么多，你没听见吗？"

当她想和别人分享喜悦的时候，对方却没任何回应的话，会让她觉得很没意思。

墨夜司垂眸看向她："我都听到了，恭喜你，有助理了。"

乔绵绵："……"

他就是这个反应？

"你刚才看过了吗？"

"看什么？"

"我的助理。"

乔绵绵又将手机拿到他眼前晃了晃，然后指着屏幕上的女孩儿说："这个女孩子就是我的助理娜娜，怎么样？是不是很可爱的？"

乔绵绵是真的觉得娜娜长得很可爱。她要是男孩子，肯定会喜欢娜娜这种女孩子。

墨夜司对除乔绵绵以外的任何女人都没兴趣，更没想过去关注。

但为了不让她扫兴，他还是配合地瞥了一眼。

"怎么样？是不是很可爱？"乔绵绵马上问他。

墨夜司："……"

他心里暗暗思索着，这会不会是他老婆对他的一次考验？

她想以此测试他对其他女人感不感兴趣？

这么一想后，他马上就回道："很一般，没我老婆可爱。"

他心里真的也是这么想的。

在他眼里，全世界就他老婆最可爱，谁都比不上他老婆。

别的女人是性感也好，可爱也好，清纯也好，都跟他没有任何关系。

"你什么眼神哪？"她有点儿鄙视地看着他，"明明很可爱啊！这种女孩子不应该是你们直男最喜欢的那一款吗？你真的觉得一般哪？你再好好看一下呀。"

"直男？"墨夜司对这个名词有点儿陌生。

乔绵绵："就是正常男生的意思。"

墨夜司点头，表示理解了："那我可能不正常。"

墨夜司一双黑眸看着她，认真地说道："再看多少次都一样，没我老婆好看。直男喜欢什么类型的我不知道，我只知道你就是我喜欢的类型。"

他说这话时表情很认真，那双墨染似的眼眸专注地凝视着她的时候，乔绵绵心跳都乱了几拍。

一不小心，她又被撩拨了。

"我不想看别的女人，只想看你。"男人还在继续撩拨她，"绵绵，在我心里，你是全世界最漂亮的女人。"

"墨夜司，你能不能……"乔绵绵脸上一点点烫了起来，白皙的脸颊染上了一层浅浅的绯色。

"嗯？"

"别这么夸张地夸我？"

"哪里夸张了？"

"就是你刚才……"她抿了抿唇，要把夸自己的话重复一遍，觉得挺不好意思的，"说什么全世界最好看之类的话。"

"没夸张。"墨夜司一脸正色，"在我眼里，你就是全世界最漂亮的女人。"

乔绵绵："……"

她的心脏又跳得好快好快。

他真的不是故意的吗？

"咳咳，好吧。"乔绵绵伸手摸了一下有点儿滚烫的脸颊，咬着嘴角很小声地说道，"私下里你可以这么说，不过以后在外人面前，可千万不要这么说啊。"

"为什么？"墨夜司挑眉，"有什么不能说的？"

乔绵绵："低调，你懂吗？"

"可是……"男人忽然凑近，俊美的容颜在她眼前放大数倍，修长的手指捏着她的下颌，绯色薄唇贴着她的嘴角轻轻磨蹭了一下，声音低沉地说道，"我老婆这么好，我为什么要低调？

"我恨不得让全世界的人都知道这件事。我为什么要低调？宝贝，我一点儿也不想低调。"

要不是她不愿意现在就公开他们的关系，他早就对全世界宣告他们结婚了。

这样一来，他也就不用担心别的男人会打她的主意了。

他恨不得马上在她身上贴上写有"墨夜司老婆"这几个大字的标签，贴在最显眼的地方，能让人一眼就看到。

乔绵绵脸上热气翻腾："墨夜司……"

她被这个男人夸得……好羞涩呀。

啊啊啊，为什么她有一个这么会撩拨人的老公？

天天被自己的老公撩拨得心跳失常是一种什么样的感受？

机场，李叔先下车，走到后车门处将车门打开后，又去后备厢将两个行李箱提了出来。

墨夜司和乔绵绵也一前一后地下了车。一下车，墨夜司就伸手搂住了乔绵绵的腰，结实修长的手臂占有欲十足地缠在她的腰上。

两个人一出现就收获了不少目光，俊男美女的高颜值组合，走到哪里都是引人注目的。

墨夜司搂着乔绵绵走进大厅，想到即将分离，心里不舍，也担忧，一边走一边嘱咐她："那边的天气我提前查了一下，今天在下雨，气温有点儿低。你下飞机之前，穿件外套再下去。

"如果到了那边不适应的话，一定要告诉我，不要硬撑。

"剧组的住宿和饮食你要是不习惯的话，也要告诉我，我好早点儿帮你安排。

"还有……你是新人，剧组难免会有一两个排挤新人的人。如果你遇到了，直接告诉我是谁，我帮你处理。

"你遇到什么紧急事情我来不及赶过去处理的话，就去找白玉笙。"

听他提起白玉笙，乔绵绵惊讶地看向他："你认识白导？"

墨夜司不想让她多想，便撒了个谎："言二的朋友，我跟他……不是很熟。"

如果让她知道他和白玉笙认识，他还因为她那个角色跟白玉笙开了口，她肯定会不高兴。

事实上，那个角色算是她自己争取到的.白玉笙对她很满意，即便没有他事先打招呼，也会用她。

"他和言二交情不错．我会让言二跟他打个招呼，让他多照顾你一点儿。"

"那上次试镜的事情，你有没有……？"

"没有。"墨夜司撒谎撒得面不改色，"我相信你的能力。你的角色是靠你自己争取到的，跟我没关系。"

乔绵绵稍稍松了一口气："好吧。"

不是她矫情，有资源可以利用当然是一件好事，可以省很多心，少走很多弯路，但她的心里还是更希望这次的角色是靠她自己争取到的。这样，她会更有自信一点儿。

"刚才我说的那些话，你记住了没有？"

墨夜司心里一点儿都不踏实。

这也不是他第一次跟乔绵绵分开。她之前去学校住，也是周末才回家住，两个人平时也是分开的，可那个时候他并没有这么担心。

那时即便分开，两个人也还在同一座城市里，隔得不远。

他想见她，天天都可以见到。

她有什么事情，他也能第一时间赶到她身边帮她解决。

如果她去了另一座城市，即便隔得也不算远，飞机三个小时就可以抵达，可是他想见她就没那么容易了。

她有什么事情，他也不能马上赶到她身边。

这种无法天天见面和第一时间赶到她身边的焦虑感，让他很不放心她。

她一个人去外地，能习惯那边的天气和环境吗？

她在剧组里什么人也不认识，又是一个没什么名气的小新人，长得却又这么打眼，说不定就会遭人嫉恨，到时候会不会有人欺负她？

他越想越觉得不放心，恨不得马上打包行李跟她一起过去，但他的理智还是存在的。

如果不是刚刚接手墨氏，很多事情还需要亲自处理，根本走不开的话，他可能真的就跟她一起过去了。

她真是一点儿都不让人放心。

从这一刻起，他要一直担心到她拍完这部电视剧了。

乔绵绵在看手机，回答得有点儿心不在焉："嗯，知道了。"

墨夜司对此很是不满，直接就伸手将她的手机夺走了。

乔绵绵："你干吗啊？把手机还给我。"

她正准备给娜娜打电话的。

墨夜司停下脚步，将她的手机锁上后，低下头，眼眸半眯地看向她："绵绵，我刚才和你说的那些话，你都听清楚了？手机就这么好玩儿？我们马上就要分开了，你不是应该多看看我？"

他这话说得有点儿酸，像是在吃醋，可是……他连手机的醋都要吃？！

"我没在玩儿手机。"乔绵绵很认真地解释道，"我刚才是在给娜娜发微信，问她在哪儿，可她没有回我微信，所以正准备打电话给她，刚要打，手机就被你拿走了。"

"急什么？！"墨夜司脸上依然带着几分不满之色，"她又跑不了，你晚点儿再联系也没什么。我刚才和你说的那些话你真的记清楚了？"

"记清楚了，记清楚了，我都听着呢。"

乔绵绵没想到墨夜司还有这么啰唆的时候，一句话问了好几遍。

她忍不住就小声嘀咕了一句："唉，好啰唆啊。"

将这句话一字不漏地听进耳里的墨夜司："……"

他竟然……被他老婆嫌弃啰唆了。

生平第一次，有人说他啰唆，一时间他心情有点儿难以形容。

可就算他被嫌弃了，又能怎么样？

这个人是自己的老婆，他还能揪着她打一顿不成？

"宝贝，我不放心你。"墨夜司低低地叹息一声，伸手将她搂入怀里，大手落到她的头顶上轻抚着，言语中带着毫不掩饰的担忧之情，"你别嫌我啰唆，这是我们在一起后第一次出远门，还要离开我好几个月，我一点儿都不放心你。

"我很怕没我在你身边陪着你，你会照顾不好自己。

"也很怕我不在你身边的时候，你会受委屈，会被人欺负……

"我要担心的事情太多太多了。

"所以，我要你向我保证，如果有人敢欺负你，胆敢让你受委屈，你一定不要闷在心里一个人承受。

"或者若发生了什么事情，你也不许瞒着我。我要你向我保证，你不许隐瞒我任何事情。"

乔绵绵趴在他的胸口处，感受着他的心脏一下又一下平稳有力地撞击着胸腔。

他还在絮絮叨叨地说着，这和平时的墨夜司真的很不一样。

他从来就没有这么啰唆过。

他如此反常，只因为担心她，不放心她。

乔绵绵说不出心里是什么样的感受，伸手一点点环上男人劲瘦的腰，眼眶忽然就有点儿湿润。

以前去外地拍戏，她都没什么感觉，唯一舍不得的人也只有乔宸。

至于苏泽……她好像并没有像现在这样有依依不舍的感觉。

哪怕以前和苏泽分开一段时间再见面，她内心也并不觉得很喜悦、很期待。

她忽然才发现……或许，她以前对苏泽并不是很喜欢吧，喜欢当然是有一点儿的，但并不是很深。

所以，她才能在苏泽背叛她后，迅速从那段伤害里走出来。

她和墨夜司认识的时间不长，但不知不觉中，这个男人已经在她心里占据了一个位置，成为她生活中的一部分了。

她已经开始舍不得和他分开了。

"嗯，墨夜司，我答应你。"乔绵绵聆听着他的心跳声，抱紧他，乖巧地回道，"我会照顾好自己，不会让自己受委屈，也不会让别人欺负我。

"我向你保证，这几个月我一定会好好的。

"你别担心啦，以前我也去外地拍过戏的。我又不是小孩子了，不会让自己过得很糟糕的。

"再说了，你不是说会给白导打招呼吗？有白导罩着我，我能有什么事呀？等我过去后，每天都跟你视频汇报情况好不好？这样你是不是就放心了？"

"有白玉笙照顾你，我确实能放心很多。"墨夜司收紧手臂，想将怀里身体娇软的小人儿嵌入他的骨血里——这样他去哪里都能带上她一起。

"你不用怕麻烦他，有事情直接去找他，他还欠着言二的人情，不敢不给你解决好。"

"嗯。"

"当然了，有任何事情，你第一时间还是得找你老公。我没办法马上赶过去帮你解决的事，你再找他。"

想到上次乔绵绵夸赞白玉笙有才华，似乎颇为欣赏他的样子，墨夜司并不想两个人过多接触。

"嗯。"乔绵绵轻轻笑了一声，知道某个醋坛子又在乱吃飞醋了。

"周末我就过去看你，到时候我带你出去吃好吃的，玩好玩的。"

"好。"

他说什么，她都乖乖巧巧地点头答应。

看着她这副乖乖巧巧的样子，墨夜司更是舍不得让她走了。

他家宝贝这么乖，性格又软，他真担心他不在的时候，她会被别人欺负。

他甚至有个冲动的念头，想让白玉笙将拍摄基地改到云城，但是这显然不现实。

白玉笙那家伙对自己的每一部作品都是吹毛求疵般高要求。墨夜司要他将拍摄基地改了，他肯定不愿意。

偏偏那家伙也没什么把柄在墨夜司手里，墨夜司是勉强不了他的。

"我会尽量多抽点儿时间过去看你。"墨夜司伸手摸了摸她的头，深情的眼眸里带着不舍之意，轻轻叹息一声，"都不想放你走了。"

墨夜司想将她锁在他身边，随时都能看到。

乔绵绵也舍不得他，抱着他，脑袋在他的胸口上轻轻蹭了蹭："其实我也不想走，可是又不想做一个闲在家里无所事事的人，也想出去工作。墨夜司，你介意我的工作吗？"

因为她以后的生活状态，可能经常是这样了。

一旦她忙起来，以后就会全世界到处飞，在家的时间会很少，陪伴在他身边的时间自然也会变少。

她可能……给不了他一个正常的家庭。

墨夜司沉默了一下，说："如果说一点儿都不介意，那不可能。你拍一部剧，我们就要分开几个月，我怎么会不介意？"

乔绵绵心里"咯噔"一声，抬起头，有点儿紧张地看着他："那你……"

她很怕他说出让她退出娱乐圈这样的话。

"我会介意，但是会选择尊重你。"墨夜司眼神深情地看着她，"如果拍戏能让你觉得很开心，我不会阻止你。我会尽我所能地将你保护好，扫清挡在你前面的所有障碍。但是，你得答应我一件事。"

"什么？"

"你不能把拍戏看得比我还重要。"男人一字一顿地说道，"我不能排在你的事业后面。"

乔绵绵没想到他会提出这样的要求。

她抿了抿唇，忍着笑点了点头："好，我答应你。"

"除了工作的时间，剩余的所有时间，你都得留给我。"

"好。"

"不许和男演员闹绯闻，也不许对除了我以外的任何男人感兴趣。"

"好。"

其实乔绵绵很想说，绯闻什么的不是她能够控制的。

有时候，艺人本身是不想闹出什么绯闻来的，可是媒体记者非要弄出一些所谓的绯闻博取流量，他们也没办法。

不过，她现在没什么名气，绯闻什么的是肯定不会有的。

炒她的绯闻，根本就没人看，记者不会那么傻。

两个人在大厅里相拥着说了一会儿话。

临近结束值机时间，乔绵绵还没和娜娜会合，给娜娜打了一通电话过去。

电话才刚响了一声，那边的人就接通了。

一个听起来很软的声音响了起来："绵绵，我好像看到你了。你是不是穿着一件印着小熊的白色T恤和一条浅蓝色的牛仔短裤，你旁边还站了一个很高很高的男人？"

乔绵绵："是。娜娜，你在哪里？"

"绵绵，我……我就在你后面。"

挂掉电话，乔绵绵转过身，看到一个穿了一件大大的黑色T恤，脚上穿着一双白色运动鞋，背着双肩包，头发扎成马尾的女孩子。

女孩儿和照片里的样子差不多，甚至本人比照片要好看一些。

乔绵绵一眼就认了出来："娜娜？"

娜娜在乔绵绵转过身的那一刻，眼睛亮了一下，看着她的时候，眼神有点儿发直，忍不住惊呼了一声："哇，绵绵，你……你好漂亮啊！"

乔绵绵属于本人比照片更好看的那种。如果说照片上的乔绵绵是仙女级别的，那她本人就是仙女里的仙女。

即便娜娜是女孩子，也有点儿被惊艳到了。

她是看过乔绵绵的照片的。

在知道自己要给乔绵绵当助理的时候，她就全方位地了解过乔绵绵。

看照片的时候，她就觉得乔绵绵很美很美了，没想到乔绵绵本人比照片好看很多。

怪不得谢姐对这个新人这么照顾呢，再三叮嘱她要把乔绵绵照顾好。

乔绵绵这么好的外形条件，以后是肯定会火的。

"呃……"乔绵绵被这么直白的夸赞方式弄得有点儿不好意思，回夸道，"谢谢，你也很漂亮啊。"

"哪里哪里。"娜娜摇头说道，"绵绵你才是真的好看，我充其量只是不丑而已。"

"谁说的？我觉得你很漂亮。"

"跟绵绵比起来，我就是丑小鸭。你是超级大美人。真的，你绝对是我从小到大见过的美人里最美的那一个。哇，以后可以和绵绵这样的大美人共事，想想都觉得超开心。"

"你也不要谦虚了。你这么好看，怎么可能是丑小鸭？！以后和你这么可爱漂亮的女孩子一起共事，我也很开心呢。"

两个人你一句我一句地商业互捧起来。

一旁的墨夜司："……"

眼见着两个人夸来夸去，似乎都停不下来了，墨夜司出面阻止了两个人继续互夸下去："绵绵，该去换登机牌了。"

"啊，对。"

经由墨夜司提醒，乔绵绵看了一下时间，这才想起她的登机牌还没换。

她拿出证件，正想过去换，就听到墨夜司说："证件给我，我去帮你换。"

"哦。"乔绵绵将证件拿给了他。

墨夜司接过证件，伸手摸了摸她的头，低声说道："在这里等我，不许乱跑。"

"嗯。"

等墨夜司离开后，娜娜按捺不住身体里的八卦之魂，马上就抓着乔绵绵的手，激动又兴奋地问道："绵绵，他……他是你男朋友吗？"

乔绵绵对琳达都没有隐瞒这件事情，自然也不会瞒着娜娜。

娜娜是她的助理，以后两个人相处的时间会很多很多，她不说，娜娜自己也能看出来的。

"嗯，"她点头说道，"他是我男朋友。"

"哇。"娜娜激动得小脸通红，扭过头看了看已经走远的墨夜司，盯着那道修长的背影激动地说道，"绵绵，你男朋友好帅呀，超帅超帅的。天哪，我发誓，他绝对是我见过的所有帅哥里颜值最高的一个。

"绵绵，他也是公司的签约艺人吗？"

乔绵绵："不是。"

"不是？"娜娜又很好奇地问道，"那他是其他公司的签约艺人吗？"

"也不是。"

乔绵绵见她还想继续问下去，有点儿好笑地说道："他不是艺人，跟我们不是一个圈子的。"

"什么？！"娜娜一脸难以置信的表情，"他不是艺人？他长成这样，不打算进娱乐圈吗？"

乔绵绵摇头："他没这样的打算。"

"那也太可惜了吧。我敢打包票，他如果想混娱乐圈，就凭着那张脸，绝对可以大火。绵绵，我算是知道为什么你宁可错失一个签约机会，也不愿意和你男朋友分手了。"

乔绵绵："为什么？"

娜娜眼睛亮晶晶的："男朋友那么帅，谁舍得分手啊？失去一个签约机会，以后还会再有的，这么帅的男朋友要是分了，以后可就再也找不到了。"

乔绵绵："……"

她忽然发现，娜娜和姜洛离一样，也是个颜控。

墨夜司陪着乔绵绵到了安检口，低头看她时，眼里的不舍之情越发浓了。

他伸手理了理她额前的头发，将她轻轻拥入怀里，低头在她的眉心处轻轻吻了一下："宝贝，要照顾好自己，不要让我为你担心。"

"嗯。"临近分别，乔绵绵心里的那股不舍情绪也越来越浓了。

她将脸贴着他的胸口："你也要照顾好自己。"

"好。落地后，第一时间给我打电话。"

"嗯。"

"下飞机前多穿点儿，那边冷，不要感冒了。"

"嗯。"

"想我随时可以打电话给我，我手机 24 小时开着。"

"嗯。"

"还要记得，你是有老公的人，不要到处乱招惹人。"

"嗯。"

"宝贝，我会每天想你的，你也要每天想我。"

"嗯。"

"好了，去安检吧。"

男人捧着她的脸，在她的唇上又重重地吻了一下，才依依不舍地松开了她。

乔绵绵走到娜娜身边时，娜娜羡慕不已地说道："哇，绵绵，你跟你男朋友感情好好，看得出来，你男朋友好爱好爱你的。有个这么帅还这么爱你的男朋友，你好幸福。"

墨夜司还站在那儿没走。

乔绵绵回过头看了看他。

大厅里人来人往，他却是最引人瞩目的那一个。

经过他身边的人，无论男女，都会朝他投去眼神。

周围的人都在看他，而他的眼里只有她一个。

看到她转过头，他勾了勾嘴角，朝她挥了挥手，嘴唇跟着动了动。

隔着一段距离，乔绵绵听不清他在说什么，但是看懂了他的唇形。

他在说："宝贝，我爱你。"

这一刻，乔绵绵的眼眶忽然就湿润了。

她是真的感觉到了分别的不舍之情。

她都有个冲动，想掉头跑回他身边了。

"绵绵，你哭啦？"娜娜看到乔绵绵红了眼眶，也转过头看了一眼还站在原地的墨夜司，然后小声问道，"你是不是舍不得你男朋友啊？我看他好像也很舍不得你。

"你们感情真的好好，好羡慕你们哪。

"绵绵，这是你第一次和你男朋友分开吗？"

"不是。"乔绵绵吸了吸鼻子，将眼角的泪水逼了回去，"之前也分开过，不过那时候我没有去外地。"

而且，他们也没有分开过三个月这么长的时间。

"怪不得。"娜娜表示理解，"不过拍摄基地距离云城也不是很远，他可以过去看你的。你男朋友是在上班的吧？"

"嗯。"

"那他周末可以去看你的。这样的话，你们每周都可以见面了。嗯，他收入应该可以吧？"

乔绵绵："嗯，还可以吧。"

"那就没问题啦，负担得起每周的机票钱。"

乔绵绵："……"

墨夜司的收入岂止是负担得起每周的机票钱，就是每天的机票钱他也负担得起。

"绵绵，你男朋友是做什么的呀？"娜娜就是个好奇宝宝，一直问个不停，"他是自己开公司还是给别人打工的呀？他应该是自己开公司当老板的吧，我看他的气质不像是给人打工的。"

"嗯，他开了家小公司。"

"小公司？"娜娜愣了一下，随后蹙眉说道，"我觉得你男朋友那一身气质不像是开小公司的。"

乔绵绵被她这话逗笑了："那像是做什么的？"

"感觉像是那种超级有钱的总裁。"娜娜想了想，很认真地说，"比如某个大型财团的继承人什么的，就是偶像剧里演的那种，大财阀家的公子哥儿。"

见乔绵绵在笑，她又很认真地强调了一遍："真的，超像的。有没有可能，他其实就是豪门少爷什么的，然后为了寻找真爱，一直对你隐瞒着他的真实身份，跟你说他是开小公司的？"

这次，乔绵绵是真的没忍住笑了出来："娜娜，你平时是不是很喜欢看总裁小说？"

她这想象力……也太丰富了。

"呃……无聊的时候就看看嘛。"娜娜不好意思地抓了抓头发，"不过，绵绵，我真的觉得你男朋友不像小公司的老板。怎么说呢？反正看到他的第一眼，我就觉得他身上有种和普通人不一样的气场。"

对这一点，乔绵绵沉默着没有否认。

墨夜司身上确实有股和普通人不一样的气场，那是从小就生长在条件极为优渥的环境里慢慢培养出来的，普通家庭，是培养不出那样的气场的。

也怪不得娜娜会觉得他是隐藏身份的豪门少爷。

"哇，绵绵，你男朋友还没走呢。"娜娜看着还站在原地的墨夜司，不由得感叹道，"他一直在看你，眼神好专注啊。除了你，我就没见他看过别人。你男朋友肯定爱惨你了吧。"

乔绵绵回过头，果然看到墨夜司身形笔直地站在那里，目光一直在看她。

马上就要进安检口了，她努力忍住即将滑落的泪水，朝他用力挥了挥手。

第二十章

引起忌妒

从云城到宁城，她们飞了三个小时。

有墨夜司提醒，乔绵绵在下飞机前套上了一件薄薄的针织衫，一下飞机果然看到外面在下雨。

宁城的气温比云城低很多，加上又下了雨，风一吹，冷飕飕的，还好乔绵绵身上套了件外套，所以也不觉得有多冷。

但穿着短袖 T 恤的娜娜就有点儿扛不住了，抱着手臂整个人蜷缩成了一团："哇，好冷啊。这边怎么在下雨，比云城冷那么多？"

她看着穿着外套的乔绵绵，好奇地问道："绵绵，你怎么知道外面很冷的？"

乔绵绵下飞机后，拿出手机，拨了墨夜司的电话："我男朋友查过这边的天气，让我下飞机前多穿件外套。"

娜娜羡慕得快要哭了："绵绵，你男朋友真的太体贴了。这是什么神仙男朋友啊，太让人羡慕了吧？"

乔绵绵打了墨夜司的电话，响了好几声后才被接通。

"宝贝，你到了？"熟悉的声音从手机听筒里传出来，低沉又撩拨人，男人将一声"宝贝"喊得特别宠溺。

"嗯。"一阵风吹来，乔绵绵拉紧身上的外套，跟着人群上了机场的摆渡车，"刚到，这边果然很冷，还好有你提醒我，我穿了外套下飞机才没那么冷。"

"时间也不早了，你过去后记得吃午饭。"男人话里话外都带着不放心之意，"千万不许不吃饭就去做事，听到没有？"

乔绵绵心里暖暖的，嘴角忍不住上扬："嗯，我知道了。"

"墨总，会议马上就要开始了。"魏征讲话的声音从手机里传了过来。

乔绵绵意识到墨夜司在忙后，马上就说："你快去开会吧，我一会儿去剧组报到后，再给你打电话。"

取完行李出来，乔绵绵和娜娜打车去往剧组所在的酒店报到。

一个小时后，她们到了酒店。

乔绵绵所谓的报到就是登记，第一天只是报到登记，正式拍摄工作在第二天开始。

乔绵绵去得比较早，是第一个登记的剧组演员。

等她登记完出来，在等电梯的时候，碰到了剧组的男主角涂一磊。

电梯门打开，看到涂一磊从里面走出来时，她还没反应过来，就听到身旁的娜娜捂着嘴尖叫了一声。

"乔小姐，我们又见面了。"涂一磊也看到了站在电梯外的乔绵绵，一点儿大牌架子都没有，主动和她打了招呼。

乔绵绵抬起头，看到涂一磊那张鲜嫩得仿佛能掐出水的俊美脸庞，愣了几秒后，才回应道："涂……涂前辈，你好……"

涂一磊："不是跟你说过不用叫我前辈吗？我们年纪应该差不多大，你叫我前辈，会给我一种我好像年纪很大了的感觉。"

"可是直接叫你的名字，我会觉得不尊重你。那不然……我叫你涂先生？"

涂一磊有些无奈地笑了笑："随便吧，只要不再叫我前辈就行。"

"小涂涂，时间不早了，你一会儿还得去见一个广告商呢，赶紧登记完就走吧。"涂一磊身旁的经纪人像是防贼般看了乔绵绵一眼，随后身体一扭，就走到了涂一磊身前，几乎是将涂一磊整个人都挡住了。

虽然他家小涂涂说了不喜欢这个姓乔的小丫头，可他还是必须得防着点儿。

这丫头这张脸……太惹眼了，就算小涂涂现在真的不喜欢她，也说不好以后会不会喜欢。

他家小涂涂正在事业上升期，可不能被这些情情爱爱的东西影响到，他就不能让长得太过漂亮的女人和小涂涂有过多接触。

乔绵绵看着这经纪人的举动，内心有点儿无语。

涂一磊的这个经纪人好像很不待见她。

上一次也是，这个经纪人怕她拿涂一磊炒作，防她防得跟什么一样。

这次又这样……

她看起来就那么像那种心机深重，喜欢蹭别人的热度炒作的女人吗？

不过，她随后就想到了涂一磊这段时间被很多女艺人强行拉着炒绯闻的事情。

估计涂一磊的经纪人是被这些女艺人蹭热度蹭怕了，所以一看到有女艺人接近涂一磊，就本能反应地觉得又是来蹭他家艺人的热度的。

想到这里，乔绵绵心里才没那么郁闷了。

既然对方担忧，那她还是少跟涂一磊接触吧。

本来像涂一磊这种咖位的男艺人，和她就不是一个层次的，她也没想过刻意去接近他。

"涂先生，既然你很忙，那就不耽误你了。我也还要回去收拾行李，那我们就先走了，再见。"

乔绵绵唯恐涂一磊的经纪人觉得她有蹭热度的念头，说完后，还没等涂一磊回应，便拉着娜娜从他身旁走了过去。

"绵绵，你……你等一下呀……"娜娜被她拽着走进电梯里，两只眼睛还直勾勾地看着电梯外的涂一磊，有点儿着急地说道，"绵绵，我想去要个签名。你……你别急着走啊，你等我一下。"

眼看着电梯就要关上了，娜娜马上按了开门键。电梯门一打开，她就以风一般的速度冲了出去。

娜娜冲到涂一磊身前后，取下背包从包里摸出了一支笔和一个笔记本，然后红着脸问涂一磊可不可以给她签个名。

涂一磊笑着接过了她手里的笔和笔记本，迅速签上了他的名字。

签好后，他将笔记本递还给了娜娜。

娜娜接过笔记本，捧着他的签名看了又看，笑得眼睛都眯成了一条缝，可见有多开心了。

她捧着笔记本，喜滋滋地跑了回来。

"绵绵，你看，涂一磊给我签名了，而且还送了我一句祝福话呢。"娜娜献宝似的将笔记本递给乔绵绵看，"哇，他真的好有亲和力，一点儿架子都没有，而且字也写得好好看，跟他的人一样好看。

"我现在终于知道他为什么能这么红了。长得这么帅，脾气又好，还一点儿大牌明星的架子都没有，这样的人要是不火，绝对是天理不容。

"这个签名我要裱起来保存好，以后每天临睡前拿出来看一遍，肯定能睡得特别香。"

乔绵绵："……"

"绵绵，你是不懂我们这些小粉丝的心理的。你都不知道我刚才看到他有多激动，心脏都差一点儿蹦出来了呢。我真的超喜欢涂一磊的，你不觉得他长得特帅吗？

"哦，对了，我都忘了你男朋友也超帅的。怪不得你看到涂一磊都没什么反应，肯定是天天看你男朋友那样的极品，看出免疫力来了。

"说真的，虽然我是涂一磊的粉丝，但是觉得你男朋友还是更有男人味一点儿。涂一磊显得……太小男生了。

"嗯，这么说吧……涂一磊这种类型的男人适合谈恋爱，你男朋友那种既适合谈恋爱又适合结婚。

"不过，涂一磊虽然挺好的，他那个经纪人却不怎么讨喜。我刚才过去找涂一磊要签名，他的经纪人还想挡着我呢。"

电梯门缓缓合上。

听着娜娜在她耳边"叽叽喳喳"地说个不停，乔绵绵想了想，还是忍不住提醒了她一句："娜娜，以后没事的话，你还是别去找涂一磊了。他应该不会介意，但他的经纪人肯定不喜欢我们去找他。"

"为什么？"娜娜眨了眨眼，"正常交流也不可以吗？"

乔绵绵又想了一下，委婉地说道："我现在还是个没什么名气的艺人，可他已经很红了。如果我经常去找他，会被别人说闲话的。而且，他的粉丝也不好惹，我不想惹麻烦。"

娜娜很快就明白过来。

"我知道了，绵绵。"她点了点头，"怪不得他那个经纪人想拦着我。他是觉得我们想蹭涂一磊的热度吗？绵绵，你才不是这种人呢。"

"也不能怪他。蹭涂一磊的热度的女艺人的确挺多的，他也是怕了吧。反正以后没什么事情，我们少接触就行了。"

剧组安排的房间就在登记报名的这家酒店里。

这是一家五星级酒店，不得不说，剧组还是很大方的。

他们给乔绵绵安排的是一个商务套房，二套一的，她和娜娜各自一个房间，套间环境也挺好的。

而且酒店是靠海的，乔绵绵所住的房间在 28 楼，有一面很大的落地窗，站在窗边可以看到不远处的海景。

"哇，房间好棒哪。"推开门走进去那一刻，娜娜惊喜地大呼了一声，"是套房耶，这个房间真的只是我们两个人住吗？这也太奢侈了吧。"

一般这样的商务套房都是女主角才有的规格，像乔绵绵这样的女配角，住的房间不应该这么好的。

乔绵绵也心知肚明。

她能住上商务套房，肯定是言少卿已经和白玉笙打过招呼了，这是白玉笙对她特殊照顾。

在这方面，乔绵绵也没娇情，没有因为怕被人家说她走后门什么的就要求换房间。

商务套房住着肯定比一般的房间舒服多了，她还要在这边拍三个月戏呢，拍戏本来就是很辛苦的事情，要是住宿条件再不好，天知道有多难熬。

她想住得舒服点儿。

反正她住的又不是总统套房，应该没多少人会注意到这件事情。

"哇，这边还可以看到海景，也太棒了吧。"娜娜进房间把行李箱放好后就开始到处参观房间里的摆设。

她猛地一下扑在柔软的大床上，抱着枕头笑眯眯地说："这床好大好软哪。太好了，这几个月都可以睡好觉了。剧组真是太有良心、太大手笔了，我还以为我们住的是普通的标间呢。"

乔绵绵抿了抿唇，没说话。

如果没有白玉笙特意关照，她住的就是普通标间吧。

这种时候，她觉得当个"关系户"还是挺好的。

到宁城的第一晚，乔绵绵和墨夜司连了一整夜的麦。

第二天早上她睁开眼时，就见两个人的通话时间长达九个小时。

有墨夜司哄睡，她倒是没有因为换到一个陌生地方而失眠，一整晚还睡得挺香的。

一觉醒来，她精神抖擞，起床后给墨夜司发了一条早安的信息，便去卫生间洗漱了。

酒店是准备了早餐的，乔绵绵快速收拾好，和娜娜到楼下吃完早饭后，便跟着剧组其他工作人员搭乘剧组的车去往拍摄基地了。

像涂一磊这样的一线艺人，都是有自己的保姆车的，不用和乔绵绵他们乘一辆车。

二、三线艺人基本上也都是有保姆车的，只有像乔绵绵这种没什么名气的新人，才会和剧组工作人员搭乘同一辆车。

工作人员大部分是男人，看到车上坐了一个这么漂亮的小姑娘，忍不住多看了两眼，一些年轻的小伙子还红了脸。

做这一行的，自然见多了俊男美女，可是长得这么水灵、有仙气的小姑娘，他们还真没见过几个，而且这小姑娘一看就是纯天然的，脸上没动过刀。

但凡脸上动过刀的女艺人，总会显得有点儿不自然。

比如，这次的女主角黄一琳，美是美，就是因为脸上动过刀子，所以即便上镜看着很不错，现实中也会显得有点儿不自然。

论颜值，眼前这个小姑娘肯定是比黄一琳高的。

只不过选角可不是看脸选的，脸占一定的分量，但最重要的因素绝对不是脸。

黄一琳的脸是僵了点儿，但她演技不错，名气也大。

一个小时后，一行人抵达拍摄基地。

拍摄基地是在一片海滩上，乔绵绵刚下车就看到一辆保姆车在他们前面停下，先是下来一个拿着伞的人，然后又下来一个拿着水杯和拎着袋子的人。

"绵绵，那是黄一琳耶。"娜娜看着最后一个从车里走下来的女人，眼睛亮了一下，压低声音说，"黄一琳可是现在最当红的小花，年纪轻轻，都拿到一个最佳女主角奖项了，在同一批艺人里，可以说是非常优秀了。

"她还蛮漂亮的，不过我怎么觉得她现在这张脸看着没以前那么自然了？"

"你小声点儿。"乔绵绵也在看黄一琳，压着嗓子说道，"可不要被她们听到了。"

黄一琳本人看着没照片上那么漂亮，但也挺好看的，是标准的美人长相，身材高挑，皮肤白皙，身上穿着一条红色的紧身裙，特别显身材。

大概是怕被晒到，她在红裙外面还套了一件白色的防晒衣，头上也戴着一顶很大的防晒渔夫帽。

一个助理撑着伞，举到她的头顶，将刺眼的阳光遮挡住。

另一个助理打开手里的杯子，将水杯递给她，毕恭毕敬地说道："一琳姐，您喝点儿水。"

黄一琳接过水杯，懒懒地喝了一口水。

不知道是不是没睡好的缘故，她看起来精神不是很好，浑身都透着一股懒洋洋的气息。

忽然，她眼睛亮了一下，刚才还没什么神采的眼睛里闪过一丝亮光，有点儿激动地朝某个方向看去。

乔绵绵和娜娜也顺着她的目光看过去，看到不远处停着的一辆黑色迈巴赫上走下来的男人时，顿时就明白黄一琳为什么忽然那么激动了。

从迈巴赫上下来的男人是白玉笙，还是剃了胡子的白玉笙。

乔绵绵差点儿没认出来。

她面试那天，白玉笙没刮胡子，和现在刮了胡子的他完全是两个样子。

没了胡子，他整个人看起来至少年轻了六岁。

他蓄着胡子时，则显得成熟很多。

现在的他，看着竟有几分偶像的味道，如果不是知道他的身份，乔绵绵都会觉得这是剧组找来的男艺人。

毕竟白玉笙的颜值在娱乐圈一众导演里绝对是拔尖儿的那个。

白玉笙一下车，不仅仅是黄一琳眼睛亮了，乔绵绵看到剧组里的所有女演员，包括其他女性工作人员的眼睛都亮了。

黄一琳更是顾不得会被太阳晒到，直接从伞下走了出去，踩着一双十厘米高的红色高跟鞋，快步朝白玉笙走了过去。

有几个离白玉笙比较近的女艺人想过去和白玉笙打招呼，但一看到黄一琳走过来，竟然都往后退了一步，像是在忌惮什么一样。

看见这一幕场景，娜娜低声感慨道："绵绵，你看到没有？她们好像都挺怕黄一琳的。黄一琳脾气不好吗？不是都说她性格很好，很接地气，没有半点儿架子的吗？"

乔绵绵也看到了，沉默几秒后，若有所思道："估计是因为黄一琳的咖位比较大吧。她们这是一种……尊重前辈的行为？"

"是吗？"娜娜看着已经走到白玉笙身前的黄一琳，想了想，点头道，"或许吧。不过，绵绵，那个就是白导吗？他本人这么年轻、这么帅的吗？"

"嗯，那是白导。"

"他也太年轻了吧，长得跟男偶像一样。他这长相，自己都能担任男主角了。"

娜娜盯着黄一琳看了一会儿，转了转眼珠，忽然压低声音说道："怪不得黄一琳那么激动，一看到白导来了马上就过去了。听说白导家里很有钱的，拍戏纯粹是为了爱好。他就是那种拍不好戏就得被逼回家继承千亿财产的人，长得又这么帅……

"啧啧，确实挺吸引人哪。

"估计娱乐圈里的女艺人都想把他拿下吧。"

乔绵绵："……"

她发现娜娜和姜洛离还真是挺像的，不仅一样是颜控，而且还一样八卦。

不过，黄一琳刚刚那反应看着确实过于明显了。

乔绵绵就看见黄一琳走过去笑靥如花地和白玉笙打着招呼，白玉笙点了点头，两个人又说了几句话，白玉笙忽然抬起头，目光直接朝乔绵绵这边看了过来。

乔绵绵正在看他和黄一琳，白玉笙一抬眸，乔绵绵的目光就和他的对上了。

四目相对的瞬间，乔绵绵愣了几秒。

她见白玉笙看到她了，正犹豫着要不要过去打招呼时，白玉笙竟然朝她走了过来。

他在旁人惊诧的注视下，径直走到乔绵绵身前，然后主动和她打了个招呼："昨晚休息得还好吗？你今天是搭乘剧组的车过来的？"

乔绵绵蓦地睁大了眼。

她身旁的娜娜也惊讶得睁大了眼。

周围的人更是惊讶得下巴都快要落地了。

这是什么情况？！

这个小新人跟白导是什么关系？

白导不但主动过来和她打招呼，而且刚才那两句话虽然听起来很平常，没什么特别的地方，却像是熟人之间的对话模式，还是关系不错的那种熟人。

白导刚才和黄一琳说话都没这么随意呢。

本来因为乔绵绵是小新人，所以也没几个人太过注意她，白玉笙这招呼一打，在场的所有人都开始暗暗猜测两个人究竟是什么关系了。

也有不少人暗暗关注起乔绵绵来。

黄一琳最先的表现也和其他人一样，惊讶极了，几秒后，脸色沉了沉，眼里带了点儿冷意地看向乔绵绵。

她在看清楚乔绵绵的长相后，脸色越发难看起来。

她掐了一下掌心，转过头，脸色难看地问身旁给她打伞的助理："那个女人是谁？是白导的朋友吗？"

她刚才竟然没注意到。

助理也朝乔绵绵那边看了一眼，随后摇摇头，小声说道："不认识，看起来她和白导好像关系不错。能让白导主动过去打招呼的，应该是关系比较熟的人吧。"

黄一琳内心涌上一股莫名其妙的危机感。

她咬了咬唇，蹙着眉，再次转过头看向乔绵绵。

她看到乔绵绵那张精致漂亮得挑不出一丝缺点的白嫩脸庞时，眉头不由得越皱越紧，内心的危机感也越来越浓了。

她有点儿烦躁地问道："你觉得那个女人长得怎么样？"

助理跟着黄一琳好些年了，自然知道她对白玉笙的那点儿心思，听到她这么问，先是转过头看了看她的脸色，犹豫几秒后，才斟酌着回道："还行吧，她长得算是不错，不过跟一琳姐比起来还是差远了。"

黄一琳听了这句话后有点儿阴沉的脸色稍稍缓和了点儿，但还是不大好看。

她看着乔绵绵那白得发亮的皮肤，控制不住地生出了一丝忌妒心："是吗？可我觉得她长得挺好看的，白导好像也挺喜欢她的。"

"怎么可能？！她看着跟没成年似的，一点儿女人味都没有！白导怎么可能喜欢那种黄毛丫头？！"

助理心想着那小姑娘确实挺美的，美得都刺眼了。

虽然那小姑娘看着是年纪不大，但并不是一点儿女人味都没有的黄毛丫头。他刚才就看了她一眼，到现在心跳还没平复下来呢，但可不敢把这些话说出来。

他要是说那女孩儿长得很漂亮，黄一琳绝对马上让他滚。

"也对。"黄一琳脸上终于有了点儿笑容，勾唇冷笑道，"就是一个黄毛丫头，还嫩得很。"

那个女人根本就不足以成为她的对手，她刚才也不知道是怎么了，竟然感觉受到了威胁。

白玉笙这样的男人，喜欢的是成熟性感的女人，那种稚嫩的小丫头，即便长得有几分姿色，也不是他的菜。

她根本无须担心。

只是……她还是得弄清那小丫头和白玉笙是什么关系，不然心里总不踏实。

乔绵绵压根儿不知道，就在刚刚短短一分钟的时间里，她已经被黄一琳列为潜在情敌了。

然后她又在另一分钟的时间里，从潜在情敌的名单中被挪了出去。

"谢谢白导关心，昨晚睡得挺好的，今天是坐剧组的大巴车过来的。"愣怔几秒后，乔绵绵深吸一口气，尽量忽略掉周围那些含着深意的目光，规规矩矩地回道。

白玉笙点了点头："那就好。不过你以后可以坐我的车过来，走之前给我打个电话，我捎你一起来剧组。哦，我忘了，你还没有我的联系方式。"

白玉笙拿出手机，在周围人越发惊愕的目光中，对乔绵绵说道："把你的手机号给我，我打给你。"

乔绵绵听到了一阵倒吸气的声音——就连她自己，也惊愕得睁大了眼。

本来已经对她放松警惕，没将她当回事的黄一琳，在听到白玉笙要她的联系方式后，脸色瞬间就阴沉了下去。

其他人更是用一种意味深长的目光看着乔绵绵，纷纷将刚才的一些猜测推倒，重新估摸两个人的关系。

原来这个小新人还没有白导的联系方式，那么他们肯定就不是什么关系比较熟的朋友了。

如果他们是朋友，白导怎么可能连她的联系方式都没有？

如果他们不是朋友，白导这一系列操作，怎么看都像是看上了这个小新人哪。

白导主动打招呼，主动要联系方式……这就是看上人家了吧。

哎呀呀，这小新人运气可真好，居然被白导看上了。

像白导这样的极品优质男，可是娱乐圈女艺人最想抱上的大腿之一。可奈何白导是个有感情洁癖的男人，眼光又极高，那些想抱他的大腿的女艺人就没一个成功的。

主动敲白导的房门的女艺人不知道有多少，全都被白导拒绝了。

听说就连国际女星 Miss（小姐、女士）程主动勾搭他，只求和他"春风一度"，也被他拒绝了，那可是个相当美艳的尤物。

原来，白导喜欢的竟然是这种清纯类型的女演员吗？

怪不得他会拒绝 Miss 程了。

Miss 程美是美，却是属于性感类型的美人，不走清纯路线。

被白玉笙喜欢意味着什么，娱乐圈的女艺人们都很清楚，这简直就是抱上了一条通往阳关大道的"金大腿"。

在场的女艺人们羡慕的羡慕，忌妒的忌妒，更多的是抱着一种看好戏的心态，毕竟谁不知道黄一琳那点儿心思呢？

虽然她没有明着追求过白玉笙，但也没怎么掩饰过她对白玉笙的心思。

只怕……这小新人已经被黄一琳盯上了，以后的日子未必就好过。

白玉笙这样的身份，即便真的喜欢这个小新人，又能喜欢多久呢？

说不定他就是一时兴起，今天喜欢，明天就不喜欢了。

等他不喜欢她的时候，这小新人可就要倒霉了。

得罪了黄一琳，她还能有好果子吃吗？

"白……白导，不用了吧，这太麻烦您了。"乔绵绵知道白玉笙只是看在言少卿的面子上才会对她特殊照顾，可是别人不知道啊。她看着周围的人看她的目光越来越意味深长，头皮止不住地发麻，感觉不自在极了："我坐剧组的大巴车过来就好了。"

白玉笙挑眉："你确定？"

"我确定！"乔绵绵点头，"谢谢白导的一番好意，但是我真的不想麻烦您。"

她刻意加重了"您"这个称呼，想让周围的人知道，她和白玉笙并没有什么特殊关系。

但是效果好像不大，在场的人早已经各种脑补了她和白玉笙的关系，看她的目光都别具深意。

白玉笙也没坚持，修长的手指在手机屏幕上敲了敲，勾唇说道："那行，剧组的大巴其实也挺好。你就记个联系方式吧，以后有什么事情可以打电话给我。"

乔绵绵："……"

她怎么觉得白玉笙这话一说，好像更容易让人误会他们的关系了……

她能拒绝他送她来剧组，可是再拒绝给他联系方式的话，就太不识抬举了，而且还是当众拒绝，这不是让白玉笙很没面子吗？

　　想着反正已经有人误会了，也解释不清楚，乔绵绵抱着破罐子破摔的心态，将手机号报给了白玉笙。

　　白玉笙拨了她报的电话号码，看着她将手机号存好后，便转身离开了。

　　他一走，刚才还安安静静的现场一下子就热闹起来。三五个人凑一堆，一边看乔绵绵，一边窃窃私语着。

　　"绵绵，你认识白导啊？"娜娜从惊讶状态中回过神，好奇地问道。

　　乔绵绵存好电话号码，将手机锁屏，想了想，才回答道："不算认识吧。"

　　她也就是试镜那天见过白玉笙一次，刚刚算是见过一次，总共加起来，她和白玉笙也就见了两次面。

　　"可是，白导刚才……"娜娜也和其他人一样，猜测着白玉笙是不是对乔绵绵有那方面的意思，毕竟他的所作所为看起来真的挺明显的。

　　她虽然不了解白玉笙，但是也听说过一些和白玉笙有关的事情。

　　白玉笙对继承自家千亿产业没兴趣，喜欢当导演拍戏，大学念的也是和表演有关的专业，因为家世显赫，自身也很有才华，在娱乐圈里混得风生水起。

　　好多导演拍戏，得捧着投资人，他不一样，是被投资人捧着。

　　他自己也是每部剧的投资人之一。

　　所以，这是一个很骄傲的男人，轻易不会将谁放在眼里，自然也不会轻易给别人联系方式。

　　事实上，有白玉笙的联系方式的人并不多。

　　他主动给别人他的手机号的情况，更是少之又少了。

　　何况，乔绵绵现在还是一个不能再新的小新人，正常情况下，白玉笙压根儿不会主动过来找她说话。

　　结合以上种种情况，最大的可能性就是白玉笙对她一见钟情。

　　娜娜想了想，觉得这好像也不奇怪，毕竟乔绵绵美到连她一个女人都觉得惊艳的地步。

　　"绵绵，你说白导是不是看上你了啊？"娜娜性子直，没想那么多，想到什么就直接问了，"你长得这么美，我觉得白导肯定是对你一见钟情了。

　　"白导条件挺好的耶，是圈子里出了名的钻石王老五，好多女艺人想勾搭他的。不过你已经有男朋友了，而且你男朋友也很优秀。唉，看来白导注定要伤心了。"

乔绵绵："……"

什么鬼？！

白玉笙看上她了？

她嘴角抽搐了一下，伸手抚着额头，好笑道："你别乱想，这是没有的事情。"

"我没乱想。"娜娜一本正经地说道，"我觉得这个可能性很大，要不然他干吗这么主动地把联系方式给你呀？我觉得不光我这么想，其他人肯定也是这么想的。

"绵绵，你打算怎么办哪？如果他真的向你表白，你要直接拒绝他吗？"

"这样会不会让他觉得很没面子，恼羞成怒就把你从剧组里踢出去啊？"

"好了，停住，停住！"乔绵绵听不下去了，伸手将娜娜拉到一旁，压低声音说道，"我和白导不是你想的那样。我男朋友有个朋友和白导关系挺不错的，然后这次我过来我男朋友的朋友就和白导打了一下招呼，让白导照顾着我一点儿。你可不要再乱想了。"

娜娜愣了一下，随后惊讶地抬起头："绵绵，你真的没怀疑过你男朋友的真实身份吗？

"他一个开小公司的人，能认识这么牛的朋友？

"我就说你男朋友是总裁吧，你还不相信。

"说不定你男朋友说的那个朋友就是他自己。白玉笙是什么样的身份哪，如果能一个招呼就让白玉笙对你这么照顾的话，那他们关系肯定很好，要是双方身份相差太大，怎么可能成为很好的朋友呢？"

乔绵绵："……"

她明明是在解释她和白玉笙的关系，怎么娜娜的关注点又和总裁扯上关系了？这丫头，果然是这类小说看多了。

乔绵绵正想劝娜娜以后少看点儿这类小说，身后忽然响起一个声音。

"乔小姐。"

女人讲话的声音娇娇媚媚的，听起来很有女人味。

乔绵绵转过身，看到出声的竟然是黄一琳时，不由得愣了一下。

片刻后，她朝着黄一琳点了点头："黄前辈，您好。"

黄一琳年纪比她大，入圈时间也比她早，而且已经拍了好几部口碑和收视率都很不错的电视剧，还拿了一届最佳女主角奖。乔绵绵是小新人，喊她一声"前辈"是应该的。

黄一琳也坦然接受，微勾着红唇淡淡地问道："乔小姐，我可以问你几个问题吗？"

乔绵绵低姿态地回道："黄前辈，您请说。"

黄一琳抿了抿唇，勾得长长的眼线微微上挑，看着便有了几分凌厉逼人的强势感："你认识白导吗？你和他很熟吗？"

乔绵绵惊讶地看向她。

黄一琳也没等她回答，接连问了好几个问题："你是我们剧组的演员？看着挺眼生的，你是新人？听说试镜那天，白导当场定了一个女配角，定的就是你吗？刚才白导给你他的联系方式了，你能把他的手机号给我吗？"

黄一琳这几句话问得有些咄咄逼人，听起来不像是寻常询问，更像是在质问。

而且，她明显有点儿瞧不起乔绵绵，说话时语气显得高高在上。

女人的第六感都是很强的，在黄一琳问完一系列问题后，乔绵绵马上就察觉到了黄一琳对白玉笙有着不寻常的心思。

联想到刚才黄一琳看到白玉笙那一瞬间的反应，乔绵绵几乎可以肯定，黄一琳是喜欢白玉笙的。

大概是白玉笙刚才那些行为让黄一琳有了危机感，或者她是吃醋了……所以，她这是来打探信息的？

虽然以前没和黄一琳接触过，但乔绵绵能感觉到，这是一个脾气不怎么好的女人。

黄一琳并不像对外表现的那般有亲和力。相反，她应该是个比较强势的女人，而且不好惹。

乔绵绵不想得罪这种人。

她还要在剧组里待上三个月，只想安安静静地度过，不想在这段时间里惹上什么麻烦。

何况，她和白玉笙本来也没什么关系。

她想了想，在黄一琳充满了审视意味和敌意的目光中，笑着回道："黄前辈，我和白导也就之前试镜的时候见过一次，并不熟悉。试镜那天，承蒙白导赏识，选了我做女配角，我深感荣幸。

"以后能和您这么优秀的前辈合作，我更是荣幸之至。

"至于白导的手机号，抱歉，在没有得到他的允许前，我不能随便把他的手机号给别人的。"

乔绵绵没想到，黄一琳竟然没有白玉笙的手机号。

她还以为黄一琳和白玉笙关系不错。

黄一琳一开始脸色还没什么变化，在乔绵绵拒绝将白玉笙的手机号给她后，她的脸色一下子就不大好看了。

她微沉着脸，目光冷冽地盯着乔绵绵看了一会儿，忽然笑了一声："乔小姐，你觉得你这就傍上白导了，可以在我面前摆架子了？"

她虽然在笑，眼里却没有笑意，目光凌厉得像泛着寒芒的刀子。

乔绵绵诧异地蹙了一下眉："黄前辈，我想你是误会了，我并没有……"

"乔绵绵，你要是以为白导主动和你说几句话，问你要联系方式就是喜欢你，你就成功抱上他这条'金大腿'了的话，那就太天真了。"黄一琳寒着脸冷冷地打断她的话，"既然还是新人，你就应该有新人的自觉性，不要以为自己有几分姿色，就能凭着这张脸走捷径。

"白导也是你能肖想的男人？我警告你，这个圈子可没有你想的那么好混，你要是还想继续混下去，就给我安分点儿。"

说完，黄一琳便转身离开。

转身的一瞬间，看到站在自己身后的人时，黄一琳愣了一下，脸色微微一变，眼神不自然地闪躲了几下："一磊，你什么时候来的？怎么也不吭声？吓我一跳。"

涂一磊看了看黄一琳，唇边带着浅淡的笑意："刚到，看到你和乔小姐在这边聊天儿，所以就过来和你们打个招呼。"

说话间，他将眼神越过黄一琳，含着几分笑意地落到乔绵绵的脸上，友善地笑着和乔绵绵打招呼："乔小姐，早上好。"

乔绵绵怔了怔，随后也朝他笑了笑："涂先生，早上好。"

黄一琳在看到涂一磊竟然主动跟乔绵绵打招呼时，脸上的表情僵了一下。

"一磊，你和乔小姐……你们认识？"黄一琳不知道涂一磊是什么时候站在她身后的，也不知道刚才她和乔绵绵说的那些话他听到了多少。

如果他们认识，关系还不错的话……她想到这里，脸色不由得沉了下来。

这个小新人的心机和手段比她想象中的深得多。

明明是一个十八线都算不上的小演员，可是她不但引得白玉笙注意，就连当今最红的男艺人涂一磊似乎对她也有些与众不同。

涂一磊的性格是很好，在任何人面前都没什么架子，但这并不代表他对每个人都很热情，也不代表愿意主动接近某人。

刚才，是涂一磊先和乔绵绵打的招呼。

同为女人，黄一琳能感觉出，涂一磊看乔绵绵的目光和看别的女演员时有点儿不一样。

一个白玉笙，一个涂一磊，如今圈子里最炙手可热的两个单身男人竟然都对这个小新人产生了兴趣。

黄一琳心里抑制不住地生出了一丝忌妒情绪。

她才应该是整个剧组的中心人物，这些男人的目光是应该围着她转的。

可现在，她的风头全被一个小新人给抢走了。

黄一琳咬紧唇，刀子似的目光狠狠剜了乔绵绵一眼。

这一眼，看得娜娜都有点儿害怕了。她忍不住往乔绵绵身旁缩了缩。

涂一磊自然也看到了黄一琳刚才剜乔绵绵的目光，勾唇淡笑道："嗯，认识，乔小姐是我的朋友。本来我还想介绍你们认识一下，让你多关照关照她，没想到你们竟然也是认识的，那看来是不需要我再为你们做介绍了。"

涂一磊的话让乔绵绵诧异极了。

她惊讶地看向他，却见涂一磊朝她眨了一下眼睛，像是在说让她不要戳穿他。

黄一琳将这一幕场景看在眼里，只觉得两个人是当着她的面眉来眼去。

她捏紧手指，心里堵得慌，咬着唇在心里暗暗骂了一声"狐狸精"，皮笑肉不笑地说道："我和乔小姐也是第一次见，不算认识。再说了，有你这个大明星关照她，还需要我吗？

"何况，乔小姐还有个很厉害的靠山。她的靠山可比你我厉害多了，搞不好以后还得让她多关照关照我们呢。"

涂一磊只是淡淡地笑了笑，像是对她的话并不感兴趣，也没如她预料中那样问她那个更大的靠山是谁。

倒是黄一琳看他这样，先沉不住气地说了出来："人家现在有白导关照，你就放一百个心吧。谁会跟白导看上的女人过不去啊？"

"黄小姐，你别乱说。"娜娜有点儿忍无可忍了，站出来说，"绵绵和白导之间不是你想的那样，请你不要乱造谣。"

黄一琳仗着自己的身份，对乔绵绵都很是不屑，更别说是像娜娜这样的小助理。被娜娜呛声，她一下子就沉了脸。

她冷着脸，高高在上地说道："你又是谁？我们几个人说话，你插什么嘴？！乔小姐，这是你身边的小助理？你没教她什么时候该说话，什么时候不该说话吗？"

乔绵绵本来不想刚到剧组就惹麻烦的，尤其黄一琳还是剧组的女主角，得罪了她，对自己并没有什么好处。

可显然，对方不是这么想的。

乔绵绵是不想主动惹麻烦，对方却一直不肯放过她。

对方说说她，她忍忍也就算了，但欺负她的助理，她忍不了。

心头一股怒火直冲头顶，她抬起头，面无表情地看向趾高气扬的黄一琳，忽地勾唇笑了一下。

黄一琳被她嘴角的笑容弄得怔了一下。

但隔了几秒，黄一琳便又抱着双臂趾高气扬地说道："乔小姐好像有话要说。"

"对，我有话要说。"乔绵绵往前走了一步，伸手将娜娜拉回身旁，笑意淡淡地说道，"黄前辈，在我这里娜娜不仅是我的助理，也是我的朋友，我不会对自己的朋友立什么规矩。她想什么时候说话，就什么时候说话，这是她的自由。

"如果黄前辈那里有什么规矩，那只是你的规矩，不是我们的。

"最后，如果黄前辈真觉得我抱上白导的大腿了，我劝你说话还是客气点儿、理智点儿。黄前辈就不怕我跟我的'金大腿'告你的状吗？

"白导是什么脾气，你也是知道的，不是吗？"

反正都被误会了，她再怎么解释也不会有人相信。

既然这样，那她还不如干脆就承认了，做一个仗着有后台嚣张跋扈的小新人好了，反正怎么着也是把人给得罪了。

她承认她抱上白玉笙的大腿，还能让黄一琳这类人心里有所忌惮。

在乔绵绵这几句话说完后，黄一琳的脸色难看极了，她气得嘴唇都在发抖："你……"

这个小贱人竟然仗着白玉笙对她有几分兴趣，就在自己面前耀武扬威。

黄一琳气得扬手就想甩乔绵绵一耳光。

但她到底顾忌着周围还有其他人，也害怕乔绵绵真的跑去跟白玉笙告状，手刚伸出去，又狠狠地收了回来。

她怒极反笑，道："很好，乔小姐，我希望白导对你的兴趣能一直只增不减，不然……哼……"

她大概是顾忌涂一磊在，还要维护一下自身形象，话说到一半，化为一声冷哼，然后便转身离开了。

"对不起，绵绵。"等黄一琳走远了，娜娜犯愁地说道，"都怪我，是我给你惹麻烦了。

"怎么办？黄一琳好像很生气，以后会不会故意找你的麻烦哪？"

"绵绵，真的对不起，我居然给你惹了这么大的麻烦。"

娜娜自责得都快要哭出来了，眼睛都红了。

乔绵绵伸手拍了拍她的肩膀，安慰道："跟你没有关系，你不用自责。即便你没有说那句话，她也会找我的麻烦。"

导火线是白玉笙，所以娜娜有没有说那句话，结果都是一样的。

从白玉笙当众给她手机号码那一刻起，黄一琳就不可能放过她了。

"可是……"娜娜还是觉得很自责。

她才给乔绵绵当助理不到一天的时间，就惹出这么大的麻烦。

到剧组的第一天，乔绵绵就把剧组的女主角得罪了，后面的三个月肯定难熬。

即便黄一琳忌惮着白导和她自己的形象不敢明着怎么样，可谁知道她暗地里会不会使什么手段呢？

以黄一琳如今的地位，她想要暗中收拾一个小新人太简单了。

"娜娜，这件事情真的跟你没关系。"乔绵绵叹了一口气，"你还看不出来吗？她是因为白玉笙……"

话说到一半，她忽然发现涂一磊还没走。

他还站在原地，似笑非笑地看着她。

乔绵绵："涂先生，你怎么还在这儿？"

涂一磊看着她那一脸像是受到了惊吓的表情，摊手道："抱歉，吓到你了？如果你需要我回避的话，那我现在就……"

"不是，不是。"乔绵绵摇了摇头，"我不是这个意思。我以为……你刚才和黄前辈一起走了。"

涂一磊挑了挑眉，疑惑地问道："我为什么要和她一起走？"

乔绵绵也挑了一下眉："你们不是好朋友吗？"

涂一磊怔了怔，皱了一下眉头，反问："谁跟你说的我和她是好朋友？"

"难道不是？"

她刚才听到黄一琳叫他"一磊"，叫得挺亲密的。听称呼，两个人关系似乎很好，但涂一磊这个反应，好像和她想的又不一样。

"不是。"涂一磊皱了皱眉，"我和她之前合作过一部戏，只能算是认识，普通朋友而已。"

"哦。"

乔绵绵觉得涂一磊其实没必要跟她解释的。

无论他和黄一琳是什么关系，都跟她无关。

"她刚才那些话你不要放在心上。她确实对白导有那方面的心思，所以动不动就怀疑别的女演员要和她抢白导。刚才我和她说的那些话，也不全是骗她的。"

乔绵绵眨了眨眼。

涂一磊的眼眸漆黑明亮，眼底像是装了一片星海，他柔声说道："如果她以后找你的麻烦，你可以告诉我，我帮你解决。我会关照你的。"

乔绵绵愣住，眼底闪过一丝诧异之色。

她身旁的娜娜在听到涂一磊这些话后，眼里也多了几分深思之意。

乔绵绵虽然觉得哪里怪怪的，但还是礼貌地说道："谢谢涂先生。"

"不用谢，从今天开始，你可以拿我当朋友。朋友之间相互帮助都是应该的。"涂一磊说完笑了笑。

他笑起来的时候很好看，露出八颗整齐又洁白的牙齿，整个人显得特别青春、特别阳光、特别有活力，少年感极强，那一瞬间，会让人想起第一次心动喜欢的那个男生。

就连乔绵绵也觉得涂一磊笑起来的时候真的很好看。

虽然墨夜司也是个超级大帅哥，可他和涂一磊是两种完全不同的类型。

他们一个是成熟精英男，一个是干净阳光的少年。

前者是出了社会的女人最喜欢的类型，后者是小女生最喜欢的类型。

"小涂涂，我找了你半天，原来你在这儿啊。

"哎呀，你怎么又跟姓乔的这丫头凑一起了？

"你溜得那么快，我转眼就瞅不到人了。你该不会就是偷偷溜过来找她的吧？"

不远处，迈克一脸急色地快步走了过来。

刚走到涂一磊身前，他就像是护崽子的老母鸡一样伸手将涂一磊扯到了身后。

然后，他警惕地瞪着乔绵绵，气得眉毛都立了起来："哎呀呀，你这姓乔的小丫头是怎么回事？我们家小涂涂怎么又跟你凑一起了？

"你不要仗着自己长得好看，就老是引着我们小涂涂来找你啊。我跟你说，我们小涂涂现在正是事业上升期，我是不允许他谈恋爱的！"

"迈克，你闭嘴！"涂一磊尴尬地从迈克身后走出来，伸手捂住他的嘴，羞恼道，"你瞎说什么？！我不是跟你说了，我现在没谈恋爱的打算！你再这样神经兮兮的，我就换经纪人！"

"嗯……小涂涂……你松手。"迈克气急败坏地掰开他的手，气得直跺脚，道，"你还说你不喜欢这小丫头？！你现在为了她，竟然连换经纪人这样的话都说出来了。呜呜呜，我这是造的什么孽啊，怎么捧出只小白眼儿狼来？

"想想我含辛茹苦，一把屎一把尿地把你从一个谁也不知道的小新人拉扯成现在的顶级流量艺人，你就是这么对我的吗？啊？你竟然说要换掉我，你竟然……

"我实在是太伤心……太伤心了啊……

"你这个小没良心的，捧你还不如捧块叉烧。"

乔绵绵："……"

娜娜："……"

涂一磊："……"

"你们别介意。"涂一磊伸手揉了揉眉心，无奈地说道，"迈克偶尔会抽抽风，过一会儿就好了。如果吓到你们了，我代替他向你们道歉。"

"小兔崽子，你说谁抽风呢？！"迈克闻言又气炸了，伸手作势就要去打涂一磊。

涂一磊偏头躲过去了。

"行了，迈克。"他头痛地说道，"有什么话我们去一边说，好吗？"

迈克气冲冲地说道："好啊，去一边说。这次我看你要怎么跟我说。"

说完，他将头一扭，转身走向一旁。

离开前，他还气呼呼地瞪了乔绵绵一眼。

乔绵绵："……"

她跟迈克估计是八字不合。

她决定，下次再看到涂一磊一定躲得远远的，再不然，也一定要避开他。

当然，涂一磊是没什么问题的，可是他的这个经纪人实在是……

乔绵绵是真的不想再被扣上什么乱七八糟的帽子了。

天知道，像涂一磊这种偏弟弟型的小男生真的不是她喜欢的类型好吗？

等迈克离开后,涂一磊一脸歉意表情地说道:"抱歉,乔小姐,我的经纪人……"

"我明白的。"没等他说完,乔绵绵便表示理解地说道,"他也是为你好,多点儿防备心也是好的,毕竟蹭你的热度的女艺人确实挺多的。"

"那你不介意吗?你不会因此生气吧?"

"不会。"乔绵绵笑了笑,"他也没有恶意,而且不是只对我一个人这样。我猜,如果看到你身边有别的女艺人,他也是这个样子吧?"

涂一磊见她确实没有生气,松了一口气,笑着点了点头:"是。只要我身边有个女人,他就会这么神经兮兮的。不过他也就一开始这样,等了解对方,知道对方没那方面的意思后,就不会这样了。"

又解释了几句后,涂一磊便去找他的经纪人了。

娜娜若有所思地看着涂一磊离去的背影,心里闪过一个猜测。

她将这个猜测压在心底,没问出来。

另一边,迈克走到一处没多少人的地方,站在一棵大树下等涂一磊。

等了一会儿,见涂一磊走过来,迈克抱着双臂冷哼了一声,将头扭向一边。

涂一磊走近,好笑道:"迈克,你还在生气?你应该知道,我刚才是和你开玩笑的。"

迈克冷笑道:"哼,谁知道是玩笑还是你的真心话。"

"好吧,我跟你道歉。"涂一磊知道迈克的脾气,哄一哄也就好了,"即便是玩笑话,我刚才也不该当着别人的面那么说的,让你丢了面子,是我的错。"

迈克还是偏着头没看他,从鼻子里发出一声冷哼,但脸色比刚才好一些了。

"你不要总是疑神疑鬼的。我都说过了,我现在没恋爱的打算,你就不能对我多信任些?你刚才当着人家的面那么说,太不绅士了。"

"你在怪我了?"迈克刚觉得气顺一点儿,一听这话火气又上去了,转过头,双手叉腰地质问道,"你既然对那小丫头没意思,怎么还老去找人家?

"我怎么就没见你找剧组的其他女艺人?"

"你还敢说你对她没意思?

"小涂涂,你是我带了好几年的崽,你喜欢什么样的女孩子,你以为我不知道?那小丫头就是你喜欢的类型,你第一次看到人家时眼睛就直了。"

涂一磊:"……"

"怎么样？被我说中了，没话可说了吧？"

涂一磊抿唇沉默了片刻后说："总之，我现在不会谈恋爱，这一点你可以放心。"

迈克愣了愣，抬起头，眉头紧紧皱了起来。

涂一磊没否认……

以他对他家小涂涂的了解，涂一磊没否认就是承认了。

这小崽子，竟然真的喜欢上姓乔的那小丫头了。

他就知道，那小丫头长成那样，小涂涂怎么可能不动心呢？

"小涂涂，我也不是不允许你谈恋爱，但是现在不合适。何况你就算要谈恋爱，那个小丫头也不适合你。"迈克语重心长地说道。

"为什么？"涂一磊捏紧了拳头。

"我刚才过来的时候，听人说白玉笙看上那小丫头了。你想去跟白玉笙抢人？那可不是个好惹的主儿，是咱们惹不起的人。"

涂一磊皱了一下眉头："这件事我也听说了……我觉得是有误会。"

"误会？什么误会？"迈克见他还不肯死心，气得冷笑着嘲讽道，"她一个小新人，白玉笙要不是看上她了，能对她那样？怎么就没见白玉笙对其他女艺人那样呢？"

涂一磊抿紧唇，垂在身侧的手又紧了紧，眼底也掠过一丝黯然之色。

毕竟涂一磊是自己一手带出来的艺人，和自己的孩子也没什么区别了，看他难过，迈克也有点儿于心不忍。

迈克轻叹一声，上前拍着他的肩膀安慰道："小涂涂，听我的，现在对你来说事业才是最重要的，其他事都先放到一边。你和她都还年轻，如果你们有缘分，以后说不定还有机会的。"

涂一磊看向别处。

快要接近午时，阳光有点儿刺眼，刺得他眼睛有点儿发疼。

他才刚刚喜欢上……就要结束了吗？

这可是令他第一次动心的女孩子呢。

他真的……不想就这么放弃。

黄一琳回到保姆车内补妆，补完妆，捏着口红，挑起的眼尾染上几分凌厉之意。

"一琳姐，那边在催了，说是让演员准备化装换戏服了。"她身旁的助理接完电话，小心翼翼地汇报道。

即便跟在黄一琳身边好几年了，看着她现在这副样子，助理心里还是有点儿怵。黄一琳现在心情很不好，而他们这些跟在她身边，和她关系最亲近的人，是最容易被迁怒的。

黄一琳咬着唇没说话，过了好一会儿，才勾起涂得鲜红的唇，冷笑着说："你去和化妆师打个招呼，让他们好好'关照'一下那个姓乔的新人。对了，做得低调点儿，别让白玉笙知道了。"

第二十一章

故意整她

乔绵绵现在还是个没什么名气的小新人，所以没有专门的化妆师。

她和其他名气不大的女艺人共用一个化妆师。

她被通知去化妆、换衣服时，距离开拍只剩下不到半个小时了，而上妆和做发型，至少得提前两个小时开始弄。

她走到化妆间里，看到所有人都已经化好了妆，也换好了戏服，就只有自己，还什么都没弄好。

化妆间里其他女演员都心知肚明是怎么回事，有人用同情的目光看着她，有人则是一脸"活该"的幸灾乐祸表情。

现在，整个剧组的人都知道白玉笙看上了剧组里的一个小新人。

白玉笙作为娱乐圈女艺人最想抱大腿的钻石王老五，喜欢他，想要傍上他的女艺人自然是多不胜数。被他"看上"的乔绵绵，自然就成了女艺人们的公敌。

看着她倒霉，大部分人都在幸灾乐祸。

"怎么会这样？"娜娜气得脸都涨红了，"我们是才接到通知的，现在忽然说半个小时后就得开拍，怎么来得及？绵绵还没化妆，也没做发型，衣服也没换，半个小时，根本就不够。"

光是做发型这一项，需要的时间就不止半个小时了。

乔绵绵面无表情地看着化妆间里已经准备就绪的一群女艺人，心里很快就明白是怎么回事了。

她这是……被人整了。

而整她的人是谁，她用脚指头也能猜到。

从得罪黄一琳那一刻起，她就知道，这几个月的时间恐怕是安生不了了。

只是，她没想到这才第一天，黄一琳就按捺不住了。

"呵，大家都是提前两个小时就接到了通知，你说你们现在才接到通知？"一个女艺人幸灾乐祸地看着乔绵绵，嘴角挑起一丝嘲讽的弧度，"意思是，有人故意整你们喽？"

娜娜被这个女艺人的话气得脸都青了："我没这么说过。我们确实是刚才接到的通知，不然能来这么晚吗？至于为什么我们现在才接到通知，那就只有通知的人才清楚了。"

娜娜很快也猜到这是黄一琳的手段了。

"你这么说，不就是觉得有人故意整你们吗？"那个女艺人直接对着娜娜翻了个白眼，阴阳怪气地说道，"谁知道你们怎么现在才来，故意耍大牌也说不准呢。"毕竟有些人现在可是抱上'金大腿'了，就算迟到了又怎么样？！跟人撒撒娇说说好话，也就没什么了。可不像我们，一分一秒都不敢迟到的。毕竟我们可没有'金大腿'抱呢，要是一个没做好，饭碗可就没了。"

她一说完，周围其他几个女艺人也阴阳怪气地附和起来。

"是呀，我们没人家命好，所以呀，可不敢像人家那么任性。"

"你们……"娜娜又急又气，眼眶都红了一圈。

眼看着时间越来越少，她着急地哽咽道："绵绵，怎么办哪？时间来不及了。"

乔绵绵没去理会那几个阴阳怪气的女艺人，在化妆间内迅速扫视了一圈，然后走到一个空着的化妆台前："你们都化完了是吧，这里没人使用了？"

旁边站着一个三十岁左右的女人，看穿着打扮，显然是化妆师。

她低头看了乔绵绵一眼，目光不是很友好："你要干什么？"

乔绵绵看着她："你是化妆师吗？"

"我是。"有黄一琳那边的人先打过招呼，化妆师自然不会给乔绵绵好脸色，还没等乔绵绵说什么，就冷冷地质问起来，"你是乔绵绵？你怎么回事，怎么现在才来？只有不到半个小时了，你的妆我可化不了。"

她以为乔绵绵要让她帮忙化妆。

黄一琳那边的人都打过招呼了，要给这个丫头点儿"颜色"看看，她是肯定不会帮忙的。

虽说剧组的人都在议论这个小新人被白玉笙看上了，可是谁知道白玉笙是不是一时兴起呢？又有谁知道，白玉笙的兴趣能维持几天呢？

先不说乔绵绵还是个没什么名气的新人——以白玉笙的地位，她配不上。

单说白家那样的家世，能让一个戏子进门吗？

所以，为了这么一个随时有可能失宠的小新人得罪黄一琳，那是脑子有病的人的做法，她当然会选择和黄一琳站在同一战线上。

乔绵绵面色平静地看着她，淡淡地说道："你没时间给我化妆了，那桌上的化妆品我总可以用吧？"

化妆师愣了愣，盯着乔绵绵看了一会儿，微微蹙起眉头。

这小丫头想干什么？

有这么多人看着，而且也没其他人在使用桌上的化妆品，化妆师不好拒绝，如果拒绝的话，那就做得太明显了。

虽然本身她做得已经很明显了，但再拒绝的话，难免会被人抓到把柄。

白玉笙目前还对这小丫头新鲜着，万一这小丫头去告状了……

黄一琳是剧中女主角，又是当红一线小花，估计会没什么事，但她只是一个小小的化妆师。

权衡一番后，化妆师点头说道："当然可以用。"

乔绵绵问完后，就坐到化妆镜前，然后打开了桌上的水乳。

化妆师看着她的举动，忍不住问道："你要自己化妆？"

其他女艺人也好奇地看向乔绵绵。

女人一般是会化妆的，但普通的技术和专业化妆师的技术，区别还是很大的，上戏的妆容和平时的妆容区别也很大，要不然剧组也不会找来专门的化妆师给演员上妆了。

乔绵绵将水乳倒出来，在掌心里揉了揉，然后轻轻拍打在脸上。

她皮肤底子极好，没擦水乳前看着就是水水润润的，将薄薄一层水乳涂在脸上，就做好打底了。

"嗯。"她看了一眼手机，时间已经越来越少了。

她加快手上的动作，迅速往脸上抹好隔离、粉底液，然后拿出化妆工具化了一个很简单的妆容，整个妆容完成的时间只有十分钟。

化妆师一开始看她往脸上抹东西，还是一脸不以为然的表情，可等乔绵绵上完妆后，化妆师的脸色一下子就不大好看了。

因为即便只是简单的妆容，出来的效果也与精妆没什么区别，而且，也不知道是不是巧合，或者说乔绵绵的运气比较好，她化出来的妆容很符合剧中女配角的人设。

乔绵绵没去管化妆师是什么反应，化好妆后，抓紧剩余的时间，拿起桌上的梳子梳了梳头发，然后想了一下原著里女配角的外貌特征，自己开始做发型。

还好，原著对女配角的外貌描写是比较简单的，因为女配角的人物设定本来就是个天生丽质的大美女，平时就是穿着一件白色T恤、牛仔裤、白色球鞋，扎一个丸子头。

扎丸子头什么的，乔绵绵最有经验了。

她平时的穿着打扮就和原著里的女配角差不多，今天来剧组穿的就是白色T恤、牛仔裤和白色帆布鞋。

她仅仅花了两分钟的时间，就把头发扎好了。

至于换衣服，她看了一下身上穿的衣服，觉得都没必要换了。

等她弄好一切，只花了十五分钟的时间，距离戏开拍还剩下十分钟。

原本还等着看乔绵绵的笑话的一群女艺人，包括化妆师，在看到乔绵绵站起来的那一刻，脸上的表情都凝固了好几秒。

尤其是化妆师，难看的脸色完全掩饰不住。

在没有她帮忙且时间也不够的情况下，这个小新人竟然从容不迫地完成了妆容和发型。

他们特地等到距离开拍只剩半个小时才通知乔绵绵，就是料定了乔绵绵肯定做不完这些事情。

谁知道……

这让化妆师怎么和黄一琳交代？

乔绵绵看着化妆师僵住的表情，勾了勾唇，笑着说："谢谢你的化妆品。"

化妆师："……"

她是故意的吗？

"娜娜，我们走吧。"

看着乔绵绵这一通操作的娜娜还没回过神来。直到乔绵绵走到她旁边，伸手拍了拍她的肩膀，她才像是回过神似的，被乔绵绵拉着走出了化妆间。

出去后，娜娜抑制不住兴奋情绪，激动地说道："哇，绵绵，你刚才太帅了。"

她看着那个化妆师被气到脸都发青的样子，真是够解恨的。

还有那些幸灾乐祸甚至落井下石的女艺人，看着她们一个个目瞪口呆的样子，娜娜心里太痛快了。

"绵绵，你天生丽质，随便化一化都好漂亮。你都没看到，刚才你化好妆后，那个化妆师的脸色有多难看。她肯定没想到，绵绵你自己化妆也能化得这么好。"

就从刚才化妆的熟练程度来看，乔绵绵即便比不上专业化妆师，也不会差多少。

虽然只是简单的妆容，但还是能看出乔绵绵是有功底的。

"嗯，以前做过一段时间的美妆博主，所以对化妆还是有一点儿了解的，只要不是太复杂的妆容，我都能完成。"

乔绵绵轻描淡写地说着，娜娜却听得瞪大了眼，惊讶地问道："绵绵，你还做过美妆博主？"

乔绵绵想了想，点头应道："嗯，不过那个美妆博主账号已经很久没有更新过了，我现在连密码都记不住了。"

"是微博上的账号吗？"

"嗯。"

"粉丝多吗？"

"不算多吧，也就几万个粉丝。"

但那些人都是实打实的真粉。

她每次发一条微博，也能有几百条评论。

本来是想过好好经营那个微博账号的，可乔宸忽然发病，医生宣告他得了心脏病后，她就没那些心思了，成天想的都是要怎样才可以治好乔宸的病。

"几万粉丝也不错啊。"娜娜认真地说道，"你别看现在很多艺人的粉丝有几百几千万的，可真粉也就几万几十万的样子。如果你这几万粉丝都是真粉的话，还是很不错的。绵绵，那你后来怎么不更新你那个微博了啊？"

乔绵绵粗略地说了一下："家里发生了一点儿事情，就没时间再去弄那些了。"

"哦，这样啊……"

两个人边走边说，快要走到拍摄现场时，碰到了迎面朝她们走过来的黄一琳。

　　黄一琳也看到了她们。

　　她停下脚步，先是目光冷冷地将乔绵绵从上到下打量了一遍，然后眉头一点点地蹙了起来，目光更冷了。

　　乔绵绵也神色冷淡地看着她，之前还会称呼她一声"黄前辈"，这次是连招呼也没和她打了。

　　既然黄一琳已经对她存有敌意了，那么不管她怎么做，这份敌意都不会消失。

　　既然这样，她也没必要再刻意去维持一些关系了。

　　黄一琳自然感觉到了乔绵绵和先前截然不同的态度，目光冰冷地盯着乔绵绵看了一会儿，忽然勾唇笑了笑："乔小姐为什么用这样的眼神看着我，好像对我有什么不满情绪？"

　　乔绵绵淡淡地说道："黄前辈多虑了。你又没做什么对不起我的事情，我为什么要对你不满？"

　　黄一琳脸色微微一变，唇边的笑意僵了几秒，眼底那片冷色越发凌厉了："是吗？那看来是我多虑了。乔小姐这妆化得不错，看来这次请的化妆师水平不错。"

　　乔绵绵听出她这是在怀疑那个化妆师了，没解释，点了一下头："是挺不错的。"

　　黄一琳沉下了脸，转过头，目光凶狠地瞪着她身旁的助理。

　　那个助理被吓得脸一下子就白了："一琳姐，我……"

　　助理刚说了几个字，像是想到什么，转过头看着站在他们对面的乔绵绵，立刻将嘴唇闭得紧紧的。

　　黄一琳目光更加凶狠地瞪了那个助理一眼："蠢货！"

　　助理半个字都不敢反驳。

　　黄一琳沉着脸将目光从助理身上收回，再次看向乔绵绵，狠狠剜了她一眼后，转身离开了。

　　助理撑着伞，忙小跑着追上去，将伞稳稳当当地撑在她的头顶上。

　　"呸，恶心的女人。"娜娜等黄一琳走了，终于将憋在心口的那口气狠狠吐了出来，对着黄一琳的背影骂道，"人前装得跟什么似的，没想到背后这么恶心。

　　"怪不得都说明星人设不可信，十个有九个是包装出来的。

　　"我以前真没想到黄一琳是这种人。天哪，我居然还喜欢过她一段时间，现在都想自戳双目了！我是什么眼神哪？！"

娜娜不想再给乔绵绵惹麻烦，也不敢再当面怼黄一琳了。

"你都说了，她是包装出来的人设。你以前又没和她接触过，怎么会知道真实生活中她究竟是个什么样的人？所以这怪不了你。"

"唉，绵绵，你以后怎么办哪？"娜娜发愁道，"她现在就开始给你使绊子了，接下来还有好几个月的时间呢。你要不要把这件事情给白导说一下呀？反正白导说过，你有事可以去找他的。有白导帮你，她也不敢做得太过吧。"

"再说吧。"

乔绵绵有自己的打算，并不准备因为这么点儿事情就去找白玉笙。

她自己能解决的事情，还是自己先解决；自己解决不了的，再想其他办法。

黄一琳肯定不会就这么算了。

要是乔绵绵每件事情都去找白玉笙，白玉笙没准儿会觉得她很麻烦。

拍摄现场，有保姆车的艺人都坐在自己的保姆车里吹空调。

晌午正是最热的时候，地面似乎都冒着热气。

乔绵绵没有保姆车，吹不了空调，只能要了张小凳子，走到一棵大树下，在树下乘一会儿凉。

第一场戏，自然是男主角和女主角的，跟她这个女配角没什么关系，所以乔绵绵也不是很急。

她让娜娜将打印好的剧本拿给她，在还没轮到她上场前，可以先看看剧本，熟悉一下剧情和她的台词。

虽然有大树遮挡着阳光，但在露天的环境中，乔绵绵还是觉得热得不行。

她看了一会儿剧本，额头上都被晒出了一层细细密密的汗，嘴里也觉得很干。

乔绵绵正想让娜娜拿瓶水给她，一瓶冒着冷气的冰镇矿泉水就被递到了她眼前。

她顺手就将水接了过来，拧开瓶盖喝了一口，然后转过头笑着说："娜娜，我们是不是心有灵犀，我刚才……"

话还没说完，看到站在身旁的人时，她惊讶地问道："怎么是你？"

怎么是涂一磊？

她还以为刚才那瓶水是娜娜递给她的。

涂一磊低头和她的目光对上，笑容和煦地说："是不是觉得很热？要不要我找个小风扇给你？"

说完，他就像变魔法一样变出了一个小型电风扇，然后递给乔绵绵："拿去吧，虽然这个电风扇挺小的，但是也能有点儿作用。"

乔绵绵看着递到她跟前的小风扇，眼里闪过一丝犹豫之色。

她之前才下定决心，以后要离涂一磊远一点儿的，免得他那个随时随地担心她会对涂一磊"图谋不轨"的经纪人又用防贼一样的态度对她。

她有点儿……受够了。

但是人家是一片好意，而且涂一磊本人又没惹到她，乔绵绵觉得她就这么拒绝的话好像不大好。

涂一磊是前辈，而且还是时下最当红的男艺人，不但没在她面前摆架子，还对她这么好。她要是拒绝他了，会不会显得很不识好歹？

想了想，她还是伸手将风扇接了过来。

"涂先生，谢谢。"她举着小风扇，朝他甜甜地笑了一下。

涂一磊低垂下来的目光落在她唇边那甜甜的笑容上，忽然就觉得心跳有点儿快。

这是……他从来都没有过的感觉。

原来，有那么一种女孩子，笑起来可以这么好看。

她一笑，仿佛整个世界都变得美好起来。

他生平第一次觉得，女孩子真是种可爱的生物，怎么能这么可爱呢？

扎着丸子头的乔绵绵真的太可爱了。

"你在看剧本？"涂一磊瞄了一眼她手里的剧本，并没有要走的意思。

乔绵绵点了点头，打开小风扇吹着额头，感觉终于舒服了一点儿。

"感觉怎么样？能演好你扮演的角色吗？"

涂一磊姿态很慵懒地靠在大树的树干上，嘴上一本正经地问着工作上的事情，目光却一直落在乔绵绵的头顶，看她扎的那个丸子头。

一阵风吹来，有淡淡的香气飘进他的鼻子里。

他吸了一口气，闻出是一股甜甜的花香味，很好闻的味道。

坐在树荫下的女孩儿长相甜甜的，笑容甜甜的，就连身上的味道也是甜甜的，甜到……让人想咬上一口。

涂一磊也知道，他一直待在这里不好，会有人注意到他们。

之前因为白玉笙的举动，乔绵绵已经成为整个剧组最受注目的人了。如果他再一直待在这边，只会让她更引人注目，非议她的人也会越来越多。

这对她、对他自己，都不是什么好事。

可他就是不想离开，就是贪恋地想要和她多待一会儿，想要多看她一会儿。

他生平第一次喜欢上一个女孩子，心里又激动，又紧张，又忐忑，不知道该怎么办才好。

他不敢在她面前将他的心思表露得太明显，可又不想让她觉得他对她只是前辈对后辈的关心。

他犹豫之际，已经有不少人看到他和乔绵绵待在一起说话了。

那些本身就对乔绵绵极其不满的女艺人看见这一幕场景，简直快要气炸了。

"涂一磊和乔绵绵是认识吗？他怎么会和她待在一起？"

"我刚才看到涂一磊拿了水过去，把水递给了乔绵绵，还递给她一个小风扇。那个小风扇是涂一磊自己用的吧？天哪，该不会涂一磊也看上她了吧？"

"什么？白玉笙和涂一磊可是我的两大男神。她早上勾走我的一个男神，现在又勾走我的另一个男神？她这么不要脸哪？是不是剧组里优秀的男人，她都要勾搭个遍哪？"

"不是吧，涂一磊看得上她？她连个十八线艺人都算不上，涂一磊就算想找这个圈子里的女朋友，最差也得找个二线艺人吧。"

"涂一磊自己的事业已经够好了，或许对另一半要求没那么高呢？老实说，乔绵绵那张脸确实长得挺美的。你们难道不觉得她那种长相很受男人喜欢吗？她看起来娇娇弱弱的，最容易激发男人心底的保护欲了。"

"哇，白导过来了，好像看到他们了。我有预感，待会儿肯定会有好戏发生。"

"白导过来了？"

议论的人转过头看去，果然看到白玉笙朝这边走了过来。

走着走着，他抬起头，朝乔绵绵那边看过去，然后脚步就停住了。

周围的人看见这一幕场景，都抱着看好戏的心态，激动又期待地等着看白玉笙下一步会怎么做。

他会不会在醋意迸发的情况下过去吵一架？或者，他直接把男主角换掉？

不远处，白玉笙半眯着眼，盯着大树下那对俊男美女看了一会儿，眼底闪过一丝带着恶意的笑容，拿出手机点开微信，回了墨夜司刚刚发给他的一条微信消息。

刚才，墨夜司问他乔绵绵在干什么，他没回。

现在，他觉得可以回了。

白玉笙："墨总，我看到你家小宝贝了。你确定你想知道她在干什么吗？"

几秒后，墨夜司回："你什么意思？"

白玉笙："没什么，就是觉得你家小宝贝挺受欢迎的。"

墨夜司："有话直接说，她在干什么？"

白玉笙又抬眸朝大树下的两个人看了一眼，眼底的那丝恶趣味越发浓烈了："不如我给你拍张照片？"

这次没等墨夜司回他，他就找准角度偷拍了张照片，直接给墨夜司发了过去。

然后他还发过去一段话："我们剧组的男主角，怎么样，是不是很帅？年纪轻轻他就已经拿了最佳男主角奖，是个非常努力也非常有实力的年轻男演员，在同龄人中可谓非常优秀了。他跟你家小宝贝年龄相仿，年轻人和年轻人之间大概会很有话题。"

墨氏大厦，墨夜司收到白玉笙发给他的照片，点开看了看，俊美的脸庞瞬间就阴沉下来。

男人死死盯着照片中站在乔绵绵身旁的涂一磊，看了足足一分钟，脸色越发难看了。

这时，魏征敲开办公室的门走了进来。

"墨总，一切准备就绪，十分钟后，会议便可以正式开始了。"魏征刚整理好开会需要的文件，从会议室那边过来，一走进办公室，就觉得气氛有点儿不对。

他抬头看去，被墨夜司阴沉的脸色吓了一跳。

墨总……这是怎么了？刚才不是还好好的吗？

墨总怎么忽然就脸色难看成这样？这是被谁气到了？

"魏征。"墨夜司捏紧手机，又低头看了一眼那张让他火冒三丈的照片，忍着将手机摔出去的冲动，沉声说道，"查一下最近一班飞往宁城的航班。"

"宁城？"魏征一时间还没反应过来，说，"墨总，最近这段时间没有飞往宁城的行程哪。"

魏征刚说完，就挨了墨夜司一记冷眼："没有行程，就不能去？"

"啊？"魏征这才忽然想起来，太太不是在宁城拍戏吗？

瞧他这猪脑袋，竟然都给忘了。

他就说，好好的，墨总怎么忽然就要去宁城？

太太昨天走的，这才一天时间，先生就忍耐不了思念之情，要追过去了吗？

一般一段恋情里，大多是女人黏着男人，到了墨总这里，却变成了他黏着太太。

真没想到，墨总这么高冷的男人，谈起恋爱来会是这样的。

魏征很快就打开手机查询起来，两分钟后，抬起头说道："墨总，最近的航班是下午一点半的，也就是一个小时后的，晚点儿的就是下午四点多和晚上八点多的。"

他一边说，一边点到晚上八点多的那一班的信息，准备预订下来。

手指刚刚点上去，他却听到墨夜司说："订一点半的。"

"啊？"魏征忍不住说道，"墨总，订一点半的？可是一会儿还有个很重要的会议，下午您还要约见……"

魏征还没说完，就见墨夜司将办公桌上的笔记本电脑合上，再将一沓文件拿起来放到电脑上，起身对他说道："马上订好机票，将电脑和文件拿上，跟我一起去宁城。再通知一下副总，接下来的所有事宜交给他处理。"

墨夜司没准备这么快就去宁城的，可是那张照片……

他想起那张照片，脸色又沉了下来。

她这才去剧组第二天，身边竟然就有了对她不怀好意的男人。

他还真是不能放她一个人去外面，她太不让他省心了。

白玉笙发完信息后，没等到墨夜司的回复，也就没再发消息过去。

以他对某人的了解，只怕某人肯定会按捺不住。

不出意外，他今天肯定能见到墨夜司。

到时候，他可以趁机和墨夜司谈谈下一部戏的投资问题。

乔绵绵的戏差不多在晚上了。

下午都是涂一磊和黄一琳的对手戏，乔绵绵一边看剧本，一边看两个人表演。

她看了两个小时后，不得不承认，先不说黄一琳人品怎么样，演技方面是真的没的挑，是绝对的实力派演员。

在一众小花里，黄一琳是演技最好的，属于美貌和实力并存的女艺人，也怪不得能这么火。

一进入演戏状态，黄一琳整个人就变得特别专业，很多场戏是一次过，连白玉笙也夸了她，说她状态不错。

涂一磊虽说是被定义为偶像型的男演员，但绝不是只凭着外貌吃饭的花瓶，毕竟是拿过最佳男主角奖项的人，演技方面自然也是没的说。

他和黄一琳演对手戏，就是高手对决。

因为两个人都表现得很好，所以拍戏进度比想象中快很多。

乔绵绵的戏本来是要排到晚上的，结果提前了好几个小时，下午就轮到她了。

她今天只有一场戏，是和黄一琳的对手戏，戏份不多，也就一个镜头。

她和黄一琳饰演的女主角会因为误会争吵，这段争吵的戏各自就三句台词，两个人几分钟就能演完。

"怎么样，准备好了吗？"第一天拍戏进展就这么顺利，白玉笙的心情很不错，轮到乔绵绵上场时，他走到她身旁，无视周围人投过来的各种目光，笑着问乔绵绵。

乔绵绵起身点头回道："嗯，准备好了。"

"加油，"白玉笙给她打气，"争取也能一次过。"

"谢谢白导，我会尽力的。"

乔绵绵深吸一口气，紧了紧拳头，也在心里默默给自己打气。

看到了黄一琳和涂一磊的演技后，她心里还是有压力的。

她现在只希望自己不要拖剧组的后腿，哪怕一次过不了，也不要NG太多次了。

现在，谁都知道她是白玉笙在试镜现场亲自定下来的女配角，如果她表现得太差，不仅自己丢脸，也会丢白玉笙的脸。

"我相信你，毕竟我的眼光是不会出错的。"白玉笙看了看时间，转身说道，"上场准备吧，五分钟后正式开拍。"

原本几分钟就能拍完的戏，拍了十多分钟，还没顺利通过。

在又一次NG后，监视器后的白玉笙脸色微沉地说道："一琳，你是怎么回事？不是跟你说过，你那一下是不小心推到她身上去的，而不是故意的，你怎么每次都弄得跟故意的一样？"

"抱歉，白导。"黄一琳急忙转过身，脸上满是歉意，一副很过意不去的样子，态度极友好地道歉，"我也不知道刚才是怎么回事，好像不是很在状态。我下次一定会注意的。"

白玉笙眯了眯眼，眸底闪过一丝深色。

他没再说什么，而是转过头看向慢慢从沙滩上爬起来的乔绵绵。

这场戏，因为两个人争吵，黄一琳饰演的女主角会不小心将乔绵绵推倒在地上，然后转身跑走。

这样的戏对黄一琳来说是一点儿难度都没有的，乔绵绵的表演也是没有半点儿问题，按理说，这应该是一段一次性通过的戏。

可就因为黄一琳最后一个镜头频频出错，这段戏已经连着 NG 三次了。

她最后推乔绵绵那一下，表演出来的画面本来应该是她不小心推倒的，可每次都演得很刻意，这样就不得不重新拍。

如果换成新人这么演，还算正常，毕竟新人没有表演经验，可对一个实力派演员来说，这样的表现就太不尽如人意了，一点儿也不像是正常发挥。

现场的很多人看出来了，黄一琳是故意的。

她一个拿过最佳女主角奖项的人，怎么可能连这么简单的戏都演不好？

他们都能看出来的事情，导演肯定也能看出来吧。

一时间，所有人都用看好戏的心态看向白玉笙和乔绵绵，都在猜测：白玉笙会不会帮乔绵绵出头？

他们也可以通过这件事情测试白导对这个小新人的兴趣大不大。

白玉笙看着乔绵绵站起来后，也缓慢地起了身。

"绵绵，你还可以吗？"他从包里摸出一支烟，点燃吸了一口，声音还算平静地问道。

沙滩上很柔软，乔绵绵摔那几下应该没什么大问题，不过她的头发和身上全是沙子，看起来很狼狈。

白玉笙当然知道黄一琳是故意的，在拍第一遍的时候就知道了。

他之所以没有在黄一琳第二次、第三次故技重施时阻止她，是因为想借这件事情看看乔绵绵会是什么反应。

他说过的，她有事就可以找他，如果她真的开口，他肯定会帮她出这口气。

她是墨夜司的女人，这个面子，他是无论如何都要给的。

可如果乔绵绵真的因为这件事情找他，他大概会觉得这个女人也不过如此，吃不了一点儿苦。

对一个新人来说，这些是再正常不过的事情，如果不是一开始就有足够强大的后台，谁能一路顺顺利利地走过来呢？谁会不吃点儿苦呢？

能吃得苦中苦的艺人，他总是格外欣赏一点儿。

虽然乔绵绵已经拥有足够强大的后台，不需要吃任何苦就能得到她想要的东西，但白玉笙并不希望她也和那些抱上大腿的女艺人一样，仗着抱上了大腿就不想再努力，抱着随便应付的心态对待自己的事业。

他不希望自己看走眼。

"我没问题的，白导。只要黄前辈那边准备好了，我随时可以重新开始。"乔绵绵伸手拍掉身上的沙子，转过头冲白玉笙笑了笑，并没有一点儿生气或者动怒的迹象，整个人显得很平和。

白玉笙和她对视几秒后，笑着点了点头："好，那你准备一下，我们再拍一次。"

毫无疑问，乔绵绵的表现让白玉笙很满意。

他心里满意了，也就自愿帮她了。

转身返回拍摄镜头前时，白玉笙勾着唇，笑容浅浅地对黄一琳说道："一琳，你是前辈，不要表现得还不如一个后辈，这会让我怀疑我找的女主角是不是不合格。

"这么简单的戏，如果连着 NG 五六次，你得反思一下你的演技是不是退步了。"

白玉笙这轻飘飘的两句话一说出来，黄一琳的脸色一下子就变了。

白玉笙可谓一点儿面子都没给她，当众说她演技退步，尤其是那一句"女主角是不是不合格"，吓得她心跳都快停了。

她虽然是一线小花，有足够的知名度，但为了拿到这个女主角，也是花费了不少心思的。

娱乐圈不缺长得好看又有实力的女演员，她不是唯一的一个，当初也有别的一线小花争取这个角色的。

虽然双方签了合约，如果剧组毁约她是能拿到不少违约金，可谁不知道白玉笙有的是钱。他根本就不在乎那一点儿违约金！

如果他觉得女主角有问题，想换了，那就肯定会换。

白玉笙虽然没有明着帮乔绵绵，但谁都听得出来，他刚才那两句话就是帮忙撑腰的意思了。

啧啧，看来白玉笙对这个小新人还真是上了心。

为了这个小新人，白导一点儿也不给黄一琳面子。

黄一琳一个拿了最佳女主角奖项的当红小花，被白玉笙当众批评演技有问题，一时间觉得丢尽了脸，脸色一阵青一阵白，相当难看。

白玉笙批评她，她还不敢说什么，只能受着。

"是，白导。这次我一定会找回状态，好好演，争取一次过。"她知道白玉笙这是在帮乔绵绵出气，心里气得要死，面上却还得恭恭敬敬的。

"不是争取过，是必须得过。"白玉笙返回监视器后坐下，语气还是轻飘飘的，"如果再过不了，我就给你放假。你可以回去休个长假，慢慢调整状态。"

周围顿时响起一阵倒吸气的声音。

黄一琳的脸色更是直接僵掉。

白玉笙这是要换掉她的意思？

就因为她刚才让乔绵绵 NG 了几次，他竟然就说出了这样的话。

他竟然……这么高调地帮乔绵绵撑腰。

难道……他真的喜欢上乔绵绵了？

第四次拍摄很顺利，一次就通过了。

黄一琳一下子就找回了状态，表现得比之前任何一次都要好很多。

不管白玉笙对乔绵绵到底是什么样的感情，黄一琳是不敢再拿自己的前途去冒险的。

因为她很清楚白玉笙的性格——有钱任性。

别的导演不敢得罪的艺人，他没什么不敢的。再大牌的艺人到了他面前，也不算什么。

因身后有一个白家做后台，他想怎么嚣张跋扈，想怎么肆意妄为，都随他的心情。

就算拍戏拍砸了，对他来说也没什么影响，大不了回家继承白氏企业。

所以，对这种出身的导演，没有人得罪得起。

换成其他导演，顾忌着黄一琳的身份，还有那笔天价违约金，是绝对不敢将她换掉的，但白玉笙敢。

所以第四次拍摄的时候，黄一琳不敢再使小手段了。

顺利拍摄完这场戏，乔绵绵一返回休息区，娜娜马上走到她身旁，帮她拍身上的沙子，然后递了一瓶水给她："绵绵，喝点儿水吧。"

乔绵绵接过水喝了两口，伸手摸了摸额头上的汗，又接过小电风扇对着脸吹了吹。

刚才那场戏是在太阳下拍的，她被晒得浑身都冒了一层油出来，现在就想一头扎进海水里。

"乔小姐、娜娜小姐，这是涂哥请大家喝的绿豆汤，你们也喝一点儿吧。"涂一磊的助理提了个袋子过来，从里面拿出两碗密封得很好的绿豆汤递给了她们。

娜娜看了一眼绿豆汤，眼睛一下子就亮了起来，马上伸手接了过来："胥记的绿豆汤，我刚才正在馋这个呢，涂哥居然就让人买回来了。谢谢他啊。"

"不客气，你们赶紧喝吧，一会儿冰就化了。我还要去给其他人发，先走了。"

助理说完，拎着袋子朝其他人走去。

冰镇的绿豆汤，夏天喝上一碗，不知道有多舒服。

乔绵绵看其他人也有份，并不是单独买给她的，也就心安理得地打开盒子喝了起来。

她美滋滋地喝着绿豆汤的时候，并没有看到不远处的一棵大树下停了一辆黑色宾利。

车窗降下一半，坐在车内的男人面容俊美，气场强大，一双清冷的眸子盯着正朝着乔绵绵走去的那个男人，周身散发出逼人的寒气。

他拿出手机，拨了一通电话。

第二十二章
他来探班

"好喝吗?"

乔绵绵喝得正欢,头顶落下一个声音,是好听的少年音。

她抬起头,晃了一下已经喝了一大半的绿豆汤,笑着点了点头:"嗯,很好喝。涂先生,谢谢你的绿豆汤。"

"不客气。"涂一磊看着她唇边那明晃晃的笑容,恍惚了几秒后,才恢复正常,"今天是第一天进剧组,你感觉怎么样?"

"还不错啊。"乔绵绵舀了一勺绿豆吃进嘴里,心情看着挺不错,"今天学到很多东西,挺好的。"

"嗯?"这个回答让涂一磊有点儿意外。

黄一琳表演失误 NG 的那几次,谁都看得出来她是故意的。

"你没生气?"涂一磊低头看了她一眼,目光落到她殷红的嘴唇上,停留了几秒后,心跳忽然就有点儿快。

"生气？我为什么要生气？"

"因为……"

涂一磊刚要说话，就见剧组的一名工作人员走了过来。

"乔小姐，白导找你有事，请你跟我去一趟。"

"白导找我有事？"乔绵绵四下看了看，见白玉笙已经没有在拍摄现场了。

"是。"工作人员又说道，"白导还在等你，乔小姐，我们走吧。"

"那好吧。"

乔绵绵仰头将最后一口绿豆汤喝下去，然后起身说道："涂先生，我还有事，就先走了。改天我也请你喝绿豆汤。"

她说完，就跟着工作人员离开了。

涂一磊站在原地，看着她和那名工作人员越走越远，眼底闪过一丝犹豫和纠结之色，最终，迈出去的脚步慢慢收了回来。

如果……白玉笙真的看上了她，他……抢得过吗？

他若是和白玉笙抢女人，又会是什么样的下场？

涂一磊没有白玉笙那样的家世，能走到今天，每一步都走得不容易。

今天的一切都是他辛苦打拼下来的。

有的时候，他想任性，但是必须掂量掂量后果。

他是喜欢乔绵绵，可是如果这份喜欢要他拿事业去换——他……换不起。

乔绵绵跟着工作人员走到了一个室内休息区域。

到了休息室门外，工作人员告诉她白玉笙就在里面，然后就离开了。

乔绵绵在门外站了一会儿，眼底闪过了一丝疑惑之色，总觉得哪里怪怪的。

这个地方……好像有点儿隐秘吧？

白玉笙要找她说什么事，会挑这样的地方？

她在门外站了一会儿，犹豫了足足一分钟后，伸手敲了敲门。

"咔嚓"一声，房门从里面被打开，一只手从里面伸了出来。

乔绵绵下意识地就后退了一步，但那只伸出来的手还是将她牢牢地抓住了。

"啊！"她惊叫一声，被一股大力拉扯进了房内。

与此同时，"砰"的一声，房门被关上，她被人抓着抵到了房门上。

面前的身影高大挺拔，入眼是一片黑色，乔绵绵还没来得及看清将她抓进来的人是谁，下颔便被捏住了，男人霸道炙热的吻也随之落下。

乔绵绵惊恐地睁大眼："嗯……"

她刚要挣扎，只觉得一股熟悉的气息扑入鼻间，脸上的表情瞬间从惊恐转变为惊讶。

这股气息……是墨夜司。

他怎么会来这里？

疑惑表情只维持了几秒，她就被男人越来越炙热的亲吻弄得意乱情迷起来，大脑和胸腔里的氧气越来越少，眼神也越来越迷离……

她整个人快要站不住地往下滑去，男人搂着她的腰轻轻往上一提，将她用力地按到了他的胸口上。

这是一个带着惩罚意味的吻，深入、缠绵到极致。

乔绵绵被按在房门上吻了足足有十分钟，等她的身体快要软成一摊水了，缺氧到马上快要晕过去时，墨夜司才气息急促地松开她。

他黑色的眸子里翻涌着强烈的欲望，灼热的目光落到怀里的女孩儿被他吻得红肿的诱人红唇上，眸色又沉了沉，眼底的欲色也深了两分。

乔绵绵趴在他的胸口处喘了好久的气，才慢慢缓过来。

她眼里像是氤氲着一层雾气，抬起水蒙蒙的乌黑眼眸看向他，还有种在做梦的感觉："墨……墨夜司，你怎么会来的？你不是……"

他不是在上班吗？

今天也不是周末啊，他怎么会有时间过来找她？

而且，他过来怎么也不提前和她说一声？

刚才她被他拉扯进房间里时，都快吓死了。

"宝贝，我想你了。"墨夜司抱紧她，忍不住又低头吻了她一下，含着她的唇瓣温柔地说道，"想我没有，嗯？"

乔绵绵被他吻得嘴唇都有点儿发麻了，一开口，声音又软又沙哑："可是……你不是在上班吗？你走了，公司的事情怎么办？"

他才接手墨氏不久。她知道，他至少有一年的时间都是很忙碌的。

平时他回到家里还会去书房加班。

在非周末的时间过来，他不管公司的事情了吗？

"怎么？看到我你不高兴？"墨夜司垂眸看了一眼怀里的小女人，没发现她脸上有惊喜的表情，顿时不满地蹙了蹙眉，又想起了白玉笙给他发的那张照片。

照片里，她和那个男主角似乎聊得很开心，脸上的笑容很甜很甜。

可她见到他，都没那么笑过。

墨夜司心里的那一点点醋意在这样的对比下渐渐发酵，变得越来越浓烈。

白玉笙说，那个男主角和她年龄相当……他们年龄相仿，又是一个圈子的，肯定会很有话题聊。

所以，她才会和那个人聊得那么开心。

而他……他比她大了足足五岁。

二十五岁对男人来说，自然是还很年轻的一个年龄，他不应该有危机感的。

可是这一刻，他忽然就有了年龄上的危机感。

他和她算不上年龄相仿，也不是一个圈子的，他还没有任何恋爱经验……和他在一起，她会不会觉得很无聊？

虽然她从来没有这么说过，可是好像也没说过和他在一起很开心的话。

心越发往下沉，眸底的欲色一点点散去，他眯了眯眼，目光变得有些犀利。

乔绵绵本来就是个敏感的人，马上就察觉到了墨夜司的情绪变化，有些忐忑地问道："墨夜司，你怎么了？"

"你还没回答我刚才的话。"墨夜司拼命压住心底的那股酸意，深吸一口气，将刚才的问题重复了一遍，"看到我，你不高兴吗？"

乔绵绵答道："当然不是。"

虽然不知道眼前的男人怎么忽然就不高兴了，但她能在这个时候看到他还是很高兴的。

她伸手勾住他的脖子，仰起脸，嘴角上扬地说道："我很开心呀。刚才看到你，我还以为我在做梦呢。"

少女唇边的笑容甜美得让他怦然心动。墨夜司瞬间就被治愈了，心里的所有不快情绪，在她主动靠近他的时候，通通消失了。

"那想我了吗？"前一秒还浑身散发着冷意的男人，下一秒身上的冰层就融化了，薄唇勾起一个浅浅的弧度，声音温柔地问道。

乔绵绵抿了抿唇，脸上带着点儿娇羞的神色，在他温柔深情的目光注视下，轻轻点了点头。

两个人正处于热恋期，恨不得能时时刻刻在一起，忽然分开，彼此都有些不习惯。

虽然他们也才分开一天，但她……还是挺想他的。

听到她的回答，男人唇边的笑意又加深了些，眼神越发温柔了。

他伸手摸了摸她的头发，然后轻轻拨了一下她扎着的丸子头，将身体还软着的她打横抱了起来，抱着她走到沙发旁坐下。

男人结实有力的手臂圈住她，将娇小的她一点点圈入怀里，下颌抵在她的头顶上，轻轻蹭了蹭："今天的拍摄还顺利吗？到了这边，有没有什么不适应的地方？"

乔绵绵乖巧地靠在他身上，抓起他的一只手，捏着他修长白皙的手指把玩着："挺顺利的，也挺适应这边的环境和气候的，目前暂时没什么不习惯的地方。"

宁城和云城气候差不多，唯一的区别就是早晚会比较凉，这边到了晚上湿气就会比较重，至于吃食方面，口味倒是差不多。

"那就好。"墨夜司低头见她抓着他的手指捏来捏去，像是在捏玩具一样，宠溺地勾了勾唇，伸手将她耳边的一缕头发别到耳后，"有不习惯的地方，就告诉我。"

"嗯。"

"和剧组其他人相处得怎么样？有人欺负你吗？"

乔绵绵沉默了一下，摇头："没有。"

她沉默的那一下，让墨夜司起了怀疑之心。他眯了一下双眼，低下头，眼神探究地看向怀里的小女人："真没有？"

"嗯，真没有。"

那么点儿事情，她不想和他说，反正也差不多解决了，就不要再说出来让他为她担心了。

墨夜司若有所思地盯着她看了一会儿，也没再继续追问，点了点头，说："没有就好。如果有人欺负你，让你不高兴了，你就告诉我，我帮你出气。"

休息室里的冷气开得很足，乔绵绵趴在墨夜司怀里，有一搭没一搭地和他说着话，也不知道是冷气吹得太舒服了，还是他的胸膛靠着太舒服了，说着说着，她的眼皮就变得沉重起来。

乔绵绵一觉睡醒，发现自己被移到了墨夜司的车上，但还是被他抱着。

她的头枕在身旁的男人的大腿上，脸对着他的小腹，两只胳膊紧紧地搂着他的腰，身上盖了一条黑色的薄毯。

车内仅开着一盏灯，光线很昏暗。

车窗外，街灯已经亮了起来，天空是一片漆黑的颜色。

乔绵绵睁开眼，愣了一会儿，才慢慢回过神来。

"宝贝，你醒了。"头顶落下低沉温柔的声音，男人伸手拂开贴在她的脸颊上的发丝，又摸了摸她的眼睛，"饿了吗？我带你去吃饭？"

乔绵绵眨了眨眼，撑着他的腿慢慢坐了起来，一只手抚着额头，转过头看了看车窗外的夜景，睁大眼说道："都天黑了？我睡了多久？"

墨夜司抬起手腕看了看时间："三个小时。"

"三个小时？"乔绵绵眼睛睁得更大了，"我居然睡了这么久！那剧组那边……？""放心，我帮你打过招呼了。"

墨夜司伸手将她扯回怀里，"你们导演说你今天的戏都拍完了，可以提前走。"

"是这样的吗？"乔绵绵有点儿怀疑地看着他，"你真的和导演打过招呼了，他说我可以提前走？"

墨夜司好笑地说道："我骗你干什么？"

"那导演有没有不高兴哪？"

第一天就早退……她心里挺忐忑的。

"没有。"墨夜司想了想白玉笙当时的反应，他好像挺高兴的。

也是，他能不高兴吗？

下一部戏的女主角和投资都顺利搞定了，换成墨夜司，也会很高兴。

乔绵绵这才松了一口气。

她伸手摸了摸肚子，有心情吃东西了。

"墨夜司，我饿了。"她声音娇软地说道，"我们快去吃饭吧。"

墨夜司宠溺地捏了捏她的脸："嗯，想吃什么？老公马上带你去。"

乔绵绵这会儿是真的饿了。

现在已经晚上九点多了，她中午就吃了一份盒饭。

"什么都可以。"她摸着已经饿到扁下去的肚子，声音都有点儿有气无力了。

墨夜司就近找了一家酒店。

乔绵绵饿坏了，菜一上桌，就敞开肚子吃起来。

在墨夜司面前，她也没顾及什么形象，吃得一点儿也不淑女。

墨夜司本来没什么胃口，看她吃得那么香，不知不觉也吃了不少。

一顿饭吃完，结了账，两个人手牵着手从酒店里走了出来。

"你今天不回去了吗？"乔绵绵看了一下时间，再看看外面沉沉的夜色，轻声问道。

墨夜司停下脚步，转过头，薄唇勾起一道浅浅的弧度，似笑非笑地垂眸看向她："你希望我回去吗？"

"我？"

乔绵绵抬起头，和他迷人的目光对上，心跳骤然乱了几拍，沉默了一会儿后才咬着嘴角小声说道："我当然希望你能留下来啊。可是，你的公司里不是还有很多事情要忙吗？你不回去的话，会不会不大好？"

头顶落下男人低沉性感的笑声，乔绵绵眨眨眼，瞪了他一眼："你笑什么？"

墨夜司伸手揉了揉她的脑袋："宝贝，你只需要告诉我，你想不想我留下来？如果你想，我就留下来；如果你想让我回去，那我就回去。

"我都听你的。至于其他事情，你不用管。"

乔绵绵纠结了一下下，决定还是顺从自己的内心："那……你留下来吧。"

反正他都这么说了。他都不担心他的公司了，她瞎操心干什么……又不是她强迫他留下来的。

她刚说完，就听到墨夜司又低笑了一声。他扣着她的手指的大手一根根挤入她的指间，和她十指紧扣："好，听宝贝的，我留下来。"

乔绵绵忍不住扬起嘴角，手指动了动，也扣紧他的手："这可是你自己说的，我没有强迫你啊。如果因为留在我这里耽误了你公司的事情，我是不会负责的，到时候你可不要怪我。"

"嗯，不怪你。"墨夜司温柔地说道，"是我非要赖着你，你是被我缠得没办法了。"

"嗯，你知道就好。"乔绵绵忍着笑说道，"对，没错，是你非要缠着我的。"

夜色沉沉，宁城的夜晚有点儿凉。

乔绵绵不想就这么回酒店，牵着墨夜司走下台阶，在他拿出车钥匙开了锁，准备上车时，轻轻扯了一下他的手臂。

墨夜司转过头，眉梢轻挑："嗯？"

乔绵绵抿了抿唇，然后说："才吃了饭，我肚子好撑，我们散散步吧。"

"你想要散步？"墨夜司停下脚步。

乔绵绵点了点头："嗯，刚吃完饭，还是走走吧。你不觉得今天晚上的月色很美吗？"

"好，我陪你散步。你等一下。"墨夜司松开手，走到后车门处，将车门打开后，从里面拿了一件黑色外套出来。

他将外套披在乔绵绵的身上："晚上有点儿冷，你穿着。"

他的外套穿在她的身上，显得特别大，乔绵绵穿着有一种小孩儿偷穿大人的衣服的既视感。

不过一穿上外套，她就觉得暖和了很多。鼻息间全是墨夜司身上那股熟悉又霸道的气息，她觉得特别心安。

回去的时候，大概是消食消的时间久了点儿，乔绵绵有点儿脚痛，走得就很慢。

墨夜司低头看了她一眼，在她身前慢慢蹲了下来，然后对着站在一旁脸色诧异的她说道："愣着干什么？快上来，我背你回去。"

乔绵绵眨了眨眼："你背我？"

"你不是脚痛吗？"墨夜司瞥了她一眼，"上来。"

乔绵绵是有点儿脚痛，但也没有痛到不能走路的地步。

她垂眸看着蹲在她身前的男人，丝丝甜意涌上心头，走过去将双手轻轻搭在了他的肩上。

墨夜司驮着她慢慢起身。

乔绵绵靠着他的后背，双手勾着他的脖子，幸福感爆棚地说道："墨夜司，问你一个问题。"

"嗯，你问。"

墨夜司背着她慢慢往回走。

夜深的街头，街上已经没什么人了，四周静悄悄的，男人沉稳有力的脚步声在夜色中回响着，一下下，像是敲击在乔绵绵的心上。

这一刻，乔绵绵心里柔软得一塌糊涂。

她抿了抿唇，装作很随意地问道："你以前背过别人吗？"

"没有，"墨夜司没有任何犹豫，很快就回道，"你是第一个。"

"哦……"笑意爬上乔绵绵的嘴角，她抿着唇，又装作很随意地问道，"那要是以后有人让你背呢，你背不背？"

"嗯？你说的是谁？"

"比如你的朋友什么的……"

"你指的是异性？"

"呃……"乔绵绵没好意思承认。

墨夜司勾了勾唇，说道："放心，除了你，我不会让其他女人碰到我的身体。宝贝，我的身体只有你一个人可以触碰，也只有你一个人可以享用。"

说到"享用"两个字，男人声音沙哑了许多。

乔绵绵一下子就红了脸，再也不吭声了。

墨夜司这个臭流氓！

半个小时后，墨夜司背着乔绵绵返回了酒店。

上车后，乔绵绵便闭上眼睛睡着了。

等到了酒店，墨夜司停好车，转过头就看到她睡得一脸香甜的样子。

他轻轻叫了一声："绵绵。"

乔绵绵紧闭着眼，没什么反应。

墨夜司不忍心叫醒她，想了想，给她解开安全带后抱着她下了车。

他来之前，就在乔绵绵所住的酒店开了总统套房。

电梯直达 38 层的总统套房楼层，到了 38 楼后，墨夜司抱着乔绵绵从电梯里走了出来。

另一侧的电梯也停了下来，电梯门打开，刚吃完夜宵的涂一磊和经纪人迈克从里面走了出来，跟抱着乔绵绵出来的墨夜司撞了个正着。

乔绵绵身上还穿着墨夜司那件大大的西装外套，脸埋在他的胸口，长发垂落下来，将露出来的半侧脸也遮挡住了。

一开始，涂一磊没注意到墨夜司。

墨夜司却很快就注意到了他。等墨夜司看清楚迎面走过来的男人是照片里那个和乔绵绵聊得很开心的男人时，目光沉了沉，在擦肩而过的瞬间出声道："涂先生？”

　　涂一磊明显怔了一下，停下脚步，转过头看向他："这位先生，你是在……叫我？"

　　墨夜司盯着他看了片刻，眯了眯眼，眼底流露一丝敌意："这里除了你，还有别人姓涂吗？"

　　涂一磊也在打量他。

　　即便他还不知道墨夜司的身份，但毕竟是混娱乐圈的，能从一个一无所有的新人混到现在的地位，察言观色的能力自然是不会差的。

　　涂一磊看出了墨夜司身份不凡。

　　面前的男人有着一张长得极好的脸，看着却又很陌生，可见并不是他们这个圈子里的人。

　　而且，他气场极为强大，这种气场也不可能是娱乐圈里的艺人有的。

　　涂一磊被他那双清冷的眸子盯着，感觉到了很大的压迫力。

　　"你这人怎么说话的啊，怎么一点儿礼貌都没有？"迈克不满地瞪了墨夜司一眼，"你知道我们小涂涂是谁吗？你跟他这样说话？"

　　"迈克。"涂一磊使了个眼色制止迈克，让他不要再说下去了。

　　迈克从鼻子里发出一声冷哼，一副老大不情愿的样子，但也没再说什么了。

　　"这位先生，你找我有事吗？"涂一磊看着墨夜司，礼貌地问道。

　　墨夜司神色冷淡地说："也没什么事，就是想跟涂先生说声'谢谢'。"

　　"跟我说'谢谢'？"涂一磊愣了一下，眼神疑惑，不解地问道，"为什么？我们好像不认识吧。"

　　"我们是不认识，这声'谢谢'是代替我女朋友跟你说的。"

　　"先生，我没听懂……"涂一磊蹙了蹙眉。

　　"乔绵绵是我的女朋友。听她说你对她多有照顾，所以我替她跟你说声'谢谢'。时间也不早了，我还要带她回去休息，涂先生，改天有空再聊。"

　　丢下这句话后，墨夜司抱着乔绵绵转身离开了。

　　涂一磊愣在原地。

　　等墨夜司已经走出一段距离后，他仿佛才回过神来，想起墨夜司刚才说了什么。他也才想起来，墨夜司刚才抱着一个女人。

　　他没仔细看过那个女人，可现在回想起来，渐渐就有了熟悉感。

即便那个女人的脸被头发遮挡着，可他从露出来的其他部位分明就能看出那是乔绵绵。

这一刻，涂一磊感觉心口像是被什么东西狠狠地挠了一下，一股说不出的疼痛感从他的心尖缓缓蔓延开。

乔绵绵……有男朋友了？

他从来没去想过这个问题，以为她还是单身……

"小涂涂，你刚才可是亲耳听到了，也亲眼看到了？你现在是不是可以死心了？"迈克看着他失魂落魄的样子，摇了摇头，叹气道，"那个丫头已经有男朋友了，而且我看刚才那个男人绝非普通人，他刚才和你说那些话都是有目的的。他肯定是知道了什么，所以才用那样的方式提醒你。

"你就不要再犯傻了。

"趁着现在感情还不深，你就别再惦记她了。"

涂一磊像是没听见迈克在说什么，还看着墨夜司离开的方向，任凭迈克在他耳边絮絮叨叨，始终一句话都没有说。

"小涂涂，你听到我在跟你说什么没有？！"见他没反应，迈克气得跺了跺脚，"你别再惦记着那个丫头了，她跟你没戏！你给我好好收收心，把心思都放到事业上。

"等你以后事业稳定了，别说你想谈恋爱了，就是想结婚也没问题！但现在，你别去想那些有的没的，把心给我收好，听到没有？"

"迈克……"半晌后，涂一磊终于出声了。

他缓缓收回目光，脸上看不出什么表情，转过头，目光平静地看向迈克："你知道吗？"

迈克皱眉，疑惑地问道："知道什么？"

涂一磊笑了笑，笑容却并未到达眼底："这是我第一次喜欢一个人。"

迈克："……"

"这是我第一次对一个女孩子动心。我知道你会觉得我和她才认识，对她感情还不深，所以可以很快放下她。连我自己也是这么想的。"

"小涂涂，你想说什么？"

涂一磊又勾唇笑了一下："我只是觉得，好不甘心哪。我等了这么多年，才等来一个喜欢的人，可感情还没开始，就必须结束了。

"我连一个争取的机会都没有,就得逼自己放弃。

"迈克,你知不知道这种心情有多糟糕?我已经很久很久……没有体验过这么糟糕的心情了。"

迈克皱着眉头沉默了一会儿,轻轻叹了一口气:"小涂涂,我也年轻过,也喜欢过人,所以能理解你现在的感受。只是你也看到了,她有男朋友了。

"她男朋友看着就是个很优秀的男人,和她很般配。

"你总不会想横插一脚吧?"

"我没这么想过。"

"那就对了。所以,你除了放弃,还能怎么样呢?这只能说明你们有缘无分。你要是实在放不下她,我也不逼着你放下。你要是还想喜欢她,就喜欢吧。"

涂一磊诧异地抬眸:"迈克,你……"

"心长在你身上,你非要喜欢她,我能拿你怎么样?只是你自己心里应该有数,你的感情藏在心里就行了,不要再表现出来了。"

涂一磊抿紧唇,精致俊美的脸庞上蒙上了一层淡淡的郁色,沉默了很久。

迈克也没再说什么,静静陪在他身边。

良久后,涂一磊身侧握紧的拳头一点点松开,低垂的睫毛轻轻颤动了一下:"嗯,我知道了。"

迈克盯着他问:"你想明白了?"

"嗯。"

"那就好。"迈克上前拍了拍他的肩膀,"走吧,时间不早了,早点儿回去休息,明天一早还得起床。"

乔绵绵睡得很沉。

墨夜司抱着她进了房间,再将她轻轻放到大床上,整个过程中,她没有一点儿要醒过来的迹象。

看她睡得这么香甜,他也舍不得弄醒她,去行李箱里找了一件衬衣出来,轻手轻脚地脱掉她身上的衣服,把衬衣给她换上。

第二天一大早,乔绵绵和要搭乘最早一班飞机回云城的墨夜司都早早地起了。

洗漱完,两个人到楼下吃了早餐后,墨夜司送乔绵绵去剧组。

车上,墨夜司打开电脑,利用途中的半个小时处理昨天还没处理完的文件。

乔绵绵则拿出手机，点开一些娱乐 App（应用程序）争分夺秒地看着。

墨夜司处理完两份文件，伸手揉揉眉心，转过头去看她，见她很专注地盯着手机在看，便也低头看了一眼："要不要我现在就和你去编一个？"

乔绵绵抬起头："刚才那个视频，你看到了？"

"嗯。"墨夜司轻轻点头，勾唇说道，"你觉得那样很浪漫吗？我们也去编一条好不好？"

刚才那个让乔绵绵直呼"好浪漫"的视频是某个 App 最近这段时间很流行的一个视频，是关于编手链的。

视频里，女孩子剪下一截头发，然后将头发编入红绳里，再将编好的红绳戴在自己的另一半的手腕上。

戴上这条带有女孩子的头发的手链，如果男人负了这个女孩儿，以后必将万劫不复。

很多为了证明彼此感情好的小情侣去编了这样的红绳，然后发了视频。

乔绵绵刚打开 App，就刷到了好几条类似的视频。

她是真的觉得挺浪漫的，所以才会发出那样的感叹，没想到被墨夜司听到了。

"墨夜司，你知不知道那条手链有什么特殊的含义？"

墨夜司摇头："不知道，你告诉我。"

乔绵绵看着他的眼睛，认认真真地说道："那是一条带有女孩子的头发的手链，你戴了这样的手链，如果有一天辜负了对方，必将万劫不复。现在，你还要去编那手链吗？"

"万劫不复？"墨夜司似乎觉得挺有意思的，挑眉重复道。

乔绵绵点头："对，万劫不复。"

他笑了笑，捏着她的下颌轻轻摩挲了一下："怎么，你害怕了？"

乔绵绵："嗯？"

她有什么可害怕的？

要万劫不复，也是他万劫不复，毕竟手链是编给男方戴的。

嘴唇动了动，她又说："我是怕你……"

"我不怕。"还没等她说完，墨夜司就低头在她的唇上轻轻咬了一下，声音又低又蛊惑人，"我对我自己有信心，万劫不复这种事情不会发生在我身上。所以，宝贝，你也给我编一条好不好？我也想要一条那样的手链，这样就算你不在我身边，也有你身上的某件物品陪着我。"

"可是，现在是不是来不及了？"乔绵绵看了看时间，"你不是一会儿还要赶去机场吗？"

"那就改航班时间。"

驾驶位上，魏征听到他家墨总说要改航班时间的时候，忍了又忍，还是鼓足了勇气提醒道："喀喀，那个……墨总……航班时间不好改吧，下一班是两个小时以后了。"

"那就两个小时以后。"

魏征："……"

他主要想表达的不是这个意思好吗？

他深吸一口气，再次鼓起勇气说："墨总，今天有国外的合作商过来，您要是不在的话……不大好吧？"

墨夜司皱了一下眉头。

他倒是把这件事情给忘了。

如果是平时的合作商，他不在问题也不大，但这次是国外的公司……

乔绵绵看出了他的为难之意，主动说道："公司的事情重要，你还是按时回去吧。"

"那手链怎么办？"他好想马上就可以戴上。

"手链暂时没有，不如……先给你这个？"乔绵绵将手腕上戴着的一条橡皮筋取了下来，拉过他的手给他戴了上去。

那是一条粉色带蝴蝶结的橡皮筋，一看就是女人用的东西。

乔绵绵抬起他的手腕看了看，满意地点头说道："戴上这个，就象征着你是有主儿的人了，就不会再有别的女人打你的主意了，你不可以取下来哟。"

墨夜司垂眸看着手腕上的粉色小皮筋，被那句"你是有主儿的人了"给取悦了，性感的薄唇一点点勾起："好，我会一直戴着。"

魏征大大地松了一口气。

还好太太给力，没像那些作天作地的女人那般非要不管不顾地让墨总陪。如果她真的那么做了，墨总肯定会答应她的，但公司那边……就糟糕了。

魏征从后视镜里看到墨夜司手腕上的那条粉色橡皮筋，嘴角抽了抽，只觉得有点儿毁三观。

墨总……竟然心甘情愿地戴上了？

而且，他看墨总那一脸愉悦的表情，墨总不但心甘情愿，显然还很高兴。

那可是一条粉色橡皮筋哪！

墨总那么高冷的男人，手腕上戴着女人用的皮筋，真的觉得没问题吗？

他还是自己认识的那个墨总吗？

魏征现在越来越怀疑，真的墨总是不是已经穿越到另外一个世界去了，现在这个墨总身体里的灵魂，也是来自另外一个世界的，不然差别怎么就这么大呢？

他当初认识的那个墨总，明明不是这样的啊！

到了剧组拍摄地，将乔绵绵按在车里吻了差不多十分钟后，他才让她下了车。

乔绵绵下车时，腿都有点儿发软。

她脸红得不像话，嘴唇也红得不像话，站在路边，一直等着墨夜司的车开走后，才转身朝另一条路走去。

她刚走几步，一辆黑色法拉利从后面开过来，然后在她身旁缓缓停下。

车门打开，从里面下来一个熟悉的人。

乔绵绵看了看，主动打招呼道："涂先生，早上好。"

从车里下来的人是涂一磊。

他看到乔绵绵时愣了一下，目光落到她娇艳红肿的唇瓣上时又愣了愣，随即眼底闪过一丝黯然之色。

昨天他还想着要不要不管不顾地为爱疯狂一次，可今天已经连疯狂一次的机会都没有了。

他看着面前的少女，依然会有心动的感觉。

可是他必须克制这心动的感觉，在心里一次次地告诉自己，她已经是有主儿的人了。

不管他多喜欢她，都得克制他的感情，不在她面前表现出来，不让她知道。

他不想让她困扰。

可是，这真的好难。

喜欢一个人，却又必须表现出一点儿也没心动的样子，这真的比演戏难多了。

"早上好。"涂一磊忍着心底的酸涩感，犹豫了一下，像是闲聊般问道，"乔小姐，昨晚那个男人……是你的男朋友吗？"

乔绵绵惊讶地看向他："你怎么……"

涂一磊想起昨晚的事情，心底涌出一丝苦涩情绪，声音有些沙哑地说道："昨晚你们回酒店时，我看到了，那会儿你应该睡着了，所以不知道。你男朋友……长得挺好看的，和你很般配。"

乔绵绵愣了几秒，想起她昨晚上车后没多久就睡着了，一觉醒来时已经是第二天了。

昨晚睡着后发生了什么事情，她一概不知。

原来，涂一磊竟然碰到了墨夜司吗？

"嗯，谢谢。昨晚那个人的确是我男朋友，他过来探班。"乔绵绵虽然不会主动把她有男朋友的事情拿出去到处宣扬，可要是被人看到了，也不想遮遮掩掩。

"哦，这样啊。"涂一磊也不知道他为什么要再问乔绵绵一遍。

明明他都已经知道答案了，昨晚都亲眼看见了，却还不死心。

他还可笑地抱了一丝希望，想着那个男人或许在撒谎，或许，一切都是误会。

直到在她这里又亲自确认了一遍，再一次感受到心痛的滋味，涂一磊才终于肯接受现实。

"乔小姐的男朋友，好像不是圈内人？"他也不知道自己为什么要继续问下去，可就是忍不住。

他想知道，那个有幸拥有她的男人是个什么样的人。

想必那人是很优秀的吧，那样的仪容气度，一看就身份不凡。

"嗯，他不是圈内的。"

"那是生意人？"

"算是吧。"

"不知道乔小姐的男朋友从事的是什么行业？"

听他问得越来越仔细，乔绵绵有点儿诧异地看了他一眼："涂先生对我男朋友好像很感兴趣。"

涂一磊："……"

他怎么觉得这话听起来怪怪的？

"不是，乔小姐，我只是……"

"涂先生，抱歉，关于我男朋友的事情我也不方便透露太多。他是圈外人，我并不希望太多人知道他，不然的话会给他带去困扰的。"

虽然觉得涂一磊有点儿怪怪的，但乔绵绵也没多想，只是礼貌地拒绝了他更深入的问题。

涂一磊脸上浮出一丝尴尬之色，但很快又恢复了正常，朝她笑了笑："抱歉，是我唐突了。只是昨晚看到乔小姐的男朋友气度不凡，想必身份很不普通，所以才好奇地多问了几句。"

"咯咯，小涂涂。"迈克悄无声息地走过来，用怒其不争的目光看了涂一磊一眼后，伸手推了推鼻梁上的眼镜，"你注意点儿，小心有记者偷拍。你又不是不知道他们，要是拍到你和哪个女艺人单独待在一起，又要乱写一通了。"

说完，他又板起脸，不满地瞪了乔绵绵一眼："乔小姐，你要是不想被小涂涂的粉丝骂死，我劝你最好离我们家小涂涂远一点儿。"

"我跟你说这些，可是为了你好。你现在还一点儿根基都没有，得罪了那些粉丝，对你一点儿好处都没有。"

"迈克，你……"听着迈克说的这些话，涂一磊紧了紧眉头，忍着怒火说道，"你瞎说什么？！你这样会吓到她的。"

"我瞎说？"迈克冷笑，气呼呼地转过头，瞪着他说道，"我哪里瞎说了？你那些粉丝什么样，你心里没数吗？他们要是疯狂起来，连你的祖宗十八代都能给挖出来。我叫她离你远一点儿，也是为了她好。

"你要是觉得我说太多了，不该和她说这些，好啊，我以后再也不说了。"

说完，迈克就板着脸将头扭到一边，一副被气到了的模样。

涂一磊皱了皱眉："迈克，我没有怪你的意思。"

"那个……涂先生……"乔绵绵目睹两个人因为自己闹不愉快，心里不免有点儿自责，决定还是赶紧离开为妙，"其实，我觉得你的经纪人说得也没错，他的确是为了我好，也为了你好。"

"我不想被你的粉丝当成故意蹭你的热度的小新人，也挺怕她们误会后去挖我的信息，所以，那个……我就先走了。"

乔绵绵说完，转身就小跑着溜走了。

她跑得很快，眨眼间就快要看不到人影了，就好像很害怕和他牵扯上什么关系。

看着她迅速消失的身影，涂一磊抿紧唇，脸色有点儿难看。

别的女艺人都是想方设法地蹭他的热度，她却一副对他避之唯恐不及的样子。

她这么害怕和他扯上关系，是因为她的男朋友吗？

她不希望她的男朋友看到绯闻生气？

她……很爱她的男朋友吧？

他不得不承认，他羡慕了，也忌妒了。

"小涂涂，看到了吧，人家对你没那方面的心思。"迈克像是没看到涂一磊阴沉下来的脸色，继续火上浇油地说道，"人家跟她男朋友感情好着呢。"

"你闭嘴。"

"偏不，我就是要让你认清现实。"迈克冷笑道，"昨晚跟你说了那么多，我看你还是没听进去多少。哼，你就继续这么一厢情愿下去吧，人家也不会多看你一眼。你天天饱受单相思的痛苦，人家跟她男朋友却甜甜蜜蜜的。"

"迈克，我让你闭嘴！"

"行，如果你有骨气点儿，拿得起放得下，我以后就不说了。可是，你能吗？"想到昨晚和他说了那么多，结果他答应得好好的，今天见了人又控制不住地去找人家，迈克就气得要死。

没骨气！涂一磊真是太没骨气了！

他迈克怎么会带出个这么没骨气的艺人？！

涂一磊在娱乐圈混了这么多年，都是老油条了，居然还对一个小丫头一见钟情了，还为人家伤心难过起来，真是丢他的人。

要不是这小崽子是自己一手带起来的，带了这么多年也带出感情来了，他是真的不想再管了。

到了机场，下车后，墨夜司出色的外表和挺拔的身材吸引了不少目光。

男人一身黑衣黑裤，容貌极其俊美，气质清冷，浑身都充满了浓烈的禁欲气息，隔着好几米，都能让人感觉到他身上散发出的那股"生人勿近"的冷漠气息。

可就是这样一个看起来特别高冷的男人，露出来的一截手腕上戴着一条粉色皮筋，还是一条带蝴蝶结的粉色皮筋。这一看就是女孩子用的东西，可现在系在一个男人的手腕上。

这代表着什么不言而喻。

一些拿着手机对着墨夜司偷拍的女生拍到了那条粉色皮筋后，都有些被打击到了。

这样一个极品大帅哥，竟然是有主儿的了。

女生们都好想知道他的女朋友到底长什么样，竟然驾驭得了这么高冷的男人，还能让他心甘情愿地把小皮筋戴在手腕上。

这个男人，肯定很喜欢他的女朋友吧。

别人在盯着墨夜司手腕上那条粉色皮筋，魏征也在盯着看。看着看着，他忽然感觉哪里不对，一抬头就看到他家墨总正面无表情地看着他。

魏征当即打了个激灵，赶紧把目光收了回来："喀喀，墨总，太太送你的这条小皮绳……还挺好看的。"

他本来就是随便找个话题，却不想墨夜司听了他的话，勾了勾唇，点头说道："我老婆送的，当然好看。你知道这条皮筋代表着什么吗？"

魏征一脸蒙，摇了摇头。

他哪里知道？他又没戴过。

而且，他也不可能把这么女孩子气的东西戴在手上。

当然，这些话他也只敢在心里嘀咕，没胆子说出来。

瞧着墨总喜欢成这样，自己要是敢说哪里不好，墨总肯定会马上将他发配到F国挖煤，他光想想都觉得好可怕。

墨夜司有点儿鄙夷地看了他一眼："你一个'单身狗'，不知道也是正常的。"

魏征："……"

怎么说着说着，墨总就对他进行人身攻击了？

"单身狗"怎么了？

"单身狗"就得被嘲讽、被挖苦、被笑话，就得被别人瞧不起吗？

他又不是找不到女朋友，只是还没找到喜欢的女人而已。

他这叫宁缺毋滥！

"墨总，我单身不知道，所以你能告诉我吗？这条皮筋到底代表什么？"想到每个月的丰厚薪水和各种让其他同行羡慕到流口水的福利待遇，魏征在心里吐槽了一会儿，脸上却堆满了笑容。

"占有。"墨夜司勾唇，眼里带着些许得意之色，"这是她在我身上留下的标记。我戴上这条皮筋，就不会再有别的女人觊觎我。魏征，你说……她是不是特别喜欢我，所以才会对我这么不放心？"

魏征："应该是吧，我也觉得太太挺在乎墨总您的。"

墨夜司对这个回答相当满意，嘴角勾起愉悦的弧度："我猜也是。不过她其实想太多了。她有什么好不放心的？我这辈子除了她，不会再有别的女人。就算没有这条小皮筋，她也不用担心什么。"

"是，是，是，除了太太，墨总从来不会多看别的女人一眼。墨总心里只有太太，太太根本就不需要担心什么。"魏征娴熟地拍着马屁。

"可她要是担心的话，那我就把这个戴上。这样，她能安心很多。"墨夜司低头看了看手腕上的粉色小皮筋，越看越顺眼，越看越喜欢。

他决定要一直戴着。

魏征维持着脸上的假笑维持得脸部表情都有点儿僵了："是啊，这样太太应该能有一些安全感。"

"魏征，你今年多大了？"墨夜司忽然换了个话题。

墨夜司这话题换得魏征有点儿蒙。

过了好一会儿他才反应过来，但还是困惑地回道："墨总，我今年26岁。"

墨总忽然问他的年龄干什么？

"26岁？"墨夜司脚步稍顿，转过头看了他一眼，目光有点儿意味深长。

"是啊，墨总，有什么问题吗？"

墨夜司半眯着眼眸沉默了几秒，然后用语重心长的语气对他说道："年纪也不小了，你该考虑找女朋友的事了，如果遇到合适的，可以尝试着交往一下。"

墨夜司完全是过来人的语气，也不知道想到了什么，微微勾唇又说道："身边有个女人，其实也挺不错的。"

魏征："……"

天哪！他没有听错吧？

他家但凡不是和自己有关的事，就算是天快要塌下来了也不会去管的墨总，竟然在劝他去找个女朋友。

这不是他妈妈那一辈的人才喜欢干的事情吗？

他家英明神武的墨总，怎么也变得跟居委会大妈一样了？

墨总怎么还操心起助理的感情的事了？

这样的墨总好陌生，也好可怕。

"墨总，你……认真的？"魏征咽了咽唾沫。

墨夜司半眯着眼眸："我什么时候和你开过玩笑？"

魏征："墨总,我暂时还不想谈恋爱。我现在只想把工作上的事情做好,至于感情上的事情,过几年再考虑吧。"

　　如果谈恋爱会让一个人变得完全不像自己,那他……还是暂时不要谈好了。

　　他觉得这样的恋爱挺可怕的。

　　亲眼看到他家墨总的各种转变,他对谈恋爱真是一点儿兴趣都没有了。

　　"随你。"墨夜司也没再说什么,"什么时候想谈了告诉我,我找人帮你介绍对象。"

　　"谢谢墨总!"

第二十三章
被人偷拍

接下来几天的拍摄工作还是很顺利的。

不知道是不是因为昨天白玉笙当众维护了乔绵绵，总之，她再和黄一琳演对手戏的时候，黄一琳没有故意失误了。

乔绵绵虽然是个新人，可在演戏上有着一定的天分，哪怕演技还有点儿生涩，但演起戏来的时候，整个人都是充满灵气的。

这股灵气，是很多具备实力的演员身上所没有的。

哪怕她演得不如黄一琳他们那般游刃有余，但光是表演时的那股灵气就已经很吸引人了。

在看她演戏的时候，白玉笙整个人都显得有点儿兴奋。

试镜那天，他一眼就看中了乔绵绵的长相和她身上那股难得的灵气，觉得她的长相和剧中女配角的设定极其符合，所以在没看过她表演能力到底怎么样的情况下就定下她了。

他相信自己的眼光。

有些人就是天生会演戏，天生是吃演员这碗饭的，他看到乔绵绵的第一眼就有这种感觉了。

事实证明，他果然没看走眼。

乔绵绵所扮演的女配角的戏份不能说少，但是也绝对不多。

等乔绵绵的戏拍摄完后，白玉笙就去找了剧组的编剧，让编剧给乔绵绵再加点儿戏。

这件事，很快就被黄一琳知道了。

保姆车内，黄一琳气得一把推开助理端过来的水果，"啪"的一声将手机砸到了地面上。

深红色的指甲用力掐着掌心，黄一琳紧咬着唇，气得咬牙切齿地说道："乔绵绵这个狐狸精！白导从来就没有为哪个女艺人做过这样的事情，居然为了她去让编剧……她凭什么？！

"她只不过是一个女配角，白导这是想要将她抬举成女主角，力捧她一个人吗？"

其实这几天和乔绵绵演对手戏的时候，黄一琳已经感觉受到了威胁。

乔绵绵作为一个新人，大部分戏居然一次性过了，这已经能说明不少问题了。

白玉笙是个要求很高的人。哪怕是再简单的一段戏，到了他那里也不会很简单。正常情况下，乔绵绵至少要 NG 三次的。

今天的对手戏更考验演技，时间也更长一点儿，黄一琳在和乔绵绵演对手戏的时候，也更清楚地感受到了她的演技。

对黄一琳来说，乔绵绵的演技当然谈不上特别好，而且今天还失误好几次，并没有像前几天那样一次性过，可……

黄一琳依然生出了危机感。

乔绵绵现在还是个新人，会失误，表演不够成熟，都是很正常的，但黄一琳在一个新人身上看到了表演的灵气，这就不正常了。

她太清楚乔绵绵身上那股灵气代表什么了。

"一琳姐，你消消气。白导再怎么给她加戏，也不可能让她越过你啊。多半是她使了什么狐媚子手段，非得磨着白导给她加戏，白导也是被她磨得没办法了。像这样的女人，白导再过几天肯定就腻烦了，到时候，一琳姐你想怎么收拾她，就怎么收拾她。"

黄一琳抬头看向助理："再过几天，白导就会腻烦了？"

"肯定会。"助理赔着笑脸说好话道，"你想想，这种主动要东西的女人，有几个男人会喜欢的？她也就是长了一张还算不错的脸，才会被白导一眼看上。

"可是，她光靠脸，能让男人新鲜多久啊？尤其是像白导这样挑剔的男人，接触几天后，估计就没兴趣了。"

助理的话让黄一琳心里舒坦了不少。

是啊，白玉笙可是一个非常挑剔的男人，不然娱乐圈里那么多女明星想要勾搭他，怎么会没一个成功的？

众人都说他是圈内最难搞的男人，至今也没哪个女人能够把他拿下的。

那个乔绵绵不过就是长了一张狐媚子的脸，那张脸确实挺能勾引男人的，可除了那张脸，还剩下什么？

她若是因为长相勾搭上白玉笙的，对这种除了脸蛋儿，身上就没有其他闪光点的女人，白玉笙是不可能有多长久的兴趣的，肯定很快就会觉得乏味。

这么一想，黄一琳心里越发舒坦了，之前堵在胸口的那股闷气也一下子就散了。

现在，她就暂时让那个狐狸精再得意几天好了。

等白玉笙对那个小狐狸精腻烦了，自己再好好收拾她，让她知道和自己抢男人是什么下场。

另一边，没有保姆车的乔绵绵只能躲到一棵大树下乘凉。她今天的戏差不多拍完了，但黄一琳和涂一磊还有几场戏，主角没拍完，他们这些配角也是不能走的。

"绵绵姐，你刚才演得特别棒！虽然黄一琳算是圈内老人了，还拿过最佳女主角奖，但是你刚才跟她对戏的时候，一点儿也没输给她的。"

"你们拍完之后，我看她的脸色挺难看的。

"估计她是以为能在演技上碾压你，结果你却表现得那么好，所以，她的心里不舒服了吧。"

娜娜将一瓶水递给乔绵绵，又递了纸巾过去让她擦脸上的汗。

乔绵绵接过水，拧开瓶盖喝了一大口，又拿纸巾将脸上的汗珠擦拭干净。

她擦汗的时候，娜娜就坐在她旁边，双手撑着脑袋，目不转睛地盯着她。

乔绵绵被得不自在起来，转过头看了娜娜一眼，伸手摸了摸脸，眨眼道："我脸上的妆是不是花了？"

"没有。"娜娜摇头。

"那你在看什么？"乔绵绵又摸了摸脸，拿出手机照了照，没看到脸上沾上什么东西。

娜娜目光直勾勾地盯着她，满眼的羡慕和惊艳之色，感叹着说道："绵绵姐，看到你，我终于知道所谓的天生丽质是怎么回事了。绵绵姐，你长得太美了，我一个女人都快要为你心动了。"

乔绵绵："……"

"绵绵姐，你的皮肤怎么就这么好呢？"娜娜羡慕得要命。

娱乐圈的女明星大多皮肤不错。

本来吃这碗饭的人，外貌都不会差，不管是身材、长相，还是皮肤，都会比普通人好上一大截，但是乔绵绵绝对是她见过的所有女艺人里皮肤最好的一个，也是五官最精致、最漂亮的一个。

近距离地打量了一下，娜娜发现，乔绵绵的皮肤白皙细腻得像剥了壳的鸡蛋一样，看不到一点儿毛孔，就像是浑身上下都磨过一层皮似的。

而且乔绵绵的皮肤还很白。

又白又细嫩的皮肤，真是娜娜梦寐以求的了。

看着这一身凝脂般的白嫩肌肤，就连她都有摸上一把的冲动，更别说是那些男人了。

娜娜想到这里，忍不住说了一句："绵绵姐，你男朋友肯定很幸福吧。"

乔绵绵一时间没反应过来，好奇地问了一句："为什么？"

娜娜笑得暧昧极了："你长这么瘦，胸和屁股却这么大，我如果是你男朋友，肯定想每天逮着你……嘿……"

乔绵绵感觉脸一下子就烫了起来："娜娜，你这个色女！"

"我说的是真的啊。"娜娜一脸无辜的表情，"绵绵姐，你长得这么美，我一个女人都垂涎你的美色，何况你男朋友啊。我敢保证，你男朋友跟你在一块儿，估计就是现代版的'从此君王不早朝'了。"

听到娜娜说得越来越露骨，乔绵绵作势要去打她："死娜娜，你一天到晚脑子里都在想什么？！"

"绵绵姐，我说的是实话啊。"娜娜笑嘻嘻地躲开，"你敢说你男朋友不是这么想的吗？他要是没这么想过，就不是正常男人。不过，他正不正常，绵绵姐你肯定是最清楚的，嘻嘻嘻……"

"死娜娜，你别躲！"

乔绵绵恼羞成怒地站起身去追娜娜。

娜娜笑嘻嘻地躲开。

两个人一个跑，一个追，跑着跑着，乔绵绵忽然就撞到了一个人身上。

她一头撞进对方怀里，鼻子磕到对方硬硬的胸口，痛得眼睛一下子就红了。

"嗯。"

她捂着被撞红的鼻子往后退了一步，刚要抬起头向人道歉，就听到一个熟悉的声音从头顶落下来："绵绵，你没事吧？"

来人是涂一磊……

经过一段时间的相处，彼此都熟悉了一点儿，涂一磊也对她改了称呼。

乔绵绵捂着鼻子抬起头。

见她捂着鼻子一副很难受的样子，涂一磊脸上和眼里都是紧张之色："绵绵，很痛吗？是不是哪里被撞伤了？"

其实，乔绵绵今天是刻意避开涂一磊的，一方面是因为实在怕了他的经纪人，另一方面，也真的害怕他那些"老婆粉"和"女友粉"。

虽然他那个经纪人说话是不怎么好听，但有几句话乔绵绵还是听进去了。

她确实……应该离涂一磊远一点儿。

所以今天除了演对手戏时不可避免地要接触外，其他时候，不管是眼神上，还是语言上，乔绵绵都没再和他交流。

她没想到，她都避成那样了，竟然又和涂一磊撞上了。

"我没事。"乔绵绵打定主意要和他保持距离，也就不想和他过多交流，伸手揉了揉鼻子，往后退了一步，"抱歉，刚才撞到你了。"

她刻意疏离的态度，涂一磊自然感觉出来了。

男人眼里闪过失落之色，心口像被什么扎了一下，面上却笑容如常地说道："没事。你没被撞伤哪里吧？"

乔绵绵摇了摇头："我也没事。"

目光越过他，她假装在找人，看到前面的娜娜后，就如同看到救星一般，马上迈开步子快步朝娜娜走过去。

可能是走得太急了，她没看到脚下的一颗石子儿，一脚就踩了上去，脚下顿时一滑……

眼看着她就要摔到地上，涂一磊急忙上前扶住了她。

惯性使然，乔绵绵又一头撞进了他的怀里，涂一磊也是习惯性地扶上了她的腰。

正常情况下，他在乔绵绵站稳后就应该松手了，可在松手的那一瞬间，竟然有点儿舍不得了。

少女柔软馨香的身体靠在他的怀里，甜香不断往他的鼻子里钻，他搂上去的时候都不敢太用力，就怕力气稍微大了，把她的腰折断。

她长得好娇小，靠在他怀里，才到他的胸口往上一点儿，他一只手臂都可以将她完全圈入怀里。

他的手指触碰到怀里的女孩儿柔软纤细的腰，控制不住地轻颤起来，心跳也快得不像话。

"涂一磊，你放开我呀……"

乔绵绵再次撞入涂一磊怀里，头撞到他结实得像石块似的胸膛，被撞得一阵头晕目眩。

过了好一会儿，她才缓过来。

等发现涂一磊的手还停留在她的腰上时，她心底闪过一丝异样的情绪，伸手推了他一下。

这一下，让涂一磊回过神来，也恢复理智了。他马上松开了手，往后退了一步，那只搂过乔绵绵的腰的手一点点握紧。

他抿紧唇，深吸一口气，拼命将一些快要从眼里涌出的情绪压制住了。

涂一磊发现他竟然越来越无法控制自己的情绪了，一种很多事情超出了他的掌控的恐惧感和慌乱感涌上心头。

这种感觉，让他忽然就想逃离。

"我还有点儿事，回头再聊。"匆匆丢下这句话后，涂一磊便步伐匆匆地转身离开了。

"绵绵姐，你没事吧。"娜娜返回来，转过头看了一眼已经离开的涂一磊，蹙了蹙眉头，一些已经被淡忘的猜测又从心底浮了出来。

她是真的觉得，涂一磊对乔绵绵的态度和对其他人的不大一样。

虽然他是个脾气挺好的人，在剧组里人缘也很好，但是娜娜注意过，涂一磊是不会主动去接近哪个女艺人的。

就算是女主角黄一琳，跟他也只是普通朋友关系。

但涂一磊不止一次地主动接近乔绵绵了，而且刚才……

想到刚刚那一幕场景，娜娜越发坚定了心里的一些念头。

一开始还以为是自己想多了，但她心里也并不觉得很惊讶。

连她一个女人都觉得乔绵绵好美，何况是男人呢？

男人会喜欢上这么漂亮的女孩子，很正常吧？

就算涂一磊是当红明星，可也是一个实实在在的男人，遇到了漂亮的女人，也可能动心。

只是乔绵绵已经有男朋友了，而且跟她男朋友也很恩爱，涂一磊如果真的喜欢上她，注定要失望了。

不远处，将涂一磊刚才扶着乔绵绵的那一幕画面拍摄下来的人收回手机后，转身朝身后停着的一辆保姆车走去。

上车后，偷拍的男人拿出手机，对着正在补妆的黄一琳邀功道："一琳姐，我刚才去卫生间的途中，拍到了一些很有趣的东西。我觉得你肯定会感兴趣的。"

黄一琳涂好口红，淡淡地瞥了他一眼："哦？是什么东西？你就这么确定我会感兴趣？"

"一琳姐看完就知道了。"男人信心十足，将手机递过去，"我保证，你肯定会感兴趣的。"

黄一琳盯着他看了几秒，接过手机，先是不以为然地点开，等看到视频里的两个人时，脸色一下子就变了。

她盯着视频，认真看了起来。

视频时间很短，只有一分钟左右，很快黄一琳就看完了。

她捏着手机，抬头看向面前的男人："这个视频我要了。你想要多少钱？"

男人笑了起来："一琳姐果然够直接。"

绯闻被传出去的时候，乔绵绵还不知情，娜娜也还不知情。

最先知情的人是涂一磊。

拍完最后一场戏，涂一磊刚要去更衣室换衣服，迈克就气急败坏地从车上走了下来。

"小涂涂，看你干的好事！"迈克走到他身前，将手机往他手里一塞，脸色铁青地说道，"我跟你说了那么多次，让你和她保持距离，你就是不听。

"现在好了，闹出这样的事情来了。

"如果你就是这么喜欢她的，那这不是喜欢，是在毁掉她！"

涂一磊猛地抬起头："迈克，发生什么事情了？"

"你自己看哪。"迈克气得都不想说话了，"你今天跟她一起被人偷拍了，还是那么暧昧的视频。

"估计她的微博已经炸掉了吧。小涂涂啊，我跟你说，你这次可把她害惨了。"

涂一磊脸色微微一变，忙低头打开手机。等他看完微博后，脸色一点点阴沉下来。

天色有些暗了，沉沉夜色中，他俊美的脸庞上蒙上了一层冷色，五指收紧，在手机屏幕上按下了一圈清晰的指印。

"你看完了？"看了看他脸上的表情，怒火像是已经平息了，迈克声音平静地问道。

涂一磊抿紧唇，抬起头愤怒地看向他。

"这是什么时候的事情？"

"半个小时前。"

"查出来是谁拍的视频了吗？"

"哼，哪里能这么快查出来？"迈克爱搭不理地说道，"也不怪人家拍到这视频。我跟你说的那些话，你老是当耳边风，你连这点儿自控能力都没有，被人拍到也是很正常的事情。

"本来她凭着这部戏，事业能有点儿起色，运气再好一些呢，说不定还能小红一下，但是出了这样的事情，你觉得她还有机会吗？"

涂一磊脸色越来越难看："你说的这些我都知道，你不要再说了。"

迈克冷冷地说道："那小丫头现在估计还不知道这件事情呢。等她一会儿知道了，上微博看到网友是怎么骂她的，你猜她心里会怎么想？"

涂一磊捏紧了拳头。

"迈克。"他沉默片刻，转过头冷冷地说道，"这件事情因我而起，她是被我牵连了。你马上找人把相关热搜话题撤了，一会儿我会发条微博澄清。"

"你疯了吗？"迈克睁大眼，像是不敢相信他居然会这么说，"你还要发微博澄清？你以前发过微博维护哪个女艺人吗？没有吧。你觉得她成了你第一个维护的女艺人后，她会怎么样？"

"那要怎么办？"涂一磊一拳砸在车门上，"你也知道她现在还是新人，签约的公司不一定会帮她摆平这件事情，如果我们不帮她，还有谁能帮她？迈克，我必须帮她。"

这一刻，涂一磊内心自责到无以复加。

如果不是他控制不了自己，忍不住一次次去接近她；如果不是他今天没有经受住诱惑，贪恋和她多相处一会儿的时间，就算有人有心要制造他的绯闻，也没机会。

这个绯闻，是因他而起的。如果影响到她以后的事业，他这辈子都会良心不安的。

既然事情因他而起，那也应该由他解决好。

"这件事，公司当然会出面替你澄清。我都说了，这件事情对你没什么影响，但是对她是肯定有影响的。就算公司出面澄清此事，视频里，你和她确实有比较亲密的行为。你那些女粉丝接受不了也很正常。

"在你的粉丝眼里，肯定不是你主动的，那就只能是她假装摔倒勾引你了。"

涂一磊脸色越来越冷，动了动嘴唇，想说点儿什么，却一句话也说不出来。

因为他知道，迈克说的都是事实。

这件事对他是没什么影响的。所有人都会认为是乔绵绵故意蹭他的热度，就连她摔倒，也会被别人认为是故意的。

"我以后会注意的。"涂一磊沉默良久后，眼神请求地看向迈克，"迈克，这次我们必须帮她。她还年轻，事业刚刚起步，不能因为我就被毁掉了。算我求你了，你一定要帮帮她，好吗？以后我不会再主动去找她了，会和她保持距离的。"

迈克等的就是他的这句话。

其实，这件事情迈克怎么可能真的摆不平？

如果连这么点儿事情都摆不平，他这个经纪人早就被开除掉了。

他之所以说得这么严重，也就是为了逼涂一磊说出刚才那些话，让涂一磊自愿和乔绵绵保持距离。

他这个经纪人讲再多大道理，也没什么用，唯有让涂一磊知道乔绵绵一旦和他扯上绯闻会受什么影响，才能让涂一磊那颗蠢蠢欲动的心彻底安分下来。

"你以后真的会和她保持距离，不再主动去找她了？"

"是。"涂一磊垂下眼眸，遮住眼底的晦涩情绪，苦笑道，"我以后哪里还敢去找她？我不想……害了她。"

如果他的喜欢只会给她带去麻烦，他除了放弃还能怎么样？

他都舍不得让别人伤害她，自己还要去伤害她吗？

"好，记住了，"迈克直视着他，一字一顿地说道，"这是你自己说的。这次的麻烦，我就帮你解决掉，但是如果还有下次的话，你也不用再找我了。"

乔绵绵知道她和涂一磊闹绯闻这事，还是琳达打电话告诉她的。

接到琳达的电话，知道她和涂一磊的绯闻已经在微博上闹得沸沸扬扬时，她惊讶了好一会儿。

"谢姐，你说我和涂一磊闹绯闻了？"

在得到了琳达的肯定回答后，她还有点儿没反应过来："可是，我和他能闹什么绯闻哪？我们……没什么绯闻可闹的啊。"

她已经尽量远离涂一磊了，没戏的时候，两个人是没有任何交集的。

而且就算他们有交集，也不是单独在一起的，周围还有其他人。

"我当然知道你和涂一磊不可能真的有什么绯闻，但这件事情现在越闹越大了，他的粉丝都在说你要心机蹭他的热度，他那边也还没有任何回应。

"总之，目前的局势对你很不利。公司这边会出动公关团队帮你澄清此事的，但是效果怎么样就不知道了。她们现在认定你是在故意勾引涂一磊，就算我们这边澄清了，只怕她们也不会相信。

"现在你暂时不要做出任何回应，等着看涂一磊那边怎么回应。

"如果他肯出面帮你，这件事倒也不是很难解决。如果他那边不肯帮你说话，此事对你肯定是有影响的了。"

乔绵绵忽然有点儿想哭了，觉得自己就是一个麻烦精。

从琳达签了她那天起，她已经连着惹出两起麻烦了，一起是和苏泽闹的绯闻，现在又和涂一磊闹出了绯闻。

虽然琳达没有说过任何责备她的话，可是她已经自责到不知道该说什么了。

如果是她签了这么一个三天两头儿惹麻烦的艺人，她肯定会很后悔吧。

估计琳达现在已经后悔签下她了。

她还没为公司带来任何利益，麻烦倒是惹了不少，这样的艺人，哪个公司会想要呢？

"对不起，谢姐。"乔绵绵还没去看到底闹了什么绯闻出来，自责不已地说道，"我又给你惹麻烦了。我知道说对不起没用，可是，我真的觉得很抱歉。"

"这也不是你能控制的事情。"琳达讲话的语气还是很平静的，"涂一磊现在很火，但凡哪个女艺人和他稍微走近一点儿，都会被说成是蹭他的热度，除非对方的人气比他高。

"你也不是第一个被说蹭他的热度的女艺人了。

"早在知道这次的男主角是他时，我就猜到或许会有这么一天，只是没想到这一天来得这么快。"

乔绵绵宁可琳达冲她发一通火，这样她的心里还会好过点儿。

"总之，你现在不要做出任何回应，看涂一磊那边会怎么处理这件事情。我这边也会盯着他们的，到时候该怎么做，再打电话给你。

迎面走过来一个人，是涂一磊身边的小助理辉辉。

辉辉转过头对乔绵绵说道，"涂哥让我带一句话给你。他说这件事是因他而起，所以他很抱歉，必须跟你说声'对不起'。但是今天出了那样的事情，他也不好再过来找你了，免得又被有心之人偷拍了。

"他还让我告诉你，这件事他会解决好的，让你不用担心。"

乔绵绵点头，表示理解："嗯，我知道了。其实倒也不用向我道歉，这件事他也是受害者，怪就怪偷拍的那个人吧。"

"乔小姐能这么想就太好了。"辉辉笑着说，"涂哥自责得不得了，我看他心情都不好了。一会儿回去我就把乔小姐的话转达给他，相信他的心情能好一点儿。"

"如果没其他的事情，那我就先回去了。"

辉辉刚离开没一会儿，又有剧组的一名工作人员走了过来。

乔绵绵也在剧组里待了两天了，认出这名工作人员是白玉笙身边的。

工作人员走到她身前，停下脚步，很客气地说道："乔小姐，白导说现在外面情况不是很好，所以让你坐他的车离开。娜娜小姐可以跟我们一起走。"

乔绵绵没怎么考虑便点头应道："好。"

也为了不再被偷拍，目前她坐白玉笙的车离开确实是最好的选择。

她知道这次上了白玉笙的车，剧组那群人肯定又要议论她和白玉笙的关系了，但已经管不了那么多了。

　　反正现在误会她和白玉笙的人还少吗？

　　既然他们已经误会了，她坐不坐白玉笙的车都是一样的。

　　"那乔小姐就跟我过去吧，白导在车里等你。"

第二十四章
他生气了

白玉笙的车是一辆黑色迈巴赫。

乔绵绵跟着工作人员走过去后，见车窗开着，白玉笙坐在驾驶位上抽着烟，眼眸半合，好像在看什么。

"白导，乔小姐过来了。"工作人员出声提醒道。

白玉笙这才转过头，半眯着眼眸看了乔绵绵一眼，伸手按了下旁边的按钮，将车门打开了。

他将剩余的半支烟摁熄在烟灰缸里，朝乔绵绵仰了仰下巴："上来吧。"

乔绵绵拉开车门坐到了副驾驶的位置上。

白玉笙又朝她仰了仰下巴："系上安全带。"

乔绵绵听话地将安全带系上了。

"害怕吗？"白玉笙问她。

"嗯，有点儿。"乔绵绵想了想，转过头对他说道，"白导，对不起，我给剧组带来麻烦了。"

白玉笙勾了勾唇:"你跟我说'对不起'干什么?那群人又不是你叫来的。再说了,你和涂一磊的绯闻,也不是你想闹出来的,对吗?"

乔绵绵抿唇沉默了一会儿,点了点头。

"所以,你不用跟谁说'对不起'。"白玉笙一点儿怪她的意思也没有,反而像是在安慰她,"你一个半点儿名气都没有的小新人,有人想收拾你,你还能提前防备不成?"

乔绵绵猛地转过头:"白导,你的意思是我和涂一磊的那则绯闻主要是针对我的?"

白玉笙看着她,勾了勾唇:"不然呢,你觉得这就是一次普普通通的绯闻?"

乔绵绵:"……"

她真是这么觉得的。

难道不是吗?

"白导,你是不是查到了什么线索啊?"乔绵绵犹豫了一下,小声地问道。

"不过是一件小事,"白玉笙淡淡地说道,"想查出视频是谁拍的,很容易。对方在我的地盘上搞这些钩心斗角的事情,你觉得我会不知道?"

"那……白导你能告诉我视频是谁拍的吗?"

乔绵绵大概已经猜到一个人了。

要说这个剧组里跟她最不对盘的,也只有那个人了,其他人就算对她有意见,也还没到想要将她置于死地的地步。

"你这么聪明,我相信你已经猜到了。"白玉笙看了一眼她身侧还开着的车窗,发动车前提醒道,"把车窗升上去,不要让人看到你了。"

乔绵绵马上就将车窗全部升上去了,一丝缝隙都没留。

她还伸手轻轻敲了一下车窗,然后转过头认真地问道:"白导,你这车这么好,车窗应该很结实吧?如果有人砸东西过来,应该不会把车窗砸碎吧?"

白玉笙忍不住笑出声来:"你这小丫头,人都在我车上了,还担心有人欺负你?我白玉笙就是这么没用的人,连个小丫头都保护不了?"

白玉笙笑开了后,整个人都显得特别温暖,身上那层冷漠疏远的气息一下子就退得干干净净了。

拍戏时，他很严肃。不管对方是谁，只要没达到他的要求，他都能将对方骂个狗血淋头。

哪怕咖位再大的人，他也不会给面子。

面对工作期间的白玉笙，乔绵绵是有点儿害怕的。

可此时此刻，她愣愣地看着眼前这个笑容温暖干净的男人，忽然就觉得彼此之间的距离感少了很多，无端就生出了一丝亲近感。

这份亲近感，她也不知道从何而来。

她就是觉得，眼前这个白玉笙和她之前认识的那个人不大一样，看着竟有点儿邻家大哥哥的感觉。

"怎么了，这样盯着我看？"白玉笙俊美的脸庞忽然凑近她，勾着唇，开玩笑道，"是不是忽然发现我长得很好看，心动了？"

"咯咯咯。"乔绵绵在他凑过来的时候被吓了一跳，头往后仰了仰。

虽然知道白玉笙是在开玩笑，可她还是被他刚才那话给惊到了。

因为她都没想过，白玉笙这样的人竟然会对她开这样的玩笑。

他平时看起来很正经的，根本就不像是一个会开这种暧昧玩笑的男人。

"白导，我有男朋友了。"

乔绵绵一点儿也不担心白玉笙会看上她，觉得这是不可能的事情，白玉笙看她的眼神一点儿也没有那方面的意思。

女人在某些方面的直觉是很准的，她能感觉出来，白玉笙对她绝对没有男女之情。

所以她也就大着胆子说："在我眼里，我男朋友是最好看的人。除了他，其他男人在我眼里都是一样的。而且，我也只会对我男朋友心动。

"如果白导对我有什么想法的话，我觉得你还是趁早打消念头吧。因为我和我男朋友感情很好，我不会为了其他男人跟他分开的。"

说完后，乔绵绵就有点儿后悔了。

啊啊啊！她刚才都说了些什么呀？

她肯定是被白玉笙那个笑容迷惑了，所以才会产生一种他脾气很好，可以随便和他开玩笑的错觉吧。

然后，她就大着胆子开玩笑了。可她说完，脑子一下子就清醒了，现在后悔得不得了。

要是白玉笙生气了怎么办?

"那个……白导……"

就在她满心懊恼情绪,想道歉忏悔的时候,忽然听到身旁的男人低笑了一声。

他那笑声听起来……挺愉悦的。

咦?

乔绵绵疑惑地抬起头,一眼对上白玉笙那双泛着愉悦笑容的眼睛。

他看起来不但没有生气,还一副心情很好的样子。

乔绵绵愣了愣,小心翼翼地问道: "白导,你不生气吗?"

白玉笙挑眉看向她: "我为什么要生气?"

"因为我刚才……说了那样的话啊。对不起,我不是故意的,就是和你开个玩笑。如果你不喜欢的话,我以后再也不会……"

她还没说完,就被落在头顶上的大手给惊住了,惊愕得睁大了眼。

白玉笙动作很自然地揉了揉她的头,在乔绵绵还没从惊愕状态中回过神时,收回手说道: "既然是玩笑,我有什么好生气的?我刚才也是和你开玩笑。你这样的小丫头片子可不是我的菜,在我眼里,你跟小妹妹没什么区别。"

乔绵绵慢慢回过神,看着身旁又恢复了一脸严肃的男人,心底闪过一丝异样的感觉。

刚才白玉笙的那个举动,已经明显超出了正常相处范围,按理她应该生气的。

就算不生气,她也应该第一时间拍开他的手,表明她的态度,因为那个举动……太亲昵了。

除了墨夜司和苏泽那个渣前任男朋友,还没有其他男人对她做过那样的举动,她应该很排斥的。

可是,她刚才第一反应就是很惊讶,惊讶过后,并未想过推他,也没有产生任何排斥的反应,反而有一种说不出的亲切感。

天哪!

乔绵绵脸色一变,想到某种可能性,整个人一下子就不淡定了。

她该不是……对白玉笙有什么好感吧?

所以她才不排斥他刚才那个举动,甚至觉得有亲切感?

除了对一个人有好感会这样，她也想不出其他理由了。

在想到这个可能性后，乔绵绵慌乱地将目光收了回来，再也不敢去看白玉笙了。

墨夜司对她那么好，她要是还喜欢上别的男人，那也太过分了吧。

可是，她不是这么渣的女人哪，也不觉得她喜欢上白玉笙了啊，看着白玉笙没有任何心动的感觉。

她都不心动，怎么可能喜欢他呢？

但是，如果她不是对他有好感，又怎么解释刚才的心理呢？

一时间，乔绵绵陷入了各种纠结情绪中：一会儿觉得她对白玉笙或许是有一点儿好感的，一会儿又觉得没有；一会儿觉得对不起墨夜司，一会儿又觉得她喜欢的人只有墨夜司一个，不可能背叛他。

乔绵绵就这么一直纠结到车开出拍摄地，在看到那群等着围堵她的疯狂粉丝时，才猛然回过神来。

透过车窗，她看到路边站了十多个年纪不大的女孩子，最大的那个看起来也就十七八岁，其他的人看着年龄更小。

这些女孩子手里都拎了个袋子。乔绵绵看不见袋子里装着什么，但猜测肯定是用来砸她的东西。

这群人看起来情绪很激动，好像在和剧组的保安争吵什么，还推搡着保安。

保安则是拦着她们，不让她们进入拍摄基地。

这群人比乔绵绵想象中的还要多。她都不敢想象，如果没有事先得到通知，她就这么出去会发生些什么事。

黑色迈巴赫从这群疯狂的女粉丝身旁开了过去。

车内的人可以看到外面的人，外面的人却看不到车内的情形。

那群女粉丝根本就不知道她们苦苦等待的人就在车内。

一直到迈巴赫开出了很远，确定不会再有任何威胁后，乔绵绵才松开按在胸口上的手，长长地吐出一口气。

"好可怕。"虽然暂时不会有威胁了，但她心有余悸地说道，"不知道她们的袋子里装的是什么，你说里面会不会装着铁锤或砖之类的东西啊？

"这群粉丝年纪不大，怎么做事这么疯狂啊？

"要是她们一直蹲守我怎么办？"

前面有个路口亮起了红灯，白玉笙停下车，拿起振动的手机看了一眼，扯了扯唇，意有所指地说了一句："我觉得你现在最应该担心的不是这些问题。小丫头，你有没有想过你男朋友看到你和其他男人的绯闻会怎么想？

"你现在最该担心的，难道不应该是这件事情吗？"

某个人这个时候应该气炸了吧。

从他发过来的信息里，白玉笙就可以感觉出来了。

那本来就是占有欲极强的一个人，现在看到自己的女人和其他男人闹了绯闻，只怕……

乔绵绵怔了怔，转过头看向白玉笙，缓缓睁大了眼。

她居然……把墨夜司给忘了，居然没想过墨夜司也会看到那则绯闻。

那个男人占有欲有多强，有多爱吃醋，她又不是不知道。

他连姜洛离的醋都吃。

如果让他看到那则绯闻……

不管绯闻是不是真的，他肯定会介意。

白玉笙也转过头看向她："你男朋友找过你没有？"

乔绵绵："没有。"

她觉得墨夜司多半是还没有看到那则绯闻，不然以他的性格，他不可能这么沉得住气，都不打电话或者发信息询问她。

白玉笙用一种略同情的目光看着她："绯闻闹得那么大，他不可能还不知情。如果他知道了却还没有联系你，你觉得会是什么样的情况？"

乔绵绵："……"

如果他知道了绯闻，却还没有联系她，那……挺恐怖的，可能他被气得不行了吧。

这么一想，乔绵绵顿时就不安起来。

她马上拿出手机，给墨夜司拨了电话过去。

以往她给墨夜司打电话，都是响个半声或一声电话就被接通了，可这次，电话响了很久，墨夜司也没接通电话。

这还是乔绵绵第一次打电话给他，他却不接。

第一次遇到这样的情况，乔绵绵有点儿慌了，也有点儿不知所措。

白玉笙瞥她一眼："给你男朋友打电话了？怎么，他不接吗？"

乔绵绵咬了咬唇，心里很慌："嗯。"

"以前你打电话给他，他有过不接的时候吗？"

乔绵绵被问得心里越发慌乱起来，摇了摇头："没有。我打电话给他，他都会很快接听的。"

"会不会是他有什么事情，手机没带在身边？"其实白玉笙早就知道墨夜司是故意不接电话了，刚才就收到了一条墨夜司发过来的微信消息，所以手机没带在身边这样的情况是不存在的。

估计那家伙是生气了，所以不理他的女人了。

不过，他越是生气，就代表越在乎这件事。

"不会，他一直把手机带在身边的。我以前给他打电话，他都很快就接了。他说过，他的手机 24 小时都带在身边，也会 24 小时开机，还说只要我找他，随时可以找到。"

乔绵绵挂了电话，又马上拨了出去，这次还是和之前一样，电话响了很久，那边的人也没接听。

听着手机里传出的"用户正忙，请稍后再拨"的声音时，她整张脸一点点地垮了下来，眼睛一下子就酸了。

墨夜司不肯接她的电话，肯定是生气了。

他看到了她和涂一磊的绯闻，吃醋了。

而且，他这次肯定很生气，所以才会连电话也不接。

乔绵绵一下子就觉得特别委屈。

墨夜司对她从来都是千依百顺的，舍不得对她说一句重话，更舍不得冷落她，将她当宝贝一样宠着。

她打电话给他，他秒接。

她发信息给他，他秒回。

可现在，她都连着打了两次电话给他了，他还不肯接。

她从来就没在他这里受过这样的委屈，一下子就觉得心里特别难过，特别委屈，也特别想哭。

这件事，是她的错吗？

她也没想过要和涂一磊闹绯闻啊。

而且视频里，涂一磊也只是出于绅士风度扶了她一下，两个人并没有做出什么逾矩的事情。

他就算生气吃醋，也要讲道理的吧。

"还是没接？"白玉笙看着身旁红了眼眶，仿佛下一秒就会哭出来的女孩儿，也不知道怎么了，就觉得有点儿心疼。

但是这种心疼情绪，又和爱情无关，也和友情无关。

他和乔绵绵还谈不上什么友情。

可是他能感觉到，他是喜欢这个女孩子的。

和她待在一起时，他会觉得很放松、很愉悦，会忍不住就对她做一些比较亲昵的举动。

比如现在，他又想伸手摸她的头，安慰她几句了。

白玉笙从来都是行动派，在心里刚有这样的想法时，他的一只手已经落到了乔绵绵的发顶上，轻轻地揉了揉："这有什么好难过的？如果你男朋友是因为生气没接你的电话，说明他很在乎你，所以才会吃醋。

"他这是正常反应而已。如果他一点儿都不生气，也不介意，你才真的要伤心难过了。等气过了，他自然会主动来找你的。都这么大的人了，别动不动就哭鼻子，嗯？

"他不接你的电话，你就不要再打给他了。等到他想找你的时候，自然会找你。"

白玉笙莫名其妙就对墨夜司有点儿不爽。

一个大男人，还为了点儿鸡毛蒜皮的小事情跟自己的女人置气，这算什么男人？！

他在冷落自己的女人的时候，就没想过这么做对方会伤心吗？

白玉笙当即决定要给墨夜司一个教训。

他最看不得女人流眼泪了，尤其是身旁这个小丫头眼睛一红，他的心里忽然就很不舒服。

乔绵绵本来还想继续拨电话过去的，听白玉笙这么说，眨了眨泛着泪光的眼眸，半信半疑地问道："这样行吗？他现在肯定生我的气了，在等着我去哄他。如果我不理他了，他会不会更生气？"

"不会。"白玉笙肯定地说道，"我是男人，男人心里在想什么，我比你清楚。你听我的，从现在开始不要管他，不要再给他打电话，也不要给他发信息。如果他找你了，你也别理他。你不理他一段时间，保证他下次不会再这样对你了。"

"他找我，我也不理他？这样会不会不大好啊？"

"没什么不好的。"白玉笙一副经验十足的样子，"男人就是犯贱。你越不把他当回事，他就越会把你当回事；你表现得越在乎他，他就越嘚瑟。

"你听我的，至少一晚上不理他。明天他如果找你，你再理他。

"他如果足够在乎你，就不会因为你一晚上不理他就不再找你了。

"你就当这是对他的一个考验。"

乔绵绵觉得白玉笙说的话有点儿道理。

而且，他没必要骗她，男人也确实更了解男人。

只是，她真的要这么做吗？

她有点儿担心她这么做了，墨夜司会更生气。

"怎么，不相信我？"白玉笙看出了她在犹豫，挑眉问道。

"不是，"乔绵绵急忙摇头，"只是我觉得我男朋友和一般男人不同。我怕我这么做，他会更生气。"

墨夜司是挺好哄的，但是气狠了，就没那么好哄了。

"你就信我一次。"手机又振动了一下，白玉笙低头看了一眼某人发过来的微信消息，勾了勾唇，更加坚定了想虐墨夜司的心情，"这么做，只会让你和你男朋友感情更好。

"如果你觉得一晚上的时间太长，就四五个小时不理他吧。四五个小时，你都忍不了？那以后你们真的吵架了，你永远都是先低头的那一方。

"你希望这样吗？"

乔绵绵认真想了一下，摇了摇头。

白玉笙很满意地又摸了摸她的头，动作自然得像是已经对她做过这样的举动千百次了。

"那就听我的。"他说，"从现在开始，不要去管你男朋友了。"

乔绵绵犹豫了一会儿，决定相信她的导演一次，于是点头说道："他现在打电话给我，我也不要接吗？"

　　"不接。这期间他联系你，你都不要理他。"

　　"好吧。"

　　"嗯，乖。"白玉笙没忍住，又摸了一下乔绵绵的头。

　　女孩儿头发柔软顺滑，触感极好，有点儿像他家里养的那只长毛波斯猫，就连她的长相，也是像猫咪一样可爱。

　　乔绵绵一开始没注意到他的这些举动，等注意到的时候，憋了好一会儿，没忍住问了出来："白导，我能问你一个问题吗？"

　　"嗯？"

　　"你对女演员都是这样的吗？"

　　换成其他人，乔绵绵肯定会觉得对方举止很轻浮，是在故意占她的便宜——她会很厌恶。

　　但换成白玉笙……她一点儿也没朝这方面想过，就只是很疑惑，他为什么会这么做？

　　"嗯？"白玉笙又挑了一下眉。

　　乔绵绵犹豫几秒后，深吸一口气，直接说了出来："就是你刚才摸了我的头……"

　　而且，她才发现他都摸好几次了。

　　白玉笙愣了愣，像是被乔绵绵的这个问题问住了，愣怔了好一会儿。

　　他忽然发现，他对乔绵绵是过于亲昵了。

　　刚才那几次摸头的动作，他根本没细想过，现在一想，以他们现在的关系，这么做确实有点儿不妥。

　　更何况，乔绵绵已经有男朋友了。他对一个有男朋友的女孩子这样，其实是很不妥的。

　　但他很清楚，他对乔绵绵没有那方面的意思。

　　他就是觉得身旁这个女孩子挺可爱的，看着像邻家妹妹一样。

　　"白导，我……我有男朋友了。"乔绵绵再次深吸一口气，转过头，认真严肃地对身旁的男人强调道，"我很爱我的男朋友，以后是要和他结婚的。对我来说，事业虽然重要，但是他比事业更重要。我不会为了我的事业就牺牲他的。"

本来她是没想过白玉笙真对她有什么想法的。毕竟一个男人对她有没有想法，她还是能感觉出来的。

在白玉笙身上，她没那种感觉。

可白玉笙那几次"摸头杀"的动作让她又有点儿不确定了。

一般来说，男人只会对自己喜欢的女人施展"摸头杀"动作。白玉笙要是不喜欢她，那怎么解释他刚才的举动呢？

如果他喜欢她的话，那她就得早早说清楚了。

她是有老公的人，不会跟别的男人产生暧昧关系，更不会装单身让对方觉得有机会。

虽然圈子里不乏这样的人，为了事业隐藏另一半假装单身，可这样的人不会是她。

而且，她要是敢这样做，不知道墨夜司会怎么收拾她。

"而且，我老公也是个心眼儿很小的人。如果他知道其他男人……他会很生气。白导应该知道，我老公和言家小少爷是很好的朋友，你也和言家小少爷是很好的朋友，这么做不好吧？"

白玉笙一开始觉得莫名其妙，听了好一会儿，渐渐反应过来了，先是觉得不可思议，随后便哭笑不得地笑了起来。

"乔绵绵，"白玉笙勾唇笑了笑，然后收起脸上的笑意正经地说道，"你觉得我对你有不良心思？"

乔绵绵咬了咬唇，鼓起勇气点了一下头："白导刚才那些举动，我觉得不大正常。除了这方面的可能性，我……我也想不到其他原因了。"

"嗯，你会怀疑很正常。"白玉笙一点儿生气的意思也没有，"我其实也挺奇怪的。你刚才问我对别的女演员是不是也会这样做，我回答你，不是。

"至于为什么会对你那样做，我想应该是我体内想当哥哥的欲望操控了我。"

这个回答让乔绵绵一脸蒙。

"想当哥哥的欲望"是什么意思？

白玉笙似乎看出了她的疑惑，解释道："我从小就很想要一个妹妹，可是我妈一直不肯再生孩子。她说我本来是有个妹妹的，但是因为一些特殊情况，那个妹妹和我们失去联系了。

"我妈说，她这辈子已经有一个女儿了，不打算再生一个。

"所以，没能有一个妹妹和我一起长大是我一直以来的遗憾。可能是你让我有了当哥哥的感觉，所以我会不自觉地做出一些类似刚才那样的举动。

"那是一种哥哥疼爱妹妹的表现。

"你不必担心。我白玉笙不是这么龌龊的人，不会想去招惹一个已经有主儿的女人。"

乔绵绵听完了他的解释后，马上就相信了他，因为能感觉出来，白玉笙没说谎。

因为……她也有类似的感觉。

她现在终于明白为什么她会不反感白玉笙的触碰了。

白玉笙摸她的头时，她就觉得像是哥哥在摸妹妹的头一样，不觉得排斥和恶心，反而有一种很温暖的感觉。

虽然她没有哥哥，但是在那一刻，就是这样的感觉。

听完白玉笙的解释后，她有种如释重负的感觉。

不管怎么说，白玉笙都是她挺欣赏的一个导演，她不想因为一些事情变得不得不疏远他。

"白导……"

"如果你不介意，以后私下可以叫我白大哥。"白玉笙看了一眼身旁的女孩儿，眼神温暖地说道，"你这样叫我，我会更开心。"

乔绵绵犹豫了一下，很小声地叫了一声："白……大哥？"

白玉笙眼里有了愉悦的笑意："听你这么叫我，我真有一种做哥哥了的感觉。如果我妹妹没和我们分开，现在也跟你差不多大吧。"

白玉笙说着，眼里带了点儿遗憾之色："也不知道她现在怎么样了，过得幸不幸福？那家人对她好不好？她是不是开心快乐地长大？唉，如果她过得幸福还好，我心里会觉得安慰很多。如果她过得不好……"

"白大哥你放心吧，我觉得她一定过得很幸福。"乔绵绵感觉到白玉笙的情绪有点儿低落，出声安慰道，"说不准有一天，你们还能再见到的。"

"希望吧。"白玉笙轻轻叹了一口气，"其实这些年，我们一直在寻找她，只是当初收养她的那家人好像隐姓埋名了，早就不在以前的地方生活了。

"我们找了很多年，也没能找到她。

"但是不管要寻找多久，我们都不会放弃的。我有预感，总有一天妹妹会回家的，我们一家人肯定能有团圆的一天。"

乔绵绵其实很好奇那个妹妹是怎么和他们分开的，但想了一下，如果不是特殊情况，一家人怎么可能被逼着分开呢？

所以，那肯定是一个不能说的原因，至少是不能对她这个外人说的。

哪怕她再好奇，也不好问了。

"我有一张我妹妹小时候的照片。"白玉笙眯了眯眼，像是在回忆什么，"是她刚出生不久我妈给她拍的。说起来，你和我妹妹长得还有点儿像。"

乔绵绵愣了愣："我像你妹妹？"

白玉笙看了她一眼，点头："嗯，你们的眼睛很像，鼻子也有点儿像。我妹妹从小就是个美人坯子，我妈说她长得特别漂亮。"

"白大哥，我相信你们一家人肯定可以团聚的！"

"但愿吧。"白玉笙扭头看向车窗外的景致，"如果不能再相见，那我希望她这辈子能过得幸福，不管过的是有钱还是没钱的生活，只要可以过得幸福就好。"

白玉笙刚说完，就感觉手机又振动了一下。

他低头看了看，想了一下，终于拿起手机回复了一条消息过去。

那边的人接收到消息后，秒回："她现在怎么样了？你把她安全送回酒店了吗？"

白玉笙很想对手机那头的人翻一个白眼。

你担心自己的女人，不知道亲自去问，老是给我发信息干什么？

这人明明就很关心人家，却还傲娇地不肯接人家的电话。

这种男人，是怎么找到女朋友的？

估计这人也是靠着那张脸骗到乔绵绵的吧。

他好笑地回道："你的女人，你老是问我干什么？！你没她的联系方式？别再发信息给我了，不想回，烦人！"

他将这条信息发过去后，那边的人消停了一会儿。

过了几分钟，那人又给他发了一条消息过来："别忘了我们的合作，照顾好她。如果她哪里受到了伤害，别怪我翻脸。"

这条信息把白玉笙气得都想扔手机了。

"这该死的家伙!"他忍不住骂出了声。

乔绵绵被吓了一跳:"白大哥,你怎么了?"

白玉笙忽地冷笑一声,转过头,似笑非笑地看向她:"小丫头,你男朋友联系你了吗?"

乔绵绵愣了愣,随后小脸垮了下来:"没有。"

"记住我的话,你也不要联系他!这种小肚鸡肠的男人,你就该冷他两三天,四五个小时那是便宜他了!"

在白玉笙的护送下,乔绵绵安全回到了酒店。

她收到了姜洛离发过来的微信消息,问她和涂一磊的绯闻到底是怎么回事。

乔绵绵回了几句,点开微信看了一下墨夜司的头像,忍了又忍,费了好大的劲才压制住想给他发微信消息的冲动。

白玉笙说过,她要是连这么一点儿时间都忍不过去,以后但凡发生什么矛盾,都得她先低头了。

所以,她必须忍住。

她也觉得墨夜司太小气了,也太不讲道理了。

有像他这样的吗?

他明知道她不可能做出对不起他的事情,明知道那只是媒体添油加醋胡乱写出来的绯闻,却还是要跟她生气,还不肯理她,怎么会有这么小气的男人?

白玉笙说他小肚鸡肠,还真是一点儿都没有说错。

发生了那样的事情,她现在被全网黑,难道他没看到吗?

他不应该先打个电话给她,安慰安慰她吗?

在她最需要他关怀安慰的时候,他竟然还跟她闹脾气。

白玉笙说得没错,她就是得冷落一下他。

既然他不理她,那她也不理他好了。

有本事他一直不要理她。

乔绵绵越想越气,都想直接关机了,可想到琳达那边或许还要给她打电话,又只能放弃这个念头。

她气呼呼地将手机丢到床上，拿了睡衣就去浴室洗澡了。

她没想到，就在她去洗澡的十几分钟里，微博上又发生了一件让网友无比沸腾的事情，而且事情和她有关。

这件事导致她再次被推到风口浪尖，也导致她和涂一磊的绯闻再次登上了热搜榜第一的位置。

乔绵绵洗完澡出来，一边擦着头发一边朝床边走去。看到被丢到床上的手机不停地闪烁，她快步走了过去，将手机拿了起来。

刚一点开，她就看到姜洛离给她发了十多条微信，来电显示那里还显示琳达给她打了两通电话。

乔绵绵快速看完姜洛离发过来的微信消息后，心里一惊，马上登录了微博。

她是关注了涂一磊的，所以一登录微博就看到了涂一磊最新发出来的那条微博。

微博里，他用非常不客气和严肃强硬的语气回复了部分粉丝。

他发的那条微博，不仅仅指责了那部分粉丝，还澄清了那则绯闻，说他和乔绵绵在一个剧组里，乔绵绵是什么样的为人他很清楚，外界所猜测的故意耍心机的事都是扯淡。

总之，他的维护之意特别明显，路人都能看出来。

好多人在猜测，他是不是喜欢乔绵绵？

毕竟有那么多蹭他的热度的女艺人，为什么他只帮她说话？

乔绵绵看了一会儿微博，眉头皱了起来，想着如果让墨夜司看到这些消息，那个醋坛子估计要更气了。

涂一磊那边，算是做出澄清了，接下来就该轮到乔绵绵这边发话了。

她刚想着应该怎么发微博时，琳达又打电话过来了。

乔绵绵马上接了起来。

"刚才怎么没接电话？涂一磊那边做出回应了，你看到了吗？你去找他谈话了？"电话一被接通，琳达就连问了好几个问题。

乔绵绵将湿掉的毛巾丢到床头柜上，起身去找吹风机，一边走一边说："谢姐，我刚才洗澡去了。涂一磊那边的回应我看到了，我正在想我该怎么发微博呢。"

琳达又问："你是不是找他谈过了，所以他才帮你的？"

"没有。"

"你没和他谈过？"琳达像是有点儿惊讶，"他自愿帮你的？"

乔绵绵沉默了一下，轻轻"嗯"了一声。

琳达也沉默了几秒，才出声说道："以前别的女艺人和他闹绯闻，从没见他出来说过什么。他不会是……真的喜欢上你了吧？"

"谢姐，我……"

"不管他是不是真的喜欢你，这个男人你都不要多接触，离他远点儿。"琳达语气一下子严肃起来。

"谢姐你放心吧，我对他没任何想法，以后会尽量离他远一点儿的。"

她本来还想着跟涂一磊成为普通朋友也不错，现在看来，他们是普通朋友都不能做了。

"既然他那边已经做出回应了，你就发一句感谢他的话好了，语气随意点儿，把这件事情说得简单点儿、寻常点儿。发了微博后，你就不要去管什么了，这件事情也就一两天的热度，过去后就没什么了。"

"嗯。"

"说起来，虽然你无心蹭他的热度，但这次也确实是蹭了。你看过你的微博的粉丝数没有？"

乔绵绵愣了一下，回道："没看。"

"你现在可以去看一下。我算是知道为什么很多女艺人冒着被他的女粉丝撕碎的危险，也要蹭他的热度了。"

"好，我一会儿就去看。"

乔绵绵挂了电话，再次登录微博，看到正在"噌噌"上涨的微博粉丝后，有点儿傻眼了。

之前因为她和苏泽的绯闻，她涨了不少颜粉，统共加起来，粉丝有差不多五十万。

可现在，她看到她的微博粉丝居然涨到一百五十多万了！

就在乔绵绵发怔的这段时间里，她的粉丝数又增加了一万。

看着"噌噌"上涨的粉丝量，她心情复杂难言。

她捧着手机在落地窗边站了几分钟后，想好了要发的微博内容，严谨地一个字一个字编辑出来后，点了发送。

乔绵绵V："关于那则绯闻，既然涂前辈已经说明了前因后果，我也就不再重复了。我只有一句话，都是无中生有的事情，涂前辈在我眼里就只是值得我敬重和学习的前辈。另外，谢谢涂前辈仗义，真的是一位非常好的前辈，作为后辈不胜感激。"

将微博发出去后，乔绵绵就直接退出了微博，没再管网友会是什么回应了。

另一边，涂一磊刷到乔绵绵发的微博，逐字逐句看完后，垂下眼眸发了好一会儿呆，想了想，拿起手机在她的评论区回复了一句。

涂一磊V："不客气。"

他这条回复发出去后，马上就被淹没在评论区里了，但很快又被网友们捞了起来。

当有人发现回复的账号竟然是本尊，不是高仿号时，沸腾了："我去，居然是涂一磊本尊。我现在相信他可能真的对乔绵绵有点儿意思了。"

就在涂一磊的回复在一分钟之内被顶上热评时，迈克推开房门，气冲冲地朝他走了过来。

"你怎么回事？"迈克气到连"小涂涂"也不叫了，直接连名带姓地喊道，"涂一磊，你是不是脑子有问题？我是怎么跟你说的？我说过这件事情公司会帮你处理好，你先不要回应！你怎么就私自把微博发了，啊？

"你这当面一套背后一套的本事是跟谁学的，啊？

"你是不是有毛病，啊？你告诉我，你到底想干什么？！

"你是想让全世界的人都知道，你对乔绵绵有意思？！"

涂一磊早知道他会是这样的反应，看着他时，眼神很平静："迈克，她是我喜欢的人，我不能让她受到任何伤害。如果她被我的粉丝伤害，那我就是罪魁祸首。"

"可你有没有想过……"

"我想过了。我这么做是会将她置于风口浪尖，也会让很多人猜测我和她的关系，但这也没什么，再有热度的新闻，过几天也就淡了。至少我这么做不会再有粉丝去伤害她，对我来说，这就够了。"

"可是……"

"你放心，我答应过你的事情就一定会做到，以后我会和她保持距离。迈克，我要保护她，让她继续好好地在这个圈子里待着，就不能离她太近，对吗？"涂一磊嘴角勾起苦涩的笑意，"我都知道的，你不用再提醒我了。"

迈克眉头紧锁，目光深深地看了他一会儿，叹了一口气："好吧，只要你别又说一套做一套就行了。我来安排，你可不要再去回应什么了啊。"

涂一磊："她刚才发微博了。"

迈克瞪着他："所以呢？"

"我给她评论了一句。"

"……"

"无关紧要的评论，你别太担心了。"

"……"

"对了，我让你去查的事情，查得怎么样了？查出视频是谁偷拍的了吗？"

"嗯，"迈克点头，"查出来了。"

"是谁？"

"偷拍者是剧组的一名工作人员。这名工作人员和黄一琳关系不错，有人目睹他上过黄一琳的车。"

涂一磊蹙了一下眉，脸色沉了沉："这么说，视频是针对乔绵绵的了？"

"应该是。黄一琳喜欢白玉笙，白玉笙又看上了乔绵绵那丫头。啧啧，女人的忌妒心真是可怕。"

涂一磊捏紧了手指。

"小涂涂，你想干吗？"迈克警惕地看着他，马上警告道，"你可别乱来。这件事情本来是针对那个丫头的，反正对你也没什么影响，现在也差不多快平息了，你就当作什么都不知道得了。"

"我听说，黄一琳的后台可不简单，我们没必要得罪她。"

涂一磊冷笑："她不简单，难道还能让我们怕她不成？"

"我们当然用不着怕她，只是……没必要得罪的人，干吗去得罪？"迈克皱眉说道，"多一个敌人可不是什么好事。"

"什么叫没必要得罪？她都对我喜欢的女人做这种事情了，我还要容忍她？你还让我当作什么都不知道？"涂一磊猛地站了起来，目光凌厉地看向迈克，"任何一个男人，都不可能看着喜欢的女人被人欺负了还无动于衷的，除非……这个男人是废物。"

"喂，涂一磊，你想干什么？！"

"她黄一琳黑料一大堆，还敢动我喜欢的女人。"涂一磊嘴角一点点上扬，眼神却带着冷意，"你马上去把她的那些黑料全部整理出来，然后打包发给她。"

"小涂涂，你……"

"你告诉她，如果以后她再敢打乔绵绵的主意，她那些黑料就会隔三岔五地上微博。"

"……"

"我倒要看看，她觉得自己的前程更重要，还是弄垮她的情敌更重要。"